지상에서 영원으로

지상에서 영원으로 중

From Here to Eternity

제임스 존스 장편소설　이종인 옮김

이 책은 실로 꿰매어 제본하는 정통적인 사철 방식으로 만들어졌습니다.
사철 방식으로 제본된 책은 오랫동안 보관해도 손상되지 않습니다.

제20장

　봉급날에는 오전 훈련이 10시에 끝난다. 그러면 샤워를 하고, 면도를 하고, 이빨을 다시 닦고, 카키복 넥타이를 반듯하게 매고 복장 검사 받을 준비를 한다. 마지막으로 손톱을 짧게 깎고 중대 마당으로 나가 햇볕 아래 즐을 서서 자기 차례를 기다린다. 그동안 넥타이와 손톱이 제대로 되어 있는지 자꾸만 확인한다. 중대의 봉급 지불관은 저마다 복장 검사의 강조점을 갖고 있었다. 봉급날이 정규 복장 검사일이 아닌데도 지불관은 그런 자격 요건을 요구하는 것이다. 어떤 지불관은 구두를, 어떤 지불관은 바지 주름을, 어떤 지불관은 머리 모양새를 집중적으로 보았다. 홈스 대위는 넥타이와 손톱을 집중적으로 검사했다. 설사 넥타이와 손톱이 지저분하다고 하더라도 급여 대상에서 삭제하는 것은 아니지만, 엄중한 경고를 받은 뒤, 지적받은 곳을 손보고서 줄의 맨 뒤에서 다시 기다려야 하는 것이다.

　봉급날, 사병들은 반공일 분위기에 휩쓸려 삼삼오오 모여서 흥분된 목소리로 잡담을 나누면서 한자리에 가만 서 있지를 못했다. 이 그룹에 서 있다가는 저 그룹으로 몰려가고, 그렇게 해서 새로운 그룹을 형성했다. 하지만 20퍼센트쟁이들은 예외였다. 그들은 사병들이 빠져나오는 취사장에서 고정 대기하면서 독수리처럼 눈알을 부라렸다. 드디어 위병소 나팔병이 중대 마당의 메가폰 있는 곳으로 가서 눈부신 햇빛을 받으며(유독 그날은 다른 날보다 햇빛이 아름다웠다) 봉급 지불 나팔을 울렸다. 나팔 소리는 이렇게 묻는 듯했다.

〈봉급날이야, 봉급날. 술 취한 군인을 어떻게 할 거나? 봉급날.〉

다시 나팔 소리가 대답했다.

〈봉급날, 봉급날. 그자를 술 깰 때까지 위병소에다 감금해 놔. 봉급날…….〉

이어 사병들의 흥분은 더욱 고조된다(오, 저 나팔병은 전통적이고, 정서적이며, 중요한 부분을 노래했네. 과거가 가득 묻어 있는 부분. 지난 수 세기에 걸쳐 계속되어 온 군인 노릇). 이어 워든이 행정실에서 담요를 들고 나와 식당으로 향했고 행정병 마출리는 옥새를 든 총무장관처럼 봉급 명세서를 들고 그 뒤를 따랐다. 이어 번쩍거리는 군화를 신은 다이너마이트가 검은 더플백을 들고 나와 인자하게 미소 지었다. 그들이 테이블을 설치하고 그 위에 담요를 깔고 동전과 지폐를 분류하고 PX 외상 장부와 영화관 외상 장부(워든은 이 장부를 보고서 해당 금액을 징수했다)를 다 올려놓는 데까지 시간이 좀 걸렸다. 사병들은 다 될 때까지 기다리지 못하고 줄을 서기 시작했다. 줄은 부사관, 일등병, 이등병 순으로 섰다. 누가 그렇게 하라고 시킨 것도 아닌데 같은 직급의 병사는 알파벳순으로 선후를 정하여 줄을 섰다.

마침내 그들이 지불을 시작하고 서 있던 줄이 아주 천천히 움직인다. 마침내 자기 차례가 와서 어둠침침한 식당의 문턱에 서게 되면 그들이 사병의 성을 부르고 사병은 처음 이름, 가운데 이름, 군번으로 대답하며 테이블 앞에 가서 선다. 다이너마이트에게 경례를 붙이면 중대장은 넥타이와 손톱을 검사하고 봉급을 내준다. 그는 잘 쓰는 농담을 던진다. 「다음 번에 시내 한 번 더 나갈 돈은 아껴 놔.」「이걸 한 군데서 다 마셔 버리지는 마.」오, 다이너마이트는 군인이야, 옛 학교의 군인. 그러면 세탁료, 보험료, 월부금, 중대 기금 1달러 등이 공제된 봉급, 한 달 내내 뺑이 쳐서 번 돈, 봉급날 오후에 한 탕 질탕하게 즐길 수 있는 돈을 받아 들고 기다란 담요 덮인 테이블 아래쪽에 있는 워든에게로 가면, 그는 한 달 동안 이용한 PX 외상 요금과 영화관 요금을 징수한다. 그 돈을 징수 당하는 순간 앞으로 다시는 외상 안 한다고 다짐하게 되지만 지난달에도 그랬듯이 이번 달에도 역시, 외상을 허용해 주는 10일과 20일이 돌아오면 어김없이 외상을 하게 되는 것이다. 그런 과정을 거쳐 식당에서 포치로 빠져나오면 거기에는 금융계의 자본가들이 기다리고 있다. 짐 오헤이어와 터프 손힐 같은 20퍼센트쟁이들이다. 또 이들처럼 전문적으로 대금업을 하지는 않지만 취미 삼아 돈놀이를 하고 있는 챔프 윌슨도 기다리고 있다. 이들은 그러잖아도 시원찮은 금액에서 또 일부를 떼어 간다.

봉급날은 축제의 날이다. 이날이 오면 운동부원과 비운동부원 사이의 불화도 잠시 잊게 된다. 햇빛 환한 바깥으로 어서 나가고 싶어 사병들은 천장이 낮고 어둠침침한 내무반에서 카키복을 벗어 던지고 사복으로 갈아입는다. 점심 식사 시간에는 식당에 사병들이 별로 없을 것이고 저녁에는 노름에서 돈을 완전 다 날려 빈털터리가 된 자를 제외하고는 아무도 식당에 가지 않을 것이다.

프루는 봉급 30달러에서 모두 공제하고 나니 겨우 12달러 20센트가 남았다. 이 돈으로는 로런을 하룻밤 사기에도 부족했기 때문에 그는 무릎 꿇고 성호를 그어 행운을 빌면서 오헤이어의 노름방으로 달려갔다.

독서오락실에서 길 하나 건너면 나오는 노름방은 부대 내 협궤 철로와 공지 사이에 급조한 건물이었는데, 벌써 흥청거리고 있었다. 평소 이 공간에 보관하던 4분의 1톤 예비 트럭들은 연대 수송부로 이미 옮겨다 놓았고, 전화선 다발들은 바깥에다 잘 쌓아 놓았고, 37밀리 대전차포는 밖으로 끌어내 방수포로 덮어 놓았다. 대전차포들 중 어떤 것은 포신이 짧고 쇠바퀴가 달려 있는 것이 익숙한 포였으나, 어떤 것들은『라이프』잡지에 나오는 독일 대전차포처럼 포신이 길고 고무바퀴가 달려 있어서 좀 이상하게 보였다. 노름방 바깥에서는 시간당 1달러로 고용된 호객꾼들이 서커스의 바람잡이처럼 사병들을 유혹하고 있었다.「자, 어서 들어와. 포커, 블랙잭, 크랩, 처클럭, 모든 게임이 진행 중이야. 당신의 운수를 한번 시험해 봐.」

오헤이어의 노름방에서는 리마 콩처럼 생긴 다섯 대의 블랙잭 테이블이 완전 풀가동하고 있었다. 초록의 조명등 아래 초록 바이저[1]를 쓴 딜러들이 낮고 단조로운 목소리로 카드패를 부르고 있었다. 주사위 테이블에는 참가자들이 세 겹을 이루고 있었다. 더 많은 참가자를 허용하기 위해 오늘만큼은 오로지 스터드 포커만을 하는 세 대의 포커 테이블에는 빈자리가 없었다.

그는 노름방 문턱에 서서 생각했다. 이달 중순이 되면 이 많은 돈이 몇몇 소수의 승리자 손으로 들어가 버리고, 그들은 오헤이어가 앉아 있는 저 테이블에서 그들끼리 도박을 할 터였다. 오헤이어는 오늘 딜러를 한 명 고용해 놓고, 그 자신은 노름에 직접 참가하고 있었다. 이 테이블에는 히컴 기지,

---

1 *visor.* 조명 가리개.

캄, 샤프터, 루거 등 하와이 전역의 군부대에서 돈을 딴 자들이 몰려들었다. 그들은 이 테이블을 하와이 전역의 최고는 아니더라도 내륙 군부대 최고의 도박장으로 만들고 싶어 했다. 프루는 그 테이블을 쳐다보면서 속이 덜떡거렸다. 그도 그런 큰돈을 따는 노름꾼이 되고 싶었다. 그는 전에 마이어 부대에 있었을 때 딱 한 번 큰돈을 따보았다. 그 테이블을 바라보고 있자니 시내에 나갈 비용 정도만 따고 그만두자는 결심이 가뭇없이 사라지려 했다. 로런의 얼굴이 눈앞에서 가물거리지만 않았더라면 사실 그런 결심은 파랑새처럼 하늘 높이 사라지고 말았을 것이다.

그는 블랙잭 테이블에서 두 시간 동안 소규모 베팅을 하면서(의도적으로 지루하고 무의미하게 플레이를 펼침으로써) 12달러를 20달러로 만들었다. 20달러는 포커 테이블에 앉을 수 있는 최소한의 가입비였다. 이어 그는 사람들이 빈자리를 기다리고 있는 오헤이어의 포커 테이블로 옮겨 갔다. 봉급날에 그 테이블의 자리는 금방 비었다. 대부분 그처럼 20달러를 가지고 큰손의 돈을 좀 따보려고 대드는 잔챙이들이었기 때문이다. 잔챙이들은 금방 빈털터리가 되어 탈락했다. 그는 흥분을 느끼며 기다렸다. 이 큰 판에서 두 번만 먹는다면 오늘 밤은 물론이거니와 주말에도 충분히 쓸 수 있는 돈을 마련하게 되었다. 그 달의 봉급날은 목요일이었는데, 토요일 밤과 일요일 밤을 로런과 함께 보낼 수 있을 터였다. 만약 그녀가 좋다고 한다면 일요일 낮에는 그녀를 데리고 해변에 나갈 생각도 했다. 이렇게 하자면 돈이 필요했다 그러니 딱 두 판만 먹자. 그게 프루의 계획이었다.

원형의 테이블은 가운데를 딜러의 자리로 파놓았고 딜러 바로 앞에는 초록색 펠트 천이 덮여 있었다. 그 자리에는 카트휠[2]과 하프달러, 태우기용 25센트짜리 빨간 플라스틱이 가득 쌓여 있었다. 노름 칩들은 초록색 조명을 반사하면서 부드럽게 빛을 빨아들이는 펠트 천 때문에 더욱 선명한 빨강과 은빛으로 빛났다. 그는 플레이어들 중에 워든과 스타크가 있는 것을 보았다. 짐 오헤이어는 차갑고 계산적인 눈 위로 초록색 바이저를 삐딱하게 걸치고 느긋하게 앉아 있었다. 그는 손안에서 카트휠 두 개를 계속 굴리면서 잡음을 냈는데 그것이 묘하게 프루의 신경을 거슬리게 했다.

마침내 모자를 이마 아래로 깊숙이 눌러쓴 스타크가 네 발 달린 취사반 의자를 뒤로 물리며 〈여기 빈자리 났어〉라고 우아하게 말했다.

「아주 가버리는 건 아니지?」 오헤이어가 부드럽게 말했다.

「오래 가 있지는 않을 거야.」 스타크가 생각에 잠긴 얼굴로 그를 쳐다보며 말했다. 「돈을 좀 빌릴 때까지만.」

「그럼 그때 보자고.」 오헤이어가 싱긋 웃었다.

「고마워, 짐.」 스타크가 말했다.

옆에 있던 구경꾼이 속삭이는 말에 의하면, 그는 지난 한 시간 동안에 오전 10시부터 땄던 돈 6백 달러를 모두 날렸다는 것이다. 스타크는 프루를 잠시 쳐다보더니 여전히 생각에 잠긴 얼굴로 사람들 틈 사이로 빠져나갔다.

프루는 그 6백 달러가 날아갔다는 빈자리에 앉으면서 이게 나쁜 징조가 되는 건 아닐까, 하고 생각했다. 그는 10달러짜리 지폐 한 장과 5달러짜리 두 장을 아주 공손하게 딜러에게 내밀었다. 노름방 운영자들은 봉급날만큼은 포커 테이블 입회비를 20달러로 낮추어 주었다. 많은 사병들을 끌어들이기 위한 술책이었다. 하지만 막상 20달러를 내놓으면 우습게 보는 것이었다. 아무튼 그는 15개의 카트휠, 6개의 하프달러,

2 cartwheel. 1달러짜리 노름 칩.

500

8개의 플라스틱 칩을 받아 들었다. 그는 그 칩들을 만지작거리면서 딜러의 경멸하는 눈빛을 잊어버릴 수 있었다. 왜냐하면 이 지루한 인생의 최고 치료약인, 저 도박의 흥분이 그의 혈관 속에 대마초처럼 퍼졌기 때문이다. 그는 태우는 칩인 빨간 플라스틱을 하나 딜러 앞으로 던져 넣었다. 그의 심장은 세차고 빠르게 펌프질하기 시작했고 그 박동 소리가 자갈밭 위에 탱크가 굴러가는 것처럼 그의 관자놀이 부근에서 요란하게 들려왔다. 노름꾼의 노을이 그의 얼굴에 가득 퍼졌고, 그 뜨거운 열기는 담뱃불을 붙이려는 사람에게 성냥 노릇을 해줄 수 있을 정도였다. 그의 속은 출렁거리다가 내려앉았고 그는 쉴 새 없이 움직이는 세계의 가장자리에 선 사람 같았다.

여기에, 바로 여기에, 테이블 주위에 무심히 떨어지는 저 앞면을 엎어 놓은 카드 속에, 카르마 혹은 변덕스러운 운명의 여신이 깃들어 있어, 하고 그는 생각했다. 여기에 무한, 생과 사의 비밀, 과학자들이 그렇게 알고 싶어 하는 모든 것이 들어 있어. 바로 네 손에 그 운명과 무한이 들어 있어. 아, 그 불가해성을 꿰뚫고 들어갈 수만 있다면, 그걸 읽을 수 있다면 순식간에 1천 달러를 딸 수도 있어. 아니던 그보다 더 짧은 시간에 완전 빈털터리가 될 수도 있어. 아무튼 그 불가해성을 꿰뚫어 본 자는 하느님과 악수를 한 자야. 그들은 테이블 스테이크[3]를 하고 있었다. 승자 앞에는 배춧잎 달러가 가득 쌓여 있었고 그 지폐를 묵직한 은빛 동전들이 누르고 있었다. 인생에서 그토록 위력을 발휘하는 저 빳빳한 초록색 배춧잎을 바라보니 프루는 그 좋은 배춧잎을 와작와작 씹어 먹고 싶다는 충동에 사로잡혔다. 그런 충동은 그 지폐가 사들일

---

3 *table stake*. 자기가 입회한 돈만큼 베팅을 할 수 있고 그 후에 끝까지 5장의 패를 받되 높은 패의 순위에 따라 베팅된 돈을 나누어 가지는 스터드 포커의 한 방식.

수 있는 구매력 때문이라기보다는 그 사랑스러운 배춧잎의 매력 때문이었다. 이 모든 것이 저 천천히 박자 맞추어 떨어지는 카드 속에 깃들어 있었다. 그것은 느릿느릿했지만 필연적인 박자이기도 했다. 아주 나이 많은 노인이 늘 듣고 있는 저승사자의 발걸음처럼.

테이블 주위에는 열 장의 카드가 한 번은 앞면을 내보인 채로, 또 한 번은 앞면을 엎어 놓은 채로 두 번 떨어져 내렸다. 노름꾼들은 지금까지의 친숙한 얼굴을 모두 내던지고 아주 색다른 얼굴을 하고 있었다. 밝은 조명은 무표정한 이마와 코에 이상한 그림자를 드리웠고 그리하여 각 노름꾼은 눈이 없는 째보 비슷한 형상이 되었다. 프루는 이 사람들을 알지 못했다. 그들은 워든도 아니고 오헤이어도 아니었다. 그들은 육체 없는 두 손일 뿐이었다. 오픈 카드를 홀 카드 밑에 넣어 은밀히 살펴보는 두 눈일 뿐이었다. 그 몸뚱이 없는 손은 하프달러 칩을 딜러 앞자리에 던져 넣었다. 이어 추가로 노름 칩을 던지는 동작이 계속되었다. 그 손들은 아주 일정한 박자를 갖춘 사려 깊은 동작으로 카트휠과 더블달러를 던져 넣었다. 까닭 모를 스릴이 프루의 척추를 타고 흘러내렸다. 지난 두 달 동안 불쾌했던 일들은 그의 기억 속에서 완전 잊혀 사라지고 말았다.

첫 번째 판은 규모가 큰 판이었다. 그는 자본금 20달러가 오래가지 못할 것임을 알기 때문에 작은 판을 기대했었다. 하지만 첫 두 장의 패가 잭 원 페어로 높았고 그래서 베팅은 자연 높아졌다. 세 번째 카드가 돌려질 때 그가 입회한 돈은 이미 베팅 금액으로 다 들어가고 말았다. 이것은 테이블 스테이크였기 때문에 설혹 주머니에 돈이 더 있더라도 베팅을 할 수가 없었고, 사실 그는 가외의 돈을 가지고 있지도 않았다. 그가 돈을 딸 수 있는 바구니는 옆으로 젖히고 베팅은 테이블의 한가운데서 계속 진행되었다. 이제 그가 할 수 있는 일이라고는 카드를 계속 받으면서 자신의 최종 패가 높게 나오기만을 바라는 것뿐이었다. 그러나 네 번째 카드에서 오헤이어는 에이스를 잡아 잭 원 페어보다 높은 에이스 원 페어가 되었다. 그리고 모두 그의 홀 카드가 에이스라는 것을 알고 있었다. 그가 죽지 않고 계속 베팅을 해왔기 때문에 그건 충분히 짐작할 수 있었다. 오헤이어는 베팅을 15달러로 높였다. 그는 가슴이 철렁 내려앉았고 자신의 잭 원 페어를 아쉽게 내려다보며 이미 바구니에 돈을 다 집어넣어 잘되었다고 생각했다. 마지막 다섯 번째 카드에서 프루는 또다시 잭을 잡아 잭 원 페어를 오픈 카드로 내보였고 홀 카드로는 또다시 잭을 갖고 있어서 잭 트리플이 되어 오헤이어의 에이스 원 페어를 누를 수 있게 되었다. 그는 가슴이 마구 뛰었고 이미 바구니에 돈을 다 집어넣은 것을 크게 아쉬워했다.

이 한 판으로 그의 바구니에는 근 150달러가 쌓이게 되었다. 오헤이어는 그보다 작은 바구니를 땄다. 워든은 오헤이어를 먼저 쳐다보고 이어 프루를 쳐다보더니 아니꼽다는 듯 콧방귀를 뀌었다. 프루는 느긋하게 자기의 바구니를 당겨 오면서 이렇게 크게 한 번만 더 따면 포커 테이블을 떠나겠다고 생각했다. 워든이 콧방귀를 뀌든 말든 그건 프루가 알 바 아니었다.

그는 다음 판을 꼭 따야 했다. 이제 자금이 충분했다. 그는 딱 한 판만 먹겠다고 생각한 것이 아니라 두 판을 먹겠다고 계획했으므로 계속 머물렀다. 다음 판은 워든에게 돌아갔다. 그 때문에 약 40달러가 나갔고 자본은 1백 달러 정도가 되었다. 그는 두 번째 판을 먹어야 한다는 생각으로 계속 게임에 남았다. 하지만 셋, 넷, 다섯 번째 판을 모두 잃었다. 그의 자본금은 이제 50달러 이하로 떨어졌고 그러다가 여섯 번째 판을 먹었다.

그는 딴 돈을 끌어 오면서 지난 세 판 동안 자본금이 떨어져 가는 것에 비례해 가슴이 쪼그라들던 긴장을 완화할 수 있었다. 그는 이제 더 이상 따지 못하리라는 것을 알았다. 하지만 이제 충분한 자본을 확보해 놓았다. 그의 자본금은 이제 2백 달러 이상이 되었다. 2백 달러는 충분한 밑천이었다. 그는 치고 빠지는 아웃복싱 포커를 하면서 그 게임에 완전 몰두했고 자신의 머리에 맞서는 상대방의 머리와 격돌하는 것을 즐겼다. 그것은 단조롭고 비정하면서 스릴 없는 진짜 포커였다. 그는 소소하게 잃었다 땄다 하면서 진짜 큰 건을 하나 올리려고 애썼다.

그는 게임을 이런 식으로 한없이 끌고 갈 수 없다는 걸 알았다. 2백 달러는 노름방의 큰손들에 비하면 코끼리 비스킷에 지나지 않았다. 그가 이제 바라는 것은 앞의 두 번보다 더 크게 딱 한 번 먹는 것이었다. 그가 운영하는 자본 규모도 어느 정도 되니까 이번에 딴다면 정말 큰 놈이 될 터였다. 그러면 그는 포커 테이블을 떠나 다시는 돌아오지 않을 생각이었다. 원래 약속대로라면 두 판을 먹었으니 그냥 일어서야 했으나, 그는 그 두 판을 한 판으로 치부했고, 이제 그런 한 판을 더 따면 일어서겠다고 생각했으나, 결국 성공하지 못했다.

그가 일어서려고 마음먹은 큰 한 판을 기다리는 동안 그들이 그의 뒷덜미를 잡았고 아예 된통으로 걸리고 말았다.

그는 첫 두 장 모두 10이 들어왔다. 좋은 패였다. 네 번째 카드를 받았을 때 10이 하나 더 들어와 트리플이 되었다. 네 번째 카드에서 워든은 오픈 카드로 킹 원 페어를 내보였다. 워든은 오픈 카드 10 원 페어를 보고서도 체크[4]를 했다. 프루

---

4 *check*. 베팅을 하지 않고 넘어가는 것.

는 조심스러워졌다. 그들이 사기 포커를 하는 것은 아니지만, 판돈이 이 정도 걸리다 보면 어떤 결과가 벌어질지 알 수 없었다. 워든은 킹 트리플[5]을 가지고 있으면서 내숭을 떠는 건지도 몰랐다. 프루는 그런 가능성을 알고 있기 때문에 만만히 속아 넘어갈 사람이 아니었다. 체크가 프루 차례까지 넘어왔을 때, 안테나를 대보기 위해 약간의 증액을 하며 베팅했다. 그가 충분히 잃을 수 있는 정도의 증액이었다. 그러자 세 명이 즉시 죽어 버렸다. 오직 오헤이어와 워든만이 콜을 했다. 오헤이어는 오픈 카드로 에이스, 홀 카드로 에이스를 갖고 있는 게 분명했다. 마지막 다섯 번째 장에서 에이스를 뜨면 에이스 트리플로 워든이나 프루를 충분히 누를 수 있었다. 워든은 콜을 하기 전에 홀 카드를 두 번이나 쳐다보았고 콜이라는 말조차 하지 않았다. 그러니 아직 트리플을 가지고 있지 않은 게 분명했다.

마지막 장에서 오헤이어는 에이스를 받지 못했고 그래서 무심히 죽어 버렸다. 오헤이어는 언제든지 그렇게 무심히 죽을 수 있는 사람이었다. 여전히 킹 원 페어로 프루보다 높은 패인 워든이 체크를 불렀다. 그렇게 되자 프루는 워든이 트리플을 가지고 있지 않다는 것을 확신하고 깊은 안도감을 느꼈다. 그가 보기에 워든은 투 페어를 갖고 있는 것 같았다. 오헤이어의 에이스 원 페어를 떨어뜨렸기 때문에 투 페어로 상대를 제압하려는 듯했다. 워든이 그처럼 상대의 패를 보겠다면 그에 합당한 대가를 지불해야 할 터였다. 프루는 이번 판을 먹었다고 확신하면서 베팅을 25달러로 올렸다. 그에게서 짜낼 수 있는 데까지 짜내자는 속셈이었다. 워든은 아까운 킹 투 페어를 들고 따라올 수밖에 없을 것이었다. 그건 아주 적

5 *king trip*. 10 트리플보다 높은 패.

절한 베팅이었다. 워든은 아까 킹 원 페어가 가장 높은 패였을 때 두 번이나 체크하지 않았던가. 그러나 예상을 뒤엎고 워든은 25달러를 받고 다시 45달러를 얹어 총 60달러로 베팅을 증액했다.

워든이 사악하게 웃는 모습을 보고서 프루는 자신이 코 꿰었다는 것을 알았다. 아주 명치 깊숙이 갈고리가 박힌 것이었다. 킹 트리플이었다. 애송이처럼 상대의 술수에 걸려 넘어가다니. 누군가가 그에게 갈고리를 던진 최초의 케이스였다. 그는 배가 찢어져서 창자가 튀어나올 지경이었으나 콜하지 않을 수 없었다. 이 바구니에는 그의 돈이 너무 많이 걸려 있어서 상대가 블러핑[6]인지 아닌지 확인을 해야 했다. 워든은 판돈을 너무 많이 올려 상대방이 떨어져 나가지 않게 하면서도 최대한으로 베팅을 올리는 방법을 알고 있었다.

이 판에 프루는 2백 달러를 잃었고 이제 남은 돈은 40달러뿐이었다. 그는 의자를 뒤로 길게 빼면서 물러섰다.

「이 자리는 비었습니다.」

워든의 눈썹이 꿈틀거리더니 장난스럽게 위로 치켜 올라갔다.

「이봐, 정말 미안하게 되었군. 내가 돈을 간절히 필요로 하지 않았다면 자네에게 그 돈을 도로 돌려주었을 텐데.」

테이블 주위의 사람들이 웃음을 터뜨렸다.

「아니, 그냥 가지십시오. 톱, 그건 당신 돈입니다. 난 이제 빼줘.」 그가 딜러에게 말했다. 그러면서 속으로 아까 두 번째로 먹었을 때 왜 일어서지 못했던가, 이 바보, 하고 자신을 욕했다. 원래 계획대로 했더라면 좋았을 텐데.

「왜 그래? 얼굴이 아주 창백한데.」 워든이 말했다.

---

6 *bluffing*. 낮은 패를 들고서 높은 패인 것처럼 허세를 떠는 것.

「배가 고파서요. 점심을 안 먹었습니다.」

워튼은 금방 돌아온 스타크에게 윙크를 했다. 「이제 점심 식사를 하기에는 시간이 늦었지? 좀 더 있다 가지그래. 이걸 좀 도로 따가지 않겠나? 40~50달러는 집에 가지고 가기에 턱없이 적은 돈이지.」

「됐습니다. 전 이걸로 충분합니다.」 저자는 왜 사람을 가만히 놔두지 않는 거야? 왜 자꾸 이렇게 갈구는 거야? 비아냥거리는 개자식!

「그래, 하지만 자네는 술도 한 병 있어야 하잖나. 우린 여기 다 친구라고. 즐겁게 지내자고 게임을 하고 있는 거야. 그렇지 않나, 짐?」

프루는 오헤이어를 쳐다보는 워튼의 눈에 잔주름이 잡히는 것을 보았다.

「그렇죠. 돈을 따는 한 누구나 친구로 보이죠. 자, 어서 카드를 돌려.」 오헤이어가 무심히 말했다.

워튼은 부드럽게 웃었다. 「봐, 무지막지하게 하는 것도 아니고 사기를 치지도 않아. 게다가 입회비는 20달러에 불과해.」 그가 프루에게 말했다.

「그만 하십시오.」 프루가 대답했다. 그는 〈제게는 과부가 된 어머니가 있답니다〉라고 나지막하게 말했다. 하지만 아무도 그 말을 듣지 않는 것 같았다. 카드가 이미 덱에서 빠져나오고 있었기 때문이다.

그가 뒤로 빠져나오자 스타크가 그의 갈비뼈를 가볍게 간질이면서 윙크하고서 그 자리에 들어갔다.

「여기 50달러.」 스타크는 딜러에게 말했다.

밖에 나오니 담배와 후덥지근한 입김 냄새가 없는 공기가 차가운 물처럼 프루의 이마를 때렸다. 그는 심호흡을 하면서 천천히 숨을 내뿜었다. 그러면서 다시 노름방 안으로 들어가려는 저 피곤한 불안감을 몰아내려고 애썼다. 그는 자신이 힘들게 번 2백 달러를 저 개자식 워든에게 잃었다는 사실을 믿을 수가 없었다. 이봐 잊어버려, 넌 1센트도 잃지 않았잖아. 포커 테이블에서 20달러를 가지고 시작했으니 20달러를 딴 셈이잖아. 오늘 밤에 쓸 돈은 충분히 확보했잖아. 그러니 너와 나는 어서 여기를 벗어나자고.

시원한 공기는 그의 머리를 맑게 했다. 그는 이게 개인적 다툼이 아니고 그저 포커 게임에 지나지 않는다는 것을 알았다. 그자들을 모두 꺾을 수는 없고 결국에는 자기가 당하고 만다는 것을 알았다. 그는 노름방을 지나 보도로 걸어갔다. 그는 길을 건너왔다. 그의 손은 독서오락실의 손잡이를 잡고 문을 절반쯤 열었다. 하지만 그는 너 자신을 속이려 들지 마, 하고 소리치면서 문을 탕 닫고 몸을 돌려 황급히 오헤이어의 노름방으로 달려갔다.

「야, 이게 누군가?」 워든이 빙그레 웃었다. 「내 자네가 곧 올 줄 알았지. 어디 빈자리 없나? 누가 일어나서 이 오래된 꾼에게 자리 좀 내줘.」

「내가 알아서 해요.」 프루는 거친 목소리로 말하면서 방금 돈 다 털리고 일어서는 노름꾼의 자리에 들어갔다. 그 노름꾼은 워든에게 비참한 미소를 지어 보였는데, 돈 잃은 것을 신경 쓰지 않는 사람처럼 쾌활하게 미소 지으려 했으나 잘 안 되었다.

「자, 자, 어서 패를 돌려. 왜 이렇게 꾸물거리는 거야? 어서 쇼를 진행하라고.」 프루가 말했다.

「이봐! 상대를 한번 크게 해 넘길 기센데.」 워든이 말했다.

「예, 상사님을 태우고 골로 갈 겁니다. 난 뜨거워요. 퍼스트 잭, 베팅하세요.」

하지만 그는 뜨겁지 않았다. 그는 미칠 듯이 짜증이 났을

508

뿐이다. 그건 분명 차이가 있었다. 그가 이미 알고 있었듯이, 남은 40달러를 잃는 데는 세 판 15분이면 충분했다. 전에는 그 게임에 몰두하면서 매 순간을 즐겼다면 지금은 열받은 사람이 되어 무조건 내지르고 보자는 짜증이 앞섰다. 카드를 천천히 돌리는 것마저 짜증이 났다. 그는 완전 빈털터리가 되어 이제 자리를 뜰 수 있게 되자 오히려 강한 안도감을 느꼈다.

「이제 집에 가서 잠이나 좀 자야겠습니다.」

「뭐라고? 오후 3시에?」 워든이 말했다.

「예. 뭐, 안 됩니까?」 젠장 오후 3시부에 안 되었나. 그는 이미 귀영나팔이 울린 것으로 생각했다.

워든은 가소롭다는 듯이 콧방귀를 뀌었다. 「애들은 통 말을 안 들어요. 돈 따고 있을 때 관두라고 내가 말했지? 그런데 자네 내 말을 들었나? 참 잘도 듣더라.」

「그건 잊어버리십시오. 제게 1백 달러만 꿔주면 어떻겠습니까. 꼭 기억하겠습니다.」 테이블 주위에서 웃음이 터져 나왔다.

「미안하군. 나도 지금 본전이 안 돼.」

「난 따고 있는 줄 알았는데.」 또다시 테이블 주위에서 웃음이 터져 나와 그의 기분을 좋게 했다. 하지만 그것이 그의 잃은 돈을 호주머니에 도로 넣어 주지는 못했다. 그는 사람들을 밀치며 밖으로 나왔다.

「톱, 왜 저 친구를 그렇게 갈굽니까?」 프루는 스타크가 그렇게 말하는 것을 등 뒤로 들었다.

「갈군다고? 왜 그렇게 생각하나?」 워든이 화를 내며 말했다.

「내가 알기로, 저 친구는 당신이 갈구지 않기를 바란다던데.」 K 중대의 톱 킥이 말했다. 그는 대머리에 뚱뚱한 사람이었는데, 술을 많이 마셔 눈빛이 풀려 있었다.

「그래요. 그는 혼자서도 잘합니다.」 스타크가 말했다.

워든은 콧방귀를 뀌었다. 「저 친구는 감당할 수 있어. 그는 과거에 권투 선수여서 많이 맞아 봤어. 어떤 자들은 그걸 좋아한다고.」

「내가 저 친구라면 다른 부대로 전출 가겠네.」K 중대의 톱 킥이 말했다.

「그건 안 돼. 다이너마이트가 내주지 않아.」

「자, 자.」 짐 오헤이어가 비음 섞인 목소리로 말했다. 「이게 부인네들의 재봉틀 모임입니까, 카드 게임입니까? 킹이 선, 어서 베팅하세요.」

「자, 5달러 걸었어.」 워든이 말했다. 「이봐, 난 짐 자네의 그런 점이 마음에 들더라. 인간에 대한 동정심이 아주 뛰어나단 말이야.」 그는 아리송하게 말했다. 프루는 마음속으로 워든의 눈가 잔주름이 까치발처럼 잡히는 모양을 볼 수 있었다.

그는 노름방의 건들건들하는 문을 쾅 닫아 그들의 대화를 차단했다. 그는 마음속으로 저 개자식 워든을 미워하고 싶었으나 그럴 수가 없었다. 너무 열받은 나머지 오헤이어의 노름방에서 무료로 제공하는 샌드위치와 커피조차 먹지 않았다는 사실이 생각났다. 하지만 다시 들어갈 수는 없었다.

또 그가 노름방에 가지고 갔던 돈으로 사려 했던 다른 물건들도 갑자기 생각났다. 면도 크림, 새 빗, 새 걸레 등도 사고 싶었고 테일러메이드 담배도 좀 쟁여 놓고 싶었다. 하지만 듀크 믹스처 연초 한 통을 꼬불쳐 둔 것은 그나마 다행한 일이었다.

이봐, 프리윗, 이제 네 돈은 다 날아갔어. 다음 봉급날까지는 빈손으로 살아야 한다고. 그리고 이 달에 로런을 만나는 건 다 틀린 일이야. 다음 달이면 그녀는 은퇴해 본토로 돌아가 있을지도 몰라.

그는 화가 나서 양손을 호주머니에 찔러 넣었다. 그 안에

10센트와 5센트 동전이 약간 들어 있는 걸 발견하고 꺼내어 내려다보며 이걸 어디다 쓸까 생각했다. 이걸 들고 화장실에 가서 동전 포커를 할 수도 있을 것이었다. 하지만 그 동전들을 모아서 2백 달러를 만드는 것은 너무나 어렵다는 데 생각이 미치자 화가 나서 철로 쪽으로 그 동전을 던져 버렸다. 그것은 밤공기 속으로 반짝거리며 날아갔고 이어 철로에 부딪히자 챙그랑 소리를 냈다. 그는 만족스럽게 그 소리를 들었다. 그는 내무반 쪽으로 돌아섰다. 로런을 만나야 되든 말든, 포커를 하든 말든 그는 20퍼센트쟁이한테서 돈을 빌릴 생각은 추호도 없었다. 이곳 록 지역에 온 이래 그들에게서 돈을 빌린 일이 없었다. 그러니 다시 돈을 빌려서는 안 되었다. 노름방에 그자들이 남아 있든 말든.

그는 오헤이어의 노름방 옆에서 자신의 노름방을 운영하는 터프 손힐을 발견했다. 오헤이어는 노름을 하는 중에는 20퍼센트 대금업을 하지 않았다. 터프는 노름도 하지 않고 딜링도 하지 않았다. 그는 주사위 테이블, 블랙잭 테이블, 포커 테이블을 왕래하면서 자신의 딜러들이 자신을 속이지 않는지 감시하고 있었다.

이 키 크고 턱 없고 매부리코인, 미시시피 오지 출신의 촌뜨기는 하류 인생의 혐오스러운 측면은 많이 가지고 있었으나, 그를 보상해 줄 만한 착한 점은 거의 없었다. 비록 영원한 의심의 세계에서 살기는 하지만 그래도 이 촌뜨기는 돈을 빌려주었다. 난 생긴 대로 놀고, 거만한 점은 없어, 그러니 돈을 빌리려면 빌리고 그렇지 않으면 관둬, 하면서 아주 주접스러운 자부심을 내보였다. 그는 같은 중대에 17년 근무하면서 상급자의 궁둥이에 착실히 키스를 해줌으로써 노름방 운영권을 따내게 되었다. 그는 자신이 제압할 수 있다고 생각되는 자에게는 가학적인 잔인한 태도를 보임으로써 그동안의 비굴함을 보상받을 만한 위치에 있게 되었다.

프루가 그를 한구석으로 불러내 20달러만 빌려 달라고 하자, 큰 키를 휘청거리고 허리를 숙이면서 프루의 팔을 가볍게 찔렀다. 「오, 그래 꼴통 프루가 마침내 굴복한다 그 말이지? 약간의 돈이 필요해서 안달이 났다 그 말이지? 봉급날 이외에는 말조차 하지 않는 올드 대디 터프를 찾아와서 돈을 빌려 달란 말이지? 결국 돈 없으면 우리한테 찾아오게 되어 있어, 보이.」 그는 노름방 사람들이 다 들을 정도로 크게 말했다.

그는 지갑을 꺼냈으나 열지는 않았다. 할 말이 남아 있었던 것이다.

「어디로 갈 건데? 서비스? 리츠? 퍼시픽? 뉴세네터? 키퍼 부인의 뉴콩그레스? 난 거기 바삭하게 알아. 내가 거길 도와주고 있다고. 내 말 잘 들어, 친구. 좋은 정보를 하나 가르쳐 주지. 리츠에 새 여자가 하나 들어왔대. 겉보기에는 그리 화끈하지 않은데 속으로 죽여 준다는 거야. 이 여자 어때? 좀 구미가 당기지 않나? 그 여자를 한번 건드려 보고 싶지 않아? 어때?」

여러 명의 플레이어들이 그들을 쳐다보며 웃음을 터뜨렸다. 터프는 그들을 돌아다보며 빙그레 웃었고, 그 순간을 재미있게 여겨 좀 더 끌려고 했다.

프루는 아무 말도 하지 않았으나 자기도 모르게 얼굴이 붉어졌다. 그는 자신의 붉은 얼굴에 속으로 저주를 퍼부었다.

터프는 다시 웃음을 터뜨리며 청중에게 윙크를 했다. 야, 나한테 이런 건수가 걸리는 날도 있구나, 하는 표정이었다. 그는 앙상하고 기다란 코를 프루 얼굴 가까이 갖다 대며 음흉하게 웃었다. 그렇게 웃는 바람에 턱 없는 입이 양쪽으로 기어 올라가 날카로운 V자 모양을 그렸다. 평소 쑥 들어가 있는 흐릿한 눈은 마치 불꽃이 피어오르듯이 밝게 빛났다.

음란한 호기심과 모욕적인 웃음이 가득한 채. 터프는 관중들 앞에서 최고의 기세를 뽐냈다.

「하지만 그 여자가 하자는 대로 해준다면 내게서 돈을 빌릴 필요가 없을 텐데. 그 여자가 무료로 한 코 줄 뿐만 아니라 자네를 기둥서방으로 삼아 돈까지 줄지도 몰라. 그건 어떻겠나?」

청중은 떠들썩하게 웃어 젖혔다. 올드 터프는 이제 신이 났다. 주사위 테이블에서는 주사위 돌리기도 잠시 멈추었다.

「그 여잔 그런 걸 좋아한대. 그건 어때? 한번 시도해 보기 전에는 결과를 알 수가 없는 거야. 그런 남자를 만나기 전까지 여자는 한없이 허전한 거라. 그걸 콱 채워 주는 거지. 할리우드의 기둥서방들도 그런 식으로 많은 돈을 번대. 남자는 늘 돈이 필요해. 그러니 그런 식으로 돈을 당기는 것도 괜찮아. 그렇지 않아?」

「이봐, 저 친구를 좀 봐. 얼굴을 붉히는군. 정말 얼굴을 붉히고 있다니까. 프리윗, 정말 돈을 빌릴 생각이야? 아니면 그냥 한번 해본 소리야? 어쩌면 필요 없어졌을지도 모르지.」

프리윗은 정말 밸이 꼴렸으나 아무 말 않고 묵묵히 있었다. 돈을 빌리려면 입을 닥치고 있을 수밖에 없었다. 게다가 돈은 터프의 수중에 있었다. 오헤이어가 아직 신참일 때부터 그는 G 중대의 노름방을 운영해 왔다. 오헤이어는 후발 주자이기는 했지만 혜성처럼 나타나 상승세를 유지했고 기존의 노름방 운영자들을 모두 앞질렀다. 그 때문에 터프는 그 기다랗고 교활해 보이는 코를 주억거리며 이 새 노름꾼을 미워했다. 그런데 정말 이상한 일은, 그가 돈을 꿔줘서 벌어들이는 작은 돈과 자기의 노름방을 운영해서 번 돈을 모두, 월중(月中)에 오헤이어의 포커 테이블에서 잃는다는 사실이다. 봉급날의 노름방 대목이 끝나고 자신의 노름방을 임시 문 닫으면, 터프는 승자들의 게임에 나가 흥분해 정신 나간 듯이 베팅하면서 계속 돈을 잃었다. 척박한 미시시피 땅의 광포한 장독이 임질균처럼 그의 혈관 속으로 들어가, 그의 의심 많은 증오심을 내공(內攻)하게 만드는 것 같았다. 이성적인 터프가 감성적인 손힐을 저지하는 일을 막아 내기 위해 그가 가진 마지막 한 닢까지 아낌없이 내던지는 것이었다. 그리하여 그토록 미움을 받는 오헤이어, 냉정하고 수학적이고 몰개성적인 오헤이어가 자신의 노름방 수입 이외에 터프의 노름방 수입까지도 가져가는 것이다.

터프는 큐 클럭스 클랜[7]식 남부 유머를 너절하게 한바탕 늘어놓은 다음에 결국 프루에게 20달러를 빌려주었다. 그가 말을 멈출 때마다 하얀 의심의 포말이 백태처럼 그의 입가에 끼었다. 그는 가끔 광인 같은 웃음을 멈추고 이 정직해 보이는 사람이 그에게 사기를 걸어 올 수 있는 1천 가지의 방법에 대해 짐작해 내려고 애썼다. 아무리 정직해 보여도 말이야, 사람이란 알 수 없는 거야. 터프 손힐은 사람에 대해서 한두 가지 아는 게 있지. 터프는 말이야, 사람의 외관만 믿지는 않는다고. 터프는 말이야, 디오게네스 같은 자야. 정직한 놈이라고는 단 한 놈도 보지 못했고, 앞으로도 보고 싶지 않아. 이런 식으로 프루를 모욕하고, 조롱하고, 의심하고, 고문하면서 어디 갈 테면 가라는 식으로 장광설을 늘어놓더니 그가 묵묵히 참고, 마침내 지갑을 열어 20퍼센트 이자에 20달러 전액을 빌려주었다. 돈을 갚을 때가 되어 사기를 치려고 하면 절대 안 된다는 엄포도 잊지 않았다.

그 20달러를 호주머니에 집어넣고 시내로 외출할 준비를 하던 프루는 터프의 뭐 썩는 입 냄새가 자신의 온몸에 퍼져 있다고 느꼈다. 아무리 샤워를 해도 그 냄새를 씻어 낼 수 있

7 *ku klux klan*. 남북 전쟁 후에 미국 남부의 여러 주에서 조직된 백인 비밀 결사 조직. 가톨릭교도, 유대인, 흑인을 배척했다.

을 것 같지 않았다. 그러면서 터프의 지독한 미시시피 매부리코에서 퍼져 나오는 콧김과, 아이크 갈로비치의 썩은 슬라브인 미소와 함께 튀어나오는 가래 중 어떤 것이 더 지저분하고 고약하겠는지 잠시 헷갈렸다. 정말 G 중대는 대단한 부대였다. 정말 사병을 우울하게 만드는 홈 스위트 홈이었다. 그는 계속 옷을 입으면서 이런 생각을 했다. 남자는 좋아하는 여자를 만나기 위해서라면 평소 절대 용납하지 않는 온갖 모욕도 묵묵히 견뎌 내는구나.

제21장

밀트 워든도 포커 게임에서 빠질 생각을 하면서 같은 생각을 하고 있었다. 남자는 좋아하는 여자를 만나기 위해서라면 평소 절대 용납하지 않았을 온갖 모욕도 묵묵히 견뎌 내는구나. 단지 만나는 여자만 다를 뿐이었다.

어쩌면 오늘 밤 모아나에서 캐런 홈스를 만나기 때문인지 몰라, 하고 그는 생각했다. 하지만 카드에서 눈을 뗄 때마다 그의 시선은 메일런 스타크의 허스키한 주름 진 얼굴에 집중되었다. 포탄으로 폐허가 된 자신의 참호에서, 포탄 충격으로 떨어져 나간 자신의 팔을 내려다보는 병사의 충격과 불신의 표정이 워든의 얼굴에 스쳐 지나갔다. 저 상판, 영 불쾌하군. 저놈의 얼굴 때문에 통 카드에 집중할 수가 없어. 나도 모르게 저 빌어먹을 얼굴을 자꾸 쳐다보게 돼. 저 눈과 입이, 마치 죽어서 몽환에 빠져 있는 듯한 캐런 홈스의 알몸을 훑었겠지. 그 여자는 침대 위에서 사랑을 할 때 꼭 죽어 있는 사람 같았어. 난 그걸 명확하게 기억해. 저 스타크 놈도 그걸 명확하게 기억하고 있겠지. 젠장, 이건 뭐 아무 놈이나 집적거리는 여자인 거야? 스타크가 그 여자와 관계를 가진 것은 너무나 명확했다. 스타크는 그 애기를 한 번 꺼내고 나서 그다음에 허풍 떨듯 되풀이하지 않은 것을 보면, 그게 머릿속의 공상을 마구 지껄인 얘기는 아니었다. 아쉽게도, 스타크는 없는 것을 있는 것처럼 꾸며 내는 예술가 타입이 못 되었다. 스타크는 그 얘기를 다른 사람들에게는 하지 않은 것 같았다. 만약 그 랬더라면 지금쯤 그 얘기가 부대 내에 쫙 퍼져 있어야 마땅했다. 게다가 스타크는 에고가 허약해 그걸 보강하기 위해 마구 떠벌리는 그런 스타일이 아니었다. 그는 설명할 수는 없었지만 스타크가 진실을 말했다고 생각했다. 하지만 더 나쁜 것은 스타크 얘기가 챔프 윌슨, 빌어먹을 헨더슨, 오헤이어의 얘기로까지 이어진다는 것이었다. 그는 오헤이어도 한 번 쳐 다보았다. 하지만 그녀는 이렇게 말하지 않았던가.「오, 난 일이 이렇게 될 줄 전혀 몰랐어요.」그는 그 말을 뚜렷하게 기 억했다.「오, 난 일이 이렇게 될 줄은 전혀 몰랐어요.」

「이봐, 난 빠질게.」그가 딜러에게 말했다.「뭔가 좀 화끈한 액션이 있는 게임으로 가야겠어. 저기 등전은 총 97달러야. 내가 이미 세어 보았어.」

「제가 다시 세어 보아도 괜찮겠지요?」딜러가 빙긋 웃으며 말했다.

「물론이지. 단지 내가 이미 세었다고 말했을 뿐이야.」

딜러는 큰 소리를 내며 웃었다.

「이것도 받아 둬.」짐 오헤이어가 하품을 하며 말했다.「나 도 좀 쉬면서 일이 어떻게 돌아가는지 살펴봐야겠어. 이걸 나머지와 함께 서랍에 넣어 두었다가 내가 돌아오면 다시 꺼 내 줘.」

「오케이, 보스.」훈련 중사인 딜러가 말했다. 그는 워든의 지폐는 도로 내주고 오헤이어의 바구니를 서랍 속에 집어넣 었다. 거기에는 딜러가 이미 맡아 놓은 붉은 칩과 동전들이 가 득했다.

「짐, 난 여기서 계속 딜러를 하고 있을 거야.」딜러는 다시 오라는 듯한 목소리로 말했다. 워든은 딜러를 지켜보았다. 그는 오른손으로 카드를 돌리면서 왼손으로는 10달러 지폐만 따로 떼어 냈다. 이어 패를 한 번 돌리자 오른손을 셔츠 호주머니에 집어넣어 담배를 꺼냈다.

자리에서 일어난 오헤이어는 값비싼 초록색 바이저를 뒤에 있는 못에다 걸더니 싱긋이 웃었다. 워든은 성냥을 켜서 담배에 불을 붙이고 이어 딜러에게 대주었다. 딜러는 이제 웃지 않는 얼굴로 담배에 불을 붙이면서 오헤이어를 빤히 쳐다보았다.

워든은 웃음을 터뜨리고, 성냥골을 바닥에 내버린 뒤, 오헤이어를 따라 노름방 밖으로 나왔다. 둘은 한동안 맑은 공기 속에서 심호흡하면서 담배를 피웠다. 오헤이어는 아무 말이 없었다. 그는 머릿속으로 뭔가 복잡한 계산을 하면서 약간 녹이 슨 부대 내 선로를 쳐다보았다.

막사로 돌아가려던 워든은 오헤이어를 쳐다보면서 지금이야말로 저 두꺼운 피부 밑으로 뚫고 들어갈 좋은 기회라고 생각했으나, 저 자동 계산기가 먼저 말해 오기를 기다렸다.

「취사장은 이제 프림이 가버려서 잘되어 가는 것 같습니다.」오헤이어가 먼저 입을 열었다. 수석 부사관이라는 지위를 의식한 의례적인 발언이었다. 만약 다른 사람 같았다면 그는 말을 꺼낼 생각조차 하지 않았을 것이다.

「그래.」워든은 침착하게 기다린 자신을 대견해하며 대꾸했다. 「중대의 다른 행정 부분도 그렇게 잘 돌아갔으면 좋겠어.」

「마촐리가 최근에 골치 아프게 합니까?」오헤이어가 역시 무심하게 물었다.

「그 친구 말고 누가 있겠나? 자네는 어때? 새 총검 지급 문제는 어떻게 하고 있나?」

「아, 그거요?」 그는 녹슨 선로에서 시선을 거두어 워튼을 쳐다보았다. 「톱, 잘되어 가고 있습니다. 레바에게 어떻게 해야 한다고 지시해 놓았어요. 내가 알기로 크롬 총검 대신에 검은 총검으로 절반 정도 교체했고 나머지 검은 총검들은 병참부에 있어요. 지급 완료는 시간문제입니다.」

「얼마나 걸리는데?」

「시간이 좀 없어서 그럽니다. 아시다시피 레바는 할 일이 많아요. 내가 지금 시간을 너무 많이 잡아먹는다는 얘깁니까?」

「아니, 대대 내의 다른 중대들은 이미 교체를 완료했고 회수한 크롬 총검을 2주 전에 병참에 반납했더. 좀 서둘러야 해.」

「알겠습니다, 톱. 사소한 일로 괜히 열 내는 거 아닙니까?」

「짐, 자네는 너무 열을 안 받아서 문제야.」 워튼은 오헤이어를 만나면 늘 느끼는 그 간지러움, 저 골통을 한 번 두드려 주고 싶다는 간지러움을 느꼈다. 그가 싫어서가 아니라 저 계산기 같은 머리를 두드리면 어떻게 되는지 그 결과를 한 번 보고 싶었다. 언젠가 그렇게 하고 말 거야, 하고 그는 속으로 중얼거렸다. 이렇게 생각만 하고 그치는 게 아니라 언젠가 직접 행동에 나설 거야. 그럼 그들은 나를 강등시키겠지. 그러면 행복한 말단 이등병으로 돌아가는 거야. 골치 아픈 일도 없고 할 일도 없이 취생몽사하면서 소총을 어깨에 둘러메고 행복하기만 하면 되는 거야. 언젠가 난 그렇게 할 거야.

「열받는 것은 별 도움이 되지 않습니다. 톱, 사소한 일은 잊어버려도 돼요. 그리고 흥분하면 중요한 것을 놓치게 됩니다.」

「그러니까 연대 본부와 노름방의 관계 같은 거? 또는 홈스 대위의 사소한 의견? 자네는 그 의견을 늘 중요하다고 생각하지.」

「뭐 그런 얘기는 아닙니다.」 오헤이어는 빙긋 웃었다. 그가 웃자 뺨이 굳어지고 입 꼬리가 위로 치켜 올라가면서 이빨이

드러났다. 「하지만 그렇게 말씀했으니, 그게 좋은 사례가 될 것 같습니다.」

「나를 겁주려 한다면 통하지도 않을뿐더러 우스꽝스럽게 돼. 난 매일 밤 이러다가 이등병으로 강등되어 다음 봉급날에는 30달러를 수령하게 되는 게 아닌가 생각하고 있어.」

「그래요. 부사관들은 책임진 게 많지요. 저를 한번 보십시오.」 오헤이어는 뒤의 노름방을 손으로 가리켰다.

이렇게 말해 봐야 무슨 소용인가? 저자와는 얘기가 안 돼. 저자와 얘기하는 유일한 방법은 화를 벌컥 내며 윽박지르는 거야. 지난번 보급실에서 군복 지급 문제로 얘기 나누다가 그렇게 했던 것처럼. 좋아, 더 이상 말을 돌리는 건 소용없어.

「이봐, 크롬 총검을 검은 총검으로 바꾸는 일 같은 게 계속 밀려올 거야. 소총도 곧 M1 소총으로 교체하게 되어 있어. 또 베닝 부대에서 철모도 새것으로 바꾸는 걸 검토하고 있는 것으로 알아. 장비뿐만 아니라 행정 분야에서도 많은 변화가 있을 거야. 나는 앞으로 행정실과 인사 기록만으로도 양손이 가득 찰 거야. 보급 문제는 신경 쓸 수가 없다고.」

「나와 레바가 할 겁니다.」 오헤이어가 무표정하게 말했다. 「우리 보급실 문제에 대해서는 아무도 불평을 해오지 않았어요. 당신을 빼놓고는. 레바와 내가 잘 다루고 있다고 생각합니다. 그렇지 않습니까, 톱?」

뻔뻔한 자식! 워든은 그런 생각을 하며 피하 주사를 불빛에 비춰 보기 시작했다. 그래, 그렇다면 한번 찔러 봐야지. 어떤 반응을 보이는지.

「레바가 우리 중대에서 전출 가면 어떻게 할 생각인가?」

오헤이어가 웃음을 터뜨렸다. 그의 얼굴이 다시 가면이 되었다. 「톱, 저를 겁주려 하지 마십시오. 다이너마이트는 레바의 전출을 승인하지 않을 겁니다. 그런 술수를 생각하다니 너무하십니다.」

「하지만 연대 본부에서, 델버트 대령이 직접 그런 인사 명령을 내리면 어떻게 할 건가?」 워든이 빙긋 웃었다.

「그러면 다이너마이트는 그 명령을 영감에게 다시 가지고 가서 인생의 움직일 수 없는 사실을 설명하면서 번복할 겁니다. 다 알면서 왜 이럽니까, 톱.」

「아니, 난 몰라. 자네는 다이너마이트를 잘 몰라. 중대장이 소령 진급 기회도 아랑곳하지 않고 큰 영감한테 마구 따질 거라고 생각한다면 오해야.」

오헤이어는 그를 무표정하게 쳐다보았다. 하지만 이번에는 머릿속의 계산기가 약간 움직이는 것 같았다.

「짐, 레바는 M 중대에 계속 말을 넣고 있어. 그들은 보급 부사관이 필요한 실정이거든. 그 중대로 전출 가면 레바는 자동 진급되는 거야. M 중대의 중대장은 레바를 너무 필요로 해서 3대대 대대장에게 이미 말을 해놓았다는 거야. 짐, 이렇게 되면 중령이 큰 영감한테 신청한 것이기 때문에 다이너마이트도 만만치 않을 거야.」

「정보 감사합니다. 저도 한번 알아보겠습니다.」

「이건 정보가 아니야.」 워든, 너는 지금 이 게임을 즐기고 있지? 저자를 이런 식으로 찌르는 걸 말이야. 「자네와 다이너마이트가 개입하여 저지할 수 있을 정도로 있으나 마나 한 얘기라면 아예 말하지도 않았을 거야. 레바는 좋은 친구야. 난 그렇게 철저히 야비한 놈은 못 돼.

짐, 레바의 전출은 시간문제야.」

오헤이어는 아무런 대꾸도 하지 않았다.

「그래서 자네에게 개인적인 부탁을 하나 할까 해. 자네가 직접 다이너마이트에게 보급실 근무에서 빼달라고 할 수는 없겠나? 보급실 근무가 지겨우니 정규 근무로 돌아가겠다고 말이야. 그러면 내가 레바에게 자네 보직을 줄 수 있어. 나에게 개인적 특혜를 주는 셈치고 그렇게 할 수 없겠나? 자네는 잃을 게 하나도 없어. 나는 레바를 지킬 수 있고.」

오헤이어는 역시 무심하게 그를 쳐다보았다. 그의 머릿속 계산기는 방울 소리를 울리며 바쁘게 돌아갔다. 그러나 표정에는 거의 드러나지 않았다.

「난 지금의 보직이 좋습니다. 내 지위를 바꾸어야 한다고 생각지 않아요. 톱이 그렇게 말한다고 하더라도. 사정이 정 어려워져서 중대장이 나를 잉여 병력으로 돌려 훈련 중사를 시킬 수도 있을 겁니다. 하지만 현재로서는 보급실이 좋아요.」

「짐, 레바가 전출 가면 보급실을 좋아하지 않을 걸세.」

「어쩌면 전출 가지 않을 겁니다.」

「전출 가게 되어 있어.」

「어쩌면 가지 않을 겁니다.」 오헤이어가 다시 말했다. 그의 어조에는 약간 위협적인 분위기가 있었는데 겉으로 드러내 놓고 말하는 것보다 더 많은 것을 알고 있다는 인상을 풍겼다.

「오케이.」 워든은 자신의 피하 주사가 상대의 두꺼운 피부 밑까지 찌르지 못한다는 것을 알았다. 그는 담배꽁초를 선로 쪽에 버렸고 낮 동안에는 잘 보이지 않던 담배 불빛이 이제 어두운 황혼 속에서 반짝 빛나는 것을 보았다.

워든은 몸을 돌려 걸어가면서 속으로 싱긋 웃었다. 그는 노름방의 코너를 돌아가기 직전 고개를 돌리고 말했다. 오헤이어는 무심히 그를 쳐다보고 있었다.

「짐, 난 자네가 아주 특별한 존재라고 생각해 왔어. 감정이 전혀 없는 사람이라고 보았지. 자기가 가진 것을 냉정하게 베팅하고 또 잃어도 냉정하게 견디는 그런 일을, 아주 자연스럽게 해내는 사람이라고 생각해 왔어. 참으로 낭만적인 생각이지 않나?」

워든이 코너를 돌아가는 동안, 오헤이어는 그 등을 쳐다보면서 여전히 무심한 표정이었다. 그러나 머릿속의 계산기는 나름대로 바쁘게 돌아갔다.

워든은 막사로 돌아가면서 이런 생각을 했다. 그래, 오헤이어에게 피하 주사를 찔러 보았으나 통하지 않은 것은 문제도 아니야. 어쩌면 다이너마이트가 저자를 정규 근무로 돌릴지도 몰라. 짐이 노름방을 운영해 다이너마이트에게 도움을 주고 있는 것은 사실이지만 권투 선수로서는 별 볼일 없어. 그러니 잉여 인력으로 판정해 줄 수도 있어. 누가 알아? 인사라는 건 모르는 거야. 다이너마이트는 짐을 강등시키지 않을 거야.

또는 다이너마이트가 짐을 본부 중대로 전출시켜 줄 수도 있어. 짐은 늘 거기서 근무하고 싶어 했으니까. 어쩌면 짐을 보급실에 고정시키고 우리 중대에서 계속 일하도록 할 수도 있을 거야. 하지만 먼저 보급 학교를 다녀오지 않으면 그가 할 수 있는 일은 아무것도 없을 거야. 그렇다면 그자를 보급 학교에 보낼 수도 있지. 만약 내 부탁대로 오헤이어가 보급실 근무에서 빠지겠다고 한다면 다이너마이트는 이런 가능성들 중 하나를 취할 수 있어. 어쩌면 짐의 머릿속 계산기가 내 희망을 받아들였을 수도 있지. 아니면 전혀 겁먹지 않았거나.

예상외로 다이너마이트가 짐을 잉여 인력으로 판정할 수도 있어. 난 다이너마이트가 그렇게 해주었으면 좋겠는데. 저 머릿속 계산기는 전혀 사태 파악을 못하고 특과 보직을 잃는 것이 싫다는 생각에만 매달릴지 모르지. 평범한 인간들이 다 그렇게 반응하는 것처럼. 어쩌면 다이너마이트가 짐을 잉여 인력으로 돌리지 않을 수도 있고.

하지만 워든은 그 반대의 경우를 믿고 싶었다. 그렇게 정반대의 생각을 하는 것이 그의 마음을 편안하게 했다. 그는 편

안한 마음으로 막사로 갔다. 샤워를 하고 옷을 갈아입고 시
내로 나가기 위해서였다. 시내로 나가면 적당한 바에서 술을
마시고 와이키키가 아닌 시내의 바, 사격 경품장, 창녀집 등
을 방황하다가 시간이 되면 와이키키의 모아나로 가서 캐런
홈스를 만날 터였다. 노름방에 너무 오래 있어 내의와 셔츠
가 완전히 땀에 젖어 있었다. 그는 막사 앞의 계단 중간에 서
서 팔을 들고 겨드랑이의 냄새를 맡아 보았다. 철분과 소금이
짭짤하게 배어 있는 남성의 냄새, 가슴에서 뿜어져 나오는 남
성의 냄새였다. 자신의 단단한 허벅지와 근육 덩어리의 날씬
한 허리와 사타구니에서 풍겨져 나오는 냄새이기도 했다. 그
는 밀트 워든이었고, 오늘 밤 시내에서 캐런 홈스를 만나는
것이었다. 하지만 그때 갑자기 그의 마음속 마음은 메일런
스타크의 허스키한 주름 진 얼굴을 떠올렸다. 그러자 막사
벽에 그 얼굴의 그림자가 어른거렸다. 갑자기 콧속으로 생선
썩는 냄새가 흘러들었다. 그는 오른손을 들어 꽉 쥐면서 마치
권투 선수가 샌드백을 두드리듯이 벽 위의 그림자를 마구 쳐
댔다. 그는 얼얼해진 오른손을 내리고 경멸하는 표정을 지으
며 2층으로 올라갔다. 샤워를 하고 옷을 갈아입고 모아나에
서 캐런 홈스를 만나기 위해.

피트 카렐슨은 내무반 침상에 앉아 있었다. 두 틀의 틀니
를 손바닥에 든 채 쏙 들어간 입으로 워든을 쳐다보았다. 그
는 틀니를 재빨리 테이블 위에 내려놓았다.

「자네, 손이 왜 그래? 갑자기 권투를 다시 하게 되셨나?」 그
가 궁금한 듯 물었다.

「자네의 이빨은 어떻게 되셨나? 다시 식당에 갔다 오셨나?」
워든이 경멸하는 어조로 대꾸했다.

「철 좀 들게. 난 자네의 손에 관심을 표했을 뿐이야.」 카렐
슨이 기분 나쁜 어조로 말했다.

「오케이, 기분이 좀 나쁠 거야. 난 단지 자네의 그 빌어먹을 이빨에 관심을 표했을 뿐이야.」 워든은 거울로 다가가 자신의 증오스러운 얼굴을 쳐다보면서 바지 속에 들어간 셔닐사(絲) 셔츠 아랫자락을 마구 뽑았다.

「늘 거친 소리를 하고, 늘 사람을 찔러 대는군. 난 다정하게 물었을 뿐이야. 짜증은 부려서 무엇 하나, 성화는 내어서 무엇 하나. 그렇게 시건방지게 굴면 못써.」

워든은 대꾸하지 않고 거울만 쳐다보았다. 그는 셔츠의 단추를 다 끄르고 벗어서 침상 위에다 던졌다. 이어 혁대의 버클을 풀기 시작했다.

「뭐 하는 거야? 시내 나갈 준비하는 거야?」 피트가 대화를 유도하기 위해 말을 꺼냈다.

「아니, 난 초이스로 갈 거야. 그래서 민간복으로 갈아입고 있어.」

「초이스에 가는데 민간복? 지옥에나 가라.」

「난 초이스에 가서 술꾼의 지옥으로 갈 거야.」

「나도 그럴까 생각 중이었어. 왠지 오늘은 시내에 나가기가 꺼려지는데.」 피트가 테이블 위에 놓인 틀니를 슬쩍 내려다보며 말했다. 「시내 외출은 만날 그게 그거야. 같은 곡조의 되풀이라고. 시내 외출이 결국 남겨 놓는 것은 뭐냐, 지독한 숙취뿐이지. 난 그게 지겨워.」 그는 다시 한번 틀니를 슬쩍 내려다보았다. 「그러다 보니 시내에 나가는 게 별로야. 차라리 초이스에 가는 게 나아.」

「좋아, 그럼.」 워든이 거울에서 돌아섰다. 그는 벗어 놓은 셔츠를 다시 집어 들고 입더니 단추를 잠그기 시작했다. 「가자고, 뭘 그렇게 꾸물거리는 거야?」

「어디, 초이스에? 정말이야?」

「그럼. 자네 말대로 시내에 나가서 뭘 해.」

「난 뻥치는 줄 알았지.」 그는 이빨 없는 입으로 썩은 미소를 지으면서 테이블에서 틀니를 집어 들었다. 「하여간 자넨 알아줘야 해.」 그가 틀니를 도로 테이블에 내려놓으며 말했다.

그들은 텅 빈 내무반을 통과해 나갔다. 워든은 바지의 단추를 풀고 셔츠 밑자락을 바지 속으로 넣은 다음 다시 바지 단추를 잠그고 넥타이를 맸다. 피트는 걸어가면서 신난 목소리로 말했다.

「맥주를 한 박스 마시자고. 이번엔 주방에 앉아서 마시자고. 봉급날 초이스 홀에 앉아서 마시기는 싫어. 젊은 애들이 너무 시끄럽게 떠들어서 말이야. 아니면 피처 네댓 개를 가지고 풀밭에 나가 마시든가. 그게 더 낫지 않겠어?

술이 좀 취하면 말이야, 와히아와의 빅 수에 가서 한 년 꿰차고 한 코 뜨는 거라. 그리고 돌아오는 거야.」 그들은 이제 계단 앞까지 왔다. 「야, 그러고 보니 틀니를 가져와야겠는데.」

워든은 아무 말 없이 멈춰 섰다. 그는 담배에 불을 붙이고 포치 난간에 기대어 다리를 X자로 교차시키면서 팔짱을 꼈다. 그는 갑자기 화강암 속에 조각해 넣은 석상 같은 모습이 되었다. 스크린 바깥에 짙어 가는 황혼을 배경으로 서 있는 영락없는 석상이었다. 그는 현실과 유리된, 공중에 매달린 유령처럼 서 있었다.

피트가 돌아오자 그 석상은 움직이지 않고 말을 걸었다. 말을 하자 입 가장자리에 꽂힌 담배의 불빛이 위아래로 오르내렸다. 그 석상 중에 살아 있는 부분은 그 불빛뿐인 듯했다.

「피트, 자네의 문제점은 말이야……」 그 목소리는 석상이 아니라 담배 불빛에서 흘러나오는 듯했다. 「한 치 앞을 내다보지 못한다는 거야. 보이는 건 그 콧물이 줄줄 흐르는 자네 코밖에 없지? 자네는 인생에 대해서 깊이 생각하지 않으려고 인생의 사소한 사항들에 너무 신경을 써. 가령 한 코 뜨러 가려면 틀니를 끼고 갈 것인가 말 것인가 고민하는 게 그런 거지. 내 동생의 교구 아줌마들이 고해 성사에 갈 때 화장을 할 것인가 말 것인가를 놓고 고민하는 것과 비슷해. 온 세상이 요동을 치고 있는데, 자네 생각은 그저 그 틀니를 가지고 와야 한다는 것뿐이야. 왜 교회를 찾아가서 신부의 손을 잡고 평화를 기도해 달라고 하지 않나? 자네는 그렇게 할 나이가 되었어. 다른 모든 사람들처럼 일상의 사소함이라는 질병을 앓고 있단 말이야.」

피트는 그런 맹렬한 공격을 받자 틀니를 입속에 끼워 넣으려던 동작을 순간 멈추었다. 그는 입속에 엄지손가락을 집어넣은 상태로 그 2차원적 화강암 석상을 노려보았다.

「독일에서 나치가 득세한 것은 바로 자네 같은 사람들 때문이야.」 워든이 아니라 석상의 목소리가 설교를 계속했다. 「자네 같은 사람들 때문에 언젠가 이 나라에도 파시즘이 판을 칠 걸세. 우리가 세계의 일에 끼어들어 남들을 대신하여 뜨거운 밤을 꺼내 주고 영국을 위해 이 전쟁에서 이긴 다음에 말이야. 그럴 때도 자네는 마촐리와 기타 한심한 행정병들과 마주 앉아 의논만 하고 있을 거야. 주제는 아무래도 상관없이 그저 의논을 위한 의논을 하는 거야. 내 동생 교구의 아일랜드인 부녀회처럼 화요 문학 클럽이나 하나 결성하지그래? 이 먹물들아!」

석상은 그 얼어붙은 동결 상태를 벗어나 계단 쪽으로 갑자기 달려갔다. 그의 발은 줄넘기를 가볍게 뛰어넘는 권투 선수의 발처럼 경쾌했다.

「이 바보 같은 화상아, 어서 와. 거기서 뭘 기다리고 있어?」 워든이 소리쳤다.

피트는 중단했던 틀니 끼워 넣기를 완료하고 입을 두세 번 다물어 틀니를 안착시켰다. 그는 헷갈린다는 듯 머리를 흔들며 묵묵히 따라갔다.

「그럼 자네는 도대체 뭘 한다는 거야?」 피트가 화난 목소리로 말했다. 워든은 중대 마당을 씩씩하게 걸어 나갔고 카렐슨은 보조를 맞추기 위해 뛰어갔다. 피트는 좋은 시간을 예상했다가 갑자기 그렇게 한 방 맞아 버리자 기분 나쁜 기색이 역력했다. 거의 외치는 목소리로 그가 물었다. 「그럼 자네는 인생의 사소한 사항들에 매달리지 않는단 말이야?」

「물론이지. 매달릴 필요가 뭐야? 그리고 소리치지 마.」

「이봐, 왜 날 갈구는 거야? 난 소리치고 있지 않아. 우리가 이 전쟁에 참여해서 이겨야 한다는 애기는 뭐야? 우린 이미 전쟁 속으로 들어갔어. 군대만 보내지 않았을 뿐이지.」

「그래, 그건 그래.」 워든이 동의했다.

「어쩌면 소련 놈과 일본 놈이 서로 멱살 잡고 싸워서 우리는 참전 안 해도 될지 몰라. 아무튼 그 두 나라는 우호 조약에도 불구하고 싸울 것 같아.」

「좋아, 좋다. 죽는 놈이 많을수록 먹는 놈도 적고, 그래서 난 더 많은 맥주를 먹을 수 있어. 도대체 뭘 주장하려는 거야?」

「말이 되는 소리를 좀 해. 난 주장하는 게 아니야. 자네가 주장하고 있어. 자네가 시작했다고.」

「그래? 그럼 지금 당장 끝내도록 하지.」

워든은 화를 내며 포치의 쓰레기 하치소와 빈 상자들 더미 사이의 스크린 문을 열고 초이스의 주방으로 불쑥 들어갔다. 피트 또한 화를 내며 그 뒤를 따라갔다.

그들은 초이스의 주방에 앉아 술을 마실 수 있는 특혜를 누리는 연대 내 열 명 내외의 부사관들 중 한 명이었다. 두 사람은 이제 주방에 앉아 넥타이를 풀고 셔츠 단추를 끄르면서 소매를 두 번 접어 올렸다. 잘 닦아 놓은 고기 수납함에 발을 올려놓으며, 구석의 높은 의자에 앉아 있던 올드 초이에게 맥주를 가져오라고 시켰다.

「헤이, 올드 초이, 이 이교도 중국인.」 워든이 소리쳤다. 「빨리 맥주 가지고 와 해. 맥주 열 병 가지고 와 해. 빨리빨리!」

워든이 손가락 열 개를 모두 펴 보였고 구석에 앉아 있던 팔십 노인은 갑자기 깨어나 활짝 웃으면서 주방을 가로질러 냉장고 있는 곳으로 하얀 수염을 휘날리며 달려갔다. 올드 초이는 워든만 보면 늘 빙그레 웃었다. 맏아들 영 초이가 아버지로부터 가게를 물려받은 다음부터 젊은 사람들이 꼬이는 앞쪽 홀에는 나오지 못하게 했던 것이다. 오래전에 조상들에게 제사 올리는 것을 포기한 영 초이는 검은 실크 모자에 기다란 청삼을 입은 아버지가 장사에 방해된다고 생각하여 주방에 앉아 있도록 했다. 오늘은 봉급날이라 영 초이는 정신없이 손님 서빙을 하고 있었다. 올드 초이는 그래서 심심해하던 참이었다. 하지만 주방에 들어와 술을 마시는 워든은, 우울할 때마다 노인을 상대로 농담을 걸었고 노인도 그걸 좋아했다.

「허바허바, 빨리빨리.」 워든이 피트에게 윙크를 하면서 노인에게 소리쳤다. 「위키위키, 찹찹. 늙은 염소, 발바닥이 끈적한 바닥에 달라붙는구나. 나 배고파, 노인, 빨리빨리 해.」

올드 초이는 맥주를 한 아름 안고 수납함 쪽으로 달려왔다.

「올드 초이, 당신 염소야.」 워든이 빙그레 웃었다. 「당신 염소 알지? 당신 어머니가 염소라고. 그래서 당신을 염소로 낳은 거야. 염소, 염소, 바아아아 하고 우는 염소.」 그는 목에다 손을 대고 염소가 우는 시늉을 했다.

올드 초이는 수납함 위에다 맥주를 올려놓았다. 그의 아몬드빛 눈은 거의 감겨 있었으나 그래도 흔하게 빛났다. 그는 늙은 염소라고 불린 것에 즐거워하면서 껄껄거렸다.

「나 염소 아니야.」 올드 초이가 웃으며 말했다. 「월든, 당신이 염소야.」 그는 R와 L을 제대로 구분해 발음하지 못하여 워든을 월든이라고 했다.

워든은 수납함 옆에 있던 빈 캔을 집어 들었다. 그의 눈과 커다란 얼굴은 환하게 빛나고 있었고 전신에서 즐겁게 놀자는 백열의 에너지가 콸콸 솟구치고 있었다.

「이것 좀 봐, 늙은 염소.」 그는 사납게 소리쳤다. 워든은 두 엄지손가락을 축으로 하여 나머지 손가락들로 그 빈 캔을 반으로 쪼그라뜨렸다. 「이거 봤지? 당신 이렇게 할 수 있어? 당신, 나를 염소라고 불렀지. 그러면 당신을 이렇게 만들어 버린다. 이거 봤어?」

그는 또 다른 빈 캔을 집어서 반으로 쪼그라뜨렸다. 이어 수납함 위에 세워 놓은 캔들을 모조리 그런 식으로 찌그러뜨려서 등 뒤의 쓰레기통에다 내던졌다. 「이거 봤지? 이거 봤지? 나한테 시비 걸지 않는 게 좋을 거야. 늙은 영감 염소.」

그 중국인은 워든의 앞에 서서 주름 진 얼굴을 활짝 펴며 웃었다. 그의 어깨는 즐거워서 들썩거렸고 그의 머리는 노인처럼 흔들거렸다.

「우리 사람이 맥주 가져왔어.」 올드 초이가 즐겁게 웃으며 손을 내밀었다. 「맥주 가져왔어. 이제 즐겁게 놀아.」

「하하, 호호. 우리 사람 안 놀아. 돈 없어.」 워든은 오른손을 내밀어 주먹을 쥐더니 엄지와 중지를 펴서 공중에 동그란 표시를 해 보였다.

「당신 여자 데려오면 우리 사람 놀아 준다.」

그는 돈의 표시도 되지만 여자의 표시도 되는 그 손가락을 올드 초이의 코앞에 내밀었다.

「늙은 염소, 내게 노는 방법을 가르쳐 줘. 그러면 따라서 할 테니까.」

「당신 놀 줄 안다. 당신 놀 줄 알아, 월든.」 올드 초이가 즐거워하는 목소리로 낄낄거렸다.

워튼은 지갑을 꺼내 지폐 한 장을 노인에게 건네주었다. 「늙은 영감 염소, 당신은 여우처럼 영리해. 당신 돈 많이 벌어 해. 당신 아들 백만장자야.」

올드 초이는 기분 좋게 웃으면서 너구 가늘어 거의 속이 들여다보이는 손으로 워튼의 넓적한 어깨를 두드렸다. 그는 그 돈을 가지고 문 앞으로 가더니 부드러운 중국어로 아들을 불러 그 돈을 가져가게 했다. 이어 그는 웃는 얼굴로 잔돈을 가지고 왔다. 그는 다시 구석의 의자에 앉아 그 밝지만 늙은 눈을 쉴 새 없이 움직이며 지켜보았다.

「아.」 피트는 한숨을 내쉬었다. 그는 손등으로 입가의 맥주 거품을 닦아 냈다. 이어 그는 코끝에 매달려 있는 거품을 엄지와 중지로 쓱 닦아 낸 다음, 빈 맥주 캔을 시멘트 바닥에 내던졌다. 「아.」 그가 말했다. 「아, 친구.」

피트는 22년 동안 근무한 산꼭대기에서 그 놀이의 의식을 슬픈 눈빛으로 내려다보았다. 이제 그가 나름대로 놀이 의식을 시작했다.

「밀트, 파나마에 있는 코코넛 그로브의 비주 극장 기억나?」 그는 슬픈 목소리로 말했다. 「벌써 세월이 많이 흘러, 거기 그대로 있는지 모르겠네.」

「물론 기억하지.」 워튼이 의자에 앉아 상체를 좌우로 흔들면서 대답했다. 「발보아 거리의 레드도그 극장도 기억해. 그일대는 지구 정비를 했기 때문에 이제는 아마 문을 닫았을 거야. 설사 문을 닫지 않았더라도 곧 폐쇄할 거야. 이 어린 징집 병사들이 군에 들어오면 그들의 어머니가 극성을 부려서 지구 정비를 안 할 수 없을 거야. 지난해 스토리빌도 그런 식으로 해서 정리되었잖아.」

「그래, 맞아. 놀란 씨네 가족도 예전 같지 않아. 그들은 옛

시장을 허물고 그 자리에 위생적인 새 시장을 건설했다고 하더군. 그거 알고 있지, 밀트?」

「그럼.」 워든은 무심하게 대답했다. 이렇게 옛날이야기가 재탕되니 파티의 에너지가 시들해지기 시작했다. 그는 에너지를 뽑아 올리기 위해 맥주를 한 캔 더 마셨다.

「그래, 좋은 시절이었지.」 피트는 감회가 새로운지 천장 구석을 한 번 올려다보았다. 「콜론, 발보아, 파나마시티. 운하의 갑문을 따라 부대를 설치했지. 코코넛 그로브. 비주 극장은 말이야, 포르노 그림만 팔았어. 뉴스 릴, 만화, 사진 등. 내 컬렉션에 들어 있는 좋은 그림은 전부 그로브에서 수집한 거야. 요새는 도저히 옛날 같지 않아. 밀트, 기억나? 헌병들이 아무리 사고 친 사병을 쫓아오다가도 그가 일단 집 안에 들어가면 아무 권한이 없었던 거? 창녀가 일단 사병을 2층에 올려놓으면 그걸로 끝이었어. 2층에 올라간 녀석을 끌고 간다는 것은 미시시피강에 떨어진 감자알을 찾는 거나 다름없는 일이었어. 야, 당시는 정말 다들 사내다웠지.」

「자네, 그 포르노 컬렉션 갖고 있는 거 들키면 말이야…….」 워든이 조롱했다. 「자네야말로 미시시피강의 감자알 신세가 되고 말 거야. 피트, 포르노그래피 소지는 영창 5년에 제대 불가야.」 이런 재탕 삼탕의 옛날얘기가 놀이의 기분을 깨뜨리자 턱을 뻣뻣하게 하고 불알을 얼게 하는 권태가 몰려왔다.

「한번은 말이야, 어떤 깔치를 데리고 비주에 가지 않았겠나.」 피트가 자못 감상에 젖어 회고했다. 「자네, 그걸 상상할 수 있겠나? 당시 나는 성질이 불같았지. 그렇고말고. 아주 불자동차였지.」

「피트, 맥주 몇 개 먹었어?」

「겨우 네 개야. 왜? 취한 것 같나? 그 깔치는 말이야, 농장주의 딸이었던 거라. 그 아버지가 약 5백 명의 구크 노동자를 데리고 있었고 그녀는 아주 편안한 생활을 하고 있었어. 아주 도덕적인 처녀였지, 밀트. 나는 그녀를 하이클래스 디너에 데려갔고 이어 비주로 갔어. 인생의 생성한 현장을 목격한 건 그녀에게 커다란 충격이었어. 하지만 잘 견뎌 내더군. 그 이후부터 나를 아주 좋아했지.」 피트는 새로운 맥주 캔을 땄다.

「좋아, 어서 나머지를 얘기해 봐.」

「그게 전부야.」 피트가 말했다.

「내가 지난번에 들었을 때는 다르게 얘기했는데.」

「그랬지.」 피트는 여전히 감상에 젖은 목소리였다. 「자넨 내게서 뭘 기대하나? 그때는 지금과 다른 분위기였지.」

「오, 그래? 헤이, 올드 초이, 파파 상, 여기 맥주 더 가져와. 안 그러면 파파 상 얼굴의 수염을 뽑아 버릴 거야.」

올드 초이는 의자에서 일어나 빙긋 웃으며 냉장고로 달려갔다.

「왜 저 노인을 그토록 못살게 구는 거야?」 피트는 여전히 진한 감정에 사로잡힌 채 물었다. 「왜 저 노인을 조용히 내버려 두지 못하는 거야? 늙어서 아무 힘도 없는데.」

「난 노인을 괴롭히는 게 아니야. 그와 나는 서로 잘 이해해. 안 그래, 올드 초이?」

「자, 이제 놀아 봐.」 올드 초이가 빙그레 웃으며 맥주 캔을 내려놓았다. 「놀아 봐, 월든.」

「봤지?」 워든이 말했다. 「아무도 이제 그를 필요로 하지 않아.」 워든이 또 다른 지폐를 꺼내며 말했다. 「그는 이 가게를 소유하고 있지만 아들이 운영해. 아들이 돈을 받아서 아버지에게 용돈을 주고 또 어떤 일을 하라고 말해. 나는 중대의 수석 부사관이지만 모두 나보고 중대를 이렇게 저렇게 운영해야 한다고 말들 해. 내가 인사계고 정식 봉급을 수령하고 있지만 그들은 누구를 진급시키고 누구를 강등시키고 어떻게 중대를 운영해야 한다고 일일이 참견해. 나와 올드 초이는 서로 이해하는 바가 많아.」

「그래, 자네가 여러 군데에서 압박을 받는다는 건 나도 알아.」 피트가 말했다.

「심지어 마촐리도 내게 행정실 운영에 대하여 코치를 하려고 들어. 자, 여기서 나가자. 지금 몇 시야?」

「8시. 어딜 나간다는 거야? 난 여기가 좋아지기 시작하는데.」

「하지만 여기 더 있다가는 자네가 맥주 캔에 코 빠뜨리고 울어 버릴 것 같아.」

「자네는 이해하지 못할 거야.」 피트가 더욱 감상적인 분위기에 빠져 들며 말했다. 「내가 그동안 보아 왔던 것들, 내가 그동안 해온 일들, 그것들이 모두 사라져 버렸어. 모두 사라져서 더 이상 찾아볼 수 없게 되었다고.」

「그래. 하지만 난 그걸 더 이상 참아 줄 수가 없어. 자네가 날 죽이고 있다고.」

「하지만 자네는 이해하지 못할 거야. 근데 어디로 가려고?」

「앞쪽 홀로 나가자.」 워든은 피트를 데리고 주방 뒤쪽으로 빠져나갔다가 다시 초이스의 앞쪽으로 왔다. 주방에서 술을 마시는 것은 규정 위반이었기 때문에 그걸 남들에게 들키지 않기 위해서였다.

물론 모든 일이 과거와 같지 않았다. 지금 그 일들을 모두 다 해볼 수 있으나, 그 느낌이 과거와 같지 않은 것이다.

치프 초트는 구석 테이블에 혼자 앉아 있었고 워든과 피트는 그 테이블에 앉아 맥주를 더 주문했다. 잠시 후 오헤이어보다 먼저 노름방에서 일어선 K 중대의 톱 킥이 그 테이블에 합석했다. 애송이들이 테이블에 앉아서 노래를 부르며 떠들썩한, 담배 연기 가득한 그 홀에서 그들 넷은 고참 부사관 그룹을 형성했다. 그들은 조용히 앉아 관록을 뽐내면서 옛 시절의 군대에 대해 얘기했다. 치프는 필리핀에서 위병 근무를 서던 시절 얼굴이 검은 구크가 대령의 아내와 함께, 부대 근처의 도로변에 주차된 마차 속에서 아즈 난처한 포즈를 취하고 있다가 발각된 사건을 재탕했다.

「그걸 직접 본 거야?」 워든이 물었다. 「직접 보았냐고? 아니면 그렇게 상상하는 거야?」

「난 직접 보았어요.」 치프가 묵직한 저음으로 무게를 잡으며 말했다. 「내가 지어냈다고요? 그런 얘기를?」

「모르지.」 워든은 커다란 어깨를 짜증스럽게 흔들면서 홀 안을 쳐다보았다. 「난들 어떻게 알겠나? 피처를 몇 개 준비해서 저기 풀밭으로 나갈까? 여긴 좀 꿀꿀한데.」

모두 치프를 쳐다보며 동의를 구했다 그 테이블은 그의 지정석이었고 그곳을 떠나는 일이 거의 없었기 때문이다.

「좋아요. 나도 봉급날에는 이 테이블을 그리 좋아하지 않아요.」

「난 그 얘기를 믿을 수가 없어.」 그들이 샐리포트로 나가는 중에 워든이 말했다. 「아마도 어디선가 그 얘기를 들었겠지. 어떤 변태가 황당무계한 상상으로 지어낸 얘기인데 그걸 네가 우연히 들었겠지.」

「당신이 어떻게 생각하든 난 신경 쓰지 않아요.」 치프가 말했다. 「난 내가 본 건 확실히 알아요. 도대체 뭐가 당신을 괴롭힙니까?」

「아무것도 날 괴롭히지 않아. 무슨 근거로 내가 괴로움을 당하고 있다고 생각하나?」

치프는 모른다는 듯이 어깨를 한 번 으쓱했다. 「여기가 더 좋군요, 훨씬 더.」

그들은 가지고 나온 피처를 중심으로 풀밭에 책상다리를 하고 앉았다. 초이스의 귀가 멍멍한 소음과 자욱한 담배 연기를 피해 나온 탓인지 공기는 한결 숨 쉬기 좋았고 투명해 보였다. 중대 마당 주위에는 맥주를 마시는 사병들이 점점이 흩어져 있었으나 그들의 말소리는 벌레들의 웅얼거림처럼 유쾌하게 들려왔고 전혀 소음으로 느껴지지 않았다. 가끔씩 그 웅얼거림을 뚫고 선명하고 날카로운 웃음소리가 들려왔고 하늘의 별들은 그 소리에 화답하여 그들의 어깨 위에 윙크를 보내 주었다. 풀밭에서 툭하면 벌어지는 싸움, 그들의 무릎 위에 늘 내려앉아 있는 것처럼 느껴지던 싸움도 어디론가 멀리 사라져 버린 듯, 그때만큼은 일어나지 않았다. 아열대의 커다란 달이 방금 떠올라 그 주위의 별빛을 사위게 했고, 청명한 공기 중에 황금의 맥박이 뛰놀게 했으며, 지상의 모든 것을 입체적 그림자로 만들어 큐비스트 화파(畵派)의 원근법과 접근법을 생각나게 했다.

피트와 치프는 필리핀과 파나마의 좋은 점에 대해 서로 논쟁을 벌이면서 각 근무 지역의 장단점을 열거하며 서로 비교했다.

「그리고 난 두 군데 다 근무했어요. 그러니 더 잘 아는 입장입니다.」치프가 묵직한 저음으로 결론을 내렸다.

피트는 필리핀에 근무한 적이 없었기 때문에 불리한 입장이었다.

「근데 말이야, 중국은 그 두 곳보다 더 끝내주는 곳이야.」 K 중대의 톱이 말했다. 「그렇지 않아, 밀트? 거기 가면 달러는 10배 내지 12배의 가치가 있어. 중국에서는 이등병도 장군처럼 살 수 있어. 이 빌어먹을 파인애플 군대에서의 근무 기간이 끝나면 그리로 갈 거야. 내 말 맞지, 밀트? 자네는 중국서 근무했으니까 어디 한번 말해 봐.」

워든은 풀밭에 팔꿈치를 괴고 비스듬하게 누워 하늘 높이 올라가는 달과, 막사 전면에 설치된 불 켜진 스크린을 쳐다보았다. 그날 밤 포치를 따라 움직이는 그림자는 별로 없었다. 그는 부스스 일어났다.

「젠장, 무슨 차이가 있어? 어딜 가나 다 마찬가지야. 오십보백보라고.」그는 완전히 일어나 앉아 팔꿈치를 곧추세운 무릎 위에 내려놓았다. 「자네들은 나를 피곤하게 해. 늘 이곳이 아닌 어떤 곳에 가기를 바라고 있어. 가보지 않았던 새로운 곳에 가기 위해 재입대한단 말이야. 그런 식으로 늘 근무지를 바꾸지만 그곳에 가서 1년도 되지 않아 지겨움을 느끼지. 아무튼 이번 근무가 끝나면 중국 근무는 불가능할 거야. 재입대하려면 일본 쪽으로 바꾸어야 할걸.」

그는 다시 풀밭에 드러누워 양손으로 목을 받쳤다. 「상하이에서 근무할 때 백계 러시아 여자를 하나 안 적이 있었지. 중국 하면 그 여자밖에 생각나는 게 없어. 거기엔 백계 러시아 여자들이 많았지. 그녀는 공작부인인지 공주인지 뭐 그런 여자였어. 백작 부인이라고도 했지. 거짓말은 아닌 것 같았어. 금발 여자였는데, 그곳까지 금발이었지. 정말 미인이었어. 난생 그렇게 예쁜 여자는 처음이었어. 거기다 엄청 센 여자였어. 그렇게 밝히는 여자는 처음이었어. 야, 그 여자하고 결혼했어야 하는 건데.」

「야, 야, 흘러간 옛 노래 또 나오는구나.」피트가 다른 부사관들에게 윙크를 했다.

워든이 다시 일어나 앉았다. 「내 말을 믿지 않는단 말이지? 너희가 내 말을 믿든 말든 개의치 않아. 그 여자의 남편은 러스키[8]였는데, 시베리아에 파견된 미 27연대와 함께 적군(赤軍)과 싸우다가 전사했어. 미 27연대는 별경이 러시안 울프하운드였지. 이 멍청이들아, 그 부대 얘기 들어 봤어? 알고 보

---

8 *Rusky*. 볼셰비키 혁명에 반대한 백계 러시아인.

면 너희 주위에 있는 자들이야. 내 말을 믿지 않는군. 그렇다면 너희를 특무 상사 피셀에게 데려가 증명을 시켜 주지. 피셀은 그녀의 남편을 직접 알고 있는 사람이야.」

「알아, 알아. 자, 술 한잔 더 하고 나머지 얘기를 들려줘.」 피트가 말했다.

「집어치워, 이 지겨운 화상아.」

「저기 나팔병이 가는데요.」 치프가 말했다. 그들은 말을 멈추고 고개를 돌려 나팔병을 쳐다보았다. 위병소의 나팔병은 중대 마당 한구석에 있는 커다란 메가폰 앞으로 가서 나팔을 치켜들고 귀영나팔을 불었다. 그것은 갑작스러운 소등의 나팔이었다. 네 명의 부사관은 풀밭에 누워 나팔 소리가 끝날 때까지 기다렸다. 그는 짧은 첫 소절을 반복하여 분 다음 메가폰을 북쪽으로 돌려 그 소리를 3대대 전역에 퍼지게 했다. 중대 마당을 둘러싸고 있는 내무반의 불이 하나씩 꺼지기 시작했다.

「저 나팔 소리는 좀 그렇군.」 K 중대의 톱이 나팔 소리가 왠지 목에 걸리는 듯 무표정하게 말했다. 「아무래도 프리윗은 못 따라가겠는걸. 저번에 여기서 소등나팔 소리를 들었어. 난 그때 막 소리칠 뻔했어. 프리윗이 늘 나팔을 불지 못한다는 건 정말 안된 일이야.」

「나도 들어 봤어요.」 치프가 말했다. 「그 친구는 지금 온 사방에서 기합을 받고 있어요.」

「정말 뺑이를 치고 있지.」 피트가 말했다. 「완전 좆뺑이야.」

그들은 모두 위병소의 나팔병이 자리를 뜨는 것을 무표정하게 지켜보았다. 그 나팔병에게 어떤 필연의 힘이 작용하는 것을 보았다. 그 힘은 그들로서는 전혀 영향을 미칠 수 없는 초인간적인 힘이었고 늘 그 위세를 떨치고 싶어 하는 어떤 우주적 힘이었다.

「자.」 K 중대의 톱이 일어서면서 말했다. 「빅 수에 잠깐 갔다가 돌아올 거야. 내일 일이 좀 있거든.」

「나도 함께 갈래. 밀트, 5달러만 빌려줘.」 피트가 말했다.

「그러지. 이자는 20퍼센트야.」 그들은 모두 웃음을 터뜨렸다. 워든은 맥주가 가득 든 피처를 들고 일어났다.

「농담으로 한번 해본 소리야. 나 돈 있어. 같이 가지 않을래?」

「싫어. 돈 주고 사는 건 안 해.」 워든이 경멸하는 어조로 말했다.

「아무튼 난 갈 거야.」 K 중대의 톱이 말했다.

「치프, 넌 갈래?」 피트가 물었다.

「그거 좋겠군.」 초트가 커다란 몸집을 일으키며 말했다. 「함께 갑시다, 밀트.」

「싫어, 돈 주고 사는 건. 난 빠질게.」

「야, 뒤로 빼지 마.」 피트가 말했다.

「싫다니까! 안 간단 말이야!」

워든은 양손으로 맥주가 가득 든 피처를 높이 들어 올려 풀밭 저쪽 맨홀 뚜껑으로 던졌다. 피처가 땅에 떨어지자 스프링클러처럼 분사되었고 세 사람은 얼른 자리를 피했다. 워든은 가만히 서서 피처가 이 별에서 저 별로 떨어지는 운석처럼 땅에 떨어지는 것을 지켜보았다. 자그마한 맥주 방울이 그의 셔츠와 얼굴에 튀었다.

「야, 시원하다!」 그는 맥주 세례를 받으면서 크게 소리쳤다.

「에이, 미친 자식.」 K 중대의 톱이 말했다. 「그걸 가져가 시내로 나가는 택시 안에서 마시면 되는데.」

워든은 젖은 양손으로 역시 맥주에 젖은 자신의 얼굴을 비비댔다. 「날 가만 내버려 둬.」 그가 얼굴을 비비는 손바닥 사이로 말했다. 「왜 날 가만 내버려 두지 않는 거야? 여기서 꺼져. 그리고 날 내버려 둬.」

　워든은 그들에게 등을 돌리고 막사 쪽으로 걸어갔다. 어둠 속에서 샤워를 하고 역시 어둠 속에서 옷을 입었다. 시내로 나가 모아나에서 캐런 홈스를 만나기 위해.

제22장

워든은 열대 소모사 천으로 된, 새들 스티치 깃[9]의, 황갈색 포스트맨 양복을 입었다. 120달러나 주고 사들인 값비싼 그 양복은 특별한 경우에만 입는 옷이었다. 하지만 그는 시내로 들어가는 내내, 그녀를 만나러 가는 자기 자신에게 화를 내고 있었다. 오른손이 아팠고 크게 부어올랐다. 그렇게 된 것은 모두 그녀의 잘못이었다. 차라리 피트 등과 함께 있으면 비참하다는 느낌을 잊어버리고 그들을 따라 빅 수에 갈걸 하는 생각을 했을 것이다. 그녀와 그녀 부류의 중산층 여자들을 기막히게 잘 이해하는 노이로제 환자 같은 기생오라비들에게 그녀를 맡기고, 차라리 나는 빠져 버릴 수 있다면 얼마나 좋을까. 그는 여러 가지 일이 마음에 걸렸고 짜증이 났다. 차라리 이대로 죽어서 지옥에 가버렸으면 좋겠다는 생각도 들었다. 그는 자신이 사랑에 빠졌다는 것을 알았다.

택시가 멈추자 그는 길 건너 블랙캣으로 바로 가서 양주를 한 병 샀고 거기 있는 동안 위스키 몇 잔을 시켜 마셨다. 그런 다음 여전히 짜증을 내며 킹으로 걸어가서 와이키키로 직행

9 접은 깃을 뒤쪽에서 실로 꿰맨 것.

하는 칼라카우아 애버뉴 버스에 올랐다. 그는 사랑에 빠진 게 틀림없었다. 정말 사랑에 빠진 것이었다. 그것을 인정하지 않을 도리가 없었다.

와이키키 태번 앞에 내렸을 때, 부대에서 마신 맥주에다 위스키가 더해져 그는 좀 취한 상태였다. 사랑에 빠진 데다 술까지 취했으니 어디 한 놈 골라 싸움을 자청하고 싶은 심정이었다. 하지만 그는 그런 자를 발견하지 못했다. 모두 너무나 행복했다. 와이키키는 봉급날의 인파로 넘쳐나고 민간인들조차 제한 없는 축제 분위기에 휩쓸려 행복한 얼굴들이었다.

그는 사람들이 붐비는 태번을 지나 해변이 거의 거리에까지 올라와 자그마한 삼각의 모래사장을 이룬 곳까지 갔다. 사람들은 그곳을 쿠히오 공원이라고 불렀다. 초록색 벤치들이 모래사장의 야자수 아래 놓여 있는 그 공원에서 워든은 캐런 홈스를 만나기로 되어 있었다. 붐비기는 쿠히오 공원 또한 마찬가지였다. 민간복을 입은 육군, 제복을 입은 해군 병사들이 이리저리 오가고 있었고, 여자를 데리고 아니면 여자 없이 벤치에 앉아 있었다. 대개 여자가 없는 경우가 많았다. 그는 그녀가 거기 나와 있으리라고 기대하지 않았다.

하지만 그녀는 거기 나와 있었다. 가슴을 활짝 펴고 자신의 남성성을 뽐내는 군인들 사이에서, 그녀는 아주 외진 벤치에 앉아 애써 그들을 외면하면서 워든을 기다리고 있었다. 그녀는 양 발목을 새침하게 교차시키고, 양손을 새침하게 무릎 위에 올려놓고, 팔꿈치와 어깨를 새침하게 움츠린 채 벤치에 앉아 있었다. 그녀는 거기 앉아 이빨로 윗입술을 살짝 깨물면서 검은 바다를 쳐다보고 있었다. 그곳이 아닌 다른 어떤 곳에 있었으면 하는 표정이었다. 그녀가 한숨을 내쉬자 긴장된 어깨가 가볍게 들썩이는 것이 보였다. 그는 그녀에게 다가갔다.

「어머, 오셨군요. 난 당신이 안 오는 줄 알았어.」 그녀가 가볍게 말했다.

「왜 안 와. 난 늦지 않았어.」 그는 어색하고 갑갑하고 심드렁한 기분이었다. 게다가 약간 긴장되그 아주 짜증이 났다. 그건 남자가 유부녀를 상대로 바람을 피울 때 취할 만한 자세가 아니었다. 그는 전에도 유부녀와 바람을 피워 본 적이 있었다. 그가 이등병으로 록 지역에 처음 왔을 때, 밤이면 관광선의 선원으로 부업을 뛴 적이 있었다. 그건 관광객을 상대로 달빛이 훤한 밤에 몰로카이섬까지 야간 운행을 하는 알라모아나 관광선이었다. 그는 당시 많은 유부녀를 상대로 바람을 피웠으나, 물론 그때는 사랑의 감정이 전혀 없었다.

「난, 당신이 나와야 할 이유를 별로 알지 못해서. 게다가 내가 억지로 당신에게 데이트를 강요했잖아. 그렇지 않아?」 그녀가 가볍게 말했다.

「강요는 무슨.」 그가 거짓말을 했다.

「내가 졸랐잖아. 다 알면서 왜 그래.」

「그래도 내가 싫었다면 안 왔을 거야.」

「그건 그래. 그건 내가 지난 30분 동안 여기 앉아서 나 자신을 상대로 여러 번 물어보았던 질문이기도 해. 난 좀 일찍 왔거든. 좀 긴장되었나 봐. 하지만 당신은 별로 긴장하지 않았지? 당신은 정각에 나타났잖아.」

「뭐가 긴장돼?」 워든이 그녀의 앉은 자세에서 풍겨져 나오는 긴장된 새침함을 별로 마땅찮게 생각하며 말했다. 「마음을 느긋하게 가져. 아무것도 아니라고.」

「아, 난 느긋해. 단지 당신이 나타나기까지 반 시간 동안 다섯 번이나 사람들의 접근을 받아서.」

「그것 때문에 그래? 젠장, 그건 아무것도 아니야. 혼자 있는 여자를 보면 무조건 접근하고 보는 게 이 일대의 표준 방

침이야.」

「그런데 그중 한 사람은 여자였어.」 캐런이 가볍게 말했다.

「키가 크고 어깨가 넓고 블론드 염색을 한 여자?」

「어떻게 알아?」

「그 여자가 내 친구냐고 묻는 거냐면 그 대답은 아니요야.」

「아니, 그냥 물어본 거야.」

「뭐 대단한 사항도 아니야. 난 그 여자를 알아. 보병이라면 다 알고 있지. 여길 늘 어정거리면서 보병을 채가려고 하는 여자야. 보병들은 그녀를 통칭 와이키키의 처녀[10]라고 하지. 대답이 되었나?」

「우리의 밀회를 위해 아주 이상적인 곳을 골랐구나, 달링.」 캐런이 말했다.

「당신을 아는 사람의 눈에 띌 가능성이 가장 적은 곳이지. 그럼 로열 호텔의 칵테일 라운지에서 만날 생각이었나?」

「물론 그렇게는 생각하지 않았지만.」 캐런이 가볍게 미소 지었다. 「하지만 난 이런 일이 좀 서툴러, 달링. 마치 우리가 무슨 죄라도 저지른 것처럼 이렇게 은밀히 행동해야 되다니. 남들 눈에 띄지 않는 구석만 돌아다녀야 하다니. 이건 일종의 뒷골목 사랑인가?」

「당신은 꼭 사친회 회장같이 얘기하는군. 그럼 이렇게 말고 더 좋은 운영 방법이 있다는 거야?」

「없어.」 그녀는 부드럽게 부서지는 파도를 보면서 이빨로 윗입술을 가볍게 깨물었다. 「밀트, 나 때문에 억지로 명랑한 척할 필요 없어. 벌써 내가 지겹거나 피곤하다면 그렇다고 말해도 돼. 솔직하게 말해. 난 하나도 기분 나쁘지 않으니까. 정말이야, 달링. 난 남자들이 금방 피곤함을 느낀다는 걸 알

10 창녀의 별명.

544

고 있으니까.」 그녀는 입을 다물면서 그에게 가볍게 미소 지었다. 고통과 기대가 절반씩 섞인 표정으로 그의 대답을 기다렸다.

「무슨 근거로 내가 뒤로 물러서려 한다고 생각하는 거야?」

「어쩌면 당신이 나를 창녀라고 생각할지 모르니까.」 그녀는 딱 떨어지게 말하고서 그를 쳐다보며 대답을 기다렸다.

그는 그 말을 강력하게 부인하면서 그녀에게 그것을 분명하게 말해 주어야 한다는 것을 알았다. 하지만 그 순간 메일런 스타크의 허스키하고 주름 진 얼굴이 흐릿하게 야자수에 걸려서 원숭이처럼 흔들흔들하는 환상을 보았다. 스타크는 아주 힘 좋은 놈이었을 거야. 그녀는 교성을 내지르며 그와의 한순간을 만끽했을 거야. 그는 순간 아직도 성한 왼쪽 손을 들어 그 야자수를 마구 때리고 싶은 충동을 가까스로 억눌렀다.

「무슨 근거로 내가 당신을 그렇게 여길지 모른다고 생각하는 거야?」 말하는 순간 그는 엉뚱한 질문이라는 걸 알았다.

캐런은 웃음을 터뜨렸다. 그녀의 얼굴이 순간 노처녀 같은 오싹한 새침함과 사나움을 드러내 보였다. 밀턴은 심상치 않게 돌아간다고 생각했다.

「무슨 근거? 밀트, 달링, 내 얼굴에서 그걸 보지 못한다는 말은 아니겠지? 다른 사람들은 그걸 보았어. 내게 접근해 온 다섯 명은 그걸 보았어. 그 와이키키의 처녀라는 여자도 보았을 거야. 사람의 심성은 그의 얼굴에 드러나. 사람의 생각이 얼굴에 나타난다는 뜻이기도 해. 그 다섯 명이 온전한 여자를 픽업하려 했던 걸까?」

「젠장, 그건 아무 의미도 없어. 여기선 말이야, 아무 여자, 아무 남자나 다 접근 대상이 되는 거야.」

「하지만 내가 H. L. 마틴 상사 부부라고 등록했을 때, 모아나 호텔의 접수계원도 그걸 보았어. 그의 얼굴에 그렇게 뚜렷이 써 있었다고.」

「당신이 너무 민감한 거야. 그 접수계원은 하루 종일 그런 것만 접수하고 있어. 상대가 누구인지는 신경도 쓰지 않아. 숙박비만 받는다면. 할레쿨라니나 로열 같은 호텔에 투숙한 여자 관광객들은 그들이 픽업한 남자들을 모아나에 데려오거나, 반대로 그들의 호텔에 데려가기도 해.」

「그렇다면 내가 어떤 남자와 한 부류인지는 알겠군. 그렇다면 그런 여자 관광객의 남편들은 뭘로 시간을 보낼까?」 「그걸 내가 어떻게 알아?」 워든은 자신이 수세에 몰린다고 생각하면서 대답했다. 「시내를 돌아다니며 시가를 피우고 내년도 사업에 대한 얘기를 하겠지. 당신은 그들이 뭘 하리라고 생각해?」

캐런은 웃음을 터뜨렸다. 「그들은 아마도 스태그 파티[11]에 갈걸. 장교 클럽 위층에 있는 은밀한 방에서. 내 남편은 거기에 가.」 그녀는 새침하게 일어섰다. 「이젠 집으로 돌아가야 할 시간이라고 생각해. 그렇지 않아?

그렇지 않아?」 그녀가 가볍게 다시 말했다.

「밀트, 대답을 해. 그렇지 않아?」 그녀가 날카로우면서도 온화한 목소리로 말했다.

워든은 마른침을 꿀꺽 삼켰다. 그처럼 힘들게 마른침을 삼키는 사람이 있으면 나와 보라고 해, 하고 소리치고 싶은 심정이었다. 「이봐, 내 말을 들어 봐.」 그가 약간 호소하는 목소리로 말했다. 「어떻게 하다가 얘기가 이런 쪽으로 빠지게 되었지? 아무튼 내가 그 얘기를 시작한 건 아니었어. 설사 그랬다고 하더라도 그럴 의도가 전혀 아니었어.」

11 남자들만 참가하여 외부에서 불러온 부인 아닌 여자와 성관계를 즐기는 파티.

캐런은 그를 빤히 내려다보더니 도르 벤치에 앉았다. 그녀는 손을 뻗어 그의 성한 왼손을 잡았다. 그녀는 어둠 속에서 그를 향해 환히 웃었다.「자칫 오늘의 밀회를 망쳐 버릴 뻔했네. 바보 같은 자존심 때문에.

난 함께 있기가 그리 유쾌한 여자는 못 되지?」그녀가 부드럽게 말했다.「당신이 나를 사랑해 주어야 할 이유를 모르겠어. 난 명랑하지도 못해. 내가 유쾌하고 행복한 때를 본 적 없지? 하지만 내가 정말 기분 내킬 때면 나도 한없이 유쾌한 여자야. 나도 때때로 유쾌할 때가 있다는 걸 믿어 주어야 해. 난 당신을 위해 유쾌한 여자가 되려고 애쓸게.」

「자, 여기.」워든이 캐런에게 술병을 건네며 고통을 느끼는 목소리로 말했다.「당신에게 선물을 가져왔어.」

「어머, 달링, 술병이네. 나 술 좋아해. 그거 나 줘. 혼자서 다 마셔 버릴게.」

「이봐, 이봐, 잠깐만 기다려, 나도 좀 마셔야지.」그가 빙그레 웃었다. 그는 갑자기 자신이 바보가 되어 버린 느낌이었다. 그리고 아무것도 아닌 일에 그만 울어 버리고 싶은 심정이 되었다.

「그거 나 줘.」캐런이 다시 말했다. 그녀가 벤치에서 일어섰고 긴장된 새침함은 완전히 사라져 버렸다. 그녀는 갑자기 자유롭게 상하좌우로 움직이는 그네 같은 여자가 되었다. 그녀는 병을 받아 들더니 얇은 여름 날염포 아래의 왼쪽 겨드랑이에 끼었다. 병을 그런 식으로 휴대하고 어린아이처럼 아장아장 걸으며 그를 쳐다보았다.

「그래, 당신에게 그걸 다 줄게, 베이비. 정말 다 주고말고, 베이비.」

「정말로?」그녀가 머리를 뒤로 젖혀 그를 쳐다보며 말했다.「정말로? 다 준다고? 내가 귀여워서?」

「그럼, 그럼.」

「그럼 이제 어서 가자, 밀트.」그녀가 정감 어린 목소리로 말했다.「어서 모아나로 가. 밀트, 리틀 밀트.」그녀는 오른손으로 밀트의 왼손을 잡고 술병은 여전히 왼쪽 겨드랑이에 끼고 있었다. 그녀는 꼭 잡은 두 손을 흔들어 대고 머리를 위로 약간 젖히며 그를 올려다보았다.

워튼은 빙그레 웃으며 그녀를 내려다보았다. 하지만 속으로 짜증이 밀려오는 것을 느꼈다. 이제 그녀가 갑자기 돌아가겠다고 하지 않을 게 분명해지자 짜증이 고개를 치미는 것이었다. 그녀가 자신의 자존심을 만족시키기 위해 아무것도 아닌 일에 그를 바보처럼 눈물 나게 만든 것도 기분 나쁘고 짜증 나는 일이었다.

「우리 해변을 따라 걸어서 내려가자.」그가 짜증을 감추기 위해 빙그레 웃으며 말했다.「이런 밤중에는 해변에 사람들이 별로 없을 거야.」

「좋아.」캐런이 부드럽게 말했다.「해변으로 가자. 사람이 있든 말든 알게 뭐야. 난 신경 안 써. 아, 잠깐만.」그녀는 술병을 끼고 있던 팔로 그를 가볍게 붙잡더니 오른손으로 먼저 왼쪽 다리를 들고 이어 오른쪽 다리를 들어 신발을 벗고서 맨발을 모래밭에 찔러 넣었다.

워튼은 더욱 강력한 감정이 분출하면서 아까의 짜증을 잊어버렸다.

「자, 이제 가자.」그녀가 명랑하게 웃은 뒤 머리를 뒤로 약간 젖혀 그를 쳐다보며 말했다.

그들은 좁고 긴 와이키키 해변을 걸어 내려갔다. 낮에는 자몽 껍질들이 둥둥 떠 있어서 소문에 비해 실망스럽기 짝이 없는 해변이지만 이제는 밤중인지라 아름다웠다. 그들은 모래가 단단하고 축축한 가장자리를 따라 걸었다. 맨발의 캐런은 머리를 뒤로 젖혀 우아한 목 라인을 드러내며 그를 올려다보았다. 또 겨드랑이에 여전히 아기처럼 술병을 낀 채로 두 팔을 자유롭게 흔들어 댔다. 뒤쪽 건물들의 그림자로 인해 아까보다 더 어두워진 어둠 속에서 워든은 그녀의 양 발톱에 칠해진 빨간 매니큐어를 내려다보았다. 그는 순간적으로 어떤 강한 감정이 그를 휩쓸고 지나가는 것을 느꼈다. 앞으로 내 인생이 크게 바뀔지도 몰라, 하고 그는 생각했다. 그런 감정은 어릴 때 힘없는 여동생을 괴롭히고 나서 느꼈던 후회의 감정 비슷한 것이었다. 그들은 낮 동안의 수영 손님들을 위해 별채 아케이드를 설치한 가게 건물의 뒤쪽을 지나갔다. 이제는 그리 붐비지 않는 태번의 야외 테라스를 지나, 해변의 소년들이 낮 동안 우쿨렐레를 연주하는 나무로 만든 음악 스탠드와, 야채 주스 스탠드가 중간중간 박혀 있는 여러 채의 개인 주택들을 지나 계속 해변 아래쪽으로 내려갔다. 그러자 모아나의 3면 파티오(그것은 파티오라기보다 하와이풍 베란다인 라나이였다)가 나왔다. 그것은 엄청나게 큰 반얀나무로 둘러싸인 채 바다 쪽을 향하고 있었다. 거기서 캐런이 신발을 도로 신자, 그는 아까의 그 강한 느낌을 다시 느꼈다.

「여기는 마틴 상사입니다.」 캐런이 웃으며 말했다.

「이름 한번 좋군요, 마틴 부인.」

「내가 특별히 신청해서 바다가 보이는 구석방을 잡아 놓았어요. 값이 좀 비싸지만 그래도 그만한 가치가 있어요. 그만한 돈 낼 수 있죠, 마틴 상사?」

「그 어떤 비용도 감당할 수 있습니다, 마틴 부인.」

「방이 크고 통풍이 잘되고 사랑스러워요. 내일 아침에는 실내에서 식사를 할 수 있어요. 정말, 정말로 멋진 곳이에요, 마틴 상사.」

「허니문으로 알맞은 곳입니까, 마틴 부인?」 그가 뻔뻔스럽게 말했다.

「예.」 그녀가 아까처럼 고개를 뒤로 젖히고 그를 올려다보며 말했다. 「허니문으로 제격이에요, 마틴 상사.」

파티오 근처에는 아무도 없었고 그는 해변에 선 채로 그녀에게 키스했다. 아까의 나쁜 감정은 모두 사라졌다. 그녀는 이제 그가 평소 생각했던 바 그대로의 그녀였다. 그들은 2층에 있는 깨끗하고 멋진 방으로 올라갔다. 2층으로 올라가니, 싸구려 호텔이든 고급 호텔이든 똑같은 스타일로, 양옆에 침실이 있는 기다란 통로를 지나 맨 끝에서 왼쪽에 있는 방이었다.

그녀는 방 안의 불을 켜고서 미소 지으며 그에게 몸을 돌리더니 이렇게 말했다. 「봐요. 그들은 심지어 H. L. 마틴 상사 부부를 위해 베네치아 블라인드도 쳐두었군요. 그들은 우리가 누구인지 아나 봐요.」 워든은 그녀를 알기 전, 부대 내에서 종종 멀리서 쳐다보았던 홈스 대위 부인의 그 친숙한 얼굴을 보았다. 그는 이 모든 것이 너무 낯설게 보이는 것에 감동받았다. 여름 날염포를 묵직하게 누르는 그녀의 커다란 유방, 기다란 종아리와 허벅지, 그리고 엉덩이. 드레스를 입은 상태에서는 가늘고 약하게 보였으나 드레스 속으로 손을 넣어 보니 오히려 더 풍만하게 느껴졌다. 그는 문고리에 버튼이 달려 있어서 그걸 누르면 저절로 잠기는 문을 열었다. 그는 방 안으로 들어가 세 걸음 걸어간 순간 그녀에게 팔을 들어 드레스의 짧은 소매에서 팔을 빼게 했다. 드레스 뒤의 단추를 풀자 깊게 선탠된 어깨를 가로지르는 하얀 브래지어 끈이 드러났다. 그는 이제 더 이상 그것을 신경 쓰지 않았다. 스타크, 챔프 윌슨, 오헤이어, 기타 어떤 녀석이 뭐라고 지껄이든 신경 쓰지 않기로 했다. 그는 다 헛소리라고 생각했다. 설사 그게 사실이더라도 개의치 않았다. 그따위 헛소리는 밤중에 짖어 대는 개 소리만도 못하다고 생각했다. 그들이 뭐라고 지껄이든 지금처럼 이런 아름다운 순간은 아니었을 것이라고 확신했다. 그는 거짓말, 허풍, 가짜 진실로부터 이 아름다운 순간을 지키기 위해서는 좀 더 현명하고, 웅숭깊고, 용감하고, 관대한 사람이 되어야겠다고 생각했다. 이제 그는 이 아름다운 순간을 느끼고 있었다. 이런 순간을 향유한 사람이 그렇게 많지 않다는 것에 생각이 이르자 이런 많은 행복을 누리는 것에 대해 세상 사람들에게 미안하다는 생각마저 들었다. 그는 이게 생시인가 싶어 다시 눈을 뜨고 아래를 내려다보았다. 그것은 여전히 거기 있었다. 그녀의 빛나는 두 눈은 초점 없는 망원경으로 밤하늘의 별을 쳐다볼 때처럼 커다란 8자를 옆으로 뉘어 놓은 전망을 보여 주었다. 그는 캐런의 눈빛 속으로 풍덩 빠져 드는 느낌이었다. 자부심과 겸손함을 동시에 느꼈고 웃으면서도 자꾸만 눈물이 나려 했다. 문턱에서 침대에 이르는 길에는 그들이 마구 벗어 놓은 옷가지들이 하나의 소로를 형성하고 있었다.

「당신은 정말 멋지게 웃네, 달링.」 캐런이 꿈꾸듯 중얼거렸다. 「그리고 당신은 정말 멋지게 사랑을 해. 당신이 나를 사랑해 줄 때 나는 한껏 숭배받는 여신이 된 느낌이었어. 야만인들에게 둘러싸인 백인 여신. 당신은 날카로운 이빨을 드러내며 귀에는 황금의 귀고리를 꽂은 채 절제된 자세로 예배 의식을 거행하는 야만인이었고.」

그는 땀으로 젖은 침대에 드러누워 천장을 올려다보며 그녀의 말을 들었다. 그는 진수성찬을 포식한 자의 식곤증처럼 가벼운 졸음이 밀려오는 것을 느꼈다. 올드 초이처럼 가느다란 손가락, 하지만 종류나 질감이 전혀 다른 손가락이 그의 가슴을 가볍게 쓰다듬었다. 불빛이 은은한 방은 호텔 방 특유의 비밀스러운 익명성의 고독을 제공해 주었다. 잠긴 방 밖에서는 양탄자 위를 걸어가는 투숙객들의 발걸음 소리, 가볍게 속삭이는 소리, 열쇠가 달그락거리는 소리, 문이 열렸다가 닫히는 소리 등이 들려왔다. 저 문이 쾅 하고 닫히는 소리. 저 최종적 필연. 개연성과 개연성이 서로 얽히고 엮이면서 필연성을 낳느니라, 하고 상사는 생각했다. 하늘 아래 인간이 개연성에 기대어 취하는 이익치고 확실한 것은 하나도 없느니라. 하나의 개연성이 지나가면 또 다른 개연성이 등장하고 모든 것은 개연성으로 가득 들어차게 되느니라. 그리하여 필연성이란 결국 호텔 방에서만 영원히 머문다고 말할 수밖에 없느니라. 그곳에는 예전의 개연성에 대한 기억도 없고 나중에 닥쳐올 개연성에 대한 기대도 없느니라. 이것은 한때 예루살렘에 있던 이스라엘의 왕인 나 상사가 말하는 것이니라. 나는 호텔 방의 그늘진 계곡에서 나의 사랑하는 샤론의 장미와 함께 살았느니라. 그녀는 또한 그늘진 호텔 방의 백합이기도 하느니라. 그곳에는 모순도 개연성도 전혀 없고 오로지 필연성만 있는바, 오 슐레미테여(사랑스러운 이스라엘의 여인이여), 여기 내 곁에 머물라. 호텔 방의 석류에서 뽑아낸 즙액으로 만든 향기로운 와인을 내게 마시게 하라. 이 호텔 방에는 모순되는 것이라고는 아무것도 없고 필연성만이 존재하나니, 앞으로 모든 것이 이대로 있고 또 무수한 나날 동안 그대로 남을 것이니라. 개연성이 이 세상에 아무리 많이 흘러들지라도 세상이 차고 넘치는 일은 없을 것이니라, 아멘.

하지만 그의 내부에 있는 〈마음속의 마음〉이 다시 깨어났고 그리하여 개연성이 다시 고개를 쳐들기 시작했다. 이 세상에 개연성은 언제나 있고 그 개연성이 차고 넘쳐서 최종적 필연성에 도달하는 일은 결코 없어. 그걸 아직도 몰랐나, 워든. 잠시 동안 자네는 이 개연성의 게임을 물리칠 수 있는 시스템을 발견했다고 생각했지, 워든? 그래, 정말 자네는 그렇게 생각했지. 하지만 그는 일어나 살펴볼 필요도 없이 예전의 세상이 그가 잠가 놓았지만 코킹 처리를 하지 않은 호텔 방 문틈으로 스며들었다는 것을 알았다. 이제 그 세상은 매트리스까지 기어 올라왔다. 세상은 세일즈맨처럼 겨드랑이에 개연성의 서류를 휴대하고 있었다. 세상은 과학적인 보험업을 위해 보험을 팔고 있었다. 자네, 보험업이 우리 나라의 재정적 안정성을 제공한다는 사실을 알고 있지? 그래, 자네는 알고 있을 거야. 과학적인 보험업이 개연성(확률)의 법칙을 연구 발전시켰다는 것을 알고 있나? 그래, 자네는 알고 있을 거야. 그런데 말이야, 개연성의 법칙이 유스티니아누스 법전처럼 중시하는 원칙이 하나 있다네. 그건 뭐냐면 말이야, 필연성이란 없다는 거야. 개연성만 있을 뿐이야. 항상성(恒常性)이라는 건 말이야, 우리가 다수의 불확실성으로부터 교묘하게 구성해 낸 환상이라는 거야. 그래 너는 그것도 알고 있군. 하지만 그걸 믿지는 않지. 왜 그걸 믿지 않나? 왜 필연이라는 건 있다고 선택하게 되었나? 그건 아마도 내가 가톨릭 신자로 성장했기 때문이 아닐까 해. 이제야 본심을 털어놓는군. 아까 자네가 내게 그 이유를 물었잖아. 하지만 너는 더 이상 가톨릭 신자가 아니야. 넌 열네 살에 처음으로 여자 궁둥이를 체험한 다음 고백 성사를 해야 할 아무런 이유도 없다고 생각했고 그다음부터는 신자가 아니었어. 하지만 너는 슐레미테의 노래[12]가 남녀 간의 사랑을 노래한 것이 아니라 교회에 대한 그리스도의 사랑에 대한 은유라는 걸 알았어. 흠정판 성경은 그걸 명시적으로 설명하고 있어. 남녀 간의 사랑에 애당초 항상성 따위는 없는 거야. 넌 그걸 알고 있지? 그래, 알고 있군. 그래서 은유는 종교의 세계에서나 가능하고, 돌이 땅에 떨어지면 툭 하고 소리가 나는 이 세상에서 항상성은 없고 따

12 구약 성서의 아가.

라서 필연성은 없다는 걸, 다시 말해 개연성의 법칙이 존재한다는 걸, 자네는 인정하겠지? 불공평합니다! 불공평합니다! 이의 신청! 이의 신청을 수용한다. 그걸 삭제하시오. 그 진술은 본 건과 관련도 없고 불필요한 오해를 일으키며 증인에게 엉뚱한 영향을 줄 수 있습니다. 이의 신청을 수용한다. 하지만 시간이 다 되어 종이 울린다. 이걸 받아들이거나 아니면 거부하라. 그걸 받아들이면 남자에게는 64달러[13]를 지불하고 짠물에 익사하지 않도록 새로운 정책을 시행할 것이다. 자네는 짠물이 민물보다 빠져 죽기가 훨씬 어렵다는 걸 알고 있지? 알아. 그리고 말이야, 빠져 죽기로 말한다면, 있지도 않은 필연성의 바다에 빠져 죽는 것보다는 민물에 빠져 죽는 게 훨씬 더 나아. 우린 그것에 대해서 잘 모르지만 그건 정말 어렵다고 하더군. 그렇다면 나는 1만 대 1의 확률을 가지고 필연성에 한번 걸어 보겠어. 미안한데, 우린 그런 낮은 개연성에 대하여 보험을 들어 주려면 먼저 고객의 정신 건강을 철저히 진찰해야 할 것 같아. 우리 보험 회사는 그런 황당한 확률을 믿고는 장사를 할 수가 없어. 그럼 내게 64달러만 줘. 난 그냥 갈 테니까. 미안, 시간이 다 되었어. 자네는 그걸 받아들이기보다는 박차려고 하는 것 같군, 친구.

「그 누구도 당신처럼 나를 사랑해 준 사람이 없어.」 캐런이 그의 가슴을 부드럽게 쓰다듬으며 간드러지는 소리로 말했다.

「그 누구도?」

캐런이 웃음을 터뜨렸다. 그것은 당신과 햇빛 사이에서, 스푼의 꿀이 항아리 안으로 떨어지는 시간이었다.

「그래, 그 누구도.」

13 상사의 봉급.

「단 한 명도? 당신이 사랑받은 많은 사람들 중에서?」 그가 농담조로 말했다.

「그 사람들을 다 계산하려면 계산기가 필요하겠는데.」 그녀가 여전히 웃으며 말했다. 「연필 갖고 있어? 내가 얼마나 많은 사람들로부터 사랑을 받았다고 생각해, 달링?」

「잘 몰라. 대략적인 개요만 말해 줄 수 없을까?」 그가 농담을 했다.

「계산기가 없으면 안 돼.」 캐런이 별로 웃지 않으면서 대답했다. 「혹시 계산기 있어?」

「없어, 안 가지고 왔어.」

「그럼 당신이 추측해야겠군.」 캐런이 전혀 웃지 않으면서 말했다.

「어쩌면 나는 이미 알고 있는지도 모르겠어.」

그녀가 침대에서 벌떡 일어나더니 그를 노려보았다. 그녀는 갑자기 아주 적극적인 사람이 되었다. 관사에 함께 있는데 아들이 학교에서 돌아왔을 때보다 더 적극적인 반응이었다.

「밀트, 무슨 얘기?」 그녀가 그를 노려보며 말했다. 마치 그를 밀턴이라고 부르는 것처럼 냉정하면서도 아내 같은 어조였다.

「아무것도 아니야.」 그가 뻣뻣하게 웃으며 말했다. 「왜 그래?」

「아니, 뭔가 있어. 도대체 뭘 암시하는 거야?」

「암시? 난 아무것도 암시 안 했어. 단지 농담 한번 해본 거야.」

「아니, 농담 아니었어. 왜 그런 말을 했어? 뭐가 못마땅해?」

「아무것도 아니라니까. 내가 못마땅할 게 뭐가 있어. 또 암시할 건 뭐고.」

「모르겠어. 많이 있는 것 같아. 혹은 많이 있다고 생각하는 것 같기도. 뭔지 말해 봐.」 홈스 대위의 아내가 말했다. 「그게 뭔데? 기분이 안 좋아? 뭔가 마음을 괴롭히는 게 있는 거지?」

「내 건강은 걱정하지 마, 베이비.」

「그렇다면 말해 봐. 왜 얘기하지 않으려 하는 건지.」

「좋아, 그럼. 혹시 메일런 스타크란 친구를 아나?」

「알아.」 캐런이 또렷하게 대답했다. 「메일런 스타크. 중대의 취사반장.」

「그래. 그는 블리스 부대에서 홈스 중대의 취사병이기도 했지. 당신은 그때도 그를 알았지?」

「응, 그때도 알았어.」 캐런이 그를 똑바로 쳐다보며 말했다.

「그때도 그를 잘 알았지?」

「잘 알았지.」

「그럼 지금도 그를 잘 알고 있나?」

「아니.」 캐런은 여전히 그를 노려보면서 말했다. 「지금은 전혀 몰라. 사실 지난 8년 동안 그와 말해 본 적도 없어.」 그녀는 워든을 한참 쳐다보더니 그가 아무 대답을 하지 않자 그의 손을 내려다보았다. 「당신은 그를 아주 세게 두드려 팼나 보구나.」

「난 그를 때리지 않았어. 이걸 너무 로맨틱하게 몰고 가지 마. 난 벽을 쳤어. 내가 왜 그를 패야 해?」

「오, 바보 같은 사람.」 그녀가 화난 목소리로 말했다. 「이 철없는 바보.」 그녀가 그의 오른손을 부드럽게 부여잡았다.

「아야, 아프다고.」

「그가 당신에게 뭐라고 했어?」 그녀가 여전히 그의 손을 부드럽게 잡은 채 물었다.

워든은 그녀를 쳐다보았고 이어 자신의 손을 내려다보다가 다시 그녀를 보았다.

「당신과 씹했다고 하더군.」

그 말은 포성처럼 방 안에 울려 퍼졌다. 그는 괜히 야비한 말을 했다는 생각이 들어 자신의 혀를 씹어 먹고 싶은 심정이었다. 포성이 가라앉는 잠시 동안 어색한 침묵이 흘렀다. 그는 그녀의 얼굴에 충격의 낙진이 가득한 것을 보았다. 하지만 그녀는 곧 정신을 차렸다. 그가 보기에도 놀라울 정도로 빠른 회복 속도였다. 아마도 그녀는 어떤 일이 벌어지리라는 것을 미리 예상한 듯했다.

넌 왜 그런 소리를 지껄인 거야? 무슨 심통으로 그따위 상욕을 내뱉은 거야? 설사 그녀가 그랬다고 하더라도 그게 너와 무슨 상관이야? 아무 상관 없어. 네게는 아무 영향도 없는 일이라고. 근데 너는 왜 그런 말을 한 거야? 하지만 그는 자신이 왜 그런 말을 했는지 알았다. 말이란 것은 한 번 시작되면 그걸 계기로 계속 이어지게 되고 하고 싶은 말은 내뱉어야만 시원해지는 순간이 찾아오게 되는 것이다. 그것은 놀랍게도 그가 전에 했던 짓과 아주 비슷했다. 이렇게 행동하면 아주 비참하게 된다는 것을 알면서도 그것을 미리 막지 못하는 것이다. 하지만 그도 어떻게 할 수 없는 측면이 있었다. 주위의 사람들이 그런 얘기를 계속해 대면 아무리 잊으려고 해도 잊을 수가 없고 또 그들과 매일 어깨를 맞대고 생활해야 하는 환경이라면 더욱 그런 것이다. 그 빌어먹을 놈들이 그런 말들을 지껄였기 때문에 사태가 이 지경이 된 것이다.

「그렇게 말할 필요는 없었어.」 캐런이 그의 손을 조심스럽게 내려놓으며 말했다.

「아니, 그럴 필요가 있었어. 내가 그것 때문에 얼마나 스트레스를 받았는지 당신은 모를 거야.」

「좋아. 어쩌면 그걸 말할 필요는 있었겠지. 하지만 그런 식으로 말해서는 안 되는 거였지. 밀트, 그런 어조로 말해서는 정말 안 되는 거야. 내게 먼저 해명할 기회도 주지 않고.」

「그는 또 챔프 월슨도 그랬을 거라고 말했어. 그게 영내에서 흘러 다니는 얘기야. 짐 오헤이어도, 리델 헨더슨도 그랬다는 거야.」

「그럼 내가 이제 중대 창녀네? 그러니까 내가 그런 사람으로 인식되고 있는 거네. 내가 언제나 그걸 바라는 여자인 것처럼. 내가 당신과 처음 데이트했을 때도 내가 그걸 바란 여자였겠고.」

「당신이 나와 데이트했다는 건 아무도 몰라, 아무도.」

「하지만 내가 그걸 목적으로 당신과 데이트했다고 생각했을 거 아니야. 그렇지? 오, 아니야. 난 결코 그게 아니었다고. 난 당신이 다른 남자와 다르다는 것을 내게 설득시키기 위해 얼마나 애를 썼는지 몰라. 난 먼저 당신이 남자라는 사실을 잊어버려야만 했어. 당신이 남자이기 때문에 다른 남자들처럼 더러운 마음을 가지고 있다는 사실을 극복해야만 했거든. 여자를 정복한 것을 그냥 자랑하기만 하려는 저 우스꽝스러운 수탉 근성. 아무튼 당신과 스타크는 신나는 시간을 보냈겠구나. 그걸 서로 비교하면서 그게 얼마나 신나는 일이었는지 서로 의견을 교환하면서. 그래서, 직업 창녀들과 비교할 때 나는 어때? 난 여전히 아마추어지, 아냐?」

그녀는 침대에서 내려서더니 주섬주섬 자신의 옷가지를 집기 시작했다. 옷가지들은 아직도 방바닥에 내팽개쳐져 있었다. 그녀는 마구 섞여 있는 옷들 중에서 자기 것만 골라내야 했기 때문에 좀 애를 먹었다. 그녀의 머리카락이 자꾸 흘러내려 눈을 찔렀다. 한쪽 눈을 가리는 머리카락을 쓸어 넘기면 다른 쪽 눈에 머리카락이 흘러내렸다.

「가려고?」 워든이 물었다.

「그래. 다른 무슨 할 말이 있나? 아무튼 끝난 일 아니겠어. 이제 우리의 일이 예전 같지는 않을 테니까. 그동안 재미있게 타고 왔어. 하지만 여기서 그만 내려야겠다고 생각해.」

「그럼 난 술이나 한잔해야겠군.」 워든은 속으로 메스꺼움을 느끼고 거세당한 심정이 되어 말했다. 그래, 넌 어떤 일이 벌어지리라고 예상한 거야? 왜 사람들은 서로 대화가 안 통할까? 왜 본심을 말하지 못할까? 왜 자신이 말하려던 것과는 영 다른 엉뚱한 말을 하게 되는 것일까? 그는 일어나서 서랍장에서 술병을 꺼냈다. 「한잔할 테야?」 그가 물었다.

「아니, 됐어. 나는 이미 토하지 않을 정도까지 마셨어.」

「그래, 당신을 메스껍게 했군. 그 지저분한 워든과 그의 지저분한 입이. 두뇌는 다리 사이에 가 있는 그 지저분한 자가 말이야. 〈연기가 나는 곳에 불이 있다〉라는 옛말은 들어 보았겠지?」 그가 야비하게 말했다.

그는 유두가 부드러운 풍만한 유방 밑에 약간 처진 자국이 있는 것을 보았다. 그건 원숙함의 표시였다. 처녀나 어린 여자에게서는 발견할 수 없는 것으로서, 어느 여자에게서나 그것이 없으면 좀 미숙하다는 느낌을 주었다.

그런 야비한 말을 하면서 그는 메스꺼움과 갑자기 내시가 되어 버린 거세 감각이 풍선처럼 자신의 내부에서 부풀어 오르는 것을 느꼈다.

「그래, 들어 보았어. 모든 여자가 세 번 죽는다는 말은 들어 본 적 있어? 한 번은 유혹을 당해 처녀성을 잃었을 때, 또 한 번은 유혹당해 자유를 잃었을 때(세간에서는 그걸 결혼이라고 하지만), 마지막 한 번은 남편을 빼앗겼을 때. 당신은 이런 말 들어 봤어?」

「아니, 못 들어 봤어.」

「나도 처녀 때는 못 들어 봤어. 방금 생각났는데 거기다 네 번째 죽음을 추가해야겠네. 사랑하는 사람을 빼앗겼을 때. 이걸 『리더스 다이제스트』에 보내면 좋은 기삿거리가 될지도. 어쩌면 원고료로 5달러를 받을지 모르지. 물론 편집자는 남자겠지만.」

「난 여자를 좋아하지만 당신은 남자를 별로 좋아하는 것 같지 않군.」 워든이 서랍장에 기대어 그녀를 도와줄 생각은 하지 않으면서 말했다.

「내가 왜 좋아해야 돼? 그들이 모두 당신이나 당신의 지저분한 친구들 같다면. 나에 대해서 그렇게 악담하는 자들을 어떻게 좋아해. 나를 창녀로 몰아붙이는 그런 자들의 말은 다 거짓말이야. 사실이 아니라고.」

「좋아. 그럼 스타크 건은 사실이군?」

캐런은 휙 돌아서서 그를 노려보았다. 그녀의 눈에는 불이 붙어서 화염이 튀어나오고 있었다. 「당신은 동정(童貞)인 상태로 내 침대에 왔었나?」

「그럼, 그건 사실이군. 그래, 어땠나? 그걸 좋아했나? 당신은 정말 그걸 즐겼나? 그도 나만큼 잘하던가? 겉보기엔 아주 세게 생겼는데.」

「우리는 갑자기 서로 소유욕이 왕성해졌군. 그렇지 않아? 그게 당신과 무슨 상관이야?」 캐런이 경멸하는 어조로 물었다.

「아니, 혹시 당신이 만족하지 못했다면 새로운 아이디어, 새로운 기술을 어디서 개발해 볼까 하고 말이야. G 중대는 고객 만족을 자랑스럽게 여기거든.」

「그런 지저분한 말 하지 마.」 캐런이 일그러진 목소리로 말했다. 「하지만 그게 당신의 마음을 편안하게 해준다면 사실대로 말하겠어. 난 섹스를 증오해. 난 그걸 아주 싫어해.」

「당신이 거짓말을 하는지 어떻게 알겠나?」

「아니, 그러는 당신은 뭐야? 내가 거짓말하는 여자라고 생각하는 당신은?」

「그럼 당신은 왜 그런 행동을 했어?」

「왜 그랬는지 알고 싶어? 정말 알고 싶어? 언젠가 말해 줄게. 아주 자세히. 당신은 영락없는 남편 노릇을 하고 있네. 그러니 다른 남편들처럼 좀 오래 기다리견서 알아보든지.」

그녀는 적개심을 드러내며 웃음을 터뜨렸다. 그러더니 그녀의 얼굴이 갑자기 심하게 일그러졌다. 그녀의 입과 눈 주위에 보기 흉한 주름이 졌고 그녀는 울며 소리쳤다.

「이 개자식, 이 개만도 못한 자식, 와 사람을 좀 조용히 내버려 두지 않는 거야, 이 개자식아.」

「오케이, 난 당신을 비난하지 않아.」

그녀는 선 채로 그를 노려보았다. 울고 있는 그녀의 눈에는 격렬한 증오가 물 위의 기름처럼 크게 번져 나갔다. 그는 과거에 여자의 눈물을 여러 번 보았기 때문에 그녀가 정말 화났다는 것을 알았다.

「좋아, 내가 다 말해 주지. 지금 여기서 다 말해 주겠어. 부대에 돌아가서 널리 퍼뜨려도 좋아. 아주 좋은 얘깃거리가 될 거야.」 그녀는 거칠게 말했다.

그녀는 그처럼 힘들게 집어 들어 그의 앞에서 몸을 가리고 있던 옷가지들을 방바닥에 내던졌다. 그리고 침대에 앉아 배 위의 기다란 상처를 가리켰다. 그는 지난번에도 그 상처를 보았지만 어쩐지 그에 대해서는 얘기하기가 꺼려졌었다.

「이것 보여?」 그녀가 말했다. 「이게 뭔지 알아? 전엔 이걸 보지 못했지?」

「이건 히스테렉토미 자국이야. 히스테릭토미는 자궁 적출 수술을 말해. 그런데도 히스테렉토미라고 하는 거야. 이 말은 히스테리에서 나왔어. 의료업계에서는 히스테리, 자궁, 여자를 같은 것으로 봐. 또 의료계는 이 수술로 커다란 수입을 올리고 있지. 어리석은 여자들은 인생의 커다란 변화 앞에서 눈물을 흘리고 신경질을 부리고 혼비백산하고 그러다가 정신을 놓아 버리지. 하지만 그들의 남편이 성의껏 그들을 보호하고 또 사랑하는 마음으로 돌봐 주기 때문에 그들은 정신

병원에 가지 않는 거지. 언제 의학 사전을 한번 들쳐 봐. 그들은 의학적 사실에 대하여 쉬쉬하면서 전문가들만 알면 된다고 허세를 부리기 때문에 아마도 그 사전을 한 권 사야 할 거야. 나도 한 권 샀으니까. 히스테렉토미의 접두사는 히스테리인데 이 말이 붙어 있는 단어들이 많아. 히스테로스코프는 자궁을 검사하는 기구야. 히스테로미터는 자궁의 크기를 검사하는 기구고. 히스테로그래프는 분만 진통 시의 자궁 수축 강도를 측정하는 기구야. 이런저런 히스테로 자(字) 가 붙은 용어들이 무려 두 페이지에 걸쳐서 나와.

여자 환자가 의사들을 찾아가면 그들은 위아래로 한번 훑어본 다음, 나이를 물어. 〈서른다섯인데요.〉 그럼 그들은 알겠다는 듯 고개를 끄덕여. 〈서른다섯이라, 인생의 변화가 닥쳐오는 시기군요.〉 그들은 환자를 위로해 줘. 〈너무 놀라지 말고 침착하세요. 많은 여성들에게 벌어지는 일이니까요.〉 그들은 환자를 진찰해. 그들은 산부인과 전문의야. 그들은 손을 씻고서 전문가처럼 고개를 끄덕이며 말해. 〈생각했던 대로입니다. 당신은 자궁 적출 수술을 받아야 합니다.〉

자궁 적출 수술이나 자궁 자가 들어가는 질병이 없었더라면 의료계는 어떻게 먹고 살았을까? 아마도 도산하거나 특화된 의료 행위를 해야 한다고 주장하고 나섰겠지. 내가 입원했던 병원에서 그들은 어느 날 오전에만 자궁 적출 수술을 아홉 건이나 해치웠어. 놀랍지? 이 나라에 서른 살 넘는 여자가 얼마나 많은지 당신은 모를 거야. 하지만 그 수술은 간단한 게 아니야. 대수술이지. 하지만 의사들의 기술도 점점 좋아지고 있어. 곧 맹장 수술처럼 간단한 게 될 거야. 그러면 서른다섯이 넘는 여자들은 값싸게 수술을 받을 수 있을 거야.

자궁 적출술은 이제 하나의 전문적 공식이 되었어. 자궁을 적출할 때는 그 나머지 것들도 다 함께 떼어 내는 거야. 자궁

이 없기 때문에 그런 것들은 있어 봐야 아무 소용도 없는 거야. 난관과 난소와 그 나머지 것들도 함께 적출하는 거야. 조직을 남겨 놓으면 거기서 고름이 나올까 봐 그러는 거지. 또 덤으로 맹장까지 함께 떼내 줘.

그들이 수술을 완료하면 환자는 더 이상 자신이 여자가 아니라는 사실을 발견하게 돼. 남자들이 좋아하는 겉모습은 그대로 있기 때문에 거세라고 할 수도 없어. 어떤 의사들은 임신할 염려가 없으니 성생활을 더욱 즐기기 될 거라고 말하기도 해. 환자는 여전히 여자처럼 보이고 또 여자처럼 옷을 입어. 그런 외관을 유지하는 데 도움을 주는 알약도 줘. 그래서 유방도 시들어 빠지지 않아. 그들은 그걸 흐르몬이라고 하더군. 이거 보여?」 그녀는 자신이 가져온 세면도구 백에서 네모난 모양의 자그마한 초록색 병을 꺼내 보였다. 「이 알약을 매일 먹어. 이거 없으면 안 돼. 정말 놀랍지 않아?」 그녀는 그 병을 도로 내려놓았다.

「그래도 자신이 여자라는 느낌은 없어. 침대에 들면 남자가 원하는 것을 줄 수는 있지만, 그런 행위의 목적이 사라져 버린 거야. 의미가 없는 행위가 되어 버린 거야. 환자는 여자도 아니고 그렇다고 남자도 아니야. 심지어 변태적인 양성도 아니야. 그저 아무것도 아닌 거야. 그저 속을 파낸 껍데기에 지나지 않는 거야. 그럼 의사들은 인생의 의미를 되돌려 주는 알약을 줘. 아니, 의미가 있다는 환상을 심어 줘. 하루 두 가지 알약을 먹으면 인생이 다시 유쾌해질 거라고 말하는 거야. 그러면 그 여자는 다시 싱싱한 포도송이가 돼. 단지 과육이 찢기고 씨앗이 제거되었을 뿐이지. 여자는 빈껍데기, 섹스의 의미는 사라지고 아이는 가질 수 없게 되는 거지.

어쩌면 그 때문에 여자는 미친 듯이 사랑을 찾아 헤매게 되는지도 몰라. 사람들이 등 뒤에서 자기를 비웃고 또 경멸하는 눈짓을 교환한다는 것을 알면서도 그 사랑을 찾아 나서는 거야. 그 여자는 세상의 변화를 감당하지 못해 노이로제가 된 여자인데 그래도 세상을 바꾸려 하고 또 그 세상에 사랑을 주려고 하는 거야. 마치 세상이 사랑을 원하기라도 하는 듯! 세상은 그따위 사랑은 지겨워하는데도.

그 여자는 사랑을 찾는다면 섹스에 의미가 있을 거라고 생각하는 거야. 섹스의 의미뿐만 아니라 인생의 의미도 가져다 줄 거라고 보는 거야. 그러니 이제 사랑이 가장 중요한 문제가 된 거야. 정말 찾을 수만 있다면 말이야.

아니, 아니, 아직 내게 대답하려고 하지 마, 아직 내 얘기가 끝나지 않았으니까. 먼저 얘기를 끝내게 해줘.」 그녀는 이제 마음이 좀 풀어지는지 천천히 얘기했다.

「난 이 말을 전에 그 누구에게도 하지 않았어. 의사를 빼놓고는 살아 있는 사람에게 이 말을 해본 적이 없어. 내가 수술에서 회복된 후, 의사가 자궁 적출의 느낌을 물어볼 때 대답한 것 이외에는.

그러니 이왕 얘기가 나온 거 끝까지 얘기하게 해줘.

왜 내가 수술을 받아야 했는지 알아? 아마 당신은 짐작하지 못할 거야. 그건 임질 때문이었어. 그런 수술은 대부분 임질이 원인이야. 물론 모든 환자가 그 이유 때문은 아니지만 상당수가 그게 원인이야.

그럼 내가 어디서 임질을 옮았다고 생각해? 아마 그것도 짐작하지 못할걸. 난 남편으로부터 옮았어. 대부분의 아내들이 남편에게서 전염되는 거지. 데이나 E. 홈스 대위로부터. 당시 그는 중위였어.

그렇게 놀라는 표정 짓지 마. 난 그것을 더 이상 씁쓸하게 생각하지 않으니까. 내가 듣기로 아내가 남편에게 옮기는 경우도 있다더군. 이건 당신이 생각하는 것처럼 그리 충격적인 일이 아니야.

당시 나는 결혼한 지 3년이 되었어. 이미 아들을 하나 낳은 상태였지. 가문의 자랑스러운 후예이그 사회적 축복의 계승자. 난 그런 아들을 낳았으니까 의무를 다했어. 그건 다행스러운 일이었고.

하지만 결혼한 지 두 달이 채 못 되어서 남편이 바람을 피운다는 것을 알았어. 그건 많은 여자들이 겪는 운명과 별반 다르지 않았어. 그건 아내 노릇의 일부였어. 친정어머니는 그게 인생이라고 말했고 시어머니도 그건 아내인 네가 참아야 한다고 했어. 난 마침내 그런 생활에 익숙하게 되었어. 비록 그게 내가 꿈꾸어 온 결혼 생활은 아니었지만. 친정어머니는 이 일이 다 벌어지고 난 다음에야 그것에 대해 말해 주었어.

애가 태어난 이후에 그는 서서히 나와 동침하지 않게 되었어. 아주 드물게만 동침했어. 나는 그 이유를 알지 못했기 때문에 그런 변화에 잘 적응하지 못했어. 하지만 그것도 곧 익숙하게 되었어. 어쩌면 안도되는 구석도 있었어. 그가 드물게 나를 껴안으려는 경우는 아주 술에 취했거나 아니면 데이트를 나갔던 여자와 같이 자지 못한 경우였어. 그건 늘 똑같았어. 바로 그 때문에 아내를 집에다 대기시키는가 봐. 아무튼 나는 그것이 그리 유쾌하지 않았어.

그러다가 그는 어느 순간 완전히 동침을 끊었어. 어쩌면 내게는 자연스럽게 느껴졌는지도 몰라. 그가 다른 곳에서 욕망을 충족시키나 보다 생각했어. 그가 임질 치료를 받으러 다닌다는 것을 내가 어떻게 알았겠어? 조신한 여자는 임질이 뭔지도 모르는데. 그래서 나는 그걸 별로 신경 쓰지 않았는데 그가 어느 날 밤 크게 취한 채 집으로 돌아와 내게 접근해 왔어.

나는 조금 지난 뒤 그 일의 결과가 무엇인지 알게 된 거야. 아마도 그는 너무 취해서 기억하지 못했거나 너무 흥분해 개의치 않았는지 모르겠어. 이런 상황을 당신은 짐작하리라 봐.」

「저런!」 워든이 소리쳤다. 그는 이미 오래전에 술병을 내려 놓고 있었다. 「저런, 오 저런!」

캐런은 그에게 창백한 미소를 지어 보였다.

「이제, 얘기가 거의 끝나 가. 조금만 더 말할게. 스타크에 대해 말할 참이니까.

데이나는 자신을 치료해 준 의사에게 나를 데려갔어. 부대 병원이 아니라 시내에 있는 병원이었지. 만약 영내에 그 사실 이 알려졌더라면 그는 쫓겨났을 거야. 의사는 아내에게 병을 옮긴 사실을 못마땅하게 여겼지만, 몸집이 자그마하고 대머 리인 그는 아주 과학적인 사람이었어. 진짜 과학자가 그런 것처럼 아주 냉정하고 객관적이었고. 최근에는 아주 부자가 되었다고 해. 데이나가 그 의사를 어떻게 알았는지는 모르지 만, 아마도 부대의 다른 환자를 통해 알았을 거야. 그 의사는 성업 중이었어. 텍사스는 임질로 악명이 높으니까. 국경에 너 무 가까운 탓도 있었을 거야.」

「이봐, 이제 그 얘기 그만 해도 돼, 제발.」 워든이 말했다.

「아니, 끝내게 해줘. 이제 거의 다 말했어. 스타크는 내가 여행에서 돌아온 다음에 만났어. 나는 한동안 여행을 가 있어 야 했어. 여자는 남자보다 임질을 고치기가 더 어려워. 그리 고 임질에 걸렸다고 하면 거의 예외 없이 자궁 적출 수술을 받아야 해. 나는 한동안 부대를 떠나 있었어. 내가 여행을 가 있는 동안 스타크가 신병으로 들어왔어. 당시 그는 애에 불 과했어. 한껏 뻐기는 애였는데, 자신의 자존심을 살리기 위해 나한테 추파를 던졌어. 내가 그 추파를 받아들이자 그는 아 마 심장이 멈출 정도로 놀랐을 거야. 중위의 아내가 반응을 보이다니 하면서. 당시 나는 뭔가 조치를 취하고 싶었어. 나 자신을 깨끗하게 해야 한다고 생각했어. 나는 지저분했어. 너무 오랫동안 지저분해 있어, 따지고 보면 내가 그리 지저분한 여자가 아니라는 것을 나 자신에게 확인시켜야 했어. 내 입장에 있는 여자들이 당연히 그러는 것처럼. 그러다가 나는 다른 여자들이 어떻게 하는지 혹은 어떻게 하지 않는지 따위는 신경 쓰지 않기로 했어. 나는 내가 지저분하다는 것을 확실히 알았어. 다른 여자들은 자기가 따지고 브면 지저분하지 않다고 허세를 부릴 수도 있었을 거야. 하지만 나는 더 이상 그렇게 할 수가 없었어. 사실을 사실대로 인정해야 했어. 내 말 알아듣겠어?」

「이봐, 이제 그만 해.」 워든이 말했다.

「스타크는 내가 나 자신을 정화하기 위해 사용한 도구였어. 내가 여행에서 돌아온 이후에 처음으로 만난 수단이었고. 당시엔 스타크가 아니라 다른 사람이라도 충분히 그 수단이 되었을 거야. 그 일은 딱 한 번이었어. 나를 신체적으로 괴롭게 했고 난 그걸 무척 싫어했어. 하지간 그 뒤에 나는 깨끗해졌어. 그게 나 자신을 깨끗하게 하기 위한 방편이었다는 걸 당신은 이해하겠어?」

「이해하고말고. 자, 이제 내 말을 들어.」 의든이 말했다.

「그게 전부야. 내 말은 끝났어. 난 이제 가겠어.」 캐런은 창백하게 미소 지었다.

그녀는 침대에 앉아 그를 쳐다보았다. 창백한 미소는 그녀의 얼굴에서 점차 사라졌고 그녀의 얼굴은 완전한 공허가 되었다. 너무나 피곤하여 그 얼굴에 아무런 감정의 무게도 실을 수가 없었다. 그녀는 허물어지듯이 쓰러지더니 병자처럼 누웠다. 하지만 무의식 상태도 아니었고 기절하지도 않았으며 울지도 않았고 토하지도 않았으며 아무 행동도 하지 않았다. 그녀는 내부에 오랫동안 인간이 만든 종양을 키워 오면서 언젠가 그것을 떼어 내리라 마음먹었으나 두려움 때문에 결행하지 못하다가 마침내 그것을 떼어 낸 사람 같았다. 그녀는 멍멍한 안도감을 느끼며 잠시 완전한 공허 속으로 떨어졌다.

워든은 술병을 집어 들어 그녀에게 건네며 말했다. 「이봐, 이봐, 난 말이야.」

「이제 내가 가기를 바라지?」 그녀가 쉰 목소리로 말했다. 「이 지저분한 여자가 사라져 주기를 바라지?」 그녀는 몸을 일으켰다. 「곧 갈게. 기운을 차린 다음에.」

워든은 고개를 끄덕였다.

그녀는 그를 쳐다보더니 술병을 받아 들었다. 「가기 전에 술을 한 모금 해야겠어. 어머, 밀트, 당신 울고 있어.」

「아니, 아니야.」 워든이 고개를 돌리며 말했다.

「당신이야말로 술을 마셔야겠어.」 캐런이 술병을 건네주며 말했다.

「난 당신이 가는 걸 원하지 않아. 제발 가지 않았으면 좋겠어.」

「나도 가고 싶지 않아. 여기 있고 싶어. 오, 밀트, 난 여기 그대로 머무르고 싶어, 밀트.」

「그래, 그럼 됐어. 저 개자식, 저 빌어먹을 개자식.」

「난 내일 저녁때까지 돌아가지 않아도 돼.」 그녀가 희미하게 말했다. 「그는 오늘 밤 델버트 대령의 스태그 파티에 갔거든.」

「당신을 사랑해.」 워든이 말했다. 「오, 저 빌어먹을 개자식.」

제23장

　보는 관점에 따라서 홈스 대위는 개자식일 수도 있고 아닐 수도 있었다. 하지만 홈스 대위는 어리석은 남자는 아니었다. 그는 아내가 바람을 피우고 있다는 것을 알았다. 어떤 여자와 12년을 함께 살았다면 그쯤은 짐작할 수 있는 것이다. 그날 밤 그의 아내는 저녁 식사 준비를 거부했다. 아내는 그때까지 저녁 식사를 거부한 적이 없었다. 아침은 거의 안 해주고 점심은 늘 안 해주었지만 저녁 식사만큼은 꼭 해주었던 것이다. 저녁 식사는 부부간의 합의 사항 중 하나였다. 합의? 홈스 대위는 자문했다. 아니면 조약인가? 어쩌면 휴전 협정이라는 말이 더 어울릴지 몰랐다. 그들의 결혼 생활은 통상적인 것이 아니었다. 아니, 그런 생활이 어쩌면 통상적인 것인가?

　홈스 대위는 구크 하녀가 준비해 놓은 저녁을 먹지 않고, 독신 장교 식당에 가서 역시 저녁을 해주지 않는 아내를 둔 다른 장교들과 식사를 했다. 이제 배가 부른 상태로 그는 봉급날이라 사람들이 빠져나간 클럽 탭룸에 우울하게 앉아서 열심히 안경을 닦고 있는 클럽 당번병을 쳐다보았다. 그는 대령이 나타나기를 기다리고 있었다.

　홈스 대위는 지난번 챔피언 트로피를 놓치는 바람에 최근

들어 대령과 아주 좋은 사이는 아니었다. 따지고 보면 그는 최근에 그 누구와도 그리 좋은 사이는 되지 못했다. 첫째, 대령과 그의 아내의 비위를 맞추지 못했다. 둘째, 아내와의 사이도 껄끄러웠다. 셋째, 수석 부사관이나 취사반장도 그를 별로 좋아하는 것 같지 않았다. 마지막으로 중대원 절반 정도가 그를 미워했다. 그가 잘해 준 나머지 절반도 그런 우대 사실을 깨닫지 못하는 것 같았다. 어쩌면 그렇게 우대해 준 자들이 오히려 무시해 버린 자들보다 그를 더 미워하는 것 아닌가 하는 생각도 들었다. 그는 일이 왜 이렇게 꼬였는지 그 이유를 알지 못했다. 분명 그는 아직도 인생의 적당한 자리를 잡지 못한 게 틀림없었다. 논리적으로 볼 때 그는 그 모든 사람들과 가장 좋은 관계를 유지해야 마땅했다. 왜냐하면 그는 인생의 가장 좋은 자리라고 생각하여 군 장교를 선택했고 또 그들 모두와 좋은 관계를 유지하고 싶어 했기 때문이다.

그것들은 도대체 어디로 사라져 버린 것인가? 그는 언제나 무섭게 여긴 저 바닥 모를 심연이 자신의 발아래에서 입을 딱 벌리고 있는 느낌이 들었다. 웨스트포인트에서 씩씩하게 걸어 나온 지도자의 이상은 어디로 갔는가? 유쾌하고 행복한 결혼, 훌륭한 생활, 양심적인 리더십은 어디로 갔는가? 과감하면서도 맹렬한 젊은 기병 장교는 어디로 갔는가? 그는 그런 것들을 잃어버린 기억도 없었고 스스로 내려놓은 일도 없었다. 도대체 무슨 일이 벌어진 것인가?

그 상대는 아마도 민간인일 거야, 하고 홈스는 생각했다. 아내는 신중하여 장교를 상대로 선택하지는 않았을 거야. 그녀의 배경이나 취미를 생각할 때 사병을 상대로 삼지는 않았을 거야. 그래서 민간인, 아주 돈 많은 민간인을 골랐을 거야. 홈스 대위는 그런 삼단 논법의 효율성을 믿었다.

이봐, 오히려 기분 좋게 생각해야 되는 거 아니야. 그는 혼잣말을 했다. 그는 그날 밤 아예 집에 가지 않아도 되었다. 또 내키면 언제든지 외박을 할 수 있었다. 그는 이름뿐인 아내와 함께 행복한 결혼 생활의 외관을 꾸밀 필요가 없었다. 그건 잘된 일이야. 『이름뿐인 아내』라는 소설책이 있었지. 어릴 때 어머니 몰래 그 책을 건초 쌓아 두는 시렁에 감춰 둔 기억이 나는군. 그 여자의 이름이 뭐였지. 클레이. 버사 M. 클레이. 디어 버사. 아무튼 다른 여자들과 마찬가지로 아내도 성욕을 갖고 있음을 아는 건 좋은 일이야. 이제 그도 아내에 대하여 건수를 잡았다. 그건 유익한 결합의 바탕이 될 터였다. 논리 적으로 볼 때 그는 기분이 유쾌해야 마땅했다. 그는 늘 논리 를 신봉해 오지 않았던가. 연역법은 군인의 필수 품목이었다. 군사 학교에서 그렇게 가르쳤다. 그걸 실생활에 적용하기만 하면 되는 것이었다. 아, 그렇게 할 수만 있다면.

홈스 대위는 저 무서운 바닥 모를 심연을 제거하기 위하여 또 한 잔의 위스키 앤드 소다를 시켰다. 그는 사근사근한 바 의 당번병을 상대로 인생의 변화무쌍함을 이야기했다. 사병 은 속으로 지겨움을 느꼈으나 그래도 열심히 들어 주는 척했 다. 홈스는 왜 델버트 대령이 이렇게 늦는 걸까 하고 의아해 했다.

델버트 대령은 약간 늦게 손님을 한 명 모시고 도착했다. 그 손님은 준장이었는데, 소장이 지휘하는 여단의 부단장이 었다. 미리 알려 주지도 않고 그런 손님을 데려온다는 것은 지저분한 술수였으나 홈스 대위는 개의치 않았다. 두 사람을 소개하는 동안 델버트 대령의 콧수염이 자랑스럽다는 듯 가 볍게 흔들렸다. 자신의 아내가 그런 짓을 해서는 안 된다고 생각하고 있던 홈스 대위에게 그것조차 아무 상관 없는 일로 느껴졌다.

연대의 두 소령은 좀 있다가 올 것이라고 말하면서 대령은 그들을 안내하여 골짜기가 내려다보이는 파티오로 나갔다. 그 골짜기를 사이에 두고 저편은 불이 환하게 켜진 부대 병원이었다. 그들은 평소에는 남녀가 같이 참석하는 파티가 열리지만 현재는 텅 비어 있는 다이닝 홀과, 여자들이 주로 브리지 게임을 하는 역시 텅 빈 메인 라운지를 지나 파티오로 나갔다. 이곳은 평소에 여자들이 점심 파티를 여는 곳이기도 했다. 만약 여자들이 이곳을 이용할 경우 그들은 2층에 올라가지 않았다. 하지만 오늘은 봉급날이어서 여자들은 나와 있지 않았다.

「봉급날을 선택함으로써 제가 한 건 올렸습니다.」 델버트 대령이 준장에게 말했다.

「그렇군요, 대령.」 델버트 대령보다 훨씬 나이가 어린 준장이 나직하게 말했다. 홈스 대위는 그 순간 준장을 좋아하게 되었다.

홈스 대위는 전에도 준장을 만난 적이 있어서 그가 어떤 사람인지 알고 있었다. 하지만 공식적인 자리에서 만났을 뿐이었다. 장군과 함께 이런 비공식적인 자리를 갖는다는 것은 아주 다른 상황이었다. 그 준장은 부대 내에서 거물이었다. 본토에서 얼마 전에 부임해 왔고 뛰어난 전략가이며 떠오르는 별로 알려져 있었다. 여단 내 부단장 자리는 임시방편이며 변덕스러운 늙은 소장이 퇴역하면 이 젊은 준장이 그 자리에 오르는 것으로 되어 있었다. 홈스 대위는 준장이 젊은 사람이면서도 델버트 대령의 속을 훤히 꿰뚫어 보는 것이 너무 기뻤다.

「파티 인원은 다섯 명입니다.」 델버트 대령이 계단을 오르면서 말했다. 「여자는 여섯 명이고요. 이렇게 하는 것이 더 흥미로울 겁니다. 장군님, 그 여자들은 모두 피부가 검습니다. 일본계 두 명, 중국계 한 명, 중국·하와이계 두 명, 순수 흑인한 명입니다. 거의 순수 혈통에 가깝습니다. 아무튼 흑인이라고는 하지만 하와이 순수 토종은 거의 사라졌습니다.」

「델버트 대령께서는 여자를 현지 조달하는 것을 원칙으로 하고 계십니다.」 홈스 대위가 말했다.

준장은 웃음을 터뜨리고 그를 슬쩍 쳐다보았다. 대위도 기분 좋게 마주 쳐다보았다.

「평생 하와이 지구에서만 근무하지는 않을 거니까 말입니다. 하지만 이 순수 하와이 혈통은 정말 구하기 어렵습니다.」

델버트 대령은 아파트 세 채를 모두 예약했다. 아파트들은 서로 연결되어 있었기 때문에 방 여섯 개가 나란히 붙어 있었다. 그 아파트는 원래 신임 장교나 방문 장교들의 임시 숙소로 건립되었으나 그 용도로 사용되는 적이 거의 없었기 때문에 클럽 담당 장교가 개인용 파티로 아파트를 임대하는 아이디어를 생각해 냈다. 클럽의 운영을 가능한 한 자급자족시키기 위해서였다. 그 아이디어가 성공하자 클럽은 자급자족되었을 뿐만 아니라 어느 정도 이익을 내기 시작했다.

「장군님, 이 시설을 어떻게 생각하십니까?」 델버트 대령이 자랑스럽게 물었다.

테이블 위에는 여러 병의 헤이그 앤드 헤이그 핀치보틀, 아직 봉인을 뜯지도 않은 올드 포레스터 술병 등이 가지런히 정렬되어 있었다. 또한 사이펀 병과, 길고 바닥이 넓적하고 야생 조류가 그려진 하이볼 잔이 놓인 접시가 세 개 있었다.

「아.」 키가 큰 준장은 문을 열어 놓았어도 아직 텁텁한 공기가 덜 빠져나간 그곳의 냄새를 맡았다. 「웨스트포인트 시절의 비밀 결사가 생각나는군.」

델버트 대령은 비위를 맞추려는 듯 가볍게 웃었다. 「이미 스테이크를 준비시켰습니다. 당번병 제프가 준비할 겁니다. 그에게 이 술병들을 본국에 주문하라고 시켰습니다. 나는 야전이든 침대든 뭐든지 적절한 장비를 사용해야 한다고 믿는 사람입니다. 이런 것들이 나중에 큰 차이를 만들어 내지요. 제프가 주방에 내려가 취사병을 독려하여 얼음을 가지고 올 겁니다.」

준장은 술병의 레이블을 잠시 내려다보았을 뿐 아무 말도 하지 않았다.

델버트 대령이 양팔을 활짝 펴며 약간 우스꽝스럽게 말했다. 「슬레이터 장군님, ○○연대를 대표하여 압박받는 남성들의 천국에 오신 것을 환영합니다.」

홈스 대위는 긴장하고 있는 대령을 재미있게 쳐다보았다.

준장은 사라사 천으로 호화 장식된 의자에 날씬한 몸을 내려놓았다. 「샘 슬레이터라고 불러 주세요.」 그가 정정했다. 「시보이건 출신의 샘 슬레이터. 제이크, 그 계급은 부르지 말아 줘요. 나처럼 계급의 효율성을 철저히 믿는 사람도 없을 거요. 그건 나의 일용할 양식이지. 하지만 적당한 때와 장소에서만 그런 거요. 지금 여기서는 그걸 따지지 않는 게 좋겠소.」

「오케이, 샘.」 제이크 델버트가 불안하게 웃으며 말했다. 「시정하겠습니다. 나는…….」

「그리고, 자네.」 샘 슬레이터는 홈스에게 말했다. 「자네도 나를 샘이라고 불러도 돼. 하지만 부대 밖에서 그렇게 부른다면 자네를 소위로 강등시킬 거야. 알겠나?」

「예, 알겠습니다.」 홈스는 그가 더욱 마음에 들어 빙긋 웃었다. 「저는 협박에는 별 소질이 없습니다.」

샘 슬레이터는 그를 한참 쳐다보더니 웃음을 터뜨렸다. 「제이크, 당신이 총애하는 장교가 마음에 듭니다.」

「그는 좋은 친구지요.」 제이크가 긴장하며 말했다. 「하지만 총애한다는 건 좀 그렇습니다.」

샘 슬레이터는 연대장과 중대장을 쳐다보았다. 자신이 음악을 연주할 피아노의 건반을 조율하는 거장처럼. 「솔직히 말해서……」 장군은 홈스에게 빙긋 웃어 보였다. 「제이크는 젊은 대위가 이 파티에 참석할 거라는 얘기를 듣고 〈이런 젠장〉 하고 생각했었지.」 그는 제이크를 쳐다보았다. 「하지만 제이크 델버트는 자신의 부하 장교들을 잘 아는 것 같군, 그렇지 않나?」 장군은 빤한 거짓말을 했다. 제이크조차 그게 거짓말이라는 걸 알아보았다.

「장군께서도 그를 좋아하리라 생각합니다.」 제이크가 마주 거짓말을 했다. 그의 콧수염 꼬리가 약간 위로 올라가다가 처졌다. 아직 날기가 익숙하지 않은 어린 새처럼.

「연대장께서는 제게 많은 가르침을 주었습니다.」 홈스가 말했다.

「물론 그랬겠지.」 샘 슬레이터가 말했다 「그렇지 않나, 제이크? 대위, 자네에 대해서 내게 많이 말했다네. 자네가 챔피언십을 잃은 것에 대해서 가슴 아프게 생각한다고 말이야. 당연히 자네가 따냈어야 하는 건데.」

「저는 언제나 정직하게 말하려고 애씁니다.」 제이크가 말했다.

「나를 샘이라고 불러도 좋다는 말, 이 말을 난 하급 장교한테 거의 하지 않아. 여기 이런 상황에서도 말이야. 하급 장교들은 그걸 잘 이해하지 못할 거야. 그렇지 않나, 제이크?」

「그렇죠, 샘. 그들은 잘 이해하지 못할 겁니다.」 제이크가 약간 의심스러운 목소리로 말했다. 그는 지금껏 홈스를 살펴보고 있었다. 대위가 이처럼 느긋하고 버릇없게 구는 것을 일찍이 본 적이 없었다.

델버트 대령 앞에서는 이런 느낌을 가져 본 적이 없는 홈스 대위는 준장과는 어쩐지 마음이 통하는 느낌이었다. 준장이 그를 이해해 줄 뿐만 아니라 보호해 줄 것 같은 기분이었다.

그는 껄껄 웃고 싶은 심정이었다. 대령이 이처럼 수세에 몰려 안절부절못하고 긴장하는 것은 자주 벌어지는 일이 아니었기 때문이다.

제이크는 제퍼슨 중사가 얼음을 가지고 들어오자 안도하는 표정이었다. 그는 제퍼슨에게 술을 타라고 시킨 다음 미주알고주알 감시했다. 이어 근처에 있는 테이블 위에 놓여 있던 망원경을 가져오게 했다. 대령은 고맙다는 말조차 하지 않고 중사에게 와히아와에 가서 여자들을 데려오라고 짜증스러운 목소리로 말했다.

「내 공용 차에 여자들이 타고 있다는 걸 민간인에게 들키지 않도록 해. 그렇지 않으면 혼날 줄 알아, 제프, 알겠나?」

「예, 알겠습니다.」 제프는 무표정하게 말했다. 경례는 붙이지 않았다.

제이크는 돌아다보지 않았다. 그는 창문 앞에 서더니 망원경을 조절하여 골짜기 건너 간호사 동을 살폈다.

「젠장, 아무도 안 보이잖아.」 그는 짜증을 내며 망원경을 테이블 위에 내려놓았다. 「알몸인 여자는 아무도 없군.」

준장과 대위는 대답하지 않았다. 샘 슬레이터는 계속 홈스와 얘기를 하고 있었다. 그는 하급 장교들과 관련된 구체적인 얘기보다는 일반적인 얘기를 하고 있었다.

「첫인상은 자네가 상관을 두려워하지 않는다는 거였어. 오늘날 대부분의 하급 장교들은 사병들과 비슷해. 그들은 상관을 너무 무서워해. 그들은 상관으로부터 거부당하지 않을까 두려워하며 말과 행동이 극도의 제약을 받고 있어. 사실 고급 장교들도 마찬가지야. 그들 중에는 합리적으로 대화를 나눌 만한 사람이 거의 없어. 그래서 나 같은 입장에 있는 사람은 아주 처신하기가 곤란해. 알아듣겠나?」

「하지만 그건 늘 그렇지 않았습니까?」 홈스가 말했다.

「아, 바로 그 점이 자네가 틀린 점이야.」샘 슬레이터가 미소 지었다.「약간만 객관적으로 생각해 봐도 자네가 틀렸다는 게 증명될 걸세. 과거부터 늘 그랬던 것은 아니야. 나는 그 점에 대하여 하나의 이론을 정립했어.」

「그 이론을 좀 얘기해 주세요.」다이너마이트가 열띤 목소리로 말했다.「정말 듣고 싶습니다. 대화 상대가 되는 합리적인 분을 만나는 것도 매일 있는 일은 아니니까요.」홈스가 제이크에게 빙그레 웃으며 기분 좋게 말했다.

제이크는 빙그레 웃지 않았다. 그는 전에 그 이론을 들어 본 바 있었고 그걸 좋아하지 않았다. 그 이론은 그를 겁나게 했고 또 인생이 그런 식으로 돌아간다고 생각되지 않았다. 장군이 그런 이론을 대위와 얘기한다는 것은 장군의 권위는 물론이고 연대장의 권위에도 저촉되는 일이었다. 게다가 홈스는 여단의 참모도 아니고 일개 중대장에 지나지 않았다. 그는 아무 말 없이 술잔을 기울이면서 슬레이터같이 똑똑한 사람 — 그래서 언제나 제이크에게 겁을 주는 사람 — 이 어떻게 저리 무람없이 나올 수 있을까 의아했다.

「과거에는 말이야…….」슬레이터는 조심스럽게 말했다.「이 권위에 대한 공포가 명예, 애국심, 성실 근무라는 적극적 도덕률의 그림자에 해당하는 것이었어. 과거에 사람들은 이런 그림자를 피하려 하기보다는 그런 적극적인 가치를 성취하려고 애썼어.」

장군은 그의 말을 아주 조심스럽게 선택했다. 마치 자신의 말을 상대가 알아듣지 못할까 봐 걱정하는 듯한 어조였다. 말을 해나가면서 그의 어조는 더욱 적극적이 되었고 그에 따라 더욱 매력적인 사람이 되었다. 샘 슬레이터의 열광은 남들에게 쉽게 전파되는 것 같아, 하고 홈스는 생각했다. 하지만 장군은 흥분하지 않았다. 몸을 앞으로 기울이면서 말을 빨리

하는 것이 아니라, 더욱 느긋하게 천천히 말하면서 점점 더 침착하고 냉정해졌다. 그런데도 분명 매력이 있었다.

「하지만 물질주의와 기계 시대가 오면서 그 모든 것을 바꾸어 놓았어. 우리의 시대에 이미 세계가 바뀌었다는 것을 보게 되었어. 기계는 과거의 적극적 도덕률의 의미를 파괴했어. 단지 명예라는 이름만 가지고 사람을 기계에다 묶어 놓는 일은 어렵게 되었어. 사람들이 그걸 더 잘 알고 있어.」

홈스는 고개를 끄덕였다. 그건 독창적인 아이디어였다.

「그렇다면 남는 것은 법률로 명시된 부정적 측면을 표준화하는 것뿐이야. 과거에는 부차적인 문제에 지나지 않았던 권위에의 공포가 이제 주된 문제가 되었어. 남아 있는 문제는 그것뿐이니까.

기계를 명예로운 것이라고 하면서 사람을 기계에다 묶어 놓을 수는 없어. 그러니 이제는 기계에 의탁하지 않으면 벌을 받게 된다는 두려움을 주입해야 돼. 그 두려움은 친구들의 거부를 무서워하게 함으로써 유도할 수 있어. 그렇게 하지 않으면 사회적 무위도식자가 된다고 말함으로써 그에게 부끄러움을 안겨 줄 수 있어. 기계를 위해 일하지 않으면 굶게 된다고 하면서 겁을 줄 수 있어. 혹은 가장 높은 효율성을 발휘하면서, 처형에 의한 죽음을 암시할 수도 있어.

하지만 그에게 이게 명예로운 일이라고는 더 이상 말할 수 없어. 그에게 겁을 주어야 하는 거야.」

「정말 그렇군요!」 홈스는 주먹으로 자신의 손바닥을 치면서 흥분된 목소리로 말했다.

샘 슬레이터는 느긋하게 웃어 보였다. 「바로 그 때문에 우리의 하급 장교들(과 고급 장교들)이 두려움 이외에 다른 것은 가지고 있지 않아. 그들은 이 시대가 부여한 코드에 따라 살아가는 거야. 남북 전쟁 때만 해도 장교들은 명예를 위해 싸운다고 생각했지. 하지만 이제는 더 이상 그렇지 않아. 이미 남북 전쟁 때도 기계가 개인들을 상대로 필연적인 승리를 거두었어. 명예는 죽어 버린 거야.

따라서 명예를 가지고 사람들을 통제하려는 것은 어리석은 일이야. 그것은 비효율성 혹은 비효과적인 통제만 가져올 뿐이야. 이 시대에 우리는 사람들을 완벽하게 통제해야 돼. 왜냐하면 사람들은 사회라는 기계에 철저히 복종해야 하기 때문이지.

물론 우리는 외관을 유지하기 위해 아직도 신병 모집 포스터나 회사의 사보 따위에서 명예를 강조하지. 그들이 그런 선전에 넘어가는 것을 두려워하기 때문이야. 과연 우리가 신규 병력을 모집할 때 명예에 의존할까? 그건 어리석은 일이야. 우리는 역사상 처음으로 평화 시 강제 징집 제도를 시행하고 있어. 이렇게 하지 않으면 필요한 병력을 확보할 수가 없어. 아무튼 우리는 병력을 확보해 다가오는 전쟁에 대비해야 돼. 우리는 달리 선택 방안이 없어. 이렇게 하거나 아니면 패배당하거나 둘 중 하나야. 현대의 군대는, 현대 사회의 다른 분야와 마찬가지로, 공포에 의해 지배되고 통제되어야 해. 현대인의 운명은 이제 〈영원한 공포〉가 되었어. 통제가 완전히 안정될 때까지 앞으로 몇 세기 동안 그게 인간의 운명이 될 거야. 만약 내 말을 믿지 않는다면 늘어나는 정신 병원 수와 그 환자들을 한번 봐. 그리고 이 전쟁이 끝난 다음 그런 병원들을 다시 한번 살펴봐.」

「전 장군님의 말씀이 맞다고 생각합니다.」 홈스가 갑자기 그의 아내를 생각하며 말했다. 「그런데 잠깐만요, 장군님은 그런 공포를 갖고 계시지 않은 듯한데…….」

샘 슬레이터는 희미하게 웃었다. 홈스는 그 미소에 슬픔이 약간 깃들어 있다고 생각했다.

「물론이지. 난 그걸 이해해. 나는 통제하는 사람이야. 나는 논리적인 정신으로 축복(혹은 저주)받았고, 그래서 시대의 흐름을 인식할 수 있어. 나와 나 같은 사람들은 통제의 책임을 맡아야 할 운명이야. 현재 우리가 알고 있는 조직 사회와 문명이 계속 존속하려면 권력의 통합이 이루어져야 할 뿐만 아니라 그 권력을 지도하는 분명한 통제탑이 있어야 해.」

「맞습니다. 난 그걸 이해합니다. 그걸 오래전부터 이해하고 있었습니다.」홈스가 흥분된 목소리로 말했다.

「그렇다면 자네는 이 나라를 이끌어 가는 소수의 한 사람이군.」샘 슬레이터가 약간 슬픈 미소를 지어 보였다.「러시아 사람들은 이미 그걸 알고 있었어. 독일 사람들은 배우고 있는 중이고, 아주 빠르게 배우고 있어. 일본인들도 이미 그걸 알고 응용하고 있어. 하지만 그들은 현대의 기계 기술에는 적응하지 못하고 있어. 그들이 과연 시간 내에 그렇게 할 수 있을지 의문이 드는군. 아무튼 다가오는 전쟁은 우리에게 분명한 얘기를 해줄 거야. 우리가 그걸 배워서 전쟁에서 이기거나 아니면 끝장나는 수밖에 없어. 영국과 프랑스, 그리고 기타 나라들의 퇴폐적인 온정주의는 이미 끝장났어. 이제 왕홀(王笏)은 다른 나라의 손으로 넘어갔어. 우리의 생산 능력과 산업 기계 기술을 감안할 때 그것을 잘 배운다면 우리는 무적이 될 거야. 그리고 결전의 날이 오면 러시아를 상대로 해서도 이길 수 있을 거야.」

홈스 대위는 척추에 차가운 한기가 흘러내리는 것을 느꼈다. 그는 샘 슬레이터를 다시 쳐다보았고, 장군의 개인적 매력이 빙빙 돌아가는 횃불에서 나오는 따뜻한 빛처럼 대위의 온몸을 감쌌다. 그와 함께 장군에 대해 어떤 비극적인 의식을 느꼈다. 인생이 장군에게 저처럼 커다란 책임을 안겨 주다니.

「그렇다면 우린 그걸 반드시 배워야겠군요!」홈스 대위가 말했다. 그는 제이크 델버트가 공포의 눈빛으로 곁눈질하는 것을 보았다. 하지만 델버트는 이제 멀리 떨어진 곳에 있는 존재였다. 이것은 그가 오랫동안 알아 왔던 바로 그것이었다. 마음 한구석에 잘못 처박아서 먼지만 뒤집어쓰게 했는데, 이제 갑자기 문을 열어 그것에 햇빛을 쏘인 것이었다. 「그것을 배우는 것 이외에는 다른 수가 없겠군요!」

「개인적인 생각으로는…….」샘 슬레이터가 또렷하게 말했다. 「그걸 배우는 게 우리의 운명이라고 봐. 때가 되면 우리는 완벽한 통제력을 갖추어야 해. 다른 나라에서 이미 그렇게 하고 있듯이 말이야. 지금까지는 포드, 제너럴 모터스, 유에스 스틸, 스탠더드 오일 같은 대기업들이 그 기능을 담당해 왔어. 그들은 소위 아버지 같은 〈온정주의〉를 내세우면서 그 기능을 잘 담당해 왔지. 그들은 비교적 단시간 내 놀라운 통제력을 성취했어. 하지만 이제는 통합이 핵심 용어가 되었어. 대기업들은 그걸 이루어 낼 만큼 강력하지 않아. 설혹 그들이 통합할 의사가 있더라도 의심스러운데, 그럴 의사가 전혀 없거든. 오직 군부만이 하나의 중앙 통제탑 다래 권력을 통합할 수 있어.」

홈스 대위는 갑자기 6차선 도로가 거미줄처럼 산지사방으로 뻗어나는 국가의 모습을 명료하게 보았다. 「다가오는 전쟁은 그걸 도와줄 겁니다.」 대위가 말했다.

「나도 그렇게 생각해. 역사적 관점에서 볼 때 대기업들의 역할은 이미 끝났어. 그들은 역사적 목적을 다 완수했어. 게다가 그들은 아주 결정적 약점을 갖고 있어. 그걸 지금 당장 중지시키지 않는다면 그 피해는 막대할 거야.」

「그게 뭡니까?」 홈스가 물었다.

「그들은 그들 위에 권위가 없는데도 권위를 두려워하고 있어. 그들은 온정주의의 프로파간다를 하도 오래 써먹은 나머지 이제 그걸 그들 자신이 믿게 되었어. 그들 자신의 신데렐라 이야기, 그들 자신의 허레이쇼 앨저 신화[14]를 믿게 된 거야. 그것 때문에 그들은 감상적인 도덕적 의무감에 휘둘리게 되는 거야. 그들은 스스로 상상해 낸 아버지의 역할을 수행해야 하는 거야.」

「잠깐만, 그 말씀은 잘 이해하지 못하겠는데요.」

샘 슬레이터는 빈 술잔을 내려놓고 그에게 슬픈 미소를 지어 보였다. 「그건 내가 우리 군의 고급 장교들에 대해 지적하는 결점과 비슷한 거야. 그들은 빅토리아 시대에 성장했던 지난 세대 사람들의 잘못을 되풀이하고 있는 거야.

대기업의 경영자나 우리 군의 고급 장교들은 따지고 보면 비슷한 사람들이야. 그들은 그들이 개발한 이 새로운 무기, 즉 사회적 공포를 활용하고 있어. 하지만 그것을 최대한도로 사용하는 것은 어떤 도덕적 의무감 때문에 망설이고 있어. 이건 빅토리아 시대의 도덕주의와 영국의 온정적 제국주의의 유물이지. 종부 성사를 주는 선교사가 입회하지 않는 한, 식민지 원주민들을 죽도록 부려 먹는 것만큼은 망설였던 그런 사람들의 후예지.」

홈스가 발작적인 웃음을 터뜨렸다. 「그건 좀 어리석은 일처럼 보이는데요.」

제이크 델버트는 헛기침을 하더니 술잔을 내려놓았다.

「물론 어리석은 일이지.」 샘 슬레이터가 희미하게 미소 지었다. 「논리적으로 볼 때 황당한 일이야. 그런데 한심하게도 우리 나라의 산업가들이나 고급 장교들은 여전히 그런 역할을 하고 있단 말이야. 영국인들이 설정해 놓은 아버지의 역할, 그게 통제의 효율을 크게 해치고 있다는 건 자네도 알 거야.

14 가난한 소년이 큰 부자가 되었다는 신화.

사회적 공포는 기존에 나와 있는 힘의 원천으로는 가장 강력한 거야. 이제 기계가 명예라는 적극적 코드를 파괴해 버렸으니 유일한 힘의 원천이라고 해도 무방해. 그런데도 그들은 결혼할 때까지 순결 유지라는 황당하면서도 사소한 일에 그런 힘을 사용하고 있어. 아무도 그런 순결 따위는 믿지 않는데 말이야. 그건 불타는 한 장의 종이를 끄기 위해 소방 호스를 들이대는 것처럼 어리석어.」

홈스는 크게 웃음을 터뜨렸다. 웃음소리가 너무 커서 발작처럼 들렸다. 그러면서 그는 아내 생각을 다시 했다. 그의 얼굴에서 웃음이 사라지자 완벽한 공허의 느낌만 남았다. 그러면서 그는 샘 슬레이터의 논리가 정말로 완벽하다는 사실에 깜짝 놀라고 있었다.

「이건 그리 재미있는 얘기도 아니야.」 샘 슬레이터가 미소 지었다. 「이 황당무계하고 어리석은 도덕률은 다른 분야에서도 엄청난 비효율과 피해를 입히고 있어. 전쟁에 참여할 것인가 말 것인가 등 즉각적인 해결을 필요로 하는 중요한 문제를 그들이 검토할 때, 여론이라는 모순되는 감정(가령 애국심 대 〈평화〉의 사랑)이 그들의 힘을 분산시켜서 아무것도 못하게 만들어. 완전히 무력화시켜서, 우리의 막강한 산업력을 가지고서도 뒤로 물러서서 우왕좌왕하게 된다고(모두 전쟁이 불가피하다는 것을 알면서도 말이야). 그러다가 누군가가 우리를 대규모로 공격해 오고 그제야 반격에 나서게 되는 거야.」

「그건 논리적 어리석음보다 더 나쁜 경우인데요.」 홈스가 화난 목소리로 말했다. 「그건……」 그는 더 이상 말을 잇지 못했다.

샘 슬레이터는 어깨를 한 번 으쓱했다.

「그건 내 피를 끓게 하는군요.」 홈스가 말했다.

　제이크 델버트는 헛기침을 한 번 하고 나서 끼어들려고 했으나 성공하지 못했다.
　「하지만 그런 식으로 계속해 나갈 수는 없어.」샘 슬레이터가 말했다. 「러시아와 독일에서도 권력의 통합과 그 통제는 완벽하게 이루어지지 않고 있어. 우리는 도덕론자를 현실주의자로 대체하거나 아니면 러시아나 독일, 그리고 일본이 우리를 위해 대신 그 일을 하도록 내버려 두는 수밖에 없어.」슬레이터는 대화를 시작한 이래 처음으로 열띤 목소리로 말했다.
　「여러분!」제이크 델버트가 다시 말했다. 그는 벌떡 일어섰다. 「여러분, 술잔이 비었군요. 한잔 더 할 시간이라고 생각하지 않으십니까? 제프는 아직 돌아오지 않았습니다. 제가 에, 주인 노릇을 하겠습니다.」
　아무도 웃지 않았다.
　「여러분, 이건 파티장이지 토론장이 아닙니다. 우리는 좀 더 활기차게……」장군과 대위가 그를 멍하니 쳐다보자 대령은 다 돌아간 전축처럼 말을 흐리더니 침묵에 빠져 들었다.
　「난 목이 마릅니다.」제이크가 마침내 말했다.
　샘 슬레이터는 노골적인 경멸감을 표시하며 미소를 지었고, 제이크는 까닭 모를 공포를 느꼈다.
　「물론이지, 제이크. 한 잔 더 하자고.」샘 슬레이터가 달래듯 말했다.
　「하지만 무슨 근거로……」홈스가 갑자기 말했다. 「장군님은 장교들이 모두 공포를 느낀다고 생각하십니까? 나는 진실에 대해서 아무런 두려움도 느끼지 않습니다.」그는 진심으로 그렇게 말했다. 그의 마음속 깊은 곳에는 정말 공포가 없었다.
　샘 슬레이터는 어깨를 한 번 으쓱했다. 「환경 탓이겠지. 심리적으로 볼 때, 자기 자신과 사물을 동일시하는 거야. 어떤 애들은 자기 자신을 부상 입게 될 새들과 동일시하기 때문에 새들을 쏘지 못해. 바로 그런 거야.」

「그건 좀 어리석어 보이는데요.」 홈스가 화난 목소리로 말했다.

「여러분, 여기 술이 왔습니다.」 제이크 델버트가 말했다.

「고맙네, 제이크.」 샘 슬레이터가 부드럽게 말했다. 하지만 샘의 치사는 어쩐지 불길해, 하고 제이크는 생각했다.「물론 그건 어리석지. 그걸 어리석지 않다고 한 사람은 지금껏 없었어. 하지만 그런 일이 오늘날에도 벌어지고 있어.」

젠장 뭔 얘기가 저리도 많아, 하고 제이크 델버트는 생각했다.「다이너마이트, 어디 한번 말해 보게.」 제이크가 말했다.「그 프리윗인가 하는 신병의 문제는 어떻게 되어 가고 있나? 권투부에 들어야 한다고 설득시켰나?」

「누구요?」 홈스가 놀란 표정으로 올려다보았다. 추상적인 이론을 다루다가 갑자기 지저분한 현실 ─ 그 이론을 적용해야 하는 현실 ─ 로 되돌아온 사람처럼 멍한 표정이었다.「아, 프리윗 말입니까? 아직 설득하지 못했습니다. 부사관들이 현재 기합을 넣고 있습니다.」

「기합을 넣는다고?」 샘 슬레이터가 끼어들었다.

「예.」 홈스가 마지못해 대답했다.

「내 이론을 적용할 수 있는 구체적 사례군. 우리가 부사관들의 도움이 없다면 얼마나 오래 이 군대를 유지할 수 있으리라고 보나? 장교 계급을 너무나 두려워하여 그들끼리 서로 폭군 노릇을 하는 부사관들 말일세.」

「오래가지 못하리라고 봅니다.」 홈스가 말했다.

「비결은 말이야, 모든 계급으로 하여금 상관을 두려워하게 만들고 하급자를 경멸하게 만드는 거야. 대위, 자네가 직접 하지 않고 부사관들을 시킨 것은 현명한 일이야. 그건 부사관들로 하여금 사병과 장교 사이의 간격을 더욱 의식하게 만들지.」

「그래, 기합이 효과가 있었나?」 제이크가 슬레이터의 추상적인 이론에서 지저분한 현실 쪽으로 화제를 돌리며 물었다. 「올해의 스모커 시즌은 8월이 아니라 6월이야. 설사 그 병사가 권투부에 들어왔다 치더라도 훈련할 시간이 충분치 않아. 그런데 아직 들어오지도 않았다며?」

「안 들어왔다고 이미 말씀드렸습니다.」 홈스는 자신이 다시 대위로 돌아간 사실을 의식하며 거세게 말했다. 「하지만 그런 것들을 다 감안했습니다. 난 내가 무슨 일을 하고 있는지 잘 압니다. 걱정하지 마십시오, 연대장님.」

「그래, 자네가 잘하고 있다는 건 알아.」 제이크가 동정하는 어조로 말했다. 그는 이제 익숙한 터전으로 돌아와 있었다. 그는 슬레이터를 한번 슬쩍 쳐다보았다. 「하지만 대위, 그자는 볼셰비키, 진짜 골칫거리라는 걸 잊지 말게. 그들은 보통 사람들하고 달라. 나는 병사들을 어떻게 지휘해야 한다는 걸 잘 알지만, 볼셰비키는 좀 더 강하게 밀어붙여야 해. 그들을 다루는 방법은 그것밖에 없어. 그자들에게 휘둘리면 안 돼. 그렇게 되면 중대원들에게 체통을 잃게 되고, 그들은 자네를 이용하려 들 걸세.」

「그건 사실이야.」 샘 슬레이터가 끼어들었다. 「어떤 일을 공개적인 문제로 삼았다면 그걸 끝까지 밀고 나가야 해. 그 문제 자체가 중요하다는 게 아니라, 그게 중대 전체에 미칠 영향을 생각해야 돼.」

「그걸 아직 공개적인 문제로 삼지는 않았습니다.」 홈스가 수세에 몰렸다고 생각하며 말했다. 「부사관들은 내 도움 없이 자기들끼리 알아서 기합을 넣는 중입니다.」 홈스는 자신이 덫에 갇혔음을 금세 알아차렸다. 「그러니까 제 말씀은…….」

「그렇다면, 홈스, 자네가 중대원들에게 책임을 회피하고 있다고 생각지는 않나?」제이크는 그 기회를 놓치지 않았다. 계급을 가지고 누르려는 이자들. 이론을 그처럼 설명하기는 쉬운 일이야. 정작 중요한 것은 그걸 어떻게 적용하느냐지.

「아닙니다.」홈스가 연대장의 속셈을 꿰뚫어 보며 말했다. 「전혀 그렇지 않습니다. 장군님이 말씀하신 것처럼, 제가 직접 개입하지 않고 부사관들을 통해 그걸 해내려는 겁니다.」대위는 샘 슬레이터 쪽으로 고개를 끄덕거렸다.

「난 그걸 완전히 신뢰할 수 없는데.」제이크가 말했다.「그가 곧 마음을 돌리지 않는다면 훈련 시즌의 혜택을 받지 못할 거고, 그러면 자네에게 별 도움이 되지 않을 텐데.」

「아닙니다, 도움이 됩니다. 나는 그가 다가오는 겨울의 볼 시즌에 뛰기를 바랍니다. 중대 스모커가 아니라.」그는 마침내 자신의 입장을 회복했다는 듯 미소를 지어 보였다.

「그렇지만……」제이크가 계속 압박해 왔다.「그가 스모커에 안 나간다면 그것만으로도 자네가 뒤로 물러섰고 체면을 잃었다는 뜻이 되네. 그건 좋은 일이 아니지 않나? 그렇지 않습니까?」연대장이 장군에게 고개를 돌리며 동의를 구했다.

샘 슬레이터는 대답하기 전에 제이크를 한참 쳐다보았다. 그는 의자에 앉아서 대령과 대위의 대화를 듣고 있었고 이제 그들이 판결을 신청해 왔다는 것을 알았다. 그는 자신의 그런 입장을 즐겼다. 물론 제이크가 대위의 상급자이기 때문에 그 대접을 해주어야 했다. 그러나 제이크는 비겁자에다 온정주의 지지자였고, 장군의 젊은 세대가 언젠가는 대체해야 할 세력이었다. 그리고 장군은 젊은 홈스를 좋아했다.

「그래요, 그 말이 맞아요.」장군이 마침내 대답했다.「대위, 중요한 건 말이야, 장교인 자네가 사병들 때문에 뒤로 물러섰다는 인상을 주지 않는 거야.」이어 장군은 제이크를 보며 말했다. 「권투 게임 자체는 그리 중요한 게 아니야.」

제이크는 그 말을 무시하기로 했다. 그는 잠시 우위를 거두었고 또 화제를 바꾸는 데 성공했다. 현재로서는 그걸로 충분했다. 하지만 대위가 감히 대령에게 말씨름을 하려 들다니, 고약한 일이었다. 「프리윗이 돌아서지 않는다면……」 대령이 홈스에게 차가운 어조로 말했다. 「자네는 그자의 기를 꺾어 놓아야 해. 다른 대안이 없어. 그를 징계하게. 그러면 겨울이 되어 볼 시즌이 돌아올 때 권투를 하겠다고 나설 거야.」

「예.」 홈스가 다소 의심하는 목소리로 말했다. 아까 장군의 말에서 권투부를 대단치 않게 여긴다는 감을 잡기는 했으나 대령을 더 밀어붙일 정도로 장군의 응원이 나올 것인지는 자신이 없었다. 그는 모험을 걸어 보기로 했다. 「나는 그런 식으로 해봐야 득 될 게 없다고 생각합니다. 프리윗의 기를 꺾지 못할 것 같습니다.」

「하!」 제이크는 장군을 쳐다보았다. 「물론 자네는 꺾을 수 있어.」

「자네는 그 어떤 사병이라도 꺾을 수 있어.」 샘 슬레이터가 차갑게 말했다. 「자네는 장교야.」

「그렇습니다.」 제이크가 강하게 말했다. 「내가 여기 스코필드에서 대위로 근무할 때 존 딜린저[15]가 이등병으로 근무했어. 정말 기를 꺾지 못할 자가 이 세상에 있다고 한다면 바로 그 딜린저일 거야. 하지만 그들은 그의 기를 꺾어 놓았어. 여기 부대 영창에서 말이야. 그 때문에 그는 미국에 복수심을 갖게 되었고, 그래서 경찰에 의해 살해당했지.」

「그건 그의 기를 꺾어 놓은 것 같지 않습니다.」 이제 뒤로 물러설 수 없게 된 홈스가 말했다. 「그가 이곳 영창에서 나간

15 John Dillinger(1903~1934). 미국의 범죄자. 1934년 7월 22일 시카고의 극장에서 나오다가 동거녀의 밀고로 살해되었다.

다음에 저지른 행적을 놓고 볼 때 말입니다.」

「아니야, 꺾어 놓았지. FBI 국장 J. E. 후버와 그의 부하들이 꺾어 놓았어. 그날 밤 시카고에서 그자를 죽여 버렸어. 그들이 오하이오의 옥수수 밭에서 프리티보이 플로이드[16]를 박살 낸 것처럼.」

「그들은 그를 죽였을 뿐 기를 꺾은 건 아니었습니다.」 홈스가 말했다.

「그게 그거야.」 제이크가 화난 어조로 말했다. 「도대체 차이가 뭔가?」

「모르겠습니다.」 홈스가 더 이상의 논쟁을 포기하면서 대답했다. 「어쩌면 차이가 없을지 모르겠습니다.」 하지만 홈스는 그것을 믿지 않았다. 그것이 목소리에 그대로 묻어났다.

「제이크, 그건 당신이 잘못 보았소.」 샘 슬레이터가 말했다. 「엄청난 차이가 있어요. 그들은 딜린저의 기를 꺾지 못했어요. 제이크, 솔직하게 인정할 건 인정합시다.」

제이크 델버트의 얼굴이 붉게 상기됐다.

「당신은 그걸 이해하지 못할 거요.」 샘 슬레이터가 천천히 말했다. 「하지만 나는 그를 이해할 수 있어요. 또 여기 다이너마이트도 이해할 거라고 생각합니다.」

제이크는 의자에 앉아서 술잔을 높이 쳐들어 자신의 붉어진 얼굴을 가리며 술을 홀짝거렸다. 샘 슬레이터는 무표정하게 제이크를 쳐다보았다. 「하지만 중요한 사실은 그들이 그를 죽였다는 것이지. 그들은 언제나 그런 자들을 죽여 버려. 딜린저가 잘못된 것은 개인주의자였다는 점이지. 제이크, 당신은 그걸 이해하지 못할 거요. 아무튼 그 이유 때문에 그를 죽인 거요. 범죄는 남는 장사가 아니오.」 샘이 빙긋 웃었다.

16 Floyd(1901~1934). 미국의 범죄자. 프리티보이라는 별명을 싫어하여 죽어 가는 순간에도 자신이 찰스 플로이드이지 프리티보이가 아니라고 말했다.

홈스는 커다란 안도감을 느꼈다. 슬레이터가 그렇게 말하는 동안 대위는 하나의 뚜렷한 심상을 떠올렸다. 그것은 병과 부사관 사이의 간단한 의견 차이 하나가 병을 영창으로 몰아넣을 수 있고, 거기서 그 병이 의견을 바꾸거나 기가 꺾이지 않는 한 더 큰 범죄의 길로 나아갈 수 있다는 것이었다. 그러면 그는 이면 도로에 세워진 시보레 자동차에 화를 내며 앉아서 총신이 뭉툭한 38 구경 권총을 손에 쥔 채, 어둠 속 어딘가에서 언제 날아올지 모르는 경찰의 총알 세례를 기다리는 신세로 전락하게 되는 것이다. 이런 모든 일이 전쟁 중이 아닌 평화 시의 나라에서 발생하는 것이다. 그건 너무나 오싹한 생각이어서 그를 부르르 떨게 했다. 홈스는 그 자신이 그렇게 될 수도 있다는 생각을 간신히 물리쳤다. 그리고 자신을 새와 동일시하여 새에게 총질을 하지 못하는 남자들이 있다는 슬레이터의 말을 기억했다. 홈스는 슬레이터의 모든 말에서 어떤 비현실적인 특질을 느꼈다. 생각의 힘이라는 건 이런 작은 시작으로부터 생겨나는 것이로구나, 하고 홈스는 생각했다.

「대위.」제이크가 약간 숨 막히는 목소리로 말했다. 「프리윗이라는 병사에게 징계를 내리도록 해. 권투부에 안 들어오고, 그래서 스모커 게임에 대비한 훈련을 하지 못하게 되면 말이야.」

「나는 죽 그 생각을 해왔습니다, 연대장님.」홈스가 말했다. 「단지 그렇게까지 하지 않아도 되리라고 생각합니다.」그는 늙은 영감이 약간 안되었다는 생각이 들었다.

「필요할 거야.」영감이 강하게 말했다. 「내 말을 명심하게. 이건 직접적인 명령이야, 대위.」영감은 의자 등받이에 몸을 기댔다.

하지만 홈스는 조금도 염려되지 않았다. 그가 염두에 두고 있는 연대 내에서의 소령 진급은 여단 참모 장교의 보직에 비교하면 아무것도 아니었다. 설사 참도 장교 직을 따내지 못한다고 하더라도 샘 슬레이터가 봐주는 한 델버트는 아무런 압력도 가하지 못할 것이었다.

「중요한 건 사물 뒤에 숨어 있는 논리를 파악하는 거야.」샘 슬레이터가 제자들의 휴식 시간을 이용하여 좀 더 가르쳐 주려는 펜싱 교사처럼 대화에 끼어들었다.「고집스러운 단 한 마리의 노새에 의지하여 보급품을 와이아나에 언덕 너머로 실어 보내는 건 아니야. 만약 그 노사가 움직이려 하지 않는다면 낙오시켜 버리면 되는 거야. 그렇지 않아?」

「그렇습니다.」홈스가 대답했다.

「결론은 그렇게 나는 거야.」

「그러니까 이런 말씀이시죠? 대다수 병사와 최종적 목적을 늘 생각해야 한다. 때때로 전체의 이익을 위해서 잔인해져야 한다. 뭐 이런 말씀이시죠?」홈스가 긴장된 목소리로 물었다.

「바로 그거야.」샘 슬레이터가 기이하게도 여자 같은 만족감을 표시하며 말했다.「통치하려는 자는 잔인해져야 해.」

「그렇습니다.」홈스는 왠지 모르게 유혹에 넘어갔다는 느낌이 들었다. 마치 여자들처럼.

「자네는 재빨리 배우는군.」샘 슬레이터가 말했다.

그때 이후 제이크는 더 이상 화제를 바꾸려 하지 않았다. 샘 슬레이터는 자신의 이론으로 되돌아갔고 이제 허둥거리기까지하며 말했다. 그들이 한창 그 이론을 말하고 있는데, 연대 소속의 소령 두 명이 도착했다. 두 소령은 준장이 거기 참석한 것을 보고 감짝 놀라면서 뒤로 물러ㄴ 술을 가지러 갔다. 잠시 뒤 그들은 준장이 여전히 대화에 몰두해 있는 것을 보고서 조용히 다시 술을 가지러 갔다.

제퍼슨 중사가 여자들을 데리고 돌아왔을 때 준장과 대위는 여전히 얘기를 하고 있었다. 홈스는 아까 프리윗 얘기가 나오는 바람에 더 이상 그 얘기에서 물러설 수 없는 입장이 되어 버렸다. 샘 슬레이터는 예전에 자신도 그 비슷한 입장에 놓인 적이 있다면서 더욱 대화에 열을 올렸다. 눈빛까지 반짝이면서.

그들에게 배정된 덩치 큰 여자들은 그들의 무릎에 앉은 채 의아한 표정으로 그 대화를 듣고 있었다. 제이크와 두 소령은 그 대화에 동참하기를 포기하고 그날의 당초 목적을 달성하기 위하여 뒷방으로 물러갔다.

하지만 홈스는 그 당초의 목적을 거의 잊어버리고 있었다. 준장과의 대화는 그에게 새로운 조망을 열어 주었다. 전에는 상상조차 하지 못했던 것을 보게 해주었다. 뭉게구름이 그 전망을 가려 버리기 전에 그 조망을 조금이라도 더 살펴보려고 홈스는 주의를 기울였다. 그러면서 아주 새로운 전망이 갑자기 드러나 사물의 구도를 선연하게 볼 수 있을지도 모른다는 희망을 품었다.

「이성은 인간이 발견해 낸 가장 훌륭한 도구야.」샘 슬레이터가 말했다. 「하지만 가장 무시되고 또 가장 소홀히 사용되고 있지. 합리적이고 민감한 사람이 환멸을 느끼고 비통해하는 것은 놀라운 일도 아니야.」

「나는 늘 그것을 보아 왔습니다.」홈스가 흥분된 목소리로 말했다. 「평생 동안 그걸 보아 왔습니다. 멀리서 말입니다.」

「그건 모두 공포에 바탕을 두고 있어.」샘 슬레이터가 미소지었다. 「공포가 핵심이야. 각각의 사람들에게 깃들어 있는 공포의 정도를 측정할 수 있으면 그들을 어느 정도까지 믿을 수 있는지 예측할 수 있어. 또 어느 정도까지 움직일 수 있는지도 알 수 있어. 그다음 단계는 의도적으로 공포를 유도하는 거지. 공포가 이미 그 개인 속에 깃들어 있다면 그걸 불러내기만 하면 되는 거야. 공포의 범위가 크면 통제 범위도 그만큼 커져.」

「공-포가 뭐예요?」 샘 슬레이터가 앉은 의자의 손 놓는 부분에 앉아 있던 일본계 여자가 물었다.

「무서움을 말하는 거야.」 샘 슬레이터가 빙긋 웃었다.

「아.」 그 여자는 옆에 앉아 있는 다른 여자에게 얼굴을 찌푸렸다.

「이봐요, 당신들은 뭐가 잘못된 거여요?」 홈스의 무릎에 앉아 있던 중국계 여자가 물었다.

「아무 문제 없어.」 샘 슬레이터가 말했다.

「우리가 마음에 들지 않아요?」 일본계 여자가 물었다.

「당신들은 아주 아름답군.」 샘 슬레이터가 말했다.

「나한테 화난 거 아니죠?」 중국계 여자가 홈스에게 말했다.

「왜 내가 너한테 화를 내?」

「그럼 내가 마음에 들지 않은 짓을 했나요?」

「아이리스, 자꾸 물어보지 마. 그들은 잠시 내버려 두고 하얀 머리 영감한테 한번 가보자. 그는 뷸라와 함께 있어. 거기 가서 분위기 좀 띄워 주자고.」 일본계 여자가 말했다.

아이리스는 일어섰다. 「내가 당신 기분 나쁘게 한 거 없죠?」 그녀는 홈스에게 애교스러운 목소리로 물었다.

「없어.」

「내가 말하는 공포가 무엇인지 알지?」 두 여자가 가버리자 샘 슬레이터가 농담을 했다.

홈스는 웃음을 터뜨렸다.

「난 말이야, 이 이론을 제이크에게 백 번도 넘게 말했을 거야. 내가 여기 록 지역에 온 이래로 계속 말해 주었어. 제이크는 많은 능력을 가지고 있는 사람이야. 그가 그걸 활용하는 방법만 배운다면 얼마나 좋을까.」

「그는 나이가 좀 들었죠.」홈스가 조심스럽게 말했다.

「너무 늙었어. 어둠 속에서 길을 잃고 헤매는 사람을 들라 면 제이크 델버트 생각부터 나. 우리 시대의 흐름을 잘 읽을 수 있는 배경과 훈련을 갖춘 사람을 들라면 제이크 델버트가 으뜸이고. 하지만 그는 아직도 두려워하고 있어. 너무 도덕심 이 강해서, 인류를 구제하는 일에 집중하기보다는 연대원들 에게 보낸 감상적인 훈시문을 믿으며 한평생을 마치려 하고 있어. 그리고 이런 스태그 파티를 열면서 스트레스를 해소하 려 하고 있어. 도덕의 배가 너무 더부룩해서 똥을 누어야 시 원해지는 거야.

내가 이런 파티를 싫어한다는 얘기는 아니야. 이런 것도 좋고 그래서 즐기고 있어. 나름대로 말이야. 하지만 이런 것 만 가지고 평생을 보낼 수는 없어. 이걸 너무 탐닉하다 보면 부패하게 되어 있어. 인간은 자기보다 더 큰 어떤 것을 믿어 야 해.」

「그렇습니다. 자기보다 더 큰 어떤 것, 그걸 오늘날의 세상 에서는 어디에서 발견할 수 있을까요?」홈스가 흥분된 목소 리로 물었다.

「이성 이외에는 없어. 다이너마이트, 자네는 대위치고는 꽤 나이가 들었어. 하지만 소령이 되기에는 아직 젊지. 나도 자 네 나이에는 소령에 지나지 않았어. 그리고 새로운 논리에 대 해서는 알지도 못했어. 영리한 상급자가 나를 발탁해 주지 않았더라면 나는 여전히 소령이었을 테고 오늘날 제이크 델 버트같이 되었을 거야.」

「그러니까 장군님께서는 이성의 소리에 적극적으로 귀 기 울였군요. 이성의 계시가 있을 때마다.」홈스가 말했다.

「그렇지, 바로 그거야. 우리는 이런 교훈을 재빨리 배울 줄 아는 하급 장교를 필요로 하는 거야. 앞으로 몇 년 후면 그런

594

장교가 더욱 많이 필요할 거야. 그들에게 열려 있는 가능성은 무한이야.」

「난 계급 따위는 신경 쓰지 않습니다.」 홈스는 신경을 썼다. 하지만 이번에는 정말 진심이었다. 「내가 정말로 원하는 것은 진정으로 단단한 터전을 발견하는 겁니다. 사색하는 남자가 버티고 설 수 있는 기반, 사람을 실망시키지 않는 건전한 논리, 이런 것만 얻을 수 있다면 계급 따위는 신경 쓰지 않겠습니다.」

「나도 그렇게 생각해.」 샘 슬레이터가 희미하게 웃었다. 「난 자네 같은 장교가 필요해. 내 참모 장교들 중에는 바보 같은 자들이 많아. 자네, 여단으로 옮겨 와 내 밑에서 일해 보면 어떻겠나?」

「제가 그럴 만한 능력이 되는지 모르겠습니다.」 홈스가 겸손하게 말했다. 그는 캐런이 이런 전망에 대해서 어떻게 생각할지 궁금했다. 만약 그녀가 하자는 대로 했다면 그는 이런 스태그 파티에 참석하지 못했을 것이다. 그렇다면 그의 오늘날 입지는 어찌 되었겠는가! 제이크 델버트 꼴이 나고 말았겠지!

「물론 능력이 충분하지. 이봐, 원한다면 조치하겠네. 내일 당장 조치하지.

그리고 이 프리윗 건은 자네에게 개인적으로 미치는 영향 때문에 중요한 거지 다른 건 아무것도 아니야. 권투부나 자네의 위신 같은 건 문제가 안 돼. 다시 말해 그건 자네의 성격을 점검하고 발전시키는 발판 정도밖에 안 되는 거야.」

「난 그걸 그런 식으로 생각해 보지는 못했습니다.」

「자네가 이 문제를 해결할 때까지는 전출을 보류하지. 다 자네를 위해서야. 이 문제를 잘 해결하고 연대로 온다면 그다음에는 권투부 일 따위는 깨끗이 잊어버리게. 자네의 정력을 더 좋은 곳에 써야 하니까.」

「예, 그렇게 하겠습니다.」 홈스는 과연 자기가 권투 코치를 그만두고 싶어 하는지 의아해하면서 말했다.

「한 잔 더 해야겠는데.」 샘 슬레이터가 일어서면서 말했다. 「이제 이 문제는 어느 정도 얘기가 끝난 것 같군. 더 시간 낭비할 필요는 없겠어. 가서 여자를 찾아보자고.」 그는 사이편 병 있는 곳으로 갔고 이제 더 이상 철학자가 아니었다. 철학을 다스리는 마음의 한 부분이 수도꼭지처럼 잠긴 것 같았다.

홈스 대위는 놀라면서 또 겁을 먹었다. 그는 어떤 일을 그처럼 간단히 잊어버리지 못하기 때문이었다. 그는 완전히 새로운 세상을 만들어 낼 새로운 힘을 보았다. 도덕이 아니라 논리에 바탕을 둔, 진정한 의미를 가진 세상. 그것은 현실적인 힘에 바탕을 두고 있기 때문에 실제로 위력을 발휘할 그런 의미였다. 아주 자상한 힘, 많은 좋은 일을 할 수 있는 힘, 인류의 고집과 무기력에도 불구하고 인류를 새로운 높이로 들어 올릴 그런 힘이었다. 그 자상함 때문에 오히려 비극적 성격을 띠고 있는 힘이었다. 간통을 하고 자기 배 불릴 생각만 하는 일반 대중은 죽었다 깨도 이해하지 못할 힘이었다. 위대한 사람과 사상의 생애는 언제나 비극적인 것이므로, 역사가 그 정당성을 입증해 줄 힘이었다. 홈스는 배의 근육이 팽팽하게 긴장되는 것을 느꼈고 크게 소리치고 싶은 충동을 느꼈다. 그것은 그가 소년 시절 이래 느껴 보지 못했던 욕망이었다. 어떻게 슬레이터는 그것을 수도꼭지처럼 잠가 버릴 수 있을까?

하지만 곧 홈스는 자신이 의심하고 있다는 것을 깨달았다. 방금 그것을 배웠는데 벌써 의심하고 있는 것이었다. 게다가 더욱 나쁜 것은 겁까지 먹고 있었다. 이렇게 의심한다면 그 논리가 논리로서 위력을 발휘할 수 있을까?

슬레이터는 이 논리를 오랫동안 생각해 왔고 완전 숙달했기 때문에 그처럼 쉽게 잠가 버릴 수 있었겠지. 너한테는 새로운 것이라서 그런 거야. 너는 아직도 그 의심하는 버릇을 완전히 척결하지 못했잖아. 그것뿐이야. 홈스는 그런 생각을 하면서 과연 샘 슬레이터도 이런 논리를 처음 배웠을 때 의심했을지 의아했다. 물론 의심했을 거야. 그런데 말이야, 그가 아예 의심을 안 했다면 어떻게 되는 거지? 그는 순간적으로 슬레이터에게 물어볼 생각을 했다. 그러자 그의 가슴은 놀람과 두려움으로 펄쩍 뛰어올랐다. 그런 질문은 자신의 불신을 명백하게 드러내는 것이나 다름없었다.

그는 그 논리를 의심하지 않았다. 그가 의심하는 것은 바로 그 자신이었다. 그는 의심을 수도꼭지처럼 틀어막을 수 있는 자신의 능력을 의심하는 것이었다. 어쩌면 슬레이터도 그 자신에 대한 일말의 의심은 있지 않았을까?

그러나 슬레이터가 그렇게 의심한다면 그건 곧 슬레이터의 논리가 오류라는 얘기 아닌가. 홈스 대위는 예전의 바닥없는 심연이 입을 짝 벌리며 그에게 다가오는 것을 느꼈다. 그의 발밑은 다시 한번 위태롭게 되었다.

그의 아내가 저녁 식사 준비를 거부하지도 않았고 또 돈 많은 민간인과 놀아나지도 않았다면 일은 어떻게 되었을까?

제이크 델버트가 오늘 밤 준장이 이곳에 올 것이라는 사실을 미리 알려 주어 겁먹고 있었더라면 일은 어떻게 되었을까?

샘 슬레이터가 그를 위해 제이크를 슬쩍 질러 주지 않았더라면 어떻게 되었을까?

홈스 대위는, 그랬더라면 그는 아주 다른 사람이었을 것이고 또 오늘 밤의 일은 아주 다르게 벌어졌으리라는 것을 명확하게 알아보았다. 샘 슬레이터가 새 술잔을 건네주었을 때 대위의 손은 가볍게 떨리고 있었다.

「자, 가세. 저기 뒷방에 다들 모여 있군.」

「그러죠.」홈스 대위는 준장의 뒤를 따라가며 그가 눈치채지 못했기만을 빌었다. 과연 슬레이터가 오늘 한 말을 내일 기억할까? 이 경천동지할 대화가 홈스와 슬레이터의 술자리 대화에 불과한 것일까? 왜 지구는 조용히 멈춰 서지 않을까? 왜 내가 안전하게 발을 내려놓을 수 있도록 정지해 주지 않는 것일까?

그는 방 안에 있는 사람들을 보았다. 대령은 침대에 앉아 술을 마시면서 느긋한 자세였다. 그와 함께 두 명의 소령과 여자들이 술을 마시고 있었다. 샘 슬레이터는 빙긋 웃으며 자기에게 지정된 여자를 픽업했다. 홈스는 그 여자들을 전혀 알지 못했다. 그는 자신이 마천루의 창문에서 저 아래쪽을 내려다보는 사람 같다고 생각했다. 거리에는 성냥갑만 한 차들이 요란을 떨고 붕붕거리는 소리를 내며 달려가고 있었다. 그는 그 거리 쪽으로 머리를 내밀었다. 그 거리에 합류하려면 뛰어내려야 했다.

그게 아니야, 홈스. 너는 이미 그 도로 위에 올라섰어. 네가 곧 그 도로라고. 아무 곳도 가리키지 않는 도로. 너를 여기까지 데려온 도로. 중요한 건 믿는 거야. 넌 믿어야 해. 믿음을 가져야 해. 그게 답이야. 유일한 답이라고.

그는 샘 슬레이터를 쳐다보았다. 그리고 믿었다. 그는 방 안을 장난스럽게 돌아다니는 시보이건 출신의 샘 슬레이터를 쳐다보았다. 자기 옆의 남자를 두려움 반 희망 반으로 쳐다보는 여자처럼. 그녀는 그 남자가 자기를 유혹하도록 내버려 두었고, 그래서 그에게 몸을 바쳤고, 이제 그 남자는 등을 돌리고 코를 골고 있었다. 그는 이 모든 일을 하나로 꿰어 주는 논리 같은 것이 있으리라 생각했다. 세상일이 이렇게 되는 대로 흘러갈 수는 없다고 생각했다.

그는 내일 PX에 가서 믹스마스터 조리 기구를 사야겠다고 생각했다. 그걸 주방에다 설치해 놓으면 그녀가 집에 돌아와 보게 되리라. 집 안에 들어서면서 그걸 제일 먼저 보게 되리라. 그러면 그녀는 그게 무슨 뜻인지 알리라.

그는 약간 휘청거리며 일어서서 그 덩치 큰 중국계 여자를 뒷방으로 데려갔다.

제24장

장교 클럽의 스태그 파티에 참석했던 사람들이 그처럼 우려했던 그 사병은 그 자신에 대하여 전혀 걱정하지 않았다. 그는 뉴콩그레스 호텔의 계단을 오르면서 자신이 죄인이라는 생각을 단 한 번도 하지 않았다.

프루는 외출에서 오는 황홀한 기분을 다시 느꼈고 인생이 내일 아침까지 유예되었다고 중얼거렸다. 그는 지금 이 순간 그 어떤 것도 그 흔쾌한 기분을 망치지 못하게 할 생각이었다. 그는 이제 나팔을 불 수 없었다. 그래도 상관없었다. 이제 곧 로런을 만나게 될 것이었고, 그것이 빈 구멍을 충분히 메워 줄 터였다. 앞으로 그것이 더욱 필요할지 모르므로 그것에 좀 더 조심스럽게 매달리는 게 좋겠다고 생각했다. 현재로서는 로런 생각만 하고 싶었다. 로런, 정말 멋진 이름이었다. 그건 창녀의 이름이 아니라 진정한 여자의 이름이었다. 그가 그 이름을 몇 번 반복하여 불러 보니 그에게만 의미가 있는 소리인 듯했고, 다른 여자들은 그런 이름을 쓴 적이 없는 듯한 느낌이 들었다. 그가 이 운동 중대에서 전출 가려고 마음 먹는다면 누가 그를 말릴 것인가? 진짜 보병 중대에 들어가서 열심히 군인 노릇을 하고 싶었다. 그곳에서는 실력에 따라 진급이 될 것이므로 중사로 진급될 수도 있을 것이었다.

그러다가 그는 이 부대에서 전출 갈 수 없다는 사실을 기억해 냈다.

좋아, 전출 못 간다 그거지? 그게 어쨌다는 거야? 그게 무슨 의미야? 전혀 의미가 없어. 이 모든 것은 앞으로 1년 이내에 청산되고 말 거야. 그녀는 앞으로 1년만 더 일한다고 했어. 그때가 되면 나도 본토로 돌아가게 될 거야. 1942년이 되면 말이야. 그는 뉴콩그레스의 철 대문을 느긋하게 두드리면서 그러한 전망을 마음속에서 그려 보았다. 제퍼슨 부대나 포트 라일리 같은 영구 포스트에서 근무하게 될지 모른다. 그런 부대들은 벽돌담이 둘러쳐져 있고 잔디밭이 잘 조성되어 있으며 커다란 참나무들이 오후가 되면 시원한 그늘을 드리웠다. 그 참나무들은 1872년 암스트롱 커스터 장군이 수족 인디언들에게 참수당한 이래 계속 거기에 있었다. 그는 재입대하면 그런 부대로 배치받을 생각이었다. 그 부대의 부사관 숙소 또한 벽돌집이고 여기처럼 임시 급조한 막사가 아니다. 그는 그녀를 결혼한 부사관들의 공동체에 데리고 갈 것이고 둘이서 오붓하게 살 것이었다. 피트 카릴슨 같은 고참은 창녀 출신이 가장 훌륭한 아내가 된다고 하지 않았던가. 창녀들은 아주 힘들고 어려운 시절을 살아왔기 때문에 작은 일에도 감사할 줄 안다. 많은 고참 부사관들이 창녀와 결혼했다. 가령 볼디 돔을 봐라. 그의 아내는 마닐라에서 창녀였다. 하지만 그의 아내는 구크니까 아무래도 사례로 적절하지 않다. 내가 바이올렛과 결혼했다면 볼디 돔 짝이 났으리라. 하지만 나는 바이올렛이 아니라 로런과 결혼하고 싶다. 만약 그녀가 원하는 것이 안락함과 안전함이라면 영구 포스트처럼 더 좋은 곳이 어디 있겠는가? 그 부대들은 지난 69년 동안 계속 거기에 있었고 앞으로 60년 동안 거기에 있을 터였다.

어쩌면 그녀는 지금 그와 결혼하고 앞으로 1년간 더 일할 수도 있을 것이다. 그녀는 어차피 1년 더 그 일을 하기로 했으니까. 그는 그것을 신경 쓰지 않는다. 과거에 체면 따위가 그에게 무슨 이득을 가져다주었는가? 체면만 있고 돈 15센트가 없다면 맥주 한 병도 제대로 마실 수가 없다. 체면이라는 건 기혼 부인들이나 좋아하는 물건이다. 그들은 활발하고 생생하여 약간 음란한 짓을 저질렀던 과거를 감추기 위해 체면을 내세우기 좋아한다. 그래서 현재 생생하고 활발하게 살아가는 사람들은 그들을 불편하게 만드는 것이다. 체면만 따지는 숙녀들이여, 엿이나 먹어라.

「어머, 프루!」

키퍼 부인은 우아하게 그를 맞아들였다.

「이렇게 빨리 다시 찾아올 줄 몰랐지. 정말 놀랍네.」

「사업은 어떠세요?」 그는 안으로 들어서는 순간 바닥에 톱밥이 깔린 서커스 장의 분위기를 느꼈다. 키퍼 부인은 약간 피곤한 표정이었다. 드레스의 어깨 부분에 꽂은 꽃이 시들었다는 얘기는 아니다. 이 국제 순은의 레이디는 리셉션 라인 앞에서 몰래 카메라에 찍힌 모습, 혹은 남편이 갑자기 술 취한 친구들을 집에 데려온 바람에 황급히 저녁 식사를 준비해야 하는 아내의 모습이었다.

「잘되지만 너무 바쁜 것 같아.」 그녀가 말했다.

두 개의 대합실은 가득 차 있었고 남자들이 홀의 위아래를 오가며 웃음을 터뜨리고 있었다. 두 개의 주크박스에서는 음악이 계속 흘러나왔고, 땀을 흘리는 창녀들은 문을 쾅 하고 닫았고, 뾰족한 하이힐이 바닥을 긁으면서 시끄러운 소리를 냈다. 완전 풀가동으로 돌아가는 군수 공장의 조립 라인 같았다. 홀 가득한 담배 연기에는 강한 향수 냄새가 묻어 있었고, 두 번째 대합실에서는 술 취한 한 남자의 목소리가 주크

박스의 음악 소리와 강도(强度) 경쟁을 하고 있었다. 그리고 홀 아래쪽에서는 피곤한 목소리가 소리쳤다. 「타월!」

「오늘 밤 우리 집은 필라델피아에서 열리는 공화당 전당 대회장 같군.」 키퍼 부인이 피곤한 목소리로 말했다.

「혹은 디트로이트에서 열리는 아메리칸 리전(미국 재향 군인회)의 전국 대회 같군요.」

「오, 그건 아니야!」

「타월!」

키퍼 부인은 얼굴을 찌푸렸다. 「피튜니아, 조제트가 타월 필요하대. 7호실이야.」

「오케이.」 뚱뚱한 몸집에 얼굴이 검은 하와이 여자가 무심하게 말했다. 그 여자는 자신이 쓰고 있는 모자와 앞치마에 대해서도 무심했다.

「그리고 다른 사람도 뭐 필요한 것 없나 살펴봐.」 키퍼 부인은 자신의 뺨을 가볍게 쓰다듬었다. 「그리고 서둘러, 피튜니아. 이름처럼 느리구나, 피튜니아. 이건 꼭 영화의 한 장면 같아. 하지만 저 애마저 없었더라면 어떡할 뻔했어? 미네르바는 요령꾼이야. 오늘 아프다면서 안 나왔어. 봉급날은 늘 아프다고 그래. 도대체 미네르바하고는 뭘 할 수가 없어.」 키퍼 부인은 잠시 말을 멈추었다. 「우린 저 피튜니아와 미네르바 두 명뿐이야. 서비스 룸스에는 하녀가 넷이나 된다는데. 물론 그곳이 시내에서 제일 큰 집이기는 하지만.」

「로런은 어디 있습니까?」 프루가 물었다.

키퍼 부인은 그의 팔을 가볍게 잡으면서 활짝 웃는 얼굴로 곁눈질 했다. 「오, 프루! 그것 때문에 봉급날 일부러 이렇게 나온 거야? 무슨 일을 한 거야, 돈을 빌린 거야? 오늘 여기 와서 로런을 만나기 위해?」

「왜 돈을 빌립니까?」 프루가 뻣뻣하게 말했다. 그는 윗입술과 목이 동시에 뻣뻣해지는 것을 느꼈다. 「오늘 노름해서 돈을 좀 땄습니다. 그걸 다 잃어버리기 전에 시내에 나와 쓰기로 한 겁니다.」

「아주 잘했네. 현명하게도.」 키퍼 부인이 머리를 한쪽으로 기울이고 미소를 지으며 말했다. 「얼마나 땄는데?」

프루는 텅 빈 공포가 자신의 짜증을 반쯤 내면서 그의 마음을 완전한 공백으로 만들어 놓는 것을 느꼈다. 자신의 자금을 늘 계산해야 하는 사람이 그러하듯이, 그는 재빨리 뒷주머니의 지갑을 만져 보았다. 그건 거기 그대로 있었다. 그는 안도의 한숨을 내쉬었다.

「1백 달러 정도요.」

「상당한 금액이네.」

「뭐, 얼마 안 돼요.」 그는 마음의 빗장(마음의 빗장은 반드시 풀어 주어야 했는데, 때때로 경첩이 잘 벗겨지지 않았다)을 풀어 젖히기 위해 술 두 잔을 마시는 바람에 20달러 중 1달러를 이미 사용했다. 그래서 19달러가 남았다. 왕복 택시비가 1달러이니(이번에는 히치하이크로 부대로 돌아간다는 생각을 할 수가 없었다) 18달러가 남았다. 긴 밤에 15달러, 쇼트타임에 3달러이니 이제 술 한 잔도 마실 수가 없었다. 그 금액은 너무 아슬아슬하여 전혀 안심할 형편이 아니었다.

키퍼 부인은 여전히 미소 지으며 곁눈질했다. 「난 당신의 취미가 고상하다는 것을 알고 있어. 하지만 봉급날 로런을 찾는 수요가 너무 많아. 대합실에는 로런 말고 다른 여자 애들이 두세 명 있는 것 같던데.」

「난 그리 바쁘지 않아요. 어디 가야 그녀를 찾을 수 있는지 말해 주세요.」 그가 빙긋 웃으며 말했다.

키퍼 부인은 어깨를 한 번 으쓱했다. 「좋아, 그녀는 9호실에 있어. 홀 아래쪽이야. 가장 좋은 방법은 홀에서 기다렸다가 그녀를 만나는 거야. 난 이만 실려 할게, 저기가 들어가는 문이야.」

그는 다시 빙긋 웃었다. 키퍼 부인은 그가 1백 달러를 갖고 있는 줄 알고 있을 것이나 실은 18달러뿐이라는 생각을 하자 웃음이 터져 나오려 했다. 그는 몸을 돌려 홀 쪽으로 내려갔다.

「여러분, 정말 미안해요. 우린 완전 만원사례입니다.」 키퍼 부인이 철 대문의 네모난 구멍에다 대고 말했다.

「방 하나 더 없어요?」

「아, 없습니다. 만원이에요.」

「오, 프루.」 그녀가 철 대문에서 홀 쪽으로 나오면서 말했다.

「예?」

「술에 좀 취했군. 당신한테 워든 상사 소식을 물어보려던 참이었어.」

「누구요?」

「밀트 워든. 그분은 아직 G 중대에 있지?」

「예.」

「그가 여기 온 지 하도 오래돼서 본토로 전출 갔나 생각했지. 그에게 내 안부 좀 전해 주겠어요?」

「예, 그러죠.」 그는 아침 점호가 끝나면 워든을 찾아가 그녀의 말을 그대로 전하리라 생각했다.

「당신들은 그런 사람을 인사계로 모시고 있어서 정말 잘된 거야.」 키퍼 부인이 말했다.

「그렇게 생각하세요? 저도 그렇게 생각합니다. 사실 중대원 모두가 그런 생각이지요.」 워든이 과연 그런 사람인가? 야, 이거 세상에는 정말 놀라운 일이 많이 벌어지는데.

9호실 문이 열리자 해병대 기술 중사가 안에서 나왔다. 중사 수장 아래 다이아몬드가 아니라 막대기가 붙어 있었다. 그의 모습이 프루에게 아주 뚜렷하게 보였다. 프루는 홀 아래로 내려가며 그 사람을 뚫어져라 쳐다보았다.

로런은 재빠른 걸음으로 그 중사의 뒤를 따라 걸어 나왔다. 하이힐 소리가 또박또박 났다. 그녀는 걸어가다가 찍힌 실물 사진에서 금방 튀어나와 홀 한가운데로 들어선 듯했다. 하얀 포커 칩[17]을 쥔 손으로는 지퍼를 올리지 않은 드레스 한 쪽을 잡고 있었고, 검은 술이 든 술병을 다른 손에 쥐고 있었다. 그녀는 웨이트리스가 커피 잔을 흘리지 않게 조심하는 것처럼, 그 술병의 술이 쏟아지지 않도록 신경 쓰고 있었다. 그녀는 빠르게 걸으며 비좁고 혼잡한 홀에서 그를 지나치기 위해 어깨를 세로로 세웠다.

「하이, 로런.」 프루가 말했다.

「헬로, 디어.」 그녀가 말했다.

「헤이! 잠깐만.」

「디어, 난 지금 빨리 가야 해요. 당신 앞에 서너 명이 더 있어요.」 그러더니 그녀는 프루를 알아보고 걸음을 멈추었다. 「오, 당신이로군요. 헬로, 어떻게 지냈어요?」 그녀는 홀 아래쪽을 쳐다보았다.

어떻게 지냈냐고? 그게 그녀가 물어볼 말의 전부인가? 그는 갑자기 완전 공백이 되어 버린 마음을 통하여 영원을 추구했다. 「좋아.」 그가 어색하게 말했다. 「당신은 어때?」

「좋아요.」 그녀는 다시 홀 아래쪽을 내려다보았다. 「이봐요, 난 당신을 ─ 그녀는 손목시계를 내려다보았다 ─ 30분 정도 지나야 받을 수 있어요. 그게 내가 제시할 수 있는 최선의 안이에요, 허니.」

「그래?」 그는 알루미늄 조각을 삼킨 것처럼 목구멍이 폐색되는 것을 느꼈다. 그는 다음 말을 하기 위해 혼신의 힘을 짜

17 다음 손님의 소재지를 가리키는 칩.

내야 했다. 「당신은 나를 기억하고 있는 거야?」

「물론 기억해요, 바보 같은 사람.」 그녀가 등을 벽 쪽에 기대고 홀 아래를 내려다보면서 말했다. 「내가 당신을 잊어버렸을 거라고 생각해요? 근데 난 지금 이렇게 얘기할 시간이 없어요. 차라리 한 시간 후에 다시 와요. 그게 낫지 않겠어요?」

「젠장 잊어버려. 그딴 소리 듣기 싫어.」 그가 멍한 표정으로 뒤로 물러서며 말했다.

「한 시간 후에 와도 소용없을 것 같아요. 그때는 아마도 네 명 정도가 기다리고 있을 거예요.」

「그래, 키퍼 부인은 당신이 인기 높다고 하더군. 잊어버려. 당신을 난처하게 만들고 싶지 않아.」

「그럼 이렇게 하는 게 어떻겠어요?」 그녀는 홀 아래쪽을 쳐다보았다. 「이 주위에 아무도 없는 것 같아요. 당신을 지금 당장 넣어 줄게요. 그건 어때요?」

「내게 특혜를 베풀 필요는 없어.」

로런은 그를 쳐다보았다. 그녀의 눈에는 불안의 빛이 어려 있었다. 그것은 단골손님을 바라보는 그런 시선과는 다른 눈빛이었다. 「그런 식으로 말하지 말아요. 그럼 뭘 기대했어요?」

「모르겠어.」

「당신은 엉뚱한 시간을 골라 온 거예요. 내가 여기서 일하는 사람이라는 걸 잊지 말아요.」

「그래? 그리고 나는 사흘 전에 여기 온 친구지. 밤새 당신과 함께 있으면서 오늘 밤 찾아오겠다고 약속했어. 당신과 긴 밤을 보내겠다고 말이야. 기억나? 나는 당신과 한 침대에 누워 세 시간 동안 얘기했던 친구라고.」

「물론 기억해요.」

「젠장, 당신은 내 이름도 기억하지 못하는 것 같군.」

「물론 기억해요. 당신은 프루예요. 내가 왜 이곳에 오게 되었는지 서로 얘기했죠. 다 기억하고 있죠?」

「그렇네.」

「9호실에 들어가 기다려요. 1분 만에 돌아올 테니까. 기다리는 동안 옷을 벗고 있어요.」

「아니, 당신만 괜찮다면 나중까지 기다릴게. 난 대량 생산은 별로라서.」

그녀는 벌써 세 차례나 다른 데로 가려는 자세를 취했다. 그러다가 돌아와 그를 빤히 쳐다보았다. 「프루, 그것 또한 안 되겠어요.」 그녀가 부드럽게 말했다. 「난 이미 오늘 밤 내내 약속이 되어 있어요.」

「뭐라고!」 그는 입이 바싹 말라 있어서 입술을 움직여 물기를 주려고 애썼다. 「사흘 전에는 그런 말 하지 않았잖아. 당신은 말하기를…… 뭐야, 사람을 이렇게 돌리는 법이 어디 있어?」

「그때는 몰랐어요.」 그녀가 아주 침착하게 말했다. 「오늘은 봉급날이에요. 그건 알죠? 오늘 하루에 나는 지난 3주를 전부 합친 것보다 더 많은 건수를 ― 그녀는 하얀 칩을 그에게 흔들어 보였다 ― 잡아 놓고 있어요. 샤프터 부대에서 파티를 하기 위해 고급 장교들이 대거 몰려오는데 오늘 밤 이 장소를 거의 전세 냈어요. 그들은 오늘 아침에야 키퍼 부인에게 전화를 해왔고 나를 특별 게스트로 지정했어요.」

「하지만 당신은 이미 나에게 약속을 했잖아. 왜 그 사실을 키퍼 부인에게 말하지 않았지?」 뭐야, 넌 이제 구걸을 하고 있는 건가? 그가 혼잣말을 했다. 네가 지금 이 장소에서 불청객이라는 걸 몰라? 넌 하는 것마다 다 실패를 보지. 이제 여자 문제마저 실패를 볼 것 같군.

「이봐요, 상황이 그렇게도 이해가 안 돼요? 장교들이 찾아오면 키퍼 부인은 아예 문을 닫아 버려요. 그럴 경우 사병이 장교들 사이에서 얼마나 우스꽝스럽게 보이겠어요?」

젠장, 키퍼 부인, 저 여우 같은 년, 이런 사정을 다 알고 있으면서 그런 의뭉을 떨었구나. 「난 어떻게 보이는지 따위는 신경 쓰지 않아, 조금도.」 사복을 입은 덩치 크고 뚱뚱한 취사병이 그들 사이를 비집고 지나갔다. 프루는 그를 멍하니 쳐다보았다. 「지금 뭐하고 있는 거야, 이 개자식.」 프루가 화를 내며 말했다. 하지만 그 덩치 큰 친구는 돌아다보지도 않았다. 젠장, 여기서는 다른 군바리를 모욕하는 것도 안 되는구나.

「내가 특별 게스트 일을 거절했다고 하더라도 당신은 여기 들어오지 못해요. 나는 아무것도 아닌 일로 커미션만 잃게 되는 거예요. 샤프터 부대 사람들은 여기 오면 큰돈을 내놓아요. 마치 상추 이파리 버리듯이 뿌려 대요. 그들에게 15달러는 돈도 아니에요. 여기 애들은 한 주 내내 버는 것보다 오늘 하룻밤에 더 많은 돈을 벌어요. 프루, 미안해요. 하지만 달리 방도가 없어요.」

「당신, 미안하다고 하면 다야? 내 기분은 전혀 생각해 주지 않고?」 프루, 그녀는 정말 미안해하고 있어. 이걸 크리스마스 돌아오기를 기다린 애처럼 기다린 네가 잘못이야. 프루, 왜 입을 닥치지 못하나. 너는 자존심이라고는 전혀 없나?

「미안해요. 하지만 당신은 내게 아무런 권리도 없어요. 내 남편도 아니잖아요.」

「그건 나도 알아. 내가 언제 당신의 남편이라고 했어?」

「이봐요, 여기서 얘기하며 1분이 날아갈 때마다 50센트를 잃어버려요…….」

「그건 많은 돈이지, 그렇지?」

「오늘 밤 스케줄에 대해서는 어떻게 해볼 수가 없어요. 내가 맨 앞에 끼워 넣어 주기를 바라죠? 이렇게 하는 것도 나로서는 특별 케이스예요.」

그래, 여자들은 늘 현실적이지.

「어떻게 할래요?」 그녀가 대답을 다그쳤다.

그는 어린아이 같은 얼굴에 자리 잡은 넓고 풍만한 입술을 쳐다보았다. 그녀는 초조해하면서 그의 대답을 기다리고 있었다. 제안대로 하거나 아니면 여기서 나가 주거나. 「오케이.」 그는 그렇게 말하는 자신이 미웠다.

「좋아요. 그럼 9호실에 들어가 있어요. 그리고 옷을 벗어요. 내가 이걸 처리하고 곧 돌아올 테니까.」

그녀는 신속하게 가버렸고, 그는 비좁은 홀의 사람들 사이를 헤치고 기록이 저조한 육상 선수처럼 달려가는 그녀를 지켜보았다. 한 남자가 그녀의 팔에 손을 얹고서 그녀를 멈춰 세우려 했으나 그녀는 잠깐 미소를 지어 보인 뒤 제 갈 길을 갔다.

또 다른 프리윗이로군, 하고 프리윗은 생각했다. 그는 9호실에 들어가자 멍한 감정이 천천히 분노로 바뀌는 것을 느꼈다. 하지만 그 분노는 위장의 밑바닥으로부터 천천히 새어 나갔다. 그는 침상에 앉았다. 그는 자신이 여기에 가지고 온 마음의 이미지를 생각하지 않을 수 없었다. 그것은 그의 내부를 완전 도려내어 그를 공허하게 만들었다.

그는 그녀가 돌아오는 소리를 들었다. 그가 고개를 쳐드는 순간, 문은 이미 닫혀 있었고 지퍼가 내려진 가운은 의자 위에 놓여 있었다. 이어 그녀가 멍한 표정으로 그를 쳐다보았다.

「당신은 아직 옷을 벗지도 않았군요!」

「그래, 안 벗었지. 벗어야 되는 거였어?」 그가 일어섰다.

로런은 꼭 울 것 같은 표정이었다. 「내가 가 있을 동안 옷을 벗으라고 말했잖아요. 이렇게 당신을 먼저 끼워 넣은 것도 특혜예요. 그런데 당신은 나를 도와줄 생각조차 하지 않는군요.」

프루는 일어서서 그녀를 쳐다보았다. 그는 아무 말도 할 수가 없었다.

「그거 신경 쓰지 말아요. 당신을 봐드릴게요. 됐어요.」

그는 그녀에게 3달러를 건네주었다.

그녀는 근심 어린 눈에 달라붙은 머리카락을 떼어 냈고 도톰한 작은 유방 사이에는 땀이 송골송골 맺혀 있었다.

「봉급날에는 시간제한이 있어요. 피튜니아가 곧 노크를 하러 올 거예요.」

그는 몸을 곧추세우고 그녀를 쳐다보았다. 턱 속에 잠복해 있던 긴장된 아픔이 척추를 타고 엉덩이 쪽으로 내려가더니 배 속에서 단단히 맺혔다. 그녀는 알몸으로 침대에 드러누워 그를 기다렸다. 그녀는 약간 짜증 난 얼굴로 그를 쳐다보았다.

「내일 밤에 오는 건 어때요?」로런이 말했다. 「그래서 내일 밤 내내 나와 머물면요?」

그는 살에 딱 달라붙는 플렉시글라스의 우주복[18]을 입은 채로 그녀의 말을 희미하게 들었다. 그것은 건강을 유지하고 몸매를 잃지 않기 위해 보건 체조를 하는 20세기 남자의 필수품이었다. 공기가 통하지 않고, 소리가 통하지 않고, 사랑과 미움과 생명을 완벽하게 차단해 주는 플렉시글라스 우주복. 그것은 20세기 산업적 성취의 경이이며 현대 산업 공학 디자인의 걸작이었다. 각 가정에 적어도 두 개 정도는 비치해 놓고 있어야 했다. 또 필요하다면 자녀용도 하나씩 준비해야 할지 몰랐다. 9호실에 들어간 20세기의 남자는 양말과 구두를 신은 채 알몸이었다. 근육이 단단한 다람쥐가 살갗은 다 박리되었으면서도 신발은 그대로이니 얼마나 우스운 일인가. 그런 우스꽝스러운 상황을 다소 완화시키기 위해서라도

18 콘돔의 비유.

그 우주복이 절대 필요했다. 그녀의 몸 위로 올라가 있는 그는, 왜 내일 올 수 없는지 그 이유를 생각하다 보니, 그 행위에 집중할 수가 없었다. 오늘도 현대 산업 문명의 성취인 20퍼센트쟁이 덕분에 겨우 왔기 때문에, 내일은 다시 올 수 있는 돈을 도저히 마련하지 못하는 것이다. 그는 아무리 크게 소리 질러도 자신의 그런 입장을 플렉시글라스 우주복 바깥으로 들리게 할 수는 없을 것 같았다.

「허니, 어서 서둘러요.」로런이 말했다. 「안 그러면 레인체크를 받아 가야 해요.」[19]

그건 매우 이상했다. 20세기 사람 로버트 E. 리 프리윗은 전에도 플렉시글라스 우주복을 입고서 어머니 대지를 활보했었다. 현대 산업 기술이 대량 생산을 가능케 만든 그 우주복은 이제 남녀노소 할 것 없이 거의 원가에 가까운 가격으로 공급받을 수 있게 되었다. 게다가 현대 과학이 이 우주복을 아주 완벽하게 개선시켜 완벽한 진공을 제공했고, 그리하여 거의 자신의 살갗이나 다름없는 감각을 느낄 수 있게 해주었다. 그런데도 프리윗은 그런 혜택을 누리지 못했다. 그는 자신의 구두가 싸구려 도금을 한 침대 프레임에 부딪혀 삐걱거리는 소리를 들었다. 그 소리는 고가의 정밀한 메트로놈이 되어 침대 시트를 더럽히면 안 된다는 생각을 프리윗에게 계속 주입했다. 그는 전혀 행복한 사람이 아니었다. 그는 전천후 위생 장비인 플렉시글라스 우주복을 전혀 벗어 던질 수 없었기 때문에 자신이 전혀 상대방에게 인식되지 않는다는 느낌이 들었다. 그리고 그 자신도 상대를 인식하는 것 같지 않았다. 그는 상대방의 영혼에 접근할 수 없는 것이 너무나 안

19 봉급날, 창녀와 고객의 규정 시간은 3분이고 그 시간 내에 고객이 사정하지 못하면 레인체크를 받아 갈 수 있고 그 표를 가지고 다음에 찾아오면 쇼트타임 화대 3달러에서 1달러 50센트를 깎아 준다.

타까웠다.

곧 문을 노크하는 소리가 들렸고 피튜니아가 소리쳤다. 「시간 다 되었어요, 미스 로런.」

「알았어요!」 로런이 소리쳤다.

「시도해 봐요. 안 그러면 레인체크를 줄 수밖에 없어요.」

뭘 시도하라는 거야? 그는 속으로 중얼거렸다.

「젠장.」 그는 일어섰고 바지에서 손수건을 꺼내 눈 주위의 땀을 닦아 냈다.

「오늘 밤, 왜 그래요?」

「술을 너무 많이 마신 것 같아.」 그는 바지를 입고 이어 셔츠를 입었다. 그리고 다시 한번 얼굴을 닦았다. 구두는 다시 신을 필요가 없었다.

「프루, 성공하지 못해서 미안해요.」

「뭐가 미안해? 당신은 최선을 다했어. 전문가답게 최선을 다했다고.」

그에게 인쇄된 카드(레인체크)와 1달러 50센트를 환불해 줄 때, 로런은 학기말 시험에서 낙제한 여학생 같은 모습이었다. 그녀는 자신의 명성을 되찾고 싶었다.

「내일 밤에 다시 올 거예요?」

「못 올 것 같아.」 프루는 손바닥에 올려놓은 1달러 50센트를 내려다보았다. 그거면 내일 밤 택시비는 되었다. 「이봐, 내가 다시 올 때까지 긴장하고 있어.」

그는 레인체크를 둘로 찢어서 테이블 위에 올려놓았다. 「이건 다른 3분짜리 남자에게 줘. 난 나 자신의 남성성에 대하여 별로 걱정하지 않으니까.」

「좋아요, 당신이 그렇게 느낀다면.」

「그게 바로 지금 이 순간 내가 느끼고 있는 거야.」

「좋아요, 난 지금 가봐야겠어요. 언제 또 봐요.」

그는 그녀가 가운을 입고 떠나가는 것을 지켜보았다. 그가 말할 수 없는 사랑의 말을 그녀가 대신 해주기를 기다리면서. 그는 화를 내고 있었지만 둘 사이의 어떤 분위기만은 깨고 싶지 않았다. 그녀는 문에 멈춰 서서 그를 잠시 쳐다보았다. 그는 로런이 그가 사랑의 말을 해주기를 기다린다는 것을 알았다. 하지만 그는 그 말을 할 수가 없었다. 그가 안 된다면 그녀가 말할 수도 있을 것이었다. 하지만 그녀는 말하지 않으려 했다. 그녀는 떠났다.

그는 방에서 혼자 옷을 입었다. 방 안은 땀 냄새가 휘발되면서 폭풍이 닥쳐오기 전처럼 텁텁했다. 그가 홀에 나섰을 때도 사정은 좋아지지 않았다. 그의 눈과 관자놀이는 배출되지 않고, 구제되지 않은 피로 너무 뜨거웠다. 그의 얼굴은 상기되어 있었고 셔츠 뒤쪽과 바지 뒤쪽은 땀에 젖어 있었다. 너에게 이런 일이 벌어진 건 처음인데. 너도 이런저런 방식으로 사람이 바뀌고 있군. 그는 메스꺼움과 분노를 동시에 느꼈다.

홀의 통로에서 그는 자기 방 앞에 나와 한숨 돌리고 있는 모린을 만났다. 누군가가 그녀에게 술을 가져다준 모양인지 그녀는 절반쯤 취해 있었다.

「이게 누구야.」 그녀가 소리쳤다. 「하이, 베이비 페이스. 왜 그리 우울해? 당신의 진짜 사랑을 못 만났나 보지?」

「나랑 함께 룸으로 갈 테야?」

「누구? 나? 당신의 거룩한 공주는 어떻게 하고, 베이비 페이스?」

「그 여자는 알 게 뭐야. 난 당신한테 묻고 있는 거야.」

「지금 공주를 마구 돌리고 있지? 사랑에 목마른 군인들이 다 공주만 찾지? 젠장, 나도 처녀처럼 보인다면 좀 좋아. 그자들은 말이야, 창녀를 찾는 게 아니라 죄다 엄마를 찾고 있어요. 그자들을 보호해 줄. 그런데 당신이 바라는 건 마누라인 것 같은데, 베이비 페이스.」

「오케이, 당신 나하고 결혼하자.」

모린은 웃음을 멈추고 그를 빤히 쳐다보았다. 「이봐, 당신은 마누라가 필요한 게 아니야. 당신은 술을 빨아야 돼. 당신이 정말 필요한 건 술통이야. 난 당신의 심정을 잘 알아.」

「당신이 어떻게 내 심정을 안다는 거야? 내 심정을 짐작조차 하지 못할 텐데.」

「당신은 내가 갖고 있는 것과 똑같은 걸 갖고 있어. 단지 난 1년 52주 동안 주당 2~3회 주기로 그게 찾아온다는 게 다를 뿐이야. 나한테 뻥치려고 하지 마, 베이비 페이스. 내가 누구야? 난 모린이야.」

「방으로 갈 거야, 안 갈 거야?」

「나랑 방으로 간다고 해도 당신의 그건 해결되지 않아, 베이비 페이스. 갖고 있는 돈을 들고 가까운 술집으로 가서 다 퍼버려. 그게 도움이 돼, 베이비 페이스. 난 확실히 알아.」

「그렇게 말하는 당신은 뭐야? 도로시 딕스?[20] 난 당신한테 설교를 바라지 않아.」

「아무튼 나는 아는 게 좀 있어서 당신한테 이렇게 말해 주는 거야.」

「난 그따위 설교 필요 없어.」

「닥쳐. 난 생각해서 한마디해 주는 거야.」

「오케이, 도로시 딕스. 그렇다면 어디 끝까지 해봐.」

「정말 당신 생각해서 한마디해 주는 거야. 지금 당신은 몸집보다 두 사이즈 작은 상자 안에 갇혀 있는 느낌이야. 그 상자 안에는 공기가 없어서 질식할 지경이야. 그런데 상자 밖의 온 세상은 즐겁게 떠들고 웃으면서 화끈하게 재미난 시간을

---

20 Dorothy Dix(1861~1951). 미국의 사회 개혁가.

보내고 있어. 당신의 지금 느낌은 바로 그 상자야.」

「오케이, 계속 말해 봐.」 프루가 나지막하게 말했다.

「오케이? 그런데 말이야, 당신의 그런 느낌을 난 늘 느껴. 그걸 해결하는 방법은 말이야, 왕창 퍼마시고 꼭지가 돌아 버리는 거야. 난 이미 실험을 해봐서 그 효과를 알아. 지금 당신이 기억해야 할 건 말이야, 그런 느낌을 갖게 만든 건 그 누구의 책임도 아니라는 거야. 시스템(사회의 제도)이 그렇게 만든 거야. 그 누구의 잘못도 아니라고.」

「그건 좀 기억하기 힘들 것 같은데.」

「물론 힘들지. 그러니까 가서 왕창 푸라는 거야. 필름이 끊어지면 기억이고 나발이고 없잖아.」

「오케이, 가서 푸도록 하지. 하지만 나가는 길에 키퍼 부인에게 한마디하고 가야겠어. 기껏 해봐야 잘난 창녀집의 마담 아니냐고 퍼부어 줄 거야. 입에 발린 말만 번드레하게 하는 늙은 년.」

「아니, 하지 마. 키퍼 부인을 조용히 내버려 둬. 만약 그따위 입놀림을 했다가는 대문을 나서기도 전에 헌병이 달려올 거야. 샤프터 부대(헌병 중대) 영창에서 한 달간 썩고 싶어? 그러니 조용히 나가서 술이나 드셔.」

「오케이, 그렇지만 당신이 내 심정을 좀 달래 줄 수 없겠나? 당신이 내게 해줄 게 전혀 없어?」

「없지, 전혀 없어. 왜냐하면 그 누구의 잘못도 아니니까. 문제는 시스템이야. 이걸 기억해야 돼. 그 누구의 잘못도 아니라고.」

「그 말 믿기 어려운데.」 프루는 3달러를 지갑에 도로 넣었다. 「아무튼 좋아. 당신의 말뜻은 알겠어.」

「오케이, 그렇다면 빨리 꺼져. 내가 당신을 기둥서방 삼은 것도 아니잖아. 나 그렇게 한가한 사람 아니야.」

「입이 비뚤어졌으면 말이나 곱게 하지.」 그가 빙긋 웃으며 말했다.

「다음!」 그가 문을 닫자 모린이 소리쳤다.

키퍼 부인이 우아하게 대문을 열어 주었을 때 그는 아직도 웃고 있었다. 그는 여전히 웃으면서 그녀에게 목례를 했으나 말을 건네지는 않았다.

이걸 기억해야 돼. 그 누구의 잘못도 아니야. 문제는 시스템이야. 그는 혼자 중얼거렸다. 봉급날 무엇을 기대했었어? 군악대라도 나와서 너를 맞이해 줄 줄 알았나? 모터사이클이 호송이라도 해줄 줄 알았나? 그녀는 간지 바빴을 뿐이야. 그게 스토리의 전부야. 백화점 점원으로 일하는 여자 친구가 있다고 치자. 그녀가 대바겐세일 기간을 맞이하여 나일론 양말을 미친 듯이 고객에게 팔아 젖히고 있는 시점에 그녀를 찾아갔다면 아무리 친구라 한들 살갑게 대해 줄 수 있겠나?

바로 그거야. 그는 계단에다 대고 소리쳤다. 그녀도 생계를 위해 벌어들여야 하는 거야. 그게 시스템 아니겠어?

그래, 그것뿐이야.

하지만 그가 배 속에서 느끼는 저 단단한 소화 불량의 매듭은 잘 없어지지 않았다.

모린 말이 맞는 것 같은데. 그럴 땐 술로써 씻어 내는 거야. 술에 왕창 취해 버리면 센티멘털해지고, 그러면 딴생각할 여지가 없어지는 거야. 아무리 그런 우울함을 여러 번 느낀다고 하더라도 말이야. 그러니 이 빌어먹을 나라에 술꾼들이 많은 건 그리 놀랄 일도 아니야. 이 빌어먹을 20세기에 말이야.

로런이라니, 정말 멋진 이름이야. 창녀 이름으로는 그만이야. 낭만적이고 고상하고 여성적이잖아. 아름다운 로런, 공정한 로런, 호텔 스트리트의 에이스 로런. 네가 언제부터 그게 아름다운 여자의 이름이라고 생각했어, 이 화상아, 하고 그는 삐딱하게 생각했다.

그는 이제 우패트로 가봐야겠다고 생각했다. 아래층에 있는 바로 가서 남은 13달러 50센트를 다 마셔 버리면 어떤 기분이 될지 알아봐야겠다고 마음먹었다. 아마도 지랄 같은 기분이겠지. 좋아, 그다음에는 와이키키로 가는 칼라카우아 버스를 타는 거야. 마지오는 봉급날 저녁에 호모 친구 핼과 함께 거기에 있겠다고 했어. 그 친구는 빚 갚는 데 봉급이 다 날아갔기 때문에 호모들이나 알아봐야겠다고 했어. 그들에게서 돈을 뜯어서 좀 더 마시자는 거였지. 만약 술 많이 퍼서 꼭지가 완전 돌아 버리면 나 또한 호모 돈 뺏기를 시도해 볼 수 있어. 난 전에 온갖 일을 다 해봤어. 그러니 이번에는 이 일도 해볼 수 있는 거야.

제25장

그는 마지오를 찾기 위해 와이키키까지 갈 필요가 없었다. 마지오는 우패트 레스토랑의 칵테일 라운지에 앉아 있었다. 라운지에 들어서서, 봉급날의 대혼잡을 목격한 그는 마치 집행 유예를 선고받은 죄수처럼 웃음이 나오려 했다. 모린의 설교가 주지 못했던 어떤 따스함이 온몸에 퍼지는 것을 느꼈다. 몸집이 작은 이탈리아인은 바의 카운터 앞에 놓여 있는 등받이 없는 의자에 위태롭게 앉아 있었다. 그 형상은 구경꾼들이 많은 목장에서 사나운 말에 올라탄 기수가 환호하는 대중에게 온화하게 미소 짓는 것과 비슷했다. 그는 바텐더와 이탈리아어로 언쟁을 벌이고 있었다.

「헬로, 친구!」 앤절로가 팔을 흔들며 소리쳤다. 「나 여기 있어! 여기 있다고! 이리 와!」

프루는 천천히 사람들 사이를 뚫고서 마지오가 앉아 있는 동글납작한 의자로 갔다. 얼굴에 미소를 머금고.

「숨이 잘 나오나?」 앤절로가 말했다.

「아니.」

「내 어깨 위로 올라와. 거기서는 모든 게 잘 보여. 숨도 잘 쉴 수 있고. 이거 정말 멋지지 않아?」

「난 네가 오늘 밤 와이키키로 간 줄 알았는데.」

「갈 거야. 여기는 준비 단계지. 너도 약간의 준비가 필요하지, 친구?」

「그래, 필요한 것 같아.」 프루는 바 쪽으로 다가서면서 약간 숨을 헐떡거렸다.

「헤이, 피죤(한량).」 앤절로가 바텐더를 불렀다.「이 피죤에게 술 한 잔. 이 피죤은 나의 특별한 친구야. 이 피죤도 특별한 준비가 필요해.」

땀을 흘리며 빙그레 웃던 바텐더는 사람 좋게 고개를 끄덕이더니 술을 준비하러 갔다.

「저 피죤은 말이야 가리발디[21]와 함께 싸웠어.」 앤절로가 바텐더의 등 뒤에다 대고 소리쳤다.「근무 성적이 아주 우수했지.」

「내가 저 친구를 훈련시켰어.」 앤절로가 프루에게 말했다. 「나와 저 친구가 가리발디를 위해 싸웠지. 난 미국인들이 워싱턴 스퀘어에 세운 아름다운 가리발디 동상에 대해 저 친구에게 말하던 중이었어.」

「너 돈 어디서 났어? 오늘 오후에 만났을 땐 완전 빈털터리였던 것 같은데.」

「그랬지. 정말 알거지였지. 그런데 화장실 외상 포커에서 내게 5달러를 빚진 E 중대 친구를 우연히 만난 거야. 그래서 2달러 50센트만 주면 빚 청산된 걸로 해주겠다고 해서 그 돈을 당겼지. 그래서 여기까지 와서 와이키키로 갈 준비를 하게 된 거야.」

「거 정말 그럴듯한 스토리네.」

「내 말이 뻥인 것 같아? 내 눈을 한번 봐. 이 눈이 뻥쟁이의

21 Giuseppe Garibaldi(1807~1882). 이탈리아의 독립운동가.

눈으로 보이나? 헤이, 피존!」 그가 바 아래쪽에다 대고 소리 쳤다.「빨리 좀 와봐! 저 친구한테 내 눈이 거짓말쟁이의 눈인 지 한번 물어봐. 나와 그는 가리발디와 함께 싸운 사이니까.」

「저 피존은 가리발디는 고사하고 무솔리니하고도 싸웠을 것 같지 않은데. 게다가 넌 술 취한 눈이야.」

「그래서 뭐? 그자들이 이거하고 무슨 상관이야? 입 닥쳐. 저기 바텐더가 온다.」 마지오는 바텐더에게 고개를 끄덕였다. 「이 피존이 바로 그 피존이야.」 바텐더가 술잔을 내려놓자, 마지오가 프루에게 큰 소리로 말했다.

「하이, 피존.」 프루가 말했다.「최근에 호모를 여러 명 쫓아 냈나?」

「오, 아닙니다.」 바텐더가 말했다. 그는 양팔을 벌려 바에 가 득 찬 사람들을 가리켰다.「오늘은 호모가 없습니다. 봉급날 엔 호모들도 아주 바빠요. 호모들은 이런 데 오지 않습니다.」

「피존.」 앤절로가 말했다.「워싱턴 스퀘어에 있는 것은 아 주 아름다운 동상이야. 믿기 어려울 정도로 아름답다고.」

바텐더는 땀나는 머리를 흔들어 댔다.「정말 그 동상 한번 보고 싶군.」

「그 아름다움을 어떻게 묘사해야 할까?」 앤절로가 말했다. 「내가 김벨 백화점 지하실에서 일할 때 말이야, 주급날이던 일요일마다 그 동상에 화환을 바쳤지. 정말 아름다운 동상이 었어.」

「가리발디는 멋진 양반이었지. 나의 할아버지가 그분과 함 께 싸웠어.」

「봐.」 앤절로가 프루에게 말했다.「이 피존이 가리발디와 함 께 싸웠다니까.」

「동상에 화환을 바칠 때, 비둘기 똥도 닦아 냈나?」 프루가 물었다.

「아니, 그런 일은 내 조수가 했어.」

「가리발디는 자유를 위해 싸웠지요.」 바텐더가 말했다.

「맞아, 피존.」 앤절로가 고개를 끄덕였다. 바텐더가 다시 술을 준비하러 가자 앤절로가 황급히 프루에게 고개를 돌리며 말했다. 「입 닥쳐, 친구. 다 된 밥에 재를 뿌리려고 해? 난 이 피존을 이용해 준비 공작을 하려고 한단 말이야.」

「저 피존은 잊어버려. 난 준비 공작금 13달러 50센트가 있어. 그걸로 저 피존을 유도해 봐.」

「그렇다면 얘기가 달라지지. 왜 그 얘기를 진작 하지 않았어?」

「난 부대로 돌아갈 돈 50센트만 있으면 돼. 난 더 이상 아침 점호에 지각하면 안 돼. 그러면 정말 호강을 하게 될 거야.」

「그래, 너는 호강에 겨워 요강에 빠지게 될 거야. 네 입장이 이해돼. 난 이 군대가 정말 요강보다 못하다는 생각이 들어. 가리발디를 봐. 조지 워싱턴, 에이브러햄 링컨, 프랭클린 루스벨트, 게리 쿠퍼를 봐. 그러다가 이놈의 군대를 한번 보라고.」

「맥아더 장군을 한번 봐. 그리고 그의 아들 맥아더 장군을 봐. 연로한 참모 총장 조지 C.를 봐.」 프루가 말했다.

「맞아.」 앤절로가 말했다. 「마그나 카르타, 독립 선언서, 미국 헌법을 봐. 권리 장전과 7월 4일(미국 독립 기념일)을 봐.」

「크리스마스를 한번 봐.」 프루가 말했다.

「맞아, 알렉산더 대왕을 한번 봐. 그리고 이 빌어먹을 군대를 한번 봐. 군대 얘기는 그만 해. 너무나 지겨워.」

「그러니 준비 공작이나 하자고.」 프루가 말했다.

「그래, 이제야 본론을 말하는군. 너 좀 있다가 나와 함께 와이키키에 가지 않을래? 그 13달러 50센트로는 한없이 버틸 수가 없어.」

「그러지. 하지만 그전에 술 좀 더 하자고. 난 호모를 좋아한 적이 없어. 그자들 곁에 가면 왠지 그 대가리를 때려 주고 싶어져.」

「그들도 사람이야. 단지 좀 특이하달 뿐이지. 그들은 사회 부적격자야. 게다가 밤새 술을 사준다그.」

「그럼, 나한테 그런 자 하나 붙여 줄 궤야?」 프루가 망설이는 목소리로 물었다. 하지만 그는 자신이 따라가리라는 것을 죽 알고 있었다.

「그럼, 올드 헬이 네게 한 명 찾아 줄 거야. 그러니 같이 가자고.」

프루는 바 주위를 한번 둘러보았다. 「난 이미 가겠다고 말했어. 그러니 그 얘기는 이제 그만 하자고. 사실 난 죽 따라갈 생각을 했어. 난 여기서 한잔하고 너를 찾으러 와이키키까지 갈 생각이었어. 우리가 마시는 이 술은 뭐지?」

「진 앤드 진저야.」

「여자들이 마시는 술이군. 왜 위스키를 안 마시지? 난 돈 있어.」

「위스키를 원한다면 위스키 마셔. 난 있다가 작업을 해야 하기 때문에 이걸 마시는 거야. 와이키키에 가면 샴페인 칵테일을 마셔야 한다고. 난 거기 가면 그것만 마셔. 샴페인 칵테일, 친구.」

그들은 10시 반에 우패트를 떠났다. 프루는 귀대하는 택시비를 제외하고 아직도 2달러가 남아 있었다. 그들은 택시를 타기로 했다. 호텔 스트리트를 대각선으로 가로질러 일본 여자가 운영하는 이발소 앞의 사병용 택시 정류소로 갔다. 그들은 바 못지않게 사병들이 붐비는 택시 스탠드 대기 줄의 맨 뒤에 섰다. 모든 것이 만원사례였다. 심지어 일본인 여자가 운영하는 이발소도 사람들이 줄 서서 기다리고 있었다.

「이건 정말 웃기는 일이야.」 앤절로가 술 취한 목소리로 말했다. 「와이키키까지 겨우 5킬로미터인데 두당 50센트라니. 여기서 50킬로미터 거리인 스코필드까지도 두당 50센트인데 말이야. 하지만 이게 그래도 저 빌어먹을 버스보다는 나아. 특히 봉급날에는. 여기 있는 모든 자들이 군인들을 벗겨 먹으려고 혈안이 되었어.」

그들이 마침내 잡은 택시는 뒷좌석과 접었다 펴는 좌석에는 사람들이 차 있었고 운전사 옆의 두 자리만 비어 있었다. 그들은 조수석에 올라 문을 닫았다. 운전사는 뒤에 오는 택시에게 자리를 내주려고 재빨리 그곳을 벗어났다. 택시는 곧 차량의 흐름 속으로 들어가 파우아히 스트리트를 향해 달려가면서 호텔 스트리트 인근의 술집과 창녀집이 엉켜 있는 밝은 곳과 그렇지 않은 어두운 곳을 지나갔다.

「너한테 한마디해 두는 게 좋겠군. 네가 제복을 입고 있지 않아서 정말 다행이야.」 앤절로가 프루에게 말했다.

「아, 그래? 그건 왜 그렇지? 제복이 어때서? 난 제복을 좋아해.」

「하지만 사람들은 군복을 싫어해.」 앤절로가 빙그레 웃었다. 「고상한 친구들은 군인들에 대해 엉뚱한 생각을 갖고 있고, 군복을 입고 돌아다니면 호모 취급을 하지.」

「하지만 워싱턴이나 볼티모어에서는 그들을 그렇게 생각하지 않잖아.」

「거긴 대도시야. 여기 호놀룰루는 소도시고. 사람들이 서로서로 잘 알고 있어. 혹시 그들과 데이트해 본 적 있나?」

「한두 번이 전부야. 나와 또 다른 친구가 워싱턴에서 부자 호모를 겁주어 벗겨 먹은 적이 있어. 그들은 법 앞에 가기를 싫어해. 우리는 군용 양말에다 군용 아일랜드 감자를 넣어 가지고 갔지. 그게 아주 잘 통했어.」

「그럴듯한데.」 앤절로가 존경스럽다는 듯 느릿느릿 말했다. 「난 본토에 있을 때 모래를 가득 채운 양말을 사용했어. 그런데 문제는 그걸로 호모를 때리면 잘 터진다는 거야.」

택시는 이제 카니발 때처럼 불이 환하게 켜진 호텔 스트리트 앞을 천천히 지나갔다. 택시는 육군·해군 YMCA에서 두 집 떨어진 아케이드를 통과했다. 많은 사람들이 불 켜진 비행기 표적에 모형 전기 기관 단총을 쏘아 대고 있거나 다이아몬드 헤드와 야자수를 배경으로 유방이 큰 일본인 훌라 여자의 어깨에 팔을 얹고 사진을 찍기 위해 술 취한 자세로 차례를 기다리고 있었다. 그 사진 촬영소에는 〈집에 보낼 사진〉이라는 간판이 내걸려 있었다.

「여기서는 호모를 벗겨 먹을 수 없어.」 앤절로가 말했다. 「그들은 돈을 가지고 다니지 않아. 보병들이 너무 많기 때문이지.」

「나도 그 사실을 잘 알고 있어.」 프루가 말했다.

「그자들은 영리하게 상대해야 돼.」 앤절로가 말했다. 「뜨내기 호모들은 말이야, 술도 안 사줘. 시장이 포화 상태니까. 나도 경험을 쌓기 전에는 뜨내기들을 상대했어. 이 세상 모든 일이 다 그렇듯이 뭔가 경험을 쌓으려면 대가를 지불해야 돼. 학습으로 대가를 지불하거나, 학습을 통한 경험으로 지불하거나, 아니면 우정으로 지불해야 돼. 아무튼 대가를 지불해야 되는 거야. 그게 나의 철학이야. 과거에 어떤 책에서 읽었어.」

택시는 YMCA 바로 옆의 핫도그 가게를 걸어가는 속도로 지나쳤다. YMCA에서는 사람들이 10센트짜리 자동 사진기를 이용하려고 줄 서서 기다렸다. 기다리는 줄이 보도를 꽉 메웠다. 이어 야자수들이 늘어선 YMCA의 어두운 잔디밭을 지나갔고 길 건너편에 블랙캣이 보였는데 거기도 사람들이 만원이었다. 몇 명의 술 취한 자들은 정신을 잃고 YMCA의 잔디밭에 드러누워 있었다.

「하지만 오늘 밤 만날 자들은 뜨내기가 아니야. 제대로 된 자야. 수표책을 가지고 다니고 모든 걸 수표로 결제해.」

프루는 차창 밖의 YMCA를 쳐다보았다. 「탄광촌의 봉급날을 연상시키는군.」

「다들 흥청망청하고 있지. 우리처럼 정직한 호모 추적꾼[22]은 점점 기회가 없어. 중대원 절반 정도가 태번에서 북적거리고 있어. 곧 보게 될 거야. 넌 태번이 G 중대의 야영장 같다는 느낌을 갖게 될 거야. 해리스도 거기 죽치고 있을 테고, 마투셀리, 크나프도, 더스티 로즈도…….」

「학자도? 그 친구도?」 프루가 희미하게 웃었다.

「그럼, 그들뿐이 아니야. 리돌 트레드웰, 불 네어, 존슨. 블룸과 앤디는 거의 매일 저녁 거기에 가. 그러고 보니 거긴 일종의 중대 단합 대회장이 되었군.」

「그 빌어먹을 앤디 자식, 블룸과 함께 가는 것이라면 피하는 게 좋다고 이미 말해 주었는데.」

앤절로가 어깨를 한 번 으쓱했다. 「아무튼 그들은 거기 매일 가. 그래서 퀸[23]이 모자란다니까. 난 하나의 대책으로 조합을 결성할까 해. 우리 전문가와 자꾸 끼어들려는 아마추어와 초보자들을 구분하기 위해서 말이야.」

택시는 빛이 환한 지역에서 리처즈 스트리트의 어두운 터널 속으로 들어갔다. 리처즈 스트리트는 본 햄-영 차량 수리 센터와 팰리스 스퀘어 중간에 있는데, 스퀘어의 왼쪽에는 불빛 환한 킹 스트리트가 있었다. 어둠을 빠져나가면 곧 킹 스트리트가 나올 터였다.

「그래, 내가 바로 초보자야. 너는 전문가고.」

「아니, 넌 초보가 아니야. 내가 너를 끼워 주었으니까. 내가

22 동성애자를 접주어 돈을 빼앗으려는 자.
23 *drag queen.* 여자처럼 차려입은 동성애자 남성.

626

대신 입회비를 내주었어. 이 호모들은 말이야, 참 재미있는 자들이야. 이 헬이라는 친구는 아주 좋은 녀석인데 모든 것을 다 미워한다는 게 좀 문제야. 그는 나를 빼놓고는 다 미워해. 자기가 퀸이라는 사실조차 미워하는 것 같아. 그들이 왜 사는지 그걸 알아내려고 여러 시간 궁리하기도 했어. 많은 친구들은 호모는 그저 두드려 패는 것이 최고라고 생각해. 하지만 나는 그렇게 생각하지 않아. 그들은 호모를 미워하는 거야.」

「나는 호모를 좋아하지 않아. 하지만 그들을 미워하지는 않아.」프루가 말했다.「나는 그들과 함께 있는 게 싫어. 왠지 그들과 함께 있으면 뭔가 거북하고 부끄럽게 느껴져. 그게 뭔지는 잘 모르지만.」

「알아, 나도 그래. 나는 그게 뭔지 알아내려고 많은 시간 그들과 함께 보냈어. 그들은 다들 자기가 그렇게 태어났다는 거야. 기억도 하지 못할 까마득한 오래전부터 이미 그랬다는 거야.」

「난 잘 모르겠어.」

그때 택시 운전사가 고개를 옆으로 약간 돌리더니 처음으로 대화에 끼어들었다.「그건 다 헛소리입니다. 당신들에게 한 가지 조언을 해드리죠. 나도 제대 군인입니다. 호모들은 피해 가는 게 좋습니다. 그자들과 오래 어울리다 보면 당신도 결국 호모가 됩니다. 그들이 바라는 건 바로 그겁니다. 그들은 당신처럼 젊은 사람을 호모로 만들고 싶어 합니다. 그들은 거기서 흥분을 느낍니다. 나는 그자들을 싫어합니다. 나는 호모를 만나는 족족 다 죽여 버리고 싶어요.」

운전사는 터널을 빠져나와 밝은 킹 스트리트로 접어들더니 왼쪽으로 틀어서 우체국과 깃털 망토와 투구를 쓴 카메하메하의 갈색 동상을 지나갔다. 도로는 여기서 넓어져 한가운데 버스 정류장이 두 곳 있었고 교통량은 줄어들었다. 운전사는 속도를 내기 시작했다.

「예, 나도 그런 얘기를 들은 적이 있습니다.」앤절로가 운전사에게 말했다. 「그런데 이 친구는 내게 그런 시도를 해본 적이 없습니다.」

「나는 그들을 미워합니다.」운전사가 말했다.

「오케이.」프루가 말했다. 「당신이 그들을 미워한다는 걸 알겠습니다. 계속 그들을 미워하십시오. 하지만 우리에게 어떻게 해야 한다고 코치하지는 마세요. 우리도 당신에게 어떻게 하라고 코치하지는 않으니까.」

「오케이, 오케이, 화를 내지는 마세요.」운전사가 말했다.

「정말 그들이 그런 식으로 태어난 것일까?」앤절로가 말했다. 그는 조용히 창밖을 내다보았다. 평온한 택시에 앉아서 관찰자로서 외부를 내다보니 술병을 휘두르는 봉급날의 혼잡한 분위기로부터 격리된 듯하여 잠시 술이 깼다.

프루도 그것을 느꼈다. 대부분의 민간 건물들을 수용하고 있는 거대한 다면체 광장은 듬성듬성 밝힌 가로등 불빛 아래 평온해 보였다. 특히 광란의 분위기인 호텔 스트리트와 YMCA를 지나온 직후여서 그런 느낌이 더했다. 그들은 어둠 침침한 연방 건물, 사법부 건물, 나무들의 스크린에 가려진 왕궁을 지나갔다. 이어 주정부 건물과 그 오른쪽의 카와이아하오 교회를 지나가자 길이 다시 좁아지기 시작했다. 왼쪽에 도서관과 시청이 보였는데 모두 퇴근하여 문이 닫힌 상태였다. 킹 스트리트를 빠져나오니 도심에서 멀어져 주위는 점점 어두워지기 시작했다.

「내가 떠돌이 생활을 할 땐데 말이야……」프루가 말했다. 「많은 착한 남자 애들이 여자 기질이 있는 것도 아닌데 호모가 되었어. 늙은 놈들이 어린애들을 데려다가 훈련을 시켜서 호모 초보자로 만든 거야. 난 그게 정말 미웠어. 자기 마음을 잘 모르는 어린애를 데려다가 그랬다는 것이. 나팔 소대장 휴스턴이 바로 그런 자야. 전형적인 미스터 브라운[24]이라고. 그게 내가 나팔 소대를 그만둔 이유 중 하나이기도 해. 그 휴스턴과 그 앤젤리나가 꼴 보기 싫었던 거야.」

「그래요.」 운전사가 말했다. 「그들은 늘 그런 식으로 행동해요. 일단 기회를 잡잖아요, 그러면 그 기회를 절대 놓치지 않아요. 호모는 아주 개자식들이에요.」

「넌 어디서 나팔 부는 법을 배웠지?」 앤젤로가 물었다. 「너무나 잘 불어. 그 누구도 너처럼 잘 불지는 못할 거라고 생각해.」

「모르겠어. 늘 어렴풋이 짐작만 할 뿐이야. 하지만 늘 나팔 불기를 좋아했어.」 그는 창밖의 아주 깊은 어둠을 내다보았다. 그곳은 토머스 스퀘어였다.

「저기가 뜨내기 호모들이 우글거리는 곳입니다.」 운전사가 말했다.

「정말 네 연주는 훌륭했어. 그걸 못하다니 정말 안된 일이야.」 앤젤로가 말했다.

「그 얘긴 그만 하지. 잊어버리자고. 어때?」

「알았어, 네가 그렇게 말한다면.」

그들은 침묵에 빠져 들었고 시원한 승차감을 즐겼다. 그들 옆에 앉은 운전사는 말을 하고 조언을 해주고 싶었으나, 자기가 먼저 말을 꺼낼 수 없어서 몸이 근질거리는 상태였다. 먼저 말을 했다가는 그 얘기를 하고 싶어 하는 인상을 줄 수 있기 때문이었다. 그들은 운전사에게 말할 기회를 주지 않았다.

그들은 모아나 앞에서 내렸고 갑자기 봉급날의 열띤 흥분 속으로 다시 접어들었다.

「여기서 걸어가야 해.」 앤젤로가 말했다. 「택시를 타고 문

---

24 *Mister Brown*. 동성애자 남성을 비하하는 말로, 브라운은 항문의 색깔.

앞까지 가면 괜히 돈 있는 것처럼 보이잖아.」 그는 인도에 멈춰 서서 커브 길을 빠져나가는 운전사를 돌아다보았다. 「저 친구는 좀 이상해.」 앤절로가 말했다.

「뭐가 이상해, 앤절로?」

「저 친구가 하는 얘길 안 들었더라면 저자를 틀림없이 호모라고 생각했을 거야. 난 2킬로미터 밖에서도 호모를 알아보거든.」

프루가 웃음을 터뜨렸다. 「어쩌면 그렇기 때문에 호모들을 미워하는지도 모르지. 자신의 정체가 탄로 나는 것을 두려워하는 것일 수도 있고.」

「모르겠어. 지금까지는 귀신같이 알아맞혔는데.」

와이키키 태번 역시 혼잡했다. 호텔 스트리트보다 덜 노골적이고 약간 세련되게 혼잡했지만 그래도 붐비기는 마찬가지였다.

「난 여기 문밖에서 기다릴게. 그자들이 여기 와 있는지 살펴봐.」 프루가 말했다.

「무슨 소리. 전에 여기 와봤지? 어서 들어가.」

「와봤지. 하지만 빈손으로 들어갈 수는 없어.」

「넌 빈손 아니잖아.」

「남한테 사줄 만한 돈은 없어. 그들이 거기 없으면 안에 들어갔다가 다시 나와야 해. 난 그거 싫어. 여기서 기다릴게.」

「오케이, 너 좋을 대로 해. 근데 말이야, 택시 타고 오니 술이 다 깨는군.」

앤절로는 혼잡한 문을 밀고 안으로 들어갔다. 프루는 인도에 서서 가로등에 몸을 기댄 채 양손을 호주머니에 찔러 넣고 지나가는 사람들을 쳐다보았다. 바 옆의 라운지에서는 화려한 조명과 사람들의 대화, 그리고 잔들이 부딪치는 소리가 요란한 가운데, 머리숱이 풍성한 피아노 연주자가 고전 음악을 연주하고 있었다. 전에 어디선가 들어 본 적 있는 것 같은 곡이었다. 하지만 곡명은 들어 본 적이 없었다. 옷 잘 입고 세련돼 보이는 백인 여자 여러 명이 그의 옆을 지나갔다. 그 여자들은 보병인 것처럼 보이는 젊은 남자들에게 신나게 얘기를 하고 있었다.

프리윗, 바로 저런 여자를 잡아야 하는 거야. 저 돈 많은 관광객 여자들을 말이야. 저 여자들이 인색한 퀸보다는 한결 나아. 그녀들은 정말 돈이 많지. 쓰기도 잘하고. 그 생각은 그의 배에 가벼운 흥분을 일으켰다. 그러다가 프루는 뉴콩그레스에서 일하고 있는 로런을 생각했다. 그 자그마한 흥분은 단단하고 아릿한 매듭으로 바뀌었다. 앤절로가 택시 타고 오니 술 깬다고 하더니, 나도 술이 깨는 모양인데, 젠장.

사랑하는 여인이 창녀라고 해서 그 여자를 배신하는 것이 정당한 일일까, 하는 생각이 들었다. 그것이 돈을 바라고 관광객 유한부인과 데이트를 하는 것이든, 퀸과 데이트를 하는 것이든. 이거 복잡한 문제인데. 프리윗, 에티켓 책을 한번 찾아봐. 그런 생각을 하고 있는데 앤절로가 문 앞으로 나와 그를 불렀다.

「그는 여기 와 있어. 네 짝도 하나 구해 놨어.」

프루는 그를 따라 안으로 들어갔다. 실내는 유리 피라미드들이 거울에 두 겹으로 비쳐 보였고 부드럽게 말하는 바텐더는 상대방을 주눅 들게 만드는 그런 고급스러운 분위기였다. 그들은 안으로 쭉 들어가 테라스까지 갔다.

두 남자는 네 명이 앉는 부스에 앉아 있었다. 그들 뒤, 조명 바로 너머에는 바다가 어둡게 일어서고 있었다. 한 남자는 키가 크고 날씬한 몸매에 회색 콧수염을 조금 길렀고 회색 머리를 짧게 깎았으며 눈동자를 반짝이고 있었다. 다른 남자는 체중이 90킬로그램은 넘어 보이는 거구였고 턱은 이중 턱의 기운이 조금 나타나기 시작했으며 어깨는 테이블처럼 넓었다.

「여긴 프리웟.」앤절로가 말했다. 「내가 전에 늘 말했던 친구야. 여긴 헬.」몸매가 날씬한 남자를 가리켰다. 「내가 늘 말했던 사람이지. 여긴 토미.」

「헬로.」헬이 외국어 억양이 있는 빠른 어조로 말했다.

「헬로, 프루.」토미가 통 큰 가슴에서 울려 나오는 깊숙한 저음으로 말했다. 「우리가 너를 프루라고 불러도 될까?」

「괜찮아.」프루는 양손을 호주머니에 집어넣었다가 곧 뺐다. 이어 부스에 몸을 기대었다가 곧 일어섰다.

「어서 와, 여기 앉아.」헬이 외국어 억양이 있는 목소리로 말했다.

이렇게 시작되는 거로구나, 하고 프루는 생각했다. 그는 덩치 큰 남자 토미 옆에 앉았다.

「토미 알지.」앤절로가 프루에게 말했다. 「내가 전에 말했었지, 블룸의 여자 친구라고.」

「저런.」토미가 느긋하게 웃었다. 「정말이지 내 소문이 쫙 퍼졌나 보군.」

「하지만 이제 두 사람은 깨졌어.」앤절로가 말했다.

「그래, 누구나 실수를 하지. 아, 그 자식, 돼지일 뿐만 아니라 과일 케이크처럼 밥맛 떨어져.」

헬이 기분 좋게 웃었다. 「뭐 마실래?」

「샴페인 칵테일.」마지오가 말했다.

「달링 토니는 샴페인 칵테일을 좋아하는군.」헬이 말했다. 「난 샴페인을 사두었다가 그에게 칵테일 만드는 방법을 배워야겠어. 그는 아티스트의 위장을 갖고 있어. 샴페인 칵테일의 성 안토니 마지오.」

「바보 같은 소리.」토미가 말했다.

「우리 친구는 가톨릭을 싫어하지. 과거에는 가톨릭 신자였는데. 나는 개인적으로 가톨릭은 물론이고 그 누구에게도 반감은 없어.」 헬이 말했다.

「난 그들을 미워해.」 토미가 말했다.

「난 미국인을 미워해.」 헬이 미소 지었다. 「나도 과거 한때는 미국인이었지만.」

「그럼 왜 미국에서 살지?」 프루가 물었다.

「왜냐하면 슬프게도, 생계를 위해서지. 정말 혐오스럽지? 하지만 난 하와이가 미국적이라고 생각하지 않아. 다른 많은 땅들이 그렇듯이, 이곳도 선택이 아니라 필요에 의해서 미국의 땅이 되었어. 무력의 필요. 다른 모든 이교도들이 그러했듯이, 여기 사람들도 처음부터 아주 병적인 타입의 기독교로 개종해야 할 운명이었어.」

「프루, 뭐 마실래?」 토미가 끼어들었다.

「샴페인 칵테일.」 마지오가 대답했다.

토미는 마지오를 한 번 쏘아보고 나서, 다시 프루에게 고개를 돌렸다.

「그거 좋아.」 프루가 대답했다.

「나를 좀 이해해 줘.」 헬이 미소 지었다. 「뭔가 토론을 하다 보면 이렇게 다 잊어버린다니까. 때때로 먹는 것조차 잊어버려.」

헬은 손짓으로 웨이터를 불러 주문을 하고, 다시 프루에게 고개를 돌렸다. 「넌 내가 좀 대화해 보고 싶은 성격의 타입이야. 뭐랄까, 인류에 대한 나의 빈약한 믿음을 다시 확인해 준다고나 할까. 너는 탐구하는 마음을 갖고 있고 제대로 방향만 잡으면 된다고 봐.」

「난 방향 따위는 필요 없어.」 프루가 말했다. 「난 스스로 결정해. 모든 것에 대해. 호모를 포함해.」

테이블 건너편에서 마지오가 고개를 저어 경고하면서 얼굴을 찌푸렸다. 토미는 그 순간 고개를 돌리고 있었다.

핼은 무겁게 한숨을 내쉬었다. 「그건 좀 모진 말이군. 하지만 우린 그런 말에 익숙해. 우리를 만나는 것이 처음이니까 다소 긴장하는 건 당연해.」

프루는 좌석에서 몸을 뒤척이며 멍한 표정으로 음료를 내려놓고 있는 웨이터를 올려다보았다. 「그래, 그건 사실이야. 난 긴장하고 있어. 하지만 분명하게 말해 두고 싶었어. 난 사람들이 나 대신 결정을 내려 주겠다는 따위의 말을 싫어해.」

「아, 내 마음에 딱 드는 남자군.」핼이 말했다.

「이것 봐.」토미가 끼어들었다. 「그가 누구의 데이트 상대야? 너야 나야?」

「물론 너지.」핼이 미소 지었다. 「난 단지 새로운 사람과 얘기하는 걸 좋아할 뿐이야.」

「오케이, 하지만 그를 상대로 복잡한 얘기는 하지 마. 그는 지적인 타입이 아니야. 그렇지, 프루?」토미가 말했다.

「그래, 난 중학교 1학년도 마치지 못했으니까.」

「핼은 프랑스어 교사야.」마지오가 끼어들었다. 「부잣집 아이들이 다니는 일종의 사립학교에서 일하고 있어.

토미는 시내 어디에선가 일하고 있어. 토미, 어디서 일하고 있지?」마지오는 머리를 세게 흔들면서 프루에게 윙크했다.

「나는 작가야.」토미가 말했다.

「그래. 하지만 어디선가 일도 하고 있지?」마지오가 말했다.

핼은 기분 좋게 웃었다.

「현재로서는…….」토미가 뻣뻣한 어조로 말했다. 「할 수 없이 일자리를 가지고 있어. 하지만 돈 벌어서 예술에 전념할 때까지만이야. 내 일자리에 대해서는 얘기하지 않는 게 좋겠어. 난 그 일을 좋아하지도 않아.」

「나도 그가 어디서 일하는지 몰라.」핼이 말했다. 「나한테도 얘기를 안 하니까. 나는 개인적으로 누가 내 신상에 대해

634

서 알아도 신경 쓰지 않아. 프랑스어 교사한테는 그게 거의 당연한 일이니까. 그게 또 내가 이 교사 노릇을 좋아하는 이유 중 하나야.

그리고 난 개인 교습을 하는 교사야. 난 개인들을 상대로 가르쳐. 어떤 학교에 나가서 가르치는 것이 아니야. 학교와는 거리가 멀어.」 그는 앤절로에게 미소를 지어 보였다. 「하지만 내가 공무와 오락을 혼동하지만 않으면, 이 지겨운 선교사의 후예들은 나에 대해서 신경 쓰지 않아. 사실 그 애들은 은밀하게 나의 그런 성적 정체성을 재미있게 여기는 것 같아. 그건 좀 세련되고 세계적으로 보이니까 말이야. 물론 그렇다고 해서 내가 오스카 와일드라는 얘기는 아니야. 난 털도 안 난 어린애들에겐 관심도 없어. 그러니 그 부모들이 나 때문에 자식 걱정할 필요는 없는 거야.」

「술 한잔 더 하지.」 마지오가 말했다. 「우린 시내에서 여기까지 줄창 걸어왔어.」

「왜 나한테 전화하지 않았어? 내가 차를 가지고 달려갔을 텐데.」 헬이 말했다.

「좀 걷고 싶었어. 목마름도 느낄 겸.」

헬은 손짓으로 웨이터를 불렀다. 「가르송(웨이터), 한 잔 더. 토미, 때때로 술 얻어먹기 위해 나를 만나는 것 같아.」 헬은 소년 같은 순진한 웃음을 보이며 마지오에게 고개를 돌렸다. 「때때로 너에게 술을 안 사주면 네가 나를 뜨거운 감자처럼 놓아 버릴 것 같아. 그래서 내가 너를 사랑하는 것인지도 몰라.」

「헬, 그렇지 않다는 건 너도 잘 알잖아.」 마지오가 말했다. 「야, 저길 봐, 프루. 블룸과 앤디가 앉아 있네. 아까 중대원 절반이 여기 온다고 했지?」

「오늘은 그리 많지 않네.」 헬이 말했다. 「월 중에는 아주 많았는데.」

프루는 앤절로가 가리키는 곳을 쳐다보았다. 헐렁한 바지에 구크 셔츠를 입은 블룸과 앤디는 다섯 명의 다른 남자들과 방금 전에 들어왔다. 그 다섯은 프루가 전혀 모르는 사람들이었다. 그들은 테라스의 구석에 있는 큰 테이블을 잡았다. 블룸은 테이블 건너편에 앉아 있는 남자 쪽으로 몸을 기울이고 양팔을 흔들면서 열심히 떠들어 댔다.

「저 블룸은…….」 헬이 말했다. 「사다리의 계단을 하나씩 하나씩 떨어뜨리고 있어.[25] 저자가 언제 자살한다고 해도 난 놀라지 않을 거야.」

「정말 돼지 같은 자야.」 토미가 말했다. 「자살할 정도로 예민한 놈이 못 돼. 하지만 그가 늘 달고 다니는 저 자그마하고 귀여운 기타 연주자는 마음에 들어. 그는 정말로 좋은 남자야. 하지만 블룸은 그의 근처에 가까이 가지 못하게 해.」

「블룸은 현재 플로라와 데이트하고 있어.」 헬이 슬픈 어조로 말했다. 「저 테이블 맞은편의 덩치 큰 여자 같은 블론드 보이지? 그가 플로라야.」 헬은 밝게 빛나는 흥분된 눈으로 프루에게 미소를 지었다. 「너희는 우리를 만나기 전에 호모 여자라면 전부 저렇게 생겼다고 생각했지?」

프루는 그 블론드가 커다랗고 하얀 손으로 마르셀 웨이브 머리를 조심스럽게 매만지며 조심스럽게 자리에서 일어서 엉덩이를 흔들며 남자 화장실로 들어가는 것을 보았다. 「응, 그

25 이 소설의 맨 앞에 인용되어 있는 키플링의 시 「신사 사병들」에 나오는 구절. 그 연을 번역하면 다음과 같다.

우리는 희망과 명예가 작살났어. 우리는 사랑과 진실도 잃어버렸어.
우리는 사다리의 계단을 하나씩 하나씩 떨어뜨리고 있어.
우리가 받은 고문의 크기는 우리 젊음의 척도. 하느님 우릴 보살피소서,
우린 너무 어린 나이에 최악의 것을 알고 말았으니.

렇게 생각했지.」 프루가 말했다.

「내 그럴 줄 알았어.」 핼이 미소 지었다. 「그런데 우리는 배우가 아니야. 우리는 여자처럼 행동하는 데서 아무런 흥분도 느끼지 못해. 사실 나는 여자라면 보지도 듣지도 않는 것이 더 나아. 내가 싫어하는 모든 것들 중에서 여자가 최악이야.」

「왜 여자를 그토록 미워하지?」 프루가 물었다.

핼은 얼굴을 찌푸렸다. 「여자는 악이야. 너무 자기 마음대로 휘두르려고 해. 병적일 정도로 자신감이 많아. 이 나라가 진정한 모계제 사회라는 걸 알고 있나? 여자는 악이야. 죄악이야. 지저분해. 축축하고 질척거리고 불결해.」

「종교는 미워하면서 어떻게 죄악은 믿게 되었지? 난 여태까지 그 반대라고 믿고 있었는데.」 프루가 말했다.

핼은 그를 쳐다보며 눈썹을 치켜세웠다. 「난 죄악을 믿는다고 말하지 않았어. 내 말을 오해한 것 같아. 난 그걸 하나의 표현, 그러니까 비유로 말한 거야. 사실 난 죄악의 개념을 믿지 않아. 그건 헛소리이기 때문에 난 그걸 강경하게 부정해. 죄악을 믿는다면 오늘날의 내가 되었으리라 생각해?」

「글쎄, 모르겠어.」

핼은 미소를 지었다. 「너는 자신을 지식인이 아니라고 했지?」

「난 아니야. 중학교 1년도 채 마치지 못했다고 했잖아. 하지만 죄악에 대해서, 그 정도 생각은 할 수 있어.」

「이봐, 산업 혁명의 도래와 그것이 인류에 미친 영향에 대해서는 연구해 본 바 없겠지?」

「없어.」

「만약 연구해 본다면 죄악의 오류를 이해하게 될 거야. 기계론적 우주에서 죄악이라는 것이 어떻게 가능하겠어? 이 기계 시대에 인간의 사회 또한 기계가 되었어. 만약 죄악이라는 것을 객관적으로 살펴본다면, 죄악 그 자체가 자명한 현상이 아니라 사회를 기계적으로 통제하기 위해 구성된 인위적 개념임을 알게 될 거야. 그래서 죄악이라는 것이 서로 다른 개인의 기질이나 의견에 따라서 달라진다는 것도 알게 될 거야. 이렇게 볼 때 죄악이라는 것은 인간의 상대적 개념이지, 보편적 속성은 아니야.」

「휴!」 마지오는 한숨을 내쉬며 가져온 술을 단숨에 들이켰다.

「그러니까 죄악은 개인의 생각의 문제라는 말이군.」 프루가 말했다. 「만약 개개인이 죄악의 개념을 갖고 있지 않다면, 이 세상에 죄악은 없는 게 되겠지. 하지만 네가 여자를 죄악이라고 생각하는 한, 네게 여자는 죄악인 거야. 그 생각이 여자들은 물론이고 내 여성관에 아무런 영향을 미치지는 못하겠지만. 하지만 여자를 죄악이라고 생각한다면, 죄악이라는 개념을 믿고 있는 것 아니야? 그렇지 않아?」

「이미 말했지만 그건 비유적으로 쓴 용어야.」 헬은 슬쩍 웃어 보이다가 블룸 쪽을 한 번 쳐다보더니 화제를 바꾸었다. 「토미는 한때 저 블룸이란 자와 사랑에 빠졌었어. 상상이나 돼? 한동안 관계가 있었지. 난 정말 이해가 되지 않았어.」

「난 블룸을 사랑하지 않았어.」 토미가 말했다. 「네가 말한 그 〈관계〉라는 것도 없었어. 몇 번 데이트한 것뿐이야. 그는 너무 투박하고, 너무 무식하고, 너무 우둔해 나처럼 민감한 사람이 사랑해 줄 만한 대상이 아니야.」

헬은 기분 좋게 웃음을 터뜨렸다. 「난 얻어 들은 애기를 했을 뿐이야. 그리고 넌 그자를 우리 집에 데려오고 싶어 했잖아.」 그는 프루에게 고개를 돌렸다. 「내가 허락하면 토미는 애인을 내 집에 데려오곤 했어. 하지만 블룸의 경우에는 허락하지 않았지. 내 집에 안 데려오면 그는 애인을 카피올라니파크로 데려가거나 아니면 내 차를 빌려 갔지. 애인을 태우고 블로홀로 간 걸로 알고 있어. 분위기를 잡으려고.」

「별걸 다 말하네.」 토미가 저음으로 씩씩거리며 말했다.

프루는 이 덩치 큰 남자를 보면서 그 가늘고 얇은 코에서 뭔가 낯익은 특성을 발견했다고 생각했다. 그가 잘 알고 있지만 기억이 가물가물한 그것.

그러다가 그는 기억이 났다. 그가 포트 슬로컴에서 송출을 대기하던 동안, 휴가를 얻어 뉴욕으로 외출을 나갔다가 그리니치빌리지의 3번가 바에서 예술을 전공하는 여자를 만난 적이 있었다. 그 바는 호모 웨이터에 호모 쇼가 진행 중이었는데 그녀는 그곳을 비스트로라고 불렀다. 그다음 날 오전 이 여자는 그를 데리고 메트로폴리탄 미술 박물관에 갔다. 박물관의 주 출입문 한쪽 벽 높은 곳에, 그리스 미소년의 대리석 조각상이 있었다. 무릎 아래는 없는 전신상이었다. 그녀는 이 조각상을 가리키며 찌그러진 곳이 없는 콧마루, 부드러움을 갖춘 높은 광대뼈, 타고난 용모, 자의식적인 목적 없는 아름다움을 갖고 있다고 말했다. 한마디로 퇴폐적인 아름다움이라는 것이었다. 그때 프루는 이렇게 퇴폐적인 것 좋아하다가 미국이 내년 선거에서도 퇴폐적이 되는 거 아니야, 하고 생각했었다. 그런 분위기가 토미에게도 있었다.

「한잔 더 하는 게 어때?」 앤절로가 말했다. 「샴페인 칵테일 맛 좋은데.」

「내가 그렇게 한 건, 네게는 돈이 있고 나는 돈이 없기 때문이야.」 토미가 핼에게 말했다. 「그렇다고 해서 내가 너의 지저분한 야유를 다 받아 주어야 한다는 뜻은 아니야.」

「헤이, 웨이터.」 마지오가 말했다.

「내가 너를 사랑하는 이유는……」 핼이 토미를 무시하고 마지오에게 말했다. 「너의 그 놀라운 단순성 때문이야. 넌 유리처럼 투명해. 이 지겨운 파티를 끝내고 우리 집으로 가지. 난 프랑스산 샴페인을 한 상자 들여놨는데 너희 입맛에 맞을 거야. 프랑스 샴페인 마셔 봤어?」

「이거 프랑스 샴페인 아니야?」 마지오가 물었다.

「아니야, 국산이야. 미국에서 만든 거야.」

「젠장, 프랑스산인 줄 알았잖아.」 마지오가 실망하는 어조로 말했다.

「서머싯 몸은 미국산 샴페인이 더 낫다고 했지만……」 헬이 말했다. 「난 국산이 프랑스산을 이길 수는 없다고 봐. 난 그렇게 말할 자격이 있어.」

「헬은 오랫동안 프랑스에 살았어.」 앤절로가 프루에게 말했다.

「그거 사실이야?」 프루가 물었다.

「응. 나중에 언제 프랑스 얘기 꺼내면 해줄게. 자, 가자고. 이 프랑스산 샴페인을 특별히 토니 너를 위해서 사놓았어. 이 전쟁이 다가오는 통에 이런 물건 구하기가 점점 어려워져. 난 이런 상황을 좀 완화하고 싶어. 게다가 우리 집은 안락해. 여긴 오늘 밤 엄청 덥군. 난 어서 집으로 가서 옷을 벗고 싶어.」

「좋아, 난 아무래도 상관없어. 프루, 넌 어때?」 앤절로가 말했다.

프루는 덩치 큰 블룸이 다섯 명의 몸집 약한 남자와 앤디를 상대로 좌중을 휘어잡는 광경을 쳐다보았다. 「뭐라고? 나도 괜찮아.」

「좋았어. 저 친구가 안 간다면 너도 안 가리라는 건 알고 있었어.」 헬이 앤절로에게 말했다.

앤절로가 프루에게 윙크를 했다. 「물론 안 가지. 어떻게 친구를 떼놓고 가.」

「상당히 감동적이군.」 토미가 비아냥거렸다.

헬은 웨이터를 불러서 수표로 계산을 했다.

「난 늘 수표로 계산해.」 그들이 잔돈이 오기를 기다리는 동안 헬이 프루에게 말했다. 「나중에라도 혹시 확인할 일이 있을까 봐.」 헬은 입보다는 눈으로 웃는 그 미소를 내보였다. 그는 웨이터에게 후하게 팁을 주었다.

「오늘은 이게 전부야, 가르송. 우린 지금 나가.」

「왜 웨이터를 가르송이라고 부르는 거지?」 프루가 물었다.

「웨이터를 가리키는 프랑스어야.」

「나도 알아. 내가 아는 유일한 프랑스어지. 하지만 너무 잘난 체하는 것 같아. 네가 프랑스어는 그것밖에 모르는 것처럼 들려.」

「난 신경 안 써.」 헬이 미소 지었다. 「내가 좋아서 그렇게 하는 거야.」 그는 프루의 구크 셔츠 소매를 끌어당기더니 그의 귀에 대고 유창한 프랑스어로 한참 말했는데 멀리서 들려오는 따발총 같은 소리였다. 「이제 됐어?」 그가 미소 지었다.

그들은 걸어 나오면서 덩치 크고 코뼈 부러진 대문 경비원의 인사를 받았다. 그는 손가락 하나를 들어 헬에게 인사를 하고 목례를 보냈다. 그때 프루는 아까 문 앞에서 기다리며 들었던 클래식 음악이 라운지 쪽에서 다시 흘러나오는 것을 들었다. 그들이 실내에 있을 때는 물론이고 나올 때까지도 계속 그 곡만 연주하는 것 같았다.

「저 곡 이름이 뭐지?」 그가 물었다.

「뭐? 저거? 잠깐만, 나 저 곡 알아.」 토미가 말했다.

「라흐마니노프의 〈C 샤프 마이너의 서곡〉이야.」 헬이 먼저 재빨리 말했다. 「아주 흔해 빠진 거지. 술군들이 단골로 신청하는 거야. 일부 슈도 지식인들이 저걸 계속 신청하지. 제 딴에는 세련된 척하면서.」

「슈도가 뭐야?」 프루가 물었다.

「〈절반쯤 골 빈〉의 뜻이야.」 앤절로가 말했다.

헬이 웃음을 터뜨렸다. 「그래, 그거지. 하지만 정확한 뜻은 가짜라는 거야.」

「그건 접두사야.」 토미가 뻣뻣한 어조로 말했다. 「진짜가 아닌, 망상을 하는 등의 뜻이야.」

「슈도, 절반쯤 골 빈…….」 프루가 중얼거렸다.

제26장

　네 사람은 모아나를 지나 칼라카우아 아래쪽으로 걸어 내려갔다. 카이울라니에서 그들은 반대편 쪽으로 길을 건너 일렬로 늘어선 관광객 가게들을 따라 걸었다. 그 가게들은 수경, 창살 낚시 장비, 발차기를 잘하게 하는 커다란 고무 오리발 등을 전시했다. 해변복과 수영복만을 전문으로 판매하는 가게에 걸린 옷들은 모두 꽃무늬가 화려한 하와이풍이었다. 여자용 드레스와 양장을 판매하는 또 다른 가게 역시 화려한 하와이풍이었다. 어떤 보석 가게는 중국 벽옥을 파서 만든 값비싸 보이는 자그마한 소입상을 전시했다. 일렬로 늘어선 가게들 뒤로 세계적으로 유명한 와이키키 극장이 있었다. 극장 안에는 살아 있는 종려나무들이 여러 그루 자라고 있었는데, 물론 지금 이 시간에는 극장 문이 닫혀 있었다. 자정 가까운 시간이어서 거의 모든 가게들이 문을 닫았다. 심지어 거리도 심야의 스산한 풍경을 연출하고 있었다. 밤공기는 이제 서늘해지고 바다에서는 미풍이 불어왔다. 하늘에 몇 점 떠 있는 구름들은 동쪽으로 천천히 움직이면서 별들을 가렸다. 인도 양옆에 도열한 종려나무들은 미풍에 가볍게 흔들거렸다.

　거대한 하얀 덩어리인 와이키키 극장을 지나치자 핼은 해변에서 좀 떨어진 북쪽으로 방향을 잡았다. 열대 식물들이 가득한 이면 도로였는데, 정작 식물들은 잘 보이지 않았다.

「정말 살기 좋은 동네 같지 않아?」 헬이 말했다. 「아름다우면서도 단순해. 정말 아름다운 밤이야.」

「그래, 정말 단순하면서도 아름다운 동네야.」 토미가 말했다.

헬과 마지오는 나란히 걸었다. 헬은 키 작은 마지오에게 말을 할 때면 허리를 절반쯤 굽혀야 할 정도였다.

「네가 와줘서 정말 기뻐.」 토미가 프리윗에게 속삭였다. 「네가 따라오지 않을까 봐 굉장히 겁을 먹었어.」

「난 앤절로로부터 헬의 집 얘기를 많이 들었어. 그래서 한번 와보고 싶었어.」

「오, 난 나 때문에 따라온 줄 알았네.」 토미가 부드럽게 말했다.

「물론 너도 부분적으로 이유가 되었어.」 그러면서 프루는 헬이 앤절로에게 부드럽게 말하는 것을 엿들었다.

「어디 그렇게 오래 가 있었지, 이 작은 야만인? 내가 얼마나 보고 싶어 했는지 모를 거야. 이제나 오나 저제나 오나 아주 많이 기다렸지. 난 그저 일이 잘되기만을 희망했어. 네게 전화를 걸기가 두려웠어. 게다가 네 소속 연대도 모르고. 때때로 네가 돈이 필요할 때만 나를 찾아온다는 생각이 들어.」

「한 달 내내 가외 근무를 했어.」 마지오가 거짓말을 했다. 「짬을 낼 수가 없었어. 프리윗에게 한번 물어봐.」

「그거 사실이야, 프루?」 헬이 물었다.

「그럼, 그는 똥통 리스트에 올라 있었어.」

「에이 거짓말쟁이들.」 헬이 장난스럽게 말했다. 「한 친구가 거짓말을 하니까 다른 친구가 자연스럽게 보조를 맞춰 주는군. 군인들은 똑같아. 운명처럼 변덕스러워.」

「잘된 줄 알아.」 마지오가 말했다. 「봉급날 내가 돈 한 푼

644

없었기에 망정이지, 그렇지 않았더라면 또다시 술에 만취해 가외 근무를 먹었을 거야.」

「토니는 봉급날 무렵이면 어김없이 가외 근무를 먹는 것 같군.」 헬이 말했다.

「사실이야.」 마지오가 강하게 말했다. 「난 봉급날마다 크게 취해. 그러고는 2~3주간 가외 근무를 먹어 버려. 다음번 봉급날에는 그러지 말아야지, 하고 각오를 하지만 봉급날에는 영락없이 그렇게 되고 말아. 이번 봉급날은 돈이 없어서 그러질 못했어. 내가 돈이 있기 때문에 만나러 오지 않는 게 아니라, 돈이 있을 때면 어김없이 취해 버린다는 게 더 사실에 가까워. 그러고는 가외 근무를 먹는 거지. 그 차이를 알겠어?」

헬이 웃음을 터뜨렸다. 「아주 미세한 구분이로군. 단순 무식한 나의 원시인 친구. 그 때문에 나는 너를 사랑해. 그처럼 그럴듯하게 거짓말하는 능력을 계속 간직하는 게 좋겠어.」

「아니, 이건 사실이라니까.」 마지오가 반박했다. 「난 술에 취하면 여자 궁둥이를 한 번 만져 보기 위해 시내로 나와. 그러면 빌어먹을 헌병이 나를 픽업해 가고, 그러면 가외 근무를 먹게 되는 거야.」

「창녀집에 가는 게 지겹지도 않아?」 헬이 물었다.

「현지 여자를 만나 데이트하는 것만큼 좋다고는 하지 않겠어. 하지만 지겹지는 않아. 이 록 지역에서 보병은 별로 선택의 여지가 없어.」

프루는 앤절로가 늘 저렇게 거짓말을 하는지 의아해하면서 터지려는 웃음을 간신히 참았다. 하지만 헬은 눈치를 채지 못하는 듯했다.

「근데 말이야.」 토미가 갑자기 말했다. 「난 그걸 참지 못할 것 같아. 군인 노릇 말이야. 자살해 버릴 것 같아. 정말이야.」

「나도 그래.」 헬이 말했다. 「우린 원시인이 아니야. 우린 비정상적으로 민감해.」

「그건 사실이야.」토미가 말했다.

헬이 웃음을 터뜨렸다.「그런데 말이야, 토니, 현지 여자들이 군인들에 대해 도덕적으로 망설인다는 사실이 우리에게는 득이 돼. 토미, 나, 그리고 기타 제3의 성을 가진 사람들에게는 말이야. 난 이게 아주 아이러니하다고 생각해. 그러면서 아주 흥미롭게 이런 상황을 관찰하고 있지. 왜냐하면 언젠가 우리에게 전적인 경쟁력을 줄 수 있는 사태의 흐름을 보여 주기 때문이지.」

「그래, 네게 득이 될 거야.」마지오가 말했다.

「프루, 저 말 들었어?」헬이 뒤돌아보며 소리쳤다.

「응, 들었어.」

「이 여자들은 군인들을 미워해.」헬은 즐거움을 위해 실을 잣는 직조공처럼 자신의 아이디어를 전개시켜 나갔다.「그들은 군인들을 쓰레기라고 생각해. 실제로는 모든 남자가 쓰레기라고 생각해. 바로 이런 사고방식 때문에 우리의 적수인 여자들은 서서히 그들의 파멸을 가져오는 거야.」

「어떻게 그리 된다는 거지?」프루가 물었다.

「너무나 뻔하지 않아?」헬이 웃음을 터뜨렸다.「너 자신을 한번 살펴봐. 너희 군인들에게는 창녀들 빼놓고는 여자가 없어. 군인들은 우리한테 시선을 돌릴 수밖에 없어. 우리는 여염집 여자들과는 달리 나쁜 짓을 한다는 의식이 없으니까.」

「오, 그걸 몰랐네.」프루는 자신의 목소리가 공허하다고 느꼈다. 헬의 말이 너무나도 진실에 가까웠기 때문에.

헬은 소년 같은 순진한 웃음을 터뜨렸을 뿐 자신의 유리한 입장을 더욱 밀고 나오지는 않았다.「난 말이야, 그 점에서 나름대로 이론을 갖추고 있어. 내 이론은 말이야, 동성애란 결국 여자들의 순결 심리에서 직접 유래한 결과라는 거야.」

「그럼 레즈비언은 어떻게 설명하지?」 프루가 물었다.

「날카롭군.」 헬이 미소 지었다. 「아무튼 모든 동성애가 인생에서 겪은 좌절과 실망의 결과라고 생각해. 사회가 가분수가 되어 가고 예절을 강요하면 할수록, 그에 정비례하여 동성애는 생겨나게 되어 있어. 사람들은 그걸 데카당스(퇴폐)라고 해. 인간의 사회는 데카당스 시기에 가장 위대한 예술을 생산해 냈는데, 왜 그런지 그 이유를 생각해 보았나?

알다시피 동성애는 자유를 가져다주고 그 자유가 예술을 만들어 내는 거야. 하지만 자유가 널리 퍼지면 가분수의 사회는 붕괴하게 되어 있어. 반드시. 먼지가 되어 버리고 만다고. 사라지고 파괴되는 거야.」 헬은 즐겁게 웃었다.

「너는 어떤 예술을 생산했는데?」 프루가 물었다.

「누구, 나? 별로 없어. 전에 양성애자의 생애에 대해 장편소설을 하나 썼어. 하지만 아무도 출판해 주려 하지 않더군. 하지만 보낸 출판사마다 그 원고를 읽어 보려고 안달이었어. 어떤 출판사에서는 일곱 달 동안 원고를 돌려받지 못하기도 했어. 하지만 나의 경우는 그리 중요한 게 아니야. 내 말을 믿지 못하겠거든 그리스인들을 봐. 로마인들을 봐. 르네상스 시기의 성(聖) 교회를 봐.」

「헛소리.」 토미가 말했다.

「그런 것들에 대해 좀 읽은 게 있어. 언젠가 너의 장편소설을 좀 보고 싶군.」 프루가 말했다.

「언제 보여 주지. 자, 다 왔어.」

헬은 그들을 그리 오래되지 않은 반얀나무 너머로 안내했다. 반얀나무의 옹이 진 지상 뿌리들은 밤중에 하나의 장애물이 되었다. 연필 굵기의 뿌리가 아직 땅속으로 파고들지 못하고 가지에 매달려 있어서 그들의 얼굴을 때렸다.

「저런 나무가 집 마당에 있다는 게 너무 멋지지 않아?」 헬이 말했다. 「자, 발밑을 조심해.」

그들은 하얀 페인트가 칠해진 2층 목조 가옥의 측면으로 다가갔다. 거기에 2층으로 올라가는 옥외 계단이 있었는데 하얀 페인트가 칠해진 각목들로 받쳐져 있었다.

「그 얘기는 일단 술을 마시고 난 후에 계속하기로 하지.」 헬이 프루에게 속삭였다. 그들은 층계참에 서서 마당의 반얀 나무를 내려다보았다. 그동안 헬은 문을 열었다.

그는 그들을 자그마한 현관으로 안내했다.

「여기서 편안하게 기다려. 난 가서 옷을 좀 벗고 올게. 너희 도 원한다면 옷을 벗어도 돼.」 헬은 문 안으로 사라졌다.

「이 집 정말 멋있지 않아?」 마지오가 프루에게 말했다. 「이 런 집을 소유하고 있으면 어떨 것 같아? 한번 상상해 봐. 이 런 집의 주인으로 사는 경우를. 정말 굉장할 거야!」

두 사람은 현관에 선 채 깨끗하고 아름답고 잘 정돈된 집 의 내부를 둘러보았다.

「상상할 수 없을 것 같아.」 프루가 말했다.

「내가 왜 가끔 여기 놀러 왔는지 그 이유를 이제 알 거야.」 마지오가 말했다. 「그 콘크리트 막사에 있으면 말이야, 세상 에 이런 곳이 있다는 걸 잊어버리게 돼.」

그들 뒤에 서 있던 토미는 초조해하면서 그들을 밀치고 앞 으로 나아가 커다란 크롬 뼈대에 가죽을 입힌 현대풍 안락의 자에 앉았다. 그것이 마법의 분위기를 깨뜨렸다.

「난 오줌을 눠야겠어.」 마지오가 말했다. 「그리고 술도 한 잔 생각나는군. 여기 실내 화장실이 있어. 곧 돌아올게.」

프루는 그가 아까 헬이 지나간 문을 통과하는 것을 지켜보 았다. 그 안에 다시 자그마한 홀이 나왔는데 왼쪽이 화장실 이고 그 끝이 침실이었다. 그는 다시 고개를 돌려 거실을 살 펴보았다.

문 안으로 들어와 왼쪽을 보면 거실보다 한 단계 높고 쇠난간이 달린 공간이 있는데 거기에 식탁이 놓여 있었다. 그리고 다시 작은 문을 열고 들어가면 주방이었다. 방 건너편에 밖으로 내민 거대한 창이 있었는데 천장에서 바닥까지 통유리로 장식되어 있었다. 그 창의 절반쯤 휘장이 드리워져 있고 창의 구석 왼쪽 벽에는 라디오와 전축이 놓여 있었는데 두 개의 30센티미터 앨범 스탠드가 전축을 양옆에서 호위했다. 오른쪽 벽에는 책이 가득한 서가와 널찍한 책상이 있었다. 프루는 방 안의 시설물들을 살피면서 토미에게 할 말을 골똘히 생각했다.

「네가 쓴 것을 출판한 적이 있나?」 프루가 물었다.

「물론이지. 몇 주 전 『콜리어스』지(誌)에 내 단편이 실렸어.」 토미가 뻣뻣한 어조로 말했다.

「어떤 스토리였는데?」 프루는 레코드판을 살펴보았다. 교향곡, 협주곡, 실내악 등 모두 고전 음악뿐이었다.

「러브 스토리였어.」

프루가 쳐다보았고, 토미는 깊은 저음으로 낄낄거렸다.

「야망을 가진 젊은 여배우와 돈 많은 젊은 브로드웨이 제작자 사이의 사랑이야. 그는 그 여배우와 결혼하여 그녀를 스타로 만들어.」

「난 그런 얘기는 지겨워서 못 읽겠더라.」 프루는 다시 레코드판을 쳐다보았다.

「그건 나도 마찬가지야.」 토미가 낄낄거렸다.

「그런데 왜 그런 걸 쓰지?」

「사람들이 그런 걸 읽고 싶어 하고, 또 그런 원고에 돈을 지불하기 때문이지.」

「그건 실제 생활과는 동떨어진 얘기야. 현실에선 그런 시시껄렁한 일이 벌어지지 않아.」

「물론 벌어지지 않지.」 토미가 뻣뻣한 어조로 말했다. 「그렇기 때문에 사람들이 그런 스토리를 읽고 싶어 하는 거야. 사람들이 원하는 것을 제공해야 하는 거야.」

「난 사람들이 그런 걸 원하는지 확신이 안 가는데.」

「넌 뭐야? 사회학자야?」

「아니. 하지만 난 보통 사람들과 비슷하다고 생각해. 난 위대한 문학에 대해 아는 게 없지만 그런 시시껄렁한 스토리는 읽고 싶지 않아.」

「주된 독자는 남자들이 아니라 여자들이야. 어리석고, 낭만적이고, 지저분하고, 도덕적인 여자들. 그들이 그런 스토리를 좋아하는 거야. 그런 여자들이 책과 잡지를 사 봐. 그런 책들을 소비하지. 그런 걸 읽으면서 흥분과 자극을 느끼는 거야. 그들은 지저분한 도덕에 얽매여 있어서 침실에서는 흥분을 느끼지 못하는 거야.」

「모르겠어. 잘 납득되지 않는데.」

「여자들과 그들의 지저분한 도덕률.」 토미가 말했다. 「그들은 대오각성하지 않으면 어느 날 남자들이 모두 사라져 버린 것을 발견하게 될 거야.」

「무슨 말인지 알겠어. 그들이 모든 남자를 못살게 굴어서 호모로 만들어 버리고 말 거라는 거지? 아까 헬이 말한 것처럼.」

「난 그렇게 말하지 않았어. 여자는 그것과 아무 상관 없어.」 토미가 뻣뻣한 어조로 말했다.

「아마도 여자들이 상관 있을 거야. 난 오늘 밤 이전에는 이 문제를 생각해 본 적이 없었어.」 프루가 말했다.

「뭐라고? 무슨 상관?」 마지오가 거실로 들어오며 말했다.

그는 널따란 책상 옆에 서 있는 프루에게 다가갔다. 헬은 그 뒤를 따라오고 있었는데 타이티풍의 파레우[26]를 허리에 감고 있었다. 파레우에는 초록색 날개 모양의 잎새가 인상적인 포인시아나가 날염되어 있었다. 헬의 가늘고 마른 몸매는 이제 평평하고 네모지고 근육이 없는 것처럼 보였다. 윤기 없는 두꺼운 피부가 짙게 선탠되어 있어서 부자연스러운 비늘처럼 보였고, 마치 요오드를 칠해 놓은 것 같았다.

「남자가 호모가 되는 것에 대하여 어떤 것이 상관 있느냐는 얘기였어.」 프루가 마지오의 질문에 대답했다.

「난 여자가 상관 있다고 보지 않는데.」 앤절로가 대답했다.

「나도 전에는 그렇게 생각했는데 지금은 아닌 것 같아.」 프루가 말했다.

「오, 그래?」 헬이 소년 같은 순진한 웃음을 지어 보였다. 「사실 어떤 사람들은 실제로 그렇게 태어나. 그것이 불행인지 다행인지 여부는 보기에 따라서 달라지지. 하지만 생득설(生得說)을 전적으로 지지할 수는 없어.」

「나는 타임스 스퀘어에서 프리스코에 이르기까지 변태 호모들의 작품 전시회에 자주 가보았어. 그걸 보면 말이야, 생득설을 도저히 믿을 수가 없어.」 프루가 빙긋이 웃으며 말했다.

「네가 그렇게 지저분한 말을 억지로 사용하지만 않는다면 그런대로 괜찮은 친구 같은데 말이야.」 헬이 기분 나쁘다는 듯이 말했다.

「지저분하다고? 너는 도덕을 믿지도 않는데 어떻게 지저분하다는 말을 쓰지?」 프루가 물었다.

「네가 하는 말의 내용이 아니라, 네가 말하는 방식, 그게 지저분하다는 거야. 내가 볼 때 그 전시회 작품들은 하나의 비극이었고 그런 만큼 아름다운 것이었어.」

「난 아니야. 내가 볼 때 그건 지저분한 사진일 뿐이야.」

헬은 눈썹을 치켜 올리며 프루를 응시했다 그는 마지오에

---

26 *pareu*. 폴리네시아 남자들이 허리에 감는 천.

게 말했다. 「네 친구는 때때로 나를 짜증 나게 하는군.」

프루는 겉으로는 빙그레 웃었지만 속으로는 누군가 그를 죽이겠다고 말했을 때 느꼈던 그 뻣뻣함을 느꼈다. 「내가 볼 때, 네 생각은 토미의 단편소설에 나오는 돈 많은 젊은 브로드웨이 제작자처럼 희망 사항을 말하고 있는 것일 뿐이야.」

「난 너에 대해 착각을 한 것 같아.」 헬이 미소 지었다. 「이제야 네가 상상력이 전혀 없다는 걸 알아보겠어. 사실 넌 좀 따분한 친구야.」

「그럴지도 모르지. 군대 생활과 떠돌이 생활 사이에서 내 상상력이 다 증발해 버린 것 같아.」

「헬, 샴페인은 어디 있어?」 마지오가 말했다. 「그 샴페인 따자고. 나 목말라.」

「친구, 잠깐만. 언젠가……」 헬이 프루에게 말했다. 「지금보다 나이가 더 들면 상상력이 때때로 사실보다 더 위대한 진실을 창조해 낸다는 걸 알게 될 거야.」

「아마도 그럴지 모르지.」 프루가 빙긋 웃었다. 「하지만 내가 이해하지 못하는 게 하나 있어. 너하고 얘기하면 할수록 왠지 모르지만 네가 사제(司祭) 같다는 기분이 들어.」

헬이 미소 지었다. 「네가 토니의 친구가 아니었더라면, 그 말 한마디에 너를 이 집에서 쫓아냈을 거야.」

프루는 그에게 고개를 돌리고 싱긋 웃어 보였다. 「네가 그러리라고 생각하지 않아. 하지만 내가 나가기를 바란다면 말만 해.」

「야, 네 친구 아주 센데.」 헬이 마지오에게 미소 지었다.

「그의 말에 신경 쓰지 마. 지금 열받아서 그래. 저렇게 기분이 언짢을 때는 술이 최고야.」

「그게 최고야?」 헬이 프루에게 물었다.

「한잔 있으면 좋겠군.」

토미가 의자에서 일어나 프리윗의 옆자리로 갔다. 「네가 나빠.」 토미가 핼에게 말했다. 「왜 이 불쌍한 친구를 좀 가만히 내버려 두지 않나? 그는 내 데이트 상대지, 네 상대가 아니잖아. 그를 그만 괴롭혀.」

「나를 봐준다고 그런 말을 할 필요는 없어.」 프루가 말했다. 「토미, 내가 손님을 접대하는 방식이 마음에 들지 않는다면, 넌 언제라도 내 집에서 떠나갈 수 있어. 사실 난 네가 떠났으면 더 좋겠어. 내일 귀대 시간은 몇 시지?」

「6시야. 아침 점호 시간이지.」 앤절로가 말했다. 그는 갑자기 생각난 듯 책상 위의 시계를 쳐다보았다. 「이런, 밤이 깊었는데. 자, 빨리 술을 마시자.」

「야, 너.」 토미가 핼에게 말했다. 「넌 거자식이야. 지저분하고 뻔뻔한 개자식이야. 그러잖아도 지금 막 이 집에서 나가려고 했어. 지금 당장.」

핼은 유쾌하게 웃었다. 「좋을 대로 해, 퀴니.」 그는 몸을 돌려 계단을 올라가 주방 안으로 사라졌다.

토미는 일어선 채 핼의 등을 노려보았다. 그의 커다란 팔뚝은 양 옆구리에 늘어뜨려져 있었고 꼭 쥔 주먹은 허벅지에 붙어 있었다.

「넌 내가 못 떠나리라는 걸 알지? 내가 여기 있어야 한다는 걸 알지?」

핼은 주방 문을 살짝 열고 머리를 내밀었다. 「물론 알지. 자, 여기 올라와 술 타는 걸 도와줘.」

「좋아.」 토미는 여전히 감정 상한 표정으로 커다란 몸을 뻣뻣하게 움직였다.

「프루, 이리 좀 와봐.」 마지오는 고개를 끄덕이며 속삭였다. 그는 통유리창 구석의 전축이 있는 데로 프루를 데려갔다. 「이봐, 느긋하게 행동해. 내 계획을 다 망쳐 놓으려고 그래? 좀 진정하라고.」

「오케이, 미안해. 어떻게 시작되었는지 모르겠어. 아까 그 〈생득설〉 운운하다가 그렇게 된 것 같아. 앤절로, 난 네 계획을 망쳐 놓을 생각은 없어. 저 친구가 갑자기 내 화를 돋우었단 말이야. 교회에 나와서 하느님을 예배하라고 자꾸만 말하는 군종 장교처럼, 계속 거만하게 말했어. 자기가 구세군이야 뭐야? 도넛과 커피를 내놓기 전에 일장 설교를 하겠다는 거야? 왜 호모가 좋은 거라며 자꾸 사람을 설득하려고 해?」

「내가 알게 뭐야. 그냥 지껄이도록 내버려 둬. 난 그렇게 해. 내가 그들과 논쟁을 벌일 것 같아? 논쟁은 전혀 도움이 안 돼. 그냥 들어 주고 고개를 끄덕거리면서 한 귀로 듣고 한 귀로 흘려 버리는 거야. 그런 다음 술 한 잔 더 청하면 돼.」

「난 그런 생활이 체질적으로 안 맞는 것 같아.」

앤절로가 머리를 흔들었다. 「때때로 나도 언제 터질지 모르는 화약고 위에 앉아 있는 것 같아. 이 세상에서 뭔가를 얻으면 그에 대한 대가를 지불해야 하는 거야.」

「호모들 사이에 〈위대한 사랑〉이 있다는 얘기는 많이 들었지만, 직접 보지는 못했어. 그건 사랑이 아니라 아마도 증오일 거야.」

「그게 뭔지 알 바 아니야. 돈만 뜯어낼 수 있다면. 좀 느긋하게 대해, 알겠지?」

「알았어. 네 일을 망쳐 놓고 싶지 않아.」

「이봐.」 마지오가 말했다. 「난 오늘 저녁 코가 완전히 비뚤어지도록 마셔 버릴 거야.」 그는 시계를 쳐다보았다. 「아침 점호가 있든 말든.」

헬은 두 개의 크리스틸 샴페인 잔을 들고 주방에서 나왔다. 토미가 같은 잔 두 개를 들고 뒤따라왔다.

「쟁반이 없어서 미안해.」 헬이 미소 지었다. 「하지만 잔은 제대로 된 거야. 물 잔에다 샴페인 칵테일을 마실 수는 없지.」

마지오는 술잔을 하나 받아 들고 프루에게 은밀하게 윙크를 했다.

「너희 모두 옷을 벗고 편안하게 있는 게 낫지 않아? 무간한 친구 사이니까.」 헬이 말했다.

「동의해.」 토미가 적극적으로 대꾸했다. 그는 프루에게 술잔을 건네주고 자신의 술잔을 내려놓은 뒤 옷을 벗기 시작했다. 그는 팬티만 남기고 다 벗었다. 이어 의자에 앉더니 자신의 술잔을 집어 들었다. 헬의 짙은 선탠과 비교되게, 토미는 빗장뼈 윗부분과 팔뚝을 제외한 나머지 부분이 우유처럼 희었다. 그러다 보니 절반쯤 튀기다 만 통닭 같은 느낌을 주었다.

「보병들이 팬티를 입지 않는다는 걸 알아.」 헬이 미소를 지었다. 「수영 갈 때 토니에게 주려고 사각 수영복 하나를 준비해 두었어. 하지만 프루, 네 것은 없는데.」

「괜찮아. 난 그냥 바지 입고 있으면 돼.」

헬은 유쾌하게 웃었고 다시 좋은 기분이 되었다.

네 남자는 그렇게 웃통을 벗고 앉아서 바깥의 스크린 문을 통해 들어오는 바닷바람을 즐겼다. 누군가 창밖을 지나가다 안을 들여다보았다면, 웃통을 벗고 느긋이 앉아서 술잔을 들며 다정하게 얘기하는 네 사람에게서 인간적인 따뜻함을 느꼈을 것이다.

「난 집에서는 늘 이걸 입고 있어.」 헬이 파레우의 단을 살짝 들어 보이며 말했다. 「이건 하와이 전통을 따르는 거지. 물론 비치보이[27]들은 이제 사각 수영복을 입어. 하지만 그들도 과거에 파레우를 입었던 때가 있었지. 물론 선교사들이 오기 전 얘기지만. 타이티에서는 아직도 파레우를 입어. 하지만 아

---

27 *beachboy*. 호텔이나 단체에서 고용한 해변의 구조원.

쉽게도 그곳에서는 프랑스 본국만큼이나 프랑스어 교사가 필요 없어.」

「프랑스에는 언제 갔었는데?」 프루가 물었다.

「단속적으로 약 15년 동안 있었어. 뉴욕에서 개인 교사 노릇을 하면서 장기 여행을 떠날 수 있을 때까지만 돈을 모았어. 그러고는 프랑스에 건너가 돈이 떨어질 때까지 있었지. 하지만 그건 전쟁이 발발하기 전의 일이었어. 전쟁이 터지자마자 미국으로 돌아왔어. 난 이곳 하와이는 전쟁에서 가장 안전한 곳이라고 생각하는데. 그렇지 않아?」

「나도 그렇다고 생각해. 하지만 일단 우리가 전쟁에 참여하면 미국 내 어느 지역도 예전 같지는 않을 거야.」

「난 징병되기에는 너무 늙었어.」 헬이 미소 지었다.

「내 말은 통행금지나 기타 제한 조항들을 말하는 거야.」

헬은 프랑스 사람처럼 어깨를 한 번 으쓱했다. 「한번은 프랑스 시민으로 귀화할까 심각하게 생각했었어. 세상에서 가장 멋진 나라니까. 하지만 안 하길 잘했다고 생각해.

그 나라는 참 이상해. 그곳의 생활을 그처럼 멋지게 해주는 자유의 특질, 바로 그것 때문에 프랑스가 전쟁에 패배해 버렸으니. 그게 생활의 본질 속에 들어 있는 법칙인가 봐.」 헬은 마치 울 것 같은 표정이었다.

「어느 쪽이 되었든 인간은 울적한 거야, 그렇지?」 프루가 말했다. 그는 마침내 태번에서 마신 것과 헬의 집에서 마신 샴페인 칵테일이 올라와 휴가 중의 느낌을 되찾게 되었다. 초저녁에 뉴콩그레스 계단을 올라갈 때의 그 심정과 비슷해졌다. 그는 아주 슬픈 느낌이 들었다. 해는 마침내 지고 열은 가시고 그늘이 점점 더 길어졌다. 이제 휴식을 취할 때가 된 것이었다. 앤절로를 쳐다보니 그 또한 술기운이 얼얼하여 자기 자신을 상대로 혼잣말을 하고 있었다.

「앤절로, 술기운이 오르고 있는 거야?」프루가 말했다. 이런 좋은 기분으로 계속 술만 마실 수 있다면 얼마나 좋을까. 저들이 우리를 그냥 내버려 두었으면. 그들의 요구 조건을 내걸지 않고. 왜 늘 대가를 지불해야만 되는 거야?

「나는 자유라는 말이 아무런 의미도 없다고 생각해.」그가 헬에게 말했다.

「난 내가 자유롭다고 생각해.」헬이 말했다.

프루는 술기운을 느끼며 웃음을 터뜨렸다. 「한 잔 더 하는 건 어때?」

「좋아.」헬은 술잔을 들고 주방으로 들어갔다. 「내가 자유롭다고 생각하지 않아?」

「나한테도 한 잔 더 줘.」앤절로가 비틀거리며 일어서더니 술잔을 내밀었다.

「너 뭔가 두려워하고 있지?」프루가 헬에게 물었다.

「없어, 난 아무것도 두려워하지 않아.」헬이 술잔을 채워서 돌아왔다.

「그렇다면 너는 자유로운 거야.」프루는 앤절로가 술잔을 받고 앉더니 단숨에 비워 버리는 것을 보았다.

「난 자유로워.」앤절로가 소리쳤다. 그는 의자 등받이에 비스듬하게 기대더니 양발로 공중을 차기 시작했다. 「나도 새처럼 자유로워. 그게 바로 나야. 넌 자유롭지 않아.」그가 프루에게 소리쳤다. 「넌 30년쟁이야. 30년 동안 노예 노릇을 할 자야. 하지만 난 아니야. 난 자유로워. 아침 6시까지.」

「조용히 해.」헬이 날카롭게 말했다. 「아래층의 집주인 여자를 깨우겠어.」

「젠장, 내가 알게 뭐야. 지옥에나 가라고 해.」

「토니, 넌 이제 잠자야 할 시간이야. 잠자고 나면 괜찮아질 거야.」헬이 슬픈 목소리로 말했다.

「그래. 너의 저녁값을 갚기 위해 노래를 불러야겠지.」
「나한테 그런 말을 하다니 좋지 않아.」
「미안해, 올드 보이. 어쩔 수 없었어. 하지만 그건 진실 아니야?」
「그래, 하지만 늘 진실을 말해야 하는 건 아니야.」
「맞아, 늘 진실을 말해야 하는 건 아니지.」 앤절로가 말했다.
「자, 널 일으켜 세워 줄게.」 햄이 말했다. 그는 마지오의 자리로 가서 그의 작고 앙상한 어깨 밑으로 손을 넣어 일으켜 세우려 했다. 그러나 마지오는 손짓을 하며 그를 밀어냈다.
「아직 아니야. 난 내 힘으로 일어설 테야.」
「여기서 나와 함께 머물 거야?」 토미가 은근한 목소리로 프루에게 물었다.
「그럼. 그렇게 못할 이유도 없지. 그건 왜 물어?」
「싫으면 안 그래도 돼.」 토미가 뻣뻣한 어조로 말했다.
「안 그래도 돼? 그럼 잘됐군.」
「난 취했어.」 앤절로가 소리쳤다. 「젠장! 프리윗, 네가 30년쟁이가 아니라면 난 너를 정말 좋아했을 텐데.」
프루는 빙그레 웃었다. 「너 자신이 군대나 김벨 백화점의 지하실이나 별반 다르지 않다고 말했잖아.」
「그건 그래. 내가 그렇게 말했어. 근데 내 말을 좀 들어 봐. 내 근무 기간이 끝나기도 전에 우리는 전쟁에 참전하게 될 거야. 그리고 난 육군을 싫어해. 프리윗, 심지어 너도 육군을 싫어해. 비록 넌 인정하지 않겠지만. 난 이 군대가 지겨워. 정말로, 정말로 지겨워.」
그는 의자 등받이에 몸을 기댄 채 가죽 팔걸이 부분에 양팔을 올려놓고 고개를 돌리면서 지겹다는 말을 계속했다.
「너는 네 본명을 걸고 글을 쓰는 거야?」 프루가 토미에게 물었다.

헬은 마지오의 의자 옆에 서서 근심하고 고민하는 표정을 지었다.

「물론 본명을 안 쓰지.」 토미가 은근히 미소 지었다. 「그런 쓰레기 같은 글에 내 본명을 걸었을 것 같아?」

「넌 술 안 취했지? 자신 있게 말할 수 있어. 왜 술 취하지 않는 거지? 그리고 글은 왜 쓰려고 하는 거지?」

「넌 아무튼 내 이름을 몰라.」 토미는 깊숙한 눈빛을 괴기하게 번쩍거리며 프루를 쳐다보았다. 「넌 코르지? 그렇지?」

프루는 헬이 마지오를 일으켜 세우려는 것을 보았다. 「몰라. 넌 그 단편소설을 부끄럽게 여기지?」

「당연하지. 내가 그런 단편을 자랑스럽게 여길 것 같아?」

「난 모든 게 지겨워, 모든 게.」 앤절로가 소리쳤다.

「나도 자랑스럽지 않았다면 나팔을 불지 않았을 거야.」 프루가 말했다. 「그건 내가 갖고 있는 유일한 거야. 내가 만약 그걸 다시 잡는다면 예전과는 아주 다를 거야. 하지만 앞으로 나팔을 잡는 일은 없을 거야.」

「오, 나팔수. 헬, 여기 아티스트 한 사람 있네.」 토미가 말했다.

「아니, 나팔병일 뿐이야. 그나마 나팔을 더 이상 불지도 않아. 그리고 너는 책을 쓰지 못할 거야. 넌 책에 대한 얘기를 지껄이기만 할 뿐이야.」

프루는 의자에서 일어섰다. 술기운이 그의 신체 내벽을 활발하게 두드리는 것을 느꼈다. 생각 같아서는 세상이라는 시계의 톱니바퀴를 쳐부수어 내일과 아침 점호를 막아 버리고 싶었다. 저절로 돌아가는 시계의 스프링. 그는 흐릿한 눈빛으로 주위를 돌아다보았다. 하지만 쳐부술 것은 하나도 없었다.

「이봐.」 프루가 토미의 커다란 하얀 배를 겁지로 살짝 찌르며 말했다. 「넌 3달러짜리 지폐처럼 괴상해. 어떻게 하다가 호모가 되었나? 무엇이 너를 그런 괴상한 존재로 만들었나?」

토미는 무표정했다. 짙은 자줏빛 그늘 뒤의 검은 눈은 지금까지 그 어느 것에도 집중하지 않았다. 그러던 토미의 눈이 이제 초점을 맞추면서 점점 더 밝게 빛났다.

「난 늘 그랬어. 그렇게 태어났어.」 토미가 말했다.

「그것에 대해서 말하기를 좋아해?」 프루가 물었다. 그의 뒤에 있던 핼과 마지오도 조용히 토미의 대답을 기다렸다.

「아니, 그것에 대해서 말하는 걸 싫어해. 그런 식으로 태어난 건 비극이야.」 토미는 이제 빠르게 숨을 쉬면서 희미하게 웃었다. 그것은 다리를 다친 강아지를 쓰다듬어 줄 때 강아지가 내보이는, 그런 고통스러운 미소였다.

「헛소리. 아무도 그런 식으로 태어나지 않아. 언제가 첫 경험이었어?」 프루가 물었다.

「열 살 때였어.」 그는 재빨리 별 재미를 느끼지 못하는 어조로 말했다. 「난 뉴욕에 있는 군사 학교를 다니고 있었어. 부모님이 이혼한 뒤 어머니는 나를 그 학교로 보냈어. 여러 명의 상급생들, 열두 명 정도의 상급생들한테 당했어.」 토미의 눈빛은 점점 밝아졌고 목소리는 점점 빨라졌으며 단어와 단어들 사이에는 숨쉴 여백조차 없었다. 「그들이 나를 끌어내 손발을 묶고 때린 다음 돌아가면서 그 짓을 했어. 내가 응할 때까지 계속 두드려 팼어.」

프루는 말하고 있는 토미를 쳐다보았다. 그는 의자에 앉은 채 커다란 몸집을 불안하게 흔들고 있었는데, 마치 누가 채찍질이라도 하는 것 같았다.

「난 그 말을 믿지 않아.」 프루가 날카롭게 말했다. 「그게 첫 경험이 아니었을 거야. 왜냐하면 그들이 설사 나를 죽인다고 하더라도 내가 동의하지 않으면 그 짓을 할 수가 없어. 네가 바랐기 때문에, 그들이 그렇게 한 거야. 네가 설사 저항하는 척했더라도 속마음은 달랐던 거야. 넌 마구 두드려 맞은 다음 그 나쁜 짓을 하고 싶은 생각이 있었던 거야.」

마지오 옆에 있던 핼이 두 사람 앞으로 나섰다. 「그건 거짓말이야.」 그가 말했다.

「그래 맞아, 거짓말이야. 첫 경험이 아니었어. 하지만 정말로 중요한 경험이었어. 내가 그걸 원했어. 넌 나를 미워해?」

「아니, 내가 왜 널 미워해?」 프루가 경멸하는 어조로 말했다.

「하지만 미워하잖아. 나를 경멸하잖아. 그렇지 않아? 내가 나쁜 짓을 했다고 생각하잖아.」

「아니, 너 스스로가 그걸 나쁜 짓이라고 생각하는 거야. 난 그렇게 생각해. 난 네가 사악하다고는 생각하지 않아. 하지만 넌 네가 사악하다고 생각하는 짓을 하길 좋아해. 그 행위가 사악하면 할수록 그것을 더 즐기는 거야. 그렇게 함으로써 네가 얼마나 교회를 증오하는지 보여 줄 수 있다고 생각하는 거야.」

「그건 거짓말이야.」 토미는 의자 등받이에 몸을 쑥 기대면서 말했다. 「난 사악해. 난 그걸 알고 있어. 일부러 나의 심적 부담을 덜어 주려고 하지 마. 넌 나를 보호해 줄 필요가 없어.」

「이봐, 친구, 난 네 부담을 덜어 줄 생각 없어. 넌 내게 아무 것도 아니야.」

「난 내가 사악하다는 것을 알아. 난 내가 사악하다는 것을 알아.」 토미가 말했다.

「누가 그런 생각을 네게 심어 주었어? 누가 네게 그렇게 가르쳤어? 네 어머니?」 프루가 물었다.

「아니, 아니, 아니. 어머니는 성자였어. 넌 이해하지 못할 거야. 어머니는 성자였어.」

「닥쳐, 토미.」 핼이 가까스로 말했다.

프루는 핼에게 고개를 돌렸다. 「너희 둘이 흐모라면 왜 너희끼리 호모 노릇을 하지 않는 거야? 서로 붙들고 죽일 것처럼 싸우지 말고 말이야. 너희가 말한 진정한 사랑을 정말로 믿는다면 왜 그토록 쉽게 감정이 상하는 거야? 누군가가 언제나 너희 감정을 상하게 해. 그리고 왜 호모가 아닌 자를 그렇게 사귀고 싶어 해? 내가 말해 볼까? 왜냐하면 호모들끼리 있으면 사악한 기분이 들지 않기 때문이야. 그게 이유야.」

「그만 해!」 헬이 말했다. 「저 흔들흔들하는 젤리 같은 친구가 뭐라고 말하든 난 그런 사람이 아니야. 나는 사회에 대하여 저항하는 사람이야. 나는 사회의 위선을 증오할 뿐만 아니라 그것에 결코 굴복하지 않을 거야. 자신의 신념대로 실천한다는 것은 용기가 필요한 일이야.」

「나도 그걸 별로 좋아하지 않아.」 프루가 싱긋 웃었다. 그는 자신의 머릿속에 열기와 연기가 피어오르는 것을 느꼈다. 두드려 부수고 싶은 충동, 충동. 6시 점호, 6시 점호. 「사회는 나한테 해준 게 별로 없어. 사회는 그래도 너한테는 해준 것이 있어. 이 집을 한번 봐.

그런데도 불구하고 나는 너처럼 사회를 증오하지는 않아. 네가 사회를 증오하는 것은 너 자신을 증오하기 때문이야. 넌 너 자신에게 반항하는 거라고. 넌 그 어떤 대상을 향해 증오하는 게 아니야. 그저 증오하고 있을 뿐이야.」

그는 손가락으로 헬을 가볍게 찔렀다.

「바로 그 때문에 넌 사제 같아 보이는 거야. 넌 나름대로 전파해야 할 복음을 갖고 있어. 진정한 복음, 유일한 복음을. 네가 갖고 있는 건 바로 그거야. 네 나름의 복음. 하지만 생활은 복음과는 아무 상관도 없다는 걸 모르나? 생활은 말이야, 나중에 복음을 만들어. 복음이 생활을 만드는 게 아니야. 하지만 너와 기타의 사제들은 인생을 너의 복음에 맞추려고 들어. 다른 사람들은 안 그러는데 말이야. 너는 네가 말하는 것

이외에 다른 것들도 존재할 수 있음을 인정하지 않아.」

그는 잠시 말을 멈추었다. 환한 불같은 계시가 그의 머릿속에서 마구 용솟음쳤다. 그는 그걸 볼 수 있었다. 하지만 어떻게 말을 해야 하지? 어떻게 표현해야 하지? 어떻게 하면 쉽게 설명할 수 있지? 생활은 그 자체로 충분한 것이고 다른 설명은 필요 없다. 모든 사람이 생활을 충실히 해나가면 그걸로 충분한 것이다. 왜냐하면 생활이란 바로 사람들 앞에 펼쳐져 있으니까. 맬러리 씨, 왜 산에 오르는 거죠? 왜냐하면 산이 거기에 있으니까. 생활도 거기 있으니까 그걸 충실히 살아 나가면 되는 것이다. 그거면 충분하고 그게 전부인 것이다.

「만약 네가 말한 대로 그게 용기라면…….」 프루가 나지막하게 말했다. 「친구, 너는 용기가 있는 거겠지. 그게 만약 용기라면.」

「헤이, 헤이.」 앤절로가 갑자기 소리쳤다. 「난 용기가 있어. 이 세상에서 가장 큰 용기를 갖고 있어. 난 자유롭고 용기가 있어. 그게 내가 원하는 바야. 어떤 주류 가게에 들어가든 1달러 50센트만 있으면 되는 거야.」

그는 의자에서 가까스로 일어서더니 비틀거리며 문 쪽을 향해 걸어갔다.

「토니, 어디 가려고?」 헬이 물었다. 갑자기 나머지 대화는 중단되었다. 「토니, 돌아와. 토니, 제발 이리로 돌아와. 그런 상태로 돌아다니면 안 돼.」

「산책을 가려고. 너무 답답해서 숨을 잘 못 쉬겠어.」 앤절로가 소리쳤다.

그는 밖으로 나가서 스크린 문을 쾅 하고 닫았다. 그들은 그가 맨발로 옥외 계단을 내려가는 소리를 들었다. 이어 쿵 하고 쓰러지는 소리가 나더니 앤절로가 반안나무에다 대고 욕을 했다. 이어 정적이 흘렀다.

「오, 마이 갓!」 헬이 말했다. 「누가 저 친구를 막아야 해, 누가. 저런 상태로 돌아다니면 입건될 거야.」

「네가 가서 데려오면 되잖아. 네 보이프렌드잖아.」 프루가 말했다.

「프루, 네가 뒤쫓아 가. 좀 그렇게 해주지 않을래? 넌 그가 입건되기를 바라지 않지? 너 또한 그의 친구잖아.」

「내 보이프렌드는 아니야. 네가 가서 데려와.」 프루는 슬쩍 웃은 뒤 소파에 무겁게 앉아 배짱을 부리며 튕겼다.

「하지만 난 그렇게 할 수가 없어. 정말이야. 내가 할 수 있다면 뒤쫓아 갔을 거야. 그는 술에 취했기 때문에 만약 입건되면 경찰을 이 집으로 데려오게 될 거야.」

「데려오라고 하지, 뭐.」 프루는 빙긋 웃었다. 술기운과 머릿속에 떠오르는 어떤 생각 때문에 그의 얼굴은 뻣뻣하게 느껴졌다. 그는 갑자기 술이 올랐고 그러면서 행복했다.

「토니가 경찰을 데려오면 안 돼.」 헬이 양손을 쥐어짜며 고민스럽게 말했다. 「경찰은 이미 보고서를 받아서 우리 이름을 다 알고 있어. 그들은 우리를 입건하기 위해 이런 사고가 터지기만을 기다리고 있어.」

「그거 안됐군.」 프루가 느긋하게 말했다. 「하지만 너무 걱정하지 마. 넌 용기가 있으니까.」 그때 토미가 의자에서 일어서서 옷을 도로 입기 시작했다.

「어디 가려고?」 헬이 날카롭게 물었다.

「집에 갈 거야, 지금 당장.」 토미가 위엄을 차리며 말했다.

「들어 봐, 프루.」 헬이 말했다. 「정말 내가 가서 토니를 데려오고 싶어. 정말이야. 너는 저 키 작은 친구가 내게 얼마나 소중한 존재인지 모를 거야. 하지만 만약 내가 입건되면 나는 망해 버려. 저런 알몸 상태의 토니와 함께 있는 것이 발각되면 나는 곧바로 입건될 거야. 그들은 호시탐탐 나를 노리고 있으니까. 선생 노릇도 못할 거고 여기서 쫓겨나게 될 거야.」그는 팔을 빙 돌리면서 방 안을 한 번 가리켰다. 「내 집에서 쫓겨나게 될 거라고.」

「동네 사람들이 너에 대해서 알고 있다고 생각하는데.」프루가 말했다.

「물론 알고 있지. 하지만 경찰에 입건되어 공개 재판을 받는다는 것은 전혀 다른 문제야. 동네 사람들이 동성애로 경찰 손에 넘어간 나를 도와줄 것 같지 않아.」

「물론 도와주지 않지. 그런 점에서 인생은 좀 냉엄해.」

「그러니까 가서 토니를 데려와.」헬이 애원했다. 「이렇게 무릎 꿇고 빌게. 응, 제발. 그는 네 친구잖아.」

프루는 양말을 신고 구두를 신기 시작했다. 그가 구두끈을 약간 더듬자 무릎 꿇고 있던 헬이 대신 매주려고 했다. 프루는 헬의 손을 탁 치면서 자기가 직접 맬 수 있다고 말했다.

「술을 많이 마시진 않았지?」헬이 말했다.

「아니, 난 그리 취하지 않았어. 난 꼭지가 돌도록 마시는 법이 없어.」

「프루, 그를 책임져 줄 거지? 만약 입건되면 그를 이리 데려오지 않을 거지?」

「내 고향에선 그런 걸 물어보는 것도 실례가 되는 일이야. 그건 너무나 당연한 거야.」프루는 일어서서 구크 셔츠를 찾았다.

「잘 있어. 재미있는 시간 보내다 간다.」토미가 문간에서 말했다. 「헬, 나중에 보자고. 프루, 너도 언젠가 또 만나기를 바라.」토미는 밖으로 나가 문을 닫았다.

프루는 소파에 다시 앉아 웃음을 터뜨렸다.

「정중한 친구야. 그렇지 않아?」프루가 헬에게 말했다.

「프루, 어서 가. 시간을 낭비하지 마. 토니는 너무 술에 취해서 자기가 지금 무슨 짓을 하고 있는지도 몰라. 그를 부대로 데려가서 재워.」

「그의 옷이 여기 있는데.」

「옷도 가져가.」헬은 마지오의 옷을 주섬주섬 챙기기 시작했다.「그를 여기 데려오면 큰 문제야. 비록 술 취한 상태이기는 하지만.」

「알았어. 하지만 나는 돌아갈 택시비가 없는데.」

그는 침실로 들어가서 지갑을 들고 나왔다.「여기 5달러야. 그거면 시내로 나가서 부대로 돌아가는 차비로 충분할 거야.」

「글쎄, 시간이 너무 늦어서 시내까지 버스 타고 가기는 틀렸어. 시내도 택시 타고 가야 해.」

「좋아, 그럼 여기 10달러.」

「근데 말이야…….」프루가 슬픈 표정으로 고개를 저으며 말했다.「스코필드 택시는 새벽 2시면 끊어져. 근데 지금 2시다 되었어.」

「봉급날에?」

「그럼. 매일 그래.」

「좋아. 그럼 20달러 가져가. 프루, 어서 서둘러.」

그러나 프루는 천천히, 그러나 어쩔 수 없다는 듯 고개를 가로저었다.「앤절로에게는 문제가 하나 있어. 술에 취하기만 하면 여자 궁둥이가 있는 곳으로 가자고 하는 거야. 그게 안 되면 짜증을 내면서 성깔을 부려. 그러다가 입건되는 거지.」

「좋아. 그럼 여기 30달러.」

「이봐, 난 네 돈을 이렇게 가져가는 게 싫어. 그 돈 집어넣어. 어떻게든 앤절로를 부대로 데려가 볼게.」

「제기랄, 여기 40달러. 10달러짜리 넉 장이야. 내가 가진 현금의 전부야. 어서 서둘러. 빨리, 프루.」

「그 정도 있으면 충분히 부대로 돌아가겠네.」프루는 그 돈을 받아 들고 문 쪽으로 천천히 걸어갔다.

「넌 많이 취하지 않았지?」헬이 초조한 목소리로 물었다.

「난 꼭지가 돌도록 취하는 법이 없어. 내 임무를 거뜬히 해낼 수 있어. 나 또한 너만큼이나 그가 입건되기를 바라지 않아. 하지만 그 이유는 다르지.」

헬은 문간에서 악수를 했다. 「언제 또 놀러 와. 토니 없이 혼자서. 토니가 너를 데리고 올 때까지 기다리지 말고. 넌 언제나 환영이야.」

「고마워, 헬. 한번 놀러 오지. 난 확신과 용기를 가진 사람들과 어울리는 것을 좋아해.」

프루는 동네 코너에서 뒤돌아보았다. 문은 닫혔고 불은 이미 꺼져 있었다. 그는 희미하게 웃었다. 호주머니에 손을 찔러 넣어 보니 10달러짜리 지폐 넉 장이 너무나 빳빳하게 느껴졌다.

제27장

거리는 깊은 밤의 한적한 풍경을 연출하고 있었다. 어두운 집들과 희미한 가로등조차 그런 풍경에 일조하고 있었다.

앤절로나 토미의 모습은 어디에도 보이지 않았다. 토미는 알 바 아니었지만 앤절로가 문제였다. 그 술 취한 꼬마가 어디로 갔는지 알 수 없었다. 칼라카우아 쪽으로 갔을 수도 있었다. 아니면 그 반대쪽, 가령 알라 와이 운하에 수영을 하러 갔을 수도 있었다. 그는 앤절로의 옷과 신발이 든 종이봉투를 겨드랑이에 꼈다. 조용한 밤이었기 때문에 종이봉투가 빠각거리는 소리가 크게 들렸다. 혹시 호주머니에 동전이 있는가 싶어서 손을 넣어 보았다. 그러나 동전은 없고 헬에게서 받은 40달러뿐이었다. 그는 빙그레 웃더니 천천히 하수구 쪽으로 걸어가 성냥을 켜고서 납작한 잔돌을 하나 집어 들었다.

서두를 필요는 없었다. 앤절로를 발견하고 못하고는 순전히 운의 문제였다. 어느 방향으로 갔는지 알 수 없는 일이었다. 술 취한 자의 평화로운 운명론이 그에게 찾아들었다. 어디선가 헌병들은 2인 1조로 돌아다니면서 매처럼 눈알을 부라리고 있으리라. 하지만 그를 찾아내려면 두 시간은 족히 걸리리라.

그는 깊은 밤의 정적을 즐기면서 잔돌의 표면을 천천히 닦아 내 한쪽 면에 침을 뱉은 후 마치 동전을 던지듯이 공중에 그 잔돌을 던져 올렸다. 어린아이 때 동전으로 점을 치듯이.

젠장, 그 키 작은 친구는 핼의 집으로 되돌아갈지도 모른다. 그러면 핼은 물론 그를 받아 줄 것이다. 그렇다면 프리윗은 마지오가 핼의 집으로 돌아올 때까지 죽치고 기다리면 되는 것이었다. 하지만 그렇게 한없이 기다릴 수는 없었다.

침 묻은 면이 나오면 칼라카우아이고, 안 묻은 면이 나오면 운하 쪽이다. 그는 어둠 속에서 성냥불을 켜고 떨어진 동전의 표면을 살펴보았다. 침 묻은 면이 위쪽이었다.

오케이.

그는 주도로에서 왼쪽으로 돌아 태번 쪽으로 걸어가기 시작했다. 마치 숲속의 사냥꾼이 된 기분이었다. 태번 쪽으로 나가는 굽은 길에는 아무도 보이지 않았다. 전차 선로가 멀리까지 펼쳐져 있었다. 가로등은 두 개에 하나 꼴로 소등되어 있었다. 차도, 버스도, 사람도, 움직임도 없었다. 그의 발소리는 아주 크게 들렸다. 그는 인도에서 내려서서 풀밭 위를 걸어갔다.

그는 걸음을 멈추고 발소리를 들으려 했다. 그러다가 앤절로가 맨발이라는 것을 기억했다. 게다가 수영복을 입고 있었다! 와이키키의 헌병들은 만만치 않았다. 그들은 사단 사령부 예하의 헌병 중대인 샤프터 소속이었다. 스코필드 헌병들처럼 모두 키가 컸다. 군용 구두에 하얀 각반을 차고 언제나 2인 1조로 움직였다. 스코필드의 헌병 중대는 스코필드 부대 위수지, 와히아와, 저수지를 따라 키 큰 나무들이 도열한 도로 등을 감시했다. 그들도 샤프터 헌병 못지않게 키가 크고 거칠었으나 그래도 프루는 그들 중 몇 명을 거인적으로 알고 있었다. 그들과 보트 놀이를 간 적도 있는데 하얀 각반을 차지 않은 그들은 다 좋은 친구들이었다. 만약 여기가 스코필드라면 개인적으로 알고 있는 헌병을 만날 확률이 40~60퍼센트는 되었다. 그런 헌병을 만나면 말만 잘하면 위기를 모면할 수 있는 것이었다. 하지만 와이키키에는 아는 헌병이 하나도 없었다. 게다가 앤절로는 만취한 채 수영복을 입고 활보하고 있는 것이다! 그는 갑자기 웃음이 터져 나왔다. 하지만 커다란 웃음소리에 놀라 웃음을 멈추었다.

그는 칼라카우아 거리를 조심스럽게 걸어가면서 어두운 공터, 인도 곁의 벤치, 벤치의 밑부분 따위를 조심스럽게 살폈다. 이봐, 프루, 너는 덩치가 크지 않은 게 다행인 줄 알아. 너도 자칫하면 헌병이 될 뻔했지. 헌병감은 본토에서 신병을 싣고 온 배가 부두에 도착하면 먼저 선착순으로 헌병 요원을 뽑아 갔다. 헌병감이 키 큰 사병을 헌병으로 쓰겠다고 지목하면 그걸로 끝이었다. 프루의 바로 앞에 서 있던 190센티미터가 넘는 아주 키 큰 사병이 헌병 요원으로 지목되었다. 하지만 그 친구는 항공대 소속이었기 때문에 차출을 면했다. 헌병감은 그 사실을 알고 어찌나 화를 내던지!

그는 한참 동안 마지오를 찾았다. 그러면서 뒤쪽에서 완장을 찬 헌병이 느닷없이 들이닥치는 것을 예상하고 있었다. 만약 헌병에게 걸린다면 영창 갈 각오를 해야 했다. 헌병은 사병들을 어떻게 다루어야 하는지 알고 있었고 그들은 경찰과 달리 자신의 신분을 감추려고도 하지 않았다. 그는 양쪽을 살피면서 루어스 스트리트를 지나갔다. 이어 로열 하와이언 스트리트를 지나가면서 저기 앞쪽에서 어떤 그림자가 움직이고 있는 것을 보았다. 아니, 보았다고 생각했다. 그는 칼라카우아를 건너 로열 하와이언 호텔의 부지로 들어서면서 그 그림자를 추적해 갔다. 로열 호텔의 차도가 칼라카우아로 꺾어지는 시사이드 스트리트로 올라섰을 때, 프루는 수영복을 입은 인물이 로열 호텔 부지 앞의 인도 벤치에 조용히 앉아 있는 것을 보았다.

「헤이, 마지오.」그가 불렀다.

그 물체는 움직이지 않았다.

프루는 그 벤치가 잎새들 사이로 포착된 사슴이나 되는 것처럼 시선을 고정시킨 채 커브 길을 건너갔다. 그는 키 큰 하얀 종려나무들과 초록의 잔디밭을 지나갔다. 잔디밭의 잡초들과 관목들은 이제 인도에까지 돋아나 있었다.

벤치에서 1미터 정도 떨어진 곳에 가로등이 하나 서 있었다. 그는 벤치에 앉아 있는 사람이 마지오임을 확인하고 안도의 한숨을 내쉬었다.

「빌어먹을 마지오.」그가 말했다.

그 목소리가 프루 자신에게도 이상하게 들렸다. 그는 벤치의 윗부분에 내뻗은 양팔을 움직이지 않았고 뒤로 젖힌 숱 많은 곱슬머리를 쳐들지도 않았다.

「앤절로, 맞지? 빌어먹을 앤절로, 어서 깨어나. 대답을 하란 말이야, 이 자식아.」

그 물체는 움직이지 않았다. 그는 벤치 앞에 멈춰 서서 앉아 있는 마지오를 내려다보았다. 그는 로열 하와이언 호텔의 관목 숲에서 풍겨져 나오는 풍성함과 부유함과 느긋함을 온몸으로 느끼면서 갑자기 빙그레 웃었다.

이 호텔은 영화배우들이 휴식을 취하면서 놀기 위해 하와이를 찾을 때면 묵는 곳이었다. 모든 영화배우들이 하와이를 좋아했다. 그렇게 여행을 온다면 정말 좋을 거야, 하고 프루는 생각했다. 호텔 스크린 안으로 들어가 본 적은 없었다. 하지만 로열 호텔 근처의 해변을 걸어가면서 베란다에 나와 있는 영화배우를 본 적은 있었다. 지금 여배우가 베란다에 나와서 나를 내려다보면서 자기 방으로 어서 오라고 말해 준다면 얼마나 좋을까, 하고 그는 생각했다. 만약 그런 상황이라면, 여배우는 한밤중의 수영을 마치고, 온몸에서 물이 뚝뚝 떨어지는 채로, 수영모를 벗어 기다란 머리카락을 늘어뜨리고 양팔을 번쩍 들며 손짓하리라.

그는 마지오에게서 시선을 거두어 희미한 불빛이 안에서 밖으로 비쳐 나오는 어두운 차도 쪽을 쳐다보았다. 어쩌면 여배우가 지금 밖으로 나오고 있는지도 몰라. 그 여배우가 남자 생각이 나서 밖으로 나와 주위를 살펴보고 있는지도 몰라. 가끔 그런 일이 벌어진다고 말들 하잖아. 갑자기 그는 배 속에 엄청난 고통을 느꼈다. 위경련 같은 고통이었다. 그러면서 뉴콩그레스에서 일하고 있을 로런을 생각했다. 그는 선 채로 텅 빈 차도를 쳐다보았다. 그런 식으로 생계를 유지해야 하다니 얼마나 힘겨운 인생인가.

「이봐, 어서 깨어나, 이 이탈리아 놈. 어서 깨어나 시내로 나가서 여자 궁둥이를 만지며 놀자.」

「죄송합니다, 선생님.」 앤절로가 눈을 뜨지도 않고 몸을 움직이지도 않으면서 말했다. 「난 다시는 재입대하지 않을 거예요. 제발 나를 가두어 놓지 마세요, 선생님. 나를 재입대시키지 마세요. 난 정말로 싫습니다.」

프루는 허리를 숙이면서 그의 맨살 어깨를 잡고 흔들어 댔다. 「자, 어서 깨어나.」

「난 깨어 있어. 단지 움직이고 싶지 않아. 난 돌아갈 것 같지 않아.」

「우린 돌아가야 해.」

「알아. 하지만 우리가 여기 오래 앉아 있으면 영화배우가 저기서 나와 우리를 그녀의 개인 비행기에 태워 본토로 데려갈지 몰라. 그리고 그녀의 개인 풀장에서 수영하게 해줄지 몰라. 아니면 말이야, 우리가 여기 오래 앉아 있으면서 숨 쉬지도 말고 눈 뜨지도 말고 움직이지도 않으면, 그러고서 가까스로 눈떠 보면 말이야, 모든 것이 사라질지도 몰라. 이 거리, 이 벤치, 이 외출, 이 점호.」

「뭐라고? 영화배우? 꿈도 크셔. 넌 취했어. 어서 깨어나. 여기 네 옷을 가져왔어.」

「난 옷 필요 없어.」 앤절로가 말했다.

「아무튼 가져왔다니까.」

「그 옷 인디언들한테 줘버려. 인디언들은 옷이 필요해. 그들은 허리춤 가리개만 입고 있으니까. 너 금방 여자 궁둥이라고 그랬냐?」 앤절로는 눈을 뜨고서 고개를 돌려 프루를 쳐다보았다.

「그래, 네 남자 친구한테서 40달러를 뜯어냈어. 그는 네가 경찰에 입건되어 경찰을 달고 그의 집을 찾아올까 봐 잔뜩 겁먹었어. 그래서 나보고 너를 찾아내 부대로 돌아가라고 하더군.」

「젠장.」 앤절로는 똑바로 앉아서 양손으로 얼굴을 마구 비비댔다. 「친구, 난 취하지 않았어. 친구, 그 돈을 사용하는 데 내 허락을 받을 필요는 없어. 내가 그자에게서 뜯어낸 최고 액수가 22달러 50센트야. 난 갚기로 하고서 그 돈을 빌렸지. 하지만 갚지 않을 생각이야.」

프루는 웃음을 터뜨렸다. 「그가 바지에다 똥을 싸갈길 정도로 겁먹지 않았더라면 그 돈을 뜯어내지 못했을 거야.」

「정말 싸갈겼어?」

「아니.」

「봐라, 프루. 난 하나도 안 취했어. 난 너희를 완전히 속여넘긴 거야.」 그는 벌떡 일어섰으나 곧 가로등에 기대며 쓰러졌다. 그는 쓰러지지 않으려고 양손으로 가로등을 붙잡았다. 「봤지?」 그가 말했다.

「아니야, 넌 취했어.」

「안 취했다니까. 난 이 빌어먹을 가로등에 부딪혔을 뿐이야.」 그는 다시 일어서더니 조심스럽게 양손을 놓았다.

「봐라!」 그는 머리를 뒤로 젖히면서 가슴 깊숙한 곳에서 올라오는 목소리로 소리쳤다.

「젠장! 난 재입대할 거야!」

「닥쳐, 이 친구야.」 프루는 재빨리 다가서서 마지오의 허리춤을 붙잡았다. 그는 머리를 뒤로 젖히는 바람에 곧바로 땅바닥에 쓰러지려 했다.

「네 입으로 헌병을 불러올 생각이냐?」

「헌병! 헌병! 헌병! 여기 와서 우릴 붙잡아 가. 우리 여기 있다!」

「이 바보 같은 자식.」 프루가 갑자기 수영복 잡았던 손을 놓았고 앤절로는 손가락 하나 꼼짝하지 못하고 나무 기둥처럼 인도에 쓰러졌다.

「프루, 나를 봐. 난 총 맞아 죽었어. 이 빌어먹을 세상에 친구 하나 없이 불쌍하게 죽은 친구야. 내 메달을 고향 집의 어머니에게 부쳐 줘. 그러면 그걸 전당 잡혀 먹을 수 있을 거야.」

「어서 일어나. 빨리 여기서 벗어나자.」

「오케이.」 앤절로는 벤치를 붙잡고 간신히 힘을 쓰면서 일어섰다. 「프루, 얼마나 있으면 전쟁에 참전할 것 같아?」

「어쩌면 우린 참전하지 않을 거야.」

「아니야, 참전할 거야.」

「난 그걸 알고 있어.」

「나를 보호할 필요는 없어.」 앤절로가 토미의 깊은 저음을 흉내 내며 말했다. 그는 웃기 시작했다. 「좀 그럴듯한 술을 마시고 싶군. 이 찌꺼기는 너무 지저분해.」 그는 헬의 목소리를 흉내 내며 말했다. 「젠장, 뭐가 지저분하다는 거야. 자, 시내로 나가자고.」

「택시를 불러야 해. 그전에 이 옷을 입어.」

「오케이, 프루, 네가 말한 대로 다 할게.」 앤절로는 수영복을 무릎까지 내리고 발을 빼내려 했다. 그러자 몸의 균형이 무너지면서 다시 땅바닥에 쓰러졌다.

「누가 나를 때렸어? 누구 짓이야? 이 개자식, 가만 안 둬.」

「젠장.」 프루는 키 작은 앤절로의 겨드랑이에 손을 밀어 넣고 어두운 관목 숲 밑으로 끌고 들어갔다.

「프루, 천천히 해. 너 때문에 저 모래 많은 보도에 내 엉덩이가 까졌잖아.」

「넌 이 옷을 입고 어서 빨리 이곳을 벗어나지 않으면 엉덩이가 까지는 것보다 더 나쁜 일을 당하게 될 거야.」

그들은 숨을 멈추고 주위에서 나는 소리에 귀를 기울였다. 앤절로는 그때 갑자기 술이 깼다. 거리 아래쪽에서 군화 소리가 들려왔던 것이다. 헌병들은 달리는 것도 아니었지만 그렇다고 걷고 있는 것도 아니었다. 그들의 말소리가 공중에 울려 퍼졌고 곤봉이 가로등에 부딪히는 소리도 들려왔다.

「젠장.」 한 헌병이 말했다. 「쥐 죽은 듯이 조용하군.」

「그래, 그래.」 다른 헌병이 말했다. 「나도 너 못지않게 입건을 원해. 네가 그토록 바라는 하사 진급.」

「닥쳐, 어서 가자.」

그들은 2인 1조로 움직였다. 각반을 삐걱거리고 곤봉을 부드럽게 흔들면서 속보로 걸었다. 비행을 저지르는 사병들이 없나 주위를 두리번거리면서. 헌병이 뿌리고 다니는 공포의 냄새는 그들보다 늘 앞서 달렸다. 그들은 법의 집행자였기 때문에 일반 병사들이 그들을 보면 겁먹고 달아나는 것을 당연시했다. 그들은 2인 1조로 움직이면서, 규정을 잊어버리고 술에 취해 해롱해롱하는 병사, 소리를 지르는 병사, 싸우는 병사, 규정을 무시하고 호주머니에 손 넣고 돌아다니는 병사를 입건했다. 헌병에 의하면 병사는 규정을 잊어버려서도 무시 해서도 안 되었다. 그런 것들은 모두 반역 행위였다.

「봐라, 네가 헌병을 불러왔다. 이 뒤로 물러서. 어서 꺼지 자.」 프루가 말했다.

「미안해, 프루.」

앤절로는 순순히 따라왔다. 이제 술이 깼는지 그런 문제를 일으킨 것을 미안하게 생각했다. 그들은 널따란 차도를 우회 하여 영화배우가 쉬는 자리까지 갔다. 로열 호텔 부지의 서쪽 으로 향해 걸어가 장교용 숙소인 윌러드 인을 지나 관목 숲 을 정신없이 달려서 해변 근처인 칼리아 로드까지 왔다. 그곳 에는 아주 싸구려인 할레쿨라니 호텔이 있었는데 너무 싸구 려여서 대부분의 관광객들은 이 호텔을 알지 못했다. 바로 해 변 옆이어서 파도가 모래사장에 부딪히는 소리가 선명하게 들렸다.

「그 수영복 벗고 이 옷을 입어.」

「좋아, 그 종이봉투 줘. 이봐, 친구, 이 수영복은 어떻게 하지?」

「글쎄, 아무튼 나한테 줘봐. 이봐, 앤절로, 너 정말 술이 깬 거야? 헌병들은 저기 칼라쿠아나에서 기다리고 있을 거야. 저들 중 한 명은 루어스 스트리트까지 내려가서 우릴 칼리아 도로까지 따라올 거야. 그러니 가장 좋은 방법은 칼리아 도 로를 타고 걸어 내려가 포트 드러시까지 가는 거야. 부대 위 수지 안으로는 들어가지 말고 말이야. 내 말 잘 들어.」

마지오는 그를 쳐다보았다. 프루는 마지오의 얼굴에 눈물 이 흘러내리는 것을 보았다.

「젠장, 이게 뭐야? 범죄자처럼 도망이나 다녀야 하다니. 난 이거 너무 지겨워. 늘 겁먹은 상태로 살아야 하고 헌병한테 들킬까 봐 방귀도 제대로 못 뀌어. 난 이거 너무 지겨워. 용납

676

할 수 없어. 난 이거 싫다고.」

「이봐, 앤절로, 느긋하게 생각해. 입건되고 싶은 생각은 없
지? 넌 아직도 술이 덜 깼어.」

「그래, 난 취했어. 그러니 어쩔래? 사람이 술 좀 취하면 안
되나? 사람이 아무것도 하면 안 되는 거야. 길거리에서 자기
호주머니에 손 집어넣는 게 뭐가 잘못되었다는 거야? 입건이
뭐가 두려워? 이렇게 유리 전시장 밖에서 망설이기만 할 뿐,
캔디 가게 밖의 어린아이처럼 구경만 할 뿐 안으로 들어가지
못할 바에야 차라리 리븐워스 연방 형무소에 가버리는 게 나
아. 입건이 뭐가 두려워? 난 비겁자 아니야. 난 그들로부터
달아나지 않겠어. 난 노란색 아니야. 비겁자 아니야. 떠돌이
아니야. 인생 찌꺼기 아니라고.」

「오케이, 오케이, 오케이. 좀 진정해. 넌 1분만 있으면 괜찮
아질 거야.」

「괜찮아진다고? 난 절대 괜찮아지지 않을 거야. 넌 30년쟁
이니까 괜찮겠지. 난 말이야, 그 자식들 좆으로 봐. 난 헌병
그놈들 내 발톱의 때만도 못하게 여겨. 난 말이야, 배 속에 배
짱밖에 든 게 없는 놈이야.」

「친구, 심호흡을 해. 열까지 세면서 아주 깊숙이 숨을 들이
마셔. 내가 이 수영복을 버리고 금방 돌아올게.」

그는 파도가 모래사장까지 밀려와 하얀 포말을 남기고 가
볍게 뒤로 물러서는 해변까지 내려갔다. 그는 바다에다 수영
복을 내던지고 아까 브루클린 출신의 청년이 앉아 있던 곳으
로 돌아왔다. 하지만 마지오는 거기에 없었다.

「헤이, 앤절로. 헤이, 친구. 어디 있는 거야?」

아무 대답이 없자 그는 몸을 돌려 루어스 스트리트 쪽, 불
빛 환한 곳으로 달려 올라갔다. 그는 아주 가볍게 뛰었다.

그가 가로등 불빛의 가장자리에 도착했을 대 그는 뒤로 물

러서며 인도 쪽의 어둠 속으로 숨었다.

가로등의 불빛이 떨어지는 거리의 모퉁이에서 마지오가 샤프터 소속의 키 큰 헌병 두 명과 싸우고 있었다.

그는 헌병 한 명을 땅에 쓰러뜨리고 그의 등에 게처럼 올라타 있는 힘을 다해 헌병의 머리통을 내리치고 있었다. 다른 헌병은 그 뒤에 바싹 붙어 서서 곤봉으로 마지오의 머리를 내리치면서 동료 헌병의 등에서 마지오를 떼어 내려고 했다. 그가 곤봉을 내리치자 마지오는 한 손을 들어 곤봉을 막으려 했으나 곤봉의 충격으로 땅에 쓰러졌다. 그는 두 손과 두 발로 기면서 곤봉 치는 헌병의 다리를 향해 다가갔다. 그 헌병은 다가오는 마지오에게 계속 곤봉을 내리쳤다.

「어서 때려 봐, 이 자식아. 더 때려 봐, 이 창녀의 새끼야.」 마지오가 소리쳤다.

아까 땅에 쓰러졌던 헌병이 일어나 가까이 다가오면서 마지오를 곤봉으로 가격했다.

「그래, 두 놈이 동시에 달려들겠다 이거야? 그래, 덩치가 그렇게 커가지고 두 놈이 고작 한 놈한테 들러붙어? 그래, 어서 때려 봐, 이 개자식들아. 고작 한다는 짓이, 그런 짓밖에 못하지?」 마지오는 일어서려 했으나 곤봉에 맞고 다시 쓰러졌다.

어둠 속에서 그 광경을 지켜보고 있던 프루는 이제 불빛 속으로 나와 그들을 향해 가볍게 달려가기 시작했다. 어떻게 그 헌병들을 가격할까 마음속으로 계산하면서.

「돌아가.」 마지오가 소리쳤다. 「난 이걸 감당할 수 있어. 이건 네 일이 아니야. 난 네 도움이 필요 없어.」

헌병 한 명이 고개를 돌려 프리윗 쪽을 쳐다보았다. 땅에 쓰러져 있던 마지오는 몸을 돌려 그 헌병의 발을 잡고 쓰러뜨렸다. 마지오는 헌병의 등을 타고 올라 그 헌병의 머리를

678

땅에다 처박았다. 마지오가 하도 빨리 말하는 바람에 말과 말 사이에 호흡이 들어가 있지 않았다.

「이 바보 같은 새끼들, 곤봉이면 다야? 어떻게 된 거야? 곤봉도 별로 맥을 못 추잖아. 이런 걸 뭐 하러 무겁게 달고 다니나, 이 바보 같은 새끼들아.

꺼져, 어서 가.」 그가 프루에게 소리쳤다. 「내 말 들려? 여기서 빠지란 말이야.」

땅에 쓰러졌던 헌병은 등에 마지오를 단 채로 서서히 일어섰다. 그는 등을 활짝 펴서 등에 딱 달라붙은 악마를 떨어뜨렸다. 마치 사나운 말이 기수를 날려 보내듯이.

「어서 가.」 마지오가 두 손과 두 발로 땅바닥에 착지하여 다시 일어서면서 소리쳤다. 「이건 네 일이 아니야.」

서 있던 다른 헌병은 권총을 꺼내 들 기세였다. 그는 프리윗 쪽으로 다가서면서 권총집에서 권총을 꺼내려 했다. 프루는 몸을 돌려 재빨리 관목 숲의 어두운 공간 속으로 들어갔다. 그는 어깨 뒤로 돌아다보면서 헌병의 총구가 자신의 등을 노리고 있다는 것을 느꼈다. 그는 숲속으로 들어가자마자 포복 자세를 취하면서 총격을 받는 보병처럼 계속 낮은 포복으로 숲 안쪽으로 들어갔다.

「야, 그 권총 치우지 못해.」 두 번째 헌병이 소리쳤다. 「넌 도대체 무슨 생각을 하는 거야? 거기다 총을 쏘았다가 영화배우라도 맞히면 우린 둘 다 똥창에 빠진단 말이야.」

「맞았어.」 마지오가 그 헌병을 주먹으로 때리며 말했다. 「덩치 큰 놈이 머리는 좀 있네.」

「여기 와서 이 미친놈 제압하는 거나 도와줘.」

「저 숲속으로 들어간 놈은 도망칠지 몰라.

「내버려 둬. 여기 와서 이 미친놈이나 좀 붙잡아. 안 그러면 이놈도 도망칠 거야.」

「오, 아니에요.」마지오가 일부러 흐느끼는 목소리로 말했다. 「이 몸은 도망치지 않아요. 나를 잡아가려면 헌병 1개 조를 더 불러야 할 거야. 너희 둘 가지고 되겠니?」

프리윗은 숲속에서 숨을 헐떡거리며 누워 있었다. 그들의 모습을 볼 수는 없었지만 소리는 다 들을 수 있었다.

「어서 와서 더 때려 봐. 왜 나를 KO시키지 못하는 거야? 어서 와서 나를 때려 눕혀. 안 그러면 나를 좀 일으켜 줘. 이 개자식들아, 너희 그렇게밖에 못해? 어서 달려들어 봐.」

프루는 누워서 그 소리를 들었다. 곤봉으로 때리는 소리가 계속 들려왔고 그 소리가 점점 샌드백을 때리는 것처럼 둔탁해졌다. 이제 주먹으로 때리는 소리는 들리지 않았다.

「넌 부대로 돌아가.」마지오가 소리쳤다. 「난 내가 무슨 짓을 하고 있는지 알고 있어. 넌 돌아가. 알았지?」그 목소리는 희미해졌다.

「어서 때려. 왜 나를 일으켜 주지 않는 거야? 너희 보리 죽 먹고 다니니?」

잠시 뒤 그 목소리는 멈추었고 샌드백 때리는 듯한 소리는 멈추지 않았다. 프루는 손이 아픈 느낌이 들어 아래를 내려다보니 주먹을 꽉 쥐고 있었다. 그는 주먹을 풀었다. 그는 샌드백 때리는 소리가 멈출 때까지 기다렸다.

「잭, 아까 그 달아난 놈을 추적할까?」헌병이 다른 헌병에게 물었다.

「아니, 그자는 이미 도망쳤을 거야. 이놈이나 입건하자.」

「넌 이 건으로 중사 진급하겠네. 도대체 이놈은 어떻게 된 놈이야? 미친놈임에 틀림없어.」

「글쎄, 어떻게 된 놈인지 나도 모르겠군. 어서 입건하자고.」

「이건 정말 지저분한 일이야.」

「난 이런 걸 바라지 않았어.」다른 헌병이 말했다. 「이놈을 입건할 호송차를 부르자.」

프루는 해변으로 가는 길을 되밟아 내려가 포트 드러시로 가는 칼리아 로드를 따라갔다. 그는 관목 숲에 자주 몸을 숨기면서 조심스럽게 걸어갔다. 해변에 내려가자 모래사장에 잠시 앉아 파도 소리를 들었다. 그때 그는 자신이 울고 있다는 것을 발견했다.

그러고는 호주머니에 여전히 40달러가 들어 있다는 것을 기억해 냈다.

제4부

연대 영창

　그들은 앤절로 마지오를 샤프터 헌병 중대에 사흘 동안 감금했다. 이어 호송을 붙여서 그를 스코필드 부대로 송치했다. 그들은 그를 샤프터에서 연대 영창으로 직접 보냈다. 그는 순찰차를 타고 영창으로 가던 길에 소속 중대를 지나쳤다. 그는 재판을 기다리는 동안 미결수로 영창에 구금되어 있었고, 콜레콜레 고개 근처에 있는 채석장에서 7킬로그램짜리 망치를 들고 노동을 했다. 그는 영창에서 6주를 기다린 후에야 재판을 받을 수 있었다.

　수석 부사관 밀턴 A. 워든은 앤절로 마지오에 관한 서류를 작성했다. 그들은 앤절로 마지오에게 정식 징계 절차를 밟았다. 사단 헌병감은 그에 대한 정식 재판을 선호했다. 그는 음주 및 소란, 입건 거부, 명령 불복종, 임무 수행 중인 부사관 구타 등으로 기소되었다. 또한 군인에게 어울리지 않은 행동을 한 혐의도 추가되었다. 사단 헌병감은 특별 군법 회의를 요청했다. 특별 군법 회의의 최대 형량은 구금 및 강제 노동 6개월에 같은 기간 동안의 봉급 및 수당 몰수였다.

　연대 내에서는 연대 특무 상사 퍼네스 T. 오배넌이 수석 부사관 워든을 은밀히 불러서 사단 헌병감이 앤절로의 상해죄와 탈영죄를 입증할 수 있었다면 고등 군법 회의를 요청했을 수도 있었다는 소문이 나돌았다. 고등 군법 회의는 중죄를 다스리기 위해 소집되는 유일한 군사 법정이었다. 고등 군법 회의의 최대 형량은 종신형이나 사형이지만 이러한 중징계는 보통 내려지지 않았다. 즉결 재판의 최대 형량은 구금 1개월에 같은 기간 동안의 봉급 및 수당의 3분의 2 몰수였다. 미육군 대 이등병 앤절로 마지오의 재판에서 특별 재판은 고려되지 않았다.

피고인의 권리를 보호하기 위해 필요한 서류 작성을 하는 데 들어가는 6주를 기다린 후에, 앤절로 마지오는 호송을 받아 가며 연대 본부 건물에 들어가 재판을 받았다. 재판부는 세 명의 장교로 구성되었는데 그중 한 명은 법무관이었다. 앤절로의 변호사도 참석해 앤절로에게 자신을 소개했다. 사단 헌병감인 대령은 재판에 참석하지 않았으나 그의 대리인인 소령이 검사 자격으로 참석했다. 그 외에 세 명의 증인이 참석했는데, 중사(전 하사) 존 C. 아처와 일등병 토머스 D.제임스는 샤프터 헌병 중대 소속이었고, 일등병 조지 B. 스튜어트는 샤프터 헌병 중대의 서기병이었다.

재판에 앞서, 앤절로 마지오는 재판부로부터 민간 법정에서 보장해 주는 권리 이외에도 다음과 같은 권리가 수여되었다는 설명을 들었다.

1. 재판에 앞서, 피고는 자신의 무죄를 입증하거나 자신의 죄를 경감하기 위하여, 각종 증거를 제시하거나 증인들을 대면 혹은 반대 심문할 권리를 가진다.

2. 군의 원칙에 입각하여 피고 자신에게 가장 적은 형량을 부과할 재판을 선택할 권리를 가진다.

3. 피고는 본인의 비용 부담 없이 변호사를 부여받을 권리

를 가진다.

4. 재판 도중 피고는 반대 심문에 임할 필요 없이 맹세하지 않은 진술을 할 수 있는 권리를 가진다.

5. 피고의 형량을 결정하는 데 예전의 유죄 사항은 고려되지 않는다.

6. 타자기로 타자된 재판 기록을 부여받는다.

7. 선고가 확정되기 전에, 자동적으로 검토 기관에 호소할 수 있는 권리를 가진다.

8. 구금 막사나 영창에 3개월 이상 구금되면, 검토 기관에 의하여 사면 검토 대상이 될 수 있다.

9. 구금 기간 도중이라도 방정한 품행, 태도, 능력 등에 힘입어 정상적인 군인 복무로 복귀될 수 있으며 그에 따른 이점과 혜택을 볼 수 있다.

이어 재판장은 앤절로 마지오에게 자기 자신을 위해 증언할 수 있는 권리를 설명한 후, 그렇게 하지 않는다고 해서 그것이 피고에게 불리하게 작용하지 않는다는 점도 주지시켰다. 재판장은 또 원한다면 맹세하지 않은 진술을 할 수 있으며 그로 인해 반대 심문을 받지 않아도 된다는 말을 했다.

앤절로 마지오는 자신의 권리를 숙지하고 있다고 대답하고 증언을 거부했다.

이어 검사 측에 의해 앤절로 마지오의 혐의를 증거하는 증인들이 소환되면서 재판이 시작되었다. 재판은 14분 동안 진행되었다. 앤절로 마지오는 모든 혐의에 대하여 유죄가 인정되었고 T. H.[28]의 스코필드 부대 내 영창에 6개월 동안 구금되고 같은 기간 동안 봉급 및 수당이 몰수된다고 선고되었다.

28 Territory of Hawaii. 하와이 준주. 하와이는 1959년 미국의 50번째 주로 승격되었다.

선고를 내리기 전에 재판장은 앤절로 마지오에게 이렇게 말했다.

「기강이 없는 군대는 오합지졸이고 전투에서 아무런 쓸모가 없기 때문에, 군법을 규정하는 기본 법령은 육군 조례에 명시되어 있다. 이 조례는 의회에 의해 제정되었고 헌법에 기초한 권위에 바탕을 두고 있다. 기본적으로 육군 조례는 헌법보다 더 오래된 것이다. 최초의 육군 조례는 조지 워싱턴이 위원장을 맡은 위원회에 의해 제정되었고, 워싱턴이 대륙군의 사령관에 취임하기 사흘 전인 1775년 어느 날 대륙 회의에 의해 비준되었다. 그 후 육군 조례는 변화하는 시대 환경과 조건에 맞추어 의회에 의해 여러 번 수정되었고 민간 정부가 제정한 형법의 일부분이 되었다. 육군 조례는 군인들에게 기본적인 행동 지침을 제공하기 때문에, 사병이 군에 입대한 지 6일 이내에 그 조례를 읽어 주고 설명해 주어야 하고 6개월마다 한 번씩 그러한 낭독과 설명을 되풀이해야 한다. 이러한 주기적 낭독과 설명은 미 의회가 요구하는 것인바, 육군은 사병들이 육군 법령을 잘 숙지하도록 추가 조치를 취하고 있다. 사병이 이 조례를 잘 알도록 하는 것은 지휘관의 책임이며, 또 사병은 그것을 통보받을 권리가 있다.」

앤절로는 자신의 권리를 이해하며 육군 조례를 통보받았다고 말했다.

이어 재판장은 형량을 선고하고, 검토 기관의 검토와 승인이 이루어진 후에야 비로소 선고는 유효하다고 말했다.

앤절로 마지오는 호송을 받으며 영창에 돌아갔고 선고가 검토될 때까지 대기했다. 그동안 그는 콜레콜레 고개 옆의 채석장에서 7킬로그램짜리 망치를 들고 노동했다. 선고가 검토 완료되기까지 여드레가 걸렸다.

선고는 앤절로의 연대 지휘관인 러더퍼드 B. H. 델버트 대령이 검토하여 있는 그대로 승인되었다. 연대 법무관의 의견과 델버트 대령의 조치를 포함한 재판 기록 완질이 앤절로의 여단 지휘관인 앤드루 J. 스미스 소장에게 발송되었다. 여단 본부에서는 여단 법무관이 그 서류를 검토했고 법무관은 델버트 대령의 조치가 법적으로 합당하다는 의견을 여단장에게 상신했다. 스미스 소장은 이어 앤절로 마지오의 모든 혐의가 유죄라고 판결하는 특별 군사 재판 명령을 내리고 T. H. 스코필드 부대 내의 연대 영창에 앤절로를 6개월간 구금하고 동 기간 동안 봉급 및 수당을 몰수하라고 선고했다. 이 군법 회의 명령은 앤절로 마지오가 근무하는 여단 전 지역에 공시되었고 연대 예하의 각 행정실 게시판에 게시되었다.

영창에서 대기 중이던 앤절로 마지오에게는 타자기로 찍은 재판 기록 한 부와 특별 군법 회의 기록 한 부가 건네졌고, 그는 영창 수감 생활을 시작했다. 그는 콜레콜레 고개 옆의 채석장에서 7킬로그램짜리 망치로 채석 노동을 했다. 군 당국은 6주간의 대기 시간과 8일간의 검트 시간은 6개월의 수감 생활에서 제외해 주지 않았다.

제28장

앤절로의 1인 혁명이 벌어지고 난 후에 뭔가 심상치 않은 일이 프리윗의 내부에서 일어났다. 그것은 온갖 교묘한 술수를 동원한 기합도 건드리지 못한 어떤 것이었다. 기합은 그의 내부로부터 그것을 이끌어 내지 못했다. 그는 자신의 내부 깊은 곳에서 뼈와 뼈들이 부딪치며 기어의 톱날이 바뀌는 소리를 들었다. 그것은 쇠붙이를 써는 줄이 돌을 파고들 때 나는 소리 같았다.

참사가 있었던 봉급날 바로 다음 날인 4월 1일, 미들급 선수인 일등병 블룸, 새로 권투부에 들어온 페더급 일등병 말로, 기타 권투 후보 선수인 PFC들이 연대 NCO(부사관) 학교에 부설된 새로운 코스에 교육을 받으러 갔다. 부사관 학교는 연대 병력이 사격 훈련을 나가는 사격장 근처의 영구 캠프 중 하나에 천막을 쳐놓고 개설한 학교였다. 교육은 8주 과정이었다.

권투부에 들었더라면 웰터급으로 뛰었을 프리윗은 그들이 짐을 싸서 떠나가는 것을 지켜보았다. 그러면서 그런 광경과는 무관한 생각을 했다. 난 한때 미국 사회 내에 떠돌던 속설을 믿은 적이 있었지. 가령 이탈리아 놈들은 모두 비겁자이거나 무법자 사기꾼의 앞장을 서는 총잡이라는 속설. 하지만 지금은 아니었다. 그는 또 사격장으로 사격 연습을 나갔던 때도 기억났다. 지난해 사격 시즌에 27연대와 함께 사격장에 갔었다. 콘크리트 바닥에 텐트를 쳤던 일, 진흙에 설치된 취사 장비에 나눠 주는 식사를 받아 먹기 위해 줄을 섰던 일, 낡은 구식 군복으로 만든 사격복을 입고서 총 쏘기를 기다리던 일, 코르다이트 폭약 냄새가 지독했던 일, 총소리에 귀가 먹먹했던 일, 위장하기 위해 흑연 위장제를 얼굴에 발랐던 일, 일등 사수들이 개인적으로 BC 망원경을 휴대했던 일 따위를 기억했다. 손안에 들고 있던 아직 사용하지 않은 탄환 카트리지가 묵직했던 일, 단발로 사격할 때 기다란 탄약 벨트가 한 금씩 기관 단총의 약실 안으로 물려 들어가던 일, 270미터 거리의 과녁에 하얀 점이 찍히고 이어 참호에서 커다란 붉은 깃발이 올라가던 일. 그는 지난해 03 소총을 가지고 특등 사수의 자격을 획득했다. 그는 야전에서 생활하는 것이 좋았다. 지금도 야전 생활을 영내 생활보다 더 좋아했다.

그는 아직도 헬에게서 뜯은 40달러를 갖고 있었다. 그는 그 돈을 아주 냉철하게 로런을 유혹하는 데 사용하기로 했다. 그 돈을 쓸 수 있는 용처는 거기밖에 없는 것 같았다. 그가 그만한 돈을 갖고 있다는 것을 아는 사람은 아무도 없었고 터프 손힐에게는 다음 봉급날까지 빌린 돈을 갚지 않아도 되었다. 그 40달러를 이렇게 사용하는 것을 앤절로가 뭐라고 할 것 같지도 않았다. 그는 이번에 철저한 계획 경제를 시행해야겠다고 생각했다. 그는 5주간에 걸치는 60달러 계획을 세웠다. 그는 그 정도의 돈이면 다음 봉급날을 기다리지 않아도 별 무리 없이 계획을 추진할 수 있으리라 보았다. 사실 다음 봉급날은 이미 터프에게 빌린 돈을 돌려주어야 하므로 없는 것이나 마찬가지였다.

봉급날의 창녀집 특수가 가라앉기를 기다리는 동안 프루는 40달러 중 10달러를 헐어서 오헤이어의 블랙잭 딜러에게 투자하여 20달러의 배당을 올려 30달러를 만들었다. 블랙잭은 포커보다 재미없었지만 훌륭한 투자처가 되었다. 총 60달러의 자금 중 45달러는 15달러짜리 긴 밤을 세 번 자는 데 쓸 터였다. 나머지 15달러는 한 병에 3달러 50센트 하는 술을 사는 데 지불할 예정이었다. 거기서 남는 돈은 택시비로 쓰면 될 것이었다. 그가 그녀의 살림집을 알아내고 그녀가 그를 기둥서방으로 받아 준다면 그다음부터는 돈이 필요 없을 터였다. 그녀는 돈이 많았고, 그를 마음에 들어한다면 그 돈을 좀 쓰는 걸 아까워하지 않을 것이었다. 아주 흥미로운 모험이 예상되었다. 앤절로가 재판을 기다리는 동안, 한번 시도해 볼 만한 모험이었다. 그는 모든 것을 철저히 계획했다. 그것은 매혹적이면서도 흥미로운 심리 게임이었다. 그는 그 게임에 완전 몰두했다.

그는 마지오의 재판이 진행되는 7주 동안 그 경과에 완전 몰입했다. 너무나 몰두한 나머지, 야외 훈련에서의 기합 같은 것은 이제 시시한 일이 되어 버렸다.

재판을 기다리던 어느 날, 그는 테일러메이드 담배 두 갑을 사서 앤절로를 면회하러 갔다. 그곳까지는 3킬로미터 정도 되는 거리였다. 테니스 코트와 골프 코스를 지나, 키 큰 나무들 아래로 햇빛이 환히 쏟아져 내리는 소로(小路)를 지나, 말들을 사육하는 팩트레인의 비누 거품 냄새를 지나니 영창이 나왔다. 그는 뜨거운 햇볕 아래서 땀을 흘렸고 많은 장교들, 그들의 아내들, 그들의 자녀들을 보았다. 그들은 모두 선탠이 잘된 얼굴에 활발해 보였다. 영창은 초록색 지붕에 하얀 페인트칠을 한 목조 건물이었다. 자연 보호지의 가장자리에 있는 넓고 평평한 땅의 한가운데 시원한 참나무 숲에 자리 잡고 있었다. 그것은 시골 학교 건물 같았다. 안으로 들어간 세 가닥 가시철조망을 담으로 두른 그 건물은 더욱 시골 학교 같은 인상을 풍겼다. 하지만 그 학교 건물은 프루의 입장을 허용하지 않았다.

그것은 시골 학교가 아니었다. 군사 시설이었다. 그들은 앤절로에게 전해 달라는 테일러메이드 담배의 반입도 거부했다. 각 수감자에게는 매일 듀크 믹스처 한 봉지가 지급되기 때문에 외부의 사식은 허가할 수 없다는 것이었다. 각 수감자는 군인이기 때문에 다른 수감자들과 똑같은 대우를 받아야 한다는 것이었다. 프루는 그 담배를 도로 가지고 왔고 앤절로를 만나지 못했다.

그는 영창 당국에 고마움을 느꼈다. 담배를 놓고 가라고 해놓고 그 담배를 헌병들끼리 나눠 피울 수도 있었을 것이다. 그는 그 담배를 자신이 피워 없앴다. 담배를 피우면서 죄책감을 느꼈다. 담배를 내버릴까 생각도 해보았다. 하지만 2달러 50센트나 들어갔고 또 내버린다고 해봐야 그건 공허한 제스처에 지나지 않는 것이었다. 그래서 피워 없앴다. 그렇지만 죄책감은 어쩔 수가 없었다.

그는 다른 이유로도 앤절로에게 죄책감을 느꼈다. 그래서 그를 면회 갈 생각을 했었다. 봉급날 벌어진 일은 어쩐지 그의 잘못인 것 같았다. 앤절로는 이미 오랫동안 호모들과 어울려 놀았고 헬의 집에도 자주 놀러 갔지만 그전에는 이런 일이 없었다. 고요한 비커 컵에 투입된 촉매제처럼, 키드 프리윗이 현장에 나타나자마자 그 혼합물은 끓어넘쳤고 결국에는 폭발해 버린 것이었다. 앤절로는 호모들과 어울려 놀았지만 그 때문에 타락하지는 않았다. 하지만 키드 갤러해드[29] 프리윗

---

29 Galahad. 아서왕의 12기사 중 가장 고결한 기사토 성배를 찾아 나선다.

이 도덕적 공포와 엄숙주의를 내세우며 성배(聖杯)를 찾아 나서자, 앤절로는 갑자기 죄의식을 느끼고 자신이 타락했다고 생각했으며 그에 대한 반응으로 과격한 조치를 취하게 된 것이었다. 때때로 프리윗은 자신에게 어떤 특별한 성질이 있다고 느꼈다. 그 기이하고 불쾌한 특질은 그가 만나는 모든 사람들에게 영향을 주어 그들의 인생에 어떤 과격한 조치를 취하도록 유도하는 것 같았다. 그러니 사람들이 그의 주위에 얼씬거리지 않으려 하는 것은 놀랄 일도 아니었다. 그 생각은 그에게 커다란 놀라움을 주었다. 무엇보다도 그 특질이 어떤 것인지 그 자신도 잘 몰랐고, 또 주변 사람들에게 그런 과격한 조치를 취하도록 하는 것이 절대 그의 본심이 아니었기 때문이다. 그러니 그가 일부러 그렇게 유도한 적은 단 한 번도 없었다. 사람들은 자기 깜냥대로 최선을 다해 살아간다. 커다란 소득을 올리지는 못하지만 그렇다고 해서 커다란 손실을 보는 법도 없다. 그렇게 살아가는 과정에서 공포라는 개인적 갈등은 늘 잠복해 있어서 잘 보이지 않는다. 그런데 여기에 키드 갤러해드 프리윗이 들어선다. 그러면 행동이 촉진된다. 공포의 갈등이 저 바다 속 깊은 곳에서 거대한 쥐가오리처럼 날개를 퍼덕거리며 일어선다. 깊고 푸른 심연에서 나온 쥐가오리는 점점 더 커다란 모습으로 다가온다. 그 쥐가오리는 평소 같으면 고성능 수경으로 세심히 살펴보아야만 겨우 흘낏 보이는 그런 물건, 혹은 믿음직한 호(弧)를 그리며 수중(水中)의 경계를 단단히 설정해 주는 튼튼한 앵커 밧줄에 진압되어 잘 보이지도 않는 그런 물건이다. 그런데 그 쥐가오리가 선택과 에고라는 두 개의 날개 지느러미를 퍼덕거리며 수면으로 부상하기 시작하는 것이다. 그러면 사람들은 선택을 해야 하고 자신의 에고와 대면해야 했다. 어느 쪽을 선택하든 사람들은 다치게 되어 있다. 프리윗은 그동안 내내 사람들에게 선택을 강요하고 싶은 생각은 조금도 없었지만, 실제로는 자신이 강요하고 있다는 것을 알지 못했다. 그가 사태의 진상을 깨닫게 되는 것은 일이 터지고 난 후였다. 그런 생각은 언제나 그를 두렵게 했다. 그는 대부분 그런 생각을 잘 억눌러서 마음 바깥으로 내쫓았다. 그러나 그런 식으로 부드럽게 억제하는 것이 곤란해져서 마음의 날갯짓을 허용해야 될 때가 있었다. 그러면 잠자던 마음은 한껏 하품을 하면서 깨어 일어나고 그의 발밑에 깊이를 알 수 없는 심연이 열렸다. 그것은 언제나 그를 두렵게 했다. 어쩌면 사물 안에는 인간이 애써 보지 않으려고 노력해야 하는 어떤 것이 깃들어 있는지 몰랐다. 바닷속 깊숙한 곳에 잠복해 있는 괴물 크라켄을 건드리지 않고 그대로 내버려 두어야 하듯이, 사물의 그런 측면은 애써 외면하는 것이 좋다고 프루는 생각했다. 그는 때때로 그것이 인생의 진실이라고 느꼈다. 그런 인생은 때때로 그에게 두려움을 안겨 주었다. 하지만 그가 할 수 있는 일은 아무것도 없었다. 그 특별한 성질은 그 자신도 통제할 수 없는 어떤 것, 멈출 수 없는 어떤 것이었다. 하지만 그의 생활이 잘나갈 때는 그 특질을 대면하는 것이 좋다고 생각했다. 그것이 사람들에게 어떤 피해를 입히든 그것을 있는 그대로 대면하는 것이 더 좋다고 보았다. 그는 그것을 알고 있었다. 또 그렇게 믿었다. 그러나 생활이 어려운 국면에 접어들 때, 인생은 그 믿기지 않는 잔인함, 그 어처구니없는 불공정, 그 황당무계한 무의미함으로 그를 두렵게 했다. 앤절로가 영창에 들어가 재판을 기다리고 있는 지금 그는 어려운 국면에 들어가 있었다. 그는 그날 밤 앤절로가 까마득한 벼랑에서 떨어지려는 것을 막지 못한 데 대해 죄책감을 느꼈다. 그런 추락을 야기한 것이 프루 그 자신이었더라도, 마땅히 그 추락을 막았어야 했다고 느꼈다. 왜 그것을 미리 예상하지 못했을까. 수영복을 버리기 위해 해변으로 내려갔을 때 그를 혼자 내버려 둔 것이 잘못이었다. 앤절로가 뭐라고 소리치든 개의치 않고 헌병들과의 싸움에 뛰어들었어야 했다. 둘이서 대적했더라면 헌병의 곤봉을 물리치고 무사히 도망쳐서 중대로 돌아올 수 있었을 것이다. 그는 마땅히 행동했어야 했으나 그렇게 하지 못한 수많은 사항들을 떠올렸다. 그는 앤절로에게 벌어진 일에 대하여 개인적인 책임을 느꼈다. 바로 그 때문에 그는 앤절로를 면회하여 자신의 심정을 말해 주고 싶었다. 하지만 앤절로를 만날 수가 없었다.

사실 그는 호놀룰루 시내 경찰이 시내에서 시작한 호모 색출 작전이 아니었더라면 앤절로를 만나지 못할 뻔했다.

그들은 순찰차 한 대와 커다란 2.5톤 트럭 두 대를 몰고 나타났다. 트럭은 샤프터 헌병 중대에서 차출한 것으로, 무장 헌병이 운전하고 있었다. 차체가 높고 배가 불룩 나온 듯한 순찰차 역시 무장 헌병이 몰고 있었다. 백인과 하와이인의 혼혈인 경위는 겨자색 우스티드 포플린 상의를 입고 있었고 비치보이처럼 단단한 몸매였다. 그가 이번 호모 색출 작전의 책임자였다. 경위는 샤프터 헌병 중대의 소위와 함께 순찰차에 타고 있었다. 헌병 소위는 사단 헌병감이 서명한 일괄 영장을 휴대하고 있었다. 순찰차에는 젊은 FBI 법률 요원 두 명이 함께 타고 있었는데, 보수적이지만 값비싼 양복을 입은 요원들은 얼굴이 해맑은 부잣집 아들 같아 보였다. 그들은 민간 경찰과 군 헌병 사이의 연락책이었다.

호송차는 중대 마당으로 접근해 오더니 G 중대 앞에 멈춰서서 홈스 대위의 행정실로 쳐들어왔다. FBI의 부잣집 아들 같이 해맑은 법률가들이 앞장을 섰다. 그 부드럽고 순진한 표정은 그들을 거의 청소년처럼 보이게 했다. 그들은 나지막하고 신중한 어조로 말했다. 하지만 그런 부드러움 밑에 자신의 말이 곧 법이라는 확신을 가진 사람들의 강철 같은 비정함이 도사리고 있었다. 곧 일직 부사관이 검거 대상 명단을 들고 연병장으로 나갔다.

일직 부사관은 G 중대 병력의 3분의 2는 될 법한 사병들을 데리고 돌아왔다. 그리하여 G 중대의 그날 훈련은 하나 마나 한 것이 되었다. 불려 온 병력들은 막사 앞에서 다시 호명에 응답함으로써 인원 점검을 받았다. 그들은 하나같이 어색해하고 동요하고 겁먹은 표정이었다(일직 부사관은 FBI도 왔다는 얘기를 해주었다). 하지만 그 공포 밑에는 오늘 하루 훈련에서 열외되었다는 안도감이 도사리고 있었다. 비록 FBI의 조사를 받기 위한 것일지라도. 그들은 FBI가 군인들이 저지른 민간 범죄에 대하여 관할권이 있다는 걸 알고 있었다. 조폭을 다룬 폭력 만화를 많이 봐서 그런 사실쯤은 알고 있었던 것이다. 일직 부사관은 그들이 왜 그렇게 많이 소집되었는지 이유를 알지 못했다. 그러나 그토록 많은 사병을 호출하는 민간 범죄는 단 하나밖에 없었다. 그것은 호모 색출 작전뿐이었다.

와이키키 태번을 출입하는 친구들이 모두 거기 모였다. 크나프 하사, 해리스 중사, 마투셀리 등이 보였다. 폴락 디즈빈스키, 불 네어, 학자 더스티 로즈도 불려 왔다. 리돌 트레드웰, 챔프 윌슨, 리델 헨더슨, 밀러 하사, 린지 중사, 앤더슨, 프라이데이 클라크, 프리윗 등이 도열해 있었다.

그들에게 시내로 갈 예정이므로 위층에 올라가 세수를 하고 카키복으로 갈아입으라는 명령이 떨어졌다. 일직 부사관이나 무장 헌병은 그들을 따라 위층으로 올라가지 않았다. 그 누구도 사병들이 도망칠 것을 걱정하지 않았다. 명단이 이미 작성되어 있었던 것이다.

그들은 아래층으로 내려와 사단 사령부의 순찰차를 흘깃

쳐다보았다. 거기에는 민간 경찰의 경위, 샤프터 중대의 완장 두른 소위, 신사복이라기보다 제복을 입은 듯한 FBI 요원들이 기다리고 있었다. 그들은 다시 대오를 형성했고 또다시 인원 점검을 받았다. 이어 무개 트럭에 들어가니 그곳에는 부사관 학교에서 끌려 나온 블룸 일등병과 다른 일등병 하나가 불만스러운 표정으로 앉아 있었다. 간수 헌병들은 운전하는 헌병들과 함께 따분한 표정으로 트럭의 조수석에 앉아 있었다. 트럭에서 뛰어내려 봐야 FBI 명단에서 벗어나지는 못하므로 헌병들은 느긋한 자세였다.

사병들은 트럭의 적재함을 완전히 차지했으므로, 두 트럭에 실린 사병들은 재빨리 작전 회의를 가졌다. 그것은 남행하는 거위 떼나 물고기 떼가 미리 정해진 어떤 장소에 일제히 집결하는 것과 같은 본능 의식의 발로였다. 두 트럭의 사병들은 동시에 회의를 진행하면서 다른 트럭의 사병들도 이렇게 하고 있다는 것을 본능적으로 알았다. 그래서 트럭 두 대에 나누어 타고 있었지만 따지고 보면 하나의 거대한 작전 회의였다.

각자 아는 바와 기억하는 바를 서로 비교함으로써 다른 트럭에 누가 타고 있는지 파악했고 그 정보를 근거로 누가 소환되지 않았는지 알아냈다. G 중대에서는 다른 중대원들 못지않게 호모를 따라다닌 중대원 여섯 명이 소환되지 않았다는 것이 밝혀졌다.

두 트럭에서는 거의 동시에 탄성과 욕설이 터져 나왔다. 「이런 젠장, 그 자식들은 재수 좋게 모면했군.」 「어떻게 그리 쉽게 빠져나갈 수 있었지? 그 친구들이라고 우리보다 나을 게 없는데 말이야.」

두 트럭에서 거의 동시에 대답의 말과 빈정거림이 터져 나왔다. 「제발 입 좀 닥쳐.」 「우리 코가 석 잔데 무슨 남의 얘기를 하고 있어?」「그건 잊어버려, 앞으로 어떻게 할 건지만 생각해.」

소란이 가라앉고 어느 정도 평정이 회복되자 프루가 타고 있는 트럭에 F 중대 소속 두 명과 E 중대 소속 한 명이 타고 있는 것이 발견되었다. 작전 회의는 이런 결론을 내렸다. 밀고한 자가 누구인지는 알 수 없지만 G 중대를 잘 알고 있는 자다. 하지만 그것만 가지고는 밀고자가 누구인지 범위를 좁힐 수가 없다. 1대대나 3대대 사병들은 소환되지 않았다. 그 두 대대에서도 와이키키 해변에서 호모 벗겨 먹기를 한 사병들이 많은데 말이다. 따라서 이번 소환은 전면적인 것이 아니라 국지적인 것으로 볼 수 있다. 따라서 가장 좋은 전략은 입 꼭 다물고 모르쇠로 일관하면서 아무도 모른다고 대답하는 것이다. 당국은 구체적 증거를 갖고 있지 않다. 만약 그랬더라면 전면 검거를 했을 것이다. 그들은 사병들을 무작위로 소환하여 겁을 준 뒤 정보를 얻어 내려는 것이다. 그게 전부이다. 누군가에게 압력을 가하여 자기도 모르는 상태에서 불게 하려는 것이다.

두 트럭에서 거의 동시에 이런 결론이 내려지자 안도의 숨소리가 코러스처럼 울려 퍼졌다. 하지만 그렇다고 해서 긴장과 근심, 불안과 공포의 분위기가 가신 것은 아니었다. 동시에 야외 훈련에서 면제된 행복한 축제 분위기가 영 사라져 버린 것도 아니었다. 두 트럭의 작전 회의는 종료되었고 사병들은 각자 앞으로의 전망을 추측했다.

누가 이탈리아인 아니랄까 봐 코가 기다란 프라이데이 클라크는 거의 정신이 나갈 정도로 겁을 먹고 있었다. 작전 회의가 끝나자 그는 흔들리는 트럭에서 머리 위의 쇠 지지대를 잡고 프리윗 옆에 비집고 앉았다.

「이봐, 프리윗, 난 너무 겁나. 저들은 왜 나를 부른 거지?

난 호모하고 데이트해 본 적이 없어. 평생 동안.」

「우리 나머지 사람들도 마찬가지야.」불 네어가 느릿느릿 말했다.

병사들은 그 말을 듣고 웃음을 터뜨렸다.

「오, 평생 동안?」리돌 트레드웰이 말했다.

「아니, 내 평생 동안 말이야?」네어가 느릿느릿 말했다.

그러자 좌중에 또다시 웃음이 터져 나왔다.

「평생 동안 보지 못했어.」더스티 로즈가 말했다. 「나한테 호모를 보여 줘봐. 그러면 난 퀸과 일반 여자를 구분하지 못할 거야.」

「그건 거짓말 아니네.」누군가가 말했다.

「그래, 이봐, 학자, 그 얘기를 경찰한테 꼭 해.」누군가가 말했다.

「난 그런 뜻이 아니야.」학자가 항의했다. 「내 말은 누가 나한테 호모를 보여 준다면 나는 그에게 이처럼 입을 벌려 보였을 거라는 뜻이야.」그는 놀란 눈을 크게 뜨고 입을 크게 벌렸다. 그 모습은 배고픈 어린 새끼새가 입 벌린 모습을 연상시켰다.

「헤이, 네어.」학자는 스스로 그 말이 멋있다고 생각하면서 말했다. 「난 너한테 이렇게 입을 벌려.」

「나도 너한테 그렇게 할게.」네어가 천천히 말하면서 입을 벌렸다.

학자는 소란스러운 웃음을 터뜨렸고 다들 옆에 있는 사병을 향해 입을 크게 벌렸다.

「크나프를 한번 봐봐.」크나프는 천천히 말하면서 흔들리는 좌석에 앉아 있는 가늘고 긴 신체의 하사를 가리켰다. 「그는 굉장히 걱정하고 있군. 그에게 다들 입을 벌려 주자.」

「오케이.」로즈가 말했다. 「어쩌면 그의 원기를 북돋울지도 몰라.」
　그들은 일제히 그를 향해 입을 벌렸다.
　「크나프, 우린 너에게 입을 벌린다.」
　그들은 서로 웃음을 터뜨리면서 멋진 농담을 지껄인 시골 농부처럼 서로를 쳐다보았다. 그들은 지금껏 발견한 것 중에서 가장 멋진 코미디를 발견한 사람의 표정을 지었다.
　「이제 그만 해.」 크나프가 빙그레 웃으며 대꾸했다.
　하지만 그들은 멈추지 않았다. 그들은 바로 옆에 있는 병사는 물론이고 저 끝에 앉아 있는 병사에게도 입을 벌려 보였다. 하지만 그것이 불안감을 크게 덜어 주지는 못했다.
　「그들은 아무래도 상관없는 일이야.」 프라이데이가 사슴 같은 눈에 공포가 가득한 채 프루에게 말했다. 「그들은 호모를 쫓아다녔으니까. 하지만 난 아니야. 그들이 나를 감옥에 처넣으면 어떻게 하지? 내가 하지도 않은 일을 가지고 구실을 붙여서.」
　「난 거기 딱 한 번 내려갔어.」 프루가 빙그레 웃었다. 「넌 안전해. 아무 일도 하지 않은 사람을 감옥에 집어넣을 수는 없어.」
　「하지만 난 손이 너무 떨려. 정말 감옥에 가고 싶지 않아.」
　「만약 호놀룰루의 퀸과 호모 추적꾼들을 모두 감옥에 때려 넣는다면 시 당국은 그들에게 밥을 해대느라 도산하게 될 것이고, 기업은 절반 이상 도움의 손길이 없어서 문 닫아야 할 것이고, 육군은 휴일을 선포해야 할 거야.」
　「그건 그래. 하지만……」
　「아, 시끄러워. 입 닥쳐.」 아래쪽 좌석에 앉아 있던 블룸이 소리쳤다. 「이 비겁자, 뭐가 문제야? 넌 잃을 게 뭐가 있어? 나를 좀 봐. 까딱 잘못하다간 부사관 학교에서 쫓겨나게 생겼잖아.」

블룸은 흔들리는 의자에 앉아 팔꿈치를 무릎 위에 내려놓고 손가락 마디마디를 딱딱 소리 내며 꺾고 있었다. 그 옆에는 또 다른 부사관 후보인 무어라는 일등병이 앉아 있었다.

「이것 때문에 우리가 부사관 학교에서 쫓겨날까?」블룸이 무어에게 물었다.

「아니, 그렇지 않으리라고 봐.」무어가 대답했다.

「좋아, 나는 비겁자야.」프라이데이가 블룸에게 쏘아붙였다.「내가 비겁하다는 건 인정하겠어. 하지만 앤디에게 기타를 그만두게 하고 시내에 나가 호모를 쫓아다니게 한 게 누구야? 적어도 나는 아니었어.」

다리를 앞으로 뻗고 등받이에 등을 기댄 채 좌석에 앉아 있던 앤디는 눈빛에 어른거리는 공포를 감추려고 애쓰고 있었다. 기타나 치고 시내에는 나가지 말걸, 하는 기색이 역력했다. 하지만 그는 아무 말도 하지 않았다.

「넌 내가 빌어먹을 호모라는 얘기야?」블룸이 좌석에서 일어서더니 머리 위의 쇠 지지대를 잡으며 몸의 균형을 잡았다.「말조심해, 이 겁쟁이 이탈리아 놈아.」

「내 궁둥이에다 키스나 해라.」프라이데이가 불쑥 내뱉고는 자신의 그런 무모한 말에 깜짝 놀랐다.

「이 빌어먹을 자식.」블룸이 앞으로 나서더니 왼손으로 쇠 지지대를 잡고 오른손으로 프라이데이의 셔츠를 잡아 마구 흔들어 댔다. 프라이데이의 머리는 마치 망가진 헝겊 인형처럼 위아래로 심하게 흔들렸다.

「날 좀 놓아줘, 블룸.」프라이데이가 말을 더듬었다.「날 내버려 둬. 내가 너한테 해롭게 한 게 없잖아.」

「아까 그 말 취소해.」블룸이 그를 흔들어 대며 말했다.「취소하라고.」

「오케이.」프라이데이가 숨을 헐떡이며 말했다.「취소할게.」

그때 프루가 좌석에서 일어나 왼손으로 쇠 지지대를 잡고 몸의 균형을 잡으면서 오른손으로 블룸의 손목을 잡고 손톱으로 손목의 인대를 세게 눌렀다.

「이 개자식아, 그 손 놓지 못해? 그는 아무것도 취소 안 해. 프라이데이, 취소할 거야?」

「응.」 프라이데이가 말을 더듬었다. 「아니, 난 잘 모르겠어.」

블룸은 손목 인대에 가해진 손톱의 압력 때문에 프라이데이의 멱살을 잡았던 손을 놓았다. 프라이데이는 동그란 눈에 공포가 가득한 채로 좌석에 털썩 주저앉았다. 블룸과 프루는 흔들리는 트럭의 적재함에서 한 손으로 쇠 지지대를 잡고 서로 노려보았다.

「그래, 난 네놈을 유심히 지켜보았지.」 블룸이 조롱했다. 「네가 그렇게 화끈한 파이터라면 왜 권투부에 들지 않는 거냐?」 그는 트럭을 한번 둘러보았다. 「네가 그렇게 깡다구가 좋다면 왜 권투부에 안 들어?」

「거긴 너 같은 창녀 새끼들이 너무 많기 때문이지. 그래서 안 들어.」

그들은 선 채로 서로를 노려보았다. 하지만 몸의 균형을 잡는 데 온 신경을 써야 했기 때문에 계속 노려보고 있을 수가 없었다.

「언제 네놈을 한번 단단히 손봐 줄 거야.」 블룸이 말했다.

「터진 입이라고 마구 지껄이는구나.」

「현재는 걱정할 일이 많아 이 정도로 해둔다.」 블룸은 좌석에 앉았다.

「준비가 되면 언제든 덤벼. 네놈이 상의 벗을 시간은 충분히 주지.」 프루는 그렇게 말하고 좌석에 주저앉았다.

「고마워, 프루.」 프라이데이가 말했다.

「아, 프라이데이, 내 말을 들어.」 프루가 블룸을 쳐다보며 큰 소리로 말했다. 「만약 저 개자식이 또다시 집적거리면 그때는 말로 대꾸하지 마. 의자나 쇠막대 같은 것을 집어 들고 저놈의 정수리를 찍어 버려. 마지오가 그랬던 것처럼.」프루가 그렇게 화를 내는 데는 이유가 있었다. 프라이데이는 부대의 마스코트 같은 존재이기 때문에 그를 건드리지 않는 것이 하나의 불문율이었다. 마을의 백치 소년은 아무도 건드리지 않는 것처럼.

「오케이, 프루, 네가 말한 대로 할게.」프라이데이가 힘겹게 말했다.

「그렇게 하기만 해봐.」블룸이 코웃음을 쳤다. 「그렇게 하기만 해봐. 그러면 너도 마지오가 간 그곳에 가게 될 테니까.」

「네 잘못 때문에 그렇게 되지는 않을 거야.」프루가 논평했다.

블룸은 경멸한다는 듯 어깨를 한 번 으쓱하더니 부사관 학교 동기생인 무어에게 시선을 돌렸다. 블룸의 분노는 갑작스럽게 찾아온 것처럼 갑작스럽게 그의 얼굴에서 사라졌다. 그 대신 블룸의 얼굴에는 경악과 불안의 표정이 떠올랐다. 자신이 그 트럭에 타고 있어야 할 이유가 없다는 표정이었다. 자신의 의사와 전혀 상관없이 호모 조사를 받아야 한다는 것이 너무 기분 나쁘다는 듯한 기색이었다.

「젠장.」블룸은 무어에게 중얼거렸다. 「이것 때문에 부사관 학교에서 쫓겨나는 일은 없어야 할 텐데.」

「나도 같은 생각이야.」무어가 긴장된 목소리로 말했다.

블룸은 고개를 저었다. 「늘 자기 행동을 조심해야 돼. 특히 이런 일은.」

「맞아, 무엇보다도 그런 데 가지 않는 게 중요해.」무어가 말했다.

트럭은 그 무렵 펄하버[30]와 히컴 기지로 가는 고속도로의 지선으로 접어들었다. 두 대의 트럭은 가능한 한 이면 도로를 골라 가면서 호놀룰루를 천천히 통과했다. 미들 스트리트의 북쪽 외곽을 우회했고 〈예수여, 더서 오소서!〉라는 빨간색의 커다란 전기 간판을 옥상에 설치한 교회를 지나갔다. 이어 동쪽의 스쿨 스트리트를 지나쳐 누우아누 거리가 있는 시내를 통과해 경찰서 마당에 들어섰다. 그들이 마당에 들어서니 순찰차는 이미 주차되어 있었다.

누우아누 거리와 퀸 거리에는 부두에서 오가는 행인들이 많았다. 부두에는 새 관광 정기선이 많은 화환을 받으며 입항 중이었고 밴드가 환한 아침 햇살 속에서 환영의 음악을 연주하고 있었다. 행인들은 걸음을 멈추고 군용 트럭을 쳐다보면서 육군의 새 보안 프로그램 중 사보타주[31] 대응 작전이 오늘 발효되나 보다, 하고 생각했다. 그들은 주후(主後) 1941년이 되었는데도 인생은 여전히 살기가 힘들구나, 하고 잠시 중얼거리다가 각자 생업으로 돌아갔다. 하지만 일부 행인들은 골목길을 지나 경찰서 마당에 들어선 트럭에서 군인들이 내려 도열하는 것을 지켜보았다.

앤절로 마지오는 곤봉과 권총을 찬 두 헌병의 호위를 받으며 경위 사무실로 들어가는 대합실에 대기하고 있었다. 그는 마당으로 들어서는 트럭을 내다보았다.

「저런.」마지오가 소리쳤다. 「G 중대의 아침 점호 혹은 단합 대회 같군. 맥주는 누가 가져오나?」

「입 닥쳐.」키 큰 헌병이 고개를 가로저으며 말했다.

「오케이, 브라우니, 네 말대로 하지. 그 허리에 찬 총으로 나를 쏘지 않기만 바라.」

헌병은 긴장된 표정으로 그를 쳐다보며 눈을 가늘게 떴다. 마지오도 눈을 가늘게 뜨면서 빙그레 웃어 보였다.

---

30 Pearl Harbor. 진주만.
31 *sabotage*. 적의 공작원 등에 의한 파괴 행위.

「헤이, 앤절로. 헬로, 앤절로, 하이 앤절로. 저기 앤절로가 있다. 앤절로를 좀 봐. 지내기가 어때, 앤절로?」 그를 좋아했던 중대원들, 그를 좋아하지 않았던 중대원들, 그가 중대 소속인지도 잘 모르는 중대원들, 심지어 그가 아예 중대에서 사라져 주기를 바랐던 블룸 등이 앤절로에게 몰려들어 인사를 했다.

「난 얘기를 하면 안 돼.」 그 유명 인사가 말했다. 「말하면 안 된다는 명령을 받아 놓고 있어. 난 죄수야. 수감자야. 죄수는 말하면 안 되는 거야. 하지만 그들은 좋은 사람이라서 내가 숨쉬는 것은 허용했어.」

하나도 달라진 것이 없는 예전의 앤절로였다. 그는 다저스 팀이 개막 3연전에서 어떤 성적을 거두었는지 알고 싶어 했다.

「최근에는 스포츠 섹션을 살펴볼 시간이 없어서 말이야.」 그가 빙긋 웃었다.

얼핏 보기에 감옥 생활 1개월은 그를 조금도 바꾸어 놓지 못한 것 같았다. 하지만 자세히 살펴보니 체중이 많이 빠졌고 빗장뼈 위의 공간이 전보다 더 깊게 들어가 있었으며 그러잖아도 좁은 어깨는 전보다 더 좁고 뼈만 앙상했다. 그의 눈 밑에는 자주색 그늘이 져 있었다. 그는 정신적으로나 신체적으로나 더 단단해진 것 같았고, 그의 웃음에서는 쇳조각이 찰랑거리는 소리가 났다.

그때 군인들에게 앉으라는 지시가 떨어졌다. 프루는 마침 앤절로 옆의 빈자리에 앉을 수 있었다. 그들은 나지막하고 빠른 목소리로 대화를 나누었다. 두 명의 스코필드 헌병은 사람들이 환히 보는 곳이라서 병력을 통제하기가 어려웠다.

「저 헌병들은 여기서는 나한테 뭐라고 못해.」 앤절로가 만족스럽다는 듯 빙긋 웃었다. 「저들은 좋은 매너를 보이고 있어. 구크 경위에게 좋은 인상을 주어야 하니까. 연대 본부에

706

서 내려온 명령이야.」

「부대에 돌아가서 보자.」 브라우니가 힘주어 말했다. 「부대에 돌아가면 입조심하지 못한 것을 후회하게 될 거야.」

「나한테 코치를 하는군.」 앤절로가 빙긋 웃었다. 「저 친구가 나한테 코치를 해.」 그가 프루에게 말했다. 「난 남의 코치는 딱 질색인 사람인데 말이야. 근데 저 친구가 내게 코치를 하는군.」

「코치한 대로 하지 않으면 어떻게 되는지 알지?」 브라우니가 말했다. 「웝, 말조심하는 게 좋을 거야.」

앤절로는 눈을 가늘게 뜨며 웃었다. 「너가 나한테 뭘 할 수 있는데? 내가 뭐 나쁜 짓 했어? 네가 할 수 있는 일이라고는 기껏해야 독방에 이틀 처넣는 거야. 브라우니, 넌 나를 죽일 수는 있겠지만 나를 잡아먹을 수는 없어.」

그는 계속 말했고, 헌병은 아무 조치도 못하고 당하고 있어 불안해하는 기색이 역력했다.

「좀 느긋하게 행동해.」 프루가 제안했다.

「날이면 날마다 이렇게 내 마음대로 얘기할 수 있는 게 아니야. 난 지금껏 좋은 일이 별로 없었어. 그러니 여기서 좋은 걸 좀 맛보고 싶어.」

「그곳 생활은 어때?」 프루가 물었다.

「나쁘지는 않아. 이 근육을 좀 봐. 그리고 난 테일러메이드보다 듀크 믹스처를 더 좋아하게 되었어. 내가 출감하면 엄청 돈을 절약할 수 있을 거야.」

「그럼 널 잘 대해 주고 있구나. 힘든 일도 별로 없고.」

「물론 숙녀들을 위한 신부 학교는 아니지. 하지만 그들은 수감자의 복지를 늘 생각하고 있어. 그렇지 않나, 브라우니?」

브라우니는 대답하지 않았다. 그는 아직도 불편한 기색이었다. 그는 앞만 빤히 쳐다보았다.

「그는 이런 대접을 받는 게 익숙하지 않아.」앤절로가 프루에게 설명했다.「한번 생각해 봐. 나 또한 그를 이런 식으로 대접하는 게 익숙하지 않아.」

「테일러메이드 두 갑을 들고 널 면회 갔었어. 하지만 면회를 안 시켜 주더라.」프루가 미안한 목소리로 말했다.

「그래, 그 얘기 들었어.」앤절로가 관대하게 말했다.「날 똥통 리스트에 올리지 못해 안달이었지. 난 이미 그 리스트에 올랐어. 만약 내가 테일러메이드를 피우면 나를 여자 같은 놈이라고 생각했을 거야. 난 그런 놈 아니라고 납득시키는 데 애를 많이 먹었어.」

「앞으로 어떻게 될 것 같아? 그들이 어떤 꿍꿍이속인지 알고 있어?」

「몰라, 아무것도 말해 주지 않으니까. 하지만 재판이 곧 열릴 거고 난 이미 한 달을 살았어. 설사 그들이 특별 군법 회의를 선택한다고 해도 끽해야 다섯 달만 더 살면 되는 거야. 출감하면 난 30년쟁이가 될 거야.

내 말 잘 들어. 내 문제는 걱정하지 마. 모든 게 잘될 거야. 난 이미 한 달을 살았어. 이 기간을 감안해 줄 거라고. 그러니 얼마 안 남았어. 넌 아직도 40달러를 갖고 있니?」그는 고개를 돌리지 않고 뒤쪽의 헌병에게 인상을 한 번 쓰더니 프루에게 다시 시선을 돌렸다.

「그대로 갖고 있어. 일부 쓰기는 했지만.」

「그 40달러는 네 돈이야. 난 이 말을 하고 싶었어. 네가 번 거니까 네가 써. 나한테 빚진 거에 대해서는 걱정하지 마.」그는 또다시 고개를 돌리지 않고 뒤쪽의 헌병에게 인상을 한 번 쓰더니 프루에게 시선을 돌렸다.

「오케이.」프루가 말했다.

「내가 돈 가지고 가면 위병소에서 다 압수해 버려. 그러니

네가 써.」

「난 그 돈으로 로런에게 작업을 걸고 있어.」

「그 여자는 봉급날 너를 애먹였지?」

프루가 고개를 끄덕였다.

「그래, 그 돈을 잘 활용해 힘차게 나가 봐.」

「오케이.」

「이제 경찰이 쇼할 준비가 다 된 것 같은데.」 앤절로가 말했다.

경찰 서기가 손에 긴 리스트를 들고 안쪽의 사무실에서 나왔다. 그는 한 사병의 이름을 불렀고 호명당한 사병이 벌떡 일어나 그를 따라 안으로 들어갔다. 문이 잠시 닫히더니 아까 그 서기가 다시 나와 마지오의 이름을 불렀다.

「접니다. 난 미끼인가요, 아니면 기니피그인가요?」 앤절로가 안쪽의 사무실로 들어가자 그의 앞뒤에서 스코필드 헌병이 호위했다. 잠시 뒤 문이 열리자 허리에 곤봉을 찬 헌병이 먼저 나오고, 이어 마지오, 그리고 허리에 권총을 찬 헌병이 따라 나왔다.

「난 영락없는 딜린저야, 그렇지 않아?_ 그가 대합실의 병사들을 향해 말했다. 병사들은 불안한 가운데서도 웃음을 터뜨렸다.

「마지오, 입 닥쳐. 자, 어서 가.」 브라우니가 말했다. 그들은 그를 반대편 벽에 있는 또 다른 문으로 호위해 갔다. 그것은 왼쪽 벽에 있는 통로 문이 아니라, 또 다른 방으로 인도하는 문이었다. 통로 문 맞은편의 네 번째 벽은 모두 유리창이었고 창살이 없었다.

곧 아까 경찰 서기가 호명했던 병사가 그 서기와 함께 작은 방에서 나와 유리창 방으로 갔다. 트럭에 함께 타고 왔던 샤프터 헌병이 옆에 있다가 그 병사를 데리고 갔다. 이어 서기는 또 다른 이름을 불렀다. 두 번째 병사는 그를 따라 경위의 사무실로 들어갔다.

「한 명 한 명 각개 격파하는 거로군.」 누군가가 불안한 목소리로 말했다.

잠시 뒤 서기가 나와서 반대편 문으로 가더니 마지오를 불러왔다.

「내가 미끼라고 하지 않았어?」 앤절로는 대합실의 병사들에게 빙긋 웃어 보였다. 병사들은 또다시 불안한 웃음을 터뜨리며 약간의 긴장을 완화시켰다. 그들은 자신의 입장을 마지오와 비교해 보면서 그래도 자신들이 마지오보다는 낫다고 생각했다.

「마지오, 입 닥쳐. 자, 어서 가.」 브라우니가 말했다.

그들은 들어갔다. 곧 그들은 다시 나와 다른 방으로 돌아갔다. 이어 서기가 나와 두 번째로 부른 병사를 그 다른 방으로 보냈다. 그리고 세 번째 병사의 이름을 불렀다. 명단에 올라 있는 병사들은 모두 똑같은 방법으로 조사를 받았다.

프루는 자신의 이름이 호명되자 서기를 따라 방 안으로 들어갔다. 다리가 약간 후들거렸다. 안쪽의 사무실에는 겨자색 제복을 입은 하와이 경위가 자신의 책상에 앉아 있었다. 그 책상 옆의 커다란 나무 안락의자에는 토미가 앉아 있었는데 아주 시무룩한 체념의 표정이었다. 샤프터 헌병 소위는 벽을 마주보고 앉아 있었다. 청년 같은 FBI 요원 두 명은 방의 구석에 말없이 서 있어서 마치 가구의 일부인 것 같았다.

「너 이 사람을 아나?」 경위가 토미에게 물었다.

「모릅니다. 난 그를 본 적이 없습니다.」 토미가 피곤한 목소리로 말했다.

경위는 명단을 들여다보았다. 「프리윗, 너 이자를 본 적 있나?」

「없습니다, 경위님.」

「와이키키 태번에 간 적 있었나?」 경위가 침착하게 물었다.

「있었습니다, 경위님.」

「거기서 이자를 본 적이 없단 말이지?」

「그렇습니다, 경위님.」

「저자는 그 술집에 늘 간다던데.」

「거기서 그를 보았을지도 모르겠습니다. 하지만 기억이 나지 않습니다.」

「거기서 호모들을 본 적 있나?」

「호모처럼 보이는 사람들을 본 적이 있습니다. 여자 같은 사람들 말입니다. 하지만 그들이 호모인지 어쩐지는 알 수 없었습니다.」

「호모를 보면 금방 알아보지 않나?」 경위가 침착하게 물었다.

「모릅니다, 경위님. 호모를 알아볼 수 있는 방법은 딱 하나밖에 없지 않습니까?」

경위는 웃지 않았다. 그는 피곤해 보였다. 「프리윗, 호모와 데이트해 본 적 있나?」

「없습니다, 경위님.」

「단 한 번도? 평생 동안?」

그는 네어의 말 〈아니, 내 평생 동안 말이야?〉가 떠올라 웃음이 나오려 했으나 웃지 않았다. 「예, 없었습니다, 경위님.」

「거짓말할 필요는 없어.」 경위가 침착하게 말했다. 「심리학 교과서에 의하면 거의 모든 남자가 생애의 이런저런 때 호모와 데이트를 한다고 나와 있어. 우린 비밀을 철저히 보장해. 우린 어떤 병사를 집어내려는 게 아니야. 우린 너희를 이런 자들로부터 보호하려는 거야.」

토미는 의자에 앉아 굳은 얼굴로 창밖을 내다보고 있었다.

그는 별로 괴물처럼 보이지 않았다. 프루는 갑자기 그가 안되었다는 생각이 들었다.

「그렇게 하자면……」경위가 피곤한 목소리로 말했다. 「우리는 법적 증거가 있어야 해. 이런 자들을 사법 처리하려면 말이야. 우린 너희 군인들을 잡아들이려는 게 아니야.」

「법은 쌍방에 책임이 있다고 했는데요. 적어도 제가 들은 바로는 그렇습니다.」프루가 말했다.

「그건 사실이야, 법적으로 볼 때.」경위가 피곤한 어조로 말했다. 「하지만 내가 이미 말한 것처럼 자네 군인들을 기소하려는 게 아니야. 단지 우리가 와이키키 일원의 이런 악의 소굴을 소탕하는 데 도움을 달라는 거야. 와이키키 태번은 명소야. 그들은 자기네 업소가 호모들의 밀회 장소로 이용되는 것을 원하지 않아. 우리 또한 그걸 바라지 않고. 하지만 그 업소의 힘으로는 이런 일을 감당할 수가 없어. 이건 경찰이 해결해야 할 일이야.」

「알겠습니다, 경위님.」경위는 아주 피곤한 표정이었다. 프루 다음에 열 명이 더 기다리고 있었다. 그는 갑자기 경위가 안되었다는 생각이 들었다.

「좋아, 프리윗, 다시 묻겠다. 호모와 데이트해 본 적 있나?」

「군에 입대하기 전 떠돌이 시절에 딱 한 번 있습니다.」

경위의 피곤한 표정이 약간 굳어졌다. 「오케이, 그를 데리고 와.」경위는 서기에게 고갯짓을 했다.

서기는 밖으로 나가서 마지오를 데려왔다. 스코필드 헌병 둘은 아까와 마찬가지로 마지오의 앞뒤에서 호위를 했다. 서기는 방 안을 가로질렀다. 그의 동선은 브라우니와 마지오의 사이를 뚫고 지나갔다. 브라우니는 그 서기 앞으로 나서더니 굳은 얼굴로 말했다.

「죄수와 호송자 사이를 지나가서는 안 됩니다, 하사.」

712

「아, 죄송합니다.」서기가 크게 당황하며 말했다. 「잊어버렸습니다.」서기는 그들을 돌아 갔다.

「프리윗, 너는 이자를 아나?」경위가 피곤하게 말했다.

「예, 경위님.」

「네 친구인가?」

「친구는 아닙니다. 같은 중대원입니다.」

「아까 대합실에서 이 친구와 얘기를 나누지 않았나?」경위가 말했다.

「예. 하지만 다른 병사들도 대화를 나누었습니다.」

「넌 이자 바로 옆에 앉았었지?」

「예.」

「넌 이자와 함께 외출을 나간 적이 있나?」

「예, 여러 번 있었습니다.」

「이자와 함께 와이키키에 간 적이 있나?」

「없습니다. 거기서 한두 번 부딪친 적은 있지만 그와 함께 간 적은 없습니다.」

「거기서 이자를 우연히 만났다고?」

「그렇습니다. 와이키키에 나가면 중대원 여러 명을 마주치게 됩니다. 우리는 때때로 그곳에 나갑니다.」

「우린 이자에게 관심을 두고 있어.」경위가 말했다. 「네가 이자를 거기서 보았을 때 이자는 누구와 함께 있었나?」

「기억나지 않습니다, 경위님.」

「중대원과 함께 있었나?」

「기억나지 않습니다. 그가 누구와 함께 있었다고 생각하지 않습니다.」

「그 누구란 자네가 모르는 사람이라는 뜻인가?」

「혼자 있었습니다, 경위님.」

「그곳에 나갔을 때 호모처럼 보이는 남자와 이자가 함께 있는 것을 보지 못했나?」

「못 봤습니다.」

「오케이, 저자를 데리고 나가.」 경위가 서기에게 피곤한 목소리로 말했다.

그들은 마지오를 데리고 나갔다. 방 안으로 데리고 올 때와 마찬가지로 그의 앞뒤에 헌병이 달라붙었다.

「저들은 그가 도망칠까 봐 아주 신경 쓰는군요.」 프루가 누구에게라 할 것 없이 혼자 중얼거렸다. 그는 도저히 한마디 하지 않을 수 없었다.

「이등병, 넌 군대 밥을 어느 정도 먹어서 죄수를 언제나 호위해야 한다는 것쯤은 알고 있을 텐데.」 샤프터 헌병 소위가 날카롭게 말했다.

「예, 알고 있습니다.」 프루는 그렇게 말하고 입을 다물었다.

경위는 피곤하다는 듯 연필을 굴리고 있었다. 「넌 여기 이자에 대해서 아무 할 말이 없나?」 경위는 토미를 턱으로 가리키며 말했다. 토미는 굳은 얼굴로 창밖을 내다보고 있었다. 이런 구역질 나는 조사와 모욕은 이미 초탈한 사람인 듯한 표정이었다. 「아무 할 말도 없어?」

「없습니다. 난 저 사람에 대해서 아무것도 알지 못합니다.」

「우린 너희가 빠져 들어간 수렁으로부터 너희를 도와주려는 거야. 너희는 와이키키에서 아주 위험한 땅을 밟고 돌아다녔어. 너희는 그걸 알아야 해.」 경위가 침착하게 말했다.

「예, 알고 있습니다.」

「위험한 땅을 밟고 돌아다니면 그건 곧 법을 위반하는 거야. 그리고 법은 범법자를 결국에는 잡아내고 말아. 우리는 너희가 곤경에 빠지기 전에 너희를 도와주려고 하는 거야. 하지만 너희가 우리를 도와주지 않으면 우리도 너희를 도와주지 못해.」 경위는 잠시 말을 끊었다.

714

「예, 알고 있습니다.」

「여전히 아무 할 말이 없나?」

「예, 없습니다.」

「좋아. 그럼 다음 친구를 들여보내.」 경위가 피곤한 목소리로 말했다.

「감사합니다, 경위님.」 프루는 자기도 모르게 경위에게 경례를 붙였다. 경위는 미소를 지었고 샤프터 헌병 소위는 웃음을 터뜨렸다. 밝은 얼굴의 두 명의 FBI 요원은 벽에 기대서 있기만 할 뿐 아무것도 하지 않았다. 그들은 가구의 일부인 듯했다.

「오케이, 프리윗.」 하와이 피가 절반 섞인 경위가 미소를 지었다. 「저 친구를 내보내. 다음은 누구지?」

서기는 그를 데리고 나와 대합실을 거쳐 샤프터 헌병이 서 있는 문을 통과해 지나갔다. 그 기다란 방 안에는 마지오를 호위하는 두 명의 스코필드 헌병과, 이미 심문을 마친 중대원들이 있었다. 중대원들은 벽에 붙박이로 설치한 벤치에 앉아 있었는데 긴장된 표정이었다. 프루는 서서 그들을 한 번 둘러 보았다. 땀이 그의 겨드랑이에서 갈비 쪽으로 흘러내렸다. 그는 마지오와 헌병들이 있는 곳으로 걸어갔다.

브라우니가 머리를 흔들면서 소리쳤다. 「뒤로 물러서, 보병. 이 친구는 죄수야.」

프루는 헌병을 노려보다가 마지오에게 윙크하며 빙긋 웃어 보였다. 앤절로도 윙크하며 웃어 보였으나 생각은 딴 데가 있는 듯했다. 프루는 중대원들이 있는 쪽으로 걸어갔다. 누군가가 호주머니에서 카드를 꺼내 들었고 그들은 딱딱한 마룻바닥에 빙 둘러앉아서 스터드 포커를 했다. 프루는 벤치에 앉아서 구경했다.

그는 조사실에 들어가 토미를 보는 순간 약간 놀랐다. 토미를 호모로 의심하고 있는데 앤절로를 미끼로 사용한다는 것은 말이 되지 않았다. 앤절로는 토미와 데이트를 한 적이 없었다. 토미와 데이트를 나간 것은 블룸이었고 앤디와 리돌 트레드웰도 그와 데이트를 했다. 또 프리윗도 딱 한 번 데이트를 했다. 앤절로와 토미가 서로 알게 된 것은 지난번 봉급날 딱 한 번뿐이었다. 앤절로가 프루를 위해 토미를 픽업했고, 그게 프루로서는 유일한 호모와의 데이트였다. 그런데도 프루는 불려 와 조사를 받았다. 그들은 프루의 이름을 어디서 얻었을까? 그리고 프랑스어 교사라는 헬은 어떻게 되었을까? 만약 그들이 앤절로를 미끼로 사용할 예정이라면 조사실에 나와 있어야 할 호모는 토미가 아니라 헬이 되어야 마땅했다. 밀고한 자가 지난번 봉급날의 정보를 찔러 준 게 틀림없었다. 만약 그게 사실이라면 왜 프랑스어 교사 헬은 빠졌을까?

누군가 또다시 카드 패를 꺼내 들었고 이제 바닥에는 스터드 게임 패가 서넛으로 늘어났다. 그들은 말없이 카드놀이만 했다. 카드를 하는 동안 그들의 얼굴에선 긴장감이 빠져나갔다.

프루는 그런 추측을 하다가 혐오감만 느꼈고, 그래서 카드게임에 끼어들었다. 그런 추측은 어쩌면 그의 상상일지도 몰랐다. 아무튼 긴장하고 있어 그런 생각이 드는 건지도 몰랐다. 게다가 마지오는 늘 주인공으로 뛰고 싶어 했다. 난 위대한 이탈리아 배우예요. 난 주인공 역할을 합니다. 다른 사람들은 죽으세요.

카드놀이꾼들은 자리를 좁혀 그가 끼어들 자리를 마련해 주었다. 아무도 그의 존재에 시비를 걸지 않았다. 공동의 역경 때문에 프루에 대한 기합이 잠시 유보되었던 것이다. 그들이 안전하게 귀대하자마자 기합은 다시 시작될 터였다. 하지만 지금은 법망을 피해야 하기 때문에 그 기합이 잠시 중지된 것이었다.

일등병 블룸은 프루 다음다음으로 심문을 받았다. 그는 조사를 받고 방으로 들어오더니 스터드 게임을 하는 중대원들을 멍하니 쳐다보았고 이어 마지오를 쳐다보더니 벽에 붙은 벤치에 가서 혼자 앉았다. 그는 스터드 게임에 끼어들려 하지 않았다. 그는 손가락 마디마디를 꺾어 딱딱 소리를 내면서 이 모욕과 멸시를 참을 수 없다는 듯 욕설을 퍼부었다. 그의 욕설은 고장 난 기계에서 자동적으로 흘러나오는 소음처럼 계속되었다. 부사관 학교 동급생인 무어가 그의 옆에 와서 앉자 블룸은 자신의 욕설을 방해한 무어를 화난 듯 노려보더니 일어서서 다른 곳으로 가 혼자 앉았다.

나머지 중대원들은 조사가 완전히 끝날 때까지 스터드 게임에 몰두했다. 조사가 완료되자 그들은 허리에 권총을 찬 샤프터 헌병들의 호위 아래 다시 트럭에 올랐다. 프루는 고개를 돌려 방 저쪽에 앉아 있는 마지오를 마지막으로 쳐다보았다. 그는 여전히 곤봉을 찬 덩치 큰 스코필드 헌병들 사이에 꼭 갇혀 앉아 있었다. 그는 이 잠시의 휴가가 끝나고 다시 영창으로 돌아가 치도곤당할 것을 생각하니 심란한 듯한 표정이었다.

트럭이 경찰서 밖으로 나가자 다시 행인들이 쳐다보기 시작했다. 그 사람들은 아까 경찰서로 들어올 때의 행인들은 아니겠지만 트럭에 타고 있는 군인들이 볼 때는 여전히 똑같은 행인일 뿐이었다. 그 행인들은 취주 악단이 새로 도착한 관광객들을 위해 환영의 노래를 연주하고 있는 그 부두에서 걸어오는 사람들이었다. 트럭 속의 군인들은 마치 명령이라도 받은 듯 하나같이 사나운 얼굴로 그 행인들을 노려보았다. 행인들은 불편해하며 다른 곳으로 시선을 돌리거나 바쁜 척했다. 그런 사나운 얼굴을 본 행인들은 만약 전쟁이 터진다면 강인하고 잔인한 육군을 야전에 배치할 수 있겠구나, 하는 생각이 들었다. 이어 트럭은 고속도로에 접어들었다. 주홍색 돌들이 굴러다니는 가파른 계곡을 지나 사탕수수 밭을 지나갔다. 일부 사탕수수 밭은 청명한 여름 햇살 아래 검은 연기를 내며 불타오르고 있었다. 그들은 정연하게 구획 정리된 파인애플 밭을 지나 스코필드 부대로 돌아왔다. 시간은 오후 3시가 지나가고 있었다. 커다란 바가지를 엎어 놓은 것 같은 푸른 하늘 아래, 모든 것이 작고 멀고 조용하게만 보였다. 사람들은 저 먼 산들의 양쪽에서 퍼져 나가는 푸른 연기를 볼 수 있었다.

일주일 뒤 달마다 있는 성 위생 교육과 간단한 무기 검사 시간에, 홈스 대위는 변태와 타락에 대하여 간단한 훈시를 했다. 매독과 임질이 사병들의 건강에 미치는 악영향을 자세히 설명하는 영화를 상영하고 난 직후였다. 군종 장교는 성행위에서는 사랑이 중요하다는 것과, 결혼 전의 남성은 성적 자제와 순결이 중요하다는 것을 강조했다. 하지만 매독과 임질을 구체적으로 언급하지는 않았다.

프루는 중대장과 군종 장교의 훈시를 들으면서 딴생각을 하고 있었다. 로런이라는 이름은 창녀의 이름으로 정말 딱이군. 그녀한테 잘 어울려. 소리도 의미도 그럴듯해. 빌리, 샌드라, 모린보다는 한결 나은 이름이었다. 그는 그녀가 애그니스, 글래디스, 셀마 등이 아니라 로런이어서 흡족했다. 아무리 봐도 로런이라는 이름이 그럴듯했다.

제29장

그는 한 번에 15달러씩 세 번을 쓰기도 전에 그녀의 진짜 이름이 로런이 아니라 앨마라는 것을 알아냈다.

하지만 사건 진행의 나머지 부분들이 그러했듯이, 그 이름을 알아냈다고 해서 그가 약간이나마 만족감을 얻게 된 것은 아니었다. 오히려 그를 더 심란하게 했다. 그래도 그가 완전 패배의 나락으로 떨어지지 않은 것은 그러한 사태의 전개가 지난 석 달 동안 나팔 소대를 떠나온 이래 벌어진 모든 일들과 흐름을 함께한다는 사실 때문이었다.

로런이라는 이름은 키퍼 부인이 향수 광그에서 보고 앨마에게 지어 준 별명이었다. 키퍼 부인은 앨마라는 본명이 뉴콩그레스의 스타가 될 여자의 이름치고는 촌스럽다고 생각했다. 무엇보다도 프랑스적인 분위기가 전혀 없고 지적인 이름은 더욱 아니라는 것이었다. 아무튼 그녀의 진짜 이름은 하고많은 이름을 놔두고 하필이면 앨마 슈미트였다. 게다가 하고많은 장소를 놔두고 마우날라니 하이츠에 살고 있었다. 만약 그가 전화번호부에서 이름을 샅샅이 뒤진다고 해도 앨마처럼 창녀스럽지 않은 이름도 다시 없으리라. 또 부동산 정보지를 아무리 샅샅이 뒤진다고 해도 마우날라니 하이츠처럼 창녀가 살기에 어울리지 않는 동네도 다시없으리라.

마우날라니 하이츠는 호놀룰루의 최고급 부자와는 구분이 되는 상위 중산층들이 많이 모여 사는 동네였다. 도리스 듀크 같은 하와이 재벌은 다이아몬드 헤드와 바다 사이의 해변 지역들, 가령 블랙 포인트, 카할라 해변, 카알라와이 등에 해변 별장을 갖추어 놓고 있었으나 이런 별장에 살지는 않았다. 반면 호놀룰루의 상위 중산층들은 마우날라니 하이츠의 집을 소유했을 뿐만 아니라 거기서 살았다. 그곳은 카이무키에서도 한참 산 쪽으로 올라간 곳이었다. 이곳에서는 미 육군의 자연 보호지인 다이아몬드 헤드의 오래된 분화구는 물론이고 그 너머의 바다가 보였다. 또한 저 멀리 남쪽의 몰로카이섬에서 시작된 비가 남풍에 실려 와 다이아몬드 헤드를 베일처럼 뒤덮고 이어 카이무키와 마우날라니 하이츠까지 다가오는 것을 볼 수 있었다. 상류 중산층이 살기에 알맞은 곳이었으나 한 가지 흠은 해변에서 너무 멀리 떨어져 있다는 것이었다.

카이무키는 마우날라니 하이츠와 다이아몬드 헤드 사이에 끼인 안장 같은 곳이었다. 그곳은 부유한 일본인들이 조밀하게 모여 사는 곳이었고, 다이아몬드 헤드 측면에 면하고 있는 13번가와 18번가 사이의 커다란 광장은 포트 루거라는 정부 공용지였다. 마우날라니 하이츠가 부유한 일본인 거주지인 카이무키를 시각적으로 제압하고 있다는 것은 하나의 상징이었다.

그리고 이 하이츠에 앨마 슈미트와 서비스 룸스에 다니는 조제트라는 여자 친구가 집을 얻어 살고 있었다. 그는 두 여자가 세 들어 살고 있는 집을 가보고서 더욱 놀랐다.

보다 정확하게 말해서 앨마 슈미트와 조제트는 마우날라니 하이츠가 아니라 윌헬미나 라이즈에 살고 있었다. 윌헬미

나 라이즈는 카이무키에서 하이츠로 올라가는 해발 340미터
의 칼레페아모아의 꼭대기에 자리 잡고 있었다. 라이즈는 하
이츠의 외성 같은 곳이었다. 엄밀하게 말해서 하이츠는 맨 꼭
대기의 마우날라니 서클, 럴라인 드라이브, 그 바로 밑에 있
는 아주 작은 규모의 라니필리 드라이브, 마리포사 드라이브
등을 가리키는 것이다. 이런 곳들이 마우날라니 서클 밑에서
계단 모양을 이루며 형성되어 있었다. 하지만 앨마가 마우날
라니에 산다고 말한다고 해서 그릇될 것은 없었다. 다른 윌헬
미나 라이즈 주민들도 모두 그렇게 말하니까. 게다가 그는
두 동네의 차이점을 전혀 인식하지 못했다. 그는 심지어 도리
스 듀크 같은 재벌도 윌헬미나 라이즈에 산다고 생각했다.
하지만 그녀가 동네 사정을 설명해 준 뒤로 그런 생각을 입
밖으로 말하지는 않았다.

그녀의 집은 시에라 드라이브에 있었다. 산등성이를 따라
천천히 오르락내리락하는 동네였는데 곳곳에 집들이 들어서
있었다. 그런 집들의 모습은 마치 동화의 한 장면 같았다. 윌
헬미나 라이즈에 오르자면 시에라 드라이브를 통과해 꼬불
꼬불 올라가야 하는데 내려올 때도 경사가 급해 툭 하고 떨어
지는 느낌이었다. 그런 가파른 거리들은 카스바[32] 영화나 동
화 속에 나옴 직한 그런 풍경이었다. 그것은 콘크리트 블록
으로 축조한 1층짜리 자그마한 집이었다. 하지만 외벽은 석
회로 부드럽게 처리해 벽 위로 내려오는 지붕과 잘 어울렸다.
전반적으로 동화 속에 나오는 스페인풍의 하시엔다[33]를 연상
시키는 집이었다. 그 집은 팔롤로 계곡으로 내려가는 서쪽 등
성이의 가장자리에 있어서 더욱 동화 속의 성(城) 같은 분위
기를 풍겼다.

32 Casbah. 북아프리카 도시의 성.
33 *hacienda*. 중남미의 농장.

프루가 그 집을 동화 같다고 생각하는 데는 또 다른 이유가 있었다. 그가 그 집에 들어가 앉아 있을 때는 마치 동화를 읽는 것처럼 편안하고 안온한 아름다움의 비현실성을 느낄 수 있었으나, 막상 그 집을 벗어나면 동화책을 내려놓을 때처럼 현실의 지저분함에 직면해 그런 동화가 과연 가능할까, 하고 의심하게 되었던 것이다. 과연 공주가 살기에 알맞은 집이었다. 앨마 또한 그렇게 생각했다. 그는 모든 부자들의 삶이 이처럼 아름다울까 궁금해하기도 했다.

그 집에는 계곡으로 내려가는 벼랑 바로 위쪽에 지붕 없는 베란다가 있었다. 그 베란다에 서면 30미터 아래쪽의 팔롤로 계곡 거리들이 훤히 보였다. 그보다 더 서쪽에는 세인트루이스 대학의 캠퍼스가 보였고, 그보다 약간 더 서쪽을 바라보면 해발 150미터의 세인트루이스 하이츠가 보였다. 그것은 아주 아름다운 베란다였다. 베란다 바로 뒤에는 두 개의 통유리문이 있었고, 베란다에 나갈 기분이 아닐 때는 그 유리문에서 세 계단 정도 밑으로 내려간 곳에 마련된 가라앉은 거실에서 계곡을 내려다볼 수도 있었다. 어느 일요일 오후, 해가 바다로 떨어지면서 주위의 모든 것을 붉은색으로 물들일 때, 바로 이 베란다에서 앨마 슈미트는 자기가 프루를 사랑하고 있다고 고백했다. 그는 그 직후 첫 번째 실수를 했다.

느릅나무와 단풍나무가 있는 오래된 부대 근무를 기억해 내고 또 그 생활을 이 생활과 비슷하다고 생각하면서, 프루는 자신도 앨마를 사랑하고 있으니 제발 자기와 결혼해 달라고 말했다.

그것은 60달러 계획 경제를 실시한 이래 그가 저지른 최초의 판단 착오였다. 그가 핀 뽑힌 수류탄이 가득한 잡낭(雜囊)을 던졌다고 하더라도 그처럼 엄청나게 자신의 투자를 파괴해 버리지는 못했으리라.

그를 그처럼 멍청하게 만든 것은 어쩌면 석양 때문이었을지 모른다. 아니면 그의 어깨에 가볍게 기대고 있던 그녀의 머리 때문이었는지도 모른다. 그는 과거에도 여자의 몸이 가까이 있으면 정신이 혼미해져서 정신을 잘 통제하지 못한 경험이 있었다. 때때로 여자는 석양보다 더 그를 혼미하게 하는 경향이 있었다. 지난 여러 해 동안의 경험에 의해서 볼 때, 그런 반응은 상호적인 것이 아니었고, 그래서 초장에는 언제나 여자가 남자보다 우세한 입장을 갖게 되었다. 아니면 그가 아직 제대로 적응하지 못한 그 집의 새로운 분위기 때문이었는지도 모른다. 그렇다고 하더라도 그런 어리석은 판단 착오에 대해서는 변명의 여지가 없었다.

잠시 일촉즉발의 상황이 벌어졌다. 프루는 그녀의 얼굴에 단호한 조치를 내려야겠다는 결의가 여러 차례 스쳐 지나가는 것을 볼 수 있었다. 그녀는 그를 지금 당장 쫓아내야겠는지 아니면 천천히 흥미를 잃어서 자연스럽게 교제를 끊어야겠는지 궁리하는 것 같았다. 그를 어떻게 제거할 것인가 망설이는 그녀의 태도 덕분에 그는 간신히 살아났다. 그는 그녀를 슬쩍 쳐다보며 웃음을 터뜨림으로써 상황을 가까스로 수습했던 것이다. 이어 그는 담뱃불을 붙이면서 자신의 손이 떨고 있지 않음을 보여 주었다. 담배에 불을 붙인 행위는 아주 탁월한 재치였다. 그렇기는 하지만 그가 그런 대응 조치를 생각해 낸 것은 순전히 행운이었다. 자신의 어리석음에 경악하던 남자가 소 발에 쥐 잡기 식으로 모면했던 아슬아슬한 국면이었다.

그녀는 그의 손이 떨고 있지 않음을 보고서 마침내 안도하는 표정을 지었다. 그러면서 같이 웃음을 터뜨렸다. 그녀는 거실로 들어가 마티니 두 잔을 만들어 왔고 미리 준비해 놓은 뉴잉글랜드식 저녁 식사를 스토브 위에 올려놓았다. 식사가 준비되는 냄새가 거실 가득 퍼질 때, 그녀는 마티니를 한 잔 더 만들어 왔다. 마티니는 맛이 훌륭했다. 계획 경제가 제대로 작동하면서 그가 발견하게 된 첫 번째 사항은 앨마가 술 마시기를 좋아한다는 것이었다. 단지 일할 때만 술을 마시지 않는 것이었다. 그녀는 기분이 내키면 때때로 스트레이트 위스키를 마시기도 했다. 술 취한 앨마는 더욱 사랑스러운 여인이었다. 취기는 그녀의 혀를 느슨하게 했다. 아니면 그 자신의 취기 때문에 앨마를 더 사랑하는 것인지도 몰랐다. 어느 쪽이 되었든 그는 이제 정신을 바짝 차리고 있었고 앨마에게 마티니를 더 만들어 오라고 주문했다. 뉴잉글랜드식 식사는 마티니 못지않게 좋았고, 식사를 한 후에는 아무 일도 없었다는 듯 침대에 들었다.

그는 결혼 운운한 것이 최대의 참사였다는 것을 잊지 않았다. 어쩌다가 그런 바보 같은 제안을 했는지 자신이 생각해 봐도 알 수 없는 노릇이었다. 그는 그런 멍청한 실수를 자꾸 저질러서는 안 되었다. 60달러 경제를 간신히 운영하여 이 집의 거실까지 들어오게 되었다. 만약 5달러가 추가로 요구되었더라면 그는 이 거실에 들어설 수 없었을 것이다. 그랬더라면 이런 황당한 실수를 하면서 그 결과를 행운에 맡기는 착오를 저지르지도 않았을 것이다.

그는 그 후에 아주 조심했다. 그런 판단 착오를 저지를 기회가 많았다. 한번은 둘이 조제트의 크라이슬러 컨버터블을 빌려 타고서 카네오헤 계곡으로 수영을 하러 갔다. 앨마는 돈을 모으고 있는 중이었으므로 자동차가 없었다. 계곡의 풍경은 훌륭했다. 코울라우산맥의 가파른 동쪽 등성이는 해변 바로 뒤에서 말발굽 형태로 솟아 있었고, 앞쪽에는 팔리의 원뿔꼴 산이 있었으며, 등대가 래빗섬을 내려다보는 마카푸우 포인트의 검은 벼랑이 있었다. 그는 이 아름다운 풍경에 도취하여 또다시 판단 착오를 일으킬 뻔했으나 이번에는 잘 참았다. 그는 그때 이후 자신감을 회복했다. 조제트가 케이스째 사들인 수입 럼주가 계속 제공되는 한 그 자신감은 잘 유지되었다.

그는 빈털터리였기 때문에 앨마가 스코필드에서 하이츠까지 오는 차비를 제공했다. 그녀는 그에게 집 열쇠를 주었고 그때부터 주말이면 정기적으로 그 집을 찾아갔다. 주말 근무가 없으면 토요일 오전에 간단한 점검을 받은 후 점심 식사도 거르고 곧바로 앨마의 집으로 갔다.

그건 긴 여행이었으나 곧 익숙해졌다. 그는 언제나 그곳에 가고 싶어 했고 실제로 그 집 앞에 도착하면 약간 피곤함을 느꼈다. 하지만 열쇠로 대문을 열고 들어서면 피곤함은 사라졌고 군대 같은 것은 곧 까마득하게 잊어버렸다. 네모난 붉은 타일을 바른 커다란 거실은 문에서 세 계단 내려가면 있었다. 두 개의 침실 문은 왼쪽 벽에서 세 계단 올라간 곳에 있었다. 그리고 통유리문과 베란다는 오른쪽에 있었다. 저쪽 구석의 남쪽에서 세 계단을 올라가면 주방이 나오고 거기에는 유리를 두른 간이 식탁이 있었다. 그 옆에 동쪽으로 다시 세 계단을 올라가면 화장실과 샤워 시설이 있었다. 또한 두 침실을 연결하는 공간에 화장실과 샤워 시설이 갖춰져 있었다. 실내는 바닥에서 천장까지 꿀 색깔의 합판으로 치장되어 있었다. 단 주방은 아주 미국식으로 설계되어 찬장들을 벽으로 삼고 있었다.

그녀가 출근해 집에 없으면(주로 일요일이 그러한데), 그는 주방의 냉장고에서 얼음을 가져와 거실의 라디오 바에서 술을 꺼내 독하게 한 잔을 탔다. 술은 조제트의 럼주, 진저에일, 소다를 넣은 스카치나 버번 등 다양했다. 그는 침실에서 헐렁한 반바지로 갈아입고 두 침실 사이의 외벽에 설치된 서

가에서 책을 한 권 꺼내 베란다로 나갔다. 맨발에 반바지 차림으로 베란다의 소파에 앉아 술을 마셨다. 책을 열심히 읽지는 않았다. 그보다는 계곡 풍경을 내려다보면서 서서히 술 취하는 것을 더 좋아했다. 그는 심심하면 일어서서 베란다 바닥에 깔아 놓은 두꺼운 일본식 다다미를 밟고 돌아다녔다. 그것은 맨발에 아주 시원하게 달라붙는 감촉이었다. 술이 떨어지면 다시 거실로 들어가 한 잔 더 타가지고 왔다. 이렇게 하다 보면 지난 한 주 동안 중대에서 있었던 일은 아스라이 멀어져 버리고 앨마가 직장에서 돌아오는 2시 무렵이면 다시 온전한 사람이 되어 있었다.

토요일에 놀러 갈 때는 그녀가 먼저 와서 기다리기도 했다. 하지만 그는 그녀가 출근해 버려 텅 비어 있는 집에 들어가 혼자 있는 것을 더 좋아했다. 아무도 없는 그 집 안을 혼자서 돌아다니는 것이 너무 좋았다. 그렇게 하면 그 집이 마치 그의 집인 듯 느껴졌다. 아니, 그의 집이었다. 그가 그렇게 하고 있는 한, 아무도 그에게서 그 집을 빼앗아 가지 못했다. 그는 전에 집 열쇠를 가져 본 적이 없었다. 일주일 내내 그 열쇠를 호주머니에 갖고 있을 수 있다는 사실만으로도, 결혼 얘기 따위는 아예 하지 않아도 좋았다. 그러한 행운의 절반만 누릴 수 있어도 결혼 따위는 언급하고 싶지 않았다.

거기에는 군인이 전혀 없었다. 버스를 타고 와이알라에 애버뉴를 지나 라이즈에 올라서기만 해도 군인이 전혀 보이지 않는다는 것은 정말 기이한 일이었다. 주말에 시내에 나가면 언제나 군인들이 북적거렸다. 카이무키, 와이알라에의 상업 지구 등에도 군인들이 많았는데 주로 포트 루거 소속의 병사들이었다. 하지만 와이알라에를 지나가면 거기는 완전 다른 나라 같았다. 그곳의 부자들(그는 앨마가 아무리 설명해 주어도 윌헬미나 라이즈의 상류 중산층을 그렇게 불렀다)은 군

726

인들을 별로 좋아하지 않았다. 바로 그 이유 때문에 그는 라이즈가 너무 좋았다.

앨마가 어떻게 이런 고급 주택지에 집을 마련할 수 있었는지, 프루는 늘 놀랍게 생각했다. 물론 동네 주민들은 아무도 그녀가 어디서 일하는지 알지 못했다. 그들의 가까운 이웃 중 하나는 클레어 인터였는데, 그녀는 저 유명한 힐로 하티에였다. 앨마, 조제트(그녀는 남자 친구가 있어도 이 집에 그 친구를 데려오지 않았다), 프루는 베란다에 앉아서 그들이 이처럼 고급 주택지에 살게 된 것에 대하여 재미있다는 듯 웃음을 터뜨렸다.

그 집의 임대 비용은 상당할 것이었다. 가격을 프루에게 말해 주지는 않았지만 상당히 고액일 거라고 짐작했다. 앨마도 고액이라는 사실은 시인했지만, 다른 건 몰라도 이것만은 어떻게 해볼 수가 없는 단 하나의 사치라고 말했다. 설사 저축액에 피해를 입히더라도 감수하겠다는 얘기였다. 사실 앨마는 그것을 감당할 여력이 있었다. 앨마는 키퍼 부인의 주선으로 그 집을 얻게 되었다. 키퍼 부인은 아는 친구들이 많았고 호놀룰루에 연줄을 갖고 있었다. 그들이 누구이고 직업이 무엇인지는 아무도 몰랐지만, 아무튼 키퍼 부인은 그런 사람들을 알고 있었다. 그리고 앨마, 즉 로런은 부인의 총아였다. 앨마는 요청만 하면 하루이틀의 휴가는 언제든지 얻을 수 있었다. 부인은 집안의 스타가 풀 죽고 맥없는 모습으로 나타나는 것을 바라지 않았다. 앨마가 그렇게 특별 휴가를 얻으면 그녀는 중대로 전화를 했고 프루는 미터기 달린 택시를 잡아타고 그녀의 집 앞까지 왔다. 만약 그에게 돈이 없으면 여느 남편과 다름없이 그는 집 안으로 들어가 돈을 가지고 나와 택시 운전사에게 주었다. 그리고 그녀는 아침 점호 시간보다 훨씬 전에 일어나 아침 준비를 한 후 그를 깨웠다. 그녀는 그가 돌아가기 전에 일어나 아침 준비하는 것을 좋아했다. 때때로 조제트도 일찍 일어나서 그들과 함께 아침 식사를 했다. 그럴 때면 조제트는 사람 좋은 목소리로 어떻게 그리 일찍 일어났느냐며 놀렸다. 하지만 그 모든 일이 가족의 일인 양 자연스러웠다. 그는 두 여자에게 권투부, 다이너마이트, 기합 등에 대해서 말해 주었다. 그들이 아무리 술을 많이 마셨어도 앨마는 다음 날 아침에 맞추어 자명종 맞추는 것을 잊지 않았다. 거의 종교적인 태도였다. 그가 아침 식사를 할 때 말을 많이 하면 그러다 버스를 놓치겠다며 조바심치는 것은 여느 아내와 다를 바 없었다.

하지만 그는 집 앞까지 와서 열쇠로 문을 따고 들어와 혼자 있을 수 있는 토요일을 가장 좋아했다. 토요일, 그녀가 직장에서 돌아와 보면 그는 그녀 침실의 더블베드 위에서 자고 있을 때가 많았다. 그러면 그녀는 그를 꼬집어 잠에서 깨워 거실에 나오게 한 후, 마티니를 타 가지고 왔고 함께 술을 마신 뒤 침실에 들었다. 아니면 그녀가 침대 위의 그에게 살금살금 다가와 파티를 열자고 말했다. 바로 그럴 때 그녀는 자기가 얼마나 그를 사랑하는지, 얼마나 그를 필요로 하는지 그런 것들을 그가 잘 모를 것이라고 말했다.

하지만 그 역시 그녀를 절실히 필요로 했다. 단지 그녀가 그걸 알지 못할 뿐이었다.

프루의 필요는 아무래도 그녀만큼 강렬한 것은 아니었다. 그로서는 마지못해 그 관계를 청산해야 한다면 그럴 수도 있으리라. 그는 그녀만큼 강한 필요를 느끼지는 못하리라. 어떤 때는 그녀보다 그 집이 더 마음에 드는 것인지도 몰랐다.

하지만 그건 그녀의 생각일 뿐이었다. 오히려 그녀의 필요보다 그의 필요가 더 절실했다. 만약 이런 대피처가 없었더라면 그들은 오래전에 그 기합으로 그를 작살내고 말았을 것이다.

정말, 그렇다. 그런 사실을 그녀가 알아준다면.

하지만 그녀도 그가 자신의 절실한 필요를 알아주면 얼마나 좋을까, 하고 생각했다.

두 사람의 대화는 자주 언쟁으로 번지지는 않았지만 때때로 그렇게 될 경우가 있었다. 두 사람이 미처 인식하기도 전에 언쟁이 벌어졌다. 그렇지만 프루는 그동안 내내 지난번과 같은 판단 착오를 하지 않도록 조심해 왔다. 하지만 날마다 그런 착오를 일으킬 만한 건수가 벌어졌다. 그가 그 집에 머무는 날이면 거의 두 번 정도 판단 착오를 일으킬 기회가 있었다. 하지만 그는 신경 쓰지 않았고 그런 기회에 잘 넘어가지 않았다. 하지만 두 사람이 대중 앞에 나갔을 때는 얘기가 달랐다.

그는 앨마와 함께 외출하는 것을 열렬히 바라는 편이 아니었다. 그는 집에 있는 것이 더 좋았다. 밖에 나가자는 것은 그녀의 아이디어였다. 그녀는 남들에게 그를 보여 주고 싶다고 말했다. 그들이 집을 나서기 전에 그녀는 프루에게 20달러짜리 두 장을 주었고, 그들은 라우이차이스에 갔다. 그는 전에 그 식당에 가본 적이 없었다. 식사비로 40달러가 다 들어갔지만 그래도 값어치가 있었다. 그들은 좋은 시간을 보냈다. 그녀는 아주 춤을 잘 추었다. 그와는 상대가 안 될 정도로 잘 추었다. 그녀는 집에 가서 그에게 춤추는 법을 가르쳐 주겠다고 말했다.

그녀가 준 40달러를 다 쓰고 집으로 돌아오는 택시 안에서 그는 자기가 그녀의 기둥서방이 되었다는 사실을 깨닫고 약간의 충격을 받았다. 그는 그녀를 위해 손님을 물어다 주는 일은 하지 않았지만 어떻게 보면 뚜쟁이라고 해도 할 말이 없었다. 처음에는 속이 메스꺼워지면서 자신이 타락했다고 느껐으나 자기가 전에 비해 달라진 게 없고 여전히 프루일 뿐이라고 생각을 고쳐먹었다. 이렇게 사는 것이 소위 기둥서방이라는 것인가, 하고 그는 자문했다. 그는 일견 그런 질문에 겁도 나고 부끄러움도 느꼈으나 결국 자기는 자기일 뿐 달라진 것이 없다고 생각했다. 자기가 사람이 달라졌다고 느껴야 마땅할 텐데도 그런 느낌이 없었다.

그들은 집에 돌아와 시원한 밤공기를 들이마시기 위해 베란다에 나갔다. 그들은 아직 파티 복을 입고 있었는데, 그의 옷은 그녀가 치수를 미리 알아 가게에 가서 사가지고 온 것이었다. 그들은 베란다에 함께 서서 팔롤로 계곡의 하얀 불빛들과, 그 너머 세인트루이스 하이츠를 밝히는 하얀 등불을 내려다보았다. 계곡 왼쪽에는 로열 호텔의 탐조등이 보였고, 방금 그들이 떠나온 와이키키 쪽에는 붉은색, 푸른색, 초록색, 노란색의 네온들이 휘황찬란한 밤의 꽃으로 피어났다. 바로 그 베란다에 서서 함께 밤풍경을 내려다보며 프루는 또다시 그녀에게 결혼해 달라고 요청했다. 그렇게 하면 적어도 자신이 기둥서방이라는 느낌을 떨칠 수 있을 것 같았다.

그는 베란다에만 나가면 자꾸 그 말을 하고 싶어졌다. 그 베란다와 거기서 바라보는 풍경이 그에게 영향을 미치는 것 같았다. 그는 그렇게 결혼 요청을 하면서 지금까지 힘들게 다져 온 조심하는 마음을 다 내팽개치고 전혀 개의치 않겠다는 태도를 취했다. 동시에 그의 마음속 깊숙한 곳에 있던 작은 목소리는 이렇게 말했다. 네가 이제 이 집에 다닌 지 오래되었기 때문에 자주 결혼 요청을 하지만 않는다면 그녀가 뭐라고 하지 않을지도 몰라.

이번에 그는 영구한 터를 갖고 있는 부대에서의 근무와 그곳에 설치되어 있는 부사관 공동체에 대해서 말했다. 그는 그런 아이디어를 설명하면서 자기가 봐도 그럴듯한 아이디어라고 생각했다. 본토로 다시 전보될 때까지 1년을 기다려야 하는데, 그 기간이 그녀의 계획과 일치한다는 말도 했고. 우선은 그녀의 돈으로 생활하다가 그가 열심히 근무하여 상, 중, 하사로 되어 있는 부사관으로 진급하면 그때부터는 그의 봉급으로 생활할 수 있을 터였다. 정말 열심히 근무할 것이므로 곧 진급하게 될 거라는 말도 했다. 그는 그녀의 돈을 받아 쓰는 것과, 그게 그녀가 힘들게 창녀 짓을 해서 번 돈이라는 것을 전혀 신경 쓰지 않는다는 얘기도 했다. 자신의 지금 생활이 잘못되었다고 생각하지 않는다는 말도 했다. 그렇게 말하면서 프루는 자신의 관대한 마음가짐에 스스로 자부심을 느꼈다.

그녀는 그의 얼굴을 단 한 번도 쳐다보지 않은 채 그 말을 열심히 들었다. 그녀는 잠시 동안 아무 말도 하지 않았다.

「넌 나를 사랑한다고 말했어. 또 내가 아주 필요하다는 말도 했어.」 프루가 결론적으로 말했다. 「좋아, 난 네 말을 믿어. 나도 너를 사랑하고 너 못지않게 너를 필요로 해. 그렇다면 우리가 결혼하는 것이 아주 논리적인 결론 아닐까? 그렇지 않아?」

「당신은 중대에서 그처럼 기합을 받기 때문에 외로움을 느끼고 있는 것뿐이에요. 거실로 들어가서 술이나 마셔요.」

「아니, 내 말에 대답해.」

「지금은 나를 필요로 하지만 1년 뒤에도 나를 필요로 할까요? 당신이 그 기합에서 벗어나 본토로 돌아간 이후에도?」

「물론이지. 나는 너를 사랑하니까.」

「하지만 사람은 자신의 필요를 누군가가 완벽하게 채워 주지 않으면 그와 결혼하지 않아요. 당신이 현재 내 생활의 필요를 채워 주지 못했다면 나는 당신을 사랑하지 않았을 거예요.」

「난 언제나 너를 사랑할 거야.」 그는 자신의 주장을 밀고 나가기 위해서는 그렇게 말하는 것이 논리적이라고 생각했다.
　앨마는 희미한 불빛 아래에서 그를 잠시 쳐다보더니 미소를 지었다. 그는 그렇게 말하는 것이 얼마나 우스꽝스럽고 또 얼마나 엉터리 같은 거짓말인지 깨닫지 못했다. 그는 단지 대화의 흐름이 그렇게 말할 것을 요구하니까 그렇게 말한 것뿐이었다.
　「넌 나를 덫에 빠뜨렸어.」
　「아니요, 당신 자신이 스스로 덫에 빠진 거예요.」
　「하지만 난 지금 너를 사랑해.」
　「나도 지금은 당신을 사랑해요. 왜? 당신은 지금 현재의 내 생활에서 생겨나는 필요를 채워 주고 있기 때문이에요. 나는 그곳에서 일을 끝내고 당신이 있는 집으로 돌아오는 게 좋아요. 하지만 그렇다고 해서 앞으로 1년 후에도 당신을 사랑하겠다는 뜻은 아니에요. 그때는 내 생활의 패턴이 바뀔 테니까. 어떻게 1년 후의 일을 약속하고 또 그것을 지킬 수 있겠어요?」
　「네가 원한다면 할 수도 있지.」
　「물론이에요. 하지만 그런 필요성이 사라지고 우리 둘 중 누군가가 상대를 필요로 하지 않게 되면요?」
　그는 아무 대답도 하지 않았다.
　「거봐요. 난 언제나 그걸 농담이었다고 치부할 수 있어요. 당신 자신도 그렇게 농담했다고 생각하면 돼요. 당신의 아내가 창녀였다는 사실을 개의치 않는다, 당신의 아내를 의심하지 않는다, 아내가 내 눈밖에 나가 있는 것을 두려워하지 않는다, 다른 사람들이 내 아내가 과거 창녀였다는 사실을 알아도 부끄러워하지 않는다, 이런 말들을 다 농담이라고 여기면 되는 거예요.」
　「좋아, 좋아, 좋아.」 그녀가 한없이 〈당신은 이렇게 말하고 있지만〉의 경우를 열거할 것 같은 기세여서 그가 중간에 끼어들었다. 그는 그녀의 머리를 가볍게 흔들어서 그녀를 꽉 붙잡고 있는 그 고정관념을 털어 내 주고 싶었다. 낚싯바늘에 걸린 고기로부터 그 바늘을 떼내어 주듯이.

그녀는 말을 멈추었다. 두 사람 사이에 잠시 침묵이 흘렀다.

「하지만 그게 진짜 이유는 아닌 것 같아.」 그는 얘기가 이렇게까지 나온 이상 끝장을 보자는 심정으로 말했다. 「나와 결혼하지 않으려는 진짜 이유가 뭐야?」

「난 미 육군의 부사관과는 결혼하고 싶지 않아요.」

「좋아, 난 장교가 될 수도 있어. 강제 징집이 시작되면서 새로운 진급 프로그램이 생겼어.」

「난 미 육군의 장교 아내가 되고 싶지도 않아요.」

「하지만 그게 내가 너를 위해 해줄 수 있는 한도야.」

「진짜 이유를 알고 싶으세요? 왜 당신과 결혼할 수 없는지 이유를 말씀드리죠.」 그녀가 미소 지었다. 「소득은 아무 상관 없는 문제예요. 난 당신이 아주 저명한 사람이 아니기 때문에 결혼할 수 없는 거예요.

그러니, 이제 들어가서 술이나 마셔요.」

「좋아, 술이나 마시는 게 좋겠군.」

그는 상황을 파악했다. 그리고 결혼 문제를 다시는 꺼내지 않으리라 결심했다. 두 사람은 그런 확신에 대하여 자축했다. 그들은 크게 취했고 서로 결혼할 수 없음에 대하여 서로의 팔을 부둥켜안고 울었다. 조제트가 퇴근해 돌아왔을 때까지도 두 사람은 울고 있었다. 조제트가 이유를 묻자 앨마가 대답해 주었다. 조제트 또한 대취했고 그들 셋은 함께 울었다.

「그녀는 남의 의심을 받을 여지가 전혀 없는 높은 자리의 남자와 결혼해야 돼요.」 앨마의 계획을 잘 알고 있던 조제트가 말했다. 「그래서 사람들이 그 사람의 아내가 옛날에 창녀였을 수도 있다는 생각을 아예 하지 못하게 해야 돼요. 정말 부끄러운 일이지요. 그녀는 심지어 상대가 장군이래도 결혼할 수가 없어요. 정말 안된 일이죠?」 조제트는 또다시 울기 시작했고 곧 술 한 잔을 더 타 왔다.

아주 멋진 자축의 밤이었고 그것은 거의 밤새 계속되었다. 그는 두 여자에게 켄터키주 할란에 대해서 말해 주었다. 앨마는 오리건의 작은 고향 마을에 대해서 말했고, 일리노이주 스프링필드에서 나고 자란 조제트는 주 의사당 건물, 주지사 관저, 링컨 능묘(일부 사람들은 그 내용물이 신비롭게도 어디론가 사라져 버렸다고 생각했다) 등에 대해서 말했다.

아주 의미 깊은 자축의 밤이었다. 세 사람은 당시 그 사실을 짐작하지 못했으나, 프루는 그 후 두 여자를 상당히 오랫동안 보지 못하게 되었던 것이다.

그가 지난밤의 술이 덜 깬 상태로 중대의 아침 점호에 참석해 보니 게시판에 야전 훈련 명령이 나붙어 있었다. 그들은 2주 동안 적의 사보타주에 대응하는 훈련을 야전에서 실시하게 되었다. 그리하여 비행기 격납고를 보호하기 위해 히컴 기지로 막사를 이동하게 되었다. 연대 내에서는 사보타주 대응 훈련이 곧 실시될 것이라는 소문이 나돌기는 했지만 정확한 시점을 알고 있는 사람은 아무도 없었던 것이다. 마우날라니 하이츠에 가지 못한다는 것 외에 2주간의 야전 훈련은 프루에게 아무 문제도 되지 않았다.

그는 야전 군장을 꾸리는 혼란 속에서 잠시 빠져나와 초이스에 있는 공중 전화통으로 달려가 앨마에게 컬렉트 콜 전화를 걸었다. 앨마는 집에 없었고 조제트가 받았는데 메시지를 전해 주겠다며 훈련 잘 다녀오라고 말했다. 그는 조제트에게 2주는 그리 긴 기간이 아니라고 말했다. 하지만 그 전화를 할 당시 그는 자신이 영창에서 3개월을 썩게 되리라는 사실을 알지 못했다. 3개월은 2주보다 훨씬 긴 기간이었다. 만약 그 사실을 그가 미리 알았더라면 앨마에게 다른 메시지를 보냈을 것이다. 하지만 그는 자신이 중대의 기합을 완전 극복했다고 생각해 아무런 문제가 없으리라 여겼다. 그는 시내에 좋은 대피처를 마련한 이상 한없이 기합을 견뎌 낼 수 있다고 자신했다. 그는 충분히 견딜 수 있었다. 하지만 나중에 밝혀지게 되지만, 영창으로 가게 되는 일은 기합과 아무 상관도 없었다. 워든이 일찍이 말한 바와 같이 그건 프루의 운수소관이었다. 아이러니가 늘 그를 따라다녔다. 아니면 그가 아이러니를 쫓아다녔는지도 모른다.

　2.5톤짜리 트럭들이 수송부에서 출발해 기다란 줄을 이루며 중대 마당으로 들어서더니 2대대 앞에 주차했다. 병사들은 완전 군장을 꾸렸다가 핸디 오일러[油布]나 뻣뻣한 빗을 잊어버린 것을 깨닫고 군장을 풀어 다시 마느라고 법석이었다. 그들이 목 부분이 터진 모직 셔츠를 입고 카키 바지를 각반에다 밀어 넣는 동안, 관물함은 요란하게 쟁그랑거렸다. 그들은 보병의 상징인 녹색을 띤 청색과 도토리가 새겨진 모자를 황급히 썼다. 하지만 야전에서 수프 그릇같이 생긴 철모를 쓰게 되면 이 모자는 호주머니 속에 구겨 넣어야 한다. 그들은 완전 군장을 꾸려 아래층으로 내려가 인원 점검을 받은 후 타고 갈 트럭을 배정받았다. 그들은 트럭 뒷문을 통해 적재함으로 올라갔다. 병사들이 모두 탑승하자 뒷문을 세워 올리고 자물쇠를 걸었다. 커다란 트럭은 천천히 중대 마당을 빠져나갔다. 야전 훈련은 프리윗이 좋아하는 병정놀이였다.

제30장

　그들이 사보타주 대응 훈련에 나가서 히컴 기지에 주둔하고 있을 때 「재입대 블루스」가 작곡되었다.

　그것은 독창적이고, 사실적이고, 유일한 군대 블루스였다. 그들은 그런 블루스를 작곡해 보자고 오랫동안 얘기해 왔다. 하지만 그렇게 하지 못했고 또 그렇게 될 가능성이 별로 없어 보였다. 하지만 블룸이 부사관 학교로 떠나고 마지오가 영창에 들어가고 프루가 마우날라니 하이츠를 찾아가 기회가 없어지면서, 프루와 앤더슨과 프라이데이 클라크는 한데 모여 있기만 할 뿐 할 일이 없음을 발견했다. 「재입대 블루스」는 바로 그런 상황에서 작곡되었다.

　그들은 야전으로 나가 버려진 철로 둑 기슭에 야영지를 잡았다. 그 둑은 기지 울타리 안쪽으로 2백 미터 들어간 지점에 있는 키 작은 리아나 덩굴과 키아웨나무 숲에서 보기 흉하게 비쭉 나와 있었다. 그곳은 펄하버-히컴 고속도로에서는 보이지 않는 기지 쪽에 있었다. 풀들이 우거진 저지대였는데 한때 소들의 방목지였던 것처럼 탁 트여 있었고 흙들이 듬성듬성 보였다. 옹이 진 나뭇가지들이 덤불의 성장을 억제하면서 동시에 시원한 그늘을 제공했다. 그들은 이중 에이프런형 철조망을 3백 미터 정도 가설했고 히컴 기지 주 출입문 북쪽에 초소들을 설치함으로써 임시 야영지를 완성했다. 그곳은 모기가 창궐한다는 점만 빼놓고는 멋진 곳이었다. 병사들은 하루 24시간 단위로 두 시간 초소 근무 네 시간 휴식의 4부 스케줄을 정기적으로 지켜 나갔다.

그곳에는 중대 병력의 3분의 2만 주둔하고 있었다. 나머지 3분의 1은 동쪽으로 8킬로미터 떨어진 카메하메하 고속도로에 주둔했다. 후자는 변전소를 사보타주로부터 지켰고 전자는 비행기 격납고를 지켰다. 그것은 철저한 사보타주 대응 훈련이었다. 변전소 쪽은 단단한 이중 에이프런형 철망이 아니라 그냥 쭉 펼치기만 하면 되는 아코디언형 철망을 설치했다. 권투부는 중대 스모커 대회 준비 때문에 스코필드에 그대로 머물렀다.

홈스 대위는 모기들이 별로 극성을 부리지 않는 변전소 쪽에다 지휘소를 설치했다. 스타크는 병력의 대부분이 집결하고 있는 격납고 쪽에다 취사반을 설치했다. 스타크는 홈스 대위가 두 명의 취사병과 한 대의 야전 스토브를 갖고 가는 데 동의했다. 대신 그는 자신이 직접 운영할 수 있는 취사 사역병을 확보하고 그걸로 만족했다. 그것은 히컴 기지에 나와 있는 병사들에게는 오히려 잘된 일이었다 그들은 모기 따위는 신경 쓰지 않았다. 스타크는 한 명의 취사병 혹은 취사 사역병을 반드시 대기시켜 초소 근무에 나서는 병사들에게 뜨거운 커피와 따뜻한 샌드위치를 제공하게 했다. 중대 나팔병이기 때문에 CP(중대장 지휘소)를 따라가야 했던 앤디는 매일 밤 기타를 가지고 CP에서 건너왔다. 차편은 초소 순찰에 나선 소위의 경트럭을 이용했다. 소위는 히컴 기지 순찰을 나서면 일단 취사장으로 직행했다. 앤디는 대부분의 식사를 여기서 해결했다. 취사병들은 소위를 따라온 앤디를 무시할 수 없었다. 스타크는 언제 어디서나 사병들에게 따뜻한 음식을 제공하려고 애썼다. 컬페퍼 소위가 올드 아이크와 당직 하사를 데리고 초소 순찰에 나서면, 프루 일행 세 명은 기타를 들고 둑 위쪽으로 올라갔다. 그곳은 펄 해협 쪽에서 바닷바람이 불어와 모기의 극성이 덜한 편이었다. 그들은 때로는 세 명이서 혹은 프루나 프라이데이가 초소 근무에 나가면 두 명이서 한 시간 동안 기타를 퉁기며 작곡에 착수했다.

프루의 초소는 둑의 꼭대기에서 히컴 기지 주 출입문 쪽으로 2백 미터 떨어진 곳에 있었다. 그는 서너 시간의 수면을 취한 후 다시 담요를 둘둘 말며 좀 더 자고 싶어 했다. 그럴 때면 모기장 안으로 사람의 손이 들어와 그의 발을 가볍게 흔들어 댔다. 그러면 그의 정신은 수면 아래 잠복해 있던 고무공처럼 서서히 수면 위로 떠오르고 이어 가볍게 그의 발을 흔들어 대며 투덜거리는 올드 아이크나 치프 초트가 시야에 들어오는 것이었다.

「일어나, 프리윗, 일어나란 말이야. 자, 어서 일어나. 가서 근무 교대를 해야지.」

「알았어, 깨어났다니까.」 그가 졸린 목소리로 대답했다. 「깨어났으니까 발 좀 흔들지 마.」

「정말 깨어난 거야?」 여전히 발을 흔들며 물었다. 「자, 어서 일어나.」

「발 좀 흔들지 마. 깨어났어, 정말이야.」 그는 그 말을 증명하기 위해 벌떡 일어났고, 그 바람에 소형 텐트의 비스듬한 기둥에 머리를 가볍게 부딪혔다. 그는 얼굴에 잔뜩 묻어 있는 덜 깬 잠의 국부 마취 효과를 손으로 비벼 털어 냈다. 이어 담요와 모기장에서 맨살 엉덩이로 나오면서 말아서 베개로 사용했던 바지와 신발을 집어 들었다. 그는 2인용 텐트에서 나오면서 제3교대인 프라이데이를 깨우지 않으려고 조심했다.

738

프라이데이는 초소 근무를 나갈 때면 언제나 프루를 절반쯤 깨워 놓는 버릇이 있었는데 프루는 반대로 그렇게 하지 않으려고 신경 쓰는 것이었다. 바지를 든 채 개활지의 맨흙 위에 맨발로 서면, 모기 떼는 이게 웬 횡재냐며 그의 알궁둥이에 달려들었다. 그는 모기들의 독침이 무서워 황급히 바지, 양말, 신발을 신었다. 그리고 천막 안으로 손을 집어넣어 모직 셔츠를 꺼냈다. 밤공기가 차가워 셔츠가 아주 따뜻하게 느껴졌다. 그는 모직 셔츠 아래 티셔츠를 받쳐 입었는데, 훈련하는 2주 내내 한 번 정도 벗었을 정도로 늘 입고 있었다. 옷을 다 입은 그는 어둠 속에서 갈고리와 끈을 잘 다루어야 하는 각반을 만지작거렸다. 이어 물갈퀴 같은 탄대를 뱀처럼 허리에 감고 먼지와 이슬로부터 보호하기 위해 담요 밑에 넣어 두었던 소총을 꺼냈다. 바깥에 놔두어 약간 이슬이 묻은 철모를 뒤집어쓰고 보초 복장을 완료한 채 터벅터벅 걷기 시작했다. 희미한 한숨 소리를 내뿜는 듯한 나뭇가지들 밑의 달빛 어린 덤불을 졸린 발걸음으로 밟아 대며 그 안에 콜먼 등(燈)을 걸어 둔 취사장 텐트를 향해 걸어갔다. 등불은 캔버스 천을 통해 은은히 스며 나오고 있었다.

취사장 텐트 안에는 교대 나갈 병사들이 따뜻한 가솔린 야전 난로 주위에 앉아 있었다. 그들은 스타크의 특별 지시로 준비된 코코넛 냄새가 나는 뜨거운 커피를 마시면서 틈틈이 뜨거운 프라이 스팸과 토스트 치즈를 먹었다. 취사병은 취사반장의 지시로 마지못해 그런 음식을 보초병들에게 제공하면서도, 자신이 잠 못 자는 사유를 스타크 탓이 아니라 보초병 탓으로 돌렸다. 하지만 뜨거운 커피와 따뜻한 스팸은, 차가운 커피에 토스트되지 않은 치즈나 차가운 스팸(다른 중대의 성의 없는 취사반장들은 보통 이렇게 한다)과는 비교가 될 수 없으며 무엇보다도 배 속에서 느껴지는 감촉부터가 다르다.

우유 깡통은 큰 칼의 앞부분으로 위쪽의 한 부분만 약간 뚫어져 있었다. 하얀 우유는 그 뚫어진 구멍을 막아 버릴 듯한 기세로 흘러나와 프루의 커피 잔 속으로 들어갔다. 검은 색깔의 커피에 우유가 섞이니 보기 좋은 살색으로 바뀌었다. 프루는 커피 잔을 마치 호주머니 속의 소형 난로처럼 움켜잡고 감사하는 마음으로 커피를 마셨다. 커피 잔이 너무 뜨거워 잔 가장자리에 입을 대지 않고 퍼 넣듯이 마셨다. 이어 맛좋게 기름이 흐르는 프라이 고기 치즈가 들어간 샌드위치를 우적우적 씹어 먹었다. 그는 다른 보초 교대병들과 함께 이제 막 도살되려는 양 떼처럼 난로 주위에 옹기종기 서 있었다. 치프 초트는 그렇게 서 있는 교대병들을 연민 어린 눈빛으로 쳐다보았다.

「이제, 서둘러. 초소에 있는 보초들은 언제 오나 기다리고 있어. 앞으로 두 시간 후면 너희도 교대병이 일찍 안 나온다고 투덜거리게 될 거야. 그러니 어서 움직여.」

프루는 커피를 한 잔 가득 채우고 또 추가 샌드위치를 왁스 먹인 종이(이것은 스타크의 특별 지시에 의한 것인데, 다른 취사반장들은 이런 종이를 제공하지 않았다)에 싸서 모직 셔츠의 호주머니에 넣고 단추를 잠갔다. 샌드위치의 따뜻한 느낌이 가슴에까지 전달되었다. 프루는 저렇게 애들한테 잘해 주어서는 애들 버릇만 망친다고 투덜대는 졸린 표정의 취사병을 뒤로하고 텐트를 나섰다. 치프는 커피 잔을 들고서 텐트 안에 머물러 있었다. 그는 취사반 텐트 뒤의 가파른 고개를 올라가 둑 꼭대기로 갔다.

어쩌면 「재입대 블루스」는 이런 분위기에서 나온 것인지도 몰랐다.

임무 교대가 이루어진 뒤 그는 초소에 서서 야간 경계를 하던 중, 저기 울타리 너머 고속도로를 달려가는 차의 헤드라이트가 갑자기 북쪽의 불 켜진 주 출입문 쪽으로 방향을 틀더니 항공대 보초의 심문을 받기 위해 속도를 늦추다가 이어 불빛이 구름을 비추는 히컴 기지 쪽으로 오는 것을 보았다. 그곳은 기지 내부에서 서쪽으로 2킬로미터 정도 떨어진 지점이었다. 그는 그 헤드라이트 불빛을 쳐다보면서 졸음이 하수구 아래로 빠져나가는 물처럼 자기의 몸에서 빠져나가는 것을 느꼈다. 그는 자신이 밤중에 언덕에 서서 산록을 지나가는 기차를 내려다보는 쿠거, 사슴, 혹은 곰 같은 존재가 되었다고 생각했다. 사냥 시즌이 시작되어 사냥꾼들을 가득 실은 그 기차가 산록의 기차역에 도착했다는 사실의 의미는 전혀 모르는 채, 기차의 불빛에 감탄하는 동물 그는 차량의 헤드라이트를 쳐다보는 자신이 인간이라기보다 자연의 일부분, 혹은 감성 넘치는 밤의 일부분인 것처럼 느껴졌다. 거대한 정적이 지배하는 야간 보초 두 시간은 그를 그 자신으로부터 벗어나 어떤 거대한 깨달음의 공간 속으로 밀어 넣었다. 전에 그가 결코 믿지 않았던 어떤 깨달음.

그리고 그 순간 그는 느꼈다. 그 사슴이나 야생 동물이, 그 자신(동물)을 죽이러 온 사냥꾼마저 사랑할 수 있게 되는 그런 느낌을. 그것은 동물 학대 방지 협회 사람들이 야생 동물에게 느끼는 사랑 이상의 느낌이었다. 그것은 말로 표현하기 어려운 아주 미묘한 느낌이었다. 그는 야간 경계를 나선 군인이었기 때문에 또 얇은 유리잔처럼 깨지기 쉬운 투명한 정적을 온몸으로 느꼈기 때문에 그것을 깨달을 수 있었다. 그것은 야간의 정적이 가져다준 특이한 깨달음이었고 죽음을 예감하는 사람이 죽기 얼마 전에 느끼는 생명에 대한 강력한 애착 같은 것이었다. 그러다 보니 어느덧 임무 교대 30분 전이 되었다.

어쩌면「재입대 블루스」는 이런 분위기에서 나온 것인지도 몰랐다.

그는 보초 교대병이 둑 위로 올라오는 소리를 먼저 들었다. 이어 무겁게 발걸음을 옮겨 놓는 리돌 트레드웰이 시야에 들어왔다. 각종 장비를 갖춘 그는 걸어 다니는 만물상 같았다. 그는 연신 모기를 찰싹 때리고 있었다.

「프라이데이가 그러는데, 남쪽 가시철조망에 있겠다고 네게 전해 달래.」 트레드웰이 말했다.

「그 친구는 거기서 뭐 하는데?」

「낸들 아나? 그냥 말을 전할 뿐이야.」

「오케이.」 프루는 빙긋 웃으면서 헛기침을 한 번 크게 했다. 두 시간 보초를 서고 나면 성대가 제대로 작동하는지 의심스러웠던 것이다. 「내가 아까 보초 나오면서 그 친구를 깨운 것 같은데.」

「그래? 그거 안되었군. 그 빌어먹을 소위는 순찰을 마쳤나?」

「아니, 아직.」 그는 프라이데이를 만나 기타를 꺼내 가지고 와 앤디를 기다릴 생각이었다.

「그럼 내가 근무 설 때 그 소위가 나타나겠는데.」 트레드웰이 씁쓸하게 말했다. 「그 개자식은 꼭 11시가 넘어야 순찰을 돌아. 오늘 밤에도 잠자긴 다 틀렸군.」

「그래? 그거 안되었군.」 프루가 빙긋 웃었다. 「하지만 옆 초소에 가서 담배를 빌려 올 수는 있잖아.」

「쓸데없는 소리.」 트레드웰이 말했다. 「난 잠이 필요해. 그런데 잠을 자지 못해. 빅 치프한테 혹시 경트럭이 들어오는 거 보면 사람을 보내 알려 주라고 해.」 트레드웰은 프루의 등에다 대고 말했다. 「이 초소가 졸고 있는 걸로 적발되지 않으려면 말이야.」

덩치가 큰 치프 초트는 담요들이 어지러운 가운데 자기 텐

트의 모기장 안에서 등을 대고 드러누워 철모에 부착된 비상
등 불빛으로 만화를 보고 있었다. 치프는 4인용 텐트를 혼자
서 사용하고 있었다. 정규 2인용 텐트는 그의 파트너는 물론
이고 치프 혼자도 들어가기가 비좁았다. 그래서 치프가 야전
훈련 나올 때면 보급병 레바가 특별히 그를 위해 4인용 텐트
를 챙겨 주었다.

「리디가 그러는데 소위가 순찰 나오건 사람을 보내 알려
달래.」

「난 교대조가 아니야. 게다가 임무 수행 중도 아니고.」

「난 전해 달라는 말을 전했을 뿐이야.」

「저 게으른 자식.」그가 거대한 가슴에 만화를 떨어뜨리자
그것은 우표만 하게 보였다. 그는 기지개를 켰다.「그 자식은
발밑에 불이 붙어도 누군가가 와서 꺼주기를 바랄 놈이야.
알았어, 내가 조치하지.」그는 다시 만화 속 딕 트레이시의 모
험으로 돌아갔다.

프라이데이는 이중 에이프런 철조망의 완만한 커브 아래
쪽 150미터 되는 지점에 서 있었다. 그는 길 건너편 히컴 기지
의 폐품 처리장 근처에서 야간 보초를 서고 있는 항공대 사병
과 철조망을 사이에 두고 대화를 나누고 있었다. 철조망이
자갈길에서 측면으로 커브를 트는 이곳은 소금기 있는 연못
이 있는 곳이어서 모기 떼가 다른 곳보다 극심했다. 이곳에
비하면 야영지는 오히려 나은 편이었다.

「야, 너 여기서 뭐 하고 있어?」프루가 그들에게 다가서며
말했다. 그는 귀 주위로 몰려드는 모기 떼를 연신 찰싹거리며
때렸다.

「나와 이 친구는 육군에 대해서 얘기하던 중이었어.」프라
이데이가 말했다.

「그렇다고 이 빌어먹을 습지에 서서 얘기할 건 뭐야? 야,

이 모기 정말 죽겠는데.」 모기 떼는 만화경 속의 환상적인 구름 떼처럼 몰려와 그의 귀 근처에서 쉴 새 없이 윙윙거렸다. 찌르고 물러나고 다시 찌르는 품이 영락없는 마상(馬上)의 인디언 전사였다.

「그는 여기 있어야 해. 그의 초소는 저쪽이래.」 프라이데이가 턱으로 길을 가리켰다. 그는 빙긋 웃었다. 「그는 항공대가 최악이라고 하고 나는 육군이 최악이라고 했어. 넌 어떻게 생각해?」

「육군? 별 볼일 없어.」 프루가 계속 모기를 때리며 말했다.

「너 그거 진심 아니지?」 항공대 병사가 약간 놀라는 목소리로 말했다.

「진심 아니라고? 진심이면 어쩔 건데?」 프루도 내심 놀라면서 말했다.

「아까 육군이 최악이라고 한 건 농담이었어.」 프라이데이가 말했다.

「왜냐하면…….」 항공대 사병은 말끝을 흐렸다.

「여긴 내 친구 프리윗이야. 아까 얘기했었지?」 프라이데이가 소개했다.

「아, 그래? 몰랐네.」

「그가 금방 한 말은 신경 쓰지 마.」 프라이데이가 말했다. 「그는 보병의 30년쟁이야. 그는 보병 생활을 좋아해. 그는 네가 알고 싶은 보병 생활에 대해서 다 말해 줄 거야.」

「좋아.」 항공대 사병은 가까이 다가와 철조망 사이로 손을 내밀었다. 「프리윗, 만나서 반가워. 내 이름은 슬레이드야.」

「도대체 뭘 알고 싶다는 거야?」 프루가 그의 손을 잡으며 물었다.

「그는 보병으로 전출 오고 싶어 해.」 프라이데이가 말했다. 「보병으로!」

「응, 보병 중대로. 그러니까 우리 중대로.」

「우리 중대? 무엇 때문에?」

「무엇 때문에!」 슬레이드가 흥분된 목소리로 말했다. 「난 군인이 되고 싶어서 군대에 들어왔지 정원사가 되려고 들어온 게 아니야. 그게 이유야.」

프루는 그를 자세히 쳐다보았다. 「내가 아는 친구들은 대부분 항공대로 옮겨 가고 싶어 하던데.」

「만약 그런다면 그들은 틀림없이 후회할 거야.」 슬레이드가 머리 주위에 달려드는 모기 떼를 무심히 쳐내면서 말했다. 「물론 정원사가 되고 싶다면 별개의 문제겠지만.」

「정원사?」 프루가 말했다. 「난 항공대에 근무하는 병사들은 모두 학교에 다니는 줄 알았는데.」

「그런 소문이 널리 퍼져 있지. 항공대에 들어가서 기술을 배워라. 나의 아버지도 그렇게 생각했지.」

「네 아버지가?」 프루가 말했다.

「응, 나를 항공대에 지원시키면서 그런 말을 했어.」

「오.」 프루가 말했다.

「내가 뭔가 조금만 알고 있는 녀석이었다면 그 당시에 곧바로 보병에 지원했을 거야. 지금 이렇게 간절히 바라지 않고.」

「난 네가 요령을 알고 있을 거라고 말해 주었어.」 프라이데이가 말했다.

「무슨 요령?」

「보병 중대로 전출 가는 요령.」

「오, 그거? 스코필드 부대를 찾아와서 중대장을 만나기만 하면 되는 거야. 우리가 위수지로 돌아간 후에 말이야.」 프루가 말했다.

「위수지라? 그건 아주 병정놀이 같은 단어인데.」 슬레이드가 힘주어 말했다.

「그래?」 프루가 말했다. 「아무튼 중대장을 만나서 그의 중대로 전출 오게 해달라고 허가를 받아. 그런 다음 네 부대의 수석 부사관을 만나서 그 중대장의 추천서를 제출하면서 정식으로 전출 요청하면 그걸로 절차는 끝나는 거야.」

「그게 전부야? 난 아주 어려울 줄 알았는데. 그러니까 복잡할 줄 알았는데.」 슬레이드가 말했다.

「나도.」 프라이데이가 말했다.

「그렇게 간단한 줄 알았더라면 예전에 조치를 취했을 텐데.」

「너희 부대에서 네게 어떻게 했는데?」 프루가 물었다. 「너를 엿 먹여서 진급시켜 주지 않았나?」

「아, 그자들이란…….」 슬레이드가 밥맛없다는 어조로 말했다. 「그자들은 제복을 입은 민간인들에 지나지 않아. 내가 훈련을 마치고 오자 그들은 인사 배치 인터뷰를 했어. 나는…….」

「무슨 인터뷰?」 프루가 물었다.

「배치 인터뷰. 난 포병이 되고 싶어서 포병 학교를 지원했어. 그런데 그들이 어떤 조치를 취한 줄 아나? 그들은 나를 휠러 기지에 있는 행정 학교에 보냈고, 내가 교육을 마치자마자 빌어먹을 행정실에다 집어넣었어. 책상과 파일 캐비닛이 가득한 행정반 말이야.」 그는 화난 표정으로 프루와 프라이데이를 쳐다보았다.

「오, 그랬군. 그리고 그들은 네 보직을 빼앗아 버렸단 말이지?」 프루가 말했다.

「보직의 문제가 아니야. 난 보직을 얻을 정도로 오래 근무하지도 않았어. 난 행정실 근무를 그만두고 경계를 서겠다고 했어. 행정실 근무를 할 바에야 일리노이의 고향에 있으면서 회사에 취직하거나 마당의 잔디밭을 깎는 게 나았을 거야. 육군에 입대해 멀리 와후까지 올 필요는 없는 거지.」

「그런데 넌 왜 보병 근무를 생각하고 있는 거야? 내가 듣기로 항공대 병사들은 보병을 별로 높이 평가하지 않는다던데.」 프루가 말했다.

「난 늘 보병을 좋아했어.」 슬레이드가 열띤 목소리로 말했다. 「보병 부대에는 말이야, 제복을 입은 민간인들이 아니라 진짜 군인들이 근무하고 있어. 보병 부대에 가야 군인을 만날 수 있다고.」

「네가 좋아한다면 보병 근무도 괜찮아.」 프루가 재빨리 말했다.

「그게 나의 진심이야. 보병은 육군의 중추야. 항공대, 포병, 공병은 모두 보병을 돕는 지원 병력에 지나지 않아. 결론적으로 말해서, 보병이 진주해 땅을 점령해야 전쟁은 끝나는 거란 말이야.」

「그건 그래.」 프루가 말했다.

「군대 생활을 하겠다면 마땅히 보병 부대에 가서 해야 돼. 보병은 하루 종일 산악 구보에 전투를 하고 그다음에는 외출해 밤새 여자들과 춤추다가 재미를 봐. 그들은 그다음 날에도 산악 구보를 하고 전투를 해.」

「그렇지. 그게 남자의 생활이지.」 프라이데이가 기분 좋은 목소리로 말했다.

프루는 고개를 저었다. 「넌 그런 얘기를 어디서 들었나?」 그때 모기 한 마리가 그의 귓속으로 들어왔고 그는 귀를 눌러 모기를 죽인 후 꺼냈다.

「몰라, 어디선가 읽은 것 같아. 난 고등학생 때 군대 얘기를 많이 읽었어. 하지만 그렇게 글을 읽는 게 무슨 소용이야? 문제는 생활하고, 행동하고, 실천하는 거야. 평생 독서만 해봐야 뭘 얻겠어?」 슬레이드가 약간 화난 어조르 말했다.

「글쎄, 난 잘 모르겠네.」 프루가 말했다.

「아무것도 못 얻어. 그게 내가 내린 결론이야. 그래서 난 너희 보병을 부러워해. 이곳에 진주해 가시철조망을 칠 때부터 너희를 유심히 관찰했어. 너희는 철조망 전문가더군.」 그는 철조망 말뚝을 하나 잡더니 세게 흔들어 보았다. 짧은 말뚝을 발로 툭툭 차기도 했다. 「난 너희처럼 철조망을 잘 다룰 수 있었으면 좋겠어.」

「거기에는 요령이 있어.」 프루가 말했다.

「요령이 있겠지. 너희가 설치하는 걸 봤어. 나도 그렇게 잘 할 수 있었으면 좋겠어.」

「그러려면 연습이 필요해.」 프루가 말했다.

「그렇지. 그래서 너희가 진주해 온 이래 너희와 대화를 나누고 싶었어. 너희는 저기에다 멋진 캠프를 설치해 놓고 좋은 시간을 보내고 있어. 늘 웃음을 터뜨리며 노래를 불러. 너희는 열심히 일해. 사나이라면 당연히 그런 부대에 근무해야 돼. 난 그렇게 노래 부르는 사람이 너희 둘이라는 걸 전엔 몰랐어.」 슬레이드는 프라이데이를 턱으로 가리켰다. 「저 친구가 말해 줘서 알았지. 여기서 기타를 치면서 노래를 부른다는 걸. 밤에 여기 길 위에서 보초를 서다 보면 그건 정말 멋진 일처럼 보였어. 너희는 야전에 나갈 때 언제나 기타를 가지고 오니?」

「그럼. 형편이 될 때마다.」 프루가 말했다.

「히컴에서는 그런 일이 없어.」 슬레이드가 말했다.

「마침 오늘 밤에 기타 연주를 할 거야. 우리 친구가 CP에서 여기로 오면 말이야. 너도 건너와서 한번 들어 보지 않을래?」

「정말이야?」 슬레이드가 흥분된 목소리로 말했다. 「난 그런 건 상상도 못했는데. 너희 연주를 들으리라고는 기대조차 하지 않았어.」

「우린 네가 오면 기쁠 거야.」

「정말 좋지. 근데 나는 지금 초소 근무 중이야. 앞으로 30분 있으면 교대야.」

「네가 정말로 올 거라면 기다려 줄 수도 있어.」

「정말 멋진데. 정말 그렇게 해줄 거야?」

프루는 고개를 끄덕였다. 「그렇게 허주고말고. 네가 기타 음악을 좋아한다면 말이야. 네가 끼여도 우리는 불편하게 여기지 않을 거야. 연주 실력이 썩 훌륭하다고 할 수는 없어. 하지만 네가 온다면……..」

「난 너희가 정말 멋지다고 생각해.」

「헤이, 슬레이드!」 프라이데이가 대화에 끼어들었다. 「저기 네가 서 있어야 할 길 쪽으로 차가 다가온다!」

슬레이드는 그쪽으로 몸을 돌렸다. 「저건 아마도 폴레트 중사일 거야. 내가 보초 나온 이래 세 번째 들르는 거야.」

「어쩌면 우리 중대 트럭일지도 몰라.」 프루가 말했다.

「아니야, 우리 차는 이미 지나갔어.」 프라이데이가 말했다.

「폴레트일 거야. 저 친구는 지난 두 달 동안 나를 괴롭혀 왔어. 나를 경계병에서 끌어내려 잔디 깎는 병사로 좌천시키려고 말이야.」

「그자가 네게 앙심을 품은 거야?」 프루가 물었다.

「내가 그에게 당신은 거오(倨傲)한 자라고 말했는데, 그 단어를 사전에서 찾아본 뒤로 나를 미워하고 있어.」

「야, 빨리 저기 도로 위의 초소로 돌아가는 게 좋겠다.」 프루가 말했다.

「맞아, 네 말대로 해야겠어. 그럼 30분 뒤에 보자. 오케이?」

「오케이.」

「안 잊어버릴 거지?」

「안 잊어버려.」

「야, 빨리 가봐.」 프라이데이가 점점 가까워지는 헤드라이트 불빛을 쳐다보며 초조하게 말했다.

「알았어.」 슬레이드가 싱긋 웃었다. 그는 몸을 돌려 길 위의 초소로 달려갔다. 헤드라이트는 이제 아주 가까이 다가왔다. 그는 갑자기 멈추더니 다시 몸을 돌렸다.

「너희는 내가 너희와 얘기하는 것을 얼마나 보람 있게 생각하는지 잘 모를 거야. 내 감정을 그처럼 잘 이해해 주는 친구들을 만나기란 쉬운 일이 아니야. 항공대에는 말이야, 보병부대와 다르게 진정한 동료 의식이 없어. 내가 너고 네가 나라는 그런 진한 유대감이 없어. 항공대 친구들은 전우라고 할 수 없어. 너희 정말로 30분 안에 여기 나와 있을 거지?」 그가 당황하는 목소리로 말했다.

「물론이지. 그러겠다고 했잖아. 그러니 너도 여기에 꼭 와.」 프루가 말했다.

「고마워, 정말로 고마워, 프리웟.」 슬레이드는 몸을 돌려 초소 쪽으로 달려갔다. 덜커덕거리는 권총 지갑과 곤봉을 손으로 꼭 누른 채.

프루는 녹이 슨 나선형 말뚝을 잡고 그가 달려가는 것을 지켜보았다. 슬레이드는 곧 어둠 속으로 사라졌고 프루와 프라이데이는 긴장하며 지켜보았다. 그들은 수하를 외치는 목소리를 들었고 이제 움직이기를 멈춘 헤드라이트 불빛 속에 그의 모습이 드러났다.

「휴, 난 그가 먼저 도착하지 못하리라 생각했어.」 프라이데이가 말했다.

「나도.」 프루는 말뚝에서 손을 떼고 손에 묻은 녹을 바지에다 닦았다. 「저 바보 같은 자식은 왜 저런 모험을 하는 거지.」

「그는 별로 신경 쓰지 않는 것 같았어.」 프라이데이가 말했다. 「그는 꽤 똑똑한 친구야. 정말 보병을 좋아하는 것 같아.」

「사실 보병은 다른 부대에 비교하면 괜찮은 부대야. 그렇지 않아?」

「그렇지.」 프라이데이가 말했다. 「보병은 하루 종일 하이킹을 하고, 밤새 술을 마시고 그러다가 여자와 한 코 뜨는 거야. 그리고 그다음 날에도 역시 하이킹을 하지. 난 저 빌어먹을 항공대가 아니라 보병 부대에 있는 걸 자랑스럽게 생각해.」 그는 모기를 찰싹 때렸다.

「여기서 벗어나자. 모기 떼에 산 채로 잡아먹히겠어.」 프루가 말했다.

「그를 안 기다리고?」

「취사장 텐트에서 기다렸다가 시간 되면 다시 나오자. 난 여기 30분씩이나 서 있을 수 없어.」

「오케이.」

취사장 텐트에서는 콜먼 등이 아직도 빛나고 있었지만 그 안에는 취사병 한 명과 치프 초트를 교대한 하사 한 명 외엔 아무도 없었다. 취사병은 테이블 위에서 잠들어 있고, 하사는 캠프 의자에 앉아 선잠을 자고 있었다. 그들이 들어가자 하사가 고개를 쳐들었다.

「뭐야? 소위가…… 아, 너희로군. 너희 여기서 뭐 하는 거야?」 그가 기타를 쳐다보며 말했다. 「뭘 하려는지 알겠어.」 그는 고개를 떨어뜨리고 다시 눈을 감더니 잠에 빠져 들었다.

한편 테이블에 앉아 있던 취사병은 짜증을 내며 앉아 있었다. 「도대체 너희 용건이 뭐야? 여긴 밤새 하는 식당이 아니야. 보초 나갈 때와 보초 들어올 때만 이용할 수 있어.」

「우린 식사하려는 게 아니야.」 프루가 말했다.

「너희가 나를 깨웠잖아.」

「혹시 커피 한 잔 할 수 있을까?」 프루가 말했다.

「젠장.」 취사병이 화난 목소리로 말했다. 「너희가 이렇게 아무 때나 불쑥 들어오면 어떻게 잠을 잘 수 있어? 보초 나갈 때 이외에는 여기 들어올 이유가 없어.」

「커피 한잔 한다고 해서 크게 방해가 되지는 않을 텐데.」프루가 말했다.

「젠장, 이미 내 잠을 깨워 놨잖아. 내가 이런 식으로 일일이…….」

그때 하사는 머리를 쳐들더니 멍하니 눈을 떴다. 「제발 입 좀 닥쳐. 시끄럽게 하는 건 오히려 너야. 저 애들이 조용히 하겠다고 하니 커피 한 잔 하게 내버려 둬.」

「젠장, 마음대로 하쇼.」취사병은 그렇게 말하며 뒤로 한발 물러섰다.

「가서 커피 마셔. 대신 조용히 해.」하사가 말했다. 그는 다시 머리를 떨어뜨리고 천천히 눈을 감았다. 그는 곧 선잠에 빠져 들었다.

커피는 여전히 뜨거웠고 그들은 따뜻한 난로 옆에 서서 커피를 마셨다.

「우린 좀 일찍 거기 나가 있는 게 좋겠어.」프라이데이가 초조한 목소리로 속삭였다. 「그가 돌아왔는데 우리가 없으면 바람맞은 줄 알 거야.」

「오케이, 바로 가보자고.」그는 어둠 속에서 손전등 불빛도 없이 철조망을 따라 걸어 내려가는 동안 모기 떼들이 걸음을 떼놓을 때마다 달려들 일을 생각하고 싶지 않았다.

그들은 아무 말 없이 커피를 마셨다.

「자, 어서 가.」프라이데이가 여전히 초조한 목소리로 말했다.

「알았어, 가보자고.」프루가 커피 잔을 내려놓으며 말했다.

그들이 텐트 밖으로 나왔을 때 프라이데이가 말했다. 「앤디가 트럭에서 내려 우리랑 합류하면 우리가 얼마나 기타를 잘 치는지 슬레이드에게 보여 주자고. 그에게 보병의 진면목을 보여 주자고.」

「알았어. 빌어먹을, 여기에 웅덩이가 있네.」프루가 말했다.

슬레이드는 이미 철조망 부근에서 그들을 기다리고 있었다.

「난 너희가 안 오는 줄 알았어. 그래서 포기하고 돌아갈 생각이었어.」

「이봐, 우리는 한번 한다고 하면 하는 사람이야. 우리는 절대 배신하지 않아.」 프루가 말했다.

슬레이드는 손전등으로 그들의 발밑을 비추며 싱긋 웃었다. 「알고 있어. 내가 항공대의 지저분한 자식들과 오래 지내다 보니 의심이 많아졌나 봐.」

「야, 그 전등 꺼.」 프라이데이가 말했다. 「사보타주 훈련에서는 등화관제가 기본이야.」

「오케이.」 슬레이드는 손전등을 껐다. 「너희는 내가 아주 신참이라고 생각하지? 이 철조망을 어떻게 건너가야 하지?」

「저 위로 올라가서 트럭 출입을 위해 터놓은 부분으로 나오면 돼.」 프루가 말했다.

「오케이, 내가 혼자서 저 위로 가서 그쪽으로 건너갈게. 너희는 나를 따라 일부러 위까지 올 필요 없어. 너희는 이미 나를 위해 많은 것을 해주었어.」

「우리도 어차피 저 위로 올라가야 해.」 프라이데이가 재빨리 말했다. 그는 그 주위로 손을 흔들어 모기를 쫓으려 했지만 별 효과가 없었다.

「취사장이 저 위쪽에 있어.」 그들이 야영지 쪽으로 올라가던 중에 프루가 말했다. 철조망을 사이에 두고 저편에는 슬레이드가 이편에는 프루와 프라이데이가 있었다. 그들은 걸어가면서 나무뿌리와 가지에 자꾸 걸렸다.

「너는 이 모기 떼가 성가시지 않니?」 프라이데이가 말했다.

「아니.」 슬레이드가 잠시 망설이더니 곧 말했다. 「뭐라고 할까, 난 이 모기 떼가 좋아.」

「좋다고!」 프라이데이가 말했다.

「응, 물론 아주 좋다는 얘기는 아니야. 이렇게 모기 떼에게 뜯기고 있으면 군인 노릇을 제대로 한다는 느낌이 들어. 여기 이렇게 서서 고생하고 있으니 비로소 군인이 된 게 아니냐는 생각이지. 물론 너희 보병들이 견디고 있는 거에 비하면 아무 것도 아니지만.」

「잘 이해가 안 되는데.」 프라이데이가 말했다. 「이렇게 모기 떼에 뜯기는 것이 정말 좋다는 얘기는 아니겠지? 너 이 초소 근무를 자원한 건 아니지?」

「오, 프라이데이, 그만둬.」 프루가 짜증 난 목소리로 말했다.

「내 얘기가 좀 황당하게 들리리라는 건 알고 있어. 난 이 근무를 자원하지 않았어. 난 원래 주 출입문 근무였는데, 폴레트 중사가 나를 이리로 쫓아냈어.」

「난 보병 근무 중 여기가 최악이야.」 프라이데이가 모기를 때리며 말했다.

「글쎄, 난 그렇게 생각하지 않는데. 난 여기보다 훨씬 못한 곳에서도 근무해 봤어. 가령 마이어 부대에서의 겨울 훈련은 정말 지독했지.」 프루가 모기를 때리며 말했다. 「슬레이드, 저 둑 위로 올라가기 전에 커피 한 잔 하지 않을래?」

「좋지.」 슬레이드가 열띤 목소리로 말했다. 「너희는 야전에 나와서도 밤중에 커피를 마실 수 있구나. 우리는 밤중에 커피를 못 마셔. 게다가 영구 위병소를 운영하고 있어.」

「커피가 없다고!」 프라이데이가 말했다. 「그건 너무한데. 야간 보초는 커피를 마셔야 해.」

「물론 커피가 있기는 해. 독서오락실에다 실렉스 커피 주전자를 마련해 놓았는데 우리가 직접 타서 마셔야 해. 하지만 밤중에 보초 나가면 대부분 그냥 나가라고 하고 그걸 이용하지 못하게 해. 항공대 실정이 이래.」

「너 샌드위치도 함께 먹을래?」 프루가 말했다.

「따뜻한 샌드위치?」 프라이데이가 말했다. 「프루, 그만 해.」

「아니, 샌드위치 먹고 싶을 때는 언제나 먹을 수 있다는 얘기야?」 슬레이드가 말했다. 「너희는 정말 왕처럼 살고 있구나.」

「젠장.」 프루가 말했다. 「뜨거운 샌드위치가 없다면 커피가 무슨 소용이야?」

「아니, 뜨거운 샌드위치라고?」 슬레이드가 말했다.

「이봐, 프루, 그만 하라니까.」 프라이데이가 말했다.

「그럼, 우리 부대 내에는 진짜 멋있는 취사 부사관이 있어.」 프루가 말했다.

「정말 그런 것 같군.」 슬레이드가 말했다.

「그는 부하들을 어떻게 보살펴야 하는지 알지.」 프루가 말했다. 「밤에 보초를 나갈 때 말이야. 그런 부사관이 보살펴 주면 보초 일이 힘들더라도 견뎌 낼 수 있지.」

「이봐, 프루, 그만 해.」 프라이데이가 말했다.

「자, 이제 거의 다 왔어.」

철조망의 트럭 출입구에 다가오자 슬레이드가 이쪽으로 건너왔고 그들은 프루가 앞장선 채로 곧장 취사장 텐트로 갔다. 텐트 안은 그들이 잠시 전 떠나왔을 때와 똑같았다. 그들이 들어가자 취사병이 테이블에 똑바로 앉았다.

「아니, 또 뭐야? 여긴 리조트가 아니야. 그리고 저 친구는 누구야?」 취사병이 말했다.

「항공대 소속의 우리 친구야.」 프루가 텐트 안으로 들어서며 말했다. 「커피 한잔 하고 싶다는군.」

프라이데이는 천막 출입문 안으로 들어서서 텐트가 팽팽하게 쳐진 뒤쪽 벽으로 가면서 가능한 한 취사병의 눈에 띄지 않으려고 했다.

「커피 한잔? 넌 도대체 여기가 어디라고 생각하는 거야? 여기가 적십자사야?」 취사병이 말했다.

「그리고 샌드위치도 좀 먹었으면 하는데.」 프루가 끈덕지게 말했다.

「샌드위치! 샌드위치!」 취사병이 어이없다는 투로 말했다.

「그래, 커피와 함께 먹으면 좋지.」

「하느님 맙소사! 커피도 모자라 샌드위치라니!」

「넌 저기다 고기와 빵을 다 준비해 놓고 있잖아.」 프루가 말했다. 「네 일을 덜어 주기 위해 우리가 직접 만들어 먹을게.」

「안 돼, 절대로. 그리고 좀 떠들지 마. 저건 제3교대 조를 위해 준비해 놓은 거야.」

「프라이데이는 제3교대 조야.」 프루가 말했다.

캠프 의자에 앉아 있던 하사는 부스스 눈을 뜨더니 혐오스럽다는 표정으로 그들을 쳐다보았다. 「도대체 무슨 소동이야? 여기가 뉴욕의 그랜드 센트럴 역쯤 되는 줄 알아? 도통 쉴 수가 없잖아. 차라리 밖에 나가서 초소 순찰이나 돌아야겠다.」 하사는 프라이데이 곁을 지나 텐트 출입문을 들치고 밖으로 나갔다.

「프리윗, 난 히컴 기지 전원을 상대로 취사반을 운영하는 게 아니야.」

「먹을 게 충분히 있는데 왜 그래?」 프루가 끈덕지게 말했다.

「만약 내가 여기 들어오는 개나 걸이나 모두 샌드위치를 만들어 줘야 한다면 나는 밤새 한잠도 자지 못할 거야.」

「넌 내일 하루 종일 휴무잖아. 내일 하루 종일 자면 되잖아. 우린 내일도 초소 근무 서야 해.」

「난 내일 시내 나갈 거야.」

「취사병, 너 갑자기 왜 그래?」 프루가 말했다. 「전에는 안 이랬잖아.」

「내가 안 이랬다고?」 취사병이 멍한 표정으로 말했다.

「그래. 너 이렇게 행동하면 항공대에 어떤 인상을 주겠어?

756

갑자기 이렇게 행동하면 말이야. 난 저 친구에게 우리 중대의 취사반이 정말 멋쟁이라고 말해 놓았단 말이야.」

「젠장.」 취사병이 멍한 상태에서 벗어나며 반격했다. 「어쨌든 샌드위치는 안 돼. 넌 여기 느닷없이 들어와서 샌드위치를 요구하다니 너무 뻔뻔해. 네가 뭐야? 장교야? 그리고 생각난 김에 말하겠는데, 커피도 안 돼. 금방 마셨잖아.」

「야, 너 왜 갑자기 감정적으로 나와?」 프루가 당황하며 말했다. 「넌 전에 우리 요청을 거절한 적이 없잖아.」

프라이데이는 숨을 껄떡이다가 기침을 했다.

「그래서?」 취사병은 이번에는 넘어가지 않았다. 「아무튼 샌드위치는 안 돼.」

「만약 병사들이 샌드위치를 원한다면……」 그때 천막 출입문 뒤에서 운명의 벼락같은 걸걸한 소리가 들려왔다. 「그들에게 샌드위치를 줘야지.」

세 사람은 한 사람처럼 고개를 돌려 뒤를 보았다. 그들은 취사병이 이미 보아 버린 모습을 보고 있었다.

메일런 스타크였다. 그는 상황의 극적 반전을 위해 마지막 막의 마지막 바로 앞 장면에 등장하는 멜로드라마의 주인공처럼 텐트 출입문 앞에 서 있었다. 그의 눈 아래 보라색 그늘은 잠이 모자라 부석부석했고 얼굴은 다소 부어 있었다. 그의 목소리는 아직도 잠에 전 것처럼 걸걸했고 그의 제복도 금방 자다 깬 사람 같았다. 그의 오른쪽 손에는 술병이 들려 있었다.

「헬로, 메일런?」 취사병이 약간 겁먹은 얼굴로 미소 지으며 말했다. 「이 시간에 여기는 웬일로?」

「내가 이 빌어먹을 취사반을 운영하는 한, 야간 보초는 아무 때나 커피와 샌드위치를 먹을 수 있어.」

「메일런, 그건 나도 동의해.」 취사병이 강력하게 항의했다.

「백 퍼센트 찬성이라고. 하지만 이 친구들은 초소에 나가는 것도 초소에서 돌아오는 것도 아니야. 잠자야 할 시간에 아무 목적 없이 배회하는 자들이라고. 저들 중 한 명은 우리 중대 소속이 아니라 히컴 기지 친구야. 내가 히컴 기지 친구들까지 먹여 줘야 한다면 나는 언제 잠을 잘 수 있겠어.」

「넌 잠을 자면 안 돼.」 스타크가 걸걸한 목소리로 말했다. 그는 주위를 한번 둘러보고는 텐트 기둥을 지나가 빈 캠프 의자에 힘겹게 앉더니 멍한 표정으로 앞을 바라보았다. 강한 위스키 냄새가 천막 안에 진동했다.

「넌 잠을 자지 말고 계속 깨어 있어야 해. 넌 오늘 밤 철야 근무를 하기 때문에 내일 하루 종일 휴무야. 잠은 그때 자면 되는 거야. 만약 내일도 일하고 싶다면 지금 자도 돼.」

그는 고개를 돌려 엄숙한 표정으로 취사병을 쳐다보았다. 취사병은 아무 말도 하지 못했다.

「어떻게 할 거야, 취사병? 만약 잠을 자고 싶다면 자도록 해. 내가 밤새 대신 일해 줄 테니까. 하지만 내일 너는 근무해야 돼.」

「메일런, 난 그렇게 하겠다고 말하지 않았어. 내 말은…….」

「그럼 닥쳐.」

「오케이, 메일런. 난 단지…….」

「닥치라고 말했잖아.」

그는 고개를 돌려 프루를 보았으나 제대로 보고 있는 눈빛은 아니었다. 그는 프루 뒤에 있는 텐트 벽을 쳐다보는 것 같았다. 「너희 샌드위치 먹고 싶으면 먹어. 사람은 자고로 먹어야 힘을 쓰는 거라. 하루 종일 전투를 하다가도 살아남은 놈은 먹어야 하는 거라. 언제나 먹을 수 있다는 걸 알면 마음이 든든해지는 거라. 아무튼 단 한 놈이 살아남았더라도 그 친구는 먹어야 해.」

아무도 말이 없었다.

「이 개자식아, 이 병사들에게 샌드위치를 만들어 줘.」스타크는 프리윗 뒤의 텐트 벽에다 대고 말했다.

「오케이, 메일런. 지시대로 할게.」취사병이 말했다.

「그럼 빨리 실시해, 이 개자식아.」스타크가 걸걸한 목소리로 말했다.

「메일런, 우리가 직접 만들어 먹을 수 있어.」프루가 부드럽게 말했다.「취사병이 일부러 만들어 즐 필요는 없어.」

「저 친구가 해야 돼. 샌드위치 만들어 주라고 봉급을 받는 거야. 너희가 샌드위치 만들어 달라고 하면 저 친구가 만들어 와야 해.」

「좋아. 난 만들어 주는 걸 개의치 않아.」취사병이 말했다.

「닥쳐, 이 개자식아.」스타크가 말했다.

「내가 할게.」프루가 미안한 목소리로 말했다.「샌드위치와 커피를 준비해 둑 위로 올라갈 생각이야. 거긴 사람이 없어서 조용해. 그러면 저 취사병도 좀 잘 수 있을 거야.」

「잠은 무슨 빌어먹을 잠. 여긴 취사장 텐트야. 이 텐트에서 먹고 싶은 사람은 이 텐트에서 먹는 거야. 만약 저 친구가 시비를 걸면 내가 죽여 버릴 거야. 아무튼 취사병을 좀 바꿀 필요가 있어.」

「우린 저 둑 위로 가지고 가고 싶어.」프루가 약간 불안한 목소리로 말했다.

「오케이. 저 위에 올라가서 기타를 연주하려고?」

「응.」프루가 난로 위에 고기를 얹어 놓으며 말했다.

「오케이. 그럼 너 이 빌어먹을 자식, 잠이나 자라.」스타크가 취사병에게 말했다.

「메일런, 난 졸리지 않아.」취사병이 말했다.

「잠자라고 했잖아.」운명의 벼락같은 목소리가 말했다.

「오케이.」취사병이 말했다. 그는 아무 말 없이 순종하는 자세로 테이블 위에 엎드렸다. 스타크는 그를 쳐다보지 않았다. 아무도 쳐다보지 않았다. 그는 오른손에 쥐고 있던 술병을 들어 올려 왼손으로 뚜껑을 돌려 따고 병나발을 불더니 다시 뚜껑을 닫고 왼손을 의자 팔걸이 아래로 내려놓았다. 그는 아무 말도 하지 않았다.

프루는 샌드위치를 다 만들자 그것을 동료들에게 돌렸다. 그는 스타크에게서 퍼져 나오는 안개처럼 신비한 침묵에 압박감을 느끼며 아주 조심스럽게 커피를 따랐다. 이어 아주 무서운 허리케인을 피해 달아나는 사람처럼 살그머니 그 텐트에서 빠져나왔다. 프루는 그에게 고맙다는 인사를 하기 위해 출입문 앞에서 뒤를 돌아보았다. 그러나 스타크는 움직이지도 고개를 쳐들지도 않았다.

「사람은 먹어야 사는 거야.」그는 교회에서 맹세를 함으로써 자기 자신을 설득시키려는 비신자(非信者)처럼 탁한 목소리로 말했다.

둑의 꼭대기에서 내려다보니 히컴 기지는 어두운 밤하늘의 밝은 불빛이었다. 기지에서는 매일 밤 비행 훈련을 했고 격납고는 빈 극장처럼 환하게 불이 켜져 있었다. 날아가는 비행기들은 빨간색, 파란색, 녹색을 내뿜었다. 또한 벌집같이 생긴 비행기 관제탑에서도 불을 뿜었다. 이따금 탐조등의 손길이 구름의 아랫배를 쓰다듬었다.

길 아래로 1백 미터 정도 들어간 곳에, 격납고에 들어가 있는 B 18 비행기들이 보였다. 하루 4교대로 돌아가는 초소 근무의 궁극적 목적이 저 비행기들을 지키기 위한 것이었다. 하지만 그 비행기들은 실제 폭격용으로 사용되는 것이 아니라 적을 유도하는 미끼로 사용되는 것을 못마땅하게 여기는 듯한 자세로 보금자리에 엎드려 있었다. 거기서 좀 떨어진 왼쪽으로, 방금 슬레이드를 교대해 준 초병들이 움직이는 게 보였다.

「우리 부대의 취사반장을 어떻게 생각하나?」 프루가 청명한 밤공기를 가슴 깊숙이 들이마시며 말했다. 「아까 취사반장이 좋은 사람이라고 말했지?」

「그는 내가 예상했던 사람은 아니었어.」 슬레이드가 조심스럽게 말했다.

「그는 취사장을 독재자처럼 운영해.」 프루가 말했다.

「그런 것 같더군.」

「물론 오늘 밤에 술을 한두 잔 걸치기는 했지만.」

「그는 행복한 사람 같아 보이지는 않았어.」 슬레이드가 다시 조심스럽게 말했다.

「행복? 그는 내가 알기로 이 세상에서 가장 행복한 사람이야.」 프루가 말했다.

「〈1천 마일 블루스〉를 연주하는 게 어때?」 프라이데이가 기타 줄을 퉁기며 말했다. 「앤디를 기다리는 동안.」

「그렇게 하지. 난 블루스 좋아해.」 슬레이드가 잘되었다는 듯이 말했다.

「앤디는 곧 나타날 거야.」 프라이데이가 말했다.

트럭은 도로에서 방향을 회전하자마자 헤드라이트를 껐다. 그리고 저속 기어가 걸린 트럭이 철조망 출입문을 천천히 들어오는 소리가 들려왔다. 어둠의 한가운데에 손전등 등불이 화톳불처럼 모여들었고 모두 취사장 쪽으로 나아갔다.

「밤에는 등화관제를 해야 한다고 하지 않았어?」 슬레이드가 말했다.

「저건 소위야.」 프루가 말했다.

「오.」

손전등 불빛 중 하나가 취사장 텐트에서 벗어나더니 저 혼자 자그마한 불빛이 되어 오르막길을 올라오기 시작했다. 그건 기타를 들고 있는 앤디였다.

「스타크가 취사장에 있던가?」 프루가 물었다.

「응.」 앤디가 대답했다.

「술병을 갖고 있지?」

「아니, 술병은 보이지 않던데. 그는 잠들어 있었어. 눈을 꼭 감고 말이야.」

「그는 그렇게 취하지 않았어.」 프루가 말했다.

「나도 마찬가지야. 내가 가지고 온 걸 좀 봐.」 그는 셔츠를 열고 그 안에서 술병을 하나 꺼냈다.

「야, 너 그거 어디서 났어?」 프라이데이가 물었다.

「다 구하는 수가 있지.」

「어서 말해 봐. 어디서 났어?」 프루가 물었다.

「내가 구해 온 게 아니야.」 앤디가 빙긋 웃었다. 「워든이 어디선가 구했나 봐. 난 그에게서 한 병 샀어. 그 사람은 사막에서도 위스키를 찾아낼 사람이야. 그는 술에 잔뜩 취해서 경트럭을 타고 소위 일행과 함께 왔어.」

「소위는 아무 말도 안 해?」

「소위는 말이야, 워든에게 아무 말도 안 해. 단 한 마디도.」

「워든이 누구야?」 슬레이드가 물었다.

「중대 수석 부사관 이름이야.」 프루는 그렇게 말하면서 슬레이드를 앤디에게 소개했고 술병을 항공대 병사 앞에 갖다 놓았다.

「아, 저기 가는군.」 앤디가 취사장 텐트에서 나와 초소 순찰을 나가는 소위 일행을 가리켰다. 「세 명밖에 없는데. 워든은 끼이지 않은 것 같아.」

「우린 한 시간 정도 연주할 수 있어.」 프루가 말했다.

「내게 가락의 높이를 말해 봐.」 앤디가 프라이데이에게 말했다.

「내게 술병을 줘.」 프루가 앤디에게 말했다. 「자, 슬레이드, 한 잔 더 할 테야?」

「야, 너희는 정말 멋지게 군대 생활을 하고 있구나.」 슬레이드가 즐거운 목소리로 말했다.

「그렇게 생각해? 아무튼 나쁘지는 않지.」 프루가 말했다. 「근데 워든이 여기는 웬일일까?」

제31장

밀트 워든 자신도 여기 나와서 뭘 하자는 것인지 잘 몰랐다. 그는 술 취한 김에 충동적으로 밖으로 나가는 차량을 타고 CP를 벗어났다. 그는 홈스 대위의 촌스럽고 둥그런 얼굴을 쳐다보기가 너무 지겨워 CP가 싫어졌다. 그래서 컬페퍼 소위와 함께 모기들이 극성인 이 외곽 초소에 나오게 된 것이었다. 컬페퍼 소위를 쳐다보면서 밀트 워든은 둘 중 누가 더 지겨운 자인지 잘 가늠이 되지 않았다.

CP에 있으면서 워든은 홈스 대위가 은근히 자기를 비웃고 있다는 생각이 들었다. 홈스가 그를 상대로 아주 흥미로운 농담을 던지고 있다는 느낌도 들었다. 밀트 워든은 홈스 대위의 아내와 사랑에 빠질 생각은 아니었다. 단지 그처럼 빌어먹을 장교 노릇을 하는 홈스 대위에게 복수하려고 그 여자에게 접근했던 것이다. 대위는 워든에게 단단히 엿을 먹였다. 최근에 와서 워든은, 일이 이렇게 된 것은 대위의 개인적 책임이라고 생각하는 경향이 있었다. 만약 저 개자식이 다른 남편들처럼 아내 간수를 잘했더라면 이런 일은 아예 벌어지지 않았을 것이다. 그러면 밀트 워든은 이처럼 깊이 사랑에 빠지는 일 없이 인생을 즐길 수 있을 터였다.

밀트 워든은 봉급날 이후 캐런 홈스를 두 번 더 만났다. 첫 번째 데이트 때는 모아나에 두 번째로 찾아갔다. 두 번째 데 이트 때는 밀회 장소를 계속 옮겨야 좋다는 이론에 입각하여 시내의 알렉산더 영 호텔에 묵었다. 두 번 다 그들은 앞으로 어떻게 할 것인가 하는 문제를 놓고 대판 언쟁을 벌였다. 두 사람은 이런 식으로 계속 나갈 수는 없다는 데 동의했다. 또 한 사랑을 멈출 수도 없다는 데 동의했다. 마침내, 캐런은 평 화 시 징병 제도와 함께 도입된 진급 코스에 등록하여 장교 로 승진하라고 밀트에게 말했다.

「만약 장교로 승진한다면……」 그녀가 말했다. 그는 자동 적으로 본토에 전보되어 그를 아는 EM[34]이 전혀 없는 부대 에서 근무하게 될 것이다. 그러면 그녀는 그를 따라가기만 하 면 된다. 만약 그가 장교로 승진한다면 그녀는 홈스와 이혼 하고 밀트와 재혼할 것이며 아들은 홈스에게 양보할 것이다. 하지만 그가 EM으로 남아 있는 한 이런 진로는 생각해 볼 수가 없다. 특히 그가 남편 중대의 EM일 경우에는 더욱 그러 하다. 캐런은 밀트가 아주 탁월한 장교가 될 것이라고 생각 했다.

밀트 워든은 깊은 충격을 받았을 뿐만 아니라 모욕감을 느 꼈다. 그는 그녀의 말이라면 합리적인 범위 내에서 뭐든지 다 들어줄 생각이었으나 그건 너무 지나친 요구였다. 그래서 그 는 벌써 일곱 번째로 더 이상 그녀를 만나서는 안 되겠다는 결심을 했다. 그게 워든이 그처럼 술 취한 이유 중 하나였다.

「식사를 하지.」 일등병 러셀이 시동을 끄자 컬페퍼 소위가 손전등을 켜며 말했다. 그건 다른 사람들에게 손전등을 켜라 는 신호였다. 「이런 빌어먹을 초소를 순찰해야 하다니 정말

34 *Enlisted Man*. 사병.

지겹군.」 컬페퍼 소위는 씁쓸하게 말했다. 「이제 진급 코스가 생겼으니 하급 장교들을 더 많이 군에 받아들여야 할 때야.」

워든은 소위에게 험상궂게 미소 지으며 차에서 내렸다. 컬페퍼 소위는 다른 곳을 쳐다보며 취사장 텐트를 향해 걸어갔다. 그는 수석 부사관이 여기 왜 따라왔는지 알지 못했다. 그는 워든이 주위에 있는 것을 싫어했다. 그가 있으면 불편했다. 소위는 때때로 밀턴 앤서니 워든이 미친 사람 아닐까 의심이 들기도 했다. 워든은 도대체 겁대가리가 없는 사람 같았다.

워든은 컬페퍼 소위와 앤더슨이 사라질 때까지 기다렸다가 웨어리(피곤한) 러셀의 팔을 붙잡고 뒤로 끌어당겼다.

「이봐, 개자식.」 그가 사납게 속삭였다. 「저 친구들이 돌아갈 시간에 내가 트럭에 나타나지 않으면, 네가 다시 이곳으로 와서 새벽 2시쯤 나를 픽업해 줘.」

「아니, 톱!」 시계를 쳐다보며 텐트 속에 앉아 있어야 할 일을 생각하니 너무 을씨년스러워서 웨어리 러셀이 거세게 항의했다.

「말대꾸하지 마. 지시는 한 번으로 충분해.」

「아니, 그때까지 여기서 뭘 하시게요?」

워든은 눈썹을 꿈틀거리며 그에게 슬쩍 웃어 보였다.

「여긴 여자도 술도 없어요.」

워든은 아무 말 없이 미소만 지었다.

「그럼 술이나 한 잔 줘요.」 웨어리가 양보하며 말했다.

워든은 자리 밑에 감추어 두었던 술병을 꺼내 건네주었다.

「난 너와 함께 돌아가기 위해 여기 나와 있을게.」 웨어리가 술을 마시는 동안 워든이 말했다. 「만약 내가 나타나지 않을 경우를 대비한 거야. 내가 트럭에 안 나왔는데 새벽 2시에 픽업하러 오지 않으면 네놈의 불알을 잘라 버릴 거야.」 그는 강조하는 뜻으로 웨어리의 팔을 꽉 잡았다.

「아야, 오케이. 내가 오케이라고 했잖아요. 자, 술병 여기 있어요.」

「오케이, 잊지 마. 가봐.」 그는 웨어리의 엉덩이를 툭 치며 어서 가보라는 신호를 했다. 그는 러셀이 시야에서 사라지기를 기다렸다가 술병을 키아웨나무 뿌리에 감추고 따라갔다.

워든과 러셀이 텐트 출입문을 들어서 보니 스타크는 캠프 의자에 앉아 있었다. 취사병은 소위와 함께 스토브 곁에 붙어 서서 그들의 샌드위치를 만들고 있었다. 스타크는 일어서서 소위에게 의자를 권하지도 않았다.

「헬로.」 워든이 그에게 험상궂은 표정을 지어 보였다.

「헬로.」 스타크는 멍한 표정으로 말했다. 그들이 거기 있는 동안 스타크는 아무 말도 하지 않았다. 그는 아무도 쳐다보지 않았고 의자의 나무 팔걸이에 걸친 팔을 흔들지도 않았다.

앤디는 한 손에 기타를, 다른 한 손에 샌드위치를 들고 먼저 자리를 떴다. 이어 소위가 러셀과 하사를 데리고 초소 순찰에 나섰다. 워든은 텐트에 그대로 머물렀다. 취사병은 다시 테이블 위에 머리를 내려놓고 졸기 시작했다.

「이봐, 취사병.」 스타크가 말했다.

「누구 나 말이야?」 취사병이 일어나 앉으며 말했다.

「여기 너 말고 누가 있어?」

「아니, 또 무슨 일로?」

스타크가 머리를 흔들었다. 「여기서 나가, 꺼져. 난 너를 쳐다보기만 해도 속에서 올라오려고 해.」

「어디로 가란 거지?」 취사병이 말했다.

「침대에 가서 자. 넌 절반쯤 죽어 있어. 그런 너를 차마 봐줄 수가 없어. 내가 이번 교대 조는 내가 맡아서 해줄게. 널 쳐다보고 있느니 내가 직접 하는 게 낫겠어.」

「그럼 내일 휴무는 어쩌고?」

「내일 휴무해. 이 게으른 자식아. 어서 가봐.」

「오케이.」 취사병은 애써 좋은 표정을 감추면서 일어섰다. 「메일런, 지시대로 할게.」 그는 메일런의 마음이 바뀌기 전에 재빨리 텐트를 벗어났다.

「자네 왜 그래? 무슨 일 있어?」 워든이 물었다.

「아무 일도 없습니다.」 스타크가 음울하게 말했다. 「그러는 상사님은 무슨 일입니까?」

「자네는 일부러 매를 벌고 있군. 그럴 필요가 없는데도 밤새 근무하겠다니 말이야.」

「내가 좋아서 그러는 겁니다. 그게 상사님과 무슨 상관입니까?」

「자넨 취했어.」

「상사님도 취했군요.」

「그래, 그래서 좀 더 취하려고 해.」 워든이 야비하게 웃으며 말했다. 「자네 술은 어디 있나?」

「내가 취사병을 보낸 데는 이유가 있습니다.」 스타크가 어두운 표정으로 말했다. 그는 몸을 뒤로 기울이더니 식기장과 텐트 벽 사이에서 술병을 꺼내 워든에게 던졌다. 「상사님 술병은 어디 있습니까?」

「CP에 있지.」 워든이 거짓말을 했다. 「텅 비었어.」

「그래요. 그럼 내 것을 마시지요.」

「고맙네.」

「상사님은 술 좀 드셔야 할 겁니다. 난 드릴 말씀이 있어요.」

「잊어버려.」 워든이 술병을 기울이며 말했다. 「난 휴가 나왔어. 취사장의 애로 사항을 들어 줄 기분이 아니야. 자네와 자네의 취사반은 꼭 말 많은 노처녀 같아. 난 공식적인 업무에 대해서는 얘기할 생각이 없어.」 그는 술병을 스타크에게 건네주었다.

「이건 공식적인 얘기가 아닙니다._ 스타크가 음울하게 말했다. 「이건 사적인 거예요. 상사님이 최근에 새 여자 친구를 얻었다는 얘기를 들었어요.」

워든은 앉기 위해 식기 수납함 쪽으로 가던 중이었다. 그는 걸음을 멈추지 않았다. 잠시 멈추어 서지도 않았다. 그는 아무렇지도 않다는 듯, 방금 어떤 사람이 라디오의 다이얼을 돌린 것처럼 무심하게 수납함 위에 앉았다. 그는 마음속에서 생각의 광각 범위가 작동되어 각종 신흐를 보내는 것을 느낄 수 있었다. 하지만 저녁 내내 그의 머리를 괴롭히던 축축한 불쾌감의 잡음 소리를 쫓아내려고 애를 먹고 있었다. 그는 담배에 불을 붙이면서 계속 잡음이 들려올 것인지 신호의 주파수가 딱 맞을 것인지 의아해했다. 그는 수납함 위에 앉아서 편안한 자세를 잡으며 다리를 꼬았다. 「그래? 그 얘기를 어디서 들었는데?」

스타크는 여전히 음울한 표정으로 워든을 쳐다보았다. 「나도 정보를 캐내는 데는 나름대로 일가견이 있습니다.」 그가 느긋하게 말했다.

「그래? 그렇다면 그런 일가견을 제대로 발휘해 자네 일이나 신경 쓰지그래.」

「싫다면요.」 그는 의자에서 일어서지 않고 오른팔을 움직여 워든에게 술병을 건네줬다. 워든은 술병을 잡았다.

「그래도 그렇게 해야 할걸.」 워든은 길쭉한 갈색 병을 의심스럽게 바라보더니 그것을 들어 한 모금 들이켰다. 이어 병뚜껑을 비틀어 닫더니 다시 스타크에게 건네줬다. 「그런 사실을 어떻게 알았나?」

스타크는 의자에서 미동도 하지 않으면서 오른팔을 나른하게 뻗어 술병을 잡았다. 그는 의자 팔걸이 위로 팔을 내려서 술병을 땅에다 점잖게 내려놓았다.

「내가 그걸 어떻게 알았는지는 신경 쓸 필요 없다 이겁니다. 아무튼 내가 그걸 알고 있다는 것이 중요해요. 하지만 그런 사실을 부대원들은 전혀 모르고 있습니다. 난 전에 그런 사실을 경고하면서 조심하지 않으면 큰코다칠 거라고 말씀드렸습니다. 나는 그걸 상사님에게 말했고, 또 그걸 직접 알고 있습니다. 내가 블리스 시절에 경험한 바도 있으니까요.」

「그래, 좋았나?」 워든이 깊은 생각에 잠기면서 물었다.

「아니요, 그땐 몰랐어요. 그걸 판단할 정도가 못 되었어요. 하지만 그건 중요한 문제가 아니에요. 중요한 문제는…….」 그는 말을 멈추고 머리를 흔들었다. 「난 당신이 똑똑한 사람이라고 생각했어요.」

워든은 캠프 의자 옆에 있던 수납함에서 일어나 그 의자 옆으로 돌아 가면서 허리를 굽혀 술병을 집어 들었다. 이런 상황을 다룰 수 있는 방법이 있었다. 아니, 모든 상황에는 그에 합당한 대응 방법이 있었다. 가장 중요한 것은 조심하는 것이었다. 하지만 그처럼 조심하면서 주위를 빙빙 도는 것이 때로는 지겨워진다.

「난 네가 그걸 어디서 알았는지 알고 싶어.」 워든이 예기치 않게 스타크의 귀에다 대고 소리를 질렀다.

「나는 상사님이 알렉산더 영 호텔로 들어가는 걸 봤습니다.」 스타크가 침착하게 말했다. 「일주일 전쯤에. 아마도 스코필드 소속의 보병 1만 명이 그것을 보았을 겁니다. 당신은 미쳤어요.」

「어쩌면.」 워든이 야비하게 말했다. 그는 왼손으로 술병을 집은 채 뒤로 물러섰다. 「그래서 그 사실에 대해서 어떻게 하겠다는 거야? 그래, 어떻게 하기로 결정했어?」

「그러니까, 이제 부정하지는 않는군요.」

「내가 왜 부정해? 네 눈으로 보았다며?」

770

스타크는 캠프 의자에서 힘들게 일어서서 멍한 표정으로 워든을 쳐다보았다. 「난 이미 결심했습니다. 그 일에 대하여 어떤 제안을 해야 할지. 상사님이 어떤 말을 해도 내 맘을 바꾸어 놓지 못할 겁니다. 그렇게 하려 해도 소용없어요.」

「난 아직 시도조차 하지 않았어.」

「내 제안대로 하지 않는다면 좋지 않을 겁니다. 내 마음을 바꾸려 한다면 그걸 포기하는 게 좋을 겁니다. 상사님, 만약 몸조심하지 않는다면, 누가 대신 나설 수밖에 없겠지요. 그런 데 그 일에는 제가 적격일 것 같습니다.

상사님, 오늘 밤 저한테 약속을 해주지 않으면 이 텐트를 못 나갑니다.」 스타크는 자신의 말을 강조하려는 듯 팔짱을 끼면서 엄숙하게 말했다. 「군인으로서 명예를 걸고 그년과는 다시 만나지 않겠다고 저에게 약속하십시오.」

「호오!」 워든이 콧방귀를 뀌었다. 「군인으로서의 명예? 안 그러면 이 텐트를 못 나가?」

「상사님은 자존심이라고는 눈곱만큼도 없습니까? 당신이 몸담고 있는 조직을 존경하지 않습니까? 벌써 여러 해 동안 입고 있는 이 나라의 군복을 존경하지 않습니까? 부끄러운 줄 알아야 합니다. 당신 소매에 부착된 갈매기 수장에 부끄러운 행동을 하고 있는 겁니다, 상사님.」

「엿 같은 소리.」 워든이 콧방귀를 뀌었다.

스타크는 머리를 흔들었다. 「그게 나의 최종 통고입니다. 난 이미 결심했어요. 내게 약속할 때까지는 이 텐트에서 못 나갑니다. 그게 나의 최종 통고입니다, 상사님.」

「호오! 최종 통고? 나를 협박하는 거야?」 워든이 콧방귀를 뀌었다.

「그 여자가 어떤 여자인지 모릅니까?」 스타크가 거세게 소리쳤다. 그는 양팔을 마구 흔들었다. 「그 여자가 사람한테 무슨 짓을 했는지 모릅니까? 그 여자는 정말 끔찍해요! 그 여자는 지저분해요! 상사님, 당신은 나만큼 그 여자를 알지 못해요. 그 여자는 부패한 창녀예요. 아니, 창녀만도 못해요. 그 여자는 타락한 부잣집 딸이에요. 그게 그 여자의 정체예요. 그 여자는 나마저 타락……」 그는 갑자기 입을 다물고 팔짱을 꼈다. 「아무튼 난 그걸 거부했어요. 상사님, 내게 약속하십시오. 그렇지 않으면……」

「그렇지 않으면, 뭐?」

「조심하십시오. 저하고 장난치지 말아요. 난 당신을 속속들이 알고 있어요. 프림이 당신에 대해서 내게 이미 알려 주었어요. 우리 부대에서 전출 가기 전에. 하지만 나는 당신을 어떻게 다루어야 하는지 알아요. 당신 같은 사람들을 다루는 방법은 딱 하나밖에 없어요. 난 그걸 어떻게 해야 하는지 알고 있어요.」 그는 더욱 결연한 자세로 팔짱을 꼈다. 「난 당신이 약속해 주기를 기다리고 있어요.」

워든은 그를 조심스럽게 쳐다보았다. 스타크는 술에 취해 있었고 내일이면 이런 상황을 까마득하게 잊어버릴 것이었다. 그리고 내일 밀트 워든은 저 계단 벽에서 어른거리고 있던(그래서 그 벽을 내리쳐 손을 다치게 했던) 저 의기양양한 얼굴을 다시 보게 될 터였다.

「약속!」 그는 사납게 소리쳤다. 「이 개자식, 내가 한마디해 주지. 내가 사랑하는 여자에 대해 그따위 아가리 놀리지 마!」

워든은 한 걸음 앞으로 나서더니 팔짱을 끼고 캠프 의자에 앉아 있던 스타크를 가격했다. 온몸의 힘이 실린 맹렬한 펀치였다.

의자가 뒤로 넘어가면서 스타크의 양팔은 자동적으로 풀렸다. 그는 수납함과 식기장 사이의 땅으로 벌렁 쓰러졌다. 하지만 머리가 땅에 닿기도 전에 버둥거리며 일어서려고 했다. 그는 손으로 수납함을 잡으면서 고무공처럼 튀어 일어났다. 그는 의자의 캔버스 천에서 발을 빼려 했고 입을 크게 벌리고 알 수 없는 고함을 질렀다.

그는 수납함에서 대칼을 꺼내 들더니 천천히 다가오는 폭풍처럼 워든에게 달려들었다. 입을 크게 벌리고 계속 고함을 질렀다. 화가 나고 정신이 없고 모욕을 당한 탓인지 그의 분노가 텐트를 가득 채웠다. 텐트는 마치 가스가 가득 찬 기구(氣球)처럼 되었다.

워든은 뒤로 물러서면서 왼손에 들고 있던 술병을 스타크에게 던졌다. 스타크는 눈 하나 깜빡 않고 입도 다물지 않은 채 그 술병을 피하더니 계속 다가왔다. 술병은 땅에 떨어져 깨졌고 유리 조각들이 수납함의 측면을 때렸다.

워든은 텐트 출입문을 열고 재빨리 밖으로 나와 달렸다. 뒤에 있던 스타크가 대칼로 텐트의 벽을 나리쳐서 그 벽이 지퍼처럼 홱 열리는 소리가 났다. 어둡고 고요한 밤중이었으나 그는 길 아래쪽으로 있는 힘을 다해 달려갔다. 그러다가 그는 나뭇가지에 이마를 부딪혀 몸의 균형을 잃고 벌렁 나자빠졌고 마비된 폐 속으로 공기를 집어넣기 위해 힘겹게 헐떡거렸다. 그는 스타크가 어두운 밤중에 대칼을 땅에 떨어뜨리고 욕설과 고함을 지르면서 그 칼을 찾고 있는 소리를 들었다.

워든은 집중포화를 피해 가는 소총수처럼 포복을 해 길 바로 밑의 관목 숲까지 왔다. 그는 다시 숨을 쉴 수 있게 되자, 훌륭한 취사반장은 물론이요 때때로 취사병 노릇도 마다하지 않는 스타크를 해 넘겼다고 생각했다. 하지만 그는 터져 나오려는 웃음을 간신히 억제했다. 한 손에 대칼을 들고 서서 거세당한 황소처럼 울부짖는 스타크는 너무나 멍청하고 우스꽝스러운 모습이었다.

워든은 관목 숲에 엎드려서 나오려는 웃음을 억제하며, 그를 찾아 길 아래를 배회하는 스타크의 동정을 살폈다. 스타크는 고함을 지르고 욕설을 퍼부으면서 대칼로 나뭇가지를 마구 쳐냈다. 그는 아직 이빨이 성성하던 시절의 올드 피트를 연상시켰다.

「이 빌어먹을 자식.」 스타크가 어둠 속에서 소리쳤다. 「빌어먹을 창녀 년을 좋아하다니. 그년은 아주 형편없는 년인데, 남의 인생이나 조져 놓은 년인데. 내가 이자에게 보여 줄 거야. 그년이 아주 형편없는 년이라는 걸. 그런데 이 자식은 어디 있는 거야? 저 자식은 술 취하면 좆도 서지 않을 거야. 이자식, 어디 있어. 죽여 버리고 말 거야. 이 개자식, 어디 있는 거야?」

워든은 그 목소리가 멀리 사라지는 것을 들으며 웃음을 간신히 참느라 몸을 가볍게 떨었다. 내가 저 술 취한 친구에게 진실을 말해 주면 저 술꾼은 어떻게 나올까? 맨 처음 그녀에게 임질을 옮긴 자가 홈스라는 얘기를 해주면? 그러면 대칼을 들고 CP로 쳐들어가 중대장을 쳐 죽이려 할 거야. 워든은 가만히 누워서 터져 나오는 웃음을 참으면서 연신 모기 떼를 찰싹 때렸다. 모기 떼는 사냥감의 목을 향해 달려드는 사냥개의 무리 같았다. 로마 군대의 보병들은 실제 전투에 필요한 것보다 두 배나 무거운 군장을 메고 행진하는 훈련을 했었다. 그래서 그들은 세계를 정복했다. 우리도 이기려면 그 정도 훈련을 해야 마땅하다.

곧 스타크는 텐트로 되돌아왔다. 워든은 그걸 예상했다. 스타크는 욕설을 계속 지껄이면서 깨진 술병 파편들을 쓸어 담아 쓰레기통에 던져 넣더니 다시 텐트 밖으로 나와 워든을 찾아 나섰다. 이번에는 교활하게도 아무 소리를 내지 않았다.

워든은 둑 꼭대기에서 사병들이 기타 치는 소리를 들었다. 그들은 오래된 블루스 곡을 연주했다. 세인트루이스, 버밍엄,

멤피스, 트럭 운전사, 소작농, 벽돌공, 219, 66번 국도, L&N, 1천 마일 등의 블루스였다. 프라이데이 클라크가 베이스 리듬에 맞춰 노래를 불렀고 앤더슨은 끈에 묶인 매처럼 그 리듬 주위를 맴돌면서 반주를 했다.

돌아가서 잠을 잘 수 있는 시간에 저기 앉아서 모기 떼에게 뜯기다니 정말 바보 같은 놈들이라고 워든은 생각했다. 그는 가볍게 웃기 시작했다. 스타크는 여전히 그를 찾아 덤불숲을 돌아다녔다.

텍사스 출신 취사반장 놈이 감히 밀턴 앤서니 워든에게 어떤 여자를 만나지 말라고 훈수를 두다니, 있을 수 없는 일이었다. 스타크 놈이 뭐라고 하든 말든, 캐런 홈스를 만나고 말고는 전적으로 워든이 알아서 결정할 문제였다.

그는 느긋하게 누워서 웃음을 터뜨리며 욕설을 퍼붓고 저주하는 스타크의 말소리를 들었다. 동시어 둑 꼭대기에서 흘러 내려오는 기타 소리를 들었다.

제32장

「이걸 한번 들어 봐.」 앤디가 말했다.

「어디 한번 쳐봐.」 프라이데이가 손바닥으로 기타의 줄을 가볍게 누르며 말했다.

그들은 모두 잡담을 멈추었고 장인의 요구에 따라 주의를 기울이고 침묵하면서 앤디를 지켜보았다. 앤디는 저녁 내내 연주했던 블루스 시리즈에 추가해 단조풍의 새로운 코드를 짚어 나갔다.

그 소리는 기타 통으로부터 미묘하면서도 복잡한 세선(細線)처럼 흘러나왔다. 그 소리는 제9음에서 희미하게 끝이 났는데 한참 동안 공중에 떠돌면서 아주 기이한 멜랑콜리를 남겼다. 그 한 소절은 솟아오르는 기구처럼 공기 중으로 떠올랐다.

앤디는 연주를 하면서 그들을 따분하게, 무표정하게, 지겹다는 듯이 쳐다보았다. 자세는 평소 연주할 때 취하는 다리를 꼰 자세 그대로였다. 그는 정적 속에서 그 가락을 다시 한 번 연주해 보였다.

「이봐, 친구!」 프라이데이가 축구부 주장에게 말을 거는 학생회 간부처럼 존경하는 목소리로 말했다. 「그런 멋진 곡을 어디서 꺼내 온 거야?」

「그냥 우연히 생각해 냈어.」 그가 막연하게 말하더니 입을 다물었다.

「다시 한번 연주해 봐.」 프루가 말했다.

앤디는 다시 눈빛을 빛내며 연주했다. 하지만 아까와 마찬가지로 그들을 따분하게, 무표정하게, 지겹다는 듯이 쳐다보았다. 그들은 모두 말을 멈추고 아까같이 열심히 들었다. 연주가 끝났을 때도 그 곡조는 아직 허공에 남아 있는 것 같았다. 그래서 그들은 그게 다야? 하고 물어보고 싶은 기분이었다. 하지만 그들은 곡이 완벽하게 끝났다는 것을 알고 있었다. 곡조가 너무 아름답다 보니 그것이 계속되기를 바라는 소망이 그런 착각을 일으켰던 것이다. 앤디는 저녁 내내 그 곡조를 가다듬었다. 악상이 떠오를 때마다 여러 번 연주하며 동료들의 의견을 구했고 만족스러우면 그 소절을 선택했다. 그렇지 못할 경우에는 미련 없이 그 악상을 버렸다. 마침내 그는 전의 것보다 훨씬 뛰어난 이 가락을 만들어 냈다. 그 가락에서 풍겨 오는 분위기는 너무나 비극적이어서 때때로 그 격심한 고통을 희화화(戱畵化)하는 것처럼 들렸다. 앤디는 모두 만족하는 것을 보고 자신의 승리를 느긋이 즐길 수 있었다.

「누가 담배 가지고 있지?」 앤디는 기타를 옆으로 젖혀 놓으면서 따분한 목소리로 물었다. 프라이데이가 황급히 앞으로 나와 그 위대한 작곡자에게 담배 한 개비를 건넸다.

「정말 제대로 된 블루스야. 밤새 블루스를 연주하더니 정말 제대로 된 블루스 곡을 생각해 냈네.」 슬케이드가 말했다.

「술 한 모금 줘.」 앤디가 말했고 프루가 술병을 건넸다.

「그건 진짜 블루스야. 음악은 블루스가 최고야.」 프라이데이가 말했다.

「맞아. 우린 우리에게 맞는 블루스를 갖게 되었어.」프루가 슬레이드에게 말했다. 「이 〈직업 군인 블루스〉를 〈재입대 블루스〉라고 부르면 어때? 〈트럭 운전사 블루스〉, 〈소작농 블루스〉, 〈벽돌공 블루스〉 등 온갖 블루스가 있는데 말이야. 우리 직업 군인 블루스 한번 만들어 보자고.」

「그거 좋은 아이디어네.」슬레이드가 흥분된 목소리로 말했다. 「멋진 아이디어야. 그걸 〈보병 블루스〉라고 하면 어때? 난 정말 너희가 부러워.」

「아직 가사를 정하지 못했는데.」프루가 말했다.

「정하면 되지.」프라이데이가 말했다.

「이봐, 앤디가 방금 연주한 곡을 〈재입대 블루스〉에 써먹으면 어때? 그렇게 하는 게 마땅하다고 생각되는데. 곡조가 블루스로는 딱이야.」슬레이드가 말했다.

「모르겠어. 아직 결정된 게 없어.」프루가 말했다.

「아니야, 내 말을 들어.」슬레이드가 말했다. 「너 그렇게 할 수 있지?」그가 앤디에게 열띤 목소리로 물었다. 「금방 친 곡조로 블루스를 만들 수 있지?」

「응, 할 수 있을 것 같아.」앤디가 말했다.

「자, 술이나 한 모금 해.」슬레이드가 여전히 흥분된 목소리로 말했다. 그는 앤디에게 술병을 건네주었다. 「그걸로 블루스를 만들어 봐. 아예 마무리를 지어. 첫 소절에 약간 변화를 주고 그걸 세 번째 소절까지 연결해서 마무리 지어 봐. 그렇게 해서 표준적인 12소절 블루스를 만들자.」

「오케이.」앤디는 손등으로 입 가장자리를 닦아 낸 뒤 기타를 집어 들어 기타 줄을 만지작거리기 시작했다.

그들은 앤디가 연주하는 동안 조용히 들었다. 이어 그는 곡조를 다시 연주했다. 그것은 아까처럼 약간 비극적인 분위기가 들어 있는 멜로디였으나 이번에는 12소절 블루스 틀로

변용한 것이었다.

「이렇게 말이야?」 앤디가 겸손하게 말하면서 기타 통을 다시 내려놓았다.

「바로 그거야.」 슬레이드가 흥분된 목소리로 말했다.「아주 멋진 블루스야. 난 집에 레코드판이 5백 장 정도 있는데, 그중 절반이 블루스야. 하지만 지금 이 블루스를 당할 곡은 없어. 〈세인트루이스 블루스〉를 포함해서 말이야.」

「아니, 내 곡은 그처럼 훌륭하지 못해.」 앤디가 진지하게 말했다.

「아니, 진심이야. 난 블루스 수집가야.」

「그래?」 앤디가 갑자기 따분함을 잊어버리고 말했다.「그렇다면 디장고라는 이름을 들어 봤나? 디장고 아무개.」

「그럼.」 슬레이드가 자신 있게 말했다.「장고 라인하트르야. 프랑스 기타 연주자인데 D는 묵음이라 장고라고 발음해. 그는 최고의 기타리스트야.」

「봐!」 앤디가 프루에게 말했다.「재 말 들었지? 넌 내가 거짓말한다고 생각했지? 내가 지어낸 얘기라고 생각했지?」 앤디는 흥분된 표정으로 슬레이드에게 고개를 돌렸다.「너 혹시 장고 레코드 가지고 있어?」

「없어. 그건 구하기 어려워. 모두 프랑스에서 만든 거라. 게다가 너무 비싸. 하지만 그의 음악은 많이 들었어. 그래, 넌 뭘 아니? 장고에 대해서 아는 거 있어?」

「개인적으로 아는 건 없어.」 앤디가 말했다.「하지만 그의 음악은 알아. 이 세상에서 그의 음악처럼 아름다운 건 없어.」 그는 프루에게 고개를 돌렸다.「넌 내가 지금껏 농담했다고 생각했지? 내가 다 꾸며낸 얘기라고 말이야. 지금 슬레이드에게서 저 얘기를 들으니 기분이 어때?」

프루는 술을 한 모금 마시고 어깨를 으쓱하며 자신의 패배를 인정했다. 앤디는 그 모습을 쳐다보지도 않았다. 그는 이미 슬레이드에게 고개를 돌리고 자신의 얘기를 하기 시작했다.

앤디는 딱 하나의 이야기를 갖고 있었다. 그의 인생에서 벌어진 유일한 사건 혹은 그에게 강력한 인상을 주어 이야깃거리로 남은 단 하나의 체험인 듯했다. 프루와 프라이데이는 그 얘기를 이미 천 번도 더 들었지만 지금 처음 듣는 슬레이드 못지않게 열심히 귀를 기울였다. 그것은 훌륭한 얘기였고 아무리 들어도 물리지 않기 때문이었다.

그것은 안개가 자욱한 샌프란시스코 이야기였다. 그 안개는 너무나 짙고 음산해 중서부나 남부 출신 사람이 빗물이 줄줄 흐르는 벽돌 깔린 거리를 걸어갈 때, 무시무시한 중국인 도끼 살인범을 만날 것만 같은 그런 느낌을 주는 안개였다. 그것은 에인절섬의 스토리였다. 그 섬은 임시 근무자 대기소로서 샌프란시스코만 외곽에 있는 알카트라스(미국 연방 교도소)의 자매 섬이었다. 이 에인절섬에서 임시 근무하는 대기병들은 해안까지 운행하는 부정기선을 기다렸다.

앤디의 이야기는 그들 모두에게 에인절섬을 회상시켰다. 〈프레지던트 피어스〉라는 자그마한 배는 휴가 나가는 임시 근무자(대기병)들을 마켓 스트리트 바로 앞까지 데려다주었다. 그들은 앤디의 얘기를 듣고서 부두에 콘크리트 막사를 두고 있는 이스트 개리슨(동쪽 위수 부대)의 록 지역을 회상했다. 타르 종이와 나무로 임시 막사를 구축한 웨스트 개리슨(서쪽 위수 부대)에 임시 근무자들이 기거했다. 그들은 두 부대의 중간쯤에 있는 장교 숙소를 지나 언덕의 측면에 나 있는 길을 통과해 이스트 개리슨으로 갔는데 3킬로미터 거리였다. 하루에 세 번 왕복 6킬로미터의 길을 걸어 식사를 하러 가야 되었다. 새벽에는 안개가 끼어서 커피 생각이 간절했지만 3킬로미터를 걸어가야 하기 때문어 그 생각이 쑥 들어갈 지경이었다. 임시 근무자들은 아침에 순찰을 돌고 가끔 사역을 나가는 것 이외에는 할 일이 없었기 때문에 언덕을 자주 올라갔다. 언덕의 기슭 부분에는 나무들이 별로 없었지만 위로 올라갈수록 삼림이 빽빽했다. 임시 근무자들은 배에서 대기하는 때가 많았는데, 에인절섬의 기간 요원들은 그들을 경멸했고 노동을 시킬 때도 흑인처럼 부려 먹었다. 듬성듬성한 나무들 사이로 저 멀리 알카트라스의 회색 감옥 건물이 보였다. 그 차가운 회색 건물을 보고 있노라면 임시 근무자들은 자신의 처지가 그리 나쁘지 않다는 생각을 하게 되었다. 여기서는 매일 아침 섬 주위의 자갈길을 걸어 다닐 수도 있으니 얼마나 다행인가. 에인절섬에 있는 이민국 검역소에는 파손된 상선에서 내린 여섯 명의 독일인이 억류되어 있었다. 그들과 말을 해보고 담배를 건네 보면 그들이 여느 사람들과 다름없는 보통 사람임을 알 수 있었다. 하지만 입장이 서로 바뀌었더라면 어떤 생각을 했을지는 알 수 없었다.

앤디의 이야기는 텔레그래프 힐의 이야기였다. 아니면 노브 힐의 이야기였다. 골목이 비좁은 차이나타운, 차이나 술집과 관광객용 나이트클럽의 이야기였다. 그 거리를 외경과 경이의 감정으로 들여다보는 미시시피 계곡 출신의 신출내기 사병의 이야기였다. 혹은 에디 랭의 이야기, 또는 〈세계에서 가장 유명한 기타리스트〉 프랑스인 장고의 이야기였다. 장고의 성은 독일식이었는데, 앤디는 그것을 기억하지 못했다.

부유한 호모가 차이나타운의 나이트클럽에서 앤디를 픽업했다. 약간 여성적이고 슬퍼 보이면서 상당히 부자인 호모였다. 그는 앤디가 기타를 친다는 것을 알고서 〈세계에서 가장 유명한 기타리스트〉의 음악을 듣기 위해 그가 살고 있는 호화 주택으로 데려갔다. 그것은 아주 멋진 독신자용 저택이었다. 너무 멋진 집이라서 앤디는 그 순간 별천지에 온 느낌이 들었다. 전에 그런 집을 본 적이 없기 때문이었다. 너무나 부유하고, 아름답고, 조화롭고, 정결한 집이었다. 그 집에는 지하실까지 있었고 지하실에는 바가 차려져 있었다. 바에는 형형색색의 색채를 뽐내는 다양한 모양의 술잔들이 비치되어 있었고 벽은 바닥에서 천장까지 검은 나무 패널로 처리되어 있었다. 벽에 설치된 서가에는 책들과 앨범들이 빽빽이 꽂혀 있었다. 앤디는 그 집의 세세한 부분을 아주 정확하게 기억하고 있었다.

하지만 그 기타의 아름답고 오묘하고 신비한 멜로디를 묘사하려고 하면 기억은 언제나 실패했다. 도저히 그 가락을 묘사할 수가 없었다. 두세 코드의 선율이 일정하게 반복되는 그 음악을 직접 듣는 것 이외에는 달리 방법이 없었다. 그 음악은 이 지상에 사는 사람들이 느끼는 비극적 황홀의 느낌과 무늬를 잘 표현하고 있었다. 그 음악의 한가운데를 관통하는 한 줄기의 멜로디는 언제나 사라지는 법이 없었다. 늘 움직이고 있는 그 선율은 주저하는 법이 없고, 실종되는 법이 없고, 잠시 휴식을 취하다가 곧 제자리로 돌아오고, 갑자기 우울한 재즈 리듬으로 바뀌다가 이어 폭발적인 집시 리듬으로 둔갑하더니 다시 원래의 모습을 아르페지오[35]로 회복했다. 그 멜로디는 너무 빨라서 귀로는 따라갈 수가 없고, 너무 독창적이어서 머리로는 예상할 수가 없고, 너무 은밀하여 기억으로는 간직할 수가 없었다. 앤디는 재즈 전문은 아니었으나 기타에 대해서는 잘 알았다. 미국인 에디 랭도 훌륭하지만, 프랑스인 장고는 신처럼 감히 범접할 수 없는 존재였다.

그 장고 음반들은 모두 외제였고 프랑스 혹은 스위스에서

---

35 *arpeggio.* 화음을 이루는 각 음을 빨리 연속적으로 회복하는 것.

제작한 것들이었다. 앤디는 그 집에서 장고의 음악을 듣기 전까지 장고를 들어 본 적이 없었고 그 후에도 물론 없었다. 그러다가 이제 슬레이드를 만난 것이었다. 앤디는 레코드 가게에 가서 장고에 대해 물어보았으나 점원은 알지 못했다. 레코드 가게는 외제 음반은 취급하지 않는다는 것이었고, 앤디는 그들에게 장고의 성을 말해 주지 못했다. 그가 기억하는 것이라곤 그날 밤의 일뿐. 그것도 절반쯤은 꿈같은 일이었다. 그게 과연 실제로 벌어진 일인지 이제는 확신하지 못했다. 그는 그 얘기를 상황에 맞게 이리저리 바꾸어 말하다 보니, 어디서 기억이 끝나고 어디서 상상이 시작되는지도 구분할 수 없었다. 하지만 장고라는 기타리스트가 실제로 존재한다는 것을 슬레이드에게서 확인받고 보니 너무나 기뻤다.

그 호모는 장고가 진짜 집시라고 말했다. 프랑스인 집시. 장고는 기타 줄을 잡는 왼쪽 손의 손가락이 세 개뿐이라는 것이었다. 믿을 수 없는 얘기였다. 앤디와 그 호모는 밤새 앉아서 장고의 음반을 틀고 또 틀었다. 그 호모는 음악에 도취하더니, 파리의 한 술집에서 기타 치는 장고를 직접 본 적이 있다고 말했다. 장고는 사전 통지도 하지 않고 일주일에 1천 프랑을 주는 그 술집을 그만두었다. 3류 집시 음악단과 함께 프랑스 남부를 순회하기 위해서였다. 호모는 그것을 아주 멋지다고 생각했다. 호모는 앤디에게 추파를 던지지 않았다. 그는 음악에 도취한 나머지 그 생각을 잊어버렸거나 아니면 사랑과 사업을 엄격하게 구분하는 사람인지도 몰랐다. 그 호모는 너무 둔감해 기타 소리를 알아듣지 못하는 자들에게만 추파를 던지는 것 같았다. 그렇게 하여 그런 자들을, 또는 그런 자들과 놀아난 자신을 모욕하는 것이었다. 그 호모는 새벽에 앤디를 자신의 차에 태워 안개를 뚫고 부두까지 데려다주었다. 앤디가 섬으로 돌아가는 마지막 배를 탈 수 있게 하기 위해서였다. 안개가 너무 짙었기 때문에 앤디는 자기가 어디에 다녀왔는지 기억조차 할 수 없었다. 그는 나중에 장고 앨범을 살 수 없다는 것을 알고 그 집을 다시 찾아가 보려고 했다. 그는 그 집을 찾지 못했다. 아니, 그 동네조차 찾아내지 못했다. 그 동네가 어느 언덕에 있었는지도 확실치 않았다. 그 동네와 집이 지구에서 사라져 버린 것 같았고, 그는 오래전에 죽어 버린 꿈의 유령을 쫓아다니는 것 같았다. 앤디는 그 후 다시는 그 호모를 만나지 못하고 해외 파견선에 올랐다.

그것이 앤디 얘기의 끝이었다.

누구도 잠시 동안 아무 말 하지 못했다.

「그거 정말 멋진 얘기인데.」슬레이드가 마침내 말했다. 「그 불쌍하고 외로운 호모. 그처럼 돈이 많은데도 이야기 상대가 없다니.」

「호모는 아무하고도 얘기를 하지 않아.」프루가 마지오를 기억하며 쓸쓸하게 말했다. 「그들은 그런 식이 좋은 거야. 불쌍한 돈 많은 친구.」

하지만 프루는 그런 얘기를 좋아했다. 기괴하고 비합리적이고 거의 신비로운 그런 얘기. 그러면서도 그 안에 어떤 희망의 가느다란 줄이 흐르는 얘기. 모든 사람이 근본적으로는 똑같고, 늘 환상의 거울을 찾아다닌다는 자신의 이론이 맞다는 걸 증명해 주는 얘기.

「어디 가면 장고 앨범을 발견할 수 있는지 알 수 없을까?」앤디가 물었다.

「나도 찾아낼 수 있었으면 좋겠어.」슬레이드가 미안한 목소리로 말했다. 「널 도와줄 수 있게 말이야. 내가 알고 있는 건 그의 이름뿐이야. 난 그게 너한테 그토록 소중한 건지 몰랐어. 아까 난 거짓말을 했어. 나는 장고의 앨범을 들어 본 적이 없어.」 그는 주위 사람들을 한번 둘러보았다. 아무도 비난의 말을 꺼내지 않았다.

「나 술 한 모금 줘.」 마침내 앤디가 말했다.

「미안해. 그 블루스를 다시 연주해 봐.」 슬레이드가 말했다.

앤디는 입 가장자리에 묻은 술을 닦아 낸 뒤 연주를 했다.

「이제 멜로디가 다 되었으니 저 블루스에 맞는 가사를 붙여 보는 게 어때?」 슬레이드가 말했다.

「그는 저 가락을 다 기억하고 있어.」 프루가 말했다.「그러니 부대로 돌아가서 적당한 때에 가사를 작성할 수 있어. 앤디, 넌 그 가락을 잊어버리지 않을 거지?」

「모르겠어.」 앤디가 자신 없는 목소리로 말했다.「이건 그리 좋은 가락도 아니잖아.」

「안 돼! 그걸 뒤로 미루면 결국 장고 얘기처럼 되고 말 거야. 절반쯤 잊힌 기억이 되어 버릴 거라고. 젊을 때 뭔가 하려다가 안 한 것이 얼마나 많아.」 슬레이드가 말했다.

그들은 모두 그를 쳐다보았다.

「절대 뒤로 미루지 마.」 슬레이드가 열광적인 목소리로 말했다.「아침에 잠에서 깨어 일어나면 그게 사라져 버린 걸 발견하게 될 거야.」

「우린 종이와 연필도 없어.」 프루가 말했다.

「내게 있어.」 슬레이드가 공책과 연필을 꺼내며 말했다.「늘 가지고 다니지. 좋은 생각이 떠오를 때마다 써놓으려고. 어서 가사를 써보자.」

「젠장, 어떻게 시작해야 좋을지 모르겠는걸.」 프루가 당황한 목소리로 말했다.

「머리를 써봐. 아무거나 생각나는 대로 말해 봐. 그건 육군에 관한 것, 또는 재입대에 관한 것이야, 그렇지 않아? 제대비를 받아서 제대하는 친구 얘기부터 해보자고.」 슬레이드가 말했다.

앤디는 기타를 집어 들고 단조 멜로디를 천천히 퉁기기 시작했다. 슬레이드의 열광이 다른 병사들에게 전염되었다. 과거에 앤절로 마지오가 포커 게임에서 승리할 때 열광적인 태도를 다른 병사들에게 전염시켰던 것처럼, 슬레이드도 자신의 에너지를 프루 일행에게 쏟아 부었다.

「여기 좀 비춰 봐.」 프루가 잠시 생각하더니 말했다.

「손전등을 켜도 괜찮을까?」 슬레이드가 물었다.

「그럼. 소위와 그 일행은 늘 손전등을 켜고 다니잖아.」 프루는 손전등을 공책에다 비추었다.

「이렇게 시작하는 건 어때? 〈월요일에 제대비를 받았지.〉 그걸 써놔. 월요일부터 시작해 일주일 내내 제대자의 행적을 추적하다가 다음 주 월요일에 다시 입대하는 걸로 하자고.」 프루가 말했다.

「그거 좋군!」 슬레이드가 공책에 받아썼다. 「〈월요일에 제대비를 받았지.〉 그다음에 뭐야?」

「〈난 이제 더 이상 땅개가 아니야.〉」 앤디가 기타를 계속 치면서 부드럽게 말했다.

「멋지군! 그다음엔?」 슬레이드가 받아쓰며 말했다.

「〈군에서 너무 많이 돈을 주어 내 호주머니가 빵빵했지.〉」 프라이데이가 말했다.

「〈쓸 돈이 아주 풍부했지, 재입대 블루스.〉」

「좋아! 내가 다 쓸 때까지 좀 기다려. 너무 빨리 나가는데.」

앤디는 멜로디의 세 소절을 반복적으로 부드럽게 연주했다. 그는 아예 그 멜로디 속으로 들어가 버린 듯했다.

「〈화요일엔 시내로 나갔어〉로 하면 어떨까?」 슬레이드가 말했다.

「이렇게 고쳐 보자. 〈화요일에 쇠푼을 들고 시내로 나갔

어.〉 이게 좀 더 육군다운 것 같아.」 프루가 앤절로 마지오를
생각하며 말했다.

「그건 운이 좀 안 맞는데.」 슬레이드가 논평했다.

「괜찮아. 첫 세 단어를 빨리 발음하면 돼.」 앤디가 부드럽
게 말했다.

「오케이.」 슬레이드가 그대로 받아 적었다.

「〈더블베드가 놓인 방을 하나 잡았지.〉」 프라이데이가 갑
자기 흥분된 목소리로 말했다.

이제 슬레이드의 흥분이 전염되어 모두 흥분하고 있었다.
그들은 번개 천둥을 동반한 돌발적인 폭풍 속에 두 발을 벌
리고 우뚝 서 있는 네 대의 석상 같았다. 한 석상의 손가락에
서 나온 전기 스파크가 다른 석상에게 자연 전도되는 것 같
았다.

「〈내일은 직장을 잡아야지.〉」 프루가 말했다.

「〈하지만 오늘 밤 너는 죽어 버릴지도 모르잖아.〉」 앤디가
여전히 기타를 치면서 부드러운 목소리로 말했다.

「〈낭비할 시간이 없어, 재입대 블루스.〉_ 슬레이드가 웃음
가득한 목소리로 말하면서 공책에다 휘갈겨 썼다.

「〈수요일에는 바를 순례했지. 내 친구들은 나를 왕좌에 올
려놓았지.〉」 프루가 말했다.

「〈중국계 혼혈 여자 애를 하나 만났어. 나를 가만히 놔두
지 않겠다고 하더군.〉」 프라이데이가 빙긋 웃었다.

「〈내가 그년을 때렸나? 재입대 블루스.〉」 앤디가 부드러우
면서도 슬픈 목소리로 말했다.

「잠깐만.」 슬레이드가 기쁜 목소리로 소리쳤다. 「이걸 좀
정리해 볼게. 이거 너무 빨리 진행되는걸.」

그들은 그가 황급히 휘갈겨 쓰는 동안 기다려 주었다. 이
어 조금 전까지만 해도 그들에게는 없다고 생각되었던 창조

력의 흐름에 기대 힘차게 앞으로 나아갔다. 그들은 가사 만들기가 그처럼 쉬운 것에 깜짝 놀라며 서로 쳐다보았다.

그들은 두 연을 더 나아갔으나 슬레이드가 황급히 좀 기다리라고 말했다. 그의 둥근 얼굴과 연필이 손전등 불빛 속에서 반짝 빛났다.

「내가 정리할 때까지 좀 기다려. 앞으로 나가기 전에 지금까지 된 것을 한번 읽어 줄게. 내가 제대로 적었는지 한번 보라고.」

「오케이, 한번 읽어 봐.」 프루는 신경질적으로 마디를 손가락으로 눌러 딱딱 소리를 내면서 말했다. 앤디는 여전히 부드럽게 그 멜로디를 쳐대고 있었다. 마치 자기 자신을 상대로 대화하는 것 같았다. 프라이데이는 참지 못하고 자리에서 일어나 주위를 빙빙 돌았다.

「오케이, 자 여기 간다. 재입대 블루스…….」

「어이, 잠깐만.」 프라이데이가 야영지 쪽을 내려다보면서 말했다. 「저기 누가 올라오고 있는 거 아냐?」

그들은 언덕 쪽으로 고개를 돌려, 연극의 발코니 관객들처럼 내려다보았다. 트럭 주위의 깊은 어둠 속에서 한 무리의 손전등 불빛이 빛나고 있었다. 그중 한 손전등이 무리에서 떨어지더니 위아래로 흔들리면서 그들 쪽으로 올라왔다.

「저건 웨어리 러셀일 거야. 나보고 빌어먹을 CP로 돌아가자고 말하러 오는 거야. 내가 가버리면 가사를 내일 내게 보여 줘.」 앤디가 말했다.

「아니야, 이미 시작했으니 다 함께 끝내자고. 올드 웨어리는 조금 기다려 주는 걸 개의치 않을 거야.」 프루가 말했다.

앤디는 그를 슬픈 표정으로 쳐다보았다. 「아니, 웨어리는 기다려 주지 못해. 소위가 채근할 거니까.」

「그래도 상관없어.」 프루가 얼굴을 찌푸리며 말했다. 「저들이 어떻게 행동하는지 잘 알잖아. 또 나기 전에 30분쯤 뭉개다가 간다고.」 그는 슬레이드에게 재촉했다. 「자, 빨리 읽어 봐.」

「오케이, 자, 간다. 재입대 블루스……」 그는 공책을 들고 손전등을 자신의 얼굴에 비추었다. 이어 갑자기 공책을 내려놓으며 자신의 목을 찰싹 쳤다.

「모기야, 미안.」 그가 미안한 목소리로 말했다.

「자, 여기.」 프루가 바쁜 목소리로 말했다. 「내가 손전등을 들고 있을게. 어서 읽어, 빨리. 가사를 끝내야 하는데 시간이 많지 않아.」

「오케이, 자 간다. 재입대 블루스…….」 그는 주위를 한번 둘러보더니 읽기 시작했다.

> 월요일에 제대비를 받았지
> 난 이제 더 이상 땅개가 아니야.
> 군에서 너무 많이 돈을 주어
> 내 호주머니가 빵빵했지.
> 쓸 돈이 아주 풍부했지, 재입대 블루스.
>
> 화요일에 쇠푼을 들고 시내로 나갔어.
> 더블베드가 놓인 방을 하나 잡았지.
> 내일은 직장을 잡아야지. 하지만
> 오늘 밤 너는 죽어 버릴지도 모르잖아.
> 낭비할 시간이 없어, 재입대 블루스.
>
> 수요일에는 바를 순례했지.
> 내 친구들은 나를 왕좌에 올려놓았지.
> 중국계 혼혈 여자 애를 하나 만났어.

나를 가만히 놔두지 않겠다고 하더군.
내가 그년을 때렸나? 재입대 블루스.

목요일에 잠을 깨보니
머리가 깨지는 것처럼 아프더군.
내 바지의 호주머니를 뒤져 보니
돈이 모두 사라져 버리고 없더군.
그년이 내 머리를 홱 돌게 했어, 재입대 블루스.

금요일에 바를 다시 찾아가서
공짜 맥주를 한 잔 청했어.
내 친구들은 모두 사라졌어.
술집 점원이 말하더군. 꺼져, 이 병신!
내가 그다음에 어떻게 나왔겠나, 재입대 블루스.

「어때?」 슬레이드가 의기양양한 목소리로 말했다. 「난 남들이 이 가사에 뭐라고 말하든 신경 안 써. 정말 멋진 가사야. 다음 연은 어떻게 잇지?」

프루는 아직도 손가락의 마디를 눌러 소리를 내고 있었다. 「〈토요일엔 차가운 영창에 갔지. 벤치 위에 서서 창살 밖을 내다보았어.〉 이런 식으로 뒤를 붙이면 되겠는데.」

「오케이.」 슬레이드가 그것을 받아 적었다.

「헤이, 저건 웨어리가 아닌데!」 프라이데이가 소리쳤다.

그들은 말을 멈추고서 그들 쪽을 향해 길 위로 걸어오는 사람을 쳐다보았다. 그 사람은 웨어리 러셀이 아니었다. 앤디는 거의 비어 버린 위스키 병을 재빨리 발로 걷어차 둑 위쪽으로 보냈다. 슬레이드는 다가오는 사람에게 손전등을 비추었다. 그 손전등은 소위 견장을 밝게 드러냈다. 슬레이드는 어떻게 할지 몰라서 프루에게 질문하듯 고개를 돌렸다.

「추웅성!」 프루가 자동적으로 소리치며 경례를 붙였다.

「쉬어. 자네들은 이 야심한 시간에 여기에서 무엇을 하고 있는가?」 컬페퍼 소위가 날카로운 목소리로 물었다. 컬페퍼 코 혹은 컬페퍼 등처럼 날카롭고 뻣뻣한 목소리였다.

「기타를 치고 있었습니다.」 프루가 대답했다.

「그건 알고 있어.」 컬페퍼 소위가 건조한 목소리로 대꾸하며 그들에게 다가왔다. 「도대체 이 꼭대기에서 손전등을 켜면 어떻게 하겠다는 거야?」

「노트에 뭘 좀 적기 위해 잠깐 켰습니다.」 프루가 대답했다. 다른 세 명은 그를 대변인으로 여기는 듯했다. 그는 자신의 목소리에 좌절이나 분노의 기색이 스며들지 않도록 애를 썼다. 이제 더 이상 블루스 가사 작성은 어렵겠구나. 「저 아래 야영지에는 손전등이 자주 켜집니다. 여기서 손전등 하나를 잠시 켰다고 해서 큰 문제는 되지 않을 걸로 알았습니다.」

「프리윗, 난 자네가 그보다는 더 잘 알고 있으리라 짐작하는데.」 컬페퍼 소위가 건조한 목소리로 말했다. 「너희는 실전 상황을 훈련하기 위해 야영 훈련을 나온 거야. 그러자면 당연히 완벽한 등화관제를 해야 하는 거야. 알겠나?」

「예, 알겠습니다.」 프루가 대답했다.

「저기 아래에 있는 불빛은 검문등이야.」 컬페퍼 소위가 말했다. 「저걸 사용하는 것은 초소를 검문할 때뿐이야.」

「예, 알겠습니다.」 프루가 대답했다.

「실전 상황이라면 초소 검문 때 손전등을 사용할까요?」 슬레이드가 떨리는 목소리로 말했다.

컬페퍼 소위는 각진 컬페퍼 어깨, 뻣뻣한 컬페퍼 등, 여러 세대에 걸쳐 다져진 전통적인 컬페퍼 장교 스타일 따위를 전혀 흩뜨리지 않고 고개를 돌렸다. 「장교에게 말을 걸 때는 질문의 앞이나 뒤에다 서*Sir*라는 경어를 사용해야 한다. 그걸 몰랐나, 병사?」

「예, 서. 알고 있습니다.」 슬레이드가 말했다.

「이 친구는 누구지?」 컬페퍼 소위가 건조한 목소리로 물었다. 「난 중대원의 이름은 다 알고 있다고 생각하는데.」

「슬레이드 일병입니다, 서. 히컴 기지의 17항공대 소속입니다, 서.」

「자네는 여기서 뭘 하고 있나?」

「음악을 듣기 위해 건너왔습니다, 서.」

컬페퍼 소위는 프루에게서 슬레이드 쪽으로 고개를 돌렸다. 「초소 근무를 나온 건가?」

「아닙니다, 서.」

「그럼 왜 부대로 돌아가지 않나?」

「초소 근무를 하지 않을 때는 자유 시간입니다, 서.」 슬레이드는 속으로 분노를 삼키며 대답했다. 「초소 근무가 아닌 시간에 이곳에 건너온 것은 규정 위반이 아닙니다.」

「위반은 아닐는지 모르지.」 컬페퍼 소위가 건조한 목소리로 말했다. 「하지만 병사, 우리 보병 부대는 다른 부대 소속이 우리 야영지 근처에서 배회하는 것을 허용하지 않는다. 특히 한밤중에는. 알겠나?」

아무도 대꾸하지 않았다.

「프리윗.」 컬페퍼 소위가 침묵을 깨뜨렸다.

「예, 서.」

「넌 여기서 고참이다. 난 이런 사태에 대하여 자네의 책임이 크다고 생각한다. 저 아래 야영지에서는 사병들이 잠들어 있다. 그들 중 일부는 초소에 나가려 하고 있다.」 소위는 시계를 내려다보았다. 「앞으로 30분 내에.」

「그 때문에 우리는 일부러 여기 올라왔습니다. 여기서 우리가 기타 치는 것에 불평해 온 병사는 아무도 없었습니다.」
프루가 말했다.

「없었을 테지. 그렇다고 규정 위반이 규정 준수로 바뀌는
것은 아니야. 너희가 이렇게 하는 것은 내 명령에 위반하는
짓이야. 너희는 이 스카이라인 위로 올라와서 완전 등화관제
규정을 어기고 손전등을 사용했어.」 소위는 손전등을 슬레이
드에게서 프루 쪽으로 돌렸다.

아무도 대꾸하지 않았다. 그들은 모두 슬레이드 손에 들
려 있는 블루스 가사를 생각하고 있었다. 가사를 오늘 밤에
완성하기는 틀렸구나. 그건 등사 용지에다 그냥 복사하면 나
오는 것이 아니었다. 가사를 생각해 내자면 무엇보다 분위기
가 중요했다. 오늘 밤처럼 좋은 분위기가 곧 다시 찾아올 것
같지 않았다. 그들은 이 모든 것이 컬페퍼 소위 때문이라고
생각했다. 그렇지만 그런 생각을 드러내 놓고 말할 수는 없
었다.

「더 이상 의논하거나 주장할 사항이 없다면 얘기를 여기서
끝내도록 하지. 저 아래로 내려가는 길에 손전등을 사용하는
것은 허용하겠다.」

「예, 서.」 프루는 경례를 붙였다. 소위는 형식적으로 답례
했다. 앤디, 슬레이드, 프라이데이도 엉겁결에 생각이 나서 경
례를 올려붙였다. 소위는 그들의 경례에도 형식적으로 답례
했다. 그는 그들이 앞장서서 걸어가기를 기다렸다가 뒤에서
일정한 거리를 두고 손전등을 비추며 따라왔다. 사병들은 손
전등을 켜지 않았다.

「빌어먹을, 꼭 초등학생 취급이군. 잘못을 하면 자로 손바
닥을 맞아야 하는 초등학생.」 슬레이드가 나지막하게 투덜거
렸다.

「잊어버려. 이제 보병 부대에 대해 어떻게 생각하나?」 프루

가 큰 목소리로 말했다. 그는 슬레이드의 짝사랑 드라마가 이제 끝났을 거라는 생각에 씁쓸한 기분이 되었다.

나머지 병사들은 아무 말도 하지 않았다.

트럭 앞에 있던 웨어리 러셀이 그들을 맞이했다.

「미리 알려 줄 기회가 없었어.」러셀이 속삭였다. 「소위는 불빛을 보자마자 위로 올라가기 시작했어. 너희에게 소리쳐서 알려 줄 수도 없었어. 그저 멍하니 볼 수밖에.」

「그래서? 아무 일도 아니야. 잊어버려. 그리고 왜 속삭이는 목소리로 말하는 거야?」프루가 화난 목소리로 말했다.

그들 뒤에서 따라오던 컬페퍼 소위가 트럭에 도착했다. 「프리윗, 노파심에서 미리 말해 두는데, 내가 떠난 뒤에 다시 언덕으로 올라가려 해도 아무 소용 없을 거야. 초소 순찰을 나가는 하사들에게 그쪽을 특별히 신경 쓰라고 미리 말해 두었으니까.」

「예, 서. 저희도 하던 일을 다 마쳤습니다, 서.」프루는 자신의 목소리가 좀 비굴하다고 생각했다. 그는 속으로 욕을 했다. 컬페퍼 소위는 빙그레 웃으며 트럭에 올랐다.

「인사계는 어디 있나, 러셀?」소위가 물었다.

「모르겠습니다. 아마 여기 좀 머무를 생각인가 봅니다.」

「그럼 어떻게 본부에 돌아가고?」

「모르겠습니다, 서.」

「알아서 돌아오겠지. 그는 내일 아침 점호를 취해야 해. 아마 걸어서 돌아와야 할 거야. 앤더슨, 가자고. 이 모기 소굴에서 어서 벗어나자고.」소위가 느긋한 목소리로 말했다.

「예, 서.」웨어리가 대답했다.

트럭은 일단 후진했다가 방향을 바꾸어 빠져나갔다. 트럭은 커다란 공허감을 뒤에 남긴 채 떠나갔다. 그들은 아무 말 없이 서서 철조망 터진 틈새로 트럭이 비포장도로를 빠져나가는 것을 지켜보았다. 트럭 후미등에서 흘러나오는 불빛으로 앤디가 기타를 품에 안은 채 트럭 적재함에 앉아 있는 모습을 볼 수 있었다. 프라이데이는 그 공허감을 메우려는 듯 크게 웃어 보였다. 「아까는 재미있었지? 다들 즐기는 것 같더군.」

「자, 여기.」 슬레이드가 공책에서 찢은 종잇장을 프루에게 건네주었다. 「네가 가져. 이게 필요할 거야.」

「넌 카피가 필요하지 않나?」

슬레이드는 고개를 가로저었다. 「나중에 네게서 얻으면 되지. 이만 가봐야겠어. 기지까지 걸어가야 할 것 같아.」

「오케이, 조심해서 가.」 프루가 말했다.

「너도 조심해야 돼. 앞으로 여기 왔다가 소위에게 걸리지 마.」 프라이데이가 말했다.

「네가 말해 주지 않아도 알고 있어. 그럼 언제 또 만나자.」 슬레이드가 트럭 도로를 건너가 길 쪽으로 갔다.

「슬레이드가 보병 부대에 전입해 오리라 생각해?」 프라이데이가 물었다.

「아니, 안 올 거야. 넌 어떻게 생각해? 그가 오리라고 봐? 자, 여기.」 프루가 종이쪽지를 프라이데이에게 건네며 말했다. 「이건 앤디 거야. 앤디의 가사니까.」

「언제 이 가사를 끝내자고.」 프라이데이가 종이를 호주머니에 집어넣고 단추를 조심스럽게 잠그면서 말했다. 「훈련 끝내고 부대로 돌아가면 끝내자.」

「그래, 그러자고.」

「지금 당장 끝내 버리면 어때?」 프라이데이가 열띤 목소리로 말했다. 「너하고 나하고. 저기 주방 텐트에 가서 해보자. 이제는 더 이상 음악 반주가 필요 없을 거야.」

「너 혼자 해. 난 산책을 좀 할까 해.」 프루는 철조망이 터진 곳을 통과해 트럭 도로를 건너 길 쪽으로 나갔다.
　「야, 지금 끝내고 싶은 생각 없어?」 프라이데이가 그의 등 뒤에다 대고 소리쳤다. 「지금 말이야.」

제33장

프루는 자갈밭에 이르자 걸음을 멈추었다. 그는 등 뒤 저쪽에서 프라이데이가 중얼거리는 소리를 들을 수 있었다. 슬레이드는 이미 사라져서 보이지 않았다. 그가 좀 더 멀리 걸어간다면 곧 프라이데이의 모습도 사라질 것이었다.

그는 자갈밭에서 주 출입문이 있는 북쪽으로 방향을 틀었다. 다른 길은 남쪽으로 나 있고 쓰레기 하치장을 지나가야 했다. 그곳에는 슬레이드를 교대해 준 보초병이 보초를 서고 있을 것이었다. 만약 남쪽으로 간다면 그 보초병의 수하를 받을 것이고 같은 사병임을 안다면 잡담을 하며 시간을 보내려 할 것이었다. 그는 누구와도 얘기하고 싶지 않았다. 오늘 밤에는 더 이상 새로운 친구를 만나고 싶지 않았다. 그래서 북쪽 길을 잡은 것이었다. 아무리 강인한 남자라도 하루에 한 명의 친구면 충분했다. 그는 슬레이드를 따라잡지 않기 위해 아주 천천히 걸었다.

그는 어둠 속에서 길을 따라 걸었다. 자갈들은 그의 군화 밑에서 바삭거렸다. 아까 마신 위스키의 에너지가 발산되지 않는 바람에 그의 속에서 아산화질소처럼 부글거렸다. 그는 위스키가 좀 더 있었으면 좋겠다는 생각을 했다. 그러면 아예 꼭지가 돌아 버릴 정도로 취할 수 있을 것이었다. 이제 나팔을 불 수 없을 뿐만 아니라 군대에 관한 블루스 가사조차 쓸 수 없었다. 정말 더럽고 냄새 나고 눈앞이 캄캄한 상황이었다.

그는 컬페퍼 소위가 나타났을 때 다음 연을 이미 생각해 놓고 있었다. 그다음 연은 토요일에 관한 것이었다.

토요일엔 차가운 영창에 갔지
벤치 위에 서서 창살 밖을 내다보았어.

그는 어둠 속에서 계속 걸어가면서 생각에 잠겼다.

사람들이 많이 지나가더군.
그들은 모두 행복하게 외출 중이었어.
이젠 내가 선택을 해야 할 시간이었어, 재입대 블루스.

그들은 인디애나주 리치먼드의 시청 영창 2층 벤치에 서서 일요일 밤의 군중들을 내려다보았다. 창문이 너무 높은 곳에 있었기 때문에 벤치 위에 올라서야 했다. 당시 영창에는 네 명이 들어와 있었다. 모두 부랑자로 입건된 자들이었다. 시 당국은 그들을 일주일 동안 감금했다가 풀어 주었다. 영창에 모두 수용할 수 없을 정도로 부랑자들이 많았던 것이다. 그 게 1935년의 일이었다. 그런 경험이 있었기 때문에 그런 가사 를 생각해 낼 수 있었다.

나팔 불기도 마찬가지였다. 나팔 소리에 어떤 진실의 소리 를 집어넣으려면 먼저 나팔을 부는 자가 그런 진실을 체험해 야 한다. 블루스 가사도 이미 그의 머릿속에 있는 것이었고 그래서 슬레이드는 부르는 대로 받아쓸 수 있었다. 나머지 병 사들은 영창에 들어가 본 적이 없기 때문에 그런 가사를 쓸 수 없었다. 하지만 이제 그 가사를 적어 놓을 수 없었다. 그는 공책도 연필도 없었다. 설혹 그런 것들을 가지고 있다 할지라도 써놓지 않았을 것이다. 그는 그 종이를 찢어 버리고 연필을 내던졌을 것이다. 프루는 그런 소중한 것을 이 세상에 주지 않은 것에 쓸쓸한 행복감을 느꼈다.

결국 이 세상이란 무엇인가? 컬페퍼 가문 같은 것들이 가득 들어찬 곳이 아니라면?

그자들은 당신이 태어나는 그 순간부터 당신의 불알을 잡고 늘어진다.

그는 어둠 속에서 아무도 없는 자갈길을 계속 걸어갔다. 이 세상에 존재하는 무수한 프리윗 같은 자들에게 연민을 느끼면서, 그는 이제 완성하지 못하게 된 블루스 가사도 생각했다. 보병 부대에 대한 슬레이드의 바보 같은 열광이 없었더라면 그 가사는 아예 시작조차 못했을 것이다. 아무튼 그런 열광은 좋은 것이었다. 그렇다고 하더라도 슬레이드가 장고의 레코드판에 대하여 거짓말한 것에 죄책감을 느끼지 못했더라면, 그리하여 그것을 시정해야겠다고 생각하지 않았더라면, 그는 병사들을 채근해 가사를 짓는 일에 몰입하지도 않았을 것이다. 열광이든 가책이든 가사를 지어 보겠다고 한 것은 좋은 일이었다. 단지 컬페퍼가 느닷없이 나타나서 중간에 작파한 것은 안되었지만.

자기 자신을 상대로 중얼거리던 프라이데이의 목소리도 아득히 사라져 갔다. 그는 이제 반경 3미터의 자갈밭이라는 자기만의 세계에 놓였다. 그는 그런 혼자만의 공간을 원했다. 그리고 막상 그런 공간을 얻고 보니 그게 싫었다. 이 세상은 춤꾼을 쫓아가는 사정 없는 탐조등처럼 그의 뒤를 쫓아왔다.

그는 약간 달려 보았다. 하지만 그 탐조등을 피해 약간 달아날 수는 있을지 몰라도 그것이 쫓아오지 못할 정도로 멀리 달아나지는 못했다. 그는 컬페퍼 가문들의 세상보다 앞서 달릴 수 없듯이, 이 세상보다 앞서 달릴 수는 없었다.

그는 속도를 늦추고 걷기 시작했다. 그러면서 혹시 블루스 가사를 지금 끝낼 수 있을까 생각해 보았다. 슬레이드가 스코필드로 전입 와서 그들에게 자극을 주지 않는 한 끝내지 못할 것이었다. 슬레이드는 자신이 항공대에 있기 때문에 보병 부대가 부러운 것이다. 그는 웃음을 터뜨렸다. 허전하면서도 만족스러운 웃음.

「정지!」

프루는 갑자기 멈춰 섰다. 그곳은 보초가 나와 있지 않은 곳이었다. 그렇지만 누군가 수하를 해올 때는 이의를 제기하면 안 되었다. 보초가 실탄이 장전된 소총을 들고 있을 때는 더욱 조심해야 했다.

「누구냐?」 그 목소리가 물었다.

뭔가 3미터 자갈 세계 바깥으로 움직였고 프루는 권총 같아 보이는 물건이 희미한 빛을 번쩍거리는 것을 보았다.

「친구다.」 프루는 그날의 암구호를 말했다.

「친구, 앞으로 나와서 관등성명을 밝혀라.」

프루는 정해진 절차에 따라 앞으로 나섰다.

「정지!」 그 육체에서 이탈한 듯한 목소리가 크게 말했다.

프루는 멈춰 섰다. 그것은 정해진 수하의 방식이 아니었다.

「거기 누구냐?」 목소리가 말했다.

「친구라고 했잖아, 제길.」

「친구 제길, 앞으로 나와 관등성명을 밝혀라.」

프루는 앞으로 나섰다.

「정지!」 목소리는 아까 그 번쩍거리던 물건을 흔들며 말했다.

프루는 멈춰 섰다. 「젠장, 이거 도대체 뭐야?」

「입 다물어!」 상대방은 번쩍거리는 물건을 흔들며 소리쳤다.

「쉬어! 열중쉬어! 뒤로돌아! 좌향좌! 우향우! 거기 누구냐?」

「제○○연대 G 중대 소속의 이등병 프리윗입니다.」 프루는 마음속에 의심이 가득한 상태로 말했다.

「앞으로 나서라, 제○○연대 G 중대 소속의 이등병 프리윗. 그리고 처형당하라.」 그 목소리는 크게 말했다.

「워든, 그만두십시오.」 프루가 앞으로 나서며 말했다.

「탕!」 그 사람은 뒤로 물러서며 소리쳤다. 그는 번쩍거리는 물체를 흔들어 댔다. 「탕! 탕! 맞혔다! 넌 죽었어! 탕!」

「워든, 코미디는 그만두세요.」 프루는 혐오스럽다는 목소리로 말했다. 그는 이제 그 번쩍거리는 물체를 알아볼 수 있었다. 그건 술병이었다.

「그래, 그래, 한번 해 넘겼군.」 워든이 술 취한 목소리로 낄낄거렸다. 그의 얼굴은 악동처럼 환하게 펴져 있었다. 「자네를 속여 넘겼지? 그렇지 않나, 친구. 이 야심한 밤에 혼자서 뭘 하고 있나? 밤중에 혼자 돌아다니다 보면 총 맞아 죽기 딱 좋아. 그것도 모르나?」

「산보를 좀 하고 있었습니다.」 프루가 사나운 목소리로 말했다.

「좋아, 좋아, 산보라. 소위가 자네의 자그마한 파티를 망쳐 놓았지?」

「그 개자식.」 프루가 말했다.

「오? 컬페퍼 가문의 사람에 대해 그런 식으로 말해도 돼? 재커리 테일러 대통령이 멕시코로부터 캘리포니아를 빼앗은 그때부터 컬페퍼 가문이 이 나라에 봉사해 왔다는 사실을 모르나? 이 나라에 캘리포니아가 없었더라면 어떻게 되었을까? 아마도 영화 산업은 없었겠지. 컬페퍼 가문이 없었더라면 이 세상은 어떻게 되었을까?」

「컬페퍼 가문은 지옥에나 가라고 하십시오.」

「쯧쯧.」 워든이 올빼미처럼 말했다. 「아무런 교양도 없군. 세계의 공동 이익에 대해서는 아무런 느낌도 없는 자야. 게다가 세련미도 없어. 넌 차라리 처형되는 게 나아. 탕! 탕! 탕! 넌 죽었어. 내가 가져온 이 새로운 총에 대해 어떻게 생각하나, 친구?」 그는 술병을 내밀었다. 프루가 술병을 잡으려 하자 그가 도로 거두어 갔다. 「오, 조심해. 이 총은 실탄이 장전되어 있으니까.」

「당신은 취했군요.」 프루가 말했다.

「자, 한 모금 해.」

「난 다른 데서 술을 얻을 수 있습니다. 당신의 술은 필요 없어요.」

워든은 그의 권총-술병을 내려다보았다. 「이건 장전되어 있어. 곰을 잡으려고 말이야. 탕! 어디 곰 없나?」 그는 술병을 공중에 살짝 던졌다가 다시 잡았다. 「난 명사수야. 이봐, 친구, 언제 나하고 사격 시합 한번 하는 게 어때?」

「뭡니까, 자랑하고 있는 겁니까?」 워든은 피트 카렐슨과 함께 연대의 특등 사수였다. 두 사람은 연대 사병들이 모두 부러워하는 스타 게이지 03 소총을 지급받았다. 두 사람은 연대 특무 상사 오배넌, B 중대의 스티븐스 대위와 함께 연대 소총 팀이었다. 다른 사병이 아무리 난다 긴다 해도 워든은 늘 그 사병보다 한 수 위였다. 그건 좀 공평하지 못한 일이었다.

「아니, 난 자랑하는 게 아니야. 자네도 총을 잘 쏜다는 얘기를 들었어. 자네가 지난달 사격장에서 동료 병사들에게 권총 쏘는 요령을 가르쳐 주었다는 얘기도 들었고. 그러니 돈 내기를 하고 진짜 게임을 한번 해보는 게 어때?」

「오케이, 당신이 정하는 시간에 아무 때나 한번 하죠, 워든.」

「진짜 게임이니까 돈을 걸어야 해. 1백 달러 정도면 어떤가?」

「일대일로요?」

「자네에게 어드밴티지를 좀 주어야겠지.」

「아니, 어드밴티지라면 제가 당신에게 좀 드리죠.」

「그럴 필요 없어. 난 자네를 속이고 싶지 않아.」 워든이 약간 교활하게 웃으며 말했다.

「어디서 사격하게요? 지금 하게요?」

「진짜 게임이니까, 사격장에 나가서 해야지. 앞으로 한 달만 있으면 사격 시즌이 돌아와.」

「젠장, 난 오늘 밤 당장 하자는 소린 줄 알았는데.」

「여기 들고 있는 이거 말고는 총이 없어. 사격 시즌에 해야 돼.」

「일대일이죠? 그리고 둘 다 당신의 BC 스코프를 사용하고요?」

「물론이지.」

「그런데 사격 시즌에 나는 여기 없을지도 몰라요.」

「그래, 자네 말이 맞는군.」 워든이 손가락 마디를 지그시 눌러 소리를 내며 말했다. 「까맣게 잊고 있었네. 자넨 그 무렵이면 영창에 들어가겠군, 젠장.」 그가 실망한 독소리로 말했다.

「뭡니까? 뒤로 빼는 겁니까?」

「그래, 늘 뒤로 빼고 있지.」 워든이 빙그레 웃으며 말했다. 그는 자갈길의 한가운데 주저앉아서 가부좌를 틀었다. 「자, 여기, 술이나 한 모금 해.」

「오케이.」 프루는 병을 받았다. 「난 컬페퍼의 술을 마시는 것을 개의치 않는 것처럼 당신의 술을 마시는 것도 개의치 않아요.」

「좋아. 내 술을 컬페퍼가 마시든 자네가 마시든 난 신경 쓰지 않아.」

위스키는 이미 프루의 속에서 부글거리던 디산화질소와 뜨겁게 뒤섞였다. 프루는 그의 옆에 앉아서 병을 도로 돌려주

며 입 가장자리를 닦았다. 「이건 정말 빌어먹을 인생이에요,
그렇지 않아요?」

「비참하지.」 워든이 고개를 끄덕였다. 그는 술을 한 모금
했다. 「아주 비참해.」

「도대체 낙이 없잖아요.」

「맞아, 재미라고는 조금도 없어. 게다가 자네는 이제 컬페
퍼의 똥통 리스트에 올랐잖아.」

「어차피 이놈 저놈의 리스트에 다 올랐는데, 하나 더 추가
한다고 무슨 문제가 되겠어요?」

「그래, 그건 그렇군. 아예 그 패로 로열 플러시를 만들어.
풀 하우스를 만들라고.」

「조커 한 장을 끼어서 같은 패 다섯 장을 만들어 버릴 거
예요.」

「그러는 자네가 바로 조커야. 그렇지 않아?」 워든이 술병을
내밀었다.

「그렇습니다.」

「나도 취사반을 찾아가서 스타크에게 취사반 급식 요원
리스트에 올려 달라고 했어. 언젠가 강등되어 취사반 밥을
먹어야 할지 모르니까. 자네가 누구인데 내가 이런 얘기를 하
는 거지?」

「어떻게 그런 일이 벌어지겠어요?」 프루가 믿어지지 않는
다는 듯이 말했다. 그는 술을 한 모금 하고 나서 다시 병을 넘
겨주었다. 그들 앞에 그리고 그들 뒤에 노란 도로가 어둠 속
으로 잦아들고 있었다. 그것은 어두운 바다 위를 내리비추는
한 줄기 달빛 같았다.

「신경 쓰지 마.」

「오, 당신은 나를 믿지 않는군요. 나는 당신을 믿는데.」

「난 자네 얘기를 하고 있었어, 내 얘기가 아니라. 프리윗,

넌 무엇 때문에 항상 그렇게 사고만 치고 돌아다니지? 도대체 무슨 이유로 그렇게 볼셰비키 노릇을 하는 거야?」

「모르겠어요. 나도 지난 수년 동안 그걸 생각해 왔어요. 난 그렇게 태어난 놈인가 봐요.」 프루가 우울한 목소리로 말했다.

「쓸데없는 소리.」 그는 술을 또 한 모금 마시고 올빼미처럼 심각하게 프루를 쳐다보았다. 「그건 쓸데없는 소리야. 정말 속이 빤히 들여다보이는 헛소리라고. 너 말에 동의하지 않아? 그렇다면 어서 말해 봐.」

「모르겠어요.」 프루가 우울하게 말했다.

「그거 다 쓸데없는 소리야. 그렇게 태어나는 놈은 아무도 없어.」 워든이 힘주어 말했다. 「나를 한번 봐. 여기 한 모금 더 해.」

워든은 술을 마시고 있는 프루를 슬쩍 쳐다보았다. 「이건 정말 빌어먹을 세상이지. 너는 영창으로 직접 가고 나는 언젠가 강등되어 버릴 테니까 말이야. 그리고 우리는 이 지저분한 비포장도로 한가운데 앉아 있어. 만약 트럭이 다가와서 우리를 치어 버리면 어떻게 될까?」

「끔찍스럽긴 하지만 우리는 죽어 버리겠죠 그렇지 않아요?」 그는 방금 마신 위스키가 아까 얻어 마신 앤거의 위스키와 뒤섞이면서 속에서 폭발하는 것을 느꼈다. 죽음이라. 죽음, 죽음, 죽음.

「우리가 이렇게 개죽음을 당해 봐야 아무도 신경 쓰지 않아. 슬퍼해 줄 놈도 없다고. 그리고 간단한 사망 통지서가 날아가겠지. 그러니 여기 이렇게 쭈그리고 앉아 있는 것은 별 도움이 안 돼. 어서 일어나서 길 옆으로 비켜야 하는 거야.」

「그러는 당신은요?」 프루가 술병을 건네주면서 노란 도로 아래쪽에 트럭이 오는지 살폈다. 「당신은 나브다 살아 있어야 할 이유가 더 뚜렷하잖아요. 저 빌어먹을 중대를 관리해야 하잖아요.」

「난 늙었어.」 워든이 술병을 받아 들며 말했다. 「난 죽든 말든 개의치 않아. 이미 내 인생은 한물갔어. 재미있는 날은 지나가 버렸다고. 반면에 너는 젊어. 앞길이 구만리 같다고.」

「그런데 그 앞길에 내다볼 게 없어요.」 프루가 끈덕지게 말했다. 「하지만 상사님의 인생은 중요하지요. 히틀러도 부사관들이 없으면 용맹한 독일군은 없다고까지 하지 않았어요. 사병들이 군대를 끌고 가는 거예요. 우리가 열심히 뛰지 않으면 컬페퍼 같은 자들이 수백만 명 있어 봐야 무슨 소용입니까? 그러니 이 길에서 일어서야 할 분은 상사님이에요.」

「아니야! 내 인생은 끝났어. 난 이미 늙은 사람이야. 앞으로 5년이면 난 올드 피트처럼 될 거야. 그러니 나를 이대로 내버려 둬. 너나 먼저 일어나.」

「아니에요, 상사님이 일어나세요.」

「난 안 일어난대도!」 워든이 소리쳤다.

「그럼 나도 안 일어나요. 상사님이 그대로 앉아 있는 한 나도 여기서 버틸 거예요. 난 상사님이 죽는 꼴을 그대로 두고 볼 수 없어요.」

워든은 그에게 술병을 건넸다. 「넌 또라이야.」 그가 부드러운 목소리로 말했다. 「넌 돌았어. 넌 나같이 늙은 녀석을 구제하지 못해. 너 같은 젊은이는 계속 살아가야 할 이유가 많아. 이렇게 죽는 것은 수치스러운 일이야. 정말 수치스러운 일이라고. 그러니 친구, 어서 일어나. 너 자신은 아무래도 상관없다 해도 제발 나를 봐서 일어나.」

「아닙니다, 상사님. 프리윗은 어려움에 빠진 친구를 두고 달아나지 않아요. 나는 끝까지 갈 겁니다.」

「오, 내가 무슨 짓을 한 거지? 무슨 짓을 한 거야?」

「아무도 신경 쓰지 않아요. 신경 쓰지 않는다고요. 그러니 알게 뭐예요. 차라리 죽어 버리는 게 나아요.」 프루의 눈에서 눈물이 솟구쳤고 부처처럼 길 가운데 가부좌를 틀고 있는 워든의 모습이 흐릿하게 보였다.

「그건 나도 마찬가지야.」 워든이 목메어 말했다. 그는 똑바로 앉아서 어깨를 곧게 폈다. 「그럼 우리 둘 다 죽자. 차라리 그게 낫겠어. 더 비극적이고. 그게 더 인생다워.」

「비극적이든 말든 나는 일어서지 않을 거예요.」 프루가 졸린 목소리로 말했다.

「나도 마찬가지야. 벌써 시간이 많이 되었군. 굿 바이, 프리윗.」

「굿 바이, 워든.」

그들은 엄숙하게 악수를 했다. 그들은 사나이답지 못한 이별의 눈물을 애써 삼키면서 진정한 군인처럼 똑바로 앉아, 그들의 운명이 다가오는 노란 길 아래쪽을 응시했다.

「난 자네가 이걸 알아주었으면 좋겠어. 내게 자네처럼 좋은 친구는 없었어.」

「그건 나도 마찬가지예요.」

「눈가리개 따위는 없는 거야.」 워든이 고개를 뒤로 젖히며 경멸스럽다는 듯이 말했다. 「우리가 애들인 줄 알아? 눈가리개 따위는 잘 두었다가 밑이나 닦으라고, 이 개자식아.」

「아멘.」 프루가 말했다.

그들은 엄숙하게 다시 악수했고 마지막으로 워든의 술병에 남아 있던 위스키를 나누어 다 마셔 버리고 풀숲에 그 병을 던진 뒤 어깨를 한 번 곧게 펴고 뒤로 넘어져 평화롭게 잠이 들었다.

그들은 새벽 2시까지 자갈길의 한가운데 그렇게 퍼져 있었다. 그 순간, 웨어리 러셀이 워든을 본부로 데려가려고 그 길로 무기 수송용 트럭을 몰고 그 지점까지 왔다.

웨어리는 있는 힘을 다해 브레이크를 밟았다. 위가 무거운 소형 트럭은 자갈길 위에서 팽글 돌면서 옆으로 밀려났다. 웨어리는 차를 구렁텅이에 처박지 않으려고 있는 힘을 다해 운전대를 꽉 잡았다. 그는 워든의 발치 1미터 앞에서 겨우 차를 멈출 수 있었다. 그는 차에서 내려 그들을 내려다보았다.

「지저스 크라이스트!」 그는 끔찍하다는 듯이 중얼거렸다.

워든은 완전히 정신을 놓고 행복하게 자고 있었다. 아무리 흔들어도 깨어나지 않았다. 하지만 프리윗은 흔들어서 깨울 수 있었다.

「어서 깨어나, 이 빌어먹을 자식아. 나한테 사기 치려고 하지 마. 네가 죽지 않았다는 걸 알아. 자, 도와줘. 상사를 트럭 뒤의 적재함에 태우고 CP로 돌아가야 해. 만약 다이너마이트가 이런 사실을 안다면 그를 강등시킬 거야.」

「다이너마이트는 강등시키지 못할걸.」 프루가 막연하게 말했다.

「못한다고?」

「못하고말고. 그럼 누굴 수석 부사관 시킬 거야?」 프루가 코웃음 쳤다.

「글쎄, 어쩌면 다른 부사관을……. 좋아, 그 문제는 잊어버려. 그를 차에다 옮기는 걸 좀 도와줘. 만약 이 길에 나타난 게 내가 아니고 다른 자였다면 도대체 넌 어떻게 하려고 했어? 젠장 조금만 방심했더라면 두 사람을 깔아 죽일 뻔했잖아. 어서 도와줘.」 러셀이 화난 목소리로 말했다.

「그래, 맞아. 내 친구 워든에게 아무 일도 벌어지지 말아야지.」

「너의 뭐?」 웨어리가 화난 가운데서도 놀라면서 물었다. 「너의 뭐라고 말했어?」

「들은 대로야.」 프루가 화난 목소리로 말했다. 「내 친구 워든이라고 했어. 내 친구 워든에게 아무 일도 벌어지지 않았으면 좋겠다고 했어. 내가 한 말을 다 들었잖아.」

프루는 웨어리가 팔로 부축을 해주자 간신히 일어섰다. 「어디 있지? 아, 저기 있군. 이거 봐, 난 괜찮으니까. 얘기는 나중에 하자고. 내 친구 워든을 트럭에다 태워야 해. 그를 보살펴주어야지. 워든을 보살펴야지. 중대에서 제일 훌륭한 빌어먹을 군인.」 그는 한참 생각하더니 말을 바꾸었다. 「중대에서 제일 빌어먹을 군인.」

웨어리는 그를 놓아주었고 프루가 비틀비틀 워든에게 다가가서 그를 일으켜 세우려다가 그 위어 풀썩 쓰러지는 것을 지켜보았다. 혐오스럽다는 표정이었다.

「오, 나도 취했나 봐.」 프루가 말했다.

「허튼소리하지 마.」 웨어리가 혐오스럽다는 듯이 말했다.

그는 프루를 도와 일어서게 했다. 두 사람은 뱀장어처럼 미끌미끌한 덩치 큰 사람을 절반은 업고 절반은 끌면서 트럭 적재함까지 왔다. 그들은 두 번이나 그를 땅에 떨어뜨렸다. 워든은 돌처럼 쿵 하고 떨어졌다. 그들은 밀고 끌고 당기고 해서 간신히 그를 적재함 위에다 올려놓았다. 워든은 트럭에 오르자마자, 눈을 뜨고서 슬쩍 웃어 보였다. 「러셀인가?」 워든이 중얼거렸다.

「예, 유모 러셀입니다. 염소 러셀이기도 하고요.」 웨어리가 밥맛없다는 듯이 말했다.

「러셀, 내 말을 좀 들어 봐. 자네에게 부탁이 하나 있어, 부탁.」

「뭔데요?」 웨어리가 심드렁하게 말했다.

워든은 상체를 절반쯤 일으키더니 주위를 둘러보았다. 프리윗은 이미 조수석에 들어가 자고 있었다. 「저 친구를 야영지까지 좀 데려다주게.」 워든이 커다란 목소리로 말했다.

「오케이, 하지만 술 취한 척은 하지 마세요. 전에도 술 취한 척해서 내가 적재함에 간신히 실은 적이 있잖아요. 당신은 취하지 않았어요. 저 친구처럼 취하지는 않았다고요.」

워든은 웃음을 터뜨렸다. 「내가 그랬었군?」 그가 낄낄거렸다. 「부탁할 게 그것만이 아니야. 저 친구를 야영지에다 데려다주고 말이야, 보초 담당 하사에게 오늘 밤만 저 친구를 보초 근무에서 빼주라고 해. 수석 부사관의 특별 명령이라고 하면서. 수석 부사관이 은밀하게 초소를 정찰하는 데 도운 보너스라고 해.」

「톱, 그렇게 하면 안 됩니다.」 웨어리가 의아한 목소리로 말했다.

「안 된다고? 이미 그렇게 해버렸는데. 내가 지시한 말 다 알아들었지?」

「예, 그렇지만…….」

「그렇지만은 없어. 내가 시킨 대로 해. 내가 수석 부사관인가 아닌가?」 워든이 거칠게 말했다.

「수석 부사관입니다.」

「자네가 일등병으로 진급하려면 누구한테 잘 보여야 하는지 모를 수도 있어. 그렇지만이라는 말은 내게 하지 마. 내가 시키는 대로 해.」

「오케이, 톱. 그 일등병 하나 시켜 주면서 요구 사항도 참 많네요.」

「이봐, 우리가 이 친구를 봐주어야 한다는 걸 자네는 모르나? 저 친구는 중대에서 가장 훌륭한 빌어먹을 군인이야.」 그는 잠시 생각에 잠기면서 말을 끊었다. 「중대에서 가장 빌어먹을 군인이야.」 워든이 말을 일부 수정했다.

「이거 뭡니까? 서로 칭찬해 주기 대회입니까?」 웨어리가 말했다.

「할 수 있는 데까지 저 친구를 돌봐 줘야 해.」 워든이 재빨리 말했다. 「이 친구는 우리와 오래 있을 친구가 아니야. 그러니 있는 동안만이라도 잘 보살펴야 해.」

「오케이, 톱. 어서 잠이나 자십시오.」

「이건 중요한 사항이야. 자네는 모를 거야. 정말 중요한 사항이라고.」

「알았습니다. 어서 주무세요.」

「약속하지?」

「약속합니다. 어서 주무세요.」

「그렇다면 오케이. 하지만 잊지 마. 아주 중요한 사항이야.」워든이 만족하는 목소리로 말했다. 그는 지저분한 나무판자를 깔아 놓은 트럭 적재함 위에 누워 몸을 돌렸다. 「그가 우리를 떠나는 일이 언제 벌어질지 모르니까.」

웨어리는 그를 한번 쳐다보고 머리를 흔들더니 적재함의 문을 들어 올려 잠갔다. 그는 자갈길을 달려 내려가 야영지까지 갔다. 두 술꾼은 그동안 내내 잠이 들어 있었다. 그들은 언제 어디에선가 길 위에서 잠시 동안 상대방의 영혼을 흘긋 들여다보고 그것을 완전 이해했다는 환상적이면서도 몽롱한 꿈을 꾸었다.

제34장

그 일은 그들이 히컴 기지에서 원대 복귀한 그다음 날 벌어졌다. 그것은 오래전부터 닥쳐올 법한 일이어서 누구나 그것을 안달하면서 예상하고 있었다. 하지만 막상 그 일이 벌어지고 보니 대단히 복잡한 일로 판명되었다. 아무도 그 일로부터 만족감을 얻을 수 없었고 프루는 특히 더 불만이었다. 프루는 그날 밤 마우날라니 하이츠로 갈 생각이었던 것이다.

그들은 오후 늦게 부대로 돌아와 트럭의 짐을 부렸고 밤에는 개인장비 수습, 거미줄 제거, 가죽 제품 닦기, 칫솔로 흙 묻은 소총 소제 등의 일을 했다. 아무도 그런 일을 좋아하지 않았다. 그리고 다음 날은 하루 종일 중대 장비, 스토브, 속도 조정 바퀴, 피라미드형 텐트, 장교용 텐트 등을 수습했고 훈련 후의 장비 점검 행사를 대비한 준비를 했다.

놀랍게도 블룸 일병이 다른 권투부 요원들과 함께 포치에 서서 돌아오는 중대 병력을 맞이했다. 블룸은 일주일 전 부사관 학교에서 퇴교 조치당했다는 것이었다. 퇴교 스토리는 이러했다. 블룸은 보건 체조 구령을 붙이기 위해 대열에서 뽑혀 나왔다. 그가 첫 번째로 외쳐야 할 구령은 〈양손을 어깨에*Hands on shoulders*〉였으나 〈엉덩이를 어깨에*Hips on shoulders*〉라고 엉뚱한 구령을 붙였다는 것이었다. 순간 후보생들 사이에서 우레와 같은 웃음이 터져 나오는 난장판이 연출되었다. 블룸은 구령 붙이는 일에서 제외되어 대열로 다시 돌아갔다. 그날 오후 그에게 퇴교 조치가 내려졌다.

그것은 고단한 야외 훈련에서 금방 돌아온 우울한 중대 병력에게는 멋진 뉴스였다. 운동부가 아닌 병사들은 권투밖에 모르는 병사를 진급시키려는 다이너마이트의 인사 정책이 얼마나 잘못되었는가를 무자비하게 꼬집었다. 운동부 요원들은 새로 페더급 선수로 차출된 말로 후보의 예를 들면서 반격에 나섰다. 말로는 아직도 부사관 학교에 잘 있을 뿐만 아니라 반에서 성적이 선두를 달리고 있다는 거였다. 블룸만 가지고 스토리의 전모를 알고 있다고 할 수 없고 또 훌륭한 부사관이 되기 위해 반드시 부사관 학교를 졸업해야 할 필요도 없다는 거였다.

블룸은 만나는 사람마다 붙들고 진짜 퇴교 이유는 시내에서 있었던 호모 색출 수사 때문이었다고 말했다. 하지만 그 얘기를 믿어 주는 사람은 별로 없었다. 호모 색출 수사는 그들을 모두 당황하게 했지만 〈엉덩이를 어깨에〉가 훨씬 재미있고 설득력 높은 얘기였다. 권투부 아닌 병사들은 그를 좋아해 본 적이 없었고, 이제 권투부 요원들마저 그가 권투부의 명성에 먹칠을 했다고 하여 그리 동정적이지 않았다.

그들이 부대로 돌아온 날 오후와 그다음 날 오전 동안에 블룸은 병사들의 작업장을 이리저리 돌아다니며 자신의 입장을 설명했다. 블룸은 야외 훈련에 참가하지 않았기 때문에 수습 작업도 하지 않았다. 그날은 훈련을 할 필요도 없었다. 그날 밤 중대 스모커 게임의 첫 번째 행사가 열릴 예정이었기 때문이다. 그는 출전자 명단에 올라 있어서 당일 휴식을 취하게 되었다. 그래서 그는 하루 종일 병사들을 쫓아다니며 자신의 억울함을 하소연할 수 있었다.

그날 저녁의 게임은 블룸이 미들급으로 처음 나서는 경기였다. 그는 지난해 볼 게임에서는 라이트헤비급으로 뛰었기 때문에 올해의 중대 스모커 게임에만 나갈 수 있었다. 그는 체중을 미들급으로 낮추기 위해 사흘 동안 우유 가루 이외에는 아무것도 먹지 않았고 두 개의 스웨터와 트레이닝복을 껴입고 군용 운동화를 신고 달리기를 했다. 그는 아주 홀쭉해졌다. 그런 상황에서 자신의 퇴교 문제를 구차하게 해명하자니 참 안된 일이었다.

하지만 그는 자신의 무고함을 증명하기 위해 열심히 노력했다. 하지만 별 효과는 없었다. 차라리 가만히 있는 게 더 나을 뻔했다. 그가 어디를 가든 〈엉덩이를 어깨에〉 스토리가 그보다 앞서 달렸다. 인간의 발걸음보다 소문의 날개가 훨씬 빨리 달리는 듯했다. 그는 병사들에게 결국 홈스 대위가 알아서 처리해 줄 것이라고 말했다. 다이너마이트는 대인이기 때문에 그런 사악한 소문에 넘어가지 않을 거라는 얘기였다. 블룸은 홈스 대위를 하늘같이 믿고 있었다. 그는 홈스 대위가 그래도 자신을 하사로 진급시킬 거라면서 일대일의 맞돈 내기를 제안하기까지 했다. 하지만 덩치 큰 그가 지평선에 나타나면서 누군가 일을 하다 말고 크게 소리쳤다. 「엉덩이를 어깨에!」

결국 다음 날 오후에 블룸은 해명 작업을 포기하고 말았다. 그는 #1 극장에서 상영하는 낮 동안의 영화를 보러 갔다. 그는 긴장한 데다 아주 화가 났다. 극장에서는 클라크 게이블의 「프로 권투 선수와 숙녀」라는 영화를 상영했다. 그는 오늘 밤의 권투 경기를 생각하면서 이제 그만 느긋하게 쉬어야겠다고 마음먹었다.

프루는 그날 오후 취사반 트레일러 청소 작업을 했다. 블룸이 취사반 작업병들을 찾아왔을 때 프루는 거기에 끼이지 않았다. 그는 블룸이 진급을 못해도 슬프지 않았고 또 그 일이 어떻게 굴러가든 신경 쓰고 싶지 않았다. 그는 그저 앨마의 집으로 가고 싶을 뿐이었다. 거기에 가보지 못한 지가 벌써 2주였다. 그는 스모커 경기를 보고 싶지 않았고 또 그곳에 끼이지 않는 것이 현명한 대응인 것처럼 생각되었다.

취사반 트레일러는 중대 본부 앞에 놓여 있었다. 그들은 먼저 대형 냉장고의 마루 널을 떼내고 트레일러에 기댄 채 밑바닥에 괸 더러운 물을 닦아 냈다. 작업병 하나가 마루 널에 호스 물을 뿌려 청소했다. 이어 트레일러의 다른 쪽에 있는 빵 박스를 청소한 다음 호스 물을 뿌리고 닦아 내면 작업은 끝나는 것이었다. 그들이 빵 박스 작업을 하고 있던 그 순간에, 블룸은 영화 구경을 하러 나섰다. 그들은 블룸이 가는 것을 보고 일제히 〈엉덩이를 어깨에!〉 하고 소리쳤다. 그들은 그가 어디로 가는지 알고 있었다. 블룸에게서 50미터 정도 떨어진 곳에 있어도 그가 어디로 가는지 알 수 있는 것이다. 그들은 다시 작업을 했다.

그들이 여전히 작업을 하고 있는데 챔프 윌슨과 리델 헨더슨이 하루 종일 권투 연습을 한 다른 권투부 요원들을 데리고 연대 체육관에서 돌아왔다. 윌슨 중사와 다른 선수들은 야외 훈련을 나가지 않았고, 그래서 작업을 하지 않았다. 헨더슨 중사는 권투부가 아니지만 역시 훈련에 참가하지 않았다. 그는 팩트레인에 계속 머물면서 홈스 대위의 말들을 돌보았다. 그는 친구인 윌슨이 연습하는 것을 지켜보기 위해 체육관까지 따라갔다 왔다. 헨더슨은 작업병들 사이를 쭐레쭐레 돌아다니는 블룸의 개 레이디를 코너에 몰가붙이더니, 재미 삼아 F 중대의 커다란 군견을 그 개에게 흘레붙이면 어떻겠냐는 제안을 했다.

「저 커다란 개는 말이야, 벌써 2주 동안 레이디를 쫓아다녔다고. 그러니 기회를 한 번 주어야 하지 않겠어?」 헨더슨 중사는 빙그레 웃으며 가늘고 느릿느릿한 텍사스 사투리로 말했다. 「저 빌어먹을 블룸은 이 레이디가 한 배의 새끼를 싸질러 놓으면 깜짝 놀랄 거야.」

「난 정말 블룸 개자식이 마음에 안 들어.」 윌슨 중사가 무릎을 굽혀 레이디의 앞발을 잡으면서 우울하게 말했다. 챔프 윌슨 중사는 링 안에서나 밖에서 뭐든지 우울하게 말하는 버릇이 있었다. 그는 우울한 친구였다. 그는 하와이 지구의 라이트급 챔피언이었다. 그런 만큼 체면을 유지해야 했고 체면 유지에는 우울함이 최고였다. 그는 레이디의 앞발을 우울하게 잡았다.

중대 앞마당에는 작업병들이 온 사방으로 퍼져 일을 하고 있었다. 포치에서는 수랭식 기관총의 총열을 수습하는 작업이 벌어지고 있었다. 레바는 작업병들이 작업을 하고 있는 중에 아예 기관총 수습도 함께 하는 게 좋겠다고 결정한 것이었다. 중대 앞의 거리와 쓰레기 하치장에서도 작업을 하고 있었고, 거리 건너편의 중대 마당에서는 텐트 작업이 한창 진행 중이었다. 곧 헨더슨과 윌슨의 홀레붙이기에는 많은 구경꾼들이 몰려들어 조언과 격려를 해대고 있었다.

레이디는 덩치가 작은 테리어 잡종견이었다. 군부대 주변에는 언제나 들개들이 어슬렁거렸다. 사병들이 개를 한 번 쓰다듬기 위해 먹을 것을 주기 때문이었다. 하지만 블룸은 자기 자신만의 개를 원했다. 그는 레이디를 부대 맥줏집 근처에서 발견해 내무반으로 데려왔고, 레이디라는 이름을 붙여 주었다. 그는 정성스럽게 취사병들을 쫓아다니며 정성스럽게 먹이를 구해 와 하루 세 끼를 레이디에게 직접 먹였고, 그래서 개의 애정을 독차지하게 되었다. 그는 또 거의 종교적인 헌신 혹은 분노에 가까운 열정으로 중대 주변을 어슬렁거리는 수 캐들을 쫓아냈다. F 중대의 덩치 큰 군견은 그의 특별한 적수였다.

블룸의 개 사랑은 중대 내의 커다란 농담거리가 되었다. 레이디는 꼬리를 늘 다리 사이에 말아 넣고 다니는 약간 겁먹은 온유한 개여서 전혀 도움이 되지 못했다. 레이디는 군인 정신이라고는 조금도 없었다. 매일 아침 꼬리를 다리 사이에 말아 넣고서 훈련에 나가는 블룸을 따라가려고 애쓰는 레이디에게 블룸이 소리치고 욕하고 겁주는 모습을 지켜보는 것은 중대원들의 즐거움 중 하나였다.

레이디는 숫처녀가 아니었고 그 개의 도덕심이라는 것은 평균적인 개 이상의 것이 되지 못했다. 그런 만큼 블룸이 미워하는 것처럼 그 군견을 미워하는 것은 아니었다. 하지만 구경꾼들이 몰려들고 사람들이 웅성거리자 그 개는 겁을 먹었다. 군견은 적극 달려들었으나 레이디의 협조가 없는 상태에서는 키가 너무 컸다. 게다가 레이디는 협조를 하지 않았다. 레이디는 그냥 가만히 서 있어도 군견의 배에도 못 미치는 키였다. 아무튼 레이디는 헨더슨이 바라는 대로 몸을 아주 낮추고 있었다. 윌슨 중사는 우울하게 레이디의 앞발을 찍어 누르고 있었고 헨더슨은 엉덩이를 들어 올리려고 애썼다. 군견은 흥분된 소리를 내지르면서 올라타려 했으나 앞발이 허공을 찌를 뿐이었다. 구경꾼들은 환호를 지르면서 온갖 의견을 내놓았다. 모두 그게 블룸을 한 번 크게 놀려 먹는 일이라고 생각했다.

레이디가 칭얼거리고 캥캥거리며 몸을 앞으로 돌진시키는 바람에 두 중사는 개를 찍어 누르는 것이 고작이었다. 구경꾼들의 호기심이 옅어지기 시작했다. 그건 더 이상 재미있는 놀이가 아니었다. 사람들은 눈빛이 흐릿해지고 약간 부끄러움을 느끼면서 작업장으로 돌아갔다. 하지만 헨더슨 중사는 포기하려 들지 않았다. 끝까지 남은 몇몇 구경꾼들은 수치스러움과 흥분이 뒤섞인 얼굴이었다. 헨더슨 중사는 아직도 패배를 인정하지 않았다.

프루는 한동안 아무 말도 하지 않았다. 그건 그의 일이 아니었고 그가 키우는 개도 아니었다. 블룸이 자기 개를 알아서 돌봐야 했다. 하지만 그의 내부에서 억눌린 감정이 들끓고 있다가 발화점에 도달했고 밖으로 터져 나올 구실만 찾고 있었다. 그는 부끄러운 얼굴로 구경을 그만둔 병사들, 멋쩍은 얼굴이면서도 여전히 구경을 하고 있는 병사들, 훈련도 나가지 않고 한량하게 지내는 챔프 윌슨과 개도둑 헨더슨 등을 쳐다보았다. 그는 그들 모두에게 증오심을 느꼈다. 블룸과 블룸의 빌어먹을 개에게서 느끼는 것과 똑같은 야비하고도 불같은 증오심이었다.

그는 트레일러에서 구경꾼들 쪽으로 가 흥분과 죄책감이 뒤섞인 병사들을 뚫고 헨더슨에게 다가가 손바닥으로 그의 등을 세게 밀었다. 헨더슨은 쪼그려 앉은 채로 레이디의 도리질하는 엉덩이와 씨름하고 있었기 때문에 그 손바닥의 압력을 못 이기고 레이디의 뒷발을 잡았던 손을 놓고 뒤로 발랑 나자빠졌다.

뒤에서 들어 올리는 힘이 사라지자 레이디는 앞으로 돌진했다. 윌슨은 그 개를 더 이상 고정시킬 수 없었다. 레이디는 군견을 꼬리에 단 채 중대 마당 쪽으로 달아났다. 암캐가 고개를 돌려 으르렁거리며 수캐의 어깨를 한 번 물어뜯자 군견은 좀 떨어진 채 뒤쫓아 갔다.

「왜 나를 밀어 던진 거야?」 헨더슨이 물었다.

「난 사람이 필요 이상으로 개자식 노릇을 하는 걸 원치 않아. 네 말들이 있는 마구간으로 어서 돌아가.」

818

헨더슨 중사는 씩 웃더니 팔꿈치에 몸을 기대면서 오른손을 호주머니에 집어넣었다. 「프리윗, 뭐가 문제야? 너 비위가 약해? 왜 갑자기 여자처럼 징징거려?」

프루는 호주머니에 들어가 무엇인가를 찾고 있는 헨더슨의 손을 유심히 내려다보았다. 「이 개자식, 만약 그 칼을 끄집어내면, 그 칼로 네놈을 죽여 주마.」

헨더슨의 얼굴에서 웃음기가 싹 사라졌다. 언제나 냉정한 챔프 윌슨이 재빨리 친구 옆에 와서 팔꿈치를 부축하며 일으켜 세웠다. 「자, 일어나, 리델.」 그가 부드럽게 말했다. 그는 헨더슨의 오른팔을 잡고 그를 막사 쪽으로 끌어당겼다.

「프리윗, 네놈이 이런 식으로 나온다던 언젠가 네놈의 심장을 도려내고 말 거야.」 헨더슨이 갑자기 소리쳤다.

「언제?」 프루가 비아냥거렸다.

「닥쳐, 리델.」 윌슨이 우울하게 말했다. 「프리윗, 머리를 쓰는 게 좋을 거야.」 그가 냉정하게 말했다. 「언젠가 너는 빠져나올 수 없는 구렁텅이에 들어가게 될 거야. 이 부대에는 너를 좋아하지 않는 사람들이 많아.」

「윌슨, 이 부대의 사람들이 나를 좋아하든 말든 신경 쓰지 않아.」

윌슨은 대답하지 않았다. 그는 화를 내지만 저항하지는 않는 헨더슨을 독서오락실 안으로 끌고 들어가 그의 어깨를 부드럽게 두드려 주었다. 프루는 트레일러로 되돌아갔다. 구경꾼들은 멋진 싸움을 구경할 기회를 박탈당한 것에 실망하며 각자 작업장으로 돌아갔다. 프루는 자신이 실망했는지 어쩐지 확신이 서지 않았다. 트레일러에서 작업하던 병사들은 그에게 아무 말도 하지 않았다. 프리윗이 아주 신경질적인 상태라는 말이 부대 내에 쫙 퍼졌을 것이라고, 그는 우울하게 생각했다.

오후 내내 아무도 그 일에 대해서 말하지 않았다. 그것은 싸움으로 번질 뻔한 다른 수천 가지 사소한 사건 중 하나로 잊히고 말았다. 더 이상 일은 확대되지 않았다. 그 일은 거기서 끝났을 것이다. 아이작 블룸이 그날 밤 식사 시간에 그 일을 되살려 놓지 않았더라면 말이다.

저녁 식사는 통째로 튀긴 소시지와 스타크의 해시브라운[36]이 나왔는데 그것은 토들하우스 해시브라운에 못지않게 맛이 있었고 게다가 점심때 먹고 남은 감자를 재활용한 것이었기 때문에 더욱 알뜰했다. 푸른 콩도 함께 나왔고 디저트로는 시럽에 절인 황도 반쪽이 나왔다. 아주 훌륭한 식사였고 쟁반과 그릇의 내용물이 다 비워지기 전까지 아무도 말을 꺼내지 않았다. 프루는 마지막 남은 바삭바삭하고 쫄깃쫄깃한 소시지 조각을 내려다보다가 입에 집어넣었다. 그때 스타크가 취사장에서 나와 식후 커피를 마시며 잡담을 하기 위해 부사관 테이블로 가는 것이 보였다. 그의 러닝셔츠는 땀에 절어 있었고 굵은 팔뚝과 어깨도 땀으로 번들거렸으며 겨드랑이에서는 땀이 뚝뚝 떨어지고 있었다. 그는 스타크를 아주 많이 좋아했다. 그 부대에서 사람같이 생긴 유일한 인물이었다. 어쩌면 워든도 그럴지 몰랐다. 하지만 프루는 잠시 뒤 생각을 바꾸었다. 아니야, 그자는 교활한 개자식이야. 앤디, 프라이데이, 마지오 등은 괜찮은 친구였다. 그는 소시지를 삼키고 담배에 불을 붙였다. 짠맛이 약간 남아 있는 혓바닥에 담배 연기가 착 달라붙었다. 이제 여기에다 커피의 맛만 추가하면 되겠군.

그런 생각을 하고 있는데 블룸이 자기의 그릇을 프루가 앉아 있는 테이블 쪽으로 밀면서 다가와 프루 맞은편에 앉았

36 *hash brown.* 찐 감자를 얇게 썰어 튀긴 것.

다. 방 안에서는 병사들이 웅얼거리며 얘기를 나누는 소리가 들려왔다.

「내가 다른 데 가버리는 바람에 돌보지 못한 내 개를 대신 돌봐 줘서 고마워, 프리윗.」 블룸이 큰 소리로 말했다.

「천만에.」 그는 커피 잔에 손을 뻗었다.

「여기.」 블룸은 금속 커피 주전자를 잡아서 프루의 잔에 따라 주었다. 「누가 누구의 친구인지 언제든 알아볼 수 있지. 난 늘 애완동물을 대우하는 태도로 보아 그 사람을 알 수 있다고 말해 왔어. 너한테 빚을 많이 졌어.」

프루는 커피 잔을 그대로 두었다. 「블룸, 넌 나한테 아무런 빚도 없어.」

「아니야, 빚이 있어.」

「빚이 없다니까.」

「난 늘 빚을 갚는 사람이야.」

「나는 다른 개라도 그렇게 했을 거야. 난 어떤 개자식이 불쌍한 개를 괴롭히는 게 싫었던 거야. 난 그 개가 누구의 개인지 따위는 신경 쓰지 않아. 사실 나는 그 개가 네 개인지도 몰랐어.」 그는 거짓말을 했다. 그러면서 내뿜은 담배 연기를 통해 블룸을 쳐다보았다.

「그게 내 개라는 건 누구나 다 알아.」 블룸이 이의를 제기했다.

「아니, 모르는 사람도 많아. 아무튼 나는 몰랐어. 만약 내가 알았더라면 말리지 않았을 거야. 그러니 너는 내게 아무것도 빚진 게 없어. 난 네가 그만 다른 데로 가주었으면 좋겠어.」 프루는 일어서서 식기를 집어 들었다. 「나중에 보자, 블룸.」

사람들의 수군거리던 소리가 커피 잔과 담배 연기 사이로 가라앉았다. 마치 갑자기 라디오를 꺼버린 것처럼.

「젠장, 네게 고맙다고 인사를 하는데도 그렇게밖에 말하지 못하냐?」 그는 벌떡 일어서서 식기를 집어 들었다. 「프리윗, 난 네게 고맙다는 말을 하기 위해 일부러 여기 온 거야. 오고 싶어서 온 게 아니야.」

「블룸, 나도 너의 감사 따위는 필요 없어.」

「네가 그런 식으로 나를 비웃는단 말이지? 도대체 네가 뭐야? 영국의 왕이라도 되냐? 유대인을 깔보는 것은 언제나 쓰레기 같은 백인 놈들이야.」

「무슨 말이야? 나를 모욕하겠다는 거야?」

「내가 언제 너한테 내 개를 돌봐 달라고 했어?」 블룸이 소리쳤다. 「난 그런 부탁 한 적 없어. 다음번에 내 개를 돌보려면 먼저 내 허락을 받아. 나는 너 같은 놈의 도움은 필요 없어, 이 개자식아. 앞으로는 내 개한테 아는 척하지 마.」

프루는 식기를 테이블 위에다 내려놓았다. 하지만 커피 잔을 아직도 손에 들고 있었으므로 그것을 블룸에게 던졌다. 손잡이 없는 무거운 머그잔은 블룸의 이마 한가운데를 때렸다. 블룸은 눈을 깜빡이며 얼굴을 찌푸렸다. 커피 잔은 콘크리트 바닥에 떨어져 뒹굴었으나 깨지지는 않았다. 두 병사의 싸움 따위는 관심도 없고 따분하고 지겨울 뿐이라는 듯.

둘이 달라붙으려고 하는데 스타크가 재빨리 끼어들었다. 웃는 것 같기도 하고 조롱하는 것 같기도 하고 우는 것 같기도 한 무감각한 입 가장자리에는 여전히 담배가 꽂혀 있었다. 그는 엉덩이로 프루를 가로막고 가슴으로 블룸을 밀어냈다.

「여기 취사반에서는 안 돼. 둘이 붙어 볼 생각이라면 밖의 풀밭에 나가서 해. 식당에서 싸움은 절대 안 돼. 여기는 식사를 하는 곳이지 싸움을 하는 곳이 아니야.」 그가 자긍심 넘치는 목소리로 말했다. 「그리고 프리윗, 잔을 안 깨뜨려서 다행이야. 안 그랬더라면 다음 봉급날 10센트를 공제당할 뻔했어.」

블룸은 식당 안을 한번 둘러보았다. 그의 이마에는 붉은 반점이 나 있었다. 「밖으로 나갈 거야?」

「물론이지. 어서 나가자.」 프루가 말했다.

「좋아. 그럼 뭘 기다려. 너 혹시 겁먹은 거 아냐?」 그가 문 쪽으로 걸어가면서 셔츠의 단추를 풀었다. 프루는 그를 따라서 중대 앞마당으로 갔다. 거기에는 오후에 작업하다 만 텐트가 아직도 쳐져 있었다. 사병들은 희희낙락하며 식당에서 나와 그들을 따라갔다. 중대 마당 근처의 다른 식당과 포치에서도 사람들이 몰려들었다. 그들은 마치 그 싸움이 벌어지기 전에 이미 그 소식을 알고 있는 것 같았고 싸움이 벌어지려 하자 황급히 달려오고 있었다. 블룸과 프루 주위에는 구경꾼들이 커다란 원을 이루었고 블룸이 셔츠를 벗어 던지자 우람한 팔뚝이 드러났다. 프루도 셔츠를 벗고 싸울 준비를 끝냈다.

그들이 싸움을 시작한 것은 5시 반이었고, 아직 어둡지 않은 시각이었다. 그들은 한 시간 반 동안 싸웠다. 스모커 게임의 첫 번째 경기는 8시에 시작될 예정이었다. 하지만 블룸은 메인 게임에 올라가 있으므로 10시나 10시 반경에 경기를 하게 될 터였다. 체육관 작업병들이 중대 마당에 링의 네 기둥을 세우러 나온 그 시점까지도 두 사람은 여전히 싸우고 있었다.

프루가 블룸과 싸울 수 있는 방식은 아웃복싱뿐이었다. 블룸은 지난 12월부터 권투 훈련을 해왔고, 그래서 그의 배는 돌처럼 단단했다. 또 그의 머리도 돌처럼 단단했다. 블룸이 얻어맞는 것을 그처럼 두려워하지 않았더라면 그 싸움은 곧 끝나 버리고 말았을 것이다. 프루의 타고난 스피드, 개인적인 스타일로 개발했고 마이어 부대에서 더욱 갈고 닦은 스피드가 없었더라면 프루는 애초 싸움에서 가능성이 조금도 없었을 것이다. 하지만 싸움이 시작되고 10분 정도 경과하자 프루는 그로부터 멀찍이 떨어져 있기 위해 온갖 기술을 동원해야 했다. 그는 그처럼 훈련이 안 된 상태였다.

그는 블룸을 마음 놓고 때릴 수 있었다. 덩치가 그리 크지 않은 사람으로서는 괜찮은 펀치였지만, 블룸을 어질어질하게 만들 정도는 아니었다. 그는 시험 삼아 블룸의 배에 훅을 세 방 질렀다가 곧 포기했다. 차라리 왼쪽 주먹으로 블룸의 코를 부러뜨리겠다고 마음먹었다. 왼손으로 블룸의 코를 때리는 순간 손끝에 우지끈하는 느낌이 전해져 왔고 코를 부러뜨렸다는 것을 알았다. 하지만 블룸은 별로 코피를 흘리지 않았다. 코피는 몇 방울 흐르다가 곧 멈추었다. 하지만 나름대로 효과가 있었다. 블룸의 눈에 약 5초 동안 눈물이 흘렀고 그의 얼굴은 잠시 멍한 표정이었다. 그의 윗입술은 전혀 부어오르지 않았다. 그것은 주먹으로 황소를 쓰러뜨리려는 것과 비슷했다.

프루는 계속 코를 때리려 했으나 블룸은 아르투로 고도이처럼 몸을 깊숙이 수그리는 트릭을 썼고 프루의 왼쪽 주먹은 그의 머리 위로 빗나갔다. 그러자 블룸은 오른손으로 롱 훅을 날렸다. 그렇게 롱 훅을 두세 번 날리고 왼손으로 프루의 배를 쳤더라면 쓰러뜨릴 수 있었을 텐데, 블룸은 그렇게 하지 않았다. 계속 오른손 롱 훅만 날려 댔다. 프루는 블룸이 몸을 흔들면서 자신의 얼굴 오른쪽으로 왼쪽 펀치를 날릴 때, 블룸의 얼굴 왼쪽에 커다란 허점이 생긴다는 것을 알았다. 프루는 왼손을 쓸 것처럼 페인팅을 하다가 가까이 다가서면서 그 허점을 향해 오른손 스트레이트를 날렸다. 두세 번은 제대로 맞추지 못했다. 하지만 네 번째로 스트레이트를 내뻗었을 때 블룸의 왼쪽 눈 바로 밑을 가격했다. 블룸의 눈에서 별이 번쩍 빛났을 것이다. 하지만 실망스럽게도 그 펀치는 블룸을 어질어질하게 만들지 못했다. 그것은 한 사람이 차를 밀어서 옆으로 쓰러뜨리려는 것과 똑같았다.

그다음에 블룸이 몸을 흔들며 오른쪽으로 고개를 숙이자 프루는 있는 힘을 다해 그의 이마를 가격했다. 그는 자신의 정권(正拳)이 약간 찌그러진 느낌을 받았다. 정권이 박살 난 것은 아니지만 약간 찌그러졌고 상당한 고통이 따랐다. 블룸은 빙긋 웃으면서 숙였던 상체를 폈다. 프루는 더 이상 오른손을 쓰지 않고 계속 왼손으로 블룸의 코를 때리면서 오른손으로는 블룸의 목젖을 한 방에 파괴할 생각을 했다. 그가 생각해 낼 수 있는 승부수는 그것이 전부였다. 어떤 집 주위를 돌면서 문을 다 열어 보았으나 잠겨 있었고 마지막으로 돌을 들어 창문을 깨뜨리려고 하는데 그 창문마저 쇠창살이 쳐져 있는 것을 발견한 심정과 비슷했다. 게다가 프루는 아주 피곤했다.

주변의 구경꾼들은 아주 좋은 시간을 보내고 있었다. 몇몇 사병은 현장 정리 요원을 자처해 구경꾼들에게 뒤로 물러날 것을 종용하면서 두 싸움꾼에게 충분한 공간을 마련해 주었다. 그것은 링 위에서 벌어지는 권투과 별반 다를 바 없었다. 물론 피 튀기는 화끈한 싸움은 아니었다. 그래도 구경꾼들은 재미가 있었다. 다들 자신을 프루와 동일시하면서 프루의 문제를 자신의 문제인 양 찬찬히 살펴보고 있었다. 그들은 블룸에게 얻어맞을 위험이 전혀 없이 프루의 머릿속 궁리에 대상적(代償的)으로 참가하는 즐거움을 느꼈다. 프루가 새로운 작전을 쓸 때마다 구경꾼들은 그게 어떤 결과를 가져올지 궁금해하며 지켜보았다. 그들은 장기의 새로운 수를 구경하면서 성공 가능성을 따지는 훈수꾼 같았고, 그들의 그런 얘기가 프루에게도 들렸다.

프루는 양다리가 아주 피곤했고 블룸의 펀치를 막아 내느라고 팔뚝, 팔꿈치, 어깨가 멍멍했다. 그의 오른손이 부어올랐다. 블룸은 그걸 눈치채고 상대방의 펀치를 덜 의식하게 되었다. 그러고는 저돌적으로 달려들기 시작했다. 그는 아직도 블룸의 목젖을 때릴 기회를 잡지 못했다. 이제 그럴 기회가 없을지 모른다는 생각마저 들었다. 그는 아주 확실하지 않으면 오른손을 내밀지 않으려 했다. 그의 오른손은 블룸의 머리에 많은 헛방을 날려 지쳐 있었던 것이다.

블룸은 양손을 흔들며 접근해 들어왔다. 블룸이 그를 구경꾼 쪽의 코너로 밀어붙이려고 하자 그는 있는 힘을 다해 빠져나가려 했다. 블룸은 그런 식으로 몰아붙이다가 한번은 롱훅이 아닌 스트레이트를 프루의 관자놀이에 작렬시켰다. 그 충격으로 프루는 구경꾼 쪽으로 쓰러졌고 그의 밑에 한 구경꾼이 깔리게 되었다. 그는 갑자기 졸음이 밀려왔고 아주 피곤했다. 모든 것이 아득하고 저 멀리 떨어져 있는 것처럼 느껴졌다. 게다가 다리가 말을 들어 주지 않아 벌떡 일어설 수가 없었다. 간신히 일어섰다.

잠시 뒤 그가 또다시 가격을 당하지 않았는데도 구경꾼들 틈새로 쓰러지자 블룸이 저돌적으로 대시해 왔다. 블룸은 발로 걷어찼고 프루는 발길질을 피하기 위해 몸을 옆으로 굴리면서 커다란 분노를 느꼈다. 하루 종일 그토록 폭발적인 분노를 느낀 적은 없었다. 그때 누군가가 끼어들어 블룸을 뒤로 밀쳐 내면서 공정하게 싸우라고 경고했다. 그는 눈앞이 침침한 가운데서도 그게 스타크임을 알아보았다. 구경꾼들은 큰 소리로 스타크의 경고에 동의했다. 그들은 지금까지의 멋진 권투 경기가 땅 위에서 벌어지는 이전투구로 바뀌는 것을 원하지 않았다. 하지만 블룸은 동의하지 않았다.

프루가 다시 링에 들어오자 블룸은 오른손을 뒤로 젖혀 한 방 크게 놓을 자세를 취했다. 그때 프루는 양발로 껑충 뛰면서 블룸의 발등을 찍어 눌렀다. 블룸은 그 순간 입을 크게 벌려 비명을 내지르면서 뒤로 젖힌 오른손을 잠시 잊어버렸다. 이어 프루는 왼손으로 블룸의 코를 강하게 가격했다. 블룸은 충격을 받아 양손을 번쩍 위로 들어 올렸다. 그때를 놓치지 않고 프루는 왼손으로 블룸의 배에 강 훅을 넣었다. 블룸은 비명을 내지르지는 않았으나 양손을 펄쩍 내렸다. 코의 타격과 발등의 충격이 잠시 그를 어리어리하게 만들었다. 이제 그의 목이 크게 노출되자 프루는 있는 힘을 다해 오른손으로 그의 목젖을 가격했다. 오른손이 순간적으로 아팠으나 그래도 효과가 있었다. 블룸은 숨을 쉬지 못했고 양손으로 목을 잡으며 무릎을 꺾었다.

그의 머리는 무릎 쪽으로 내려왔다. 블룸은 숨을 제대로 쉬지 못해 계속 컥컥거렸다. 얼굴이 붉어지더니 이어 보라색이 되었다가 다시 흑빛이 되었다. 그러고는 땅에 풀썩 쓰러졌다. 그는 저녁 먹은 것을 게워 내고는 다시 컥컥거리면서도 쇠막대처럼 프루를 향해 달려들었다.

프루는 약간 뒤로 물러나며 공간을 확보했다. 그건 잘된 일이었다. 좀 더 가까이 있었더라면 직각으로 꺾은 무릎으로 블룸의 수그린 얼굴을 가격하지 못했을 것이다. 무릎의 뼈는 블룸의 가슴을, 허벅지의 근육은 블룸의 얼굴과 코를 세게 때렸다. 블룸은 뒤로 벌렁 나자빠지더니 자기가 게워 놓은 토사물 위로 쓰러졌다. 그의 코는 부러졌으나 피를 흘리거나 부어오르지 않았고, 그의 눈은 멍이 들었으나 감기거나 부어오르지 않았으며, 그의 배는 무수히 맞았으나 상처 입지 않았고, 그의 목젖은 타격을 받았으나 기능을 잃지 않았다. 그는 전반적으로 커다란 부상을 입은 것이 없었다. 그는 팔꿈치로 몸을 받치고 힘겹게 숨을 쉬면서 프루를 노려보았다. 이어 그는 일어나더니 다시 돌진해 오기 시작했다. 이번에는 양손을 올리고 방어 태세를 단단히 갖추었다. 프루는 이런 생각을 했다. 젠장, 내가 가지고 있는 모든 수단을 동원해서 가격했는데도 아직도 골로 가지 않는구나. 이제 더 이상 무엇을 가지고 상대할 것인가. 그런 암담한 생각을 하고 있는데, 대대 군종 장교인 앤저 C. 딕 소위가 구경꾼들을 뚫고 앞에 나섰다.

두 사람은 그를 보고 안도의 한숨을 내쉬었다.

「이봐, 너희는 싸움이 좀 심했다고 생각하지 않나? 난 너희가 이렇게 죽기 살기로 싸우는 꼴이 너무 보기 싫어. 이건 정력 낭비야. 이렇게 한다고 해도 아무런 결말이 나지 않아. 이렇게 싸우는 힘의 절반만이라도 서로를 위해 사용한다면, 우리 부대는 한결 좋은 부대가 되고, 나는 아마도 밥줄이 떨어지게 될 거야.」

구경꾼들은 웃음을 터뜨렸고, 딕 소위는 그들을 돌아다보며 활짝 웃었다.

프루와 블룸은 아무 말도 하지 않았다.

「게다가 여기 블룸은 오늘 밤 권투 경기에 나가기로 되어 있지 않나? 이렇게 계속 싸우다가는 옷 갈아입고 링에 나설 시간도 없어요.」

구경꾼들은 웃음을 터뜨렸고 딕 소위는 그들을 돌아다보며 다시 활짝 웃었다. 이어 소위는 한 팔로 프루를, 다른 한 팔로 블룸을 감싸면서 말했다. 「자, 서로 악수해. 이런 싸움을 잠깐 하다가 그만두는 것은 청년의 머리를 맑게 해주지. 하지만 너무 오래하면 안 좋아. 이제 싸움은 그만두고 악수를 하게.」

그들은 마지못해 악수를 했고, 딕 소위는 두 사병을 감싸 안았던 팔을 거두었다. 프루는 비틀거리며 막사로 갔고 블룸은 권투에 나갈 준비를 하기 위해 체육관으로 갔다. 딕 소위는 계속 현장에 남아 구경꾼들과 잡담을 했다.

828

프루는 텅 빈 내무반의 자기 침상에 오랫동안 앉아 있었다. 그는 오늘 밤 시내에는 못 나가겠다고 생각했다. 그는 텅 빈 화장실로 가서 저녁 먹은 것을 토해 냈으나 별로 기분이 나아지지 않았다. 머리는 지끈거렸고 블룸의 펀치를 맞았던 관자놀이는 쓰라렸고 귀는 불붙은 것처럼 따가웠다. 손은 부어오른 상태였다. 팔은 들어 올릴 수 없을 정도였고 팔뚝은 무수히 맞은 펀치 때문에 검은 멍이 들어 있었다. 일어설 때마다 다리가 후들거렸다. 그는 잘 싸웠다는 생각이 들지 않았다. 앨마든 그 누구든 여자와 동침할 힘이 없었다. 잠시 뒤 그는 스모커 게임의 1라운드가 시작되었음을 알리는 환호 소리를 들었다. 그는 샤워를 하고 깨끗한 제복을 입은 뒤 약간 비틀거리는 걸음걸이로 독서오락실을 지나 부대 맥줏집으로 갔다.

치프 초트는 나무 밑 풀밭 위에 마련된 테이블 중 하나에 앉아 있었다. 치프는 스모커 게임의 관중 때문에 초이스에서 이리로 옮겨 온 것이었다. 테이블 위의 빈 병과 캔들은 초이스 테이블 위의 병과 캔들을 그대로 옮겨다 놓은 것 같았다. 그는 맥주병에서 고개를 들더니 흡족한 혹은 생각에 잠긴 눈으로 쳐다보았다.

「앉아. 귀가 멍들었군.」

프루는 의자를 잡아 빼며 빙그레 웃었다. 「약간 따가워. 하지만 못 견딜 정도는 아니야. 펀치를 그렇게 많이 맞은 건 아니니까.」

「자, 맥주 한잔해.」 그는 맥주의 숲을 한참 바라보더니 그 중에서 나무를 하나 뽑아 건네주었다. 그는 마치 훈장을 수여하는 포즈로 맥주를 내밀었다. 「네가 꽤 잘 싸웠다는 얘기를 들었어. 오랫동안 훈련을 안 한 것치고는.」 치프가 천천히 조심스럽게 말했다.

프루는 혹시 비아냥거리는 것 아닌가 싶어 그를 쳐다보았으나 금방 그렇지 않다는 것을 알았다. 그는 의젓하게 맥주병을 받아 들었다. 그는 갑자기 기분이 좋아졌다. 치프 초트는 아무에게나 자신의 테이블에 앉아 맥주를 하자고 권하는 사람이 아니었다.

「난 이제 그런 짓을 하기에는 나이가 너무 많아.」 프루는 피곤하면서도 온유한 목소리로 말했다. 「젠장! 어떻게 그런 상태로 링에 오를 수 있는지 모르겠어. 싸우는 건 고사하고 말이야. 그가 싸울 수 있으리라 생각해?」

「싸울 거야. 그 친구는 사람이 아니라 말이야. 게다가 진급을 간절히 원하고 있지.」

「그건 그래. 난 그 친구가 링에 오르지 못할 정도로 싸우고 싶지는 않았어. 그런 짓은 하고 싶지 않았어.」

「내가 듣기로는, 네가 아까 그런 생각이 없는 사람처럼 싸웠다던데.」 치프가 부드럽게 웃었다.

프루는 따라 웃으면서 의자 등받이에 기댔고 이어 맥주병을 집어 들었다. 가래가 낀 듯한 목구멍으로 차가운 맥주가 넘어가자 날카로운 소금 맛이 났고 그의 머리를 맑고 차갑게 했다. 「그는 계속 내게 싸움을 걸어왔어. 내가 이 중대로 전출해 온 이래.」

「그랬지.」 치프가 느긋하게 말했다.

「그렇긴 하지만 그가 링에 오르지 못할 정도로 싸우고 싶지는 않았어.」

「그는 싸울 거야. 사람이 아니라 말이니까. 그런 튼튼한 육체에 걸맞은 강인한 정신력을 갖고 있다면, 블룸은 사단 대항 권투 대회에서 헤비급으로 뛰어도 될 거야.」

「하지만 펀치를 두려워해.」 프루가 말했다.

「내 말이 그 말이야. 정신력이 좀 부족해. 그래도 싸울 거야. 그리고 이길 거야. I 중대의 애송이와 붙게 되어 있으니까. 그는 싸울 거야. 하지만 그 후 이틀 동안 별로 말이 없을 거야.」

「그래, 말을 하지 않을 거야.」

「그리고 네가 그를 엿 먹이기 위해 일부러 싸움을 걸었다고 생각할 거야.」

「그건 다이너마이트도 그럴 거야.」 프루가 말했다.

치프는 커다란 머리를 천천히 끄덕였다. 그렇게 하는 것이 아주 힘든 사람처럼. 「넌 이제 확실히 똥통 리스트에 올랐어. 그전에도 올라 있었지만. 복수심 강한 다이너마이트라고 할지라도 풀밭에서 공정하게 벌어진 싸움어 대해서는 군법 회의를 들이댈 수 없을 거야.」

「그래, 맞는 말이야. 그걸 가지고 시비를 걸 수는 없지.」

「블룸은 자신이 유대인이라는 사실을 잊어버릴 수만 있다면 한동안 괜찮을 거야.」 치프가 생각에 잠긴 얼굴로 말했다.

프루는 뭔가 가슴에 맺히는 것을 느끼던서 그 말을 잠시 생각해 보았다. 「젠장, 나는 그가 유대인인지 아닌지에 대해서는 아무 관심도 없어.」

「그건 나도 마찬가지야. 사람들은 서스맨을 계속 유대인이라고 부르지만 그는 전혀 신경 쓰지 않아. 하지만 블룸을 유대인이라고 부르면 그는 누구에게나 달려들려고 해. 사람들은 나를 인디언이라고 불러. 그리고 나는 인디언이야. 그렇지 않아? 블룸은 유대인이야. 그렇지 않아?」

「그래.」 프루는 가슴에 맺혔던 게 내려가는 것을 느꼈다. 「젠장, 나는 프랑스, 아일랜드, 독일의 피가 섞인 놈이야. 그게 어쨌다는 거야? 사람들이 나를 프랑스 놈, 아일랜드 놈, 독일 놈이라고 불러도 난 화를 내지 않아.」

「그래, 그래야지.」 치프가 생각에 잠긴 목소리로 말했다.

「정말 그런다니까.」프루가 느긋한 목소리로 말했다.

「하지만 몇몇 지랄 같은 자식들은 유대인을 야비하게 대하고 있어. 우리 중대에는 그런 일이 없지만.」

「그건 그래. 인디언을 대하는 태도 좀 봐.」

「맞아. 누굴 때려야 할지 누굴 때리지 말아야 할지 구분할 줄 알아야 해.」

「그럼, 그렇고말고.」프루는 의자 등받이에 느긋하게 기댔다. 맥주는 평소보다 빨리 올라왔다. 그는 고개를 돌려 환호 소리가 터져 나오는, 격자 울타리가 쳐진 삼각형의 부지를 쳐다보았다. 세 거리가 만나는 곳에는 U자형의 지붕이 쳐져 있었다. 그곳은 지난 20년 동안 귀빈석 역할을 해왔다. 한구석에는 머리가 반백인 늙은 고참 상사들이 맥주잔을 앞에 놓고 앉아 있었다. 그 자리에 마흔 이하의 젊은 부사관들은 끼이지도 못했다. 그들은 멕시코의 판초 비야 토벌 작전, 필리핀의 모로족 반군 토벌 작전, 스페인계 미국인 토벌 작전 등에 대해서 잡담을 하고 있었다. 바의 남자들은 아주 깊숙한 목소리로 소리치고 있었다. 빛이 바래지 않은 환한 카키복을 입은 신병들은 어깨동무를 하고서「우리는 빌리 대위의 부대원이다」,「우리는 밤의 기수들이다」,「우리는 지저분한 개자식으로서 싸우기보다는 씹하고 싶다」따위의 노래를 부르고 있었다. 그런 시끄러운 소리를 뚫고 운동장 쪽에서 희미한 고함소리가 들려왔는데, 그건 누군가가 KO되었음을 알리는 소리였다. 그것은 아주 오랫동안 이어 내려온 행사였고 그는 자신이 그 행사의 일부분이라고 생각했다.

「다른 연대들은 우리 중대 게임에 별 흥미가 없는가 봐.」프루가 빙긋 웃으며 말했다.

「그들이 흥미를 보일 이유가 없지. 우리는 다음 12월에 트로피를 빼앗아 올 가능성이 거의 없어. 그건 누구나 알고 있는 사실이야.」

프루는 덩치가 큰 치프의 묵직하면서도 동요하지 않는 태도가 마음에 들었다. 그는 지난 한 달 동안의 근거 없는 폭풍우 속에서 섬처럼 우뚝하게 서 있으면서 불요불굴의 자세를 보여 주었다.「올드 치프, 올드 치프. 운동부 친구들. 빌어먹을 권투부 친구들.」

「그 말 조심해. 나도 한때 권투를 했어.」치프가 말했다.

프루가 크게 웃음을 터뜨렸다.

「맥주 한 병 더 해.」치프가 권했다.

「아니, 이제 내 맥주는 내가 사서 먹을 테야.」

「여기 많아. 마음껏 마시라고. 그럴 자격도 충분하고.」

「아니야, 내가 사서 먹을게. 나 돈 있어. 요즘엔 늘 돈이 있어.」프루가 강경하게 말했다.

「그런 것 같아. 넌 시내의 그 여자랑 아주 잘 맺어진 게 틀림없어.」

「그런 방면의 일이라면 좀 알지.」프루가 환히 웃으며 말했다.「성적도 괜찮고. 한 가지 문제는 말이야, 그 여자가 자꾸 나랑 결혼하자고 졸라 대는 거야.」

「뭘 망설여. 그 여자 돈 많다며? 그 여자와 빨리 결혼해 버려. 그런 다음에 네 평소 스타일대로 살 수 있게끔 옆에서 지원하라고 해.」치프가 생각에 잠긴 목소리로 말했다.

「난 아니야, 치프. 난 결혼하는 타입이 아니야.」프루가 웃으며 대꾸했다.

그는 가벼운 마음으로 북쪽 끝에 있는 바로 걸어갔다. 자식 너 왜 거짓말해. 그 여자가 언제 너하고 결혼하자고 했어. 하지만 재미있는 거짓말이잖아. 일방적인 얘기이기는 하지만, 남자라면 모름지기 꿈을 꾸어야 하잖다.「헤이, 지미!」그가 크게 소리쳤다.

「헤이.」덩치가 큰 지미가 바의 반대편에서 프루를 알아보고 응답했다. 그의 넓적한, 땀 흘리는 카나카 얼굴은 환히 웃고 있었고, 그의 손은 냉장고에서 캔과 병을 재빨리 꺼내고 있었다. 냉장고 옆에는 맥줏집의 경계병이 서 있었다. 그는 부대별로 돌아가며 차출되어 오는 연대 권투부 요원인데 부대의 규정에 따라 술집의 질서를 잡기 위해 술집 매니저가 고용한 인력이었다. 위병 벨트에 곤봉, 그리고 임시 위병 배지를 패용하고 있었다. 일본인 매니저가 고통스러운 얼굴로 쳐다보고 있는데도 불구하고 그 위병은 냉장고에서 캔을 계속 꺼내 마시고 있었다.

「짐, 네 병만 줘.」프루가 사람들의 머리 위로 소리쳤다.

「알았어.」그의 검은 얼굴 위로 미소가 퍼져 나갔다. 「맥주 네 병. 오늘 밤 중대 게임이지? 넌 안 싸우냐?」

「난 안 싸워, 짐. 난 겁먹었어. 게다가 펀치에 맞아 찌그러진 해바라기 귀이고.」

「이봐, 힘차게 싸웠다며?」훈제 햄처럼 두꺼운 손으로 얼굴을 닦으며 짐이 말했다. 「나한테 농담하지 마. 덩치 큰 유대인 녀석을 만나 잘 싸웠다며?」

「그게 떠돌아다니는 얘기야? 내가 듣기로는 그가 이긴 걸로 아는데.」그는 등 뒤에서 몇 명의 사병이 그를 쳐다본다는 것을 알았다. 누군가가 뭐라고 속삭였다. 아마도 소문이 빨리 퍼졌나 보다. 그는 뒤돌아보지 않았다.

「난 네가 지난해 볼에서 싸울 때 보았어. 아주 잘하더군. 유대인 친구는 덩치만 컸지 이기겠다는 생각이 없어. 깡다구가 없는 거야. 하지만 넌 깡이 있지. 그렇지 않아?」

「그런 얘기가 흘러 다니는 거야? 맥주 네 병은 어떻게 되었어?」

「여기 있어. 유대인 놈들은 누구한테 시비를 걸어야 하는지 좀 정신 차려 보아야 할 거야. 난 내달에 시내에서 권투 경기가 있어.」

뒤에 있는 병사들은 여전히 쳐다보고 있었다.

「어디서? 시빅에서?」 프루가 갑자기 흥미를 보이며 물었다.

「응, 6라운드 준결승이야. 여기서 이기면 메인 게임에 나가는 거야. 거기서 다시 이기면 본토로 가지. 그렇게 된다면 이 직업을 그만둘 거야.」

「또 한 명의 데어두 마리노가 생겨나는 건가?」 프루가 빙그레 웃으며 말했다.

지미는 웃음을 터뜨렸고 가슴을 크게 펴 보였다. 「데어두 마리노? 그게 바로 나야. 그래서 밴텀급의 챔피언이 되는 거지. 우리 할아버지처럼 본토로 가는 거야. 성이 칼리포니야. 그래서 내 이름은 지미 칼리포니가 되는 거지. 칼리포니는 우리 할아버지가 옛날에 본토로 갈 때 사용했던 이름이야. 하와이 말에는 에프*f*와 아르*r*가 없어. 그래서 캘리포니아를 제대로 발음하지 못해 칼리포니가 된 거야. 본토 가서 지미 칼리포니란 이름을 내걸고 싸울 거야. 난 더 이상 힐라힐라[37]가 아닌 거야. 난 본토가 좋아. 거기 얘기 많이 들었어.」

「난 시빅에 가서 네가 상대를 때려눕히는 걸 보고 싶어.」

「올드 시빅은 좋은 곳이야. 권투 경기가 많이 벌어지지. 올드 딕시는 과거에 시빅에서 경기를 많이 했어. 올드 딕시 기억나지? 나랑 친한 친구였어. 아주 좋은 친구지, 그렇지 않아?」

프루는 갑자기 마음속에 커다란 구멍이 생기더니 자신의 행복감을 싹 빨아 가는 걸 느꼈다. 그는 손을 내밀어 맥주병을 잡았다.

「그래, 좋은 친구였지.」

---

37 *hila-hila*. 하와이인.

지미는 머리를 흔들었고, 그의 웃는 얼굴이 갑자기 슬픈 얼굴로 바뀌었다. 「딕시가 그처럼 눈이 멀어 버린 건 안된 일이야.」 지미가 그 얘기를 프루에게 꺼낸 것은 그때가 처음이었다. 「정말 운이 나빴지. 넌 그 일로 마음고생 많이 했을 거야. 너도 좋은 친구야. 정말 안된 일이야.」

「정말 안된 일이야. 자, 어서 맥주 내밀어.」

「여기 있어.」 지미가 맥주를 앞쪽으로 내밀었다. 「돈 안 내도 돼. 내가 살게.」 커다란 슬픈 얼굴이 갑자기 다시 웃고 있었다. 「난 네가 백인의 호프 그 유대인 놈을 두드려 패준 게 너무 기뻐. 빌어먹을 유대인은 빌어먹을 독일인처럼 나빠. 둘 다 똑같은 놈들이야. 이 세상을 다 먹으려 들어. 하지만 우리 미국인은 그런 헛소리는 하지 않아. 우린 양심이 있다고. 유대 놈과 독일 놈은 양심이 없어.」

「그래, 그래.」 프루가 맥주를 가지고 카운터에서 빠져나오면서 말했다. 「유대 놈과 독일 놈은 양심이 없어.」 그는 자기 자신을 상대로 말하듯이 나지막하게 그 말을 반복해 보았다. 유대 놈, 독일 놈, 이탈리아 놈, 스페인 놈, 보스턴 아일랜드 놈, 헝가리 놈, 기니 놈, 흑인 놈은 양심이 없다. 그는 빈속에 약간 욕지기를 느끼면서 테이블로 돌아왔다. 그는 블룸이 유대 놈이기 때문에 싸운 것이 아니었다. 왜 사람들은 그걸 늘 인종적인 문제로 바꾸어 놓는가?

그는 등 뒤에서 지미가 소리치는 걸 들었다. 「오케이! 두 명의 호모에게 두 병의 맥주.」 그건 지미 칼리포니가 즐겨 하는 농담이었다. 지미 칼리포니는 결승전에서 이겨 본토에 가 보면 알겠지. 본토 사람들이 흑인 역시 양심이 없는 놈들이라고 말하는 걸. 그걸 보면 지미 칼리포니는 놀랄까. 그러면 그는 흑인과 하와이 사람은 다르다고 설명하려 들 테지. 겉모습이 검기는 마찬가지일 텐데도. 그는 사람들을 납득시키지 못할 테고 그러면 곧바로 하와이로 돌아오겠지. 지미 칼리포니. 유대 놈과 독일 놈만 양심이 없는 걸로 인정되는 하와이 땅으로.

카펫 같은 풀밭을 가로질러 테이블로 돌아오면서 그는 블룸을 찾아내 인종 문제 때문에 블룸과 싸운 것은 아님을 설명해 주어야겠다고 생각했다. 오늘 밤 당장 해명을 하고 싶었으나 블룸이 체육관 안에서 경기를 기다리고 있기 때문에 그렇게 할 수가 없었다. 그러니 경기가 끝난 후에 해주어야 했다. 하지만 블룸은 지쳐서 경기가 끝난 뒤 곧바로 취침할지도 몰랐다. 혹은 경기에 이기면 다른 권투 선수들과 축하 행사를 가질지도 몰랐다. 그렇다면 내일 하지. 그는 내일이라도 블룸에게 사정을 설명해 주고 싶었다.

그는 누군가와 싸우고 싶어서 싸웠을 뿐이었다. 만약 그렇게 하지 않으면 그 자신이 돌아 버릴 것 같았다. 블룸도 똑같은 이유로 그와 싸웠던 것이다. 벼랑에 내몰려 학대를 당한 두 남자가 그들 자신을 제외한 모든 사람들의 오락을 위해 싸움에 뛰어들었던 것이다. 그게 전부였다. 그와 블룸은, 아마도 앤절로 마지오를 제외하면, G 중대의 그 어떤 병사들보다 서로 비슷했다. 그렇게 비슷한 자들끼리 서로 싸우는 것이 진짜 적을 찾아내 싸우는 것보다 훨씬 쉬웠다. 공동의 적인 진짜 적은 어디에서 찾아보아야 하는지 아득하기 때문에 찾아내기가 어려웠고 그런 만큼 손대기가 어려웠다. 그래서 비슷한 자들끼리 싸우는 것이다. 우선 찾아내기가 쉽고 그 뒤에는 공동의 적인 진짜 적을 참아 내기가 더 수워지는 것이다. 아무튼 프루가 블룸과 싸운 것은 그가 유대인이라거나 독일인이기 때문이 아니었다.

그는 지금까지 딕시 웰스를 오랫동안 생각하지 않았다. 거의 그 친구를 잊어버리고 있었다. 그가 딕시 웰스를 잊어버리고 있다는 걸 누가 믿어 주겠는가! 그는 블룸에게 절대 인종 차별을 하는 게 아님을 설명해 주고 싶었다.

그러다가 프루는 결국 블룸에게 해명하지 못할 것이라고 느꼈다. 그가 무슨 말을 하든 블룸은 자신이 유대인이기 때문에 시비를 걸었고, 그래서 싸움을 하게 된 거라고 생각할 것이기 때문이다. 다 큰 어른의 머릿속 생각을 바꾼다는 것은 거의 불가능했다. 그래서 오늘 밤이든, 내일이든, 모레든, 혹은 그 어떤 날이든 블룸에게 설명한다는 것은 무의미하다고 생각했다.

그는 치프를 내려다보았다. 그는 숲속에서 바깥을 내다보는 소대 척후병처럼 병과 캔의 숲에서 머리를 쳐들어 그를 쳐다보았다. 그것은 전혀 흔들림이 없는 바위 같은 달덩어리 얼굴이었다. 미 육군이 진주한 해외 지역들의 열대 햇볕으로 다져진 검붉은 얼굴. 게다가 처음부터 인디언 촉토족의 검은 피가 자리 잡고 있었다. 그 얼굴은 전 세계에 주둔 중인 미 육군들이 어느 자리에 모여 잡담을 나누는 곳에서는 반드시 존경의 어조로 거명되는 병사의 얼굴이었다. 그는 파나마 지구의 헤비급 챔피언이었을 뿐만 아니라 현재까지도 깨지지 않은 1백 미터 달리기 필리핀 기록을 세운 사병이었다. 그는 맥주를 하도 많이 마셔서 이제 배가 나오고 있지만 그래도 하와이 지역의 스포츠팬들 사이에서는 본토의 루 게릭 못지않게 칭송받는 사람이었다. 하지만 그는 이제 밤마다 정신을 잃을 때까지 맥주를 마시고 있는 것이다. 그를 열광적으로 숭배하는 YMCA 참가자가 지금의 그를 본다면 뭐라고 할까?

그는 맥주를 내려놓고 테이블에 앉으며 치프의 커다란 덩치를 쳐다보았다. 그 큰 덩치를 떠받치느라고 허약한 의자가 아주 위태롭게 보였다. 하지만 그 큰 몸으로 야구장, 농구장, 육상 트랙, 미식축구장에서 그토록 재빨리 움직일 수 있다니 놀라운 일이었다. 유격수가 던진 공을 1루에서 재빨리 건져 올려 타자 주자를 아웃시키는 치프의 모습을 볼 때마다 태평양의 일몰을 쳐다보는 스릴이 있었다.

「치프, 무슨 스토리지?」

「엉? 무슨 스토리? 뭐에 대한?」 치프가 멍한 표정으로 물었다.

「글쎄, 뭐라고 할까?」 프루가 당황한 어조로 적당한 단어를 머릿속에서 찾으면서 말했다. 「워든에 관한 스토리 말이야. 치프, 워든이란 사람은 도대체 어떻게 된 거지? 난 도대체 그 사람을 알 수가 없어. 도대체 그는 어떤 사람이야?」

「워든?」 치프 초트가 말했다. 그는 격자무늬의 하얀 스크린을 통해 거리를 내다보았다. 그는 마음속에서 어떤 말을 해 줄까 생각하는 듯했다. 「워든? 나도 잘 몰라. 난 특별히 아는 게 없어. 왜?」

「글쎄.」 그는 괜한 말을 꺼냈다 싶어 바브 같은 행동을 한 자신에게 욕지기가 올라왔다. 「그 사람을 잘 몰라서 그래. 내가 나팔 소대에 있을 때 그는 A 중대의 보직 중사였어. 그러다가 G 중대의 톱으로 왔지. 그 당시에는 그를 많이 봤어. 어떤 때는 아주 야비하게 나오다가 또 어떤 때는 상대방을 위해 자기의 목을 길게 빼내는 사람이야. 병 주고 약 주고 한다니까.」

「그래?」 치프 초트가 의아해하며 말했다. 「그가 그런다고?」 그는 여전히 밖을 내다보고 있었다. 「그가 이해하기 어려운 사람이라는 건 나도 동의해. 하지만 내가 확실히 아는 건 그가 연대 내에서 최고의 톱 킥이라는 거지. 아마도 사단 전체를 통틀어도 그만한 인사계는 없을 거야. 요사이는 그런 상사 보기 드물어. 그들은 사라져 가는 종족이야.」 초트가 씁쓸하게 말했다.

프루는 동의한다는 듯 고개를 끄덕였다. 「내 말이 바로 그 말이야. 때때로 워든을 이해하면 군대에 대해 많은 것을 이해할 듯한 느낌이 들어. 때때로 그가 F 중대의 톱 킥 해스킨스처럼 개자식 노릇을 하면 오히려 이해하기가 쉬워. 마이어 부대에 있을 때도 그런 톱은 많이 봤으니까. 그런 자들은 야비해서 사람을 괴롭히는 걸 좋아해. 자기 말에 사람들이 비굴하게 꿈틀거리는 걸 좋아한다고. 나는 워든 밑에서 행정병 노릇을 한동안 하다가 다른 부대로 전출했어.」

「그래? 네가 펜대를 굴린 적이 있다는 건 몰랐네.」 치프 초트가 가벼운 흥미를 보이면서 말했다.

「아는 사람이 별로 많지 않아. 그 부대의 행정병한테 부탁해 내 근무 기록과 신상 명세서에서 그 사실을 빼달라고 했으니까. 그래서 아무도 모르고 또 행정병 해보지 않겠냐고 제안하는 사람도 없어.」 그는 잠시 말을 끊었다. 「난 부대 도서관에서 빌린 책으로 타이핑을 배웠어. 뭔가 좋은 보직이 없을까 탐색하던 시절이었지. 아까 하던 얘기를 해보면, 야비한 자들은 말이야, 그저 야비하기만 하다고. 사람들을 잘 다루지 못하기 때문에 그냥 미워하는 거야. 이런 자들은 금방 꿰뚫어볼 수 있어. 그저 장교들 비위나 맞추면서 진급을 하고 혹시 자기보다 더 잘 아첨하는 놈 없나 늘 주위를 살펴. 이런 자들은 이해하기가 쉽다고.」

「그건 그렇지.」 그는 프루의 말을 경청하면서 커다란 머리를 끄덕였다. 「이 부대에 왔을 때 그런 자들을 몇 명 보았지. 지금도 보고 있고.」

「하지만 워든은 그렇지 않아. 그가 야비한 사람이라는 생각이 안 들어. 그에 대해서는 좀 야릇한 느낌이야. 아니, 오싹한 느낌이라고나 할까. 내 말 이해하지?」

치프는 고개를 끄덕였다. 「어떤 사람들은 불운하게 태어나지.」그가 천천히 말했다. 「난 개인적으로 워든이 그런 사람이라고 생각해.」

「불운이라니, 무슨 뜻이야?」

「그건 좀 설명하기가 어려워.」치프 초트가 심란한 목소리로 말했다.

프루는 설명을 기다렸다.

「가령 나를 봐. 나는 인디언 보호 구역에서 소년 시절을 보냈어. 거기서 나고 자랐지. 난 운동선수가 되려고 했어. 짐 소프[38] 같은 운동선수가 되길 바랐고, 그는 나의 우상이었어. 그에 대한 기사는 빼놓지 않고 다 읽었지. 또 사람들이 그에 대해서 하는 얘기도 들었어. 그는 사람들에게 하나의 영웅이었어. 짐 소프가 너무 멋진 사람이라고 생각했고 그 사람처럼 되고 싶었어.」

프루는 고개를 끄덕였다. 그건 그나 다른 사람들이 전에 들어 본 적 없는 얘기였다. 여기에는 뭔가 중요한 사항이 들어 있을지도 몰랐다.

치프는 맥주 캔을 들어 한 모금 길게 마셔서 캔을 비우더니 테이블 위에다 조심스럽게 내려놓았다. 「그런데 사람들은 그를 올림픽 경기에서 쫓아냈어. 그가 메달이라는 메달은 모조리 따냈는데도 말이야. 어떤 기술적 사항을 시비 걸어 그렇게 한 거야. 그들은 메달을 가지지도 못하게 했어. 그러다가 나는 그가 서부 영화에서 야생 인디언으로 출연한 것을 보았어. 내 말 이해하겠지?」

프루는 고개를 끄덕이면서 중대 앞마당을 쳐다보는 치프

38 Jim Thorpe(1886~1953). 인디언 출신의 유명한 미국 운동선수. 1912년 스웨덴에서 열린 올림픽 10종 경기와 5종 경기에서 금메달을 땄으나 1909~1910년에 세미프로 야구 팀에서 활동한 전력이 문제가 되어 메달을 박탈당했다. 이 메달은 1982년 그의 가족들에게 다시 주어졌다.

의 커다란 얼굴을 보았다.

「난 대학에 가서 운동선수가 되고 싶었어. 하지만 고등학교도 가지 못했지. 게다가 우리 아버지는 수입이 별로 없어서 가족들의 옷도 제대로 사 입히지 못했어. 난 장학금을 얻지도 못했어. 내가 어떻게 장학금을 얻을 수 있었겠어?

그리고 짐 소프는 생계를 위해 서부 영화에서 인디언 노릇을 하고 있었어.」 그는 커다란 어깨를 한 번 으쓱했다. 테이블 위의 술병과 캔이 가볍게 흔들거렸다. 「짐 소프는 미국이 낳은 가장 위대한 운동선수일 거야. 그런 사람이 영화의 엑스트라 노릇을 하고 있어. 세상 돌아가는 이치가 이래. 세상은 늘 이런 식으로 돌아간다고. 이게 인생이야. 내가 소가죽 바지에 전쟁 문신을 하고 커다란 깃털 모자를 쓴 모습을 상상할 수 있겠나? 커다란 도끼를 들고서 소리치는 내 모습을? 난 그 짓은 못해. 그러면 너무 바보 같다는 느낌이 들 거야. 내가 그런 장신구들을 본 것은 관광객 상대 가게에서였어. 위스콘신의 공장에서 만들어 인디언 거주지로 보내는 것이지. 난 그게 뭐랄까…… 너무 부끄러운 짓이라고 생각했어.

그래서 군대에 들어왔고, 여기서 운동을 하니 인생이 한결 편안해지더군. 나도 그게 괜찮았고. 내 말 이해하지?」

「응.」 프루는 면도날처럼 날카로운 표정이었다.

「난 그래도 불평 안 해. 이렇게 사는 거 오케이야.」 그는 잡담의 웅얼거림과 담배 연기가 피어오르는 잔디밭을 둘러보았다.

「넌 보병을 가리키는 말인 땅개가 어디서 왔는지 알아? 그건 대평원 전쟁 때 샤이엔족이 쓰던 말이야. 그들은 자기들을 개 같은 전사라고 불렀지. 미 기병대가 그 말을 차용해 온 거야.」

「그래? 난 몰랐어.」

「바로 인디언족에게서 그 말이 나온 거야.」 그는 주위를 다시 한번 둘러보았다.

「그 유래를 아는 사람은 우리 중대에서 열 명도 안 될 거야. 난 일이 생기면 생기는 대로 받아들여. 세상일이 그렇게 돌아간다는 데야 뭐라고 하겠어? 내가 할 수 있는 건 열심히 하고, 할 수 없는 것에 대해서는 신경 쓰지 않아. 나는 편하게 살아가고 있고 불평할 게 그리 많지 않다고 생각해.

하지만 워든은 달라. 그의 내부에는 뭔가 그를 괴롭히는 것이 있어. 그를 불태워 버릴 듯한 불길이 그의 내부에 있는 것 같아. 그 불빛이 가끔 그의 눈빛으로 튀어나와. 그의 눈을 들여다보면 그걸 알 수 있어. 워든은 군인 체질이 아니야.」

「그럼 그는 왜 제대하지 않는 거지?」 프루가 물었다. 「그에게 군대에 들어와서 오래 근무하라고 말한 사람은 아무도 없어. 그가 그토록 싫다면 왜 제대해서 체질에 맞는 곳으로 가지 않는 거지?」

치프 초트는 그를 빤히 쳐다보았다. 「너는 그의 체질에 맞는 곳이 어딘지 알아?」

프루는 눈을 내리깔고 말했다. 「몰라.」

「자신의 체질에 맞는 곳에 소속된 사람은 행복한 사람인 거야.」 치프가 말했다. 「워든은 좋은 사람이야. 하지만 군대에 소속될 사람이 아니야. 피트 카렐슨은 좋은 사람이지만, 그 역시 군 체질은 아니야. 나도 마찬가지고. 하지만 다이너마이트는 군 체질이야.」

「알았어. 하지만 왜 그는 나를 그처럼 닦달하는 거야. 그가 야비한 사람이고 또 나한테 뭔가 앙심을 품그 있다면 난 그걸 짐작했을 거야. 하지만 그가 나에게 아무런 원한도 없다는 걸 느낄 수 있어.」

「어쩌면 너를 가르치려고 그러는지도 모르지.」 치프가 말했다.

「무엇을?」

「무엇을? 나도 잘 모르겠어. 워든이 네게 뭘 가르치려고 하는지.」 치프는 약간 화나면서도 당황하는 음성으로 말했다. 그의 평온한 얼굴은 여전히 사람 좋은 표정이었지만 그 눈빛 뒤에는 거주지 인디언의 차가운 표정이 어른거렸다. 2주 동안 휴가를 받아 인디언들의 춤을 구경하러 온 관광객들에게 내보이는 그 차가운 표정.「그렇게 알고 싶다면 네가 직접 워든한테 물어보지 그래? 가르쳐 줄지도 몰라.」

프루는 빙긋이 웃으면서 빳빳하게 풀 먹인 전투모를 뒤로 밀어 넘겼다. 그러자 그의 검은 머리가 드러났다. 그의 켄터키 조상들 중에 체로키족의 피가 섞여 들어 그런 검은 머리가 되었을지도 몰랐다.

「알았어. 그렇게 화내지 말고 좀 말해 봐.」

치프가 다소 누그러지면서 빙그레 웃었다.「나도 몰라. 그가 네게 뭘 가르쳐 주려는지. 워든 말고는 아무도 모르지. 어쩌면 워든 자신도 모를지 몰라. 난 그렇게 생각해. 그는 정말 와일드한 개자식이야. 그는 개인적으로 네게 아무 원한도 없어. 그건 누구한테도 마찬가지야. 올드 피트는 일주일에 한 번씩 그와 같은 내무반 못 쓰겠다고 투덜거려. 하지만 그는 다른 데로 옮겨 가지 않았어.」

「난 정말 그 이유를 알았으면 좋겠어.」프루는 이제 그 화제에 염증이 났고 바보 같다는 생각이 들었다. 차라리 입 다물고 가만히 있었더라면 좋았을걸, 하는 생각이 들었다. 그는 잠시나마 치프에게서 뭔가 중요한 것을 알아낼지 모른다고 생각했었다. 얼마나 어리석은 일인가. 그것은 모래알처럼 손가락 사이로 빠져나갔고 그의 손에는 아무것도 남아 있는 게 없었다.

치프 초트는 격자창을 통해 거리 건너의 PX 카운터에서 흘러나오는 불빛을 쳐다보았다. 「워든은 죽지 않는 사병들 중 한 사람이야. 상하이 진지 구축 작전 때 그는 15사단 소속으로 중국에 건너갔었어. 난 그 당시 필리핀에서 근무하면서 그 소식을 들었어. 그는 명예 부상장(負傷章)과 십자 무공 훈장을 받았어. 넌 이 사실 몰랐지? 상관없어, 어차피 아는 사람은 많지 않으니까. 그는 정말 와일드한 사람이야. 뭐라고 한마디로 꼬집어서 말할 수가 없어. 이번 전쟁에 미국이 참전하면 워든은 현장에 나갈 거야. 그는 스카이라인에 올라서서 총 맞아 죽으려고 할 거야. 하지만 그 어떤 것도 그를 건드리지 못해. 그는 지옥이 되었든 대홍수가 되었든 견뎌 낼 거야. 전보다 더 광포하고 와일드하고 격렬한 상태로. 이게 그의 본모습이야. 내가 아는 한 그래. 그는 내가 지금껏 본 군인 중 최고야.」

프루는 그 말에 토를 달지 않았다. 그는 치프를 쳐다보면서 그 말의 뜻을 음미했다.

「맥주나 한 병 더 하는 게 어때? 난 맥주를 좋아해.」 치프가 말했다.

「그거 좋은 생각이군.」 프루는 아까 지미가 공짜로 가져가라고 말한 맥주를 집어 들었다. 블룸에게 해명하려 든다는 것은 말이 되지 않았다. 설사 아무런 결과를 얻지 못한다고 할지라도 내일 블룸을 만나 얘기는 해보고 싶었다. 치프가 해준 말들 중 행간의 의미가 그걸 깨닫게 했다.

권투 시합은 일찍 끝났다. 10시도 안 됐는데 스모커 게임의 관중이 맥줏집의 격자 창문으로 몰려들었다. KO로 결정된 승부가 많았다. G 중대 출신의 선수 세 명은 모두 승리를 거두었다. 하지만 사람들은 주로 블룸 얘기를 했다. 블룸은 1회에 TKO를 거둠으로써 결선에 진출했다. 모두 블룸에게 거는 기대가 컸다. 그는 코가 부러지고 눈이 멍들고 말도 잘 하지 못하는 채로 링에 올랐다. 그렇지만 1회 첫 1분 동안에 녹다 운을 빼앗아 냈다. 당초 연대 의무 장교인 닥터 달이 경기에 나가지 말라고 했는데도 그런 좋은 성적을 거둔 것이었다.

「저 친구는 어떻게 해야 하사 진급을 할 수 있는지 알고 있는 것 같군.」 치프 초트가 별 감흥 없이 말했다.

「그가 경기에 임했다니, 정말 기뻐. 그리고 승리를 했다니 더 기쁘군.」

「그는 말이야, 사람이 아니라 말이라니까. 나도 옛날에는 그랬지. 그는 지금 한 번 더 링 위에 올라가라고 해도 올라갈 거야. 그러고서도 별로 피곤함을 느끼지 못할 거야.」 치프가 말했다.

「상당한 배짱이야.」

「사람이 아니라 말이라니까.」

프루는 한숨을 내쉬었다. 맥주는 그의 머리를 핑핑 돌게 했다. 「이제 내무반으로 돌아가서 잠이나 자야겠어. 난 여기서 별로 인기 없는 존재니까. 지금 이 순간 여자 수도원의 딜도[39] 같은 느낌이 들어.」

치프가 빙긋 웃었다. 「그렇다면 그게 너를 좀 자의식적으로 만들 거야.」

프루는 웃음을 터뜨렸고 사람들 사이로 걸어 나갔다. 그는 정문에서 뒤를 돌아다보았다. 치프 초트는 아까와 마찬가지 자세로 테이블에 앉아 있었다. 빈 맥주 캔은 아까보다 더 쌓였다. 치프의 눈은 약간 무거운 듯했고 그는 답례를 하려는 듯 천천히 손을 들어 올려 표시를 했다. 프루는 문밖으로 나갔다. 밖은 아주 조용했고 그는 거리를 건너갔다. 앞마당의 불은 다 꺼져 있었고 병사들이 문을 닫기 위해 PX의 카운터

39 *dildo*. 인공 페니스.

를 청소하고 있었다. 그는 아주 천천히 걸으면서 앞마당의 사람들이 모두 사라지기를 기다렸다. 그는 아무도 만나고 싶지 않았다.

그가 트럭 출입구를 통과해 권투 링 있는 곳에 와보니 아주 황량했다. 그가 중대의 보도를 걸어 포치 쪽으로 가려는데 포치 안에서 기다란 그림자가 하나 나와서 그를 맞이했다. 그는 어둠 속에서도 원숭이처럼 긴 팔을 알아보았다. 그것은 아이크 갈로비치였다. 술에 취해 몸이 흐느적거리고 있었다.

「정말이지, 오늘 밤은 대단한 밤이야. G 중대와 홈스 대위의 명예를 드높인 밤이야. 우리 중대가 오늘 밤에 한 건 올렸지. 그렇지 않아? 우리 중대 정말 자랑스럽지 않아?」 아이크가 커다란 목소리로 말했다.

「헬로, 아이크.」

「이게 누구야?」 아이크 갈로비치는 걸음을 멈추었고, 상대방을 자세히 보기 위해 상체를 수그리자 그의 기다란 턱이 앞으로 비죽 나왔다. 「이거 프리윗 아냐?」

「그래, 프리윗이야.」 프루가 약간 긴장된 목소리로 말했다.

「빌어먹을.」 아이크는 폭발했다. 「프리윗, 감히 여기 얼쩡거리다니 뻔뻔스럽군. 너 같은 배신자가 이 막사에서 함께 잔다는 것은 부끄러운 일이야.」

「그래도 내가 전출 갈 때까지는 여기서 같이 잘 수밖에 없어.」 프루가 비켜 가려고 하는데 아이크가 앞으로 나서며 가로막았다.

「너를 영창으로 전출시켜 주지.」 아이크가 으르렁거렸다. 「주인의 손을 물어뜯는 개는 총으로 쏴 죽여야 해. 차라리 공산주의자가 더 나아. 홈스 대위가 그처럼 잘해 주었는데도 그 사람의 등을 찌르는 것보다는. 불운하게도 개는 쏠 수가 있지만 사람은 그렇게 할 수가 없어.」

「아이크, 사람도 쏠 수 있도록 법을 바꾸고 싶지?」 프루는 비켜 가려 하지 않고 그대로 멈추어 섰다.

「너 같은 미친개에게는 총살도 너무 좋은 방법이야. 너 같은 놈 때문에 군대가 약해지는 거야. 너 같은 반란꾼 때문에 내 나라가 파시스트 국가가 되었고, 그래서 나는 이민을 오게 된 거야. 너 같은 볼셰비키를 이 나라에 그냥 놔둬서는 안 돼. 이 나라에서 쫓아내야 해.」

「할 말 다 했으면 어서 비켜. 난 내무반에 가서 자야 하니까.」

「할 말 다 했냐고? 넌 미국인도 아니야. 홈스 대위처럼 좋은 사람에게 전혀 감사할 줄 몰라. 상급자가 잘해 줄 때는 존경해야 하는 거야. 넌 그런 교훈을 배워야 해.」

「그런 교훈은 네가 아주 잘 가르치지. 자, 어서 비켜. 난 한 번 비켜 가려 했어. 두 번씩 비켜 가지는 않아. 내가 대꾸를 할 수 없는 내일 학과 시간에 보자고. 하지만 지금은 내 앞에서 꺼져. 난 내무반에 가서 자려니까.」

「규정이고 나발이고 지금 즉시 네놈에게 한 수 교훈을 가르쳐 주지. 홈스 대위는 네게 잘해 주었어. 그런데 왜 감사할 줄 모르나?」 아이크는 화를 내며 소리쳤다. 「그렇게 기회를 주었는데 넌 뭐 했어? 홈스 대위는 너무 신사라서 가만 놔두었지만 나는 네게 한 수 가르쳐야겠어. 어떻게 생각하나?」

「좋아, 언제 시작할 건데? 내일 학과 시간에?」

「학과 시간? 엿 같은 소리 하지 마. 네놈은 훈련도 필요 없고 부사관으로 진급할 필요도 없어.」

미국인 아이크 갈로비치는 심하게 욕설을 퍼부으며 호주머니에서 칼을 꺼냈다. 그것은 헨더슨 중사의 것처럼 전문가용 잭나이프는 아니었다. 그는 엄지손톱으로 잭나이프의 버튼을 가볍게 누르면서 재빨리 칼날을 치켜세웠다. 칼날은 용수철처럼 튀어 올라 기름 묻은 빛을 발했다.

프루는 기다렸다는 듯 그를 쳐다보았다. 마침내 여기 진짜 적이 나타났다. 공동의 적.

미국인 아이크 갈로비치는 칼을 들고 술 취한 걸음걸이로 다가와 칼을 찔렀다. 프루는 왼쪽 팔뚝으로 아이크의 칼 쥔 손목을 쳐내면서 바싹 파고 들어가 오른쪽 발꿈치를 축으로 몸을 왼쪽으로 회전시켰다. 아이크는 몸의 중심을 잃고 옆으로 쓰러지고 있었다. 프루는 때를 놓치지 않고 몸을 회전시키는 그 힘으로 체중을 모두 실어 오른손을 아이크의 턱에 명중시켰다. 얼마나 정통으로 맞았는지 충격의 여파가 부어오른 손을 타고 손목까지 전해져 왔다.

아이크 갈로비치는 칼을 손에 쥔 채로 보도를 향해 벌렁 나자빠지더니 풀밭 위에 쓰러졌다. 그의 발꿈치가 반대편의 취사장 보도를 내리쳤고 그는 쓰러지는 충격으로 1미터 정도 물러나 콘크리트 쓰레기통 위에 머리를 처박았다. 그러자 쓰레기들이 그의 머리 위로 우수수 떨어졌다.

프루는 보도에 서서 오른손을 비비면서 아이크의 모습을 내려다보았다. 아이크는 꼼짝도 하지 않았다. 그는 가까이 다가가 아이크의 입에 귀를 대보았다. 미국인 아이크 갈로비치는 평화롭게 잠이 들었고 구린내를 풍기면서 규칙적으로 호흡하고 있었다. 못생기고, 얼굴에 주름이 가득하고, 피곤하고, 좌절 많은 그자는 멀리 유고슬라비아에서 하와이까지 건너와 마침내 존경할 만한 대상을 발견한 것이었다. 그것은 공동의 적이 아니었다. 썩은 이빨에서 이똥 냄새를 풍기는 혐오스러운 슬라브인 농부에 지나지 않았다. 홈스 중대장은 물론이고 지구상의 그 누구도 이자가 죽었든 살았든 신경 쓰지 않을 것 같았다. 아침마다 일어나 거울 속에서 저 혐오스러운 얼굴을 보며 저자는 무슨 생각을 할까? 저자는 내일 아침

잠에서 깨면 또 다른 궁리를 하겠지. 저자는 할 수만 있다면 아무 생각 없이 나를 죽였을 거야. 프루는 우스꽝스럽게 잠들어 있는 그 한심한 자를 한참 내려다보다가 그의 손에서 잭나이프를 빼앗아 날카로운 칼날을 분리하여 콘크리트 쓰레기통의 홈에다 들이박아 칼날 없는 칼자루만 아이크의 손에 쥐여 주고 2층의 내무반으로 올라가 잠이 들었다.

그는 자신이 현장을 뜬 후, 포치의 어두운 곳에서 헨더슨 중사와 윌슨 중사가 몰래 빠져나와 아이크가 누워 있는 곳으로 다가갔다는 사실을 알지 못했다. 설사 그 사실을 알았다 하더라도 별로 신경 쓰지 않았을 것이다.

잠든 그를 깨운 것은 얼굴을 내리비치는 손전등 불빛이었다. 손목시계를 보니 자정이었다. 그는 아직도 약간 술에 취한 상태였다. 그는 또 다른 사보타주 경계령이 내려졌나 보다 생각했다.

「이 친구입니다.」원추형의 손전등 불빛에는 그렇게 말하는 사람의 하사 수장이 보였다. 하지만 그 이외의 사람은 보이지 않았다. 하사가 그의 어깨를 흔들었다. 「프리윗, 어서 일어나 정신을 차려. 어서 양말을 신도록 해. 침상에서 빠져나와.」그 목소리는 거의 자동적으로 말했다.

「무슨 일이야?」프루가 큰 목소리로 말했다. 「그 불빛 좀 치우는 게 어때?」

「빌어먹을, 조용히 해. 중대원 전원을 깨우고 싶어? 어서 일어나.」그는 그날의 야간 당직 부사관인 밀러 하사였다.

그는 지난 한 달 야외 훈련을 나갔을 때 보초 교대를 하면서 이렇게 깨워진 적이 여러 번이었다. 전에는 조용히 하라는 말을 하지 않더니 이제 와서 조용히 하라는 것이 너무나 우스꽝스러웠다. 그래서 자꾸 웃음이 나오려 했다.

「도대체 무슨 일이야?」

「어서 일어나. 널 체포하러 왔어.」당직 부사관이 말했다.

「무슨 혐의로?」

「몰라. 중사님, 이 친구가 그자입니다.」밀러 하사가 말했다.

「오케이, 하사, 자네는 가도 좋다. 여기서부터는 내가 담당하겠다.」두 번째 목소리가 말했다. 그 목소리는 약간 방향을 바꾸더니 다시 말했다. 「장교님, 이 친구가 그자입니다. 프리윗 이병. 아직 술 취한 상태인 것 같습니다.」

「좋다.」세 번째 목소리가 따분하게 말했다. 「어서 끌어내 그에게 옷을 입혀라. 밤새 이러고 있을 시간이 없다. 난 일직 사관으로서 초소 순찰을 나가야 한다. 어서 끌어내라.」

「옛, 중위님.」위병 중사가 말했다.

하사 수장을 장식한 팔이 다시 원뿔 모양의 불빛 속으로 들어왔다. 저 친구, 꽤나 애쓰는군, 그런 생각을 하면서 프루는 싱긋 웃었다.

「자, 어서 가자.」당직 부사관이 말했다. 「어서 옷을 입어. 일직 사관님이 하는 말 들었지?」하사의 손이 그의 맨살 어깨를 잡았다.

그는 어깨를 흔들어 그 손을 털어 냈다. 「밀러, 내 몸에 손 대지 마. 혼자 일어날 수 있어. 너무 빡빡하게 나오지 마.」

위병 중사의 곤봉 가죽 끈이 삐거덕 소리를 냈다.

「이등병, 순순히 복종하라.」일직 사관의 따분한 목소리가 말했다. 「이렇게 말썽을 피울수록 너만 더 괴로워진다. 필요하다면 너를 힘으로 제압하겠다.」

「반항하겠다는 게 아닙니다. 단지 내 어깨에 손을 대지 말라는 겁니다. 난 도망치지 않습니다. 내 혐의가 무엇입니까?」

「장교님에게 말을 할 때는 서를 붙여라, 친구.」위병 중사가 말했다. 「왜 그렇게 버릇이 없나.」

「상관없다. 어서 저자에게 옷을 입혀라. 난 밤새 이러고 있을 시간이 없다. 초소 순찰을 나가야 한다.」

프루는 습관의 힘을 발휘하며 모포 사이를 빠져나왔다. 순간 모포가 흐트러졌다. 그가 알몸 상태로 침상을 내려서는데 손전등 불빛이 따라왔다.

「제발 그 불빛을 내 눈에다 비추지 마세요. 옷이 어디 있는지 볼 수가 없잖아요. 도대체 어디로 가는 겁니까?」

「신경 쓰지 마라. 시키는 대로 하면 된다. 그건 차차 알게 될 거다. 중사, 손전등을 치워 줘라.」 일직 사관이 말했다.

「내 지갑이 신발장에 있습니다.」 프루가 옷을 다 입고 나서 말했다. 주위의 사병들이 침상에서 일어나 앉아 구경하고 있었다. 그들의 눈은 손전등 불빛을 반사하는 바람에 아주 크게 보였다.

「지갑 따위는 신경 쓰지 마라.」 일직 사관이 초조하게 말했다. 「어차피 그건 필요도 없을 거야. 네 개인 장비는 잘 보살펴 줄 거다. 병사들, 어서 잠을 자라. 이건 너희의 일이 아니다.」

마치 한 사람의 눈에서 나오는 반사광인 양 그들의 눈빛은 일시에 꺼져 버렸다. 그들이 다시 누워 잠을 청하는 동안 침상이 삐걱 소리를 냈다.

「장교님, 지갑에 돈이 들어 있습니다. 지금 가지고 가지 않으면 없어질 염려가 있습니다.」

「좋다, 그럼 가져와라. 하지만 서둘러라.」

그는 베갯잇에 감추어 둔 신발장 키를 이미 꺼내 들고 있었다. 위병 중사가 앞장서서 계단을 내려갔고 일직 사관은 프루의 뒤에서 따라갔다. 당직 부사관은 후위를 맡았다.

「난 도망치지 않습니다.」 프루가 빙그레 웃으며 말했다.

「그건 알 수 없지.」 중사가 말했다.

「신경 쓰지 마.」 일직 사관이 말했다.

「그리고 말을 하지 마.」 중사가 말했다.

아래층으로 내려와 복도에 들어서자 당직 부사관이 불을 켰다. 그의 책상 옆 자그마한 침상에는 황급히 열어 젖힌 모기장이 보였다. 이제 환한 불빛 속에서 프루는 그들을 볼 수 있었다. 일직 사관은 대대 본부의 밴 부어히스 중위였다. 키가 크고 코가 뭉툭하며 머리가 납작한 중위는 웨스트포인트를 3년 전에 졸업했다. 위병 중사는 이름은 모르지만 얼굴은 아는 사람이었다. 밀러 하사는 몇 개월 동안 같이 훈련했을 뿐 모르는 사이였다.

「이걸 당직 일지에다 적어 놓았나?」 중사가 밀러에게 물었다.

「안 적었습니다. 그러잖아도 방금 물어보려 했습니다.」

그들은 책상 옆에 서서 나지막한 목소리로 말을 주고받았다. 프루는 그들이 보고서에 들어갈 이름과 숫자들을 확인하는 소리를 들었다. 그는 기이하다는 느낌이 들었다. 밴 부어히스 중위는 문가에 서서 손톱으로 문설주를 톡톡 때리고 있었다.

「중사, 어서 서둘러라.」 중위가 말했다.

「옛, 중위님. 정말 고마워, 하사. 자넬 깨워서 미안하네. 지금이라도 좀 자두게.」

「무슨 말씀을요. 도움이 되었다니 기쁩니다. 더 이상 도와 드릴 일은 없습니까?」

「없어, 다 끝났네.」 중사가 말했다.

「혹시 더 필요하면 말씀하십시오.」 밀러가 말했다.

「알았네. 정말 고마워.」

프루는 밴 부어히스 중위에게 고개를 돌렸다. 「중위님, 제 혐의가 무엇입니까?」

「신경 쓰지 마라. 내일이면 다 알게 될 것이다.」 그는 초조하게 손목시계를 내려다보았다.

「하지만 저는 혐의를 통보받을 권리가 있습니다. 누가 저를 기소했습니까?」

밴 부어히스는 그를 빤히 쳐다보았다.「이등병, 내게 너의 권리를 상기시킬 필요는 없다. 난 그 권리에 대해서 잘 알고 있다. 홈스 대위가 기소했다. 그리고 난 위병소 법률가[40]를 좋아하지 않는다. 이제 다 되었나, 중사?」

중사는 재빨리 고개를 끄덕였다.

프루는 휘파람을 불었다.「정말 일처리가 빠르군요. 저 하사를 잠에서 깨우는 게 쉽지 않았을 텐데.」그는 농담을 했으나 아무도 웃지 않는 썰렁한 농담이었다.

「자, 어서 가자.」밴 부어히스가 아무도 말하지 않은 것처럼 중사에게 말했다.「난 할 일이 많다.」

「이봐, 입 닥쳐.」중사가 프루에게 말했다.「그렇게 지껄일수록 너만 손해야. 자, 가자. 일직 사관님이 한 말 들었지?」

길 건너 낮은 함석지붕을 가진 연대 위병소에서 그들은 프리윗에게 담요를 한 장 주고 위병 사무실과 임시 구금소를 구분하는 철창 너머로 들여보냈다. 그들은 철벽 한구석에 내놓은 철창의 자물쇠를 잠그지는 않았다.

「철창을 잠그지는 않겠다.」일직 사관이 책상 뒤에서 말했다.「우리 위병들이 그 안에서 자고 있기 때문이다. 그러니 그들을 깨우지 마. 하지만 여기는 무장한 위병이 밤새 보초를 서고 있다. 그게 전부다. 어서 들어가 자도록 해라.」

「예, 중위님. 감사합니다.」그는 담요를 들고 2열로 놓인 간이침대들 사이로 걸어가 빈 침대를 하나 발견했다. 그는 거기 걸터앉아 신발을 벗었다.

(철창을 건너 무거운 공기와 무거운 물이 가득한 무거운 세계로 들어간 경험이 영 새로운 것은 아니었다. 그는 감옥이

40 군법을 곧잘 인용하고 사병들의 권리에 관해서 거론하는 병사.

무엇인지 알고 있었다. 그는 그 무거운 공기를 호흡하는 것에 결국 익숙하게 되리라는 것을 알고 있었다. 수감자의 폐는 붕괴되지 않는다. 왜냐하면 그 무거운 공기는 폐로 들어오는 것이 아니기 때문이다. 그냥 익숙해지면 감옥이라고 해도 별문제가 되지 않는다. 그에게 감옥 생활은 부랑자 생활과 군인 생활 못지않게 익숙한 것이었다. 그는 이미 무거운 공기를 숨쉬고 무거운 물을 마시는 법을 알고 있었다. 감옥은 플로리다든 텍사스든 조지아든 인디애나주 리치먼드든 다 똑같았다. 그는 군대 생활보다 감옥 생활을 더 던저 체험했다. 어쩌면 그 두 생활은 함께 가는 것 같았다. 그냥 익숙해지면 되는 거고 그건 별로 시간이 걸리지 않는다.)

그는 간이침대에 드러누워 담요를 잡아당겼다.

아까의 공황 상태가 서서히 물러가자 그는 이런 생각이 들었다. 갈로비치와 관련된 것 같은데. 그 건딤에 틀림없어.

만약 윌슨과 헨더슨이 군견을 블룸의 개에게 접붙이려 하지 않았더라면, 블룸은 내게 고맙다는 말도 하지 않았겠지. 만약 내가 블룸과 싸우지 않았더라면 올드 아이크는 내게 칼을 휘두르려 하지 않았을 거야.

그렇게 따지고 나가니 매우 복잡하고 또 혼란스러웠다. 하지만 진짜 문제는 그런 정황상의 일치와 아므 관련이 없다고 생각했다. 진짜 문제는 그 밑에 도사리고 있었다. 하지만 그 문제가 정확하게 무엇인지는 잘 기억이 나지 않았다.

그는 잠 속으로 떨어지면서 일직 사관과 위병 중사가 아직도 불 켜진 책상에 앉아 나지막하게 수군거리는 소리를 들었다.

제35장

　컬페퍼 소위가 그의 변호인으로 지정되었다. 구치소에 있는 동안 그는 날짜 세는 것을 잊어버렸다. 구치소에 있는 날은 언제나 똑같았다. 그들은 프루에게 경계병을 붙여서 하루 세 번씩 밖으로 데리고 나가, 위병들이 식사하는 곳인 E 중대의 취사반에서 식사를 하게 했다. 또 하루에 두 번씩 밖으로 데리고 나가 장교 자녀들의 놀이터에 있는 화단에서 잡초를 뽑게 했다. 어린이 놀이터는 기혼 장교 숙소동의 뒤쪽에 있었다. 아이들은 소리를 지르고 웃음을 터뜨리며 시소와 그네에서 즐겁게 놀았다. 잡초 뽑는 일은 그리 불쾌한 사역이 아니었다. 아무튼 이틀째 혹은 사흘째 혹은 나흘째 되던 날 컬페퍼 소위가 그를 찾아왔다. 그는 철문의 한구석에 나 있는 철창을 통해 저 바깥의 세계로부터 감금 세계로 들어왔다. 그것은 가뭄으로 타들어 가는 내륙에 건듯 불어온 해풍과도 같았다. 소위는 3면에 지퍼가 달려 있는 서류 가방을 들고 있었다. 그 가방은 소위가 프루의 변호인으로 지명되자, 이번 재판과 관련된 서류를 넣어 가지고 다니기 위해 특별히 산 것이었다.

　소위가 변호인으로 지명된 것은 그때가 처음이었고, 그래서 사건 해결에 아주 열성적이었다. 프루 사건은 무죄 방면은 어려울지 모르지만 그래도 전망이 좋은 편이었다. 하다못해 불완전한 승리라도 쟁취할 수 있다고 소위는 말했다. 소위가 변호인 자격으로 철창을 들락날락하자, 그들은 오전에만 경계병을 붙이고 오후에 제초 작업을 시킬 때는 더 이상 경계병을 붙이지 않았다.

「이건 아주 책임이 큰 일이야.」 컬페퍼 소위는 열띤 목소리로 말했다. 「웨스트포인트에서 배운 군법 이론을 적용해 볼 수 있는 최초의 기회야. 사람들은 내가 이 사건을 얼마나 잘 다루는지 보게 될 거야. 당연히 나는 최선의 노력을 다할 거야. 난 네가 가장 공정한 재판을 받도록 최선을 다할 거고 또 그렇게 되게 할 거야.」

야외 훈련을 나갔을 때 히컴 기지에서 있었던 일과 재입대 블루스의 가사를 마무리하지 못했던 일을 기억하는 프루는 약간 당황스러웠다. 그는 별로 말을 하지 않았다. 그는 증인 진술서(소위가 보여 주었다)에 언급되어 있지 않은 칼에 대해서는 아무 말도 하지 않았다. 첫 사건을 맡은 소위를 실망시키고 싶지는 않았지만 유죄 변론[41]은 완전 거부했다. 컬페퍼 소위의 변론은 전적으로 유죄 인정에 바탕을 두고 있었다.

「물론 그렇게 하는 것은 너의 권리야. 하지만 내가 작전을 다 설명하면 마음을 바꾸리라고 봐.」 소위는 열띤 목소리로 말했다.

「아니, 저는 바꾸지 않을 겁니다.」

「넌 무죄 방면되는 것이 법률적으로 불가능하다는 걸 알고 있어. 윌슨과 헨더슨의 증인 진술서가 있고 뜨 갈로비치 중사도 맹세를 하고 증언을 했어. 네가 술 취해 있었고, 소등 후

---

41 죄를 인정하는 대신 감형을 받는 것.

소란을 피우는 것에 대해서 질책하자 중사를 때렸다고 말이야. 우린 그런 증거를 이길 수가 없어.」

소위는 프루에게 고소장을 보여 주었다. 프루의 혐의는 음주 및 부적절한 처신, 명령 불복종, 직접 명령의 거부, 임무 수행 중인 부사관 구타 등이었다. 또 군인에게 걸맞지 않은 행동을 한 혐의도 추가되어 있었다. 그들은 특별 군법 회의를 추천했다.

「이걸 보면 알겠지만 마지오 재판 때와 똑같은 혐의 사항들이야. 체포 시 저항만 빼면 말이야.」

「저들이 그것도 혐의에 집어넣을 수 있을 거라고 생각하지 않으세요?」 프루가 말했다.

「아무튼 이건 모두 연대 내에서 이루어진 사건이야. 마지오는 시내에서 일을 저질렀고 사단 헌병대가 개입되었었지. 중대장인 홈스 대위가 너를 기소했어. 그러니 설혹 특별 군법 회의에 간다고 해도 최대 3개월 영창에 봉급 3분의 2 몰수가 될 거야.」

「그건 다행이네요.」

「그리고 재판을 잘 진행한다면 그 형량을 낮출 수 있어. 하지만 그들은 범행 확증을 갖고 있기 때문에 네가 유죄라는 것은 의심의 여지가 없어. 게다가 너는 연대의 누구에게나 밉게 보였어. 다들 너를 볼셰비키라고 생각하면서 아니꼽게 보고 있었고, 게다가 G 중대에 온 이래 말썽만 일으킨 병사라고 생각해. 이건 네게 아주 불리하게 작용할 거야. 결국 재판이란 정치적 행위니까. 넌 단단히 걸려든 거야.」

「무슨 말씀인지 알겠습니다.」 프루가 말했다.

「그래서 유죄 변론을 하자는 거야.」 컬페퍼 소위는 의기양양하게 말했다. 「우리는 이걸 그들과 마찬가지 방식으로 싸워야 해. 그러니까 정치적으로 풀어 나가야 해. 법률 절차를 따져 가지고는 어차피 게임이 안 돼. 프리윗, 난 이런 사건들을 많이 연구했어. 웨스트포인트의 군법 회의 강좌 때 난 아주 파격적인 기말 리포트를 제출해서 커다란 반응을 일으켰었지. 일약 내 이름이 학교 내에 알려지게 되었어. 나는 먼저 법 절차란 결국 추상적 정의(正義)보다는 인간관계로 귀착된다고 주장했어. 그래서 법 규정의 존재에도 불구하고 법정의 판결을 결정하는 것은 밑바탕의 인간관계라고 말했어. 인간관계라는 것은 엄밀히 말하면 정치거든. 내 말 알아듣겠어?」

「합리적인 것 같네요.」 프루가 말했다.

「합리적?」 컬페퍼 소위가 큰 소리로 말했다. 「그건 가히 폭탄선언이었지. 나는 추상적 정의 같은 건 없다고 결론을 내렸어. 왜냐하면 모든 법적 판결은 그 당시의 불안정한 대중 여론에 영향을 받기 때문이지. 나는 구체적 사례로서 1차 세계대전 중에 있었던 데브스[42]와 101명의 IWW 워블리의 투옥 사건을 들었지. 당시의 전쟁 히스테리로 인한 과열된 여론이 없었더라면 투옥은 아예 생각할 수 없는 것이었지. 그건 법률적으로 타당하지 않은 일이었고 또 랜디스[43]도 평소 같았더라면 그런 조치를 취할 수 없었을 거야. 나는 이 사례와 관련해 정치적 시각을 들이댔어. 전에 서부에서 워블리를 변호했던 변호사 대로[44]는 갑자기 일이 생겨서 더 이상 그들을 변호할 수 없게 되었어. 이제 이런 사건들이 어떻게 서로 연결되는지 알겠지?」 컬페퍼 소위가 열광적으로 말했다.

「프리윗, 그건 정말 아름다운 논문이었어. 나는 심지어 이 전쟁이 끝나면 사병들도 장교와 함께 군사 법정에서 재판하는 날이 올 거라고 예언했어. 하지만 그 사병들이 결국 보직

---

42 Eugene Debs(1855~1926). 미국의 노동 운동 활동가.
43 Kenesaw Mountain Landis(1866~1944). 미국의 연방 판사.
44 Clarence Darrow(1857~1938). 미국의 노동 운동 변호사.

중사, 전문직 중사, 일등 상사 등일 것이므로(설혹 병이라고 할지라도 문제없어), 그들의 인간관계는 자연스럽게 장교 편에 서게 되는 거야.

내 논문이 학교 당국에 준 충격은 엄청났어. 펜싱 챔피언이 된 것보다 더 널리 내 이름을 알렸지. 학교 당국은 물론이고 그 어떤 교수도 내 논문의 논리를 격파하지 못했어. 이건 너도 쉽게 이해할 거야. 이 세상에 이름을 떨치려면 먼저 충격을 주어야 해. 어떤 사람이 나쁜 여론은 아예 여론이 없는 것보다 낫다고 말했지. 하지만 난 나쁜 여론이 좋은 여론보다 더 나은 것이라고 말하겠어. 사람들에게 충격을 주면 그들은 그 당사자를 기억해. 좋은 여론은 바보나 추구하는 거야.」

「그 논문을 제출하고 기분이 좋았겠군요.」 프루가 말했다.

「기분이 좋았냐고? 이봐, 프리윗, 난 그것 때문에 웨스트포인트에서 완전 떴어. 난 그 논문 이후 유명 인사가 됐다고. 바로 그 논문의 정신을 네 사건에 적용하려고 하는 거야.」

컬페퍼 소위는 심호흡을 했다. 「바로 그 때문에 네가 유죄 변론을 신청해야 한다는 거야. 이건 오랜 군법 회의의 역사에서 한 번도 시도된 적이 없었던 거야. 군사 법정은 전통적으로 관면 행위를 인정하지 않기 때문에 유죄 변론을 시도한 병사가 단 한 명도 없었지.」

「그럼 그건 큰 도움이 되지 않겠네요. 어차피 난 유죄 변론을……..」

「잠깐만. 네가 그런 의견을 내놓기 전에 내 얘기를 끝까지 들어. 아직 이 작전에 내포된 의미를 넌 파악하지 못하고 있어.」

「먼저, 나는 그렇게 심하게 취하지 않았습니다. 내가 무슨 짓을 하고 있는지 모를 정도로 취하지는 않았다고요.」

「그게 바로 나의 요점이야.」 컬페퍼 소위는 의기양양하게 미소를 지었다. 「네가 진짜 취했느냐 어쨌느냐는 중요하지 않아. 정말 중요한 것은 증인들이 네가 취했다고 말하고 있는 점이야. 그런데 유죄 변론을 하면서 네가 술 취한 것을 인정함으로써, 판세를 뒤집어서 그 증언을 그들에게 불리하게 만들어 버리자는 거지.」

「달리 말해서, 그들이 말하는 것이 진실이라고 인정함으로써 그들이 거짓말하고 있음을 증명할 수 있다는 얘기군요.」

「물론 그렇게 말할 수도 있겠지. 하지만 나는 그들이 거짓말을 했다고 말하지는 않았어. 어쩌면 그들은 진실을 말하는지 몰라.」

「내가 술 취하지 않았다는 것이 진실이라고 한다면, 내가 술 취했다는 그들의 말이 어떻게 진실이 될 수 있는 거죠?」

「네가 술 취하지 않았다는 점에서 보면 그들이 거짓말을 하는 거지. 하지만 다른 측면에서 보면 그들이 진실을 말하는 게 돼. 네가 술 취했다고 그들이 진짜 믿었으니까. 그래서 실제로는 양측이 진실을 말하는 거고, 금방 내가 말한 것처럼 양측의 의견이 불일치하고 있는 거야. 내 말 이해해?」

「예, 정말 심오하군요.」

컬페퍼 소위는 고개를 끄덕였다. 「변호인은 이 모든 사항을 감안해야 하는 거야. 또 그렇게 하라고 변호인을 지명하는 거고. 하지만 이런 건 요점이 아니야. 요점은 증언을 기록한 공술서에 무슨 내용이 들어가 있는가 하는 것이야. 네가 그 당시 술 취하지 않았다고 말하더라도 법정은 믿어 주지 않을 거야. 그렇게 노골적으로 말하지는 않겠지만 머릿속에서는 믿지 않는 거야. 왜냐하면 모든 범법자가 자기는 무죄라고 늘 주장하고 나서니까 말이야. 그게 표준 절차라고. 그런 주장을 해봐야 너만 불리해져. 내가 무죄라고 주장하는 것은 감옥에서 3~4개월을 보내게 해달라고 애원하는 것이나 같다고. 군사 법정이 운영하는 법체계는 진실과 아무런 상관도 없어. 내 말 알아들었지?」

「그렇군요. 하지만 나는…….」

「잠깐만 기다려. 내가 타이핑해 왔어. 네가 당시 술 취했기 때문에 무슨 짓을 하고 있었는지 몰랐다는 내용이야.」

컬페퍼 소위는 3면에 지퍼가 달려 있는 노란 가죽 서류 가방을 열고 그 안에서 종이를 한 장 꺼내더니 프루에게 내밀었다. 이어 멋진 폼으로 가방의 지퍼를 잠갔다.

「한번 읽어 봐. 너를 불리하게 만드는 조항이 없는지. 어떤 문서도 읽어 보지 않고 서명하는 것은 안 돼. 프리윗, 문서에 서명할 때는 반드시 그것을 다 읽어 봐야 하는 거야. 문서도 안 읽어 보고 서명부터 하면 언젠가 어려운 일을 당하게 되어 있어. 네가 그걸 읽고 서명을 하면 재판 때 느닷없이 그 서류를 들이밀며 법정에 관면을 요구하는 거야. 그러면 한 달 영창에 봉급 3분의 2 몰수, 혹은 영창 생활 없이 봉급 3분의 2 몰수 정도의 처분이 내려질 수도 있어.」

「군사 법정에는 관면 배려가 없다는 말을 들었는데요.」

「내 주장은 바로 그거야. 이제 너는 그걸 얻게 되는 거야. 과문한 탓인지 모르지만, 군사 법정의 역사에서 관면이 허용된 적이 없었어. 그걸 한번 시도해 보자는 거야.」 컬페퍼 소위가 열띤 목소리로 말했다.

「하지만 나는…….」

「잠깐만 기다려. 아직 내 얘기를 다 듣지 않았어. 육군에서는 술 취한 걸 비행 혹은 죄악으로 여겨 왔어. 이처럼 술 취한 건 불법이지만 누구나 술을 마셔. 나도 장교 클럽에 가면 술에 취해. 누구나 다 그렇게 해. 그것을 특별 명령에다 버젓이 기록해 놓지 않았을 뿐, 모든 지휘관들은 거칠고 사나운 병사들을 좋아해. 그런 겁 없는 태도가 훌륭한 군인을 만든다고 생각하기 때문이지. 사실 대부분의 장교들은 때때로 술 취

862

해 난동을 부리지 않는 사병은 제대로 된 사병이 아니고 약간 수상한 녀석이라고 생각해. 그렇지 않아?」

「그게 저의 유죄 변론과 무슨 상관인지 잘 납득이 가지 않습니다.」

「내 말을 이해 못 하겠다고? 네가 술 취해서 약간 난동을 부린 거라고 하면 우리는 논리의 테이블을 상대방에게 돌려놓는 게 돼. 왜냐하면 술 취한 건 군인의 죄악이 아니라 미덕이라고 암묵적으로 인정되기 때문이지. 이런 사실을 알고 있는 법정은 최대 형량은 고사하고 3개월 영창도 처분할 수 없는 거야. 술 한잔하고서 약간 난동을 부렸다는 사유로 말이야. 물론 법적인 관점에서 보자면 너는 유죄야. 하지만 우리는 그거 신경 안 써. 우리가 노리는 것은 법정의 인간관계에 대하여 영향을 미치자는 거지. 법정의 결정을 뒷받침하는 건 사법 체계지만 그 배경에는 인간관계가 어른거리고 있으므로 그것에 호소해 보자는 거지.」

컬페퍼 소위는 의기양양하게 프루를 쳐다보며 파커 51을 꺼내 서명을 재촉했다. 하지만 프루는 그 만년필을 받아 들려 하지 않았다.

「소위님, 그거 멋진 아이디어 같습니다.」 그가 마지못해 말했다. 「그렇게 오래 궁리하여 전략을 짜내셨는데 소위님을 실망시켜 드리고 싶지 않습니다. 하지만 저는 유죄 변론을 하지 않겠습니다.」

「아니, 왜?」 소위가 폭발했다. 「나를 실망시키고 싶지 않다고 했는데, 나 때문에 이러는 거 아니야. 이미 다 설명해 주었잖아. 내 주장의 핵심은 유죄 변론이야. 네가 그걸 지지하지 않는다면 나는 한 걸음도 앞으로 나갈 수가 없어. 이건 다른 수천 건의 군사 법정에서 벌어진 판박이 재판이 될 거라고. 우리는 이 재판으로부터 아무런 소득을 올리지 못할 거야.」

「그래도 어쩔 수 없습니다. 아무튼 나는 죄가 없습니다. 죄가 없는데 어떻게 유죄 변론을 하겠습니까? 그런 변론을 해서 완전히 풀려난다고 해도 그렇게 하지 않겠습니다. 죄송합니다. 이건 저의 확고한 결심입니다.」

「아니, 이 친구!」 소위가 화를 내며 말했다. 「그런 신념이 이 재판과 무슨 상관 있어? 네가 유죄인지 아닌지에 대해서는 아무도 관심이 없어. 법정은 신경 쓰지 않아. 그건 사법 체계와 그것을 뒷받침하고 있는 인간관계에 의해 운영돼. 피고자가 술 취해서 난동을 부린 사실을 인정하는 한, 법정은 최대 형량을 선고할 수는 없는 거야. 술 취해서 거칠게 행동하는 것은 군인의 특성일 뿐만 아니라 신성한 의무이기도 해. 헤밍웨이가 매독은 투우사와 군인의 직업병이라고 말했던 것처럼. 이건 그것과 똑같은 거라고.」

「그거에 걸려 보았습니까?」

「그거라니, 뭐?」

「매독 말입니다.」

「누구? 나? 아니, 없어. 그게 이것과 무슨 상관이 있나?」

「저도 그건 걸려 보지 못했습니다.」 프루가 무표정하게 말했다. 「하지만 임질은 걸려 본 적이 있습니다. 매독과 임질이 군인의 직업병이라면 저는 차라리 제대해 카센터 수리공이 되겠습니다.

아무튼 나는 이유 없이 애걸을 하지는 않겠습니다. 이처럼 사건을 날조해 나를 집어넣으려 든다면 넣으라고 하십시오. 그들이 술 취한 자를 자랑스럽게 생각하든 말든 나는 그들에게 아첨하지 않겠습니다. 이유 없이 구걸하지 않겠습니다. 제 심정을 이해해 주십시오, 소위님.」

컬페퍼 소위는 파커 51로 머리를 슥슥 긁더니 만년필을 도로 주머니에 집어넣었다. 이어 파커 51 연필과 한 장의 종이를 꺼내더니 그 위에다 낙서를 하기 시작했다.

「알았어. 하지만 다시 한번 곰곰 생각해 봐. 나는 네가 이렇게 진행하는 것이 얼마나 중요한 건지 곧 깨닫게 되리라 생각해. 이봐, 프리윗, 우리가 군사 법정의 법적 절차를 새롭게 정립하고 있다는 생각은 들지 않나? 후배 세대의 군인들에게 이런 절차가 미칠 영향을 한번 생각해 봐.」

「다 생각해 보았습니다. 소위님이 그처럼 궁리를 많이 하셨는데 실망시켜서 죄송합니다. 하지만 유죄 변론은 하지 않겠습니다.」 그가 단호하게 말했다.

「이런 고집불통! 아무튼 네가 그 중사를 때린 건 사실이잖아?」

「때렸습니다. 하지만 그런 상황이 다시 온다면 역시 또 때리겠습니다.」

「그를 때린 한 넌 유죄야. 그걸로 상황 끝이야. 왜 진실을 숨기려 드나?」

「소위님, 난 유죄 변론을 하지 않겠습니다.」

「이런 젠장! 이처럼 고집불통은 처음 보겠네. 그럼 최대 형량을 받게 될 거야. 넌 물고기처럼 고마워할 줄 모르는 자야. 너 자신에 대해 그처럼 무심하다면 차라리 내 생각이라도 좀 해줘 봐. 내가 자청해서 네 변호를 맡은 건 아니야.」

「알고 있습니다. 그래서 죄송하다는 겁니다.」 그는 구두코를 내려다볼 뿐 고개를 쳐들지 않았다. 그의 얼굴은 아까와 마찬가지로 무표정했다.

컬페퍼 소위는 한숨을 내쉬었다. 그는 아까 파커 51 만년필을 넣은 자리에 파커 51 연필을 집어넣었다. 이어 그가 준비해 온 자백서와 낙서한 종이도 함께 서류 가방에 집어넣고 지퍼를 잠근 다음 일어섰다. 「아무튼 내가 말한 대로 한번 곰곰 생각해 봐. 내일 다시 올게.」

프루는 침상에서 일어섰다. 소위는 그와 악수를 했다.

「고개를 쳐들고 힘내.」 소위가 말했다.

프루는 소위가 철창문을 통해 밖으로 나가는 것을 지켜보았다. 위병 하사가 경례를 했고 소위는 건성으로 답례를 한 후 3면에 지퍼가 달린 서류 가방을 허리춤에 꼭 낀 채 다른 세계로 나갔다. 그러자 프루는 베개 밑에서 낡은 트럼프 카드를 꺼냈다.

그가 솔리테르 게임을 다섯 번 거푸 하면서 마지막 판은 거의 승리 일보 직전이었는데, 그때 워든이 철창 바로 바깥의 위병 사무실로 들어섰다. 워든은 깨끗한 작업복 한 벌을 들고 있었다. 일직 사관이 프루의 옷이 빨지 않아 너무 냄새가 지독하기 때문에 위병들의 사기를 떨어뜨리고 있다면서 중대에 요청한 깨끗한 옷이었다. 물론 냄새가 지독하다는 말은 약간 과장이 섞인 것이었다.

「저 친구에게 깨끗한 옷을 한 벌 전해 주기 위해 허가장을 받아 와야 하나, 아니면 그냥 이렇게 비공식적으로 전해 주고 가도 되겠나?」 워든이 위병 하사에게 말했다.

「뭐라고요?」 하사는 읽고 있던 만화책을 감추며 멋쩍게 말했다. 「아, 괜찮습니다. 바로 들어가 보시지요, 상사님. 누굴 시키시지, 상사님이 직접 가지고 오시다니요?」

「누굴 시켜? 그래서 내가 직접 가지고 왔지.」

「그래요? 난 그냥 한번……」 하사가 우물쭈물 말했다.

「뭘 읽고 있나?」 워든이 콧방귀를 뀌며 물었다. 「에드거 후버나 멜 퍼비스 스토리, 혹은 붉은 옷을 입은 경찰 끄나풀 스토리인가? 자네도 FBI 요원이 될 꿈을 꾸면서 컸겠지? 다음 세대의 젊은이가 모두 FBI가 된다면 누굴 체포해 들일 수 있겠나?」

「예?」 하사는 놀라면서 만화책에서 손을 뗐는데, 그것은

『배트맨』이었다. 「꽤 재미있어서 읽고 있었습니다, 상사님.」
그는 만화책을 덮고서 책상 서랍에 집어넣었다. 「그저 시간
때우기로 읽는 거죠.」 하사가 변명하듯 달했다.

「이 꾸러미를 조사해 보지 않겠나? 그 안에 중요 서류가
들어 있을지도 모르니.」

하사는 워든을 멍하니 쳐다보았다. 이어 머리를 흔들며 웃
음을 터뜨렸다.

「자넨 나를 너무 믿는 것 같은데. 내가 변장을 하고 들어온
경찰 파괴범인지 어떻게 아나?」

「글쎄요, 어쩌면 상사님이 그런 분인지도 모르죠. 아무튼
들어가 보십시오, 필요하시다면.」

밀트 워든은 꼭 그래야 하냐는 듯 콧방귀를 한 번 뀌더니,
오후라 비어 있는 2열의 간이침대들 사이를 걸어 내려갔다.
그동안 위병 하사는 양손으로 자신의 얼굴을 슥슥 닦아 냈다.

「저런 멍청한 녀석들과 얘기를 섞어야 하다니 한심하군.
자네, 저 친구도 한번 패주지 그래.」 워든이 간이침대에 작업
복을 내려놓으며 말했다. 그는 모포 위에 펼쳐져 있는 카드를
내려다보았다. 「한 게임 이겨 보았나?」

「아니요, 아직.」

「걱정하지 마. 자넨 그렇게 할 시간이 아직 많이 남아 있으
니까.」

「아직 재판 날짜가 정해지지 않았습니까?」 프루가 카드를
수거하며 말했다. 「지저스 크라이스트.」

「아니, 내 말은 자네가 여길 떠난 뒤 얘기야.」

「오, 하지만 영창에서는 솔리테르 게임을 못하게 할 텐데
요.」 그는 일어서서 냄새 나는 작업복을 벗기 시작했다. 벗어
놓고 보니 정말 냄새가 많이 났다.

「못하게 하겠지. 하지만 군용 내의는 입게 할 거야. 재판은

다음 주 월요일이야. 방금 전에 통보가 내려왔어. 앞으로 나흘 남았군. 그전에 한 번 더 사고를 칠 수도 있겠군.」

「그럴지도 모르죠.」 그는 깨끗한 작업복으로 갈아입고 침대에 앉았다. 「컬페퍼가 그러는데, 내 최대 형량은 3개월 영창에 봉급 3분의 2 몰수라고 하더군요. 연대 내부에서 벌어진 일이기 때문에 그렇대요.」

「맞는 말이야. 법정에서 네가 그들을 확 돌아 버리게 하는 말을 하지 않는 한.」

「전 입을 꽉 다물고 있을 겁니다.」

「보기 전에는 믿을 수 없지.」 워든이 코웃음을 쳤다. 그는 바지 호주머니에서 컬런 한 갑을 꺼냈다. 「자, 몇 개비 뽑아.」

「감사합니다.」

「나한테 고마워하지 마. 앤디와 프라이데이가 보낸 거야. 난 네게 담배 안 사줘. 넌 나한테 꼬박 일주일 걸리는 서류 작업을 하게 만들었어.」

프루는 빙그레 웃었다. 「죄송하게 되었습니다, 워든. 난 아무래도 당신이라는 사람을 잘 이해하지 못하겠습니다.」

워든은 서서 그를 화난 듯 내려다보다가 갑자기 미소를 지었다. 「자네 작업복은 빨리도 닳았군. 그래, 어떤 일을 시키던가?」 그는 다시 침상에 앉아 담뱃갑을 끄집어내더니 컬런을 하나 꺼내 불을 붙였다.

「별로 한 게 없습니다. 운동장에서 잡초를 뽑았는데, 별거 아니었어요.」

「그랬군.」

「그 귀여운 애들이 커서 나중에 다들 장교가 되겠죠?」

「아마도. 부끄러운 일이야, 그렇지 않아?

어제 양식을 모두 작성해서 제출했어. 최대한 빨리 작성했어. 게으른 마촐리를 닦달해 증인 진술서를 모두 타이핑하게 했기 때문에 가능했던 거지. 마촐리 놈은 너무 게을러서 아예 내가 해버릴까 하는 생각도 했었지.」

「그자들은 이번에도 칼 얘기는 하지 않았겠죠?」 프루가 천천히 말했다.

워든은 아무 대답도 하지 않고 상대방을 빤히 쳐다보았다. 「무슨 칼?」

「올드 아이크는 칼을 빼 들고 내게 달려들었습니다.」

워든은 한참 동안 아무 말도 하지 않았다. 「이 사실을 다른 사람한테 말했나?」

「아니요, 전혀.」

「그가 칼을 뽑아 들었다는 것을 증명할 수 있나?」

「대망치를 가지고 가서 쓰레기 콘크리트 통을 쳐보면 내가 통의 틈새에다 박아 넣은 잭나이프의 칼날을 발견할 수 있을 겁니다.」

워든은 생각에 잠기면서 턱을 슥슥 문질렀다. 「그 일은 컬페퍼가 해야 돼. 다른 사람은 할 수가 없어. 하지만 컬페퍼는 변호인을 맡은 첫 번째 케이스이기 때문에 커다란 건수를 올릴 궁리만 하고 있어. 그래도 그가 그 칼날을 찾아내려 할지 몰라. 한번 시도해 볼 가치가 있어. 그에게 말할 거지?」

「아니요, 그러고 싶지 않습니다.」

「왜? 한번 시도해 볼 만한 가치가 있어.」

「난 그들의 자그마한 파티를 망쳐 놓고 싶지 않습니다. 그들은 블룸이나 기합을 내세워서 나를 괴롭히려 했으나 성공하지 못했습니다. 그래서 작당해 이 작은 사건을 만들어 냈죠. 만약 내가 이 사건을 격파해 버린다면 얼마 지나지 않아 또다시 사건을 만들어 낼 겁니다.」

워든은 갑자기 웃음을 터뜨렸다. 「올드 아이크는 자네가 발설할까 봐 지금쯤 땀을 뻘뻘 흘리겠군.」

「그랬으면 좋겠지만, 그는 땀을 흘리지 않을 겁니다. 지금쯤 자기 얘기가 진실이라고 믿고 있을 거예요. 윌슨과 헨더슨은 믿지 않을지 모르지만, 그는 철석같이 믿고 있을 겁니다.」

「그렇겠군. 그리고 윌슨과 헨더슨은 평생 땀이라고는 흘려본 적 없는 놈들이야.」 그는 손으로 면도하지 못한 턱을 슥슥 문질렀다. 「이거 면도를 해야겠는걸. 요 며칠 동안 시간이 없었어. 그래도 컬페퍼에게 말해. 너한테 도움이 될지 몰라. 그걸로 그 두 놈을 강등시킬 수 있을지도 몰라.」

「아니에요. 이 사건의 주역은 그들이 아니라 홈스예요. 그는 그들로부터 그런 정보를 짜냈는지도 몰라요. 사실을 약간 왜곡해 자기들 유리하게 말이에요. 그들은 이제 공을 높이 띄우고 총공격에 나섰어요. 그들이 나를 엿 먹이려고 하는 모양인데, 내가 부들부들 떨면서 겁먹은 표정을 보여 그들을 고소하게 만들 생각은 조금도 없어요. 나는 그들이 내게 갖다 먹이는 것을 다 받아넘길 수 있어요. 다 받아넘기고 더 없냐고 말할 거예요, 톱. 난 그자들, 조금도 신경 쓰지 않아요.」

워든은 한참 동안 아무 말도 하지 않았다. 그가 침대에서 일어서는 순간, 검게 탄 얼굴에 박혀 있는 연푸른 눈동자에는 약간 기이한 빛이 어른거렸다. 「어쩌면 네 말이 맞는지 몰라. 아무튼 이건 네 쇼니까 네 마음대로 진행할 권리가 있어.」

프루는 워든의 눈에 존경의 빛이 어리는 것을 보았다. 두 사람은 아무 말도 하지 않았고 또 말할 필요도 없었다. 덩치 큰 상사가 이해해 준다는 생각을 하자 프루의 마음이 따뜻해졌다. 그는 왠지 모르지만 그 누구보다도 워든의 존경을 고맙게 생각했다. 그가 절실히 필요로 한 것은 바로 그것이었고 그 때문에 워든에게만 올드 아이크의 칼 얘기를 했던 것이다. 그는 워든에게만 얘기한 것을 자랑스럽게 생각했다.

「톱, 그자들은 나를 죽일 수는 있지만 나를 굴복시키지는 못해요.」

워든은 그의 등을 툭 쳐주었다. 그것은 워든이 프루를 상대로 보여 준 최초의 우정의 표시였다. 그것은 독한 술처럼 그의 속을 따뜻하게 해주었다. 영창의 독방에서 3개월을 썩는다 해도 아깝지 않을 우정이었다. 하지만 프루의 얼굴은 무표정했다.

「이봐, 나중에 보자고.」 워든은 철창 쪽으로 걸어 나갔다. 프루는 담요에 다시 카드 패를 떼면서 그를 쳐다보았다.

「워든? 제 부탁 한 가지 들어주시겠습니까?」

덩치 큰 상사는 몸을 돌렸다. 「하시라도. 내가 해줄 수 있는 것이라면.」

「마우날라니 하이츠로 가서 로런에게 내가 그 집을 찾아가지 못하는 이유를 좀 말씀해 주시겠습니까?」 그는 워든에게 그녀의 본명을 말해 줄 수 없었다. 그는 하이츠의 주소를 말했다.

「그 여자에게 편지를 쓰는 게 어때? 난 거기 직접 찾아가기 싫어. 내가 여자를 찾아가면 그들은 나한테 홀딱 빠져 순한 양처럼 나온단 말이야. 그래서 여자들이 너무 피곤해.」 그는 눈썹을 꿈틀거리며 말했다. 「게다가 난 너를 너무 좋아해서 그런 모험을 걸 수가 없어. 네 여자를 차지할 생각은 없다고.」

「좋아요. 그럼 나 대신 전화를 좀 걸어 줘요.」 그는 전화번호를 말했다.

「내가 전화하는 그 순간, 그 여자는 내게 데이트를 신청할 거야. 나는 그걸 거절할 의지는 없을 것 같아.」

「좋아요. 그럼 뉴콩그레스를 찾아가 내 애기를 해주고 거기 방문한 동안 그녀와 동침하세요.」

워든은 악동처럼 빙그레 웃었다.

「그런데 말이에요, 지난번 거길 찾아갔더니 키퍼 부인이 당신에게 안부를 전해 달라고 하더군요. 왜 요즘에는 그녀를 안 찾아오는지 모르겠다면서. 전에 이 말을 전하려 했는데 깜빡했어요.」

워든은 갑자기 웃음을 터뜨렸다.「올드 거트? 넌 아마 올드 더티 거티(왕년의 지저분한 거트)에 대해서 잘 모를 거야. 거트는 왕년의 창녀 노릇이 그리운 거야. 거트는 창녀들의 대장 노릇을 해야 딱 알맞은 여자인데.」

「아무튼, 나를 위해 로런에게 전화해 줄 거죠?」

「오케이, 전화해 주지. 하지만 그 여자가 데이트 신청을 해 올 경우, 거절하지 않는다는 조건이야.」

「제가 무슨 조건을 내걸었나요?」

「좋아, 그런 조건으로 한번 전화해 보지. 나중에 보자고.」 그가 다시 걸어가려다가 생각난 듯 말을 이었다.「아 참, 잊어버릴 뻔했네. 또 다른 뉴스가 있어. 블룸 일병은 하사로 진급할 거야. 다음 배로 두 명의 단기 하사가 귀국해. 그 둘의 보직 중 하나를 블룸이 따낸 거지. 오늘 중대 명령을 내보냈어. 토요일에 배가 떠나면 그 명령이 게시판에 게시될 거야. 자네도 이 소식에 기뻐하리라 생각해.」

「블룸은 이제 기분이 좋겠군요.」

「아니, 아직은 아니야. 사람의 욕심은 한이 없으니까. 다음 달 떠나는 배에 중사 두 명이 귀국해. 이제 하사가 되었으니 중사를 바라보지 않을까?」

「아, 그렇군요.」 프루가 말했다.

「이봐, 자네는 월요일까지 나흘 남았어. 그다음부터는 달력에다 X자 표시를 하면서 날짜 가기만 기다리게 되겠지.」

프리윗은 어깨가 떡 벌어지고 엉덩이가 작은 워든이 철창을 통해 바깥 세계로 나가는 것을 지켜보았다. 그는 다시 카드를 집어 들었다.

그 후 나흘 동안 그는 솔리테르 카드 게임을 많이 했다. 그리고 오후에는 컬페퍼 이외의 많은 방문객을 맞이했다. 워든은 그때 한 번 찾아오고 더 이상 면회 오지 않았으나 앤디와 프라이데이가 찾아왔고 리돌 트레드웰, 불 네어, 학자 더스티 로즈, 기타 여러 명의 병사들이 찾아왔다. 그들은 면회 와서 잠시 얘기를 하다가 돌아갔다. 학자 로즈는 이번에는 가짜 다이아몬드 반지든 진짜 금시곗줄이든 팔려고 하지 않았다. 그리고 치프 초트도 찾아왔다. 대부분 운동부가 아닌 병사들이었다. 하지만 운동부 병사들도 두서너 명 찾아왔다. 그는 자신에게 친구가 그렇게 많은지 예전에는 알지 못했다. 그는 자신이 앤절로와 마찬가지로 갑자기 중대의 유명 인사가 되었음을 발견했다.

제36장

그는 영창에서는 유명 인사가 아니었다. 물론 영창 당국은 그 화제 만발했던 재판에 대해 알 리가 없었다. 그는 영창에서 그 사실을 알지 못하기를 바랐다. 그 재판은 연습을 많이 한 배우들의 연극처럼 일사천리로 진행되었다. 마지막 순간까지 아무런 문제도 없는 듯했다. 세 명의 증인은 그들의 애기를 아주 분명하고 또렷하게 말했다. 타이핑된 진술서를 외워서 그대로 말하는 것 같았다. 그들의 이야기는 모두 일치했다. 검사 측은 AW[45]의 위반이 명백하다고 조리 정연하게 밝혔고 그에 상응하는 AW의 징벌을 부과해야 한다고 요구했다. 굳게 입을 다물고 있던 피고에게 증언할 기회가 주어졌으나 피고는 그것을 거부했다. 모든 것이 장밋빛이었고 모든 것이 규칙에 따라 진행되었다. 그런데 마지막 순간, 운명에 대한 거친 분노인 양, 컬페퍼 소위가 유죄 변론에 입각하여 좋은 군인들이 하나같이 술꾼이었다는 논리를 내놓으면서 관면을 요구하고 나섰다. 법정에 일순 정적이 흘렀다. 피고는 변호인을 총으로 쏴 죽이고 싶은 심정이 되었다. 하지만 법정

---

45 *Article of War*. 육군 조례.

은 그 요구에 의젓하게 대응하고 나섰다. 그들은 온갖 예의를 갖추어 그 비정통적인 호소를 재판 기록에 기입하게 했고 이어 30초간 구수 회의에 들어가더니, 마치 아무 일도 벌어지지 않았다는 듯 3개월의 중노동에 3분의 2 감봉 조치를 함께 부과했다. 피고는 법정의 재판관들에게 키스라도 하고 싶은 심정이었다.

그는 위병소로 다시 인도되어 가자 커다란 안도를 느꼈다. 이제 컬페퍼를 다시 만날 일도 없고 영창에 가기만을 기다리면 되는 것이었다.

월요일 오전에 재판이 있었고 오후에 영창 당국에서 그를 데리러 왔다. 위병소 데스크에서 그를 인수한다는 서류에 서명하고, 또 그에게 지급된 두 벌의 작업복에도 서명한 뒤, 그를 순찰차의 조수석에 태웠다. 헌병 한 명은 운전을 하고 나머지 한 명은 뒷좌석에 앉아서 감시를 했다. 프루는 화려한 헌병 복장을 떨쳐입은 키가 190센티미터가 넘는 거한들 사이에 끼인 난쟁이 같은 기분이 들었다. 그는 그들에게 아무 말도 하지 않았다. 그들은 그를 시골 학교 교사같이 생긴 건물 안으로 데려갔다. 푸른 지붕을 인 그 건물 주위에는 철조망이 둘러쳐져 있었고 창문에는 쇠창살이 달려 있었다. 철조망 정문에 서 있던 폭동총[46]을 찬 위병이 둔을 열었다가 다시 닫았다. 문이 철커덕하고 닫히는 소리는 음산하게 들렸다. 하지만 아무도 그것이 이상하다거나 예외적이라고 생각하지 않았다. 두 명의 헌병은 그런 일을 매일 하는 사람처럼 프루를 시골 학교 건물 안으로 데려갔다. 그는 아직도 재판 때 입었던 카키복에 넥타이를 매고 있었다.

두 거한은 건물 안으로 들어서자, 무기실 안의 무장 보초

46 폭동 진압을 위한 산탄총.

에게 다가가 곤봉과 권총을 내려놓고 그 대신 페인트칠하지 않은 괭이자루를 지급받았다.

이어 그들은 프루를 보급실로 데려갔다. 그들은 여전히 아무 말도 하지 않았다. 보급실은 자그마한 간이 공간이었다. 여러 개의 문을 지나가는 기다란 복도의 끝 쪽에서 게시판을 끼고 왼쪽으로 돌면 나왔다. 그리고 오른쪽에는 세 개의 막사동이 보였다. 가슴 높이의 카운터 뒤쪽에 있던 작업복을 입은 사내는 수감자이면서 영창 당국의 일을 도와주는 협력병인 듯했다. 그 병사는 프루에게 불쾌한 미소를 지어 보였다.

「이 도시에 온 것을 환영해.」 협력병은 자기와 비슷하게 신세 조진 병사를 만나게 되어 기쁘다는 목소리였다.

「이 친구를 준비시켜.」 두 헌병 중 하나가 아주 말하기 싫다는 듯 퉁명하게 말했다.

「예, 서.」 작업복을 입은 협력병이 큰 소리로 대답했다. 그는 대회 참석차 투숙하는 손님들을 맞이하는 호텔 매니저를 흉내 내며 양손을 비비댔다. 「10층에 공원이 내려다보이는 좋은 구석방이 있습니다. 타일 깔린 욕실과 널찍한 옷장 공간, 손님은 틀림없이 만족하실 겁니다.」

「그따위 코미디는 집어치워. 그런 헛소리는 나중에 하라고, 난 지금 짜증 나니까. 어서 이 친구를 준비시켜.」 아까 입을 떼었던 헌병이 또다시 말했다.

작업복 입은 협력병의 미소는 울부짖는 표정으로 바뀌었다. 「오케이, 핸슨, 오케이. 농담 한번 한 거야.」

「농담하지 말란 말이야.」 핸슨이 말했다.

다른 헌병은 아무 말도 하지 않았다.

두 헌병은 괭이자루를 지팡이처럼 겨드랑이에 낀 채 벽에 기대어 아무 말 없이 담배를 피웠다. 협력병은 프루에게 화장실 용품을 지급했다. 이어 핸슨이 앞으로 나서더니 프루의 지갑을 압수해 그 안에 있던 돈을 세더니 종이쪽지에다 액수를 적고 그 종이쪽지를 지갑에 넣어 다시 프루에게 돌려주었다. 이어 핸슨은 그 돈을 자신의 지갑에다 넣었다. 그때 두 번째 헌병이 다가와 속으로 셈을 하면서 다시 돈을 세었다. 협력병은 프루의 작업복 상의 두 벌을 인수하고 그 대신 등에 대문자 P가 새겨진 두 벌의 죄수복을 내밀었다.

「오늘 이걸 입고 작업장에 나가도록 해.」 협력병은 가벼운 어조로 말했다. 「네 옷에다 P자를 새겨 줄 때까지 말이야. 그리고 우린 네 옷을 나중에 오는 친구에게 지급하는 거야. 알았지?」

프루가 카키복을 벗고 죄수 작업복을 입는 동안 협력병은 가슴이 아주 따뜻해지는 것처럼 활짝 미소 지었다. 그가 입고 있던 카키복은 그런대로 몸에 잘 맞았다. 하지만 그 죄수복은 너무 커서 셔츠가 무릎까지 내려왔고 소매는 손가락 끝부분까지, 어깨솔기는 거의 팔꿈치까지 내려왔다.

「야, 그거 안되었는데.」 보급 협력병은 슬쩍 웃으며 말했다. 「그게 현재 있는 것 중에서 네 치수에 가장 가까운 거야. 나중에 물건이 들어오면 바꿔 줄게.」

「알았어.」 프루가 말했다.

「그래도 당분간 네 모습을 보아 줄 여자들이 없으니까 괜찮아. 채석장을 지나 위쪽의 골프장으로 가는 장교 마누라들 빼고는 말이야. 아무튼 네가 그 마누라들 사이에 들어갈 일은 없으니까, 옷 큰 건 걱정하지 마.」

「알려 줘서 고마워. 난 걱정 안 해.」

두 헌병은 담배 연기를 내뿜으며 미소를 지었다.

「그래도 여자 구경을 하면 한동안 걱정될 거야.」 협력병이 말했다. 「처음엔 좀 성가실 거야. 특히 네가 밤에 몽정을 한다면. 하지만 곧 극복돼. 아무리 그래 봐야 그걸로 죽지는 않

아. 물론 처음에는 죽을지도 모르겠다고 생각하지만.」

헌병 한 명이 콧방귀를 뀌었다. 프루는 앨마를 생각했다. 팔롤로 계곡 위쪽의 언덕배기 집, 그 집의 거실에서 세 계단 올라간 곳에 있는 침실 위에 누워 있는 앨마를 생각하자, 배에서 허벅지까지 경련이 스치고 지나갔다. 그녀를 보지 못한 지 2주일이 넘었다. 석 달은 2주일이 여섯 번 지나가야 하는 시간이었다. 그녀를 보지 못하고, 그녀가 어디 있는지 알지 못하고, 그녀가 누구와 무슨 짓을 하고 있는지 알지 못하는 채 14주를 보내야 하는 것이었다.

「게다가……」 협력병이 자신은 다 겪은 일이라는 듯 의기양양하게 말했다. 「여자들이 지금 뭘 하고 있을까 늘 궁금해지게 되지.」

「그래?」 프루가 말했다. 앨마 옆에 누워 있는 남자는 얼굴이 보이지 않았고(그가 자세히 들여다보니) 실루엣이었다. 그건 워든은 아니었다. 그렇다고 프리윗도 아니었다. 그가 자세히 살펴보니 그 얼굴 없는 남자는 그녀에게 다가갔다. 안 돼, 안 돼, 그는 혼잣말을 했다. 그녀는 섹스를 위한 섹스는 좋아하지 않아. 그녀가 직접 내게 그렇게 말했단 말이야. 섹스를 위한 섹스는 그녀를 따분하게 해. 그런 얼굴 없는 남자가 보이는 건, 섹스를 위한 섹스를 좋아하는 네 마음이 만들어 내는 환상이야. 그녀가 좋아하는 건 남자가 옆에 있어 주는 거야. 품위 있는 인격, 따뜻한 우정과 이해, 사랑받는다는 느낌, 혼자가 아니라는 생각, 뭐 이런 것들을 좋아한단 말이야. 그는 그녀가 좋아하는 것들을 계속 열거했다. 하지만 그것은 통하지 않았다. 석 달은 너무 길었다. 그녀는 흥미로운 남자를 만날지도 모른다. 외롭지 않기 위해, 뭔가 건수를 만들기 위해, 재미난 남자를 애써 만나려 할지 모른다. 세상에는 재미있는 남자들이 많다. 그들은 다 너보다 흥미진진하다.

그는 워든이 그녀에게 꼭 전화해 주었기를 바랐다. 아울러 워든이 그녀에게 전화 거는 사실을 두려워하기도 했다. 여자들도 결국 사람이고 매력에 끌리게 되어 있다. 그리고 워든은 매력적인 남자였다. 덩치가 크고, 허스키한 목소리에 남성적이고, 게다가 재미까지 있는 사람이었다.

그가 앞으로 잃게 될 것들에 대한 생각이 그의 마음속을 훑고 지나갔다. 몰래 카메라에 찍힌 것처럼 날카롭고, 선명하고, 생생한 앨마의 사진들이 그의 눈앞을 스치고 지나갔다. 그 사진들은 스크린에 영사된 원판 필름처럼 크게 확대되었다. 실제보다 열 배는 더 크게 보였고 아주 친밀했다(그녀의 땀구멍, 그녀의 머리카락, 그녀의 주름살, 그녀의 신체 특징 등이 그의 눈앞에 선명하게 시각화되었다). 그는 멍하니 서서 그 사진들을 보았다. 그 사진마다 아까 그 얼굴 없는 남자가 움직이고 있었다. 2차원의 검은 실루엣, 검은 유혹자가 프루가 서 있던 곳, 앉아 있던 곳, 누워 있던 곳에 자리하고 있었다. 프리윗의 은밀한 비밀을 모두 간직한 처로. 그 개자식은 그의 마음과 기억을 그대로 활용해 그가 사랑하는 여자를 유혹하고 있었다. 그는 아무리 애써도 그 검은 실루엣을 척결할 수 없었다. 그것은 고뇌였다. 그는 자신이 사랑하는 여자가 그 검은 실루엣에 넘어가 육체를 내맡기는 것을 보았다. 그는 연대 위병소에 들어간 첫날 밤의 공포가 다시 자신에게 몰려오는 것을 느꼈다.

그가 보기에, 그녀는 너무 쉽게 속아 넘어가고, 너무 관대해서 손해를 보는 경우가 많았다. 어떤 불행한 녀석이 그녀에게 다가와 사기를 치려고 하는데도 그자의 기분을 달래 주려고 그 사기꾼의 말을 다 들어 주었다. 어쩌면 그러다가 그 녀석을 받아 줄지도 몰랐다. 프루가 외로움을 호소하면 그녀는 그것을 있는 그대로 받아들여 주었다. 아무런 이의도 제기하지 않았다. 그의 호소가 사기 아닌 진정이었다는 사실은 별로 중요하지 않았다. 그런 호소는 따지고 보면 다 진실인 것이다. 자신의 외로움에 대하여 거짓말을 하는 사람은 아무도 없다. 하지만 그는 그런 호소가 실은 다 거짓말임을 꿰뚫어 보았다. 어떤 여자에게 자신의 외로움을 말하는 순간, 그 사람은 더 이상 외롭지 않게 된다. 그는 자신의 드라마를 사실이라고 믿는 극작가가 된다. 자신의 소설을 실제에서 실천하려는 소설가가 된다. 상대방이 감동받고 있다는 사실을 아는 순간, 그 사람은 거기에 소득이 있음을 깨닫고 연기를 하기 시작한다. 자신의 진실을 더욱 설득력 높은 것으로 만들기 위해. 그렇게 되면 거기에 더 이상 진실은 없다. 진실은 그런 허튼수작 속에 실종되고 마는 것이다. 그는 앨마에게 그 사실을 경고해 주기 위해 단 1분이라도 말할 기회가 있었으면 하고 바랐다. 그는 갑자기 그녀에게 외로움을 호소하는 녀석들이 모두 거짓말쟁이라는 걸 그녀가 꿰뚫어 보지 못할까 봐 걱정되었다. 어쩌면 그녀는 그가 거짓말하고 있음을 꿰뚫어 보지 못한 게 아닐까? 아니, 꿰뚫어 본 것일까? 어쩌면 그랬을지도 모른다. 그래서 그와의 결혼을 계속 거부한 것일까? 그를 믿지 않기 때문에? 하지만 그녀는 그의 진실을 믿어 주어야 마땅하다! 그는 점점 심한 공포를 느꼈다. 그는 창문의 쇠창살을 자꾸만 돌아다보게 되었다. 그는 지금 이 순간 비명을 내지르며 바닥에 폭 고꾸라져 주먹으로 바닥을 내리칠 것 같았다. 그를 빤히 쳐다보고 있는 두 명의 헌병과 한 명의 협력병 앞에서.

전에는 이런 일이 없었다. 석 달 넘게 구금되는 일도 여러 번 있었지만 이런 고통을 겪지는 않았었다. 떠돌이 시절이나 마이어 부대 시절에는 구금을 두려워하지 않았다. 하지만 당시 그는 여자를 사랑한다는 것이 무엇인지 잘 몰랐다. 하와이 여자인 바이올렛과 헤어질 때도 이렇지는 않았다. 갑자기 예전에 헤어질 때 바이올렛이 지금 그의 심정과 비슷했을까, 하는 생각이 들었다. 지금의 이 고통은 그가 앨마를 사랑하기 때문인가? 하지만 그는 자신이 바이올렛을 사랑한다고 생각했었다. 아니면 앨마가 그를 사랑하지 않는다는 걸 확신하기 때문에 이런 고통을 겪는 것인가? 바로 같은 녀석, 이제 그런 생각 그만 해. 그는 자신을 설득하려고 무진 애를 썼다. 그는 눈을 가늘게 뜨면서 그 검은 실루엣의 정체를 밝혀내려고 애썼다. 난 저자를 죽여 버릴 거야. 나는 저 사악한 개자식을 죽여 버릴 거야.

「뭐라고? 내가 뭐라고 말했는데?」 협력병이 빙그레 웃으며 말했다.

프루는 무의식적으로 미소를 지었다. 아이쿠! 하는 생각이 들었다. 그는 고개를 돌려 뒤에 있는 헌병들을 쳐다보았다. 「뭐라고? 방금 나한테 말한 거야? 난 아무 말도 안 했어.」 프루가 말했다. 이제 지나갔구나, 아까 그 생각이 건듯 왔던 것처럼 건듯 가버렸구나, 하고 그는 생각했다. 하지만 밤중에 침상에서는 어떻게 하지? 모두 잠든 밤중에는? 네 자존심을 발동시켜 자제하게 만드는 친구들이 없는 그 시간에는? 그는 등에 식은땀이 흘렀다.

두 병의 헌병은 빙긋 웃어 보였고 프루는 세 사람이 아무런 눈치도 채지 못했다는 것을 알았다. 그는 간신히 자존심을 지킨 것이었다. 자칫하면 그들에게 사랑에 사로잡힌 자신의 몰골을 들킬 뻔했다. 왜 그런 바보 같은 행동을 그만두지 못하는가? 다른 사람들은 잘도 그만두던데.

「여기 네 모자가 있다. 이 모자를 잊지 마.」 협력병은 그에게 두 개의 사병용 작업모를 내밀었다. 챙 가장자리가 판자처럼 딱딱한 새 모자였다. 데님으로 만든 모자 끝부분은 납작

눌러져 있었는데 주름이 심하게 잡혀 있었다. 그 모자는 아무리 잘 쓰려고 해도 일단 쓰고 보면 넝마처럼 보였다. 그래서 부대 내 병사들은 두 개의 전투모를 갖고 있는데, 하나는 외출용이고 다른 하나는 작업용이었다.

「미안해, 친구.」 협력병이 프루의 마음을 읽은 듯 빙그레 웃어 보였다. 「여기서는 전투모를 발급하지 않아. 보급관이 전투모 보급을 아예 잊어버렸나 봐.」

두 명의 헌병은 크게 웃었다. 말이 없던 두 번째 헌병이 그제야 처음으로 입을 열었다.

「전투모는 군인용이지 죄수용이 아니야.」

아무도 그에게 시비를 걸지 않았다. 프루는 농담 삼아 그 모자를 한번 써보았다. 어떤 일이든 웃을 수만 있다면 그걸 농담으로 바꾸어 놓을 수 있는 것이다. 그러면 아무 일도 없게 되는 것이다. 잠시 동안은. 모자는 그의 귀까지 쑥 내려왔고 챙이 주위로 비쭉 나왔으며 정수리 부분은 너무 빡빡해 머리가 잘 들어가지 않았다. 꼭 밥솥 같았고 그러면서도 주름은 다 펴지지 않았다.

「이봐, 꼭 영화배우 클라크 게이블 같군.」 협력병이 빙긋 웃었다. 「그렇게 귀에 걸치고 있으니까 말이야.」

「이렇게 쑥 내려오니까 귀에 걸치고 있을 수밖에 없어.」 프루가 농담을 했다.

「넌 다른 친구들이 모자 쓴 꼴을 봐야 해.」 협력병은 약간 악의적인 목소리로 말했다. 농담은 너만의 전유물이 아니라는 듯한 자세였다. 저 친구는 내가 저들을 위해 농담을 한다고 생각하는군. 아니야, 난 나 자신을 위해 이러는 거야, 하고 프루는 생각했다. 「넌 그리 특별한 경우도 아니야. 정말 안 맞는 모자를 쓴 녀석을 아직 보지 못해서 그래.」

두 헌병은 또다시 웃음을 터뜨렸다.

「나는 어떻게 보여?」 협력병이 헌병들에게 물었다.

「괜찮아.」 말이 좀 많은 핸슨이 말했다. 「테리, 괜찮게 보여. 자, 가자.」 핸슨이 프루에게 말했다.

협력병 테리는 카운터 위로 머리를 쑥 내밀더니 복도의 위아래 쪽을 살폈다. 「핸슨, 궐련 한 개비만 줘.」 그가 애타는 목소리로 말했다. 「내가 너희를 웃겨 주었잖아.」

핸슨은 복도의 위아래 쪽을 조심스럽게 살폈다. 아무도 보이지 않았다. 그는 재빨리 상의 호주머니에 손을 넣어 담뱃갑에서 한 개비를 꺼내 보급실 문으로 던졌다. 협력병 테리는 걸인처럼 그 담배를 재빨리 집어 들었다. 핸슨은 괭이자루로 프루의 엉덩이를 살짝 찔렀다.

「자, 가자고.」 말이 많은 핸슨이 말했다.

그들은 막사 동을 향해 복도를 걸어 내려갔다.

「핸슨, 그러다가 큰코다칠 거야. 괜히 그런 바보 같은 행동 하지 마.」 다른 헌병이 말했다.

「네가 나를 찔러 먹지는 않겠지, 터닙헤드(무대가리)?」

「난 그런 짓 하지 않아.」 그들은 계속 걸어갔다.

「저 친구 이름이 터닙시드(무의 씨앗)야.」 핸슨이 프루에게 설명했다.

「난 우리 사수를 찔러 먹지는 않아. 그런 버짱을 못마땅하게 생각하기는 하지만.」 터닙시드가 잠시 생각하더니 자랑스럽게 말했다.

「넌 지난주에 죄수 한 놈을 찔러 먹었어. 궐련을 피운다고 말이야.」 핸슨이 무표정하게 말했다.

「그건 공무였어. 그 죄수가 성깔을 부렸어.」 그 대답에 핸슨은 꼼짝 하지 못했다. 그 장황한 대화는 갑자기 끝이 났다.

세 개의 막사 동으로 들어간 이중문은 활짝 열려 있었다. 그들은 그를 서쪽 동으로 데려갔다. 그 안에는 아무도 없었다. 양쪽에 창문이 나 있는 아주 기다란 동이었다. 창문은 못질을 해서 열지 못하게 고정되어 있었다. 창문에는 쇠창살이 달려 있었다. 막사는 아주 넓어서 양쪽으로 이층 침대를 2열로 놓을 수 있었고 중간에 180센티미터 너비의 통로가 나 있었다. 신발장이나 벽장은 없었지만 이층 침대의 아래층과 위층에 각각 자그마한 선반이 벽 쪽에 있었다. 각 선반에는 동일한 관물들이 동일한 방식으로 정돈되어 있었다. 맨 밑에 작업복 상하의가 있고 상의 위에는 작업모가 하나 놓여 있었다. 모자 위에는 군용 내의가 있고 내의 위에는 카키 군용 손수건이 있었다. 그리고 관물의 맨 위에 케이크에 올려놓은 사과 장식처럼 양말 한 켤레가 얹혀 있었다. 선반 왼쪽이 화장실 용품을 놓는 곳이었다. 맨 앞에 군용 질레트 면도날이 있었고 면도기를 담는 통이 통로 쪽을 향해 열려 있었다. 그 통 뒤에는 군용 면도붓과 군용 면도기가 나란히 있었다. 그 뒤에는 비누가 든 플라스틱 비누통이 있었다. 비누통 밑에는 네 번 접힌 군용 타월이 있었는데 비누통은 정사각형 속의 정사각형이었다.

두 헌병은 바의 카운터에 몸을 기댄 술꾼처럼, 위층 침대에 한쪽 발꿈치를 기대고 느긋이 담배를 피웠다. 프루는 자신의 침상을 정돈하고 그 옆의 선반을 참조해 가면서 자신의 관물을 정돈했다. 그는 다 정돈한 뒤 뒤로 한 걸음 물러나 그 상태를 살펴보았다. 그 한 줌도 안 되는 관물이 그가 3개월 동안 이 세상에서 소유할 물건의 전부였다. 핸슨이 가까이 다가와 관물 정돈 상태를 살폈다.

「침상은 제대로 됐군.」 핸슨이 말했다.

「선반은 뭐가 잘못되었는데?」

「지저분해. 벌점을 받을 거야.」 핸슨이 말했다.

「여기서 벌점은 뭘 가리키는 거야?」

884

핸슨은 씩 웃었다.

「벌점을 먹으면 어떻게 되는 거야?」

「선반 정돈이 불량해. 신입이니까 다시 정돈할 기회를 주지. 하지만 내일부터 두 번의 기회는 없어.」

「내가 보기에는 별문제 없어 보이는데.」

「옆의 것을 한번 봐.」

「내가 보기에 별 차이 없는 것 같아.」 프루가 말했다.

「군대 생활 몇 년 했지?」

「5년.」

「좋도록 해. 자, 갈 준비 되었나?」 핸슨은 문 쪽으로 걸어가려 했다. 프루는 마음속에서 뭔가 잘못되었다는 것을 알고 그것을 시정하고자 했다.

「기다려, 난 제대로 정돈하고 싶어.」 프르가 떠듬거리며 말했다.

침상에 기대어 담배만 피우던 터닙시드가 갑자기 웃음을 터뜨렸다.

핸슨은 웃으며 다시 다가와 프루의 선반을 노려보았다. 「톰슨 소령이 매일 아침 검사를 해. 주머니에 수직추를 넣고 다니면서.」

프루는 선반을 다시 한번 살펴보았다. 그는 그 앞으로 가서 관물을 꺼내어 다시 정돈하기 시작했다. 핸슨이 다가와 그의 어깨 너머로 살펴보았다.

「면도날통의 라인이 면도 붓과 면도기를 정확하게 양분하지 않고 있어. 비누통도 타월의 정가운데 있지 않고.」 핸슨이 지적해 주었다.

프루는 그것을 고치고 다시 옷들을 정돈했구.

「수직추가 뭔지 아나?」 핸슨이 물었다.

「응.」

「난 그런 게 있다는 걸 여기 와서 알았어. 그건 목수가 사용하는 연장이지.」 핸슨이 말했다.

「응, 벽돌공도 사용해.」 프루가 말했다.

「그걸 뭐에다 쓰지?」

「잘 몰라. 아마도 네 귀를 정확하게 하는 데 사용할 거야. 판자가 똑바른지 위로 올라가거나 아래로 내려가지 않았는지도 확인하고.」 프루는 이제 기분이 좋아졌다. 그는 아까의 그 아련한 감정을 눌러 없앴다. 하지만 그는 그것이 아직도 체내에 잠복하면서 기다리고 있다는 것을 알았다. 그건 완전히 사라진 것이 아니었다. 비록 지금은 기분이 좀 나아졌지만, 언제 연상 작용이 발동해 그의 내부에서 현기증이나 구토 증세처럼 치밀어 오를지 알 수 없었다. 어린아이들의 운동회에서 풍선들이 갑자기 떠오르듯, 그런 생각도 가장 준비가 없을 때 느닷없이 나타나는 것이었다. 그는 영 실감이 안 나는 상태로 자신이 마침내 철창 뒤에 갇혔구나, 하는 생각이 들었다. 하지만 그녀는 그가 너무나도 잘 아는 저기 마우날라니 하이츠에 있는 것이었다. 이제 그가 마음 내킨다고 해서 이곳을 아무 때나 떠나 그곳으로 갈 수는 없는 것이었다. 그는 마른침을 삼키고 턱을 꽉 다물고 혓바닥을 입천장에 딱 붙였다. 그 아련한 감정은 잠시 고개를 내미는 듯하더니 다시 물러갔다. 하지만 그것은 이 지구를 천공에 떠 있게 하는 힘처럼 강력했고 동시에 무자비했다. 난 네가 다가오는 것을 보고 그 힘을 이렇게 억눌렀어, 하고 프루는 생각했다. 만약 그 감정을 통제하지 못한다면 넌 패배하는 거야. 끝장나는 거야. 오, 앨마, 앨마. 안 돼, 안 돼, 이 바보 자식아.

난 전에도 감옥에 다녀온 적이 있잖아. 그렇잖아? 그는 떠돌이 시절에 아주 힘든 감옥에도 들어가 본 적이 있었다. 그 감옥들은 그를 깨뜨리지 못했고 그도 별로 신경 쓰지 않았다. 조지아에 있는 카운티 구치소, 미시시피에 있던 감옥 등은 정말 견디기 어려웠다. 나치도 이들 감옥과 비교하면 상대가 되지 않았다. 그는 아직도 거기서 복역한 상처를 지니고 있었다. 그래도 그런 감옥 때문에 그의 마음에 금이 가는 일은 없었다.

하지만 그 당시 그는 사랑을 느끼는 사람이 없었다. 사랑을 한다는 것은 사람을 그만큼 취약하게 만든다. 뭔가 바라게 되기 때문이다. 그는 사랑의 감정을 빨리 털어 내야겠다고 생각했다. 방법은 그것밖에 없었다. 그는 앨마의 못마땅한 점을 모두 생각해 내려고 애썼다. 그는 단 하나도 기억할 수가 없었다. 영창의 쇠창살 문이 등 뒤에서 철커덩 닫히고 나서야 비로소 자신이 그토록 앨마를 사랑하고 있다는 것을 깨닫다니 정말 이상한 일이었다.

「봐라, 내 말이 맞지, 이 새대가리야.」 핸슨이 터닙시드에게 말했다. 「이 바보 같은 놈아, 수직추는 톰슨 소령 이전에도 존재했던 물건이야. 저 친구는 말이야, 나한테 소령이 그걸 발명했다는 거야.」 핸슨이 이번에는 프루를 쳐다보며 말했다.

「그거라니, 뭐?」 프루가 멍한 목소리로 물었다.

「수직추. 소령이 관물 검사 때 쓰는 물건 말이야.」 핸슨이 말했다.

「난 전에는 그런 물건이 있는지 몰랐단 말이야.」 터닙시드가 화난 목소리로 말했다. 「소령은 그런 것을 발명할 만한 사람이야. 난 아직도 그가 발명했을 거라고 생각해.」

「닥쳐. 금방 저 친구가 한 말 들었잖아.」 핸슨이 밥맛 떨어진다는 표정으로 말했다.

「들었어. 하지만 그게 뭘 증명한다는 거야?」 터닙시드도 지지 않고 대꾸했다.

「아이고, 저 등신.」

그때 프루가 선반에서 물러났다. 「이제 어때?」

「좋아.」 핸슨이 마지못해 대답했다.

「내가 보기엔 완벽한데.」

「그런 것 같군.」 핸슨이 웃으며 말했다. 「하지만 아무 일 없으리라고 보장할 수는 없어.」

「어서 가, 책임자가 올지도 몰라.」 터닙시드가 말했다.

그들은 그를 데리고 다시 홀로 나갔다. 그들은 다른 막사의 문을 통해 아까 왔던 길을 되짚어 갔다. 프루는 각 막사가 완전 독립되어 있는 동이라는 것을 발견했다. 양쪽 가장자리에 있는 막사와 가운데 막사 사이에는 3미터 정도의 공간이 있었다.

「저기 가운데 동은 말 안 듣는 놈들만 처박아 둔 곳이지.」 핸슨이 그를 쳐다보며 말했다.

「볼셰비키들이야.」 터닙시드가 말했다.

「꼴통들 말이지.」 프루가 빙그레 웃었다.

「바로 그거야. 저 빈 공간에 탐조등 두 대가 설치되어 있지. 일렬종대로. 밤에는 탐조등을 계속 켜둬.」 핸슨이 말했다.

「저기서 빠져나가기는 대단히 어렵겠는데.」 프루가 맞장구를 쳤다.

「아주 어렵지.」

「기관 단총은 몇 대나 설치되어 있지?」 프루가 다시 물었다.

「각 동에 한 대씩 설치되어 있어. 하지만 필요한 경우 더 많이 설치할 수도 있지.」

「철저하군.」

「철저하다마다.」 옆에 있던 터닙시드가 말했다.

「이 무대가리, 닥치지 못해.」 핸슨이 농담 삼아 욕설을 했다. 이어 괭이자루로 프루의 팔뚝을 살짝 찔렀다. 「자, 여기 서.」

프루는 걸음을 멈추면서 지금까지 대화에서 잘 응대해 왔다고 느꼈다. 두 헌병은 그리 나쁜 친구들이 아니었고 프루는 예전의 깡다구가 다시 살아나는 것을 느끼며 이 영창 생활을 별 탈 없이 마칠지 모르겠다는 생각이 들었다.

그들은 게시판 앞에 서 있었다.

게시판 한가운데 제일 잘 보이는 자리에, 등사된 메모와 검사 요령 지시서 등으로 둘러싸인 채 로버트 리플리의 〈믿거나 말거나〉 기사가 부착되어 있었다. 신문에서 오려 낸 기사였는데, 오래되어 색깔이 바래고 너덜너덜했다. 하지만 그 기사는 판지 위에 부착돼 있었고 또 기사 테두리도 검은 판지로 보호되어 있었다. 검은 테두리를 두른 데다 게시판 한가운데 게시되어 있었으므로 금방 눈에 띄었다.

핸슨과 터닙시드는 의기양양한 표정으로 그를 내려다보았다. 버지니아주의 워싱턴 기념지인 마운트 버넌 성지를 안내하는 흑인 안내인들이 마치 그 성지가 자기의 소유물인 양 의기양양한 모습인 것과 비슷했다. 프루는 한발 앞으로 다가섰다.

그 신문 스크랩의 한가운데에는 리플리 방식으로 그려진 존 딜린저의 얼굴이 있었다. 딜린저는 죽기 직전에 수염을 길게 기르고 있었다. 프루는 그 그림의 원판인 뉴스 사진을 본 기억이 났다. 그 얼굴 밑에는 리플리 스타일의 대문자에 역시 눈에 익은 가브리엘 히터리시 서체(書體)의 기사가 적혀 있었다.

예전의 공동의 적 1호인 존 딜린저가 처음으로 복역했던 곳은 하와이 스코필드 부대의 군 영창이었다. 들리는 바에 의하면, 스코필드 부대 헌병대는 미 육군 내에서도 가장 거칠게 영창을 운영한다고 한다. 너무 고되어서 존 딜린저는 영창에서 나오는 순간 언젠가 미국 정부를 상대로 복수하겠다고 마음먹게 되었다. 설혹 미국 정부가 그를 죽이는 한이 있더라도.

이 기사 밑에 연필로 갈겨쓴 소문자 추신이 있었다.

　미국 정부는 그렇게 했다.

　프루는 연필로 쓴 소문자 추신과 그 기사의 검은 테두리를 다시 쳐다보았다. 연통을 타고 오르는 불길처럼 분노가 그의 식도를 타고 올라왔다. 그런 불길이 연통 내부에 달라붙어 있는 검댕을 떨어내 주듯이, 그 분노는 침착하고 차분한 보호의 감정을 프루에게 안겨 주었다. 하지만 그의 머리는 제대로 돌아가고 있었고 그것이 엉터리 보호라는 것을 금방 알아차렸다.
　두 명의 헌병은 늑대 같은 미소를 지으며 그의 반응을 기다리고 있었다. 프루는 욕설을 하면 손해라는 것을 깨달았다.
　「멋진 기사로군. 왜 이걸 나한테 보여 주지?」
　「여기 들어오는 녀석에겐 다 보여 줘. 톰슨 소령의 지시야.」
　「이 기사를 보고 나서 수감자들은 다양한 반응을 보이지.」 터닙시드가 말했다.
　「아주 시사하는 바가 많아. 어떤 녀석들은 미친 듯이 화를 내면서 욕설을 하고 콧방귀를 뀌고 또 목장에 방목한 황소처럼 방귀를 뀌어 대지.」 핸슨이 말했다.
　「또 어떤 녀석들은 벌벌 떨지.」 터닙시드가 한 수 거들었다.
　「저런 걸 저기다 붙여 놓은 걸 보니 톰슨 소령은 대단한 양반이로군. 저걸 어디서 구했을까?」 프루가 말했다.
　「그가 붙여 놓은 게 아니야. 소령보다 더 오래되었어. 내가 여기 와 보니 벌써 붙여 있더군.」 터닙시드가 말했다.
　「난 너보다 여기 더 오래 있었어. 그때도 이미 붙어 있었어.」 핸슨이 말했다.
　「이제 보았으니, 다음은 어디로 가는 거지?」

「소령에게 신고해야지. 그런 다음 작업장에 데려갈 거야.」
핸슨이 말했다.

프루는 그의 얼굴을 쳐다보았다. 미소 짓고 있는 얼굴에는 아무런 악의도 없었다. 어린아이가 어려운 단어를 잘못 말했을 때 어른들이 지어 보이는 것 같은 재미있어하는 유머만 느껴졌다. 하지만 천진난만한 미소라고 하기는 어려웠다.

「어서 가, 뭘 기다리고 있는 거야.」 프루가 말했다.

「톰슨 소령은 저 기사를 아주 자랑스럽게 여겨. 넌 저게 소령의 지시라고 생각했어. 소령은 저 기사에 반응하는 태도에 따라 새로 온 수감자가 모범 죄수가 될 것인지 여부를 알 수 있다고 말했어.」 터닙시드가 말했다.

「자, 어서 가. 지금부터는 발맞추어 걸어가야 해.」 핸슨이 말했다.

그들은 코너를 돌아서 기다란 복도를 걸어 내려가 아까 들어왔던 바깥문으로 갔다. 핸슨은 다른 병사들과 발을 맞추기 위해, 아웃복싱 선수처럼 발을 순간적으로 붙였다가 떼었다. 발맞추어 걷는 그들의 발소리가 기다란 홀 아래쪽까지 메아리쳤다.

「죄수, 우향우!」 그들이 오른쪽 첫 문 앞에 다가서자 핸슨이 소리쳤다. 프루가 방향을 회전하는 동안 두 헌병은 박자를 맞추어 함께 돌았다. 이어 프루보다 반걸음 뒤에 처져서 문 안으로 들어갔다.

「죄수, 정지!」 왼쪽에 있던 핸슨이 구령을 붙였다. 그것은 아주 정확하게 수행된 절도 있는 행동이었다. 프루는 톰슨 소령의 거대한 참나무 책상에서 두 걸음 떨어진 곳에 멈춰 섰고, 두 헌병은 거대한 석상처럼 그의 양옆에 도열했다.

톰슨 소령은 흡족한 표정으로 그들을 쳐다보았다. 이어 책상 위에 있던 서류를 집어 들고 금테 안경 너머로 서류를 내려다보았다.

톰슨 소령은 키가 작고 가슴이 떡 벌어진 사내였다. 일직 사관용 상의와 여름에 착용하는 분홍색 휘장이 장갑처럼 몸에 딱 맞았다. 그의 가슴에는 별 세 개가 찍힌 1차 세계 대전 승전 메달과 무공 훈장이 동일한 쇠 장식에 매달려 있었다. 금테 안경 너머로 문서를 읽는 소령은 근시 같은 느낌을 주었다. 그의 얼굴은 혈색이 좋았고 장기 복무 중인 장교답게 반백의 머리를 짧게 깎고 있었다. 그는 1918년 이래 장교 노릇을 해온 사람이었다.

「자네는 켄터키주 할란 출신이군. 여기에 켄터키와 웨스트 버지니아 출신이 꽤 많아. 이곳에서 생활하는 자들 중 대부분이라고 할 수 있지. 그들 대부분이 광부 출신이야. 하지만 자네는 광부 노릇을 할 정도로 덩치가 큰 것 같지는 않군.」소령이 말했다.

「저는 광부가 아닙니다. 전에 광부 노릇을 해본 적이 없습…….」

괭이자루가 그의 허리 왼쪽 윗부분을 사정없이 찔러 왔다. 그는 잠시 이러다가 토하는 게 아닐까 걱정되었다.

「……서.」그가 재빨리 말했다.

톰슨 소령은 금테 안경 너머로 고개를 한 번 끄덕였다.「좋아, 우리의 목적은 군인으로서의 정신 자세를 가다듬게 하는 한편 노동 능력을 향상시키는 것이다. 그러니까 군인 정신을 함양시키고 또 자발적으로 배우려 들지 않으면 강제로라도 가르쳐 주려는 것이다. 자네는 강제로 배우기를 바라지는 않겠지?」

프루는 대답하지 않았다. 등이 너무 아팠고 그 질문은 대답을 바라는 질문이 아니라고 생각했기 때문이다. 아까 바로 그 자리를 괭이자루가 찌르고 들어왔다. 이번에는 고환까지 아파 왔다.

「그렇지 않나?」

「적극적으로 배우겠습니다, 서.」프루가 재빨리 말했다. 그는 요령을 익히는 중이었다.

「노동 능력을 잘못 사용하지 않고 또 정신 자세를 곧게 가졌더라면 너는 여기에 오지도 않았을 것이다. 여기에 오게 된 법적 사유가 뭐든지 말이다. 그래서 우리는 최소한의 시간 낭비와 최대한의 효율을 발휘해 재교육의 목적을 달성하려고 한다. 이렇게 해야 재소자나 정부에 득이 되는 것이다. 우리 군을 지원하는 미국 납세자를 늘 의식해야 한다. 그렇지 않나?」

「그렇습니다, 서.」프루는 재빨리 대답했다. 그의 왼쪽에서 괭이자루가 들썩이다가 원위치하는 소리가 들려왔다. 핸슨이 찌르려고 하다가 그만두는군.

「난 자네가 모범수가 되리라고 보는데.」톰슨 소령이 말을 그치고 뜸을 들었다.

「그렇게 되기를 희망합니다, 서.」프루가 잠시를 놓치지 않고 대답했다.

「우리의 운영 방식이 거칠게 보일지도 모르겠다. 하지만 가장 빠르고 효율적이고 값싼 방법은 재소자가 잘못을 저지를 때마다 그에게 고통을 가하는 것이다. 이 방법은 이미 동물 실험에서 입증되었다. 그렇게 하면 그는 올바르게 행동해야 한다는 것을 배운다. 너도 사냥개를 키워 보았다면 이 방법이 옳다는 것을 알 것이다. 우리 나라는 현재 무기력한 민간인을 모병하여 군대를 새롭게 구축하려 한다. 이런 허약한 군대로 역사상 최대 규모의 전쟁에서 우리 나라를 지켜야 한다. 그렇게 하자면 사병들이 자발적으로 군인 정신을 발휘해야 한다. 좋은 군인이 되려면 좋은 군인이 되어야겠다는 의욕이 어영부영하는 군인이 되겠다는 의욕보다 더 강해야 한다.

애국심에 호소하는 군종 장교의 얘기나 장병 교육 영화만으로는 충분하지 못하다. 이기심은 별로 없고 자발적 희생정신이 충만한 세상이라면 그런 걸로 가능할지 모른다. 하지만 세상은 그렇지 않다. 이곳에서 사용하고 있는 방식은 어디 가나 통한다. 우리는 여기서 애국심을 말하지 않는다. 군인 노릇을 제대로 하지 않으면 아주 큰 고통을 당하게 함으로써 군인 노릇을 제대로 하게 만든다. 그러니까 이 영창에서 나가는 자가 다시는 이곳에 오지 않기 위해 무엇이든 할 정도로 적극적인 사람이 되도록 하는 것이다. 내 말 알아듣겠나?」

「예, 서.」 프루가 재빨리 말했다. 배 속의 구역질이 서서히 가라앉고 있었다.

「심리적 결점과 신통찮은 가정교육 때문에 좋은 군인이 되기는 애초에 틀린 자들이 있다. 그런 자들이 여기 들어왔다면 먼저 그런 자들을 가려낸다. 여기 영창에 있는 것보다 군인 노릇이 더 고통스럽다고 생각하는 자는 쓸모없는 자원이다. 그런 자들이 다른 선량한 병사들을 물들이기 전에 제거해 버린다. 그런 자들은 근무 부적격자로 판정되어 제대 조치된다. 우리는 병사 개개인엔 관심이 없고 군대 전체에 대해서만 관심이 있다. 우리는 그들이 진짜 군인이 되기를 바라고 어영부영하면서 요령을 피우기를 바라지 않는다. 내 말 알겠나?」

「예, 서.」 프루가 재빨리 대답했다.

「우리는 이 정책을 수행하는 완벽한 시스템을 갖추고 있다. 이 시스템을 이길 수는 없다. 우리는 곧 자네가 진짜 군인 노릇을 하려는 자인가 아닌가를 금방 가려낼 수 있다.」 소령은 옆 책상으로 고개를 돌렸다. 「그렇지 않나, 저드슨 중사?」

「예, 서.」 다른 책상에 앉아 있던 자가 커다랗게 소리쳤다. 프루는 고개를 돌려 그자를 쳐다보았다. 그 순간 괭이자루가 아까 찔렀던 바로 그 지점을 정확하게 찌르고 들어왔다. 그곳은 아주 민감한 부분이 되어 있었고 찌르는 것을 느끼는 순간 구역질이 올라오려고 했다. 그는 재빨리 고개를 돌렸다. 하지만 거대한 머리, 큰 통 같은 가슴, 그리고 그 밑의 툭 튀어나온 배를 보았다. 저드슨 중사라는 자는 월트 디즈니 만화의 살진 돼지를 연상시켰다. 중사는 일찍이 본 적 없는 흐릿한 눈빛으로 그를 쳐다보았다. 그 두 눈은 커다란 하얀 쟁반 위에 올려놓은 철갑상어의 쪽 찢어진 눈알 같았다.

「여기에는 몇 가지 규칙이 있다. 그건 군인 노릇을 제대로 할 것 같지 않은 자들을 가려내기 위한 것이다. 가령 상급자가 임석해 있을 때, 죄수들은 명령을 받아야만 움직일 수 있다. 특히 이 사무실에서는 그 규칙을 엄격하게 적용한다. 지금처럼 차려 자세에서 다른 곳을 쳐다보면 안 된다.」소령이 말했다.

「예, 서.」프루가 재빨리 말했다. 「죄송합니다, 서.」구역질이 크게 몰려왔다. 지금껏 세 번 찔린 등에 두 손을 내려 주무르고 싶은 마음이 간절했다. 이제 민감해진 등은 그 자체의 마음을 가지고 있는 듯했고 거의 자동적으로 괭이자루의 공격을 예상하게 되었다.

톰슨 소령은 그의 사죄를 무시하고 몇 가지 규칙을 더 열거했다. 그는 또 다른 실수를 저질러 등을 찔리지 않을까 그것만이 걱정되었다. 하지만 느닷없이 튀어나오던 괭이자루는 더 이상 움직이지 않았다. 그는 소령이 말해 주는 규칙을 열심히 들으려고 하는 한편 그 괭이자루의 공격을 계속 기다렸다.

「죄수는 외부자의 방문이 허용되지 않고, 궐련을 피울 수 없다. 죄수들에게는 봉지 담배 듀크 믹스처가 하루 한 봉지 지급된다. 만약 죄수가 다른 담배, 가령 궐련이나 시가를 휴대하고 있다가 발각되면 즉각적으로 벌점을 받게 된다.」

프루는 마침내 벌점이 무엇인지 알았다. 그것은 다양한 비행에 적용되는 아주 편리한 수단인 것 같았다.

「우리는 매일 막사를 점검한다. 일반 부대에서는 토요일 하루만 점검하지만 여기서는 매일 한다. 개인 장비의 수습 상태가 불량하면 즉각 벌점을 먹는다. 벌점이 누적되어 일정 수준에 도달하면 독방 감금 조치가 내려진다.

여기에 와 있는 이상, 재소자는 모두 죄수라고 불린다. 이 영창에서 복역하는 자는 계급의 특혜를 박탈당하고 군인이라는 칭호도 사용되지 않는다.

여기 저드슨 중사는 부소장이다. 내가 이곳에 있지 않을 경우 그의 결정이 최종 결정이다. 알겠나?」

「예, 서.」 프루가 재빨리 대답했다.

「지시 사항은 다 말했다. 질문 없나, 죄수?」

「없습니다, 서.」

「좋다. 그럼 핸슨 일병이 자네를 작업장으로 데려다줄 것이다.」

「예, 서.」 프루는 재빨리 경례를 붙였다. 괭이자루가 시계처럼 정확하게 아까 찔렀던 그 부분을 다시 찌르고 들어왔다. 과거에 학교 선생이 말 안 듣는 학생들의 등을 자로 때리듯이, 그처럼 정확하게 공격해 왔다.

「죄수는 경례하지 않는다. 군인만이 상호 간의 존경을 표시하는 경례를 하는 것이다.」 톰슨 소령이 말했다.

「예, 서.」 프루가 속이 뒤집히는 것을 느끼면서 가까스로 말했다.

「이제 가도 좋다. 죄수, 뒤로돌아! 죄수, 앞으로가!」

핸슨은 문 앞에서 그를 인도받아 우향우를 시켰고 그들이 아까 들어온 바깥문으로 데려갔다. 프루는 이제 등에서 무릎까지 다 아파 왔고 너무 화가 나서 정신을 잃을 정도였다. 그는 터닙시드가 언제 어디로 가버렸는지 눈치채지 못했다. 핸슨은 문 닫힌 무기실 옆에 있는 공구실 앞에 그를 멈추어 세웠다. 또 다른 협력병이 그에게 7킬로그램짜리 대망치를 한 자루 내주었다. 이어 핸슨은 무기실 앞에 서서 그곳의 무장 보초에게 괭이자루를 건네주고 다시 폭동총을 건네받았다. 그는 프루를 데리고 대문 안에 대기 중인 2.5톤 트럭으로 갔다.

「넌 그래도 잘한 편이야.」 핸슨이 빙그레 웃으며 말했다. 그들은 먼지 가득한 적재함에 올라탔고 핸슨이 운전사에게 수신호를 했다. 「네 번 찔렸지?」

「응.」

「그건 괜찮은 성적이야. 첫 신고 때 열 번 혹은 열두 번 찔리는 놈도 보았어. 완전히 정신을 잃어서 억지로 끌고 밖으로 나와야 하는 놈도 두세 놈 보았어. 딱 두 번 찔리는 놈을 보았는데, 그게 잭 멀로이야. 세 번이나 영창에 들어온 자지. 넌 아주 잘한 편이야.」

「그렇군. 나는 잠시 첫 시험에서 떨어지는 줄 알았어.」

「아니, 넌 자랑스럽게 생각해야 돼. 네 번은 훌륭한 거야. 경례 부분은 누구나 찔리니까 실제로는 세 번 찔린 거야. 심지어 잭 멀로이도 경례 부분에서는 찔렸지. 거의 본능적으로 나오는 거니까.」

「그 얘기를 들으니까 한결 기분이 좋아지는데.」 그는 등 뒤에서 대문이 닫히는 소리를 들었고 시원한 공기를 가슴 깊숙이 호흡했다. 그들이 향해 가고 있는 콜레콜레 고개 저 너머로 와이아나에산맥이 보였다.

「넌 수감 생활을 잘할 거야.」 핸슨이 웃으며 말했다.

트럭은 부대 쪽으로 다시 내려갔다가 골프장을 우회하여 다시 콜레콜레 고개로 올라가기 시작했다.

「저 골프 치고 있는 개자식들 좀 봐.」 적재함에 앉아 있던 핸슨이 씁쓸한 어조로 말했다. 「넌 골프 쳐본 적 있나?」
「아니.」
「나도 없어. 저런 개자식들이나 일과 시간에 한량하게 골프를 치는 거지.」
트럭은 고개 꼭대기에서 1백 미터 정도 떨어진 지점에 있는 채석장에다 그들을 내려놓았다. 프루는 지난번 홈스의 지시로 완전 군장을 하고 이 고개까지 왔던 일이 생각났다. 팔루소 하사는 고개 밑에서 프루 혼자 올라가라고 했었다. 그때 죄수들이 그를 보고 야유를 보냈었다. 그는 다른 멍청한 병사가 이 고개까지 올라온다면 그 역시 야유를 보낼 것이라고 생각했다. 핸슨은 도로에 나와 있는 간수에게 프루를 인계했다.
「이봐, 또 보자고.」 그는 늑대 같은 미소를 짓더니 운전사 옆의 조수석에 올랐다.
프루는 그 트럭이 웽 소리를 내며 고개 아래로 달려가는 것을 내려다보았다. 스코필드 부대가 저 아래 평원에 지도처럼 펼쳐져 있었다.
「저기 아무 데로나 가.」 간수가 폭동총을 휘두르며 말했다. 「망치를 계속 휘둘러.」
채석장은 고개 쪽으로 40미터 정도 파고들어 간 반달형의 석산이었다. 도로에 나와 있던 간수 말고 두 명의 간수가 더 있었다. 한 간수는 고개 쪽에 서서 아래쪽을 감시하고 있었고, 다른 간수는 채석장이 숲으로 이어지는 오른쪽 초입에 서 있었다. 그 숲에서 계속 나아가면 오아후섬에서 가장 높은 카알라산(해발 1,228미터)이 나왔다.
프루는 망치를 들고 그쪽으로 갔다. 아무래도 그곳이 야생의 산을 더 가까이 볼 수 있어서 좋을 듯했다. 그때 회색 돌가루를 뒤집어쓴 작은 사람, 마치 립 밴 윙클의 산사람들 중 하나, 혹은 리하르트 바그너의 산속 깊숙한 동굴에서 살고 있는 꼬마 대장장이 같아 보이는 사람이 망치를 내려놓고 프루를 쳐다보았다. 그 사람은 한 손으로 허리를 짚고 등을 곧게 펴면서 프루에게 미소를 지었다. 회색의 얼굴을 배경으로 이빨과 눈은 늑대처럼 하얗게 보였다.

「헬로, 이 개자식, 어떻게 지냈어?」 앤절로 마지오가 말했다.

「등이 너무 아파.」

「친구, 너는 내 등을 한번 봐야 돼.」 앤절로가 늑대처럼 웃었다. 「2주 동안은 등이 검푸를 거야. 너무 찌릿찌릿해서 오줌 눌 때마다 혹시 임질 걸린 게 아닐까 하는 생각이 들었지.」

프루는 웃음을 터뜨렸다. 그는 망치를 내려놓고 앤절로와 악수를 했다.

「이 개자식, 아무런 소식이 없기에 어떻게 되었나 궁금했었지. 젠장, 여기서 이렇게 다시 만났군.」

「안색은 좋아 보이는데. 회색 돌가루 밑의 색깔은 어쩐지 알 수 없지만.」 프루가 말했다.

「어이, 너희 둘! 너희 거기서 뭐 하는 수작이야?」 길 위에 서 있던 간수가 소리쳤다.

「악수하고 있어.」 마지오가 늑대처럼 소리쳤다. 「여기서 악수 말고 할 게 뭐가 있어? 악수는 기독교 사회의 점잖은 인사야. 우정과 안부를 묻는 제스처라고. 그걸 아직도 몰랐어?」

「마지오, 주둥이 닥치지 못해! 너 구멍으로 들어가고 싶어 환장했구나. 행동 조심해. 네놈의 그런 허튼수작을 용납하지 않겠어. 망치를 먼저 휘두르고 악수는 나중에 해. 채석장에서 얘기를 해서는 안 된다는 거, 알고 있지?」 간수가 악을 썼다.

「오케이, 새가슴.」 마지오가 소리쳤다. 몇몇 망치 휘두르던 자들이 고개를 쳐들고 늑대처럼 웃었으나 마지오는 그들을 보지 못했다. 「아무튼 너도 안색은 좋아. 젠장, 얼굴은 못생겼는데 안색만 좋군.」마지오가 말했다.

「나도 네가 보고 싶었어.」프루가 빙그레 웃었다.

「자…….」앤절로가 말했다.「일하는 척해.」그는 망치를 집어 들고 뒤로 허리를 젖히더니 손에서 힘을 빼고 망치가 스스로의 무게로 바위에 떨어지게 했다.「이 돌산에는 두 명이 작업할 만한 공간이 얼마든지 있어.」그는 금방 떼어 낸 돌을 쳐다보았다. 그의 눈빛은 마치 적을 정찰하는 것 같았다.「난 탐욕스럽지 않아. 네가 절반을 가져가도 아무 말 하지 않을게.」그는 망치를 집어 들고 또다시 망치가 스스로의 무게로 바위에 떨어지게 했다.

「고마워. 나한테 특혜를 줄 필요는 없어.」프루가 말했다.

앤절로는 허리를 굽혀 금방 망치로 내리친 곳을 살펴보았다.「여기는 비상할 정도로 단단한 암석층인 것 같은데.」

「야, 거기 너희 둘, 잡담은 그만 하고 일하란 말이야.」도로 쪽의 간수가 소리쳤다.

「예, 서. 알았습니다, 서.」앤절로가 큰 소리로 대꾸했다.

「여기서는 상의를 벗으라고 할 것 같지 않은데?」프루가 앤절로에게 물었다.

「상의는 물론이고 모자도 벗지 못하게 하지. 상의는 죄수 표시인 P자가 크게 찍혀 있어서 좋은 목표물이 되지. 게다가 모자도 공짜로 주고 말이야. 그래, 어쩌다가 여기 들어오게 된 거야?」

프루는 사건의 경위를 말해 주었다.

「잘했어, 잘했어. 그래, 블룸의 엉덩이를 한번 걷어차 주었군.」

「피장파장이라고 봐야 해. 나도 약간 신경질적이었거든.」

「그는 그날 밤 스모커 게임에는 나가지 못했겠군. 도저히 싸울 상태가 아니었을 테니.」

「아니, 나가서 싸웠어. 결승전에 올랐지. 그 게임에선 1회

TKO를 얻었어.」

「개자식, 어차피 사람은 모든 것을 가질 수 없어. 만약 모든 것을 갖게 되면 희망할 게 없어지니까. 아무튼 올드 아이크가 칼을 빼 들었기 때문에 그자를 한번 때려 준 거라 이 말이지?」

「응.」

「그렇게 했는데도 겨우 3개월에 3분의 2 압수야? 재수 없는 놈은 그 두 배를 먹을 수도 있어. 난 설사 그런 식으로 두 배를 먹는다고 해도 거뜬히 해낼 수 있어. 그 절반의 시간은 거꾸로 물구나무서서 숨도 안 쉬고 한 손으로 거시기를 움켜쥔 채로 보낼 수도 있다 이 말이야.」

「야, 너의 그 메이시 얘기가 생각난다. 브루클린에서 스미스의 이름을 들어 본 적 있다면, 토요일 정오 메이시 백화점의 진열장 앞에서 네 궁둥이에다 키스를 하 주겠다던 말.」

「톰슨 영감을 만나 보았나? 아, 만나 보았겠군. 등이 아프다고 했으니. 그럼 패트소(뚱보) 녀석도 보았겠군.」

「저드슨 중사 말이지?」

「응, 그자는 영감의 오른팔이지. 영감의 명령이라면 죽는 시늉도 하는 자야. 뿐만 아니라 자기의 아이디어까지 몇 개 보태서 하는 자지. 그자를 본 소감은?」

「다정한 친구 같지는 않더군. 어쩌면 수줍음이 많은 자일 수도 있고.」

「다정함이라.」 앤절로는 늑대 웃음을 웃었다. 「패트소는 다정함이라는 단어가 들어 있는 사전을 불태워 버린 지 오래된 놈이지. 뭘 하든 패트소하고는 거리를 두는 게 좋아. 패트소가 너한테 똥 한 사발을 먹으라고 하면 할 수 없이 먹어야 해. 게다가 한 수 더 떠서 똥 맛이 고소했다고 말해야만 해.」

「똥을 먹을 수는 있겠지만, 맛있다는 말은 못하겠는걸.」 프루가 말했다.

「패트소 놈이 좋아해야 한다고 말하면 좋아할 수밖에 없어. 그자는 너를 일부러 불러내 그걸 증명시킬 놈이야.」

「넌 어느 동에 있지? 난 서동에 있어.」

「난 가운데 2동에 있어.」

「아, 꼴통들.」

「그래, 내가 바로 꼴통이지. 난 말을 너무 많이 하는 것 같아. 지난번 시내에서 호모 색출 조사가 있었던 거 기억나지? 나는 그때 이후로 찍힌 것 같아. 그때 시내 경찰서에 같이 따라왔던 헌병 브라우니 생각나? 브라우니가 나를 찔러 넣었어. 그때 이후 고생길이 환히 열렸어. 영창 당국은 나를 태우기 시작했어. 그래서 반발했더니 구멍에다 사흘을 처넣더군. 넌 아직 구멍이 어떻게 생겼는지 모를 거야.」

「알고 싶지도 않아.」

「이봐, 내 말을 잘 들어.」 그의 눈빛이 갑자기 빛났다. 「난 멋진 계획이 있어. 나는…….」

그는 말을 멈추고 불안한 눈빛으로 주위를 둘러보았다. 주위에서는 P자가 등에 크게 새겨진 푸른색 작업복을 입은 다른 죄수들이 열심히 망치질을 하고 있었다. 앤절로는 거의 자동적으로 세 간수의 위치를 파악했다. 일을 하는 죄수들은 늑대 같은 미소를 지으면서 계속 애기를 했다. 대화를 완전 단절한다는 것은 원천적으로 불가능했다. 간 수 세 명은 죄수들을 닦달하여 열심히 일을 시키려 했지만, 회색 돌가루가 제복과 폭동총에 내려앉는 것을 두려워해 현장에서 멀찍이 떨어져 있었다. 그들은 앤절로에게 신경을 쓰지 않았다. 하지만 앤절로는 그들의 동태를 살폈고 불안한 듯 머리를 흔들었다.

「앞잡이들이 너무 많아.」 그가 조심스럽게 말했다. 「내 계획은 나중에 말해 줄게. 하지만 궁리는 다 해놓았어. 내가 다 작전을 짰는데 잭 멀로이는 틀림없이 성공할 거라고 말해 주었어. 나하고 그 외에는 이 계획에 대해서 아는 사람이 없어. 너한테도 물론 말해 줄 거지만, 현재로서는 아주 조심스러워.」 앤절로는 약간 교활한 눈빛을 띠면서 말했다. 「저자들은 영창 내에 앞잡이들을 쫙 깔아 놓았어. 하지만 아무리 그래도 앤절로 마지오에게는 안 통해.」

프루는 그를 쳐다보면서 그가 갑자기 생판 다른 사람으로 변해 버렸다고 느꼈다. 그가 마법의 독약을 삼키고 지킬 박사이면서 하이드가 되어 버린 듯했다. 그는 모든 사람이 훔치기를 바라는 보석을 앞에 놓고 은밀히 즐거워하는 사람 같았다. 그는 심지어 프루마저 의심스러운 눈빛으로 쳐다보았다. 그런 거대한 유혹 앞에서는 우정이라는 것도 의심스러운 물건이라고 생각하는 것처럼. 하지만 그는 천천히 표정이 변해 이내 예전의 앤절로, 프루가 아는 앤절로로 되돌아 왔다.

「내가 구멍에서 나와 보니 저들이 나를 2동에다 집어넣었어. 꼴통들만 있다는 2동에 말이야. 난 처음에 겁을 먹었지만 곧 아주 좋은 친구들과 어울리게 되었다는 걸 알았어. 원숭이 동물원보다 더 재미있었어. 잭 멀로이도 2동에 있어. 넌 가능한 한 빨리 우리 동으로 와야 해.」

「어떻게 해야 갈 수 있지?」 프루가 물었다.

「가장 좋은 방법은 음식 투정을 하는 거야. 그 방법은 언제나 통해. 잭 멀로이도 그렇게 해서 우리 동으로 왔어. 영창에 들어오자마자 그날로 음식 투정을 해서 2동으로 왔어. 네가 여기 신참이니까 처음에는 봐줄지 몰라. 하지만 두 번째는 너를 구타하고 구멍에 처넣을 거야. 그런 다음 2동으로 옮겨 놓을 거야.

2동에 있는 잭 멀로이는 내 친구야. 너도 곧 그를 만나게 될 거야. 그는 영창에 세 번째로 들어왔고 여기서 가장 똑똑한 친구야. 너도 그를 좋아하게 될 거야. 잭 멀로이는 너와 비슷한 타입의 친구야.」

「그 잭 멀로이는 도대체 어떤 친구야? 여기 온 이래 온통 잭 멀로이 얘기뿐이니 말이야. 나를 여기 데려온 핸슨도 멀로이 얘기를 했어.」 프루가 심드렁한 목소리로 말했다.

「그래, 사람들이 다 그 친구 얘기를 하지.」 앤절로가 늑대 웃음을 웃었다.「그는 너무 강인하고 똑똑해서 아무도 건드리지를 못해. 그야말로 그자들에게 똥을 먹이면서 그 똥을 좋아하게 만들지.」

「혹시 그가 변장한 초인 아닐까?」 프루가 약간 짜증 난 목소리로 말했다.

「내가 만나 본 친구 중에서 가장 공정하고, 솔직하고, 화끈한 친구야.」 앤절로가 열띤 목소리로 말했다.

「그래?」 프루는 그 자신의 질투심을 느낄 수 있었다. 프리윗, 앤절로에게 또 다른 영웅이 생기는 게 싫은가 보지? 네가 앤절로의 영웅이었을 때, 그에게 많은 좋은 일을 해주었지. 그렇지 않아?「어이, 그 친구 얘기라면 좀 싫증이 나는데.」

앤절로는 약간 충격을 받은 표정이었다.「그는 내가 만나 본 사람 중에서 가장 요령이 좋은 사람이야. 이런 말이 네게 무슨 의미가 있을지는 모르겠지만.」

「내겐 아무 의미도 없어. 그가 그처럼 강인한 자라면 왜 다른 꼴통들과 함께 이 채석장에 나오지 않는 거야?」

「그는 원래 기계공이야. 영창 수송부에서 일하고 있지. 그가 구멍에 있지 않을 때는 말이야. 그래서 여기 못 나온 거야. 그의 말로는 여기서 트럭의 고장을 손볼 줄 아는 친구는 자기밖에 없기 때문에 그가 구멍에서 나오면 옛날 보직을 다시 준다는 거야.」

「굉장한 친구로군. 머리 뒤에 후광을 둘렀나?」

「내가 교황이라면 아마 그도 머리에 흐광을 둘렀을 거야.」
앤절로가 망설이지 않고 말했다.

「하지만 넌 교황이 아니고, 그래서 잭 멀로이도 성자가 아니야. 그럼 그는 도대체 자기 자신을 뭐라고 생각하는 거야?」

앤절로는 망치질을 하는 중간중간에 웃음을 터뜨렸다.「그는 자기가 채석장이래.」

「뭐? 채석장?」프루가 잠시 망치질을 멈추고 물었다.

「응.」앤절로가 더 크게 웃었다.「여기 이 채석장은 죄수들을 노동시키기 위한 곳이야, 그지? 그런데 잭 멀로이는 자기가 영창을 세 번이나 들락거리며 톰슨 영감, 패트소, 기타 간수들을 평생 중노동시키고 있으니 그들이 볼 때 자기야말로 그들의 채석장이 아니냐는 거야.」그는 프루를 쳐다보며 말뜻을 이해했는지 살폈다. 프루가 이해했다는 것을 눈치채자 더욱 크게 웃었다.「난 처음에는 잘못 알아들어서 그가 다시 설명해 주어야 했어.」

「정말 멋진 비유군.」프루도 마지못해 인정했다. 그러면서 그런 멋진 비유를 생각해 낸 자는 도대체 어떻게 생긴 사람일까 궁금증이 일었다.

「그를 곧 만나게 될 거야.」앤절로가 의기양양한 목소리로 말했다.

「한번 만나 보고 싶군.」

「그를 만나고 나면 이상한 놈과 아첨꾼들이 가득한 3동에는 머무르고 싶어도 머무르지 못할 거야. 2동에 있는 친구들이 어떤 사람인지 알고 나면 거긴 다시 돌아가고 싶지 않을 거야.」

「정말 음식 투정 단단히 해야겠는걸.」

앤절로는 고개를 끄덕이더니 머리를 흔들며 늑대 웃음을 웃었다.「그게 그리 유쾌한 일은 못 될 거야. 저자들이 어떻게 나올지 알 수가 없으니까. 특히 패트소가 끼이면 더 그래. 아주 거칠게 나올 거야. 아무튼 유쾌하지는 못할 거니까 마음 단단히 먹어야 해. 하지만 일단 그게 끝난 다음에는 충분히 그럴 만한 가치가 있음을 알게 될 거야.」

「그러니까 무슨 수를 써서라도 2동에 가야겠군.」

앤절로는 다시 늑대 같은 웃음을 웃었고 그의 하얀 눈자위는 회색 얼굴 때문에 더욱 하얗게 보였다. 「하지만 네가 별로 신경 쓰지 않으리라는 것을 알아. 네가 이곳 사정을 곧 파악하리라고 보니까.」 그는 망치 대가리를 땅에 내려놓고 망치 자루에 몸을 기댔다. 「젠장, 이 빌어먹을 개자식. 그러니까 네가 올드 아이크와 블룸 놈을 한번 패주었단 말이지. 잘했어!」

「올드 앤절로, 꼴통 앤절로. 어서 일해. 이 사회의 기생충 같은 놈아.」

「네 여자는 어떻게 되었어? 로런은 잘 있어?」

「응, 그녀는 잘 있어.」 그는 있는 힘을 다해 망치를 내리쳤다. 앨마, 오, 앨마. 그는 다시 망치를 세게 내리쳤다. 아니야, 아니야, 내가 이렇게 약해지면 안 되지. 그는 마른침을 삼키고 턱을 꽉 깨물고 혀를 입천장에 찰싹 달라붙게 했다. 그러자 아련한 느낌이 약간 가셨다.

「우린 내일 너를 이사시킬 수 있을 거야. 내일 오전에 해치우자고. 그런 다음 네가 구멍에서 나오면 네 물건들은 2동으로 다 옮겨져 있을 거야.」

「오늘은 왜 안 돼?」 프루가 거칠게 물었다.

「이 아이디어를 2동으로 가져가서 잭 멀로이와 먼저 의논해 봐야 해. 네 문제니만큼 별도의 모험을 걸기가 싫어. 거행하기 전에 잭 멀로이의 승인을 받고 싶어.」

「지저스 크라이스트. 난 잭 멀로이의 승인 따위는 필요 없어. 음식 투정하는 것 가지고 무슨 승인이야?」 프루가 폭발했다.

「친구, 마음을 느긋하게 가져. 잭 멀로이는 나보다 요령을 훨씬 더 많이 알고 있어. 그렇게 서두를 것 없잖아. 앞으로 석 달이나 남아 있는데.」

프루는 살인적 분노가 마치 오르가슴처럼 머릿속에서 솟구치는 것을 느꼈다. 석 달! 90일! 14주! 오, 앨마. 오, 앨마. 그는 그 기나긴 세월을 상기시킨 마지오를 망치로 때려눕혀 피투성이로 만들고 싶은 심정이 되었다.

「잭 멀로이는 이런 일을 수월하게 달성할 수 있는 자세한 방법들을 알고 있어. 내가 잊어버렸거나 생각조차 하지 못하는 그런 것들 말이야. 여기 영창에서는 그런 사소한 것들이 중요하단 말이야.」

「오케이, 네가 보스야. 네가 운영하도록 해. 다음 주로 결정하고 싶다면 그렇게 해도 상관없어.」

「내일 해치울 거야. 하루 이틀 차이는 네게 아무런 문제도 아니야. 이런 일을 해치우는 데는 요령이 있는데, 무엇보다도 미리 계획을 잘 세우는 거야.」 그는 주름 진 데님 모자를 벗어서 그걸로 얼굴을 닦았다. 모자는 진회색으로 묻어났지만 막상 그의 얼굴 색깔은 큰 표시가 없었다. 「이 빌어먹을 모자. 내가 이 모자를 얼마나 싫어하는지 아무도 모를 거야. 영창에서 나가면 이 모자로 내 밑도 닦지 않을 거야.」 그는 다시 한번 얼굴을 닦고 모자를 쓰면서 늑대 미소를 지었다.

저 미소에는 뭔가가 있어, 하고 프루는 생각했다. 그리고 곧 기억이 났다. 그것은 핸슨과 터닙시드의 얼굴에 떠올랐던 것과 똑같은 미소였다. 그는 심지어 지금 이 순간 자신의 얼굴에도 그런 미소가 떠올라 있다고 생각했다. 그는 앤절로 마지오의 미소를 다시 한번 쳐다보면서 그것이 윗입술만 살짝 들어 올린 이상한 미소임을 알아보았다. 그것은 뻣뻣하고 늑대 같고 강철 같은 그런 미소였다. 영창에 며칠 더 있으면 아마도 그 미소를 눈여겨보지 않게 되리라.

「올드 앤절로, 김벨 백화점의 지하실을 주름잡던 친구, 어서 망치 들고 일해.」

「너희 둘!」 도로 쪽의 간수가 다시 소리쳤다. 「너 마지오! 그리고 너 신참! 너희 돌을 깨러 여기 나왔지, 노가리 까려고 나온 게 아니야. 돌 깨는 것이 그처럼 쉽다면 너희에게 고무 망치를 주지 왜 쇠망치를 주었겠나? 환영 인사는 나중에 하고 그 잡담 따위는 집어치워! 어서 엉덩이를 높이 쳐들고 손목에 힘을 주어 망치를 휘두르란 말이야!」

「내 말이 저 말이라니까.」 프루가 말했다.

「저 간수 자식 엿 먹으라고 해. 아니, 다들 엿 먹으라고 해.」

제37장

그들은 오후 내내 채석장에서 함께 일하며 그 계획에 대해 이야기했다. 채석장에서 일하며 얘기하기 좋은 화제였다. 그건 아주 흥분되는 얘기였고, 흥분은 사람에게 힘을 주는 경향이 있으므로 그들은 작업을 별로 힘들게 여기지 않았다.

아무리 나쁜 일도 잘 아는 누군가와 함께 겪는다면 그리 나쁘지는 않아, 하고 프루는 생각했다. 하지만 통상적으로 보아 나쁜 일을 함께 나누기란 그리 쉽지 않다. 사람들은 저마다 자기 일로 바쁘고 상대방이 자기와 함께 고통을 나눠 주기를 일방적으로 강요하기 때문이다. 아무튼 그렇게만 할 수 있다면 이 세상을 저주스러운 곳이라고 보는 생각도 사라져 버리고, 또 자신이 그런 저주스러운 곳에 서 있다는 느낌도 희석되어 버린다. 물론 친구에게 같이 고생하자고 말하기는 어렵다. 친구가 자기 때문에 고통 받는 것을 싫어하기 때문이다.

영창의 한 가지 특징은 고통이 일반화되어 있다는 것이다. 그래서 죄수의 고통은 평준화된다. 모두 똑같기 때문에 왜 나를 동정해 주지 않느냐고 따지면서 상대방과 싸울 일이 없다.

앤절로 마지오의 얼굴은 지난 두 달 동안 바뀌었다. 약간 냉소적이고 도회풍이며 사랑스러운 이탈리아 젊은이의 얼굴은 사라지고 없었다. 그가 냉소주의를 버린 것은 낙관론 못지않게 쓸데없는 것이라고 느꼈기 때문이다. 기다란 이탈리아 코가 부러져 이제 국적 없는 얼굴이 되었다. 게다가 새로 생긴 붉은 상처 자국들이 많았다. 아직 기억에 의해 탈색돼 갈색으로 변하기 이전의 상태였다. 프루는 시내의 호모 색출 심문 때도 그런 상처의 흔적을 발견할 수 있었는데, 그 후 그런 상처들이 더 많아진 것 같았다. 앤절로의 왼쪽 귀는 한쪽으로 기울어져 있었으나 그래도 펀치를 많이 맞은 사람의 인상을 주지는 않았다. 윗니 석 대가 빠져서 입술이 왕년의 프로 권투 선수처럼 더 두껍게 보였고 웃을 때도 아주 냉소적인 웃음을 보여 주었다. 턱에서 아랫입술까지 이어지는 상처 이외에도 이마에 V자를 그리는 상처가 있었다. 영창 생활에 이력이 붙는 것 같았다.

이처럼 용모가 변하기는 했지만 그래도 예전의 그 사람이었다. 그러나 5분에 한 번씩 자신의 비밀 계획을 말할 때면 그 야성적이면서 비참하고 또 경계하는 표정이 얼굴에 떠올랐다. 그것은 새로운 모습의 앤절로 혹은 프루가 모르는 앤절로였다.

하루 일과가 끝나자 그들은 헤어져서 각자의 막사로 데려다주는 각자의 트럭에 올랐다. 헤어지기 직전 앤절로의 검은 눈은 한 번 반짝였고 또 윙크를 하면서 프루에게 내일의 일을 상기시켰다.

그다음 날 앤절로는 채석장에 나타나지 않았다.

프루는 속으로 왜 안 나왔을까, 하고 궁금해했다. 그는 신참이었고 앤절로 이외에는 아는 사람이 없었다. 주위 다른 사람에게 말을 거는 것은 쓸데없는 일이었다.

강렬하게 내리쬐는 오전의 햇볕 아래 채석장은, 미친 사람이나 상상해 냈을 법한 환상의 나라였다. 반달형의 채석장은 햇빛을 담뿍 받아들여 죄수들에게 사정없이 반사했다. 프루는 끈덕지게 작업을 하면서 혹시 어제 앤절로라는 허깨비를 본 게 아닐까, 하는 생각도 들었다. 태양의 열기는 프라이팬의 달걀처럼 그의 머리를 지글지글 끓게 했다. 프루처럼 감수성과 재능이 풍부한 사람을 이런 채석장에 내몰아 석 달 내내 하루 아홉 시간씩 중노동을 하게 한다는 것은 생각조차 할 수 없는 일이었다. 그는 그런 사실을 믿지 않으려 했다. 뭔가 행정 착오가 아닌가 싶었다. 이건 착오가 분명하므로 곧 키 큰 헌병이 그에게 나타나 팔을 툭 치면서 미안한 목소리로 행정 착오 사실을 알려 줄 것만 같았다. 또 그가 늑대 미소를 짓고 있는 다른 죄수들과 분명 다른 존재이므로 곧 문명 지대로 해방시켜 주겠다고 통보할 것 같았다. 문명 지대. 남자는 남자답게 행동하고 여자는 그런 남자다움을 미워하고, 이어 남자는 여자들의 그런 태도를 미워하는 곳. 그런 식으로 프루의 생각은 흘러갔다.

젠장! 나도 워든처럼 혼자 중얼거리고 있구나.

그는 앤절로가 의도적으로 바람맞혔다고는 생각하기 싫었다. 만약 그가 검은 구멍(독방)에 처박히지 않았다면, 잭 멀로이라는 자가 배후에서 조종했을 것이다. 그자는 강철 같은 의지로 톰슨 소령의 영창을 다스리는 현대판 로빈 후드였다. 그는 20세기의 제시 제임스[47] 같은 인물이었다. 제시 제임스, 기차 털이범, 정부 당국을 증오하는 자, 부자들의 돈을 빼앗아 과부와 고아들에게 나눠 주는 자. 우리 기국은 경찰을 미워하는 나라가 되었어, 하고 프루는 슬픈 생각을 했다. 경찰을 미워한 나머지 제시 제임스에게 역사 책에 나오지도 않는

47 Jesse James(1847~1882). 미국 서부의 권총 강도.

인물인 로빈 후드의 신화를 안겨 주었어. 로빈 후드가 활약했다는 시대로부터 5백 년이나 떨어진 시점에서, 이제 책으로 찍어 내도 안전하겠다고 생각해 로빈 후드 운운하다가 그걸 제시 제임스에게 갖다 붙인 거야. 그러니 경찰 노릇 해먹기가 점점 어렵겠어. 내가 경찰이 아니어서 얼마나 다행인지 몰라. 난 차라리 로빈 후드가 되고 싶어. 잭 멀로이처럼 무쇠 인간이 되고 싶어. 무쇠 인간이 아마도 비정하게 나를 무시해 버리라고 지령을 내렸는지도 모르지. 프루는 일이 이렇게 된 것이 마치 그들의 잘못이기나 한 양 그들을 미워했다. 앤절로는 둘 중 어느 한쪽을 선택해야 했을 것이고, 어느 쪽을 선택했겠는지는 보지 않아도 뻔했다.

프리윗은 일정한 리듬을 타면서 미친 듯이 망치질을 했다. 손에는 물집이 생겨 이미 땀으로 젖은 망치자루에서 터져 버렸다. 그러나 물집이 터져서 오히려 시원한 느낌이었다. 그때 큰 키에 몸이 깡마르고 눈치가 빨라 보이는 스무 살가량의 베리라는 죄수가 그에게 다가와 자신을 2동에서 나온 사람이라고 밝히면서, 지구 전복의 거대한 음모를 꾸미기라도 하는 듯한 목소리로 마지오가 구멍에 다시 들어갔다고 말했다.

「내 그럴 줄 알았어.」 프루는 크게 안도감을 느끼며 소리치고 싶었으나 실제로는 속삭이듯 말했다. 「내 그런 일이 벌어졌으리라 짐작은 했어. 무슨 일로 들어갔어?」

도로에 서 있던 간수가 어제 말을 너무 많이 했다고 앤절로를 지난밤 영창 당국에 신고했다는 것이었다. 그들은 늘 그렇듯이 취침 시간 이후에 살짝 나타나 앤절로를 데려가 한바탕 거칠게 다루고는 48시간의 독방행을 조치했다. 마지오는 프리윗의 안부를 염려해 당분간이나마 어제의 계획이 연기되어 유감이라는 뜻을 베리 편에 전해 왔다. 마지오는 이런 사소한 방해를 다 처리하고 난 뒤에 그 계획을 조만간 성공시킬 것이라는 말까지 전해 왔다.

「그게 마지오의 전언이야. 단어 하나 틀리지 않고 그대로 말한 거야. 그 이탈리아 친구는 정말 열정적이야. 그렇지 않아?」베리는 신중하게도 그 자그마한 계획이 무엇이냐고 묻지 않았다.

「그렇지. 전해 줘서 고마워.」프루는 이미 음모단의 일원이 된 양 나지막하게 속삭였다. 그는 주위를 돌아다보지 않으면서 망치를 규칙적으로 휘둘러 댔다. 옆에 있는 베리도 마찬가지였다. 불쌍한 앤절로. 그는 아까보다 한결 편안해진 마음으로 나지막하게 중얼거렸다. 「정말이야, 그 친구가 너무 불쌍해. 전해 줘서 고마워.」

「나한테 고마워하지 말고 멀로이에게 고맙다고 해.」베리가 속삭였다.

「무엇 때문에?」

「메시지를 내게 준 건 멀로이였어.」

「그래, 그렇다면 고맙다고 말할게, 내가 그를 만나면.」

「그도 좋아할 거야. 그는 이 공장에서 가장 단단한 나사못이야. 하지만 마음은 어린아이처럼 여리지.」베리가 존경하는 어조로 말했다.

앤절로가 미스터 브라운(브라우니), 랜섬 핸슨, 헤이시드 터닙시드에게 끌려가기 직전에 멀로이에게 그 메시지를 주었다는 것이었다. 베리는 그 당시 멀리 떨어진 곳에서 빌리클럽 버크와 얘기하고 있었기 때문이다. 나중에 멀로이가 프리윗에게 전하라고 베리에게 말했던 것이다.

「네 별명은 뭐야?」프루가 바보스럽게 속삭이며 물었다.

「나의 뭐?」

「네 별명. 사람들이 너를 뭐라고 불러?」

「아, 그건 왜? 때때로 나를 블루스 베리라고 부르지. 래즈 베리, 재즈 베리, 퍼클 베리, 구시 베리 등으로 부르기도 해. 그건 왜 물어?」

「그냥 궁금해서.」

「한때는 나를 비어벨리(맥주 배) 베리라고 부르기도 했지. 하지만 이제는 아무도 그렇게 부르지 않아.」 베리가 늑대 웃음을 웃었다.

「하지만 앞으로 언젠가는 사람들이 그렇게 부르겠지.」

「그럼. 내가 앞으로 오래 산다면. 앤절로가 구멍에 간 것은 이번으로 다섯 번째야. 이 사실 알고 있었어?」 베리가 자랑스러운 목소리로 말했다.

「말 안 해줬어. 하지만 몸에 상처가 많이 난 건 보았어.」

「그 정도를 상처 났다고 하는 거야? 그 정도는 상처 입은 것도 아니야. 이걸 좀 봐.」 그는 턱 아래의 기다란 줄을 보여주었다. 「그리고 내 코를 한번 봐. 언제 내 등과 가슴을 보여주지. 패트소 놈이 나를 심하게 때린 곳 말이야.」

「채찍질당했다는 거야?」

「아니!」 베리가 강하게 부정했다. 「채찍질은 이 나라에서 불법인 거 몰라? 그자는 괭이자루를 사용하는데, 아주 귀신같이 다뤄. 난 언젠가 그자를 죽이고 말 거야.」 베리가 껄껄 웃었다. 패트소에 대하여 농담이라도 하는 것처럼.

프루는 그 순간 오싹한 한기를 느꼈다. 「그도 그걸 알고 있나?」

「그럼. 내가 그렇게 말해 주었으니까.」

프루는 아까보다 더 오싹했다. 상의도 입지 않고 얇은 내의 바람으로 강풍 한가운데 서 있는 느낌이었다. 그는 패트소의 쭉 찢어진 눈을 기억했다. 「그래, 그자가 뭐래?」

「아무 말도 하지 않았어. 계속 나를 때리기만 하더군.」

「지난밤에 왜 나는 끌고 가지 않았을까?」 프루가 물었다.

「그자들은 앤절로에게 앙심을 품고 있었어. 그자들의 위협에 겁먹지 않았기 때문이지. 그들은 모질게 그를 괴롭혔지만 그에게서 아무런 반응도 이끌어 내지 못했어. 그는 아주 강인한 친구지.」

「그건 그래. 나하고 함께 G 중대 출신이야.」

「그자들은 앤절로를 동네북처럼 패고 있어. 주먹이 아파서 더 이상 팰 수 없을 때까지. 그런데도 아무런 효과가 없었어. 하여간 지금까지 계속 악살을 먹여 왔어.」 베리는 기분 좋은 웃음을 터뜨렸다. 「하지만 소용없었어. 앤절로가 그들을 엿먹인 거지. 앤절로는 무타협의 외통수야. 멀로이를 빼놓고 그가 이 병원에서 가장 단단한 환자일 거야.」

「그는 좋은 친구야.」 프루가 자랑스럽게 말했다.

「정말 그렇지.」 베리가 껄껄 웃었다. 「나중에 봐. 난 간수가 욕하기 전에 움직여야 해. 간수들은 오늘 하루 종일 불을 뿜고 있어.」 베리는 자욱한 회색 돌가루의 구름을 뚫고 다른 곳으로 옮겨 갔다. 그 회색 구름은 지하수 못지않게 망치질에 방해가 되었다. 돌가루 구름 속으로 흐느적거리며 사라지는 베리의 모습은 누구나 꿀 수 있는 악몽 중의 환영처럼 보였다. 베리는 영창 당국과 그 자신이 합작해 만들어 낸 이 지옥 같은 채석장의 다른 한쪽으로 사라졌다.

프루는 잠시 멍하니 서 있다가 다시 고개를 돌려 베리가 가버린 쪽을 쳐다보았다. 앤절로는 그곳에서 잘 적응하고 있는 것 같았다. 베리 같은 고참수로부터 존경받는 것을 보니. 단 두 달 만에 동료 죄수들로부터 이처럼 커다란 인정을 받는 것을 보니 복역을 잘했을 뿐만 아니라 열심히 노력한 것 같았다. 그리고 이제 프리윗은 그가 한때 재봉질을 거들어 준 이 옷의 스커트 자락에 매달려 앞으로 나아가려 하는 것이었다.

그는 부러움을 느꼈다. 시골 학교 여선생이 수제자가 철자 대회에 나가서 우등상을 타왔을 때 느끼는 것과 비슷한 그런 부러움이었다. 그러나 한편으로는 마음이 따뜻해지면서 자신이 보호받고 있다는 느낌이 들었다. 눈에 보이지는 않지만 장기 복무자의 은밀한 우애가 망토처럼 자신의 주위에 천천히 둘러쳐지는 것을 느꼈다. 그런 우애를 확보한다는 것은 야생 동물 엘크 보호 클럽이나 시골 컨트리클럽에 들어가는 것 못지않게 절차가 까다로운 일이었다.

그는 재빨리 배우고 있었다. 그것은 전혀 다른 세상이었다. 그 세상에서 벗어난 지 오래되어 그런 세상이 존재한다는 것을 까마득하게 잊고 있다가 그것을 다시 알아 가고 있었다. 일단 바깥에 나가면 그 사회를 잊어버리기 쉽다. 그랬다가 다시 그 사회로 돌아오면 잠시 충격을 받는다. 적응될 때까지.

베리는 언젠가 패트소에게 복수할 것이다. 어쩌면 복수를 시도하다가 죽을 수도 있다. 패트소의 쭉 찢어진 눈을 다시 기억하면서 프루는 오싹한 한기를 다시금 느꼈다. 베리처럼 패트소를 죽여 버리고 말겠다는 마음을 먹을 정도로 증오심을 키우지는 말아야겠다는 생각이 들기도 했다. 그는 베리와 같은 시련을 당하고 싶지 않았다. 과연 그런 시련을 자신이 이겨 낼 수 있을지도 의문이었다.

그는 느닷없이 저기 저 바깥에 이런 세상이 존재한다는 사실조차 알지 못하는 사람들이 많다는 것을, 기이한 불신감과 함께 상기했다. 그들은 아마도 영화 속에서나 지나가듯이 이런 세상을 흘낏 보았을 것이다. 하지만 그 어떤 도시, 그 어떤 마을을 가더라도 하층 지하 세계는 존재한다. 이 세계에서는 〈상호 방어〉라는 대전제 아래 유죄와 무죄의 경계가 희미해져 버린다. 프랑스에서는 그 사회에 언더그라운드라는 멋진 용어를 붙여 주었다. 미국에서는 그 세계를 언더월드라고 부르면서 약간 다른 뉘앙스를 부여했다. 이런 용어의 차이에도 불구하고, 그것은 동일한 세계, 동일한 사람, 동일한 목적을 갖고 있다. 그는 지난 5년 동안 이런 사실을 거의 잊고 있었다. 하지만 이제 그 세계의 감을 서서히 익히고 있다.

그는 이미 일일 점호의 호된 맛을 경험한 터였다.

부랑자 생활을 오래한, 프루 같은 재소자에게 그 점호는 어떤 의미에서 환영식 같은 것이었다.

영창의 기상 시간은 4시 30분이고 아침 식사는 5시 30분이었다. 관물 검사는 6시에 시작되어 7시까지 계속되었다.

톰슨 소령과 저드슨 중사는 비무장인 채 오른손에 괭이자루를 들고 공중에 가볍게 던졌다 잡았다를 반복하면서 막사의 통로를 걸어 내려갔다. 저드슨 중사는 소령보다 두 걸음 뒤에 떨어져 따라갔다. 톰슨 소령은 주머니에 수직추를 넣고 있었고 먼지 상태를 점검하기 위하여 하얀 장갑을 끼고 있었다. 프루는 마이어 부대에서 그런 장갑을 본 이래 영창에서 그것을 처음 보았다. 저드슨 중사는 벌점 공책과 연필을 휴대하고 있었다. 폭동총으로 무장한 두 명의 헌병이 닫힌 이중문 바로 안쪽에 도열하고 있었다. 그들은 폭동총 이외에 권총도 휴대하고 있었다. 그리고 그 문박에는 역시 폭동총과 권총으로 무장한 헌병이 열쇠를 들고 대기하고 있었다.

프루가 관물 검사를 받은 첫날, 서동에서 벌점을 받은 자는 세 명이었다. 소령과 중사가 죄수들의 결함을 지적하고 괭이자루를 날리는 그 정확하고 다양하고 조 기민한 솜씨는, 핸슨 일병 따위는 저리 가라고 할 정도로 뛰어났다. 베리의 말이 맞았다. 패트소는 정말 괭이자루를 잘 사용했다. 그건 톰슨 소령도 마찬가지였다. 그 솜씨를 찬탄할 수밖에 없었다.

벌점을 받은 세 명 중 첫 번째 죄수는 오른발이 2센티미터 정도 열 박으로 비어져 나와 있었다. 톰슨 소령은 지나가면서 괭이자루로 그걸 지적했고 침상을 돌아 가더니 뒤도 돌아보지 않고 그 죄수의 관물을 검사했다. 지적당한 죄수는 그 짧은 시간에 오른발을 안으로 들이려 했으나 뒤에 있던 저드슨 중사가 계속 걸어가면서 괭이자루를 공중에 가볍게 던져서 자루를 바꿔 쥐었다. 중사는 〈똑바로 서〉라는 말과 함께 뭉툭한 괭이자루 끝으로 그자의 발등을 버터 제조기의 피스톤처럼 세게 내리찍고는 소령을 따라 뒤도 돌아보지 않고 침대 쪽으로 다가가 걸음을 멈추고 벌점 공책에 기록했다. 지적을 당한 자는 자신과 자기의 눈치 없는 발에 대한 분노로 얼굴이 하얗게 질렸다. 프루는 갑자기 웃음이 터져 나오려는 것을 가까스로 억제할 수 있었다. 바나나 껍질을 밟고 미끄러져 엉덩이뼈를 다친 사람의 얼굴에 떠오르는 표정, 그것이 무의식적으로 일으키는 웃음 같은 것이었다. 그자의 관물은 검사를 무사히 통과했고 소령과 중사는 뒤도 돌아보지 않고 열 아래로 내려갔다.

두 번째로 지적당한 자는 배가 열 밖으로 튀어나와 있었다. 그는 8포대 출신의 뚱뚱한 병사였는데 전에 취사병으로 근무했었다. 그의 배는 엄청나게 컸다. 톰슨 소령은 약 15분 뒤 그 뚱보 병사 앞을 지나치더니 괭이자루를 백핸드로 잡고 그의 배를 가볍게 찔렀다. 「집어넣어.」 소령은 뒤도 돌아보지 않고 말했다. 그 뚱보 병사는 사태 파악을 제대로 하지 못한 듯, 앞을 빤히 쳐다보더니 두 손을 아래로 내려 자신의 배를 부드럽게 주물렀다. 소령의 2보 뒤에서 따라오던 저드슨 중사는 뚱보 바로 앞에 오더니 괭이자루로 그의 정강이를 후려치며 〈죄수, 차려 자세를 잊었나? 배를 안으로 집어넣어〉 하고 말했다. 이어 소령을 뒤쫓아 가 벌점 공책에다 기재했다. 뚱보는 1루와 2루 사이에서 투수 견제에 걸린 주자처럼 잠시 어리둥절한 자세를 취하더니 곧 공을 던지듯 두 손을 아래로 내렸다. 그는 여전히 앞을 쳐다보고 있었으나 곧 그의 두꺼운 입술이 부르르 떨렸고 그의 눈에서는 눈물이 솟구쳐서 입 가장자리로 흘러내렸다. 프루는 뚱보의 그런 모습을 쳐다보고 있다가 너무 고통스럽고 또 당황스러워서 시선을 돌려 버렸다. 그때 소령과 중사는 이미 세 침대 아래쪽에 있었다.

세 번째로 지적받은 자는 인디애나 농촌 출신의 젊은 병사였다. 그는 소령이 그의 관물을 검사하는 동안 곁눈질로 쳐다보았다. 그는 차라리 걱정을 안 했더라면 아무 문제가 없었을 것이다. 그의 관물 정돈은 탁월했다. 저드슨 중사가 소리쳤다. 「죄수, 차려 자세를 잊었나? 눈알을 돌려서는 안 된다.」 중사는 대기 타석에서 방망이를 휘둘러 보는 타자처럼 괭이자루를 자신의 가슴 앞부분에서 가볍게 휘두르더니 죄수의 급소인 관자놀이를 피해 머리 옆쪽 부분을 정확하게 찔렀다. 그것은 하나의 일련 동작이었고 중사는 재빨리 괭이자루를 다시 잡아 공중에 가볍게 던졌다 잡는 동작을 계속했다. 그 죄수는 마치 서동에서 탈출하기로 작정한 사람처럼 비실비실 옆걸음을 쳤다. 하지만 무릎의 힘이 갑자기 빠져나갔고 엎드리는 자세로 바닥에 폭 고꾸라졌다. 저드슨 중사는 벌점 공책에서 시선을 떼지 않은 채 〈저자를 일으켜!〉라고 소리쳤다. 그의 양쪽에 있던 죄수 두 명이 벌떡 일어나 그를 부축하며 일으켜 세우려고 했다. 하지만 그들이 잡은 손을 놓자 그 죄수의 무릎은 다시 축 늘어졌다. 부축하던 두 명은 그의 겨드랑이에 손을 집어넣고 마치 그 죄수의 상태가 자기들 책임인 양 죄송한 표정을 지으며 저드슨 중사를 쳐다보았다. 「그자의 빰을 쳐라!」 중사가 소리쳤다. 그런 뒤 그들은 다음 침상으로 이동했다. 빰을 치자 그 죄수는 가까스로 정신을 수습해 설 수 있었다. 하지만 그는 방금 벌어진 상황에 크게 분개하는 표정이었다. 그의 머리는 피를 흘리고 있었고 일부

피는 그가 쓰러질 때 바닥을 더럽혔다. 「헝겊을 가져와 바닥을 닦아 내라, 머독. 안 그러면 그것을 박박 긁어야 한다.」 중사가 소리쳤다. 그들은 관물 검사를 마치고 다음 침대로 이동하기 위해 통로로 나서고 있었다. 죄수는 헝겊을 찾기 위해 선반을 쳐다보았으나 거기에 그런 물건이 있을 리 없었다. 그는 좋은 수가 생각났다. 그는 호주머니에서 군용 카키 손수건을 꺼내 피를 조심스럽게 닦았다. 이어 그제야 생각난 듯 자기 머리의 피를 닦아 냈다. 그의 동작은 꿈꾸고 있는 사람 같았는데, 멀리서 들려오는 아주 아름다운 음악 소리를 듣고 있는 몽상가처럼 보였다. 그는 손수건을 바지 뒷주머니에 집어넣었다. 그 시간, 소령과 중사는 그 죄수 다음으로 놓여 있는 네 대의 침대를 모두 검사하고 두 명의 헌병이 도열해 있는 문 쪽으로 걸어갔다. 그러자 밖에 있던 세 번째 헌병이 그 문의 자물쇠를 열었다.

저드슨 중사는 문 앞에 멈춰 서서 피를 닦아 냈는지 확인할 생각도 하지 않은 채 〈전원, 쉬어!〉 하고 소리치더니 사라졌다. 밖에 있던 간수는 문을 잠그고 중사의 뒤를 황급히 따라갔다. 서동 막사에서는 집단적인 침묵의 한숨 소리가 새어 나왔다.

그들은 처음엔 아직 자신의 부상 여부를 확인하지 못해 어리둥절한 교통사고 피해자들처럼 조심스럽더니 곧 자신감을 회복하면서 막사 안을 돌아다니기 시작했다. 그들의 눈빛은 흐릿했고 장거리 버스 여행 끝에 기지개를 켜보는 승객들처럼 자기를 의식하고 있었다. 그들은 헛기침을 크게 하고 잡담을 지껄이면서 지금까지의 정적을 깨뜨렸다. 그들은 봉지 담배 듀크 믹스처를 가지고 담배를 말면서 세 명의 벌점자들을 애써 피했다. 그것은 전장에서 부상자들과 시선을 마주치지 않으려는 전투병들의 태도와 비슷했다.

프루는 담배를 피우지 않고 혼자 서 있었다. 그는 담배 생각이 간절했지만 일부러 담배를 피우지 않았다. 그는 냉정한 눈으로 다른 죄수들을 쳐다보았다. 그는 틀어 놓은 수도꼭지 밑의 커다란 양동이에 물이 고이는 것처럼 자신의 온몸에 혐오감이 흘러넘치는 것을 느꼈다. 그건 그가 일찍이 느껴 보지 못했던 혐오감이었다. 그는 그런 감정이 죄수들을 향한 것인지 아니면 소령과 중사를 향한 것인지 혹은 자기 자신을 향한 것인지 잘 알지 못했다. 하지만 앤절로, 잭 멀로이, 비어 벨리 베리가 왜 2동에 있으려 하고 또 그것을 자랑스럽게 여기는지 알 것 같았다. 그 또한 2동에 들어가던 그걸 자랑스럽게 여길 것 같았다. 그는 한시바삐 거기에 가고 싶었다.

그는 작업 소집을 알리는 호루라기 소리가 날 때까지 침상 끄트머리에 돌덩어리처럼 앉아 있었다. 동료들은 그의 기분을 눈치채고 혼자 있게 내버려 두었다. 아무도 그에게 말을 걸지 않았다. 동료들이 다들 담배를 피우고 나자, 그도 마음이 약간 누그러져 담배를 한 대 말았다.

죄수들은 세 명의 벌점자들에게도 말을 걸지 않았다. 그들은 불의의 화재로 유독 그의 집만 불타 버린 친구에게 어떻게 대해야 할지 몰라 미안하게 서 있는 이웃 사람들 같았다. 벌점자들도 누가 자기들에게 말을 걸고 있는지 어쩐지에 대해서 신경 쓰지 않는 것 같았다. 그들은 운 좋든 사람들의 위로가 전혀 도움이 되지 않는 그런 계급의 소속원이 되어 버린 듯했다.

뚱보는 패트소가 가버린 뒤에도 한참 동안 앞만 멍하니 쳐다보더니 완벽하게 정리해 놓은 침상 위에 폭 고꾸라졌다. 이어 양손으로 얼굴을 감싸 쥐더니 마구 흐느껴 울기 시작했다.

오른발이 열 밖으로 약간 튀어나왔던 자는 패트소가 가버리자마자 침상에 걸터앉아 조심스럽게 군화를 벗었다. 그는 꽉 끼는 코르셋을 벗어 기분이 좋은 뚱보 여자처럼 약간 안도하더니 이어 양손으로 발을 주무르기 시작했다. 그는 혼잣말로 심하게 욕설을 퍼붓는 것 같았다.

인디애나 농촌 출신은 아까 그 자리에 그대로 선 채 아무것도 하지 않았다. 그는 선반을 멍하니 쳐다보고 있었는데 왜 거기에 헝겊이 없었을까 의아하게 생각하는 사람 같았다. 아니면 멀리서 들려오는 아주 아름다운 음악 소리를 아직도 듣고 있는 건지도 몰랐다.

프루는 심한 혐오감을 느끼면서도 냉정하고 침착한 눈으로 그들을 살펴보면서 오늘 아침의 이 일이 저 세 명에게 어떤 영향을 줄까 과학적으로 관찰해 보고 싶은 흥미를 느꼈다. 그는 그 결과를 꼭 알아보아야겠다고 마음속으로 기록했다.

일주일도 못 되어 뚱보는 요로에 연줄을 넣어 영창 취사반에 견습 취사병으로 배정되었다. 이틀 뒤 그는 협력병으로 지정되었고 동쪽 막사인 1동으로 옮겨 갔다. 이곳은 협력병들만 모아 놓은 곳인데 그 후 프루는 뚱보를 만나지 못했다.

발등을 심하게 얻어맞은 친구는 이틀 동안 절뚝거리며 걷다가 용기를 내 병가를 신청했다. 그는 척골이 골절되었다는 진단을 받았고 영창 당국은 그를 지구 병원에 후송했다. 채석장에서 작업을 하던 중에 돌이 그의 발등에 떨어졌다는 보고서와 함께. 그는 깁스를 한 채 4~5주의 휴가를 즐기게 되었다고 좋아했다. 하지만 그는 발에 부목을 댄 채 나흘 만에 돌아왔고 아주 분개하고 있었다. 결국 그는 2동으로 옮겨 갔고 그곳에서 프루와 그는 친한 친구가 되었다.

가장 충격을 많이 받은 듯한 인디애나 농촌 출신은 나머지 두 명에 비해 문제가 적었다. 그는 그날 내내 정신이 멍한 상태여서 작업장과 취사장에 갈 때 누가 옆에서 부축해 주어야 했다. 그는 채석장에서도 한자리에 계속 선 채로 꿈꾸는 듯한 눈빛과 자세로 망치를 휘둘러 댔다. 프루를 포함해 나머지 재소자들은 그를 계속 감시해야 했다. 그다음 날 그는 맹렬한 분노와 함께 그 멍한 상태에서 벗어나더니 욕설을 하고 소리를 치면서 옆에 있던 세 사람에게 주먹을 날렸다. 더 많은 사람들이 그에게 달려들어 제압했으나 그는 계속 손을 휘두르고 발길질을 하면서 반항하다가 곧 잠잠해졌다. 그런 다음 그는 아무 일도 없었던 것처럼 전혀 불평을 하지 않는 온순하고 침착한 모습으로 되돌아갔다.

그게 세 벌점자의 최종 결과였다. 그날 이후 프루는 여러 명의 흥미로운 벌점자들을 보았지만, 그때는 이미 첫날 느꼈던 그 강력한 혐오감이 사라진 지 오래였다. 어쩌면 그게 그를 가장 겁나게 하는 것인지 몰랐다. 아무런 감정이 없어진 상태. 그는 아주 조심하지 않으면 그런 무심한 사람이 되어 버릴지 모른다고 우려했다. 그는 열심히 궁리해 보았으나 그런 사태에 대한 책임자를 찾아낼 수가 없었다. 그는 소령과 패트소를 증오했다. 그들을 두려워했기 때문에 면밀하게 분석해 보았다. 또 벌점자들처럼 되는 것이 두려웠기 때문에 그들을 증오했다. 하지만 그 증오는 개인적인 것이었다. 책임 소재를 가리는 데 개인적 증오에 바탕을 둔다는 것은 도덕적으로 문제가 있었다. 그는 육군을 원망할 수도 없었다. 앤절로는 어쩌면 육군을 원망할 수도 있을 것이다. 앤절로는 육군을 증오하니까. 하지만 프루는 영창에 들어온 이 순간에도 육군을 증오하지는 않았다. 그는 전에 모린이 해준 말이 생각났다. 잘못된 것은 시스템이니까 그것을 원망하라. 하지만 그는 시스템을 책망할 수도 없었다. 시스템이라는 것은 결국 모든 사람의 집합이므로, 모든 사람을 책망할 수는 없는 것이다. 그렇게 되면 책임 소재는 무의미할 정도로 희석되어 아무도 책임이 없다는 결론이 나오는 것이다. 게다가 우리 나라의 시스템이라는 것은 이 세상이 지금껏 개발해 온 것 중에서 가장 좋은 시스템이라고 하지 않는가? 그는 조만간 문책할 구체적 대상을 찾아내지 못하면, 모든 사람을 미워해야 할 것 같은 느낌이 들었다.

그는 채석장에서 그 문제에 대해 앤절로에게 말해 보았다. 그 키 작은 친구는 사흘째 되던 날 아침 검은 구멍에서 풀려났다. 프루는 왜 자신의 혐오감이 그처럼 빠르게 희석되고 마느냐고 물었다. 그것 때문에 신경 쓰인다는 말도 했다. 책임 소재를 가리는 것보다 더 심각한 문제라는 느낌도 든다고 말했다.

「알아.」 앤절로 마지오는 눈에 띄게 수척해진 얼굴로 늑대 웃음을 웃었다. 그의 얼굴은 볼 때마다 프루를 놀라게 했다. 「그런 심정 잘 이해한다고. 내게도 그런 일이 벌어졌으니까. 나는 이러다가 내가 협력병이 되는 건 아닐까 하는 생각도 들었어.」

「내 말이 그 말이야!」 프루가 고백했다.

「하지만 네가 막상 벌점자 신세가 되면 그런 느낌이 안 들지. 그런 잔인한 일의 당사자가 너 자신이라면 말이야.」

「첫날의 입창 신고를 빼놓고, 아직까진 벌어지지 않았어.」

「바로 그 때문에 난 2동에 있는 걸 잘되었다고 생각해. 그들은 내가 어떤 자인지 정확하게 알게 되는 거지. 게다가 2동에 있으면 저런 일이 내게 벌어지지 않을까 걱정할 필요가 없어. 그러니 이제 너는 선택의 여지가 없어.」

앤절로는 다시 늑대 웃음을 웃었다. 이번에 검은 구멍에서 얻어 온 상처가 징그럽게 번쩍거렸다. 왼쪽 눈썹이 찢어졌고 검은 상처 딱지가 대머리의 은폐용 머리카락처럼 사선으로 눈썹 아래까지 자리 잡고 있었다. 그것 때문에 왼쪽 눈썹은 상당히 위로 올라간 느낌을 주었다.

924

「프루, 그 때문에라도 빨리 2동으로 와야 해. 2동에 있으면 그런 자의식으로부터 해방될 수 있어.」

앤절로는 그 계획을 잭 멀로이와 두 번 의논했다. 한 번은 구멍에 들어가기 전이었고 또 한 번은 구멍에서 나온 지난밤이었다. 멀로이는 그 계획을 전폭적으로 지지했다. 그것은 2동으로 확실히 이감할 수 있는 가장 확실한 방법이었다. 관물 검사 때 가벼운 비행을 저지르는 것은 벌점을 먹고 구멍에 가기는 하겠지만(벌점이 누적될 경우) 그걸로 2동으로 옮겨지지는 않았다. 음식 투정에 대해서는 아주 엄격하게 다스리기 때문에 이 계획은 실패할 염려가 없었다. 그러니까 구멍행을 두세 번 반복해야 하는 번거로운 절차가 아예 생략되는 것이었다. 멀로이는 그런 결과를 보장했다.

「난 백 퍼센트 찬성이야. 그 계획을 내게 납득시킬 필요는 없어. 네가 구멍행을 하기 전에도 그 계획에 찬성했었어. 내가 기다렸던 유일한 이유는 네가 나에게 기다리라고 요구했고, 내가 그러겠다고 약속했기 때문이야.」

「기다린 건 천 번 만 번 잘한 일이야.」 앤절로가 열띤 목소리로 말했다. 「멀로이는 네게 도움될 만한 정보 한두 가지를 알려 주라고 했어. 난 처음에는 그 얘기는 안 해주려고 했는데, 멀로이가 해주는 게 좋다는 거야. 우선 영창 당국에 2동으로 가고 싶은 네 의사를 들켜서는 안 돼. 오히려 2동에 들어가는 것보다는 매를 맞고 구멍에서 징벌당하는 것이 한결 낫다고 생각하는 듯한 인상을 주어야 해.」

「오케이.」 프루가 말했다.

잭 멀로이가 일러 준 가장 큰 요령은, 간수들이 때릴 때 저항하지 말아야 한다는 것이었다. 그대로 얻어맞으면서 입을 꼭 다물고 있어야 했다. 그게 가장 중요했다 다른 한 가지는 구멍에 갔을 때의 행동 요령이었다.

「때리는데 왜 저항하지 말라는 거지?」 프루가 재빨리 물었다.

「왜냐하면 더 심하게 얻어맞을 뿐 아무런 효과도 없기 때문이지.」

「난 그자들이 내가 비겁한 놈이라고 생각하는 게 싫어.」

「비겁? 그건 내 방귀 소리만도 못해. 비겁? 내 불알이라고 해. 만약 그런 생각을 갖고 거기 들어가면 그들과 싸우게 돼.」

「너와 베리는 반격을 했잖아.」

앤절로는 씁쓸하게 웃었다.「그랬지. 우리만 그런 게 아니야. 하지만 그건 우리의 실수이고 따라 해서는 안 돼. 그건 멀로이가 우리에게 제발 그렇게 하지 말라고 신신당부하는 것이기도 해.

난 그의 말이 옳다는 것을 알아. 하지만 거기 들어갈 때마다 까먹어. 갑자기 머리 뚜껑이 열리면서 그자들이 나를 죽이든 말든 신경 쓰지 않게 돼.」

「나도 그럴 것 같은데.」 프루가 빙그레 웃었다. 그는 덤비는 얘기는 그만 하고 어서 이야기의 진도가 나가기를 바랐다. 사흘 전 독방 얘기는 따분한 채석장으로부터 잠시 벗어날 수 있는 매력적인 화제였다. 그리고 지금은 너무나 그곳으로 가고 싶어서 거의 불쾌한 느낌이 느껴질 정도였다.

「이건 웃자고 한 얘기가 아니야. 그럴 필요가 없는데도 고집을 부리는 친구는 멍청이야. 저자들에게 맞서 싸우는 것보다 더 교묘하게 저자들을 괴롭힐 수 있는 방법이 있어. 멀로이는 그걸 무저항의 원칙이라고 해. 간디가 발명했다더군. 이건 성공할 수 있는 원칙이야. 잭 멀로이가 그걸로 성공하는 걸 직접 봤거든. 내가 그걸 성공시키지 못한 것은 내가 아직 그처럼 훌륭한 사람이 못 되기 때문이야. 내가 하기 싫어서가 아니야.」

「오케이! 내가 할 수 있는 건 다 할게.」프루가 약간 짜증 난 목소리로 말했다. 「내가 그걸 해낼 수 있을지 없을지 어떻게 알아? 넌 뭘 보고 내가 그걸 해내리라 생각해? 너도 못했으면서.」

「네가 어떻게 일한다는 걸 알기 때문이지. 네가 링에서 싸우는 모습은 보지 못했어. 하지만 그 얘기는 많이 들었어. 넌 좋은 군인이야.」그가 마지못해 인정한다는 어투로 말했다. 「잭 멀로이가 좋은 군인인 것처럼. 하지만 날라리 군인이 패트소라는 또 다른 좋은 군인을 상대하려면 엄청난 자제심이 필요한 거야. 게다가 패트소 놈은 칼자루를 잡고 있고 온갖 카드를 다 가지고 있어. 이건 너도 인정하겠지?」

「쓸데없는 소리.」프루는 앤절로가 자신의 급소를 부드럽게 찔러 오는 바람에 약간 당황했다. 하지만 근거 없는 자존심이 자신의 내부에서 솟구치는 것을 느꼈다. 앤절로처럼 다섯 번이나 검은 구멍에 다녀온 군인 앞에서 좋은 군인이라는 얘기를 듣게 돼 기분은 좋지만 약간 근거가 없다는 생각이 들었다.

「네가 물어서 나는 답변하는 것뿐이야!」

「알았어, 알았어. 또 해줄 얘기는 뭐야?」

「딱 한 가지 남았어. 구멍에 대한 거야. 구멍에 들어가서 어떻게 행동해야 하는지 그 요령을 말해 줄게.」

「구멍? 구멍은 혼자서 들어가는 거라며?」

「그렇지. 그래서 아주 더러운 곳이야. 하지만 멀로이는 제대로 행동하면 그것도 이겨 낼 수 있다는 거야. 하지만 나는 그렇게 해본 적이 없어. 내가 아는 다른 친구들도 그렇게 해보지 못했어. 멀로이를 빼고는.

중요한 것은.」앤절로가 말했다. 「자기 자신의 몸 상태를 느긋이 가지는 거야. 일단 거기 들어가면 이틀 혹은 사흘을 버텨야 해. 거기서 벗어날 수 있는 길은 없고 또 그것을 단축할 수도 없어. 그걸 받아들여서 적응하는 수밖에 없어. 그렇게 하는 데는 느긋한 마음가짐이 최고라는 거야.」

「합리적이군. 거기에 무슨 어려움이 있다는 거야?」

「넌 거기 들어가 보지 않았지?」

「그러니까 네가 이렇게 설명해 주고 있는 거잖아.」

「난 공연히 너를 겁주고 싶지 않아.」

「겁 안 먹어. 어서 말해 봐.」

「난 거기 다섯 번이나 다녀왔어. 그렇다고 내가 달라 보여?」

「별로 달라 보이지 않아. 자, 어서 말해 봐.」

「오케이, 내가 잘 설명할 수 있을지 모르겠군. 그러나 막상 가보면 남한테서 듣던 것만큼 힘들지는 않아. 이 점을 잘 기억해야 돼.」

그는 말을 하면서도 계속 주기적으로 망치를 휘둘러 댔다. 그래야 간수가 눈치채지 못하기 때문이었다.

「구멍에 들어가 30분 정도는 아무 어려움이 없어. 그전에 저자들이 너를 좀 때릴 건데 거기서 해방되었다는 안도감을 느끼는 거지. 넌 거기 누워 잠시 휴식을 취해.」

「알았어.」

「하지만 30분 정도 지나가면 그런 느긋한 기분이 사라져. 그리고 복잡한 생각이 시작되지. 멀로이는 그 생각이 모든 어려움의 원인이라고 말해. 가만히 앉아 있는 것 외에는 할 일이 없어. 물론 구멍 안에는 불빛도 없지. 네 생각을 발산시킬 수 있는 게 전혀 없는 거야. 내 말 알아들어?」

「응.」

「왜 그렇게 되는지는 모르지만, 아무튼 한 시간쯤 지나면 이런저런 것을 상상하게 돼. 그리고 네 벽이 바퀴가 달린 것처럼 움직이기 시작해. 알아?」

「응.」

「그러니까 그런 식으로 움직이면서 네게 달려드는 거야. 그렇게 되면 숨을 쉬기가 어려워져. 내 얘기가 좀 바보스럽게 들리지?」

「응.」

「구멍은 너무나 협소해서 일어서려면 허리를 굽혀야 해. 그리고 앞뒤의 거리가 세 걸음밖에 안 돼. 옆으로는 걸을 수도 없고. 왔다 갔다 걸어 다니면서 머릿속의 생각을 없애 버릴 수도 없어. 그러니 침상 위에 앉아 있거나 누워 있으면서 마음을 느긋하게 가져야 해. 내 말 바보스럽지?」

「응, 그렇지만 계속 말해.」

앤절로는 자기 능력으로는 감당이 안 되는 아주 높은 곳에 올라가 다이빙을 해야 하는 사람처럼 심호흡을 했다. 이제 사람들이 쳐다보고 있으니 뒤로 물러설 수도 없었다. 그는 가볍게 숨을 내뿜었다.

「구멍에 처음 들어갔을 땐 숨이 막혀 죽는 줄 알았어. 소리를 지르지 않으려고 혼신의 힘을 다했어. 만약 소리를 지르면 넌 지고 들어가는 거야. 절대 소리 지르지 마. 한번 소리를 지르면 그들이 다가와 너를 꺼내서 두드려 팰 때까지 계속 소리 지르게 돼. 아니면 너무 소리를 질러 목이 쉬게 돼. 소리가 안 나오면 속으로 소리를 지르게 되지. 그러니 절대 소리 지르지 마.」

「알았어. 그다음은?」

「만약 잠을 많이 잘 수 있다면 좀 도움이 될 거야. 하지만 어떤 친구들은 잠을 자기가 어렵다고 해. 그건 말이 침상이지 실은 침상이 아니기 때문이야. 25~30센티미터 되는 쇠파이프 두 개를 벽에 박아 놓고 그 사이에 두 겹의 체인을 댄 거지. 물론 그 위에는 매트리스도 담요도 없어.」

「알았어. 그게 전부야?」

「멀로이가 그러는데, 마음만 잘 통제하면 그걸 이길 수 있다는 거야. 하지만 난 그걸 하지 못했어. 멀로이는 마음을 멈추어서 생각을 꺼버릴 수 있대. 하지만 나는 그렇게 하지 못했어. 다른 사람들에게 도움이 되었다는 요령 몇 가지를 알고 있었지만, 그것 또한 실천하지 못했어. 내가 배운 한 가지 요령은 숫자를 세면서 숨을 쉬는 거야. 여덟에 숨을 들이쉬었다가 넷까지 참고 이어 여덟에 숨을 내뿜고 다시 넷까지 참는 식이야. 이렇게 하면 질식할 것 같은 느낌을 많이 완화할 수 있어.」

「구멍에 들어갈 때마다 그런 느낌이었어?」

「응. 그리고 한 가지 더. 거기서는 아주 배가 고파. 하루에 세 번 빵 한 조각과 한 컵의 물이 전부야.

멀로이는 구멍에 들어가면 아무것도 먹지 않는대. 물은 마시지만 빵에는 손도 대지 않는다는 거야. 아무것도 안 먹고 첫날만 지나가면 배가 고파지지 않는대. 또 배고픈 상태는 마음을 통제하는 데 도움이 된대.

난 그렇게 할 수가 없었어.」 그가 수줍은 미소를 지었다. 「난 언제나 배가 고파서 빵을 먹었고, 그러면 더 배가 고파졌어. 닭고기와 돼지고기 등 먹을 것 생각으로 아주 괴로웠어. 치킨 센터에서 지글지글 구워 진열한 그런 닭고기 말이야. 그게 튀김, 빵, 스튜 등과 함께 내 눈앞에서 어른거렸어. 난 네게 자세히 설명하려고 이렇게 말하는 거야. 실제로는 이렇게 힘들지 않을 거야.」

「알았어.」

「은제 식기, 투명한 유리컵, 촛대 등으로 장식된 커다란 테이블 위에 온갖 맛 좋은 음식이 진설되어 있는 광경을 보았어. 잡지 광고에 나오는 그런 테이블 말이야.」

930

「알았어. 나도 먹는 건 좋아하지.」

「또 다른 애로 사항은 섹스야. 여자 생각은 절대로 하지 마. 구멍에 들어갈 때는 옷을 벗기고 알몸으로 처넣어. 그러다 보니 자연 여자 생각을 하게 되고 곧 딸딸이를 치게 되는데 그렇게 되면 아주, 아주 괴로워. 그건 고통을 덜어 주는 게 아니라 더 고통스럽게 하고, 그러다 보면 정신이 아주 황음해지지. 베리는 여러 번 딸딸이를 쳤대. 나도 딱 한 번 쳤어.」 회색 가루가 두껍게 쌓인 얼굴이 수줍게 미소를 지었다.

「그럼 거기서 뭘 생각하라는 거야?」 프루가 긴장하며 물었다.

「그게 문제야. 멀로이는 아무것도 생각하지 않았대. 그는 구멍에 들어가 사흘이 되었든 나흘이 되었든 닷새가 되었든 아무것도 생각하지 않을 수 있대. 그가 오리건에서 목재 노동자로 일할 때 어떤 요가 책을 읽고 그 요령을 알았대. 그 노동자들 중에 과거 워블리[48]였던 자가 있었는데 그 요령을 실천하더래. 멀로이도 그가 하는 걸 보고 따라 해보았으나 성공하지 못했대. 그러다가 검은 구멍에 들어가서야 비로소 그 요령을 깨우쳤대. 생각이 떠오를 때마다 머릿속의 검은 한 점을 눈앞에 떠올리고 거기에 집중한대. 그렇게 하면 떠오른 생각을 물리치고 더 이상 생각을 하지 않게 된대. 그런 식으로 좀 시간이 지나가면 생각이 더 이상 나지 않고 눈앞에서 환한 빛만 보게 된대.」

「이런 젠장! 난 그런 건 못해. 무슨 무당처럼 몽환 상태에 빠져서 죽은 사람을 불러내는 것하고 비슷하잖아.」

「아니, 그런 초자연적인 것은 아니야. 단지 마음을 통제하는 것뿐이야. 마인드 컨트롤이라고.」

48 *Wobbly*. 세계 산업 노동자 조합 조합원.

「넌 그렇게 할 수 있었니?」 프루가 믿어지지 않는다는 어조로 물었다.

「아니. 그가 나에게 가르쳐 주려고 했지만 난 그 요령을 깨우치지 못했어. 넌 할 수 있을지 모르지.」

「나도 못해. 그런 걸 어떻게 하니.」

「시도해 볼 때까지는 알 수가 없어. 난 시도해 봤어.」

「어떤 방법을?」

「난 두 가지 방법이 있어서 교대로 사용해. 한 방법은 구멍 생활을 하나의 게임이라고 생각하는 거야.」

「게임!」

「나와 저들 사이의 게임. 저자들은 나를 깨뜨리려 하고 나는 깨지지 않으려 하지. 일종의 시소게임이야. 그들은 내게 힘을 내 시소를 들어 올리지. 그런데 나는 힘을 주어 시소를 내리려는 게 아니라 그저 가만히 있는 거야. 그자들이 내게 주는 것을 그냥 그대로 받아 버리고 아무 저항도 하지 않는 거야.」

「그런 걸 게임이라고!」

「그게 한 가지 방법이고 다른 한 방법은 내 인생 중 재미있었던 일들을 기억하는 거야. 가령 멋지고 상쾌했던 일들.」

「그건 나도 할 수 있을 것 같은데.」 프루가 가벼운 어조로 말했다.

「하지만 사람이 등장하는 일은 안 돼.」 앤절로가 재빨리 경고했다. 「그리고 네가 원하지 않는 어떤 일이어야 해.」

「뭐라고? 그건 왜 그렇지? 잘 이해가 되지 않는데.」

「왜냐하면 사람의 마음이 그런 식으로 작동하기 때문이지. 왜 그런 식으로 작동하는지는 묻지 마. 내가 아는 것이라곤 사람의 마음이 그렇게 생겼다는 거야. 사람에 대해서 생각하면 그들과 함께했던 일이 생각나지. 뒤이어 네가 하고 싶어

했던 일이 생각나고. 그러면 그 일이 그리워져. 그 순간 현재의 네 초라한 몰골이 생각나게 되지.」

「알았어. 그건 할 수 있을 것 같군.」 프루가 바이올렛 오구레와 앨마 슈미트를 생각하면서 대답했다.

「네가 원하는 어떤 것을 지금 생각하면, 넌 이미 그것 속으로 들어가게 돼. 그러면 그것을 지금 당장 해보고 싶어져. 그런데 그걸 할 수가 없으니 더욱 괴로운 거야. 중요한 것은 그런 일들을 생각하지 않는 거야.」

「알았어. 하지만 어떻게?」

「나는 자연 풍경을 생각했어. 내가 가보았던 숲, 멋진 나무들. 호수와 산들. 가을이면 온갖 빛깔로 아름다워지는 자연. 겨울에는 눈이 덮여 아름답지. 나는 얼음 폭풍우도 상상했어.」 그는 말을 갑자기 멈추었다. 「내가 무슨 말 하려는지 알지?」

「알아.」

「그러다가 조만간 사람이 그 풍경에 끼어들어. 그러면 나는 재빨리 시소게임으로 옮겨 가. 그리고 한참 있다가 풍경으로 돌아가면 사람이 등장하지 않아.」

「구멍에 가장 오래 있었던 게 며칠이었지?」 프루가 긴장된 목소리로 물었다.

「엿새.」 앤절로 마지오의 일그러진 얼굴에 자부심이 퍼져 나갔다. 「하지만 쉬웠어. 그건 아무것도 아니야. 난 필요에 따라서 20일이고 50일이고 다 할 수 있어. 만약 저자들이……」

그는 화들짝 놀라면서 갑자기 말을 멈추었다. 뭔가 중대한 얘기를 하려다가 그만두는 사람 같았다. 프루가 며칠 전에 보았던 그 거칠고 비참하고 경계하는 듯한 표정이 앤절로의 얼굴에 떠올랐다.

「아무튼 그건 그렇고, 나중에 너도 알게 될 거야. 내가 다 얘기해 줄 거니까. 현재로서는 2동으로 빨리 옮겨 오는 것이 중요해.」

「네가 시키는 대로 하지, 친구. 이건 너의 쇼늬까 네가 운영하는 거야.」 엿새라, 금방 가겠지, 하고 그는 생각했다.「언제 시작할 거야? 말만 해.」

「오늘.」 앤절로가 주저하지 않고 말했다.「아무 때나 좋겠지만 빠를수록 좋아. 그러면 이 문제를 놓고 노심초사할 필요가 없잖아. 오늘 점심 식사 때 해치워.」

「오케이.」 프루는 일어서서 그 키 작은 친구를 내려다보았다. 가슴이 좁고 팔다리가 가느다란 뼈만 앙상한 친구. 부대자루 같은 작업복에 괴상하게 보이는 작업모를 쓴 친구. 그의 이글거리는 검은 눈이 프루를 강렬하게 응시하고 있었다. 엿새라, 144시간이로군, 하고 프루는 생각했다.

「네게 한 가지 얘기해 줄 게 있어.」 앤절로가 고통스러운 표정으로 그를 쳐다보았다.「구멍 생활에 대해 미리 얘기해 주라고 조언한 건 멀로이였어. 난 네게 말 안 해주려고 했어. 너 스스로 발견하도록 내버려 두려 했어. 내가 혼자 알아낸 것처럼. 네가 미리 이런 사정을 알면 뒤로 물러서지 않을까 두려웠어.」

「왜 내가 물러설 거라고 생각했지?」

「왜냐하면 만약 내가 미리 그런 사정을 알았더라면 나는 틀림없이 뒤로 물러났을 것이기 때문이지.」 마지오가 다소 거칠게 말했다.

프루는 웃음을 터뜨렸다. 그 자신이 보기에도 그건 아주 긴장된 웃음이었다.「난 처음으로 커다란 시험을 치르는 대학생 같은 느낌이야.」

「그럴지도 모르지. 하지만 나는 대학 문 앞에 안 가봐서 그런 느낌은 잘 몰라.」

「나 역시 마찬가지야. 나중에 대학 다닌 놈 붙잡고 물어봐야겠는걸.」

「저기 호루라기가 울리네. 작업이 끝날 시간이야.」 앤절로가 말했다.

「벌써 시간이 그렇게 되었군.」

「사흘 후에 다시 만나.」 앤절로가 그에게 싱긋 웃어 보였다. 그들은 각자 망치를 들고 트럭이 대기하고 있는 곳으로 걸어갔다.

「블룸 하사는 요사이 어떻게 지내고 있을까?」 앤절로가 농담 삼아 말했다.

「어쩌면 지금쯤 중사가 되어 있을지도 몰라.」 프루도 농담 삼아 대꾸했으나 그의 생각은 딴 데 가 있었다. 그의 마음은 이미 굳게 봉인되어 있었다.

「어쩌면 이틀로 끝날지도 몰라. 그다음에는 2동으로 오는 거야. 채석장이 아니라 거기서 보자고.」 앤절로는 몸을 돌려 자기가 타고 갈 트럭 쪽으로 갔다.

「오케이, 또 보자고.」 프루가 앤절로의 등 뒤에다 대고 희미하게 말했다.

이어 3동 친구들이 올라탄 트럭에 몸을 실었으나 그는 혼자였다. 그들은 프루의 계획을 모를 터였다. 설사 안다고 할지라도 그런 것을 실행하려 들지 않을 것이었다. 그는 갑자기 자신이 자랑스럽다는 생각이 들면서 약간 힘을 얻었다.

그는 독방행을 실행할 것이었다. 그는 자기가 그 계획을 실천하리라는 것을 알았다. 그는 해치워야만 했다. 앤절로 마지오, 잭 멀로이, 비어벨리 베리가 그를 존경하고, 인정해 주고, 또 2동 그룹의 일원으로 받아 주기를 바랐다. 자신을 평소 사나이라고 생각해 왔는데, 그것을 증명해 보이려면 그 계획을 실천하는 수밖에 없었다.

그는 입안이 바싹 타들어 가는 것을 느꼈고 물을 한 잔 마시고 싶었다.
　혼잡한 트럭에 앉아 있으면서도 그는 아주 외롭다는 느낌
이 들었다.

제38장

같은 날 정오, 아이작 네이선 블룸 하사는 취사반을 나서면서 아주 외롭다는 생각을 했다. 부사관이 되고 보니 늘 외로웠다.

그는 2층의 자기 침상으로 올라갔다.

평소와 마찬가지로 내무반은 텅 비어 있었다. 블룸은 왜 내무반이 비어 있기를 바랐는지 알지 못했다. 그는 지난 2주 동안 식사 때마다 식당에서 제일 먼저 나왔고 내무반에 돌아와 보면 언제나 텅 비어 있었다. 하지만 속으로는 그렇게 비어 있지 않기를 바랐다. 그날은 아주 더운 날이었으므로 누군가 식사를 거르는 자가 있으리라 생각했다. 블룸은 어떻게 이런 더운 날 뜨거운 음식으로 배를 채울 수 있는지 이해가 되지 않았다. 그는 뜨거운 김이 나는 음식을 가지고 15분 동안 씨름하다가 속에서 소화도 시켜 주지 못하는 것을 억지로 몇 모금 삼켰다. 그가 그러는 것은 두 가지 이유 때문이었다. 첫째는 권투 선수이기 때문에 체력을 유지해야 했고, 둘째는 다들 배고파서 허겁지겁 퍼먹는 사병들 사이에서 배고프지 않은 척하면서 티 내고 싶지 않아서였다. 아까 먹은 음식이 10코스의 무거운 음식처럼 그의 배에 걸려 있었다. 블룸은 그처럼 식욕 없는 것이 걱정되었다.

그는 작업복 상의, 군화, 양말을 벗고서 침상 위에 드러누우며 뜨거운 발을 내무반의 시원한 공기 속으로 내밀었다. 더운 데 있다가 갑자기 실내로 들어오면 그곳이 시원한 장소인 듯한 착각을 일으키는 것이다. 하지만 밤이 되면 너무 추워서 담요를 한 장 더 덮어야 할 터였다.

너무 더워서 그런 거야. 이처럼 더우니 식욕이 없는 거야, 하고 블룸은 생각했다. 식욕만 좋으면 아무 탈 없는 건데. 하지만 식욕이 없으니 뭔가 탈 난 게 틀림없었다. 식당에서는 저녁에 걸쭉한 음식을 내놓아야 마땅했다. 부자들이 그렇게 하는 것처럼. 어떻게 음식을 먹어야 하는지는 부자들이 잘 안다. 장교가 한낮에 정찬을 먹는 걸 보았는가.

블룸은 똑바로 누워 회색 콘크리트 천장을 응시하면서 곰곰이 궁리했다. 전에는 이런 일이 없었다. 그는 아침에도 저녁에도 식욕이 없으므로 이건 더위와 상관이 없었다. 만약 그가 뭔가 조치를 취하지 않는다면 그는 자꾸 수척해져 그림자가 되고 말리라. 체력을 유지하려면, 특히 권투 선수는 잘 먹어야 한다. 전에는 이런 일이 없었는데 식욕이 없어진 지 벌써 2주일이나 되었다. 하사 승진이 공고된 이후부터 이랬다. 하사가 된다는 것은 엄청난 책임을 의미했다. 어쩌면 그것 때문에 소화 불량이 되었는지도 몰랐다. 아무튼 이런 일이 전에는 없었다. 게다가 아직도 2주일은 더 진행될 스모커 게임이 남아 있었다. 권투는 늘 그를 괴롭혔다. 사실을 털어놓고 말해 보자면 그는 너무 긴장을 잘해서 권투 선수 체질이 못 되었다. 권투를 하려고 하면 늘 설사가 나올 것처럼 긴장되었다. 이런 것도 식욕 부진과 관계가 있을 터였다. 연대의 사기를 떨어뜨리지만 않는다면 그는 벌써 전에 권투를 그만두었을 것이다.

블룸은 그처럼 곰곰 따지는 것을 그만두고 그의 마음이 제 멋대로 흘러가도록 내버려 두었다. 그러자 스모커 시즌이 끝났다는 행복한 공상을 하게 되었다.

앞으로 2주만 버티자, 하고 블룸은 생각했다. 그러면 볼 시즌이 개막되는 12월까지는 권투도 훈련도 없었다. 그건 너무 좋아서 믿어지지 않을 정도였다. 그는 근본적으로 평화를 사랑하는 사람이었고 다섯 달 동안 평화의 기간이 지속된다는 전망은 그를 황홀하게 했다. 하지만 그가 연대 미들급 챔피언 자리를 따놓았다는 것은 울적한 일이었다. 앞으로 남은 두 경기를 치르든 말든 그 자리는 블룸의 것이었다. 그가 충분한 점수를 따놓았고 또 평화를 사랑하는데도 불구하고 그 두 게임을 뛰어야 한다는 것은 우스꽝스러운 일처럼 보였다. 하지만 그렇게 하라는데 무슨 말을 하겠는가? 그는 비겁하지 않았다. 그는 G 중대의 그 누구보다 풀밭에서 많이 싸운 경력을 갖고 있었다. 그를 불안하게 만드는 것은 바로 그것이었다. 그는 태생적으로 평화로운 사람인데 자꾸만 싸움을 해야 되었고 그것이 그에게 스트레스를 주었다. 가령 프리윗을 한번 보라. 프리윗은 색다른 사람으로서 그런 긴장을 즐겼다. 블룸은 권투 시즌이 빨리 끝나기를 바랐다. 그러면 마음 놓고 식사를 할 수 있을 것이었다.

블룸은 침상에 누운 채로 식사를 마친 몇몇 병사들이 식당을 나와 2층으로 올라오는 소리를 들었다. 그는 그중 몇몇이 그의 침상으로 다가와 하사로 승진한 자기에게 아첨해 오기를 기대했다. 그러나 그들은 블룸 쪽은 쳐다보지도 않고 각자 자기 침상으로 갔다. 블룸은 안도감을 느꼈다. 그런 작은 배려에 감사하면서.

세 명의 사병은 함께 모여 앉아 주사위를 던지며 담배 내기 크랩 게임을 했다. 그들은 각자 뚜껑을 딴 담배 두세 갑을 갖고 있었는데, 그 안에는 브랜드가 다른 각종 담배들이 들어 있었다. 그 담배들은 지난번 게임에서 딴 것으로, 피우지 않고 신발장에 보관해 두었다가 이제 내기를 하려고 가져온 것이었다. 그들은 담배 피우고 싶으면 봉지 담배를 꺼내 말아 피웠다. 블룸은 절반쯤 몸을 일으켜 그 게임에 끼여 볼 생각을 하다가 그만두었다. 그는 궐련 담배를 가지고 있지 않았다.

블룸은 도로 침상에 누워 그들이 자신을 보지 못했기를 바랐다. 아까 화장실에서 나온 밀러 하사가 그에게 아는 척하지 않고 그냥 지나갔던 것처럼. 블룸은 밀러가 다가와 말을 걸기를 기대했으나 그냥 자기 침상으로 가서 드러누웠다.

잠시 블룸은 기분이 나빴지만 밀러가 옳게 행동했다고 생각을 고쳐먹었다. 부사관들이 병들 앞에서 함께 어울리면서 그들에게 풀어진 모습을 보인다는 것은 좋은 일이 아니었다. 그게 표준 절차였고 이제 신임 부사관이 된 만큼 그 절차에 익숙해져야 했다. 병이었을 때는 부사관이 아무것도 아닌 줄 알았으나 막상 되고 보니 그리 만만한 일이 아니었다.

블룸은 작업복 호주머니를 만지작거리면서 돈이 많아 오늘 저녁 와히아와에 있는 〈빅 수〉에 갈 수 있다면 얼마나 좋을까, 하고 생각했다. 그러다가 지난번에 거기 갔을 때, 그 집의 여주인 수가 여러 창녀들이 보는 데서 대놓고 자신을 유대인이라고 불렀던 것이 기억났다. 그는 갑자기 얼굴이 어두워졌다. 그 당시 그는 내 돈을 죽어도 이 창녀집에는 가져다주지 않겠다고 결심했다. 하지만 당시는 갈매기 두 개의 수장(하사 계급 표시)을 달지 않고 있을 때였다. 하지만 이 수장과 돈을 본다면 그들도……

그리고 세 번째 갈매기(중사 계급장)를 달 수 있다는 것을 잊지 마, 하고 블룸은 혼자 중얼거렸다. 단기 중사가 다음 달

귀국선에 오르면 그때는……. 이미 미들급 연대 선수 자격을 확보했으므로 중사 계급도 문제없었다. 지난번 KO로 이기고 난 후 다이너마이트는 그것을 명시적으로 약속했다.

그렇게 되면 사정은 아주 달라질 것이었다. 〈빅 수〉는 휘파람을 불며 유혹할 것이다. 하지만 블룸 중사는 달라진 위상을 내보이기 위해 시내의 뉴콩그레스로 갈 것이다. 담배도 상앗빛 필터가 달린 말보로만 피울 것이다. 그는 그런 모습을 그려 보며 사기를 북돋우려 했으나 너무 무더워서 신이 나지 않았다. 이 빌어먹을 더위, 하고 블룸은 생각했다. 아무튼 저 빌어먹을 호모 플로라가 점잔을 빼며 피우던 상앗빛 필터 달린 말보로를 피울 거야. 네가 고급 담배를 피우면서 그토록 거들먹거렸지. 이에는 이라고 나도 그런 담배 피우겠다 이거야, 하고 블룸은 생각했다.

블룸은 가슴에 땀이 나 바람을 쐬기 위해 다시 돌아누웠다. 그는 그날 오후 작업을 나가지 않아도 되었고 또 내키지 않는다면 연습을 하지 않아도 되었다. 오후 내내 그렇게 침상에 누워 있어도 무방했다. 그때 프라이데이 클라크가 초콜릿 아이스크림콘을 먹으며 PX에서 돌아오는 것이 보였다. 하사도 빈털터리로 굶고 있는데 한심한 이탈리아 놈에다 말단 이등병인 주제에 아이스크림을 빨다니 괘씸하다는 생각이 들었다. 저놈처럼 아이스크림을 하나 먹으면 식욕이 다시 돌아올지 모른다는 생각도 났다. 권투 선수는 무엇보다 식욕이 있어야 했다. 그는 갑자기 깊은 공포심을 느꼈고 이런 위기에 자신을 배반해 버린 자신의 위장을 미워했다.

프라이데이 클라크는 니콜로 레바한테 50센트를 빌려 평소 사려 했던 구두약을 한 통 사러 갔다. 그는 식사를 마치고 PX에 우글거리는 병사들이 너무 많은 것을 보고 갑자기 외로움을 느꼈다. 외로움이란 참으로 괴상한 물건이었다. 그는 혼자 있을 때보다 많은 사람들 사이에 있을 때 더 외로움을 느꼈다. 그 때문에 그는 의도적으로 식사를 거르기도 했다. 앤디가 다시 위병 근무를 나가고 프루가 영창에 가 있는 상태에서, 프라이데이는 취사반에 내려가 식사할 생각이 나지 않았다. 영창에 가 있는 프루 생각을 하면, 어릴 때 어머니가 자꾸 그렇게 딸딸이를 치면 흑인처럼 얼굴이 까매진다고 주의 주는 말을 들었을 때처럼, 무섭고 공허한 느낌이 엄습해 오는 것을 느꼈다. 이런 외로운 날이면 프라이데이는 자신이 차라리 특과병이 아니었더라면 좋았을걸, 하는 생각이 들었다. 게다가 그는 사러 갔던 구두약도 사지 못했다. 그는 아주 좋아하는 초콜릿 아이스크림 선디[49]를 사는 데 15센트를 썼다. 또 아이스크림 먹으면서 읽을 만화책을 사는 데 추가로 15센트를 지불했다. 그는 아직도 구두약을 살 20센트를 가지고 있으므로 그건 아무런 문제도 되지 않았다. 그는 취사반에는 내려가지 않을 생각이었고, 만화책을 읽고 있으면 PX 식당에서 느끼는 당황스러움을 거의 느끼지 않았다. 그는 20센트가 남아 있으므로 마음만 먹으면 구두약을 살 수도 있었을 텐데, 만화책을 아직 다 읽지 못했는데 아이스크림이 떨어졌고 그래서 15센트를 주고 또다시 아이스크림 선디를 샀다. PX 식당에 편안하게 앉아 있으려면 만화를 읽어야 했고, 만화를 읽으려면 아이스크림이 필요했던 것이다. 구두약 따위는 이미 머릿속에서 까마득하게 잊혔다. 그는 두 번째 아이스크림을 천천히 먹으면서 만화책이 끝날 때까지 진도를 맞추었다. 이미 구두약은 물건너간 얘기가 되고 말았다. 그의 주머니에는 5센트밖에 없었다. 그래서 그는 그 남은 돈으로 아이스크림콘을 샀다. 일종의 디저트인 셈이었다. 콘을

49 *ice cream sundae*. 초콜릿, 과일, 시럽을 얹은 아이스크림.

942

다 먹은 뒤 침상 밑의 휴지통에다 콘 꽁다리를 던져 넣었다. 그는 침상에 털썩 주저앉으면서 이제 구두약은 어떻게 하지, 하고 중얼거리며 걱정을 하기 시작했다. 그는 만화책을 침상에 내던지며 그 책을 괜히 샀다는 생각을 했다. 궐련 담배 한 갑을 사서 크랩 게임을 하면 그걸 한 보루로 늘릴 수도 있었다. 침상에 걸터앉아 담배를 말면서 칙칙한 올리브 색깔의 담요 위에 화려하게 반짝거리는 만화책 표지를 내려다보았다. 만화책의 표지는 언제나 화려해 그 안에 뭔가 특별한 게 있을 것 같은 인상을 주지만 막상 읽어 보면 별것 아니었다. 그는 조심스럽게 담배를 피웠다. 불 더럼 봉지 담배는 연초가 자꾸 혀에 달라붙어 숨 막히게 하므로 여간 조심하지 않으면 안 되었다. 강한 의지력을 발휘해 저 만화책을 안 샀더라면 얼마나 좋았을까. 프루는 만화책 따위는 사들이지 않는 강단이 있었다. 앤디도 가끔 강한 의지력을 발동했다. 올드 프루가 영창이 아니라 지금 여기 있다면 구두약을 빌려주었을 텐데. 올드 프루는 늘 구두약을 가지고 있었다.

　자신의 의지력 부족을 통탄하다가 프라이데이는 휴지통에 들어 있는 콘 꽁다리를 발로 우적 밟아 버리고 기타를 꺼내 들었다. 그는 자신의 기분에 어울리게 블루스 곡을 쳤다. 그는 원대한 이상을 품고 군대에 들어왔다. 태평양을 항해하며 얼굴을 검게 태우고 귀향한 영화배우 에럴 플린 같은 사람, 세계적인 여행가 로널드 콜먼, 모험가 더글러스 페어뱅크스 주니어, 멋쟁이 배우 게리 쿠퍼, 세계적 인물 워너 박스터, 누구나 존경하고 경청하는 루스벨트 대통령 같은 인물이 되고 싶었다. 물론 대통령이 되겠다는 것은 아니고, 그런 정도로 성공하고 싶었다. 입대한 지 1년 반 만에 그는 자신이 크게 달라졌다는 것을 깨달았다. 그건 환멸이었다. 프라이데이는 멀리뛰기 선수처럼 있는 힘을 다해 앞으로 내달으며 「스틸 기타 래그」를 연주했다. 언젠가 올드 프루와 올드 앤디를 모아 놓고 「재입대 블루스」의 가사를 완성해야겠다고 생각했다. 아니, 생각은 그렇게 하지만 그걸 완성하지 못할 수도 있었다. 언젠가 제대하여 고향 스크랜턴으로 돌아가면 아버지와 동네 사람들을 모아 놓고 「재입대 블루스」를 연주하리라. 새로 산 기타를 가지고. 그러면 아버지는 이렇게 말하리라. 「애야, 넌 어디서 그처럼 기타 잘 치는 법을 배웠니?」「아빠, 태평양 건너 하와이섬에서요. 난 이 가사를 쓰는 데 힘을 보탰어요.」 그는 아버지와의 대화를 미리 상상했다. 「우리 애가 기타 치는 것을 한번 봐요. 저 가사를 직접 썼대!」 그러면 동네 처녀들은 아주 환호하리라. 그를 공원의 숲으로 데려가려고 서로 싸우리라. 어쩌면 무대로 진출할 수도 있었다. 앤디가 늘 말하는 에디 랭과 다장고처럼. 에디 랭 또한 이탈리아 사람이었다. 미국에서는 이탈리아인이 오락 무대에 얼마든지 진출할 수 있었다. 물론 독일에서는 그게 안 되었지만. 그는 완벽하게 쳤다고 생각될 때까지 가사의 앞뒤로 왔다 갔다 하며 계속 연습했다. 그 쾌활하고 빠른 곡은 정오의 무거운 공기를 계속 휘저었다.

침상에 누워 안 오는 잠을 억지로 청하며 식욕을 되살려 보려던 블룸 하사는 기타 소리가 신경에 거슬려 누가 대신 나서서 저 바보를 중지시키기를 바랐다. 그러나 아무도 나서지 않자 블룸은 화가 버럭 났다. 저 바보는 사병들이 내무반에서 낮잠을 자려 한다는 걸 모른단 말인가? 아무리 바보라도 그런 정도의 배려는 있어야 하지 않는가? 블룸은 자기 자신은 오후 내내 일을 하지 않을 것이므로 문제가 안 된다고 생각했다. 하지만 다른 병들은 한 시간 후에 작업을 나가야 했다.

「이봐, 그 기타 소리 그만 집어치워.」 그가 참지 못하고 천

944

장을 올려다보며 소리쳤다. 「다들 낮잠을 자려고 하는 거 안 보여? 넌 어떻게 그리도 생각이 없나?」

프라이데이는 그 말을 듣지 못했다. 그는 이런 멋진 곡을 만들어 내는 자신의 능력에 도취해 있었다. 그는 아무도 자기를 비웃지 않는 자기만의 세계에 들어가 있었다.

그가 연주를 멈추지 않자 블룸은 믿기지 않는다는 듯 침상 위에 일어나 앉았다. 저 바보는 누가 소리 질렀는지도 모르는 것일까? 프리윗이 옆에서 오냐오냐 해주니까 자기 실력 이상으로 거만을 떨게 된 것일까?

그는 저 바보에게 아무런 감정이 없었다. 속으로는 그를 좋아하기까지 했다. 그는 어차피 바보니까 아무렇게 나와도 상관없는 일이었다. 하지만 그런 광경을 그냥 지나치는 것을 병들에게 보여 주어서는 곤란했다. 병들로부터 부사관 대접을 받고 싶다면 그건 더욱 곤란했다.

블룸은 침상에서 내려와 버럭 화를 내고 위엄을 있는 대로 부리며 통로 아래쪽으로 달려갔다. 턱을 아주 야비하게 내밀고 호통을 치면서 프라이데이의 손아귀에서 기타를 빼앗았다.

「시끄러우니까 그만두라고 했잖아, 이탈리아 놈.」 그는 밀집 대형을 외치는 구령조로 크게 말했다. 「그건 부사관이 내리는 명령이야. 내가 이 기타로 네놈의 머리통을 못 부숴 놓을 줄 알아?」

「뭐라고?」 갑자기 기타를 빼앗겨 얼떨떨한 표정의 프라이데이가 말했다. 그의 이마에는 집중의 땀방울이 송골송골 맺혀 있었다. 「왜 그래? 뭐가 문제야?」

「뭐가 문제인지 보여 주지.」 블룸이 기타로 내무반을 한 번 가리키며 경고의 말을 했다. 「다들 지금 휴식을 취하려 하고 있어. 오후에 작업을 나가려고 말이야. 너와 내가 침상에 누위 있는 동안 재들은 오후 내내 일을 해야 한단 말이야. 난 재들에게 휴식 기회를 주려고 이러는 거야. 부사관이 그만두라고 하면 그만둬야 하는 거야. 아무리 말을 못 알아듣는 이탈리아 놈이라고 할지라도.」

「블룸, 네 말을 듣지 못했어. 내 기타를 박살 내진 마. 제발 좀 살살 다뤄.」 프라이데이가 말했다.

「넌 내 말을 들었어.」 옹호자 블룸이 소리쳤다. 「괜히 못 들은 척하지 마, 이탈리아 놈. 여기 있는 사람들이 다 들었단 말이야.」

「블룸, 듣지 못했어. 정말이야. 오, 제발 내 기타를 박살 내지 마.」

「난 박살 내버릴 거야.」 십자군 블룸은 자신의 정의로운 대의에 도취되어 크게 소리쳤다. 「박살 내서 네놈의 목에 걸어주지. 내가 부사관으로 있는 한 내 부하들이 점심시간에 잠을 잘 자도록 해주겠다 이거야. 내 말 알아듣겠어?」 블룸은 일종의 워밍업을 하고 있었다. 하지만 이 나라에는 대다수 사람들의 의사를 무시하고 제멋대로 행동하는 나치나 파시스트가 비집고 들어올 자리는 아직 없었다.

그가 파시스트 노릇을 막 하려는 순간, 제3의 목소리가 뒤쪽에서 묵직하게 울려 나왔다.

「블룸, 제발 입 좀 닥쳐. 네가 저 기타 치는 애보다 더 시끄러워.」 혐오감이 배어 있는 목소리였다.

아직도 프라이데이의 멱살을 잡은 채 블룸은 고개를 돌려 소리 나는 쪽을 쳐다보았다. 초트 하사의 검은 인디언 눈이 그를 노려보고 있었다. 현명하고, 무관심하고, 따분해하는 눈빛. 블룸은 자신의 정의로운 분노가 갑자기 사라지는 것을 느꼈다. 그는 속으로 불만의 말을 중얼거렸으나 대놓고 말하지는 못했다.

946

치프는 침대 스프링의 삐걱거리는 소리에도 불구하고 절반쯤 일어선 자세를 취하고 있었다. 「그 애를 놓아주고 네 자리로 돌아가 잠이나 자.」 그는 느릿느릿한 목소리로 말했다. 그것은 오랫동안 항명 불가 명령을 내리는 데 익숙한 고참 부사관의 목소리였다.

「오케이, 치프.」 블룸이 말했다.

그는 프라이데이의 멱살을 놓으며 앞으로 슬쩍 밀어 제풀에 침상 위에 털썩 내려앉게 했다. 그는 기타도 프라이데이 옆에 내려놓았다.

「클라크, 이번에는 한 번 봐주지. 앞으로 행동 조심해. 오늘 너는 재수가 좋았어. 기분이 좋아서 이렇게 봐주는 거야.」

그는 제자리로 돌아가면서 치프 초트의 침대 스프링이 드러눕는 주인을 맞으며 삐걱거리는 소리를 들었다. 블룸은 침상에 누워 양팔로 눈을 가리고 잠자는 척했다. 내무반은 다시 정오의 나른함 속으로 빠져 들었다. 그러나 블룸의 팔다리는 어서 일어나 달리고 싶다는 신호를 계속 보내왔다.

그는 팔다리의 꿈틀거림을 진정시키지도 못하고 무시하지도 못했지만, 그래도 벌떡 일어나 움직이자는 요청은 거절할 수 있었다. 그는 팔다리를 설득하지는 못하고 계속 논쟁을 벌이면서도 프라이데이 클라크가 침상에서 조용히 일어나 그의 침대를 지나 1층으로 내려가는 소리를 들었다. 블룸은 아직도 속이 갑갑해 트림을 한 번 했다.

그는 작업 나팔 소리를 감사하는 마음으로 들었다. 나팔이 울리고 30분이 지난 다음에도 그의 팔은 여전히 눈을 가리고 있었다. 마치 잠자는 사람처럼. 그는 야구부와 권투부 선수들이 삼삼오오 떼를 지어 연습장으로 가는 소리도 들었다. 그러자 마침내 그는 혼자가 되었다. 내무반에 혼자 있게 되자 블룸은 다시 그 사실과 대면했다.

그는 아이작 네이선 블룸이었다. 그리고 유대인이었다. 그가 하사로 승진해 부사관이 되었다는 사실도 그것(유대인)에 아무런 변화를 주지 못했다. 연대 미들급 부문에서 우승해 스코필드 사단 1급 권투 선수가 되었어도 역시 마찬가지였다. 그는 여전히 아이작 네이선 블룸일 뿐이었다. 홈스가 직접 약속했기 때문에 장차 중사가 되리라는 사실도 아무 약발이 없었다. 스코필드 사단에서 미들급 챔피언을 차지하여 『애드버타이저』의 「스코필드 부대 소식」 칼럼에 그 소식이 널리 알려진 사실 또한 아무런 영향을 미치지 못했다. 이런 공로에도 불구하고 그는 여전히 아이작 네이선 블룸일 뿐이었다. 그 이름은 그가 유대인임을 명확하게 보여 주고 있었다.

그는 그런 사실을 바꾸고 또 그것이 그리 중요하지 않다는 걸 증명하기 위하여 별로 좋아하지 않으면서도 그 많은 일들을 해냈다. 그는 권투 선수가 중대에서 존경을 받는다는 것을 알고서 권투 선수가 되었다. 권투가 좋아서 선수가 된 것은 아니었다. 부사관이 존경받고 사랑받는 것을 보고 부사관이 되었다. 그 직급이 좋아서 부사관이 된 것은 아니었다. 그는 승진을 하려고 열심히 노력했다. 일반 권투 선수들보다는 연대 챔피언이나 사단 챔피언이 더 존경받는다는 걸 알고 그걸 목표로 열심히 뛰었다. 1년도 안 되어 연대 챔피언이 되었고 이제 사단 챔피언이 되는 길로 들어섰다. 부사관이 되어 계급이 높을수록 더 존경받는 걸 보고 블룸은 그렇게 되려고 애썼다. 그들이 그를 무시할 수 있는 모든 구멍을 틀어막으려 했다. 그건 쉽지 않았다. 그가 획득한 것은 가만히 앉아 있는데 누가 은쟁반에 받쳐서 가져다준 것이 아니었다. 하지만 그는 당초 목표를 사수했다. 그들로 하여금 그를 좋아하게 만들고, 또 유대인이라고 해서 못할 것이 없다는 사실을 한 점 의혹 없이 그들에게 증명해 주고 싶었다.

하지만 결국에는 그 어떤 것도 이렇다 할 차이를 만들어 내지 못했다. 지금만 그런 것이 아니라 앞으로도 그러리라는 것을 깨달았다. 그가 영예를 얻을수록 그들이 그를 더 좋아하는 것이 아니라 더 싫어했다. 〈유대인은 안 돼〉라는 완고한 생각 앞에서 그런 객관적 사실들은 맥을 추지 못했다. 그들은 사실을 왜곡해 그들의 편견에 꿰맞추었다. 이런 완고한 생각을 어떻게 깨뜨릴 수 있단 말인가?

그는 딱 한 번 군대에 들어가면 이 모든 것이 달라질 거라고 생각했다. 하지만 군대 역시 마찬가지였다.

블룸은 생각을 더 깊이 달리면서 문제의 본질에 직면했다.

그는 성공에 필요한 기본 자질을 갖고 있지 못한 것이었다. 아니, 태어날 때부터 그런 자질이 부여되지 않았다. 프리윗은 가볍게 그를 패배시켰다. 그는 부사관 학교에서 도중에 퇴학당했다. 호모가 아니냐는 혐의로 소환되어 수사를 받았다. 그리고 실제로 호모라고 의심을 받았다.

군종 장교가 말려서 프리윗과의 싸움이 도중에 끝났고 나중에 링 위에 올라 승리했다는 사실도 아무런 차이를 만들어 내지 못했다. 부대원들은 다들 프리윗이 이긴 것으로 알고 있었다. 그들은 그 사실을 결코 잊어버리지 않을 것이었다. 덩치가 블룸의 절반밖에 안 되는 웰터급이 라이트 헤비급을 때려서 이겼다고 생각하는 것이었다.

부사관 학교에서 퇴교당한 것은 호모 수사 때문이었다는 변명도 통하지 않았다. 퇴교당했음에도 불구하고 하사에 진급했다는 사실 역시 아무런 차이도 만들어 내지 못했다. 앞으로 중사가 된다고 하더라도 사정은 달라지지 않을 것이었다. 그는 여전히 부사관 재목이 못 되어 퇴교 조치를 당했다고 믿어질 터였다. 많은 다른 사정이 있는데도 유독 그것만 집어내서 기억할 것이었다. 107명의 하사관 후보 중에서 세 명이 퇴교 조치당했는데 그중 한 명이 블룸이라는 사실만 기억할 것이었다.

중대 병력의 절반 가까이가 호모 수사 때 소환당했었다. 그런데 왜 그들은 호모라는 의심을 받지 않는가? 문제는 그 토미 개자식 때문에 불거졌다. 블룸이 자기(토미)한테 치근거려 할 수 없이 그 짓을 한 것이라고 동네방네 불고 다녔던 것이다. 그렇게 남한테 뒤집어씌우는 것이 토미의 주특기였다. 하지만 호모에게 치근거린 놈이 어디 한둘인가? 다들 호모한테 들러붙어 뜯어먹으려고 하지 않는가? 그런 짓거리를 오래 하다 보면 결국 그 짓을 하게 되지 않는가? 그 헬이라는 친구는 친밀감이 경멸감을 낳는다고 하지 않았던가? 하지만 그들은 그런 사실을 불편하게 여겼다. 그래서 한데 모이기만 하면 블룸을 조롱했다.

블룸은 봉급날 밤 태번에서 프리윗과 토미가 함께 있는 것을 보고 익명의 신고 전화를 했다. 그는 시내 약국의 공중전화를 이용했다. 일이 이렇게 커질 줄은 몰랐다. 다른 친구들에게 피해가 가기를 원하지 않았다. 그래서 일부러 헬과 마지오 얘기는 경찰에게 하지 않았던 것이다. 토미가 그 얘기는 하지 않으리라는 걸 알았기 때문이었다. 하지만 저 빌어먹을 구크 경찰관들이 시내 온 사방에 앞잡이를 심어 놓았을 줄 어떻게 알았겠는가? 그건 블룸 잘못이 아니지 않는가?

그는 사람들에게 유대인이 남들과 조금도 다르지 않음을 증명해 보이고 싶었다. 그들로 하여금 그것을 시인하도록 만들 생각이었다. 하지만 실패했다. 왜냐하면 그는 성공에 필요한 기본 자질을 갖고 있지 못했기 때문이다.

만약 그가 프리윗에게 이겼더라면……

그가 부사관 학교를 높은 점수로 졸업했더라면……

호모 수사에 소환되지 않았더라면……

하지만 이렇게 생각해 본들 무슨 소용이 있나?

그건 어둠 속의 휘파람 불기에 지나지 않았다. 자기 자신을 상대로 농담한 것에 지나지 않았다. 그들이 그것(유대인)을 잊어버려 주기를 바라는 희망 사항에 지나지 않았다. 이리 구르나 저리 구르나 결국 그 문제로 돌아와 그것과 직면하지 않으면 안 된다. 너는 아이작 네이션 블룸이고 아이작 네이션 블룸은 유대인이고 모두 그 사실을 알고 있는 것이다. 그 사실은 아주 차가운 물처럼 그의 머리 위로 쏟아져 내렸다. 아니면, 그가 한때 일한 적 있는 인디애나주 게리에 있는 제철 공장의 거대한 용광로에서 녹인 쇠가 아래쪽으로 쉭쉭 소리를 내며 흘러내리는 것과 비슷했다. 그가 유대인이라는 사실은 모두가 알고 있었다. 그는 침상에서 일어나 텅 빈 내무반을 걸어 내려가 내무반 중앙에 있는 총가로 갔다. 탄대 가득 실탄 클립을 휴대하고 저 빌어먹을 개자식들을 다 쏘아 죽일 수 있다면 얼마나 좋을까. 이 세상에서 억압받는 자가 할 수 있는 일로 그것보다 더 좋은 것이 있을까.

그의 소총은 오른쪽에서 세 번째에 있었다. 그는 개머리판의 일련번호를 짚어 보았다. 세 번째가 아니라 네 번째였다. 늘 그렇듯이 제 자리라고 생각했던 곳에서 한 칸 비켜서 있는 것, 그것이 아이작 네이션 블룸의 인생이었다. 그는 소총을 꺼냈다.

그가 저 개자식들을 모두 쏘아 죽일 수 있다면 그보다 더 좋은 일은 없으리라. 그러면 당직 부사관은 지금처럼 귀영나팔 이후에 총가를 잠그는 것이 아니라, 오전 훈련이 끝난 직후에 잠그게 되리라.

유대인 아이작 네이션 블룸에게 바치는 찬사. 〈그들은 정오에 총가를 잠갔다.〉

그는 소총을 가지고 침상으로 되돌아와 무릎 위에 올려놓고 앉았다. 군에는 곧 M1 가스 작용식 반자동 소총이 지급될 예정이었다. 그 총이 곧 개인 화기로 지급될 것이라는 얘기가 몇 달 전부터 나돌았다. 그러나 군에서는 계획보다 약 6개월 늦는 것이 다반사였다. 03식 스프링필드 소총보다 좋은 개인 화기는 찾아보기 어려웠다. 스프링필드는 총열이 날씬하지만 나올 데는 뭉툭하게 나와 있어서 아주 사나우면서도 강인한 인상을 주었다. 그 총과 나란히 비교해 보면 M1 소총은 훈련 부족으로 조금만 걸어도 숨을 헐떡이는 살진 노인 같아 보였다. 그는 매끄러운 총신을 가볍게 쓰다듬어 보았다. 블룸은 미국이 만들어 낸 가장 아름다운 두 개의 물건은 도낏자루와 쾌속 범선이고 거기다 세 번째 것으로 스프링필드 03 소총을 추가해야 한다고 누가 말한 게 기억났다. 그게 누구였지? 그건 프리윗이었다. 그도 어딘가에서 읽었다고 했다. 이런 순간에도 프리윗, 그 개자식 생각이 나다니! 그 자식은 유대인이 아니었고 자기가 완벽한 놈이나 되는 것처럼 허세를 부렸다. 블룸은 그 묵직한 소총을 침상에 내려놓고 신발장으로 갔다.

거기에는 그가 지난번 사격 시즌 때 꼬불쳐 온 30 구경 실탄 클립 세 개가 감추어져 있었다. 그는 날렵한 클립을 손바닥에 올려놓고 탁탁 때려 보는 것을 좋아했다. 그는 실탄 클립 하나를 꺼내 침상으로 돌아와 소총의 개머리판 바로 위의 탄창 꽂이에 찰칵 소리를 내며 꽂아 넣었다. 찰칵! 파괴를 알리는 그 강력하고 아름다운 소리! 그 냉정 무비한 소리!

블룸은 노리쇠를 격발시켜 열린 약실에 유선형 실탄이 한 발 장전되도록 했다. 이어 총알이 못 나가게 안전 장치를 눌러 놓고 소총을 무릎에 잠시 놓았다. 소총은 블룸의 복잡한 심정과는 아무런 상관이 없다는 듯 그 단순 무비한 금속성의 냉정을 유지했다.

유대인은 두 가지 유형이 있었다. 첫째, 부대 근처로 오토바이나 타고 돌아다니면서 자기가 유다인이라는 사실을 까맣게 망각한 서스맨 같은 유대인이 있다. 이자는 차라리 이방인이 되기를 바라고, 그래서 바지를 훌렁 까 내리는 이방인의 똥구멍을 빨아 주는 일도 마다하지 않는다. 둘째, 블룸의 부모와 같은 유대인이 있다. 그들은 소금을 치지 않은 버터를 먹고 유대인 랍비가 축복을 내려 준 정갈한 음식만 먹는다. 이들은 유대인이 신의 선민이라는 사실을 확신하면서 자신의 유대인 기질을 잊어버리지 않으며 도 남들도 그 사실을 잊어버리지 않기를 바란다. 또한 유대인과 이방인 사이에 높은 벽이 설치되어 있다고 믿으며 이방인은 결코 그 벽을 극복하지 못한다고 생각한다. 이것이 유대인의 두 유형이다. 받아들이거나 거부하거나 둘 중 하나다. 오로지 자신의 미덕과 악덕에 따라 하나의 인간으로 대접받기를 바란다면 그처럼 받아들이거나 그만두거나 하는 것은 멋진 선택이다. 하지만 유대인임을 알리는 매부리코가 얼굴 한가운데 이렇게 매달려 있는 한, 그런 멋진 선택은 불가능하고, 백 년이 가더라도 인간 대접 받기는 다 틀려 버린 것이다.

블룸은 여전히 총을 내려다보며 손가락으로 자신의 코를 쓰다듬으면서 얼굴을 찌푸렸다. 지난번 아리안족 프리윗에게 맞아 코가 부러졌기 때문에 가벼운 접촉에도 고통을 느꼈다. 코가 부러져 유대인 특유의 매부리코 형태가 많이 허물어졌으나 그래도 유대인의 코임은 누가 봐도 분명했다.

아이작 네이선, 넌 그런 블룸 코로부터 달아날 수가 없어. 넌 기관차이고 그 유대인 코는 기관차 앞에 매달린 배장기(排障器)처럼 네 인생의 철로를 내달리고 있는 거야. 남에게서 인정받고 싶어? 존경받고 싶어? 우대받고 싶어? 아니, 까놓고 말해서 남의 사랑을 받고 싶어? 아이작 네이선, 그걸 블룸 코에다 한번 말해 봐.

그가 블룸이기 때문에 블룸을 좋아하고, 그의 개성을 있는 그대로 좋아하는 사람은 이 세상에 눈 씻고 찾아봐도 없었다.

그는 안전 장치가 눌러져 있는 것을 다시 한번 확인한 후, 총구를 입속에 밀어 넣었다. 총열 맨 앞에 있는 가늠쇠를 안으로 들이기 위해 입을 크게 벌리고 목젖이 있는 쪽까지 집어넣어 보았다. 입안에 기름 냄새가 퍼졌다. 그는 안전장치가 잠겨 있다는 것을 의식하면서 엄지손가락을 뻗어 방아쇠를 잡아 보려 했다. 하지만 엄지는 방아쇠울에도 미치지 못했다. 검지를 써보았으나 검지도 방아쇠울의 안쪽까지밖에 가지 못했다. 그러자 더욱 궁금해져, 어깨와 팔을 내려 가능한 한 미치려 했으나 역시 성공하지 못했다. 그가 기껏 한 것이라고는 오목한 방아쇠울의 표면을 만진 것뿐이었다.

역시 안 되는군, 하고 블룸은 생각했다.

그는 총구를 입에서 빼내, 안전장치가 잠긴 소총을 무릎 위에 내려놓고 블룸의 복잡한 심정과는 아무런 상관이 없다는 듯 단순 무비한 차가운 냉정을 유지하는 매끈한 총신을 내려다보았다. 그 소총이 이 모든 문제를 한 번에 끝내 줄 수 있다는 것이 믿기지 않았다.

블룸은 허리를 숙여 오른쪽 군화의 구두끈을 풀고 그것을 벗었다. 자신이 한결 강인하고 적극적인 사람이라는 느낌이 들었다. 이어 그는 총구를 입안에 집어넣고 오른발 엄지를 방아쇠울 안에다 밀어 넣었다. 발가락으로 가볍게 눌러 보았지만 안전 장치가 잠겨 있어서 방아쇠는 움직이지 않았다.

그는 소총을 다시 무릎 위에 올려놓았다. 텅 빈 내무반이 갑자기 무덤처럼 느껴졌다. 블룸은 누군가가 들어오기를 바랐다.

954

만약 사람들이 내무반에 들어온다면 그들은 블룸에게 또 쓸데없는 허세를 부린다면서 웃음을 터뜨릴 것이고, 그는 창피해 막사 밖으로 나갈 것이었다. 그는 평생 허세 부린다고 조롱받는 바람에 하려던 일을 제대로 하지 못했고 또 그것을 밀고 나갈 배짱도 없게 되었다. 평생 그는 뭔가를 하려고 했다. 내가 이 일을 방금 해냈어, 하고 자신 있게 말하는 강력한 사람이 되고 싶었다. 자신의 강력한 의지를 발동하여 취소 불능의 어떤 일을 해치우고 싶었다. 하지만 언제나 그의 의지와는 상관없이 외부의 힘이 작용해 지배당했고, 그 힘에 대해서 아무 발언권도 없이, 우연과 행운과 우발적 사건들에 의해 휘둘림당했다.

그래서 그는 누군가가 우연히 내무반 안으로 들어와 이 침묵을 깨뜨려 주기를 바랐다. 만약 그들이 너무 늦게 내무반에 들어와 이 사태를 발견한다면 어떤 표정을 지을까 상상해 보았다. 그는 한쪽에 비켜서서 그들을 살펴본다. 그들은 너무 늦게 들어와 저 불쌍한 자의 죽음을 달리지 못한 것에 커다란 연민과 슬픔을 느낀다. 그들의 슬픈 표정은 이렇게 말한다. 많이 도와줄 수 있었는데. 그의 삶을 한결 편안하게 해줄 수 있었는데. 그들은 유대인이 정말 안되었다고 생각한다. 비록 때늦었지만 말이다. 그들은 그가 비겁한 자이고 호모였다는 사실은 생각하지 않으리라.

세계에는 커다란 전쟁이 다가오고 있었다. 유럽에는 이미 대전이 벌어졌다. 싸움과 죽음, 유혈과 증오. 어린아이가 어머니의 젖을 빠는 그 어린 시절부터 기독교와 유대교는 서로 다르다는 가르침을 받는다고 블룸은 비극적으로 생각했다. 기독교 신자는 유대인을 증오해야 한다는 가르침을 받고, 유대인들은 기독교 신자를 미워해야 한다는 가르침을 받는다. 그런 치열한 갈등의 공간에, 있는 그대로의 블룸, 개성을 가진 블룸, 독특한 성질을 가진 블룸을 사랑해 주는 사람은 단 한 명도 없어, 하고 아이작 네이선 블룸은 중얼거렸다. 그것은 완벽한 비극적 황홀이었다.

「이럴 바에야 차라리 죽어 버리는 게 나아.」 블룸은 크게 말해 보았다.

텅 빈 내무반에는 그 말에 반박하는 사람이 아무도 없었다.

그는 소총을 다시 집어 들어 총구를 입속에 넣었다. 하지만 자세가 어색했기 때문에 불편했다. 그는 쫙 벌린 왼팔로 총을 잡고 오른손으로 총열을 잡았다. 그러다가 갑자기 생각난 듯 총의 개머리판을 콘크리트 바닥에 내려놓았다. 03 소총은 반발력이 셌다. 그의 손은 안전 장치를 풀지 않았고 그는 총구를 다시 입에서 꺼냈다. 그의 손은 안전 장치를 풀려고 하지 않았다.

넌 호모야. 넌 괴물이야. 지금 솔직히 그 사실을 인정하는 게 어때. 넌 그 짓을 했고 그것을 좋아했어. 그러니 너는 호모야. 네가 호모라는 건 누구나 알고 있어. 넌 살아 있을 자격이 없는 놈이야.

그의 손은 안전 장치를 풀었다. 그는 총구를 다시 입안에 집어넣고 커다란 엄지발가락을 방아쇠울 안으로 밀어 넣었다. 사람의 맨발은 추악하고, 지저분하고, 혐오스러운 물건이었다. 그는 방아쇠를 눌렀다.

총성이 그의 몸을 빠져나가는 그 짧은 순간에, 블룸은 누군가 거인이 등 뒤에서 다가와 양손으로 그의 턱을 잡고, 마치 역도 선수가 인상 시기를 하듯이 엄청난 힘으로 그의 머리를 들어 올리는 느낌이 들었다. 거인은 그의 머리를 계속 들어 올렸고 그는 더욱 높이 올라가는 것 같았다.

본심이 아니었어! 그는 소리 지르려 했다. 취소하겠어! 농담이었어! 허세 한번 부려 본 것이었어!

그의 머리가 천장으로 올라가는 순간, 그는 그게 좋은 일이 아님을 알았다. 그는 늘 취소 불능의 행동을 하고 싶었고, 그래서 마침내 그것을 해냈다. 하지만 그게 잘못된 행동임을 알았다. 그는 많은 것을 말하고 싶었다. 그것을 설명하고 싶었다. 이 세상에는 먹어야 할 스테이크가 너무나 많고, 섹스해야 할 창녀가 너무나 많으며, 마셔 없애 버려야 할 술이 너무나 많았다. 그는 소리치고 싶었다. 야들아, 스테이크와 창녀와 술을 잊지 마. 절대 잊어버리면 안 돼.

정말 바보 같은 짓을 했구나, 하고 그는 생각했다. 정말 바보 같은 짓이었어. 내 시체를 구경하는 사람들의 얼굴을 볼 수도 없잖아.

블룸은 그렇게 죽었다.

그를 제일 먼저 발견한 것은 프라이데이 클라크였다. 프라이데이는 1층 포치에 멍하니 서 있다가 스크린을 뚫고 중대 마당으로 퍼져 나가는 총성을 제일 먼저 들었다. 그는 계단을 일직선으로 뛰어 올라갔다. 그는 보급실의 코너를 돌아 나와야 하는 니콜로 레바를 앞질러서 약 1초 먼저 현장에 도착했다. 행정실에서 곧장 달려온 워든이 세 번째로 도착했다. 워든 뒤로 취사병들, 취사반 작업병들, 중개 마당에서 작업하던 병력들이 몰려들었다. 아무튼 달려올 수 있는 거리에 있는 사람들은 모두 계단을 달려 올라왔다. 그동안 총성은 중대 마당을 둘러싸고 있는 건물들을 헤집고 산 쪽으로 빠져나가 사라졌다.

블룸은 죽은 사람 특유의 자세로 침상에 누워 있었다. 머리의 윗부분은 날아가 없었고 소총은 바닥에 떨어져 있었으며 하얀 맨발은 우스꽝스럽게 침상 옆 허공에 매달려 있었다. 총알이 뚫고 나간 천장 부근에는 피와 뇌수가 처발라져 있었다. 그것은 여전히 블룸의 얼굴이었으나 얼굴에 있는 모든 뼈가 사라져 버린 듯한 그런 몰골이었다. 시내 호텔 스트리트의 골동품 가게에 진열되어 있는, 방부 처리된 벗겨진 얼굴 가죽 같아 보였다.

「지저스 크라이스트!」 니콜로 레바가 그 광경을 쳐다보더니 뒤도 돌아보지 않고 화장실 쪽으로 달려갔다.

아무도 입을 열지 않았다. 몇몇 병사가 꾸역꾸역 모여드는 사람들의 틈을 뚫고 레바를 따라 화장실로 갔다. 나머지 사람들은 멍하니 서 있었다. 그들은 무슨 일이 벌어졌는지 서서히 감을 잡았다. 그들의 당황한 표정은 고장 난 배관을 찾아 헤매던 중 엉뚱한 배관을 뜯어 놓고 난감해하는 배관공과 비슷했다.

바로 30분 전만 해도 자신의 멱살을 쥐고 흔들던 사람의 시체를 내려다보면서 프라이데이 클라크는 왜 자신이 구토를 느끼지 않는지 의아했다. 아니, 놀라고 있었다. 그런 광경을 보고 제일 먼저 구역질을 해야 할 사람은 자신일 터인데……. 그는 자신이 구역질을 하지 않은 사실에 자부심을 느꼈다.

「자……」 마침내 워든이 약간 당황하는 목소리로 말했다. 「다들 밖으로 나가. 여기서 더 이상 구경할 게 없어. 다들 일하러 가라고.」

아무도 움직이거나 대답하지 않자, 그는 화를 벌컥 내며 몸을 돌렸다. 「내 말 안 들려? 밖으로 나가란 말이야! 이제 볼 만큼 봤잖아. 그러니 여기서 썩 꺼지란 말이야! 그리고 위병소에서 일직 사관을 불러올 때까지 여기에 있는 물건은 머리카락 하나도 손대지 마!」

군중은 약간 움직이는 듯했으나 곧 다시 제자리에 서버렸다. 그들의 얼굴에는 못마땅한 분노와 깊은 모욕의 표정이 어려 있었다. 물론 그것은 워든이 아니라 블룸을 향한 것이었다. 무더운 날, 딱 한 잔 남은 차가운 맥주를 어떤 사람에게 권했는데 그 사람이 그들의 얼굴에 그 맥주를 뿌려 버린 듯한 그런 표정이었다.

「그는 저런 황당한 짓을 할 권리가 없어.」누군가가 자그마한 목소리로 웅얼거렸다.

「우리 내무반에서 저런 짓을 해서는 안 되는 거야.」다른 사병이 말했다.

만약 워든이 거기 서서 제지하지 않았더라면, 죽었든 말았든 블룸에게 다가가 주먹질과 발길질을 하며 항의할 자세였다. 그들이 군 생활을 하는 동안 죽을힘을 다해 잊어버리려고 했던 것을 이처럼 생생하게 상기시킨 그 잘못에 대하여.

「그래도 상당한 용기가 필요했을 거야.」프라이데이는 뭔가 그들에게 말해야 한다는 의무감을 느끼며 말했다. 「아무튼 이렇게 결행하려면 상당한 용기가 필요해. 나는 정말이지…….」

워든이 그의 말을 잘라먹고 들어왔다. ¯좋아, 그렇게 죽치고 서 있을 거면 차라리 현장 수습하는 것 좀 도와줘. 너희 둘은 보급실에 가서 양동이와 대걸레를 가져와. 간이 사닥다리도 가져오고. 그리고 너는 지붕에 올라가서 총알이 어디를 뚫고 지나갔는가 봐. 그다음에는 레바에게 종이와 타르를 얻어서 그 구멍을 메우도록 해.」워든이 다소 긴장된 목소리로 말했다.

구경꾼들 사이에서 항의의 합창이 터져 나왔다. 그들은 갑자기 해산하더니 계단 쪽으로 황급히 걸어갔다.

「난 자살한 개자식의 뒤처리 따위는 하고 싶지 않아.」누군가가 말했다.

「그 개자식, 제가 눈 똥은 제가 치우라고 해.」

그러자 그들 사이에서 웃음이 터져 나왔다.

「빨리 치울 것 가지고 와.」 워든이 카랑카랑한 목소리로 명령했다. 「소풍은 끝났어.」

구경꾼들이 증발한 것처럼 갑자기 사라진 그 순간, 화장실 쪽에서 창백한 얼굴의 니콜로 레바가 나타났다. 「야, 대혼란이구나. 난 오늘 밤 여기서 자야 하는데.」 그는 천장을 올려다보았다. 「두 시간 전만 해도 새 군화를 그에게 지급했는데.」 그가 실감 나지 않는다는 목소리로 말했다.

「그가 왜 저런 행동을 했다고 생각하십니까?」 프라이데이가 물었다. 그는 아주 어릴 때 집에서 바지에다 똥을 쌌을 때처럼 부끄러움을 느끼며 물었다.

「그걸 낸들 어떻게 아나?」 워든이 소리쳤다. 「때때로 나도 저렇게 하고 싶은 때가 있어. 이 빌어먹을 부대에서는 말이야. 니콜로, 일직 사관이 다녀간 후에는 애들을 데려다가 여기 청소 좀 시켜.」

「제가 하겠습니다. 난 신경 쓰지 않습니다.」 프라이데이가 말했다.

「두 명이 필요할 거야. 레바하고 함께해.」 워든이 우울하게 말했다.

「오케이, 톱.」

「난 그가 무엇 때문에 저런 짓을 했는지 잘 모르겠어.」 프라이데이는 계단에 서서 혼자 중얼거렸다. 「그는 다 가지고 있었잖아. 미들급 챔피언에 하사이고, 곧 중사로 승진하게 되어 있었어. 그런 좋은 형편에 있는 친구가 무엇 때문에 저런 짓을 했을까?」

「제발, 입 좀 닥쳐!」 니콜로 레바가 사납게 소리쳤다.

「그건 상당한 배짱이 필요한 일이야.」 프라이데이 클라크는 블룸을 옹호해 주어야 한다고 막연하게 느끼면서 중얼거렸다. 「난 그 정도 배짱이 없어.」

　올드 프루는 이 사건에 대해 뭐라고 생각할까, 하고 그는 생각했다.

〈하권에 계속〉

열린책들 세계문학 071 **지상에서 영원으로** 중

옮긴이 이종인 1954년 서울에서 태어나 고려대학교 영어영문학과를 졸업했다. 한국 브리태니커 편집국장과 성균관대학교 전문 번역가 양성 과정 교수를 역임했다. 니코스 카잔차키스의 『향연 외』, 『돌의 정원』, 『모레아 기행』, 『일본·중국 기행』, 『영국 기행』, 폴 오스터의 『어둠 속의 남자』, 『폴 오스터의 뉴욕 통신』, 크리스토퍼 드 하멜의 『성서의 역사』, 프랭크 로이드 라이트의 『자서전』, 존 르카레의 『팅커, 테일러, 솔저, 스파이』, 앤디 앤드루스의 『폰더 씨의 위대한 하루』, 줌파 라히리의 『축복받은 집』, 조셉 골드스타인의 『비블리오테라피』, 스티븐 앰브로스 외의 『만약에』, 사이먼 윈체스터의 『영어의 탄생』 등 1백여 권을 번역했고, 번역 입문 강의서 『전문 번역가로 가는 길』을 펴냈다.

지은이 제임스 존스 **옮긴이** 이종인 **발행인** 홍예빈·홍유진
발행처 주식회사 열린책들 **주소** 경기도 파주시 문발로 253 파주출판도시
전화 031-955-4000 **팩스** 031-955-4004 **홈페이지** www.openbooks.co.kr
Copyright (C) 주식회사 열린책들, 2008, *Printed in Korea.*
ISBN 978-89-329-0988-2 04840 **ISBN** 978-89-329-1499-2 (세트)
발행일 2008년 5월 20일 초판 1쇄 2009년 11월 30일 세계문학판 1쇄 2022년 1월 15일 세계문학판 2쇄

이 도서의 국립중앙도서관 출판예정도서목록(CIP)은 서지정보유통지원시스템 홈페이지(http://seoji.nl.go.kr)와 국가자료공동목록시스템(http://www.nl.go.kr/kolisnet)에서 이용하실 수 있습니다(CIP제어번호 : CIP2009003374)

열린책들 세계문학
Open Books World Literature

각 권 8,800~15,800원